인 콜드 블러드

일가족 살인 사건과 수사 과정을 다룬
진실한 기록

IN COLD BLOOD by Truman Capote

Copyright © 1965 by Truman Copote
Copyright renewed © 1993 by Alan U. Schwartz
All rights reserved.

Korean Translation Copyright © 2006, 2013 by Sigongsa Co., Ltd.
This translation is published by arrangement with Random House, an imprint of
Random House Publishing Group, a division of Random House, Inc.
through Imprima Korea Agency.

이 책의 한국어판 저작권은 Imprima Korea Agency를 통한
Random House, an imprint of Random House Publishing Group, a division of
Random House, Inc.와의 독점 계약으로 (주)시공사에 있습니다.
저작권법에 의해 한국 내에서 보호를 받는 저작물이므로 무단전재와 무단복제를 금합니다.

IN COLD BLOOD

인 콜드 브러드

박현주 옮김

트루먼 커포티

시공사

잭 던피와 하퍼 리에게
사랑과 감사를 다하여

우리 뒤를 이어 살아갈 형제 인류여,
우리에게 너무 모진 마음을 갖지는 말아다오.
우리 불쌍한 인간에게 동정을 보여준다면,
신께서도 그대들에게 더 큰 자비를 베풀어주시리.

―〈교수형을 당한 자의 발라드〉, 프랑수아 비용

차례

1부 그들이 살아 있던 마지막 날   11

2부 신원 불명의 범인들   121

3부 해답   243

4부 구석   381

—

감사의 말
519

옮긴이의 말
구성된 현실에 관한 진실과 거짓
521

트루먼 커포티 연보
531

1부
그들이 살아 있던 마지막 날

홀컴 마을은 캔자스 서부, 밀을 경작하는 높은 평원 지대에 있다. 캔자스의 다른 지역 사람은 '저기 저쪽'이라고 부르는 외딴 지역이다. 콜로라도 주 경계에서 동쪽으로 110킬로미터 떨어진 시골인데, 단단한 푸른 하늘과 사막같이 맑은 공기 때문에 중서부라기보다는 극서부라고 하는 것이 어울릴 분위기를 자아낸다. 사투리에는 초원 지방 특유의 코맹맹이 소리, 목장 일꾼들의 비음이 섞여 있고 남자들 대부분이 통이 좁은 카우보이 바지에 스테트슨* 모자를 쓰고 앞코가 뾰족하고 굽이 높은 부츠를 신고 다닌다. 대지는 평평하고, 풍경은 감탄이 저절로 나올 정도로 광활하다. 말과 소 떼, 고대 그리스 사원처럼 우아하게 솟아 있는 하얀 곡물 창고가 옹기종기 모여 있는 모습은 멀리서도 나그네의 눈에 확 들어온다.

*카우보이들이 즐겨 썼던, 챙이 넓고 운두가 높은 펠트 모자.

홀컴 또한 아주 먼 거리에서도 잘 보인다. 볼거리가 많다는 뜻은 아니다. 별 목적 없이 들어선 건물들 사이를 산타페 철도 회사의 주 철로가 가르고 있으며, 되는대로 생긴 마을은 남쪽으로는 아칸소(여기 사람들은 '알캔자스'라고 발음한다) 강의 갈색 지류에 면하고, 북쪽으로는 50번 고속도로를 접하며 동쪽과 서쪽은 초지대와 밀밭에 둘러싸여 있다. 비가 내리거나 눈이 녹으면 이름도, 그늘도, 포장도로도 없는 이 거리는 두터운 먼지가 쌓인 구덩이에서 음산한 진흙탕으로 변한다. 읍내의 한쪽 끝에는 흙벽을 올린 황량하고 낡은 구조물이 하나 있는데, 지붕 위에 "무도회장"이라고 적힌 전기 간판이 하나 붙어 있다. 그렇지만 오래전부터 영업하지 않아 그 광고판은 수년간 꺼져 있었다. 근처에는 어울리지 않는 간판을 달고 있는 건물이 하나 더 있는데, 간판에는 더러운 창문에 벗겨져가는 금박 글씨로 "홀컴 은행"이라고 쓰여 있다. 은행은 1933년에 폐업했고 회계실로 쓰이던 방은 이제 아파트로 개조되었다. 이 아파트는 마을에 두 개밖에 없는 소위 '아파트 건물' 중 하나다. 다른 아파트는 쓰러져가는 건물인데 '교사의 집'이라는 별명이 붙어 있다. 이 지역 교사들 중 상당수가 그 아파트에 살고 있기 때문이다. 그렇지만 홀컴에 있는 집 대부분은 현관이 딸린 1층짜리 목조 건물이다.

　우체국 주인은 철도역 아래에 있는 무너져가는 우체국에 살고 있다. 삐쩍 말라빠진 여자인데 생가죽 재킷에 청바지를 입고 카우보이 부츠를 신고 다닌다. 철도역은 푸른 기가 도는 노란 페인트가 다 벗겨지고 있어 다른 건물과 마찬가지로 우울한 분위기를 풍긴다. 치프, 슈퍼 치프, 엘 카피탄 열차가 매일 지나다니지만, 이 유명한 고속 열차들은 홀컴 역에는 한 번도 정차하지 않는다. 여객 열차는 정차하는 법이 없다. 가끔 화물 열차만 설 뿐이다. 고속도로 위쪽에는 주유소가 두 개 있다. 하나는 빈약하나마 물품을 갖춰놓고 식료품 가게도 겸하고 있으며 다른 곳은 카페로서의 역할도 하고 있다. '하트먼 카페'라고 하는 이곳에서는 여주인 하트먼 부인이 샌드위치, 커피, 음료와 3.2도 저알코올 맥주(홀컴에는 캔자스의 다른 지역과 마찬가지로 금주법이 발효되어 있다)를 만든다.

  그것이 전부다. 정말로. 홀컴 학교를 뺀다면. 그렇게 하면 이 마을의 외양만 보고 생활환경을 오해하기 쉬울 테니, 꼭 언급해야 하는 곳이다. 이 학교는 유치원부터 고등학교까지 다 갖추었고, 대개 26킬로미터 이상 떨어진 곳에서 통학하는 학생들 360명 정도를 버스 몇 대가 실어 나른다. 운영진은 현대적이고도 능력 있는 직원들이고 학부모들은 거의 다 부유하다. 대부분이 농장주이며 야외생활에 능숙한 독일계, 아일랜드계, 노르웨이계, 멕시코계, 일본계 등 혈통도 다양하다. 홀컴 사람들은 소와 양을 치고, 밀과 수수, 잔디 종자, 사탕무를 재배한다. 농업은 운에 좌지우지되는 산업이지만 서부 캔자스의 농부는 자신을 "타고난 도박사"라고 생각하는데, 극도로 적은 강우량(연평균 46센티미터 정도) 탓에 골치 아픈 관개 문제에 맞서야만 하기 때문이다. 그렇지만 지난 7년간은 가뭄이 들지 않아 덕을 보았다. 홀컴의 한 지역인 피니 군郡의 농장주들은 꽤 괜찮은 수익을 올린다. 수익은 농사에서만 나는 게 아니라 풍부한 천연 가스에서도 나왔고, 이렇게 들어오는 수입이 쏠쏠하다는 것은 새 학교와 편안해 보이는 농가의 실내 장식, 널찍한 곡물 엘리베이터를 보면 알 만하다.

  1959년 11월 중순의 어느 날 아침까지만 해도 홀컴에 대해서 들어본 미국인은 거의 없었다. 아니, 캔자스 주민이라고 해도 거의 없었다. 강물이나, 고속도로를 타고 가는 오토바이 운전자, 산타페 철도를 따라 내려가는 노란 열차들이나 지나갔을까, 눈길 끌 만한 사건은 홀컴에서는 한 번도 일어난 적이 없었다. 270여 명 되는 마을 주민들은 마을이 이렇듯 평범하다는 사실에 참으로 만족하고, 일상의 테두리 안에서 지나가는 생활에 안심하며 살아갔다. 일하고, 사냥하고, 텔레비전을 보고, 학교 모임이나 성가대 연습, 4-H 클럽 회의에 참석하면서. 그렇지만 그때, 11월의 그날 아침, 일요일 아침 아주 이른 그 시간에, 어떤 낯선 소리가 홀컴의 밤에 흔히 들리는 소음, 즉 코요테의 날카롭고 신경질적인 울음소리, 말라비틀어진 잡초 더미가 스윽스윽 굴러가는 소리, 다가왔다가 멀어지는 자동차의 경적 소리 속으로 파고들어왔다. 그 당시 잠들어 있던 홀컴 마을에서는 아무도 그 소리를 듣지 못했다. 결국 모두 여섯 명의 목숨을 앗아가고 마는 네 발의 엽총 소리를. 그렇지만 그 이후로는, 그때까지만 해도 대문을 잠그지 않고 다녀도 전혀 걱정하지 않을 정도로 서로를 두려워하지 않던 마을 주민들은 환청처럼 그 소리를 자꾸 되살려냈다. 그 음울한 총소리는 사람들의 마음속에 의심의 불길을 지펴 오랜 이웃이던 사람들은 서로를 낯선 눈길로, 이방인으로서 바라보게 되었다.

―

리버밸리 농장의 주인인 허버트 윌리엄 클러터는 마흔여덟 살이었다. 보험 약관을 지키느라 최근에 건강 검진을 받은 덕분에 클러터 씨는 자신의 건강 상태가 1등급이라는 사실을 알고 있었다. 무테안경을 썼고 키도 겨우 177센티미터 바로 밑에 오는 중키였지만, 클러터 씨는 남자 중의 남자다운 외모였다. 어깨는 떡 벌어졌고, 머리색은 짙었으며, 턱은 각이 졌고, 자신감이 넘치는 얼굴에는 청춘의 건강미가 그대로 남아 있었다. 변색되지 않은 치아는 호두도 깨물어 먹을 만큼 단단했으며 충치 하나 없이 온전했다. 몸무게는 70킬로그램 정도 나갔는데 캔자스 주립대학에서 농업을 전공하다 졸업하던 그날 그 몸무게를 그대로 유지한 것이었다. 클러터 씨는 홀컴의 최고 부자인 이웃 농장주 테일러 존스 씨만큼 부자는 아니었다. 하지만 클러터 씨 역시 동네에서 알아주는 유지였으며 홀컴과 그 근처 군청 소재지인 가든시티에서는 명망 있는 시민이었다. 가든시티에서 80만 달러를 들여 최근에 설립한 초대 감리교회의 건축위원회 회장을 맡고 있었다. 클러터 씨는 캔자스 농장 조직회의 현 회장이었으며, 중서부 농부들 사이에 널리 알려진 것은 물론, 아이젠하워 행정부 시절에는 연방정부 농업신용위원회의 회원이었던 터라 워싱턴 정부에까지 이름이 날 정도로 존경받고 있었다.

  클러터 씨는 언제나 바라는 것을 어느 정도는 손에 넣는 사람이었다. 예전에 농기계에 끼어서 윗부분이 잘려 나가고 남아 있는 왼손에는 평범한 금반지를 끼고 있었는데, 사반세기 전 결혼하고 싶던 여자와 결혼했다는 상징이었다. 부인은 대학 동창의 동생으로, 소심하고 신앙심이 깊으며 섬세한 여자였다. 이름은 보니 폭스, 클러터 씨보다 세 살 연하였다. 부인과의 사이에서 아이를 넷 두었는데, 줄줄이 딸 셋과 아들 하나였다. 큰딸 이비나는 결혼해서 이제 열 달 된 아들을 둔 주부였고 일리노이 북부에 살지만 홀컴에 있는 친정에 자주 들렀다. 지금도 이비나와 그

가족은 2주일 뒤에 방문하기로 되어 있었다. 친정부모가 추수감사절을 맞아 클러터 집안 모임을 거창하게 치를 계획을 짜고 있었기 때문이었다. (클러터 집안은 원래 독일 출신으로 독일어로는 클로터라고 했다. 이들은 1880년에 처음 미국으로 이민했다.) 50명 남짓한 친척들을 다 초대했는데 그중 몇 명은 플로리다의 펄래트커처럼 먼 곳에서도 올 예정이었다. 이비나 바로 밑의 딸인 베벌리도 더 이상은 리버밸리 농장에서 살고 있지 않았다. 베벌리는 캔자스의 캔자스시티에서 간호사가 되기 위해 공부하고 있었다. 베벌리는 생물학을 전공하는 젊은이와 약혼했는데 아버지도 그 약혼을 적극 찬성했다. 두 사람은 크리스마스 주간에 결혼하기로 날짜도 잡아 청첩장까지 벌써 찍어놓았다. 아직도 집에 살고 있는 아이들은, 열다섯 살이지만 벌써 키는 아버지보다 훌쩍 커버린 아들 케니언과 동네 사람들의 사랑을 한 몸에 받는, 케니언보다 한 살 많은 딸 낸시뿐이었다.

가족에 관한 한, 클러터 씨가 심각하게 걱정하는 것은 오로지 부인의 건강뿐이었다. 부인과 가까운 사람들의 표현을 따르면 부인은 "신경 쇠약" 증세가 있어서 "가벼운 발작"을 일으키고 있었던 것이다. "불쌍한 보니가 겪는 고통"은 비밀도 못 되었다. 부인이 6년 동안 정신과에 종종 드나들었다는 사실을 모두가 알고 있었다. 최근에야 이 가족의 그늘진 영역에 서광이 비쳤다. 지난 수요일, 통상 다니던 위치토에 있는 웨슬리 진료 센터에서 2주간 치료를 마치고 돌아온 클러터 부인은 믿을 수 없는 소식을 남편에게 전했다. 마침내 의학적 소견이 나왔는데 자기 병의 원인이 머리에 있는 것이 아니라 등뼈에 있다고 기쁨에 들떠서 말한 것이다. 원인은 물리적인 것으로, 등뼈가 비틀린 것이 문제라는 이야기였다. 물론 수술을 해야 하기는 하지만, 결국에는 어쨌거나 "옛날의 자기 모습"으로 돌아오게 될 것이라는 말이었다. 긴장, 약을 끊으면 찾아오는 허탈감, 방문을 잠그고 처박혀 베개에 얼굴을 파묻고 우는 습관, 이 모든 것이 단지 등뼈가 어긋난 탓이라니, 그럴 수 있을까? 그렇기만 하다면야 클러터 씨는 추수감사절 만찬 연설을 하면서 감사의 마음에 들떠 찬송가라도 부를 수 있을 것 같았다.

보통 클러터 씨의 아침은 6시 반에 시작되었다. 우유 통이 철커덩하는 소리, 우유 통을 나르는 젊은이들이 속삭이듯 잡담을 나누는 소리에 그는 잠이 깼다. 두 젊은이들은 빅 어식이라고 하는 고용인의 아들이었다. 그렇지만 그날따라 빅 어식의 아들들이 왔다 갔다 해도 클러터 씨는 잠자리에서 미적거렸다. 그 전날 밤이 13일의 금요일이었던 터라 한편으로는 기분이 들뜨고 즐거우면서도 피곤했기 때문이었다. 클러터 부인은 "옛날의 자기 모습"으로 돌아가 있었다. 마치 금방이라도 활력을 되찾고 정상적인 생활로 돌아가리라고 예고라도 하듯 입술을 칠하고, 부산스럽게 머리를 매만지고, 새 옷을 입고 하며 수선을 피운 뒤 남편과 함께 홀컴 학교에 갔다. 학교에서 두 사람은 딸 낸시가 베키 대처로 출연하는 학생 연극 〈톰 소여의 모험〉을 보면서 갈채를 보냈다. 사람이 많은 곳에 가자 클러터 부인은 약간 초조해했지만 미소 지으며 사람들과 이야기를 나누었고 그 모습을 보면서 클러터 씨도 즐겁게 연극을 관람했다. 두 사람 모두 딸 낸시가 자랑스러웠다. 낸시는 대사를 하나도 잊지 않고 연기를 잘해냈으며 "정말 예쁘고 진짜 남부 미인" 같은 모습이었다. 아버지는 무대 뒤로 낸시를 보러 가서 그렇게 말해주었다. 그러자 낸시는 모습에 걸맞게 행동했다. 치마에 버팀 테가 든 의상을 입은 채 한 발을 뒤로 빼며 인사하면서 가든시티로 드라이브해도 되냐고 물어보았던 것이다. 주립극장에서는 11시 30분에 13일의 금요일 기념 특별 괴기 영화를 상영할 예정이었고 낸시의 친구 모두가 보러 갈 작정이었다. 다른 때였으면 클러터 씨는 허락해주지 않았을 것이었다. 아버지 말은 곧 법이고 그 법 중 하나는 낸시, 물론 케니언도 주중에는 10시까지, 토요일에는 12시까지 집에 와야 한다는 것이었다. 하지만, 그날 밤 행사를 보면서 아주 즐거워져서 마음이 약해진 나머지 클러터 씨는 허락해주고 말았다. 그런데 낸시는 2시가 다 되도록 집에 돌아오지 않았다. 낸시가 들어오는 소리를 듣자 클러터 씨는 딸을 불러들였다. 클러터 씨는 아무 일에나 목소리를 높이는 사람은 아니었지만, 집에 늦게 들어온 것 말고도 딸애를 집에 데려다준 남자애, 학교 농구부의 스타인 보비 럽에 대해서도 몇 가지 타이를 말이 있었기 때문이었다.

클러터 씨는 보비를 좋아했고 열일곱 살 난 녀석치고는 듬직하고 예의도 바르다고 생각하기는 했다. 하지만 데이트를 해도 좋다고 허가를 받자, 낸시는 인기도 좋고 얼굴도 예쁜데도 3년 내내 다른 사람하고는 사귀지 않았다. 클러터 씨도 커플이 되어 고정적인 사이가 되면 '약혼반지'를 끼고 다니는 게 요즘 미국 애들 풍습이라는 것을 알고는 있었지만 별로 탐탁지가 않았다. 특히 얼마 전에 우연히 딸애가 보비 녀석과 키스하는 모습을 보고 놀란 이후로는 더욱 그랬다. 그때부터 클러터 씨는 딸에게 보비를 너무 많이 만나지 말라고 넌지시 이르면서 어차피 언젠가는 헤어질 사이이니 나중에 갑작스레 끊는 것보다는 지금부터 천천히 멀어지는 게 덜 상처받는 방법이 아니겠냐며 충고하고는 했다. 럽의 가족은 가톨릭 신자고, 클러터 집안은 감리교인이라는 것이 이유였다. 이 사실만 가지고도 딸애와 이 남자애가 언젠가 결혼하고 말리라는 환상을 깨기에 충분했다. 낸시는 어느 정도는 말귀를 알아듣는 애였기 때문에 말대꾸하지 않았고, 클러터 씨는 잘 자라는 인사를 하기 전에 딸애에게서 보비와 조금씩 멀어지겠다는 약속을 받아냈다.

평상시에는 11시였던 취침 시간이 유감스럽게도 한참 늦어지게 된 것은 이런 연유였다. 결국 1959년 11월 14일 토요일 아침, 클러터 씨는 7시를 훌쩍 넘겨서야 자리에서 일어났다. 부인은 언제나 잘 수 있을 때까지 늦잠을 잤다. 하지만 면도와 샤워를 하고 나서 능직 바지 위에 목동이 입는 가죽 재킷을 입고 등자가 달린 부드러운 부츠를 신으면서, 클러터 씨는 아내를 깨우지 않으려고 조심할 필요가 별로 없었다. 부부는 침실을 같이 쓰지 않았기 때문이다. 벽돌과 목조로 지은 클러터 씨의 집은 2층까지 있었고 침실이 열네 개 있었는데, 클러터 씨는 최근 몇 년 동안 아래층에 있는 안방 침실을 썼다. 부인은 옷은 안방 벽장 속에 넣어놓고, 푸른 타일을 깔고 유리 벽돌로 지은 그 방 욕실에는 화장품을 약간, 약봉지는 수없이 많이 보관했지만, 잠은 전에 이비나가 쓰던 침실에서 잤다. 그 방은 낸시와 케니언의 방과 함께 2층에 있었다.

집은 많은 부분을 클러터 씨가 직접 설계했고 1948년에 5만 달러를 들여 지은 것이었다(당시 매매가는 6만 달러로 뛰었다). 결과적으로 그 집은 클러터 씨가 분별 있고 검소하며 눈에 띄게 요란하지 않은 건축가임을 증명한 셈이 되었다. 집은 중국 느릅나무 그늘이 드리워진, 오솔길 같은 긴 차도 끝에 자리 잡고 있었다. 이 근사한 흰색 건물은 말끔하게 깎은 버뮤다 잔디밭 위에 우뚝 서서 홀컴 사람들에게 강한 인상을 주었다. 그야말로 사람들이 손가락으로 가리키며 감탄할 만한 집이었다. 실내 장식으로 말하자면, 적갈색 양탄자를 폭신하게 깔아, 소리가 쿵쿵 울리고 번들거리는 마룻바닥의 광택을 군데군데 가렸다. 현대적인 디자인의 거대한 소파에는 번쩍이는 술이 달린 누비 천을 씌워 놓았다. 파랗고 흰 플라스틱 타일로 덮은 탁자가 있는 아침 식사용 공간도 하나 있었다. 이런 가구는 클러터 씨 부부가 좋아하는 것이었고 부부가 알고 있는 다른 사람들도 대부분 비슷하게 집 안을 꾸며놓고 있었다.

  주중에만 오는 파출부 말고는 다른 가정부를 두지 않았기 때문에, 부인의 몸이 안 좋아지고 큰딸이 집을 떠난 후에 클러터 씨는 요리하는 법을 반드시 배워야만 했다. 클러터 씨나 낸시, 둘 중 한 사람이 식사를 준비했지만 식사 준비는 주로 낸시의 일이었다. 클러터 씨는 집안일을 좋아했고 솜씨도 뛰어난 편이었다. 클러터 씨는 캔자스의 어떤 주부보다도 소금으로 발효시키는 빵을 잘 구웠고 특제 코코넛 과자는 자선 바자회에 내놓으면 제일 먼저 팔려 나갔다. 하지만 클러터 씨는 입이 짧은 편이어서 다른 동료 농장주들과 다르게 간소한 아침 식사를 선호했다. 그날 아침에도 클러터 씨는 사과 하나와 우유 한 잔으로 아침을 때웠다. 커피나 차에는 손도 안 댔기 때문이고, 찬 속으로 아침을 시작하는 것이 편했기 때문이다. 사실 클러터 씨는 아무리 약한 것이라도 자극적인 음식이라면 모두 거부했다. 담배도 피우지 않았고 물론 술도 마시지 않았다. 알코올은 입에도 안 댈뿐더러 음주 습관이 있는 사람들은 피하려고 했다. 그렇다고 해서 클러터 씨의 인간관계가 좁아지지는 않았다. 그 인간관계의 범위란 것이, 교인이 모두 1700명이나 되는 가든시티의 초대 감리교회에 다니는 사람들이라서 대부분 클러터 씨가 바람직하게 생각할 수준으로 금욕적이기 때문이었다. 클러터 씨는 가치관을 강요해서 남에게 폐를 끼치는 일을 조심스럽게 피하고 자기 영역을 넘어서면서까지 남을 비난하지 않았다. 그렇지만 집안사람들과 리버밸리 농장 사람들에게는 자기의 기준을 강요했다. 일꾼을 구할 때 클러터 씨는 가장 먼저 "술 마십니까?"라고 물어보았다. 일할 마음이 있는 사람이 술을 마시지 않는다고 대답하더라도 클러터 씨는 술병을 숨겨놓은 것이 발견되면 고용 계약을 파기한다는 조항을 넣은 계약서에 서명하게 했다. 오래된 개척자 친구인 린 러셀 씨는 클러터 씨에게 이런 말을 하기도 했다. "자넨 자비심이 없어, 허브. 자네는 일꾼이 술 마시는 광경을 봤다간 당장 쫓아낼걸. 그 사람 가족들이 굶어 죽는다고 해도 눈 하나 깜짝 안 하겠지." 하지만 아마도 클러터 씨가 고용주로서 비난받을 부분은 그것뿐이었을 것이다. 클러터 씨는 공정하고 자선을 잘하는 사람으로 유명했고 월급을 후하게 주고 보너스도 자주 주는 것도 사실이었다. 농장이 잘될 때는 일꾼을 열여덟 명까지 두었지만 불평은 별로 없었다.

우유 한 잔을 마신 뒤 양털로 가장자리를 두른 모자를 쓰고 나서 클러터 씨는 사과를 챙겨 들고 아침 작업을 점검하러 밖으로 나갔다. 사과를 먹기에는 이상적인 날씨였다. 희디흰 햇빛이 맑디맑은 하늘에서 내리비치고 동쪽 바람이 출렁임 없이 살랑살랑 불어와 중국 느릅나무에 아직 붙어 있는 나뭇잎들을 흔들었다. 서부 캔자스는 다른 계절은 끔찍하지만 그를 보상이라도 하듯 가을이 아주 아름답다. 매서운 콜로라도 바람이 불고 눈이 엉덩이께까지 쌓일 정도로 내려 양도 얼어 죽는 겨울, 진눈깨비가 내리고 안개가 깔리는 봄, 까마귀들이 작은 그늘 하나라도 찾아 돌아다니고 무한히 펼쳐진 밀밭에 식물의 줄기가 뻣뻣하게 서서 번쩍이는 여름. 마침내 9월이 지나면, 다른 날씨가 찾아든다. 크리스마스까지 지속되는 인디언 서머*. 계절을 대표할 만한 가장 좋은 날씨를 클러터 씨가 마음껏 즐기고 있을 때 잡종 콜리 개가 다가왔다. 개와 사람은 함께 느릿느릿 걸어 소유지에 있는 마구간 세 개 중 하나 옆에 붙은 가축우리로 갔다.

　마구간 하나는 거대한 조립식 막사였다. 마구간 가장자리를 따라 서부 수수를 심어놓았고, 다른 마구간에는 10만 달러어치는 되는 마일로 수수를 산더미같이 쌓아놓았다. 수수 시세만으로도 1934년에 클러터 씨가 벌었던 총수입의 네 배를 훌쩍 넘어섰다. 1934년은 클러터 씨가 보니 폭스와 결혼한 후, 피니 군 농업부 사무관 자리를 얻어 고향인 캔자스 로젤에서 가든시티로 이사한 해였다. 일곱 달이 지나자 클러터 씨는 남들과 다름없이 승진해서 책임자 지위에까지 올랐다. 1935년에서 1939년까지 그 자리에 있었던 동안은 백인들이 정착한 이래로 그 지역이 가장 무미건조했고 가장 몰락한 시기였다. 하지만 젊은 클러터는 전부터 전문가답게 최근의 농업 현실에 꾸준히 발맞추어왔으므로 정부와 의기소침한 농장주 사이를 중재하는 데는 적역이었다. 이 농장주들은 자기 일을 똑똑히 잘 알고 호감 가는 젊은이

---

*화창한 봄날같이 좋은 늦가을 날씨.

의 낙관적인 태도와 그가 전달해주는 지시 사항을 잘 이용할 줄 알았다. 그렇지만 클러터 씨는 진정으로 하고 싶은 일을 하고 있던 것은 아니었다. 농부의 아들로 태어난 클러터 씨는 처음부터 자기 농장을 꾸리는 것을 목표로 하고 있었다. 4년이 지나자 클러터 씨는 농장 일에 제대로 뛰어들고자 사무관직을 사임하고 대출받은 돈으로 빌린 땅에 리버밸리 농장(농장에 이런 이름이 붙은 것은 구불구불 흘러가는 아칸소 강이 있었기 때문이지, 이전에 골짜기가 있었기 때문은 아니다)의 싹을 틔웠다. 피니 군의 보수주의자 몇몇은 어디 한번 두고 보자는 심사로 클러터 씨가 노력하는 것을 관심 있게 지켜보았다. 이 사람들은 젊은 사무관을 꾀어 대학 시절에 배운 지식을 펼치게 하면서 골려먹는 것을 좋아하는 구세대들이었다. "좋아, 허브. 자넨 언제나 다른 사람들 땅에는 뭐가 제일 좋은지 잘 알고 있지. 이걸 심어라. 저기에 축대를 쌓아라. 그렇지만 자기 땅을 일구려면 상황이 다르다는 걸 알게 될걸." 그 사람들의 말은 틀렸다. 이 건방진 젊은이의 실험은 성공했다. 농장을 꾸리고 나서 초기에는 하루에 18시간씩 일한 덕분이기도 했다. 실패도 있었다. 밀 농사를 두어 번 망치기도 했고 겨울에 폭풍우가 몰아쳐 양을 수백 마리나 잃은 적도 있었다. 그렇지만 10년이 지난 후 클러터 씨의 토지는 소유지만 323만 제곱미터에 달했고 임대한 땅까지 포함하면 1214만 제곱미터가 넘었다. 그 정도면 동료들도 인정하듯이 "꽤나 훌륭한 대목장"인 셈이었다. 밀, 마일로 수수 씨, 인증받은 잔디 씨, 이것이 농장의 번영을 좌지우지하는 작물이었다. 가축도 또한 주요 수입원이었다. 양, 특히 소가 주요 가축이었다. 헤리퍼드 종 수백 마리가 클러터 상표를 달고 팔려 나갔지만, 가축우리 안의 빈약한 내용물만 보면 별로 믿기지 않는 사실이었다. 우리는 병에 걸린 수송아지나, 젖소 몇 마리, 낸시의 고양이들, 식구들이 제일 좋아하는 말 베이브가 사용했다. 베이브는 늙고 뚱뚱한 짐말인데 넓은 등에다 애들 서넛을 태우고 다녀도 전혀 반항하지 않는 녀석이었다.

클러터 씨는 베이브에게 사과 심지를 먹이면서 가축우리 안에서 찌꺼기를 긁어모으고 있는 남자에게 아침 인사를 건넸다. 앨프리드 스퇴클라인은 유일하게 목장 내에 거주하는 일꾼이었다. 스퇴클라인 부부와 자녀들은 안집에서 몇백 미터 떨어진 집에 살고 있었다. 1킬로미터 이내에는 그 가족 말고 이웃이 없었다. 긴 얼굴에 치아가 길고 누런 스퇴클라인이 물었다. "오늘 특별히 해야 할 일 있나요? 애 하나가 아파서요. 막내가요. 마누라랑 밤새 애를 어르느라 한잠도 못 잤거든요. 의사한테 데려가봐야 하나 하는 중이라서." 클러터 씨는 동정 어린 말투로 아침 일을 빼먹어도 괜찮다고 하고는 자기랑 부인이 도와줄 일이 있으면 알려달라고 말했다. 그러고 나서는 저만치 앞서 뛰어가는 개와 함께 이제는 사자 갈기 같은 색으로, 수확하고 남은 그루터기 때문에 금빛으로 빛나는 남쪽 밭을 향했다.

강은 이쪽에 있었고, 둑 가까이에는 작은 과수원이 하나 있었다. 복숭아, 배, 버찌, 사과나무. 이곳 토박이들의 기억에 따르면 50년 전에는 나무꾼 한 명이 서부 캔자스에 있는 나무를 모두 잘라내는 데 10분도 안 걸릴 터였다. 요즘에도 보통 미루나무나 중국 느릅나무, 수분이 적어도 버틸 수 있는 선인장 같은 다년생 나무만을 심어놓았다. 하지만 클러터 씨는 "비가 2, 3센티미터만 더 내려도 이 시골은 낙원, 지상의 에덴동산이 될 것"이라고 종종 말했다. 강가에서 오순도순 자라고 있는 과일나무들은 비가 오든 말든 클러터 씨가 머릿속으로 그려온 한 뙈기의 낙원, 사과 향기가 풍기는 푸른 에덴동산을 꾸려나가려는 시도의 일환이었다. 클러터 부인이 이렇게 말한 적도 있었다. "남편은 자기 자식보다 저 나무들을 더 아낀다니까요." 홀컴 마을 사람이라면 누구나 고장 난 경비행기가 복숭아나무에 처박힌 날을 기억했다. "클러터 씨가 어찌나 펄펄 뛰던지! 글쎄, 프로펠러가 멈추기도 전에 벌써 조종사 얼굴에 고소장을 던져놓았지."

과수원을 가로지르며, 클러터 씨는 강가를 따라 걸었다. 여기서는 강이 얕아져 군데군데 작은 섬들이 뒤덮고 있었다. 섬이라고 해봤자 물 한가운데 부드러운 모래가 깔린 정도였다. 클러터 부인이 그나마 이런저런 일을 할 기분이 내켰던 시절에는, 일요일이나 날씨가 더운 안식일에 소풍 가방을 가지고 여기로 놀러 와서 낚싯대 끝이 움찍거리길 기다리며 가족끼리 오후를 보내곤 했다. 클러터 씨가 자기 토지 내에서 무단 침입자를 만나는 일은 좀처럼 없었다. 고속도로에서 2킬로미터 정도 떨어져 있고 외진 길로 이어져서 낯선 사람들은 우연히라도 지나갈 일이 없는 곳이었다. 그런데 그때 갑자기 낯선 사람 한 떼가 나타났고, 개 테디가 으르렁거리면서 달려 나갔다. 그런데 테디의 행동이 이상했다. 테디는 좋은 경비견이며 재빠르고 용맹하여 언제나 펄펄 뛸 태세를 갖추고 있었지만 한 가지 결점이 있었다. 지금처럼 침입자들이 무장을 했을 때 총을 보기만 하면 고개를 떨어뜨리고 꼬리를 마는 것이다. 아무도 그 이유를 몰랐다. 테디는 케니언이 몇 년 전에 길에서 데리고 온 떠돌이 개라서 아무도 이 개의 과거를 몰랐기 때문이었다. 나타난 사람들은 오클라호마에서 온 꿩 사냥꾼 다섯 명이었다. 캔자스에서는 꿩 사냥이 유명한 11월 행사이기 때문에 인근 주에서 사냥꾼들이 떼로 몰려온다. 몇 주 동안 격자무늬 모자를 쓴 사람들이 무리 지어 와 가을 들판에서 행진하면서 산탄을 계속 쐈다. 산탄은 적갈색으로 하늘을 물들이며 날아가는 토실토실한 새들을 떨어뜨렸다. 보통 사냥꾼들은 불청객으로 찾아오는 경우에는 토지 내에 들어가게 해달라고 땅 주인에게 요금을 지불하는 게 관례였다. 하지만 오클라호마 사람들이 사냥권을 살 수 있게 해달라고 하자 클러터 씨는 웃어넘겼다. "나는 보기만큼 가난하지는 않소이다. 가서 잡고 싶은 만큼 마음대로 잡으시구려." 클러터 씨는 이렇게 말하고 나서 모자 테에 손을 올려 인사하고 하루 일과를 시작하러 집으로 갔다. 그날이 그의 마지막 날이 되리라는 것을 모르고.

'작은 보석'이라고 하는 카페에서 아침 식사를 하고 있는 젊은이도 클러터 씨처럼 커피를 마시지 않았다. 젊은이는 루트비어를 더 좋아했다. 아스피린 세 알, 차가운 루트비어, 폴몰 담배 몇 대, 이것이 젊은이가 생각하는 적당한 '끼니 때우기'의 개념이었다. 찔끔찔끔 루트비어를 마시고 담배를 피우면서 젊은이는 앞 카운터에 펼쳐진 지도를 찬찬히 살펴보았다. 필립스66*의 멕시코 지도였다. 그렇지만 집중을 잘 할 수는 없었는데, 기다리는 친구가 늦었기 때문이었다. 젊은이는 창문 밖으로 고요한 읍내,

---

*미국의 종합석유회사.

어제까지만 해도 전혀 본 적이 없던 거리를 내다보았다. 아직도 딕이 나타날 기색은 없었다. 그렇지만 나타나기는 할 것이었다. 어쨌거나 오늘 만나기로 한 것도 딕의 생각, 딕의 '계획' 때문이었으니까. 그 계획이 성공하면, 바로 멕시코행이다. 지도는 해지고, 하도 많이 넘겨봐서 새미가죽처럼 너덜너덜해져 있었다. 젊은이가 묵는 호텔의 방 안 구석에는 미국 각 주와, 캐나다의 모든 지방, 온갖 남미 국가가 표시된 낡은 지도가 수백 개 있었다. 젊은이는 끊임없이 여행을 꿈꾸는 사람이었고 실제로 적잖이 여행을 다녔다. 알래스카, 하와이, 일본, 홍콩. 지금은 편지 한 통, '계획'에 동참하라는 초대장 때문에 전 재산을 싸 들고 여기 와 있었다. 마분지로 된 여행 가방 하나, 기타 하나, 4분의 1톤은 나갈 만한 책과, 지도, 악보, 시와 옛날 편지가 가득 든 상자 두 개. (이 상자를 봤을 때 딕의 얼굴이 얼마나 볼 만하던지! "제길, 페리. 저 쓰레기를 계속 싸 짊어지고 다닌단 말이야?" 페리가 대답했다. "웬 쓰레기? 30달러나 준 책도 있는데.") 지금 페리는 여기 캔자스 올레이시에 있다. 잘 생각해보면 웃기는 일이다. 먼저 주 가석방위원회에, 그리고 스스로에게 다시는 캔자스 주 경계 내에는 발을 들이지 않겠다고 맹세한 지 겨우 다섯 달 만에 돌아왔다는 것을 생각해보라.

지도에는 군데군데 동그라미를 친 지명들이 있었다. '코주멜'은 유카탄 반도 해안에서 조금 떨어진 데에 있는 곳인데 페리는 남성 잡지에서 그 이름을 보았다. "옷을 벗어던지고 편안한 웃음을 걸치세요, 인도의 왕처럼 살아갈 수 있는 곳, 한 달에 50달러면 원하는 여자를 모두 만날 수 있는 곳!" 같은 기사에 나온 다른 문구들도 마음이 혹해 기억하고 있었다. "코주멜은 사회적,

경제적, 정치적 억압을 반대하는 곳입니다. 이 섬의 공무원은 민간인을 억압하지 않습니다"라든가 "매년 앵무새 한 무리가 본토에서 알을 낳으러 날아온답니다"라는 문장. '아카풀코'라는 이름을 들으면 심해 낚시나 카지노, 걱정이 많은 부잣집 마나님이 생각났고, '시에라마드레'는 페리가 여덟 번도 넘게 본 영화 〈시에라마드레의 황금〉* 때문인지 황금이 연상되었다. (그 영화는 보가트가 나온 영화 중에 가장 걸작이기도 하지만, 광산업자를 연기한 늙은 남자를 보면 페리의 아버지가 떠오른다는 점에서 또한 훌륭한 영화였다. 월터 휴스턴. 그래. 그리고 페리가 딕에게 말해준 것은 다 사실이었다. 페리는 금 채굴에 대해서 속속들이 알고 있었고, 모두 전문 채굴가인 아버지에게 배운 것이었다. 그러니 자기네 둘이라고 짐말 두 마리를 사서 시에라마드레에서 운을 시험해보면 안 될 게 뭐가 있을까. 그렇지만 딕은, 현실적인 딕은 "에이, 자기야. 나도 그 영화 봤다고. 그거 결국 죄다 미쳐버리면서 끝나는 영화 아냐. 열도 나고 거머리에게 뜯기고 그렇게 되던데. 그런 데는 어디나 환경이 그렇잖아. 그런데, 막상 황금을 찾으니까 어떻게 됐어? 바람이 몰아쳐서 모두 날려버리지 않았나?"라고 말했다.) 페리는 지도를 접었다. 그는 루트비어 값을 치르고 일어섰다. 페리는 앉아 있을 때는 보통 사람보다 약간 더 커 보였고, 어깨가 떡 벌어지고 두터운 팔에 역도 선수처럼 웃통이 굽어 힘센 남자처럼 보였다. 실제로 취미도 역기 들기였다. 그렇지만 몸의 일부분은 다른 부분하고 비례가 맞지 않았다. 강철 버클이 달린 작은 검정 부츠 속에 끼워 넣은 발은 자

---

*존 휴스턴 감독의 1948년 영화. 감독의 아버지인 월터 휴스턴과 험프리 보가트가 주연을 맡았다.

그마해서 섬세한 여성용 무도화에도 들어갈 것 같았다. 일어서면 키가 열두 살 난 애만 했고 자라다 만 발로 걸으면 갑자기 그 발이 떠받치는 어른의 몸이 기괴하게 느껴질 정도로 어색했다. 몸집이 크고 근육이 울룩불룩하기는 했으나 건장한 트럭 운전사가 아니라 은퇴한 기수와 비슷했다.

드러그스토어 바깥에서 페리는 햇볕을 쬐었다. 9시 15분 전이니 딕은 30분 정도 늦은 셈이었다. 하지만 딕이 앞으로 24시간 동안은 매분 매초가 중요하다는 말을 단단히 주입시키지 않았더라면, 페리는 시간이 그렇게 되었는지도 알아채지 못했을 것이다. 시간은 페리에게 별로 중요하지 않았다. 페리는 시간 때우는 방법을 여러 가지 알고 있었기 때문이었다. 그중 하나가 거울 보기였다. 딕이 이렇게 말한 적이 있다. "넌 거울을 볼 때마다 환각 상태에 빠지는 것 같더라? 거울 속에 끝내주게 멋진 녀석이라도 들어앉은 것 같아. 어, 그러니까 내 말은, 넌 지겹지도 않냐?" 지겹기는커녕 페리는 자기 얼굴에 빠져 있었다. 얼굴 각도를 달리해서 보면 다른 인상이 나왔다. 요정이 바꿔치기한 아이의 얼굴 같았다. 그는 계속 얼굴을 바꿔가며 거울에 비춰 보면서 어떻게 하면 변화를 줄 수 있는지, 어떻게 하면 얼굴이 불길하게, 개구쟁이같이, 숭고하게 보이는지 알아냈다. 머리를 약간 비스듬하게 하고, 입술을 약간 실룩이면 타락한 집시가 부드럽고 낭만적인 얼굴로 바뀌었다. 페리의 어머니는 토종 체로키 원주민이었다. 페리의 피부와 머리색은 바로 어머니에게서 물려받은 것이었다. 요오드빛의 피부, 짙고 축축한 눈, 풍성한 검은 머리. 머리숱이 많은 덕에 페리는 항상 머릿기름을 발라서 손질하고, 구레나룻을 기르고 미끈하게 앞머리까지 내렸다. 어머니 쪽에서 물려받은 특징은 누가 봐도 눈에 띄었다. 아버지가 물려준 주근깨와 붉은 머리, 아일랜드인 같은 얼굴은 티가 덜 나는 편이었다. 인디언 피가 켈트인의 혈통을 구석구석 물들인 셈이었다. 그래도 생기가 철철 넘치는 장난기나 아일랜드인 특유의 주제넘고 이기적인 성격과 분홍색 입술이나 건방진 코가 켈트인의 혈통이 확실하다는 것을 증명해주고 있기는 했다. 아일랜드 기질은 때때로 체로키다운 얼굴에 가리기도 했지만, 기타 치며 노래할 때는 완전히 겉으로 드러났다. 노래하는 것이나 대중 앞에서 노래하는 상상을 하는 것은 자기최면에 빠져 시간을 보내는 다른 방법이었다. 페리는 언제나 똑같은 마음의 풍경을 이용했다. 자기 고향이기도 한 라스베이거스의 한 나이트클럽의 풍경이었다. 한 방에 유명 인사들이 꾸역꾸역 밀려 들어와서는 들뜬 표정으로 집중하고 있다. 거기에 선풍적인 인기를 끌며 새롭게 나타난 스타가 등장해 히트 곡 〈당신을 만나러 갈 거예요〉를 바이올린 반주에 맞춰 부르고 난 다음, 자기가 작곡한 최신 발라드를 앙코르로 선사한다.

> 해마다 사월이면 앵무새 한 무리가
> 머리 위로 날아가네요.
> 빨강, 초록, 초록, 귤색.
> 난 앵무새가 날아가는 모습을 봐요. 하늘 높이 나는 소리를 듣죠.
> 노래하는 앵무새가 4월의 봄을 가져오네요······.

(딕은 이 노래를 처음 듣고서는 평하기를 "앵무새는 노래를 안 하는데. 말은 할지도 모르지. 꽥꽥거리기도 하고. 하지만 노래

따위는 안 불러"라고 했다. 물론 딕은 사물을 있는 그대로 받아들이는, 그것도 아주 심하게 그러는 성격이라 음악이나 시는 하나도 이해하지 못했다. 하지만 솔직히 말하면, 딕이 사물을 글자 그대로 받아들이는 성격과 모든 문제에 실용적으로 접근하는 태도 때문에 페리가 끌린 것이기도 했다. 자기와 비교해서 보면 딕은 진짜로 강했고 약한 구석 하나 없이 "아주 남자다웠기" 때문이었다.)

그러나 이 라스베이거스 몽상은 유쾌하기는 해도 다른 공상에 비하면 시시했다. 어릴 때부터, 이제껏 살아온 서른한 해의 반이 넘는 시간 동안 페리는 상상 속에서나 경험할 수 있을 것만 같은 모험들을 진짜로 해보라고 부채질하는 책이나("다이빙으로 한몫 잡기! 여가 시간에 집에서 훈련하세요! 스킨스쿠버 다이빙으로 큰 수익을 올릴 수 있습니다. 무료 설명서를 받아보세요……") 그에 상응하는 광고들("난파선의 보물! 보물 지도 50장을 이 놀라운 가격에……")을 보고 꿈꾸며 살아왔다. 낯선 바닷속으로 깊이 헤엄쳐 들어가거나 초록으로 일렁이는 바다의 황혼 속으로 뛰어들면 야만스러운 눈동자에 비늘이 달린 경비병들이 우뚝 서서 거대한 선체를 지키고 있다가 덤벼든다. 하지만 거기만 통과하면 다이아몬드와 진주, 금괴가 가득 쌓여 있는 스페인 갈레온 범선을 찾아낸다는 그런 꿈.

자동차 한 대가 경적을 울렸다. 마침내 딕이 왔다.

―

"알았어, 케니언! 알았다고."

언제나처럼 난리를 피우는 아이는 케니언이었다. 케니언이 지르는 고함이 계단 위로 계속 들려왔다. "낸시, 전화 받아!"

낸시는 맨발에 파자마 차림으로 계단을 쿵쿵 내려왔다. 집 안에는 전화가 두 대 있었다. 아버지가 사무실로 쓰는 방 안에 하나, 부엌에 또 하나. 낸시는 부엌 전화를 받았다. "여보세요? 아, 안녕하세요, 카츠 아줌마."

고속도로변에 사는 농장주 부인인 클레런스 카츠 부인이 말했다. "너희 아버지한테 너 깨우지 말라고 그랬는데. 어젯밤에 그렇게 근사하게 연기를 했으니 당연히 피곤할 거 아니니. 너 정말 귀엽더라. 머리에 하얀 리본 단 것도 아주 깜찍했어! 그리고 톰 소여가 죽었다고 생각한 대목에서는 진짜로 눈물을 흘리던데, 어쩜 텔레비전에서 보는 거랑 똑같지 뭐니. 하지만 너희 아버지가 이제 일어날 시간이 되었다고 하시더라고. 그래, 벌써 9시가 되어가네. 내가 전화한 건 말이지, 낸시야. 우리 딸 있잖니, 졸린. 걔가 체리파이를 구워보고 싶어 죽겠대. 네가 체리파이 대회 챔피언 아니니, 매번 상도 타고. 조금 있다가 내가 우리 애를 데리고 갈 테니까 굽는 방법 좀 가르쳐줄 수 있을까?"

여느 때 같으면 낸시는 졸린에게 칠면조 구이를 주 요리로 한 상 멋들어지게 차리는 방법이라도 기꺼이 가르쳐줬을 터였다. 낸시는 어린 소녀들이 와서 요리나 바느질, 음악을 배우거나 종종 비밀을 털어놓으며 도와달라고 하면 언제라도 도와주는 게 자기 의무라고 생각했다. 그런 데에 시간을 내주면서도 낸시는 "그렇게 큰 집 살림을 실질적으로 떠맡아 하고" 성적은 모두 A를 받는 우등생이며, 학급 반장에 4-H 클럽과 감리교 청년부 회장에, 승마도 잘하고 피아노와 클라리넷을 잘 다루는 음악가인 데다가, 매년 열리는 군 박람회에서는 제과, 잼, 자수, 꽃꽂이 부문에서 상을 도맡아 타는 소녀였다. 아직 열일곱 살도 채 안 된 어린 여자애가 그렇게 무거운 짐을 지고서도 어떻게 한마디 자랑도 안 하고, 오히려 밝고 명랑하게 척척 해내는지는 마을 사람 모두가 놀라워했다. 하지만 "걔는 타고난 게 그래. 아버지한테 물려받은 거지"라는 한마디면 궁금증은 싹 해결되었다. 확실히 낸시의 가장 좋은 기질, 모든 사람을 도와줄 수 있는 재능은 아버지에게서 나온 것이었다. 그 재능은 바로 갈고닦은 조직력이었다. 낸시는 1분 1초라도 잘 배당해서 언제라도 자기가 무엇을 해야 할지, 시간이 얼마나 걸릴지 정확히 알고 있었던 것이다. 그런데 지금 문제가 발생했다. 오늘은 낸시의 스케줄이 너무 꽉 차 있었다. 오늘 오전에는 다른 이웃 아이인 록시 리 스미스가 학예회에서 트럼펫 연주를 한다고 해서 수업을 해주기로 했고, 어머니가 시킨 복잡한 심부름도 세 건이나 처리해야 했으며, 가든시티에서 열리는 4-H 모임에 아버지와 함께 참석하기로 되어 있었다. 그러고 난 다음에는 점심을 차리고, 점심 후에는 베벌리의 결혼식 때 입으려고 직접 디자인한 들러리 드레스를 바느질해서 만들어야 했다. 졸린에게 체리파이 요리 강좌를 해줄 시간은 없었다. 다른 일을 취소하지 않는 한.

"카츠 아줌마? 잠깐만 끊지 말고 기다려주실래요?"

낸시는 집 안을 가로질러 아버지 사무실로 갔다. 사무실에는 바깥으로 난 손님용 문이 따로 있었고, 미닫이문으로 복도와 분리되어 있었다. 클러터 씨는 때때로 제럴드 반 블릿이라는 농장 경영을 도와주는 젊은이와 함께 있기도 하지만 근본적으로 사무실은 그만의 은신처, 질서 정연한 성역이었다. 호두나무 베니어판을 깐 벽에 기압계나 강우량 표, 쌍안경을 걸어놓고 선실에 앉은 선장처럼 리버밸리의 위험한 항로를 헤치며 몇 번의 계절을 항해해 온 것이다.

"걱정할 것 없다." 낸시의 문제에 클러터 씨는 이렇게 대답해 주었다. "4-H 클럽을 빼먹으면 되잖니. 케니언을 대신 데리고 가면 돼."

그래서 사무실 전화를 들고서 낸시는 카츠 부인에게, 괜찮으니 졸린을 지금 데리고 오라고 말했다. 그렇지만 낸시는 얼굴을 찡그리며 전화를 끊었다. "너무 이상하네요." 낸시는 아버지가 케니언의 덧셈 공부를 도와주는 모습과 생각에 잠긴 듯 표정이 굳은 반 블릿 씨가 창문 옆 자기 책상에 앉아 있는 것을 둘러보았다. 그 표정 때문에 낸시는 몰래 반 블릿을 히스클리프라고 부르고 있었다. "담배 냄새가 계속 나는데요."

"누나 입에서?" 케니언이 물었다.

"아니, 웃기지 마. 네 입에서."

그 말에 케니언은 입을 다물었다. 케니언도 알고 낸시도 알다시피 케니언은 가끔 슬그머니 한 모금씩 피우고 있었던 것이다. 하지만 낸시도 마찬가지였다.

클러터 씨는 손뼉을 쳤다. "그만해라. 여기는 사무실이야."

낸시는 위층으로 올라가서 빛바랜 리바이스 청바지와 초록색 스웨터로 갈아입고 손목에 재산 목록 3호인 금시계를 찼다. 낸시가 가장 귀여워하는 고양이 에빈루드가 바로 위 2호였고 에빈루드보다 더 아끼는 것이 보비가 선물한 도장 반지였다. 반지는 두 사람이 사귄다는 것을 증명해주는 것이었지만 성가셨다. 낸시는 그 반지를 엄지손가락에 끼고 다녔는데 남성용 치수라 접착테이프를 붙여도 다른 손가락에는 맞지 않았기 때문이었다. 성가시다는 말은 낄 때는 그랬다는 뜻이었다. 열렬한 감정이 식어버릴 때는 반지도 꼈다가 빼고는 했다. 낸시는 예쁘고 날씬하며 소년처럼 민첩했지만, 가장 예쁜 부분은 짧게 곱실거리는 밤나무색 머리카락과(아침에 100번씩 빗고 저녁에도 똑같이 100번씩 빗는 그 머리) 희미하게 주근깨가 있고 지난여름 햇볕에 그을려 불그스름한 갈색이 되기는 했지만 막 비누로 세수한 듯한 피부였다. 그렇지만 낸시를 보면 누구나 금방 좋아하게 되는 이유는 바로 눈이었다. 미간이 넓은 눈은 투명한 검은색으로, 에일맥주를 빛에 비추는 것 같았으며, 한 점의 의심도 없는 순수한 마음과 생각이 깊고 남에게 친절을 쉽게 베푸는 성품을 드러냈다.

"낸시!" 케니언이 불렀다. "수전 전화 받아."

낸시의 단짝 친구, 수전 키드웰이었다. 낸시는 다시 부엌에서 전화를 받았다.

"말해봐." 수전은 언제나 명령형으로 통화를 시작했다. "먼저, 왜 제리 로스랑 시시덕대는지부터 말해봐." 보비처럼 제리 로스도 학교의 농구부 스타였다.

"어젯밤에? 어머, 난 시시덕대지 않았어. 손 좀 잡았다고 그러는 거야? 연극할 때 걔가 무대 뒤로 온 것뿐이야. 내가 너무 떠니까. 그래서 내 손을 잡아준 거지. 힘내라고."

"다정하기도 하네. 그러고 나서는?"

"보비가 괴기 영화 보여줬어. 손을 잡았지."

"무섭디? 보비 말고, 영화."

"보비는 별로 안 무서웠나봐. 그냥 웃더라. 그렇지만 너 나 알잖아. 왁! 그래서 의자에서 떨어졌지 뭐야."

"너 뭐 먹고 있니?"

"아무것도 안 먹어."

"어디 날 속이려고. 너 손톱 깨물지?" 수전은 정확히 알아맞혔다. 애써 고쳐보려고 했지만, 낸시는 손톱 깨무는 버릇을 못 버리고, 곤란할 때마다 속살이 나올 때까지 깨물어버리고는 했다. "그런데, 뭐 잘못됐어?"

"아냐."

"낸시, 세 무아(나야)······." 수전은 프랑스어 공부를 하고 있었다.

"그게, 아빠 때문에. 아빠가 3주 동안 계속 기분이 안 좋으셨거든. 정말 나쁘셨어. 적어도 내가 볼 때는 그래. 어젯밤에 집에 왔더니 또 그러시는 거야."

'그러신다'는 말은 구태여 설명할 필요도 없었다. 두 친구는 이 주제에 대해서 확실하게 얘기를 나누었고, 서로 잘 알고 있었다. 수전은 낸시의 관점에서 상황을 정리한 다음 이렇게 말한 적이 있었다. "너는 지금 보비를 사랑하잖아. 그리고 걔가 필요하고. 하지만 마음속 깊은 곳에서는 보비도 너희 두 사람에게 아무런 미래가 없다는 걸 알고 있을걸? 나중에 나랑 맨해튼으로 가면 모든 게 다 새로운 세상처럼 보일 거야." 두 사람은 맨해튼에 있는 캔자스 주립대학에 입학해서 함께 자취하며 미술을 공부할 계획이었다. "모든 게 달라질 거야. 네가 원하든 원치 않든. 하지만 지금 여기 홀컴에 살면서 보비를 매일 수업 시간에 보고 있으면 아무것도 바꿀 수 없지. 그럴 이유도 없고. 너랑 보비는 아주 행복한 커플이잖아. 나중에 돌이켜보면 좋은 추억이 될 거야. 너 혼자가 되면. 아버지한테 그렇게 얘기하면 안 돼?" 아니, 낸시는 할 수 없었다. "왜냐하면." 낸시는 수전에게 이렇게 설명했다. "내가 뭔가 얘기를 하려고 하면 아빠는 마치 내가 아빠를 사랑하지 않아서 그런다는 식으로 쳐다보셔. 아니면 사랑이 식어서 그러는 것처럼. 그러면 갑자기 혀가 안 풀리는 거야. 그냥 아빠 딸로서 아빠가 원하는 대로 해드리고 싶어." 이 말에 수전은 아무 대답도 하지 않았다. 낸시의 말에는 수전의 경험을 넘어서는 감정과 관계가 실려 있었다. 수전은 홀컴 학교에서 음악을 가르치는 엄마와 단둘이 살고 있었고, 아빠에 대한 기억은 별로 없었다. 몇 년 전 고향 캘리포니아에 있을 때 어느 날 키드웰 씨는 집을 나가 돌아오지 않았다.

"어쨌거나." 낸시는 계속 말을 이었다. "그게 나 때문인 건지 아닌지도 잘 모르겠어. 아빠가 부루퉁하신 이유. 다른 게 있지 않을까? 아빠가 진정으로 걱정하는 게 따로 있지 않을까?"

"너네 엄마?"

낸시의 다른 친구들은 감히 이런 얘기를 꺼낼 수 없었다. 하지만 수전은 특별 취급이었다. 처음 홀컴에 이사 왔을 때 수전은 비쩍 말라 가냘프고, 공상에 쉽게 빠지는 우울하고 민감한 아이였고 낸시보다 한 살 어린 여덟 살이었다. 이런 수전을 클러터 가족이 아주 따뜻하게 맞아준 덕에 이 아빠 없는 캘리포니아 출신의 소녀는 곧 한 가족이나 다름없이 되었다. 7년 동안 낸시와 수전은 둘 다 비슷하게 가지고 있지만 남들에게는 흔치 않은 착한 마음씨와, 똑같이 섬세한 감수성 때문에 세상에 둘도 없는 친구로 지냈다. 그렇지만 올해 9월에 수전은 더 넓고, 더 우수하다는 가든시티 학교로 전학을 가버렸다. 대학에 진학하려는 홀컴 학생은 흔히들 그렇게 하지만, 완고한 지역 후원자인 클러터 씨는 그렇게 전학 가는 것이 동네의 사기를 떨어뜨리는 일이라고 생각했다. 홀컴 학교도 충분히 좋으니까 자기 아이들은 거기에 남아 있을 것이라는 뜻이었다. 그래서 두 소녀는 더 이상 함께 있을 수 없었고, 요즘 낸시는 용기를 내서 다가가거나 묵묵히 입 다물 필요도 없는 단 한 명의 친구를 낮 동안에는 만날 수 없다는 쓸쓸함을 깊이 실감하고 있었다.

"글쎄. 하지만 엄마 일은 아주 잘 풀려서 우리 모두 기뻐하고 있는걸. 너도 좋은 소식 들었지?" 그러더니 낸시는 "들어봐" 하고 말해놓고서는 마치 엄청난 이야기를 할 용기를 긁어모으려는 듯이 망설였다. "왜 담배 냄새가 자꾸 나는 것 같지? 진짜 나 거의 정신 나갔나봐. 차에 타도, 방에 들어가도 누군가 방금 거기서 담배 피웠던 것 같은 느낌이 들어. 엄마는 아닐 거야. 케니언일 리도 없고. 케니언은 그렇게 담이 크지가 않거든……."

그렇다고 해서 클러터 가정을 방문한 손님일 가능성도 거의 없었다. 이 집에는 재떨이라고는 없었던 것이다. 천천히, 수전은 낸시가 하는 말의 속뜻을 이해했지만 그건 웃기는 얘기였다. 혼자 뭘 고민하고 있든 수전은 클러터 씨가 몰래 담배를 피우면서 스트레스를 푼다고는 생각할 수 없었다. 낸시에게 이런 뜻으로 한 말이냐고 물어보기도 전에 낸시가 말을 잘랐다. "미안해, 수전. 가봐야겠어. 카츠 아줌마가 오셨나봐."

―

딕은 1949년형 검은 쉐보레 세단을 몰고 있었다. 페리는 차에 올라타면서 자기 기타가 뒷좌석에 안전하게 있는지 확인했다. 전날 밤, 딕의 친구들이 벌인 파티에서 연주를 한 후에 페리는 기타를 깜박하고 차에 놓고 내렸던 것이다. 기타는 오래된 깁슨 브랜드인데 사포질하고 왁스를 바른 뒤 벌꿀 같은 노란색으로 윤을 내놓았다. 다른 종류의 도구 하나도 그 옆에 놓여 있었다. 날아가는 꿩 떼가 개머리판을 따라 새겨진 12구경 펌프식 엽총이었다. 회중전등 하나, 낚시용 칼, 가죽 장갑 한 켤레, 총알이 가득 든 사냥 조끼 한 벌이 이 기묘한 정물화에 묘한 분위기를 더했다.

"넌 저거 입었어?" 페리가 조끼를 가리키며 말했다.

딕은 주먹으로 앞 유리를 두드렸다. "똑똑, 실례합니다. 저희는 사냥 나왔다가 길을 잃어버렸거든요. 전화 좀 쓸 수 있을까……."

"씨, 세뇨르. 요 콤프렌도.(아, 알았다고.)"

"식은 죽 먹기야." 딕이 말했다. "내 장담하지. 우린 벽이 붙은 머리카락까지 다 쓸어버릴 거니까."

"'벽에'라고 해야지." 페리가 말했다. 페리는 걸어 다니는 사전이었고 기묘한 단어를 열심히 사용했다. 딕과 캔자스 주립교도소에서 감방을 같이 쓸 때부터 페리는 열성으로 친구의 문법을 고쳐주고 어휘를 늘려주었다. 학생은 이런 수업을 조금도 고깝게 생각하지 않으면서 시를 한 뭉치나 지어 와 선생을 기쁘게 한 적도 있었다. 물론 그 시들은 아주 음란했지만 페리는 재치 있다고 생각해서 원고를 교도소 매점에서 가죽으로 장정한 후 "야한 농담"이라는 제목을 금박으로 찍어주었다.

딕은 위아래가 붙은 파란 작업복을 입고 있었다. 등 뒤에는 '밥 샌스 자동차'라는 광고 문안이 수놓여 있었다. 두 사람은 올레이시의 대로를 따라가 밥 샌스 자동차 수리점에 이르렀다. 딕은 8월 중순에 교도소에서 출감하고 나서 계속 여기서 일했다. 그는 경력 있는 수리공이라서 일주일에 60달러를 받았다. 그날 아침 하려고 했던 일에 대해서는 월급을 받을 자격이 없기는 했지만 말이다. 샌스 씨는 토요일에는 딕에게 가게 일을 완전히 맡기고 있어서, 자기 차를 정밀 검사하라고 직원에게 월급 주고 있는 셈이라는 사실을 까마득하게 몰랐다. 페리의 도움을 받아서 딕은 작업에 들어갔다. 둘은 엔진 오일을 갈고 클러치를 조정했으며, 배터리를 재충전하고 불량 베어링을 교체한 다음 뒷바퀴에 새 타이어를 끼웠다. 모두 오늘내일하는 구식 쉐보레가 실력을 발휘하여 쌩쌩 달리려면 꼭 필요한 작업이었다.

"우리 집 영감이 근처에서 얼쩡대서 말이야." 페리가 왜 늦게 왔냐고 묻자 딕이 이렇게 대답했다. "총을 집에서 꺼내는 모습을 영감한테 들키고 싶지가 않았어. 제길, 봤으면 내가 솔직하게 얘기를 안 한다고 눈치 깠을걸."

"'눈치챘다'고 해. 그래서 뭐라고 했어? 결국에는 말이야."

"미리 너랑 짠 대로 했지. 밤새 나가 있을 거라 그랬어. 포트스콧에 사는 너네 누나 만나러 간다고 했지. 너네 누나가 네 돈 맡아두고 있어서라고. 1500달러." 페리에게는 누나가 하나 있었다. 아니 전에는 둘이었지만, 살아남은 누나라고 해도 올레이시에서 135킬로미터 떨어진 포트스콧에 살고 있지는 않았다. 사실, 페리는 그 누나가 지금 어디 살고 있는지도 확실히 몰랐다.

"그랬더니 너희 아버지가 언짢아하시던?"

"왜 언짢아하겠어?"

"나를 싫어하잖아." 페리가 말했다. 상냥하고 새침한 목소리,

부드럽지만 단어 하나하나를 정확하게 집어서 입에서 담배 연기로 고리를 내뿜는 것처럼 말을 내뿜는 목소리였다. "너희 어머니도 그러잖아. 나도 눈치챘어. 말로는 못 하겠지만 쳐다보는 눈빛을 보면 안다고."

딕은 어깨를 으쓱했다. "너 때문에 그러는 거 아니야. 그냥 내가 '큰집'에서 나온 사람하고 만나는 게 싫은 거지." 두 번 결혼하고 두 번 이혼한 후 스물여덟 살에 세 남자아이의 아빠가 된 딕은 부모와 함께 산다는 조건을 걸고 가석방되었다. 딕의 가족은 남동생까지 함께 올레이시 근처의 작은 농장에 살고 있었다. "감방 동창회 배지를 달고 있는 사람이라면 다 싫은 거라고." 딕은 이렇게 덧붙이고서는 왼쪽 눈 밑에 새긴 파란 문신을 만졌다. 그 문신은 전과자 친구들이 그를 알아볼 수 있는 표식, 눈에 보이는 암호였다.

"무슨 말인지 알겠어." 페리가 말했다. "나도 그 마음 이해해. 다 좋은 분들이잖아. 정말 다정하신 분이야, 너희 어머니는."

딕은 고개를 끄덕였다. 딕도 그렇게 생각했다.

정오가 되자 그들은 연장을 내려놓았고 딕은 엔진에 시동을 걸어 일정하게 윙윙대는 소리를 들어보더니 작업이 완벽하게 이루어졌다며 만족했다.

―

낸시와 그 견습생 졸린 카츠 또한 그날 아침 작업의 결과에 만족했다. 열세 살 난 말라깽이 소녀 졸린은 뿌듯해서 어쩔 줄 몰라 할 정도였다. 한참 동안 졸린은 파이 대회 1등 수상작, 바삭바삭

한 격자무늬 크러스트 밑에서 뭉근하게 끓어오른 체리를 뚫어져라 바라보다가 정신을 차리고 낸시를 껴안으며 물었다. "정말, 이거 내가 만든 거예요?" 낸시는 웃고는 졸린을 한 번 더 껴안아주면서 약간 도움을 받기는 했지만 졸린이 직접 만든 게 확실하다고 말해주었다.

졸린은 당장 먹어봐야 한다고 주장했다. 식을 때까지 놔두는 것은 말이 안 되는 일이라는 것이다. "우리 둘 다 한 쪽씩 먹어봐요. 그리고 아주머니도요." 졸린은 부엌에 내려온 클러터 부인에게도 권했다. 부인은 미소를 지었다. 아니 미소를 지으려고 했다. 부인은 머리가 지끈지끈 아팠다. 그래서 고맙지만 식욕이 없다고 말했다. 낸시는 시간이 없었다. 록시 리 스미스와 함께하는 트럼펫 독주 연습이 대기하고 있었으며 연습이 끝나면 어머니 심부름을 해야 했는데 하나는 가든시티의 처녀들이 베벌리를 위해서 준비하는 결혼 축하 모임에 관한 것이었고 다른 하나는 추수감사절 잔치에 대한 것이었다.

"넌 가봐라, 낸시야. 졸린 어머니가 데리러 오실 때까지 내가 졸린하고 있을 테니까." 클러터 부인은 이렇게 말해놓고서는 더할 나위 없이 소심하게 아이를 가리키며 덧붙였다. "물론 졸린이 나랑 같이 있어도 괜찮다고 한다면 말이지." 소녀 시절 부인은 웅변대회에서 상을 탄 적도 있었다. 하지만 성인이 되고서 목소리는 딱 한 가지 어조, 사과하는 말투로 변해버렸다. 개성적이던 성격은 남을 언짢게 할지도 모른다는 두려움으로 잔뜩 얼룩져 때로는 약간 불쾌하기까지 했다. "졸린이 이해해줘라." 딸이 나가자 부인이 말했다. "낸시가 무례하다고 생각하지는 말렴."

"무슨 말씀이세요, 그럴 리가요. 제가 낸시 언니를 얼마나 좋아하는데요. 하긴 누구나 언니를 좋아하죠. 세상에 언니 같은 사람은 없어요. 스트링어 선생님이 뭐라고 하는지 아세요?" 졸린의 가정 선생님이었다. "전에 수업 시간에 이렇게 말씀하셨어요. '낸시 클러터는 항상 바쁘지만 항상 여유가 있지. 그게 바로 숙녀라는 거야.'"

"그래. 우리 애들은 다 일을 싹싹하게 잘하지. 내가 필요 없다니까."

졸린은 지금까지 한 번도 낸시의 '이상한' 엄마와 단둘이 있어본 적은 없었지만, 이제까지 들은 여러 가지 풍문과 달리 아주 편안한 느낌이 들었다. 클러터 부인에게는 본인은 긴장하고 있어도 남의 긴장은 풀어주는 능력이 있었다. 같이 있어도 조금도 위협적이지 않을 만큼 경계심이 없는 사람들이 일반적으로 지니고 있는 특질이었다. 심지어 완전히 어린애인 졸린조차도 부인의 하트 모양에 선교사 같은 얼굴, 무력하고 투박하면서도 영묘한 기운이 풍기는 표정을 보면 동정심이 일어 보호해주고 싶다는 느낌이 들 정도였다. 그렇지만 이 아주머니는 낸시 언니의 어머니다! 이모라면 혹시나 모를까. 놀러 온 노처녀 이모, 약간 괴상하기는 하지만 친절한.

"그래, 애들에겐 내가 필요 없다니까." 부인은 커피 한 잔을 따르며 되풀이했다. 남편은 이 음료를 마시지 않는다는 걸 다른 식구들은 모두 알고 있었다. 하지만 부인은 매일 아침에 커피만 두 잔씩 마시고 하루 종일 끼니를 거를 때도 종종 있었다. 부인은 43킬로그램 정도밖에 안 나가서 손에 끼고 있는 결혼반지와 맥이 빠질 정도로 소박한 다이아몬드가 박힌 다른 반지는 뼈만 앙상한 손가락에서 빙빙 돌았다.

졸린은 파이 한 조각을 잘라냈다. "어머어머!" 그러고는 게걸스레 먹으며 말했다. "일주일 내내 이걸 매일 아침 만들어 먹어야겠어요."

"그래, 너희 집은 어린 남동생들도 있잖니. 남자애들은 파이를 많이 먹지. 클러터 씨와 케니언은 파이를 아무리 먹어도 질려 하지 않더라고. 하지만 요리하는 사람은 달라. 낸시는 코를 막아 버리더라. 너도 그렇게 될걸. 아니, 아니, 내가 왜 이런 말을 하고 있담?" 테 없는 안경을 쓰고 있던 클러터 부인은 안경을 벗고 눈 주위를 눌렀다. "이해해주려무나, 아가. 너는 피곤하다는 게 어떤 건지 절대 모를 거야. 너는 언제나 행복하겠지……."

졸린은 아무 말 하지 않았다. 클러터 부인의 목소리에 서린 무서운 기색 때문에 감정이 바뀌었다. 엄마가 11시에 데리러 오기로 했는데 어서 왔으면 싶었다.

조금 차분해진 클러터 부인이 물었다. "너 미니어처 좋아하니? 자그마한 물건들 있잖아." 부인은 졸린을 식당으로 데리고 가서 소인국 물건처럼 작은 잡동사니 종합세트를 죽 늘어놓은 장식 선반을 구경시켜주었다. 가위, 골무, 수정 꽃바구니, 작은 인형, 포크와 나이프. "어릴 때부터 모았단다. 엄마와 아빠랑, 우리 가족 모두 해마다 몇 달은 캘리포니아에서 지냈거든. 해변에서. 거기에는 이렇게 귀하고 작은 물건들을 파는 가게가 하나 있었단다. 이 컵 좀 보렴." 앙증맞은 쟁반 위에 놓인 인형의 집 찻잔 세트가 부인의 손바닥 안에서 살짝 흔들렸다. "아빠가 주신 거야. 어린 시절은 참 좋았지."

폭스라는 부유한 밀 농장주인 부친 밑에서 오빠 셋 아래의 막내딸로 자란 부인은 버릇없이 크진 않았지만, 금이야 옥이야 애지중지 자라서 인생은 유쾌하고 기분 좋은 사건만 계속되는 것이라고 생각하게 되었다. 캔자스의 가을, 캘리포니아의 여름, 때가 되면 들어오는 찻잔 선물들. 그녀는 열여덟 살이 되었을 때, 갑자기 플로렌스 나이팅게일의 전기를 읽고 마음에 불이 붙어서는 캔자스, 그레이트벤드에 있는 성聖 장미 병원에 간호학생으로 등록했다. 하지만 간호사가 될 생각은 원래 없었던 터라, 2년 뒤 부인은 그 속마음을 털어놓았다. 병원의 현실, 환경이나 냄새 모두에 구역질이 났던 것이다. 그래도 지금까지도 부인은 학업을 다 마쳐서 학위를 받지 않은 것을 후회하고 있었다. "그냥 증명하고 싶었어. 이전에는 내가 뭔가 제대로 해낼 줄 알았다는 것 말이야"라고 부인은 한 친구에게 말했다. 대신에 부인은 큰오빠 글렌의 대학 동창이던 클러터 씨를 만나서 결혼했다. 실제로 두 집안은 30여 킬로미터 떨어진 동네에서 살았고, 부인도 오랫동안 클러터 씨를 먼발치서 봐왔다. 클러터 집안사람들은 평범한 농부들이었기 때문에 부유하고 교양 있는 폭스 집안사람들과는 왕래가 없었다. 하지만 클러터 씨는 잘생긴 청년이었고 효심이 깊었으며 의지가 강했고 그녀를 원했다. 그래서 그녀는 사랑에 빠졌다.

"남편은 여행을 많이 해." 부인은 졸린에게 말했다. "그이는 항상 여기저기 다니지. 워싱턴이나 시카고, 오클라호마, 캔자스시티. 어떨 때는 집에 영영 안 돌아오나 싶을 때도 있다니까. 하지만 어디를 가건 내가 이런 작은 물건들을 엄청나게 좋아한다는 사실을 잊어버리지 않는단다." 부인은 작은 종이부채를 폈다. "그이가 샌프란시스코에서 사다 준 거야. 가격도 1페니밖에 안 해. 그렇지만 예쁘지 않니?"

결혼한 지 2년째 되던 해에, 이비나가 태어났고 그로부터 3년 뒤에 베벌리가 태어났다. 해산할 때마다 젊은 어머니는 이유도 알 수 없이 산후 우울증을 겪었다. 신경 쇠약증이 발작해서 어지럼증에 손을 쥐어짜며 이 방 저 방 헤매고 다니게 되었던 것이다. 베벌리를 낳고 나서 낸시를 가지기까지 3년이라는 시간이 흘렀다. 그때는 일요일에는 소풍을 가고, 여름에는 콜로라도에서 휴가를 보내던 시절이었다. 부인이 진정으로 자기 가정을 꾸리고 가정의 핵심으로 행복하게 지내던 시절이었다. 그렇지만 낸시를 가진 뒤로, 그리고 케니언을 낳은 뒤로는 산후 우울증이 계속되었고, 아들이 태어난 후에는 절망적인 기분이 완전히 덮쳐서 걷힐 줄을 몰랐다. 절망은 비를 내릴 듯 말 듯한 구름처럼 어른거렸다. 물론 부인에게도 "좋은 날"이라는 게 있었고, 그런 날이 모여서 몇 주가 되고 몇 달이 되고 하기는 했다. 하지만 "이전의 자기 자신", 친구들이 좋아했던 사랑스럽고 매력적인 '보니'로 돌아갈 수 있었던 그런 좋은 날에도 남편이 진행하는 사회활동을 지원해줄 사교성까지는 불러일으킬 수가 없었다. 남편은 단체에 가입하기를 좋아했고, 타고난 지도자였다. 하지만 부인은 그렇지 못했고 곧 그렇게 해보려는 시도도 포기했다. 그래서 두 사람은 서로를 상냥히 배려해주고 절대 정절을 지키는 것까지만 선을 그어놓고 각자의 길을 따라 별거와 다름없는 생활로 돌입했다. 클러터 씨는 공적인 활동의 길로 승승장구하며 나아갔고 부인은 병원 복도를 굽이굽이 돌아가는 은밀한 길을 걸었던 것이다. 그렇지만 부인은 희망을 버리지는 않았다. 신에 대한 신뢰가 부인을 지탱해주었다. 가끔 세속적인 자료들도 앞으로 주님이 부인에게 자비를 베풀어줄 것이라는 믿음을 보충해주었다. 부인은 기적을 일으키는 약에 대한 책들을 읽었고 최신 치료법에 대한 얘기도 들었으며 최근에는 "신경이 꼬인 탓"에 이 모든 증상이 일어난 것이라고 믿기로 했다.

"작은 물건들은 정말 몸에 지니기 딱 좋아." 부인은 부채를 접으며 말했다. "놔두고 다닐 필요가 없다니까. 신발 상자에 넣어서 가지고 다닐 수도 있지."

"어디로 가져가는데요?"

"글쎄, 어디든지 가면 말이야. 한동안 어디 멀리 가 있을 수도 있잖니."

몇 년 전 클러터 부인은 2주간 치료를 받으러 위치토에 갔다가 두 달 동안 거기서 지낸 적이 있었다. 그렇게 하면 "자신이 어울리는 곳에 있고 쓸모 있는 인간이라는 느낌"을 되살리는 데 도움이 될 것이라고 의사가 충고했기 때문이었다. 부인은 거기서 아파트를 하나 얻고 직장을 구했다. YWCA에서 파일 정리를 하는 일이었다. 남편도 전적으로 동조를 하고 그 과감한 행동을 격려했다. 그런데 부인은 그렇게 떨어져 사는 게 너무나 좋았던 나머지 그 좋은 느낌이 기독교인답지 못한 생각처럼 느껴질 정도까지 되었다. 결국 나중에는 그 죄책감이 치료 효과를 넘어서게 되었다.

"아니면 집에 절대 못 돌아갈 수도 있지. 그러니까 항상 자기 자신만의 물건을 가지고 다니는 건 중요하단다. 정말 자기 물건 말이야."

초인종이 울렸다. 졸린의 어머니였다.

클러터 부인이 말했다. "잘 가거라, 아가." 부인은 졸린의 손에 종이부채를 지그시 쥐여주었다. "이건 1페니밖에 안 하는 거야. 하지만 예쁘지."

그 후 클러터 부인은 집 안에 홀로 있었다. 케니언과 클러터 씨는 가든시티에 가고 없었다. 제럴드 반 블릿은 외출했다. 부인이 무슨 얘기든 속을 터놓고 얘기할 수 있는 착한 가정부 헬름 부인은 토요일에는 일하러 오지 않았다. 부인은 침대로 돌아가는 편이 나을 것이었다. 부인이 좀처럼 일어날 생각을 하지 않아, 가여운 헬름 부인이 한 주에 두 번씩 부단히 애써서 시트를 갈아주는 그 침대로.

2층에는 침실이 네 개 있었는데, 부인의 방은 널따란 홀 맨 끝에 있었고, 홀에는 손자가 찾아올 경우를 대비해서 사둔 아기 요람 말고는 거의 아무것도 없었다. 간이침대를 들여오면 홀은 기숙사처럼 쓸 수 있었다. 클러터 부인의 계산대로라면 추수감사절 휴가 기간 동안 이 집에는 스무 명의 손님이 묵을 수 있었다. 다른 사람들은 모텔이나 이웃집에 묵어야 할 것이다. 클러터 일족 사이에서 추수감사절 모임은 중요한 연중행사였다. 이번 해에는 클러터 씨가 주최자로 선정되어 잔치를 치러야 했지만, 공교롭게도 베벌리의 결혼 준비와 겹치는 바람에 클러터 부인은 잘해내겠다는 생각을 일찌감치 단념하고 말았다. 두 행사 다 준비하려면 결정을 내려야 할 일이 많았는데, 부인은 결정하는 것을 싫어할 뿐만 아니라 두려워하기까지 했던 것이다. 클러터 씨가 사업상 출장 때문에 집을 비우면, 남편이 없는 와중에는 부인이 농장에서 생기는 문제에 대해 빨리 결정을 내려줄 것이라고 아랫사람들이 기대하기 마련이었다. 그런 것이 부인에게는 참을 수 없는 고문이었다. 실수라도 하면 어쩌나? 클러터가 기분 나빠하기라도 하면? 차라리 침실 문을 잠그고 들어앉아서 아무 소리도 못 들은 척하든가 아니면 가끔 하듯이 "난 못해요, 몰라요, 제발 가주세요"라고 말해버리는 편이 나았다.

  부인은 방에서 나가는 일이 좀처럼 없었지만, 방은 정갈했다. 침대만 정리해놓으면 그 방에는 누가 사는지도 모를 것이었다. 참나무 침대, 호두나무 책상, 전등 외에는 아무것도 놓여 있지 않은 탁자, 커튼을 내린 창문 하나와 물 위를 걷는 예수의 그림이 있을 뿐이었다. 마치 이 방에서 사람 냄새를 지워버리고, 자기 물건을 여기 두지 않고 일부러 남편 물건들과 섞여 있게 놔두어서, 남편과 생활공간을 공유하지 않는다는 불쾌감을 완화시키려고 한 것만 같았다. 화장대에서 유일하게 쓰고 있는 서랍 속에는 빅 사社에서 나온 축농증 약 한 통, 크리넥스 휴지, 전기담요, 하얀 잠옷 여러 벌, 하얀 양말이 몇 켤레 들어 있었다. 부인은 항상 추위를 탔기 때문에 침대에 들 때면 언제나 양말을 신었다. 같은 이유로 부인은 항상 습관적으로 창문을 닫아놓고는 했다. 재작년 여름, 찌는 듯한 8월의 어느 일요일, 부인이 이 방에 틀어박혀 있을 때 약간 까다로운 사건이 벌어졌다. 그날 집에는 손님들이 와 있었다. 오디를 따러 가자고 가족 친구들을 농장에 초대했던 것이다. 그중 한 사람이 윌마 키드웰, 수전의 엄마였다. 종종 클러터 집안사람들과 어울리는 사람들 대부분이 그렇듯이 키드웰 부인은 여주인이 자리를 비운 것에 대해 별말 하지 않았고 으레 부인이 "어딘가 몸이 좀 아프든가" 아니면 "위치토에 가 있는 것"이라 여겼다. 과수원에 가야 할 시간이 닥쳐오자 키드웰 부인은 사양했다. 도시 출신이라 쉽사리 피로해지기 때문에 실내에 남아 있고 싶었다. 나중에 오디를 따러 간 사람들이 돌아오기를 기다리는 동안 키드웰 부인은 우는 소리, 듣는 이의 마음을 아프게 하는 상심에 빠진 울음소리를 들었다. "보니?" 키드웰 부인은 이렇게 부르며 계단을 올라가 홀을 지나 클러터 부인의 방으로 뛰어갔다. 문을 여는 순간 끔찍한 손이 입을 막는 것처럼 갑작스레 방 안에 모여 있던 열기가 훅 밀려왔다. 키드웰 부인은 서둘러 창문을 열려고 했다. "열지 마!" 클러터 부인이 외쳤다. "안 더워. 추워. 얼어 죽을 것 같아. 주여, 주여, 하느님!" 클러터 부인은 팔을 휘휘 저었다. "주님, 제발 내가 이런 꼴을 하고 있는 걸 아무도 보지 못하도록 해주세요!" 키드웰 부인은 침대에 앉았다. 키드웰 부인은 클러터 부인을 안아주려 했고, 마침내 클러터 부인은 안긴 채 안정을 찾았다. "윌마." 클러터 부인이 말했다. "나는 당신네들 말하는 걸 계속 듣고 있었어, 윌마. 모두 다. 웃고 있었지. 즐거워 보이더라. 나는 떨어져서 혼자 있어. 좋았던 시절, 아이들, 모든 것에서 멀어졌어. 조금만 지나면, 케니언까지도 어른이 되겠지, 성인 남자가 될 거야. 그럼 그 애가 나를 어떻게 기억할까? 유령이라고 생각하지 않을까, 윌마?"

이제, 자기 인생의 최후의 날이 될 바로 이날, 클러터 부인은 입고 있던 캘리코 드레스를 옷장에 걸고는 바닥에 끌리는 잠옷을 입고 하얀 양말을 새것으로 꺼내 신었다. 쉬기 직전에, 부인은 끼고 있던 안경을 벗고 독서용 안경으로 바꿔 꼈다. 부인은 잡지를 몇 개 구독하고 있기는 했지만(《주부 가정생활》, 《맥콜》, 《리더스 다이제스트》, 《투게더》, 모두 감리교 가족을 위한 월간 잡지였다) 잡지는 탁자 위에 놓아두지 않았다. 탁자 위에는 성경만 있었다. 페이지 사이에는 책갈피가 끼워져 있었다. 물결무늬 비단에 풀을 먹여 빳빳하게 만든 책갈피였다. 그 위에는 이런 성경 구절이 수놓여 있었다. "조심하고, 깨어 있어라. 그때가 언제인지를 너희가 모르기 때문이다."*

—

두 젊은이는 공통점은 거의 없었지만, 그 사실을 알아차리진 못했다. 겉으로 보기에는 수많은 특성을 공유하고 있었기 때문이었다. 예를 들면, 둘 다 성격이 까다로워서 몸을 깨끗이 하는 것이나 손톱 손질에 아주 신경을 썼다. 그날, 기름을 잔뜩 묻히고 아침 내내 정비를 하고 나서는 둘 다 수리점 내의 세면실에서 족히 1시간 동안 몸치장을 했다. 팬티만 남기고 다 벗어버리자 딕은 옷을 다 입고 있을 때와 사뭇 달라 보였다. 옷을 입으면 그는 중키에 빈약하기 그지없는, 너저분한 금발의 젊은이였다. 살도 없고 가슴도 홀쭉해 보였다. 하지만 옷을 벗으면 오히려 웰터급 정도의 운동선수 같은 몸매가 드러났다. 오른손에는 활짝 웃고 있는 파란색 고양이 얼굴 문신이 새겨져 있었고, 한쪽 어깨에는 활짝 핀 파란 장미가 그려져 있었다. 직접 디자인해서 손수 새긴 듯한 흔적이 팔과 웃통 여기저기에 더 남아 있었다. 잇새에 사람 해골을 문 용머리, 여자 가슴이 훤히 드러난 누드, 삼지창을 휘두르는 그렘린, 들쭉날쭉 조잡하게 후광을 발하는 십자가와 '평화'라는 글자. 감상이 흠뻑 묻어나는 형태도 두 개 있었는데, 하나는 엄마 아빠에게 드리는 꽃다발이었고 다른 하나는 딕과 캐럴의 사랑을 기리는 하트였다. 딕은 열아홉 살 때 캐럴과 결혼했지만 6년 뒤 다른 젊은 여자에게 "잘해주기 위해" 캐럴하고는 헤

---

*〈마르코 복음〉 13장 33절.

어졌다. 그 다른 여자는 막내 아이의 엄마이기도 했다. (딕은 가석방 신청서에 이렇게 썼다. "제게는 부양해야 하는 아들이 셋이나 있습니다. 아내는 재혼했습니다. 저는 결혼을 두 번 했습니다만, 두 번째 아내하고는 무슨 일이 있어도 관계하고 싶지 않습니다.")

그렇지만 딕의 체격이나, 몸을 장식하고 있는 얼룩덜룩한 그림보다 더 강렬한 인상을 풍기는 것은 어울리지 않는 부품을 조합해놓은 것 같은 얼굴이었다. 마치 머리를 사과처럼 반으로 쪼갰다가 중간에서 한 조각을 빼내고 다시 붙여놓은 것 같았다. 그런 비슷한 사건이 있기는 있었다. 얼굴이 불완전하게 배치된 듯 보이는 것은 1950년에 당한 교통사고의 결과였다. 사고 때문에 턱이 길어지고 좁다란 얼굴은 한쪽으로 기울어지면서 왼쪽이 오른쪽보다 약간 낮아졌다. 그 여파로 입술은 약간 비뚤어지고 코도 비틀렸다. 눈은 높이가 다를 뿐 아니라, 크기도 달라서 왼쪽 눈은 뱀처럼 사악하고 역한 푸른색을 띤 사시가 되었다. 원해서 그렇게 된 것은 아니었지만, 그럼에도 그 눈은 바닥에 가라앉은 냉혹한 천성을 경고하는 것처럼 보였다. 그렇지만 페리는 딕에게 이렇게 말해주었다. "눈은 별로 상관 없어. 넌 미소가 멋지잖아. 그런 미소는 한 번만 지어줘도 정말 제대로 먹히지." 맞기는 맞는 말이었다. 미소를 지으려고 얼굴을 긴장시키면 오히려 균형이 잡히면서 덜 위협적인 개성이 드러났기 때문이었다. 짧은 머리가 약간 웃자란 미국식 '착한 청년' 같은 개성, 정신은 똑바로 박혔지만 그다지 똑똑하지 않은 청년. (실상 딕은 아주 똑똑했다. 감옥에서 아이큐 테스트를 받았을 때 지능지수는 130이었다. 감옥 안에서나 바깥에서나 보통 사람들의 지능지수는 90에서 110 사이다.)

페리도 사고를 당해봤다. 오토바이 사고로 얻은 상처는 딕보다 심했다. 페리는 반년 동안 워싱턴 주립병원에 입원했고, 그 후에도 6개월 동안은 목발을 짚고 다녀야 했다. 사고를 당한 것은 1952년이었지만, 두툼하고 짧은 다리는 다섯 군데가 부러지고 불쌍할 정도로 흉터가 남아 아직도 심하게 고통스러웠기 때문에 페리는 아스피린 중독자가 되고 말았다. 친구에 비하면 페리는 문신을 적게 한 편이었지만 무늬는 더 정교했다. 아마추어가 간신히 만들어낸 작품이 아니라 호놀룰루와 요코하마의 문신 장인이 이룬 예술적 서사시라고 할 만했다. 페리가 입원해 있을 때 친절하게 해준 간호사의 이름, '쿠키'가 오른쪽 이두박근 위에 새겨져 있다. 왼쪽 이두박근 위에는 푸른 털에 주황색 눈, 빨간 어금니를 번득이는 호랑이가 포효하고 있다. 팔에는 뱀이 혀를 날름거리며 단검을 둘둘 감싸고 있는 문신이 위에서 아래로 기어내려온다. 다른 곳에는 해골 여러 개가 번쩍이고, 흐릿한 비석 하나가 우뚝 섰으며, 국화 한 송이가 활짝 피었다.

"됐어, 멋쟁이 친구. 빗은 저리 치우라고." 옷을 다 입고 나갈 채비를 마친 딕이 말했다. 딕은 작업복을 벗어던지고 회색빛이 도는 카키색 바지에 어울리는 셔츠를 입었고, 페리처럼 발목 근처까지 오는 부츠를 신었다. 페리는 짤막한 하반신에 맞는 바지를 결코 찾을 수 없었기 때문에 청바지 밑단은 접어 올리고 가죽 윈드브레이커를 입었다. 빡빡 세수도 하고 빗질도 해서 더블데이트에 나가는 두 친구처럼 말쑥해진 딕과 페리는 차를 타러 밖으로 나갔다.

―

 캔자스시티 근교에 있는 올레이시와, 굳이 따지자면 가든시티 근교에 있다고 할 수 있는 홀컴 사이의 거리는 대략 640킬로미터 정도 된다.
 1만 1천 명이 거주하는 가든시티는 남북전쟁 직후부터 정착민을 받기 시작했다. 그 후 오두막과 말 매어놓는 말뚝이 옹기종기 모여 있던 마을은 번쩍번쩍하는 살롱과 오페라하우스, 캔자스시티와 덴버 사이에서 가장 호화로운 호텔이 있는 번화한 목축업 중심지가 되었다. 이렇게 되기까지는 버펄로 사냥꾼이자 순회 설교자인 C. J. (버펄로) 존스 씨의 역할이 컸다. 한마디로 말해서 가든시티는 개척자들이 꿈꾸는 도시의 좋은 표본이 되었다. 동쪽으로 80킬로미터 떨어진 곳에 있는 좀 더 유명한 정착지 닷지시티에 버금갈 정도가 된 것이다. 그러나 처음에는 재산을, 다음에는 제정신을 잃어버린 버펄로 존스와 함께(인생 말년에 그는, 자기도 돈 때문에 수없이 살육했었지만 짐승을 멸종 위기에 처할 때까지 무절제하게 사냥하는 행태를 반대하는 가두집회에서 일장 연설을 늘어놓으면서 살았다), 과거의 찬연했던 영광도 오늘날에는 무덤에 묻혀 있을 뿐이었다. 그때를 기념하는 흔적이 아직도 조금 남아 있다. 소박하지만 다채로운 건물들이 죽 늘어서 있는 상가는 버펄로 블록이라는 이름으로 알려져 있다. 한때 화려했던 윈저 호텔은 이제는 천장이 높다란 살롱만이 그 호화로움을 간직하고 있었다. 타구睡具와 식물 화분이 있어서 간신히 호텔 분위기가 유지될 뿐이지 손님은 띄엄띄엄 들어, 잡화점과 슈퍼마켓 사이에서 메인 가의 유적지로 전락해버린 처지였다. 윈저 호텔의 어둡고 거대한 객실과 메아리가 울려 퍼지는 복도는 감상을 불러일으키기는 했다. 그러나 산뜻하고 단출한 워런 호텔의 에어컨 딸린 숙박 시설이나, 위트랜즈 모텔의 객실 텔레비전과 '온수 수영장'과는 경쟁이 되지 못했던 것이다.

동부 해안에서 서부 해안까지 미국 횡단 여행을 하는 사람이라면 기차로 가든 차로 가든 가든시티를 지나치게 되어 있지만, 그 사실을 알고 있는 여행자들은 몇몇 안 되리라고 보는 편이 나을 것이다. 가든시티는 그저 미합중국 대륙의 중부, 정확히 가운데에 자리 잡은 그럭저럭 큰 도시일 뿐이다. 당연하지만 이곳 주민들이 군말 없이 이런 의견에 승복하고 있다고는 할 수 없다. 물론 주민들은 가끔 허풍을 부리는 경우도 있다. ("세상 어디를 가봐도 여기보다 사람들이 더 친절하고 공기가 더 맑고 식수가 더 달콤한 곳은 없을걸"이라거나 "지금 받는 월급 세 배를 받고 덴버에 갈 수도 있었지만, 내가 애가 다섯이잖아. 여기보다 애들 키우기에 더 좋은 곳은 없는 것 같더라고. 여러 가지 운동을 가르쳐주는 좋은 학교도 많고. 전문대까지 하나 있잖아"라든가 "여기서 법률 사무소를 개업할 작정으로 왔지. 처음에는 임시였어. 절대 오래 살 생각이 없었거든. 그런데 이사할 기회가 생기니까, 굳이 가야 할 이유가 뭔가, 하는 생각이 들더라고. 뭣 때문에 가야 해? 물론 여기가 뉴욕은 아니지. 그런데 누가 뉴욕에 가고 싶대? 이웃도 친절하고, 서로서로 사이좋게 지내고. 중요한 건 그런 거지. 그것 말고도 사람이 점잖게 사는 데 필요한 건 다 있잖아. 우리도 그런 건 다 있다고. 아름다운 교회도 있고, 골프장도 있어"라는 식의 말을 하면서 말이다.) 하지만 가든시티에 처음 온 사람은 밤 8시 후에는 무조건 고요해지는 메인 가의 정적에 일단 익숙해지면, 이 도시 주민들이 자기 합리화를 섞어 자랑하는 얘기를 뒷받침해줄 만한 요소들을 많이 발견하게 된다. 원활히 운영되는 공공 도서관, 유능한 신문사, 여기저기에 펼쳐진 녹색 잔디밭과 나무 그늘이 있는 광장, 동물이나 어린애가 안전하고 자유롭게 뛰어다닐 수 있는 평온한 주택가, 구불구불 펼쳐진 커다란 공원 안의 작은 동물원("저기 북극곰 좀 봐!" "코끼리 좀 봐!"), 그리고 몇만 제곱미터나 되는 수영장까지("세계에서 가장 큰 무료 수영장일걸!"). 그런 부대시설과 먼지, 바람 그리고 영원히 계속되는 기차의 휘파람 소리가 '고향'의 정취를 한껏 자아내, 이곳을 떠난 사람들에게는 향수를 느끼게 하고 남아 있는 사람에게는 정신적인 소속감과 만족감을 준다.

예외 없이, 가든시티의 주민은 이 동네 사람들 사이에 계층이 있다는 사실을 부인한다. ("아뇨, 선생님. 여기는 그런 거 없어요. 모두 다 평등하죠. 재산이나 피부색, 혈통에 상관없이요. 뭐든 민주주의 사회에서 해야 하는 식으로 돌아가요. 우린 그래요.") 하지만 물론, 다른 어떤 인간 사회에서나 마찬가지로 이 동네에서도 계층 구분은 확실히 눈에 뜨이고, 확실히 눈으로 분간할 수 있다. 160킬로미터 서쪽으로 가야 '바이블 벨트'*를 빠져나갈 수 있다. 바이블 벨트란 가스펠 노랫소리가 맴돌고 사업을 하기 위해서라도 꾸밈 하나 없는 얼굴을 하고 기독교를 받아들여야만 하는 미국다운 지역이다. 피니 군은 확실하게 바이블 벨트의 안쪽에 있었으므로 교회에서 어떤 자리를 차지하고 있는가 하는 것이 사회적 지위에 막강하게 영향을 끼친다. 침례교,

---

*기독교의 영향력이 강한 지역.

감리교, 로마 가톨릭 교도가 군 내 전체 종교 인구의 80퍼센트를 차지하고 있지만, 아직도 사업가나 은행가, 변호사, 의사, 잘나가는 목장주 같은 최상류 엘리트층에서는 장로교나 감독교가 대세라고 할 수 있다. 가끔 감리교도가 환영받기도 했고, 아주 간혹은 민주당원이 침투할 때도 있었지만, 전체적으로 봐서 주류는 장로교나 감독교 신도면서 우파 공화당원들이다.

클러터 씨는 고학력에 자기 분야에서 성공한 사람이며 저명한 공화당원이었고 비록 감리교도이기는 했지만 교회 지도자였다. 지역 내 귀족 사회에서도 상당한 위치를 차지할 자격이 있었지만 그는 가든시티 컨트리클럽에 가입하지 않았고 권세가들 사이에 끼려고 하지도 않았다. 오히려 정반대로, 상류층이 즐기는 유흥에 클러터 씨는 아무런 흥미가 없었다. 그는 카드 게임이나 골프도 못 했고, 칵테일이나 밤 10시에 여는 뷔페 만찬을 좋아하지도 않았다. 실로, 그는 "뭔가 성취감을 주지 못하는" 유흥거리는 잘하지 못했다. 그래서 이렇게 날씨가 창창한 토요일에도 클러터 씨는 4인조 골프 경기에 참가하는 대신 피니 군 4-H 클럽 회의에 회장으로 참석하고 있었다. (4-H란 머리Head, 마음Heart, 손Hands, 건강Health을 의미하는 것으로, 클럽의 모토는 "행동함으로써 행동하는 법을 배운다"라는 것이다. 4-H 클럽은 전국적 조직이었고 해외 지부까지 두고 있으며, 조직의 목적은 전원 지역에 사는 사람, 특히 어린이의 실무 능력과 도덕적 인성을 발달시키고자 하는 것이다. 낸시와 케니언은 여섯 살 때부터 이 클럽의 주요 회원으로 활동하고 있었다.) 회의가 거의 끝나가려 할 때 클러터 씨는 말했다. "이제 저희 성인 회원 중 한 사람에 관해서 드릴 말씀이 있습니다." 클러터 씨의 눈은 통통한 일본인 아이들 넷에 둘러싸여 있는 통통한 일본 여자 한 사람을 향했다. "여러분도 모두 히데오 아시다 부인을 아시지요. 아시다 씨 가족이 어떻게 콜로라도에서 여기로 이사 와서 홀컴에서 2년 전부터 농장을 시작했는지도 아시고요. 우리 홀컴이 이렇게 좋은 가족을 이웃으로 맞은 것은 참 기쁜 일입니다. 모든 분이 그렇게 생각하실 겁니다. 누군가 아프면 아시다 부인은 몇 킬로미터나 되는지 잴 수도 없는 거리를 걸어서 직접 만드신 맛있는 수프를 가져다주시고는 했습니다. 또 일찍이 본 적이 없을 만큼 잘 가꾼 꽃들을 가져다주시기도 했고요. 지난해 군 박람회에서 부인이 4-H 전시회가 성공할 수 있도록 얼마나 큰 역할을 해주셨는지도 잊지 않으셨을 겁니다. 그래서 저는 아시다 부인의 공로를 기려 다음 주 화요일 활동 업적 기념 파티에서 부인께 표창장을 수여했으면 합니다."

아이들은 엄마의 옷자락을 잡아당기며 툭툭 쳤다. 아시다 부인의 장남이 소리쳤다. "봐요, 엄마. 엄마래요!" 아시다 부인은 수줍어서 어쩔 줄 몰랐다. 부인은 작은 자두처럼 통통한 손으로 눈을 비비며 웃었다. 부인은 소작농의 아내였고, 농장은 바람이 쓸고 가는 아주 외로운 곳으로 가든시티와 홀컴 사이에 절반쯤 되는 위치에 있었다. 4-H 회의가 끝나면 클러터 씨는 보통 그 집 식구들을 집에까지 태워다주곤 했고, 그날도 그렇게 했다. 클러터 씨의 픽업트럭이 50번 도로를 따라 달리고 있을 때 아시다 부인은 이렇게 말했다. "이런, 정말 깜짝 놀랐어요. 언제나 제가 감사한 마음을 가지고 있는 건 아시지요, 클러터 씨. 하지만 한 번 더 감사드려요." 부인은 피니 군에 온 둘째 날에 클러터 씨를 만났다. 핼러윈 전날이었는데 클러터 씨와 케니언이 동그란 호박과 긴 호박을 한 짐 싣고 그 집을 방문해주었다. 첫해에는 아시다 가족이 아직 심지 못한 아스파라거스나 상추 같은 농산물이 몇 바구니씩 선물로 계속 도착했다. 가끔은 낸시가 베이브를 데리고 와서 아이들을 태워주기도 했다. "아시겠지만, 여러모로 여기는 우리가 이제까지 살아본 곳 중에서 가장 좋은 곳이에요. 히데오도 그렇게 말한답니다. 우리는 정말 떠난다는 생각만 해도 싫어요. 모든 걸 다시 시작해야 한다는 생각을 하면요."

"떠나요?" 클러터 씨는 항의하듯 말하며 차의 속력을 늦췄다.

"그게요, 클러터 씨. 여기 농장 말이에요. 우리가 일해주고 있는 사람들. 히데오는 네브래스카에 가면 더 잘살 수 있을 것 같대요. 그렇지만 아무것도 정해지지 않았어요. 아직까지는 말뿐이에요." 부인의 진심 어린 목소리는 언제나 웃음을 터뜨리기 직전 같아서 이런 우울한 소식을 전하면서도 명랑했다. 하지만 자신이 한 말 때문에 클러터 씨가 슬퍼한다는 것을 안 부인은 재빨리 다른 얘기로 화제를 돌렸다. "클러터 씨, 남자의 의견이 필요해요. 나랑 우리 애들이랑 그동안 돈을 아껴서 저축을 해왔는데, 히데오에게 크리스마스 선물로 근사한 걸 사주고 싶어요. 남편은 새로 이를 해 넣어야 해요. 클러터 씨는 만약 부인이 금니 세 개를 선물로 준다면, 뭐 이런 선물을 사줬냐고 생각할 것 같아요? 남자에게 크리스마스 날 치과에 가서 진찰대에 앉아 있으라고 한다면 이상할까요?"

"부인은 정말 아무도 못 당하겠군요. 그러니까 여기서 이사 갈 생각은 하지 말아요. 우리가 부인 옷자락을 잡고 늘어질 테니까. 그리고 꼭 금니로 하세요. 나 같으면 기뻐서 어쩔 줄 모를 겁니다."

클러터 씨의 대답에 아시다 부인은 기뻤다. 진심이 아니라면 찬성하지 않는 사람이라는 것을 알고 있었기 때문이었다. 클러터 씨는 신사였다. 부인은 클러터 씨가 "남의 비위를 잘 맞춘다"거나 이용한다거나 약속을 깨는 모습을 본 적이 없었다. 부인은 이제 용기를 내서 약속을 하나 해달라고 할 참이었다. "저기, 클러터 씨. 파티에서 말이에요, 연설은 시키지 마세요, 네? 저 좋자고 그러는 게 아니라요. 클러터 씨, 클러터 씨는 다르잖아요. 클러터 씨에게는 일어서서 수백 명 앞에서 얘기하는 정도는, 아니 수천 명 앞에서 얘기하는 정도는 참 쉽잖아요. 무슨 얘기든 쉽게 납득시키고. 아무것도 걱정할 게 없죠." 부인은 널리 알려진 클러터 씨의 자질을 언급했다. 두려움 없는 성격과 남다른 자신감. 그 때문에 존경을 받기는 했지만, 그 때문에 다른 사람과 개인적으로 친하게 지내는 데는 약간 한계가 있었다. "클러터 씨가 무서워하는 모습은 상상이 안 돼요. 무슨 일이 일어나도, 소신대로 말할 사람이죠."

―

오후가 깊어질 무렵, 검은 쉐보레는 캔자스 주 엠포리아에 도착했다. 거의 도시라고 할 만큼 커다란 마을이라 여기서 쇼핑을 조금 해도 괜찮겠다고 운전자들은 결론을 내렸다. 둘은 길가에 주차를 해놓고는 적당히 사람이 붐비는 잡화점이 나타날 때까지 어슬렁어슬렁 걸었다.

가장 먼저 고무장갑을 한 켤레 샀다. 페리가 쓸 물건이었다. 페리는 자기 옛날 장갑을 가져오는 걸 잊어버린 것이다.

두 사람은 여자 속옷을 늘어놓은 카운터로 갔다. 페리는 잠깐 주저하며 어물거리다가 말했다. "저게 마음에 드는데."

딕의 생각은 달랐다. "내 눈은 어쩌라고? 저건 너무 색깔이 옅어서 눈을 숨길 수가 없단 말이야."

"저기, 아가씨." 페리가 판매원의 주의를 끌며 말했다. "검은 스타킹은 없어요?" 판매원이 없다고 하자, 페리는 다른 상점에 가보자고 했다. "검은색이 확실해."

그렇지만 딕은 마음을 정했다. 어떤 색 스타킹이든 필요가 없고 거추장스러울 뿐 아니라, 쓸데없는 낭비였다. ("나는 벌써 이 작전에 돈깨나 투자했다고.") 그리고 결국, 누구와 마주치든 그 사람은 증언을 할 때까지 살아 있지도 못할 것이었다. "증인은 남지 않을걸." 딕은 페리에게 다시 한 번 상기시켜줬고, 페리는 벌써 이 말을 수백만 번은 들은 기분이었다. 딕은 마치 모든 문제를 해결했다는 듯이 이 말을 내뱉었고 페리는 그게 거슬렸다. 두 사람이 보지 못한 증인이 생길 수도 있다는 사실을 인정하지 않는 건 바보 같은 짓이었다. "말이 씨가 될까 봐 말하기 그래도, 일은 틀어지기도 하는 법이야." 페리는 말했다. 하지만 딕은 소년처럼 잘난 척 웃으며 그 말에 동의하지 않았다. "너 망상 좀 그만해. 아무것도 잘못되지 않는다니까." 그렇다. 계획을 짠 사람이 딕이니까. 최초의 발걸음부터 최후의 정적까지. 흠 하나 없이 고안된 계획.

다음으로 관심이 있는 물건은 밧줄이었다. 페리는 상점에 있는 물건을 살펴보고 시험해보았다. 한때 상선 해병대원으로 근무한 적 있는 페리는 밧줄을 잘 알고 있었고 매듭을 잘 만들었다. 그는 철사만큼 질기지만 그만큼 두껍지는 않은 하얀 노끈을 골랐다. 두 사람은 그 노끈이 몇 미터나 필요할 것인지에 대해서 의논했다. 이런 화제가 나오면 딕은 짜증스러웠다. 혼란스러워져서, 자기가 전체적으로 계획을 완벽하게 만들어놓았는데도 이런 것에 대해서는 제대로 된 대답을 할 수 없었기 때문이었다. 결국 딕은 이렇게 말했다. "제길, 그만 걸 내가 어떻게 알아?"

"이런 걸 잘 챙겼어야지."

딕은 생각해봤다. "남자가 있어. 여자도 있고. 남자애랑 여자애 하나. 다른 사람이 둘 정도 더 있을지도 몰라. 하지만 토요일이잖아. 손님이 올지도 모른다고. 여덟 명으로 하자. 아니면 아예 열두 명. 확실한 건 그 사람들 모두 보내버려야 한다는 거야."

"많기도 하네. 그럼 넉넉하게 해야겠는데."

"내가 약속하잖았어? 거기 벽이, 아니 벽에 붙은 머리카락까지 쓸어버릴 거라고?"

페리는 어깨를 으쓱했다. "그렇다면 밧줄을 한 타래 다 사는 게 좋겠군."

한 타래는 대략 90미터 정도였다. 열두 명을 다 묶어도 충분하고도 남을 정도였다.

―

케니언은 서랍장을 손수 만들고 있었다. 마호가니에 삼나무로 모서리를 두른 혼수용 장인데 베벌리에게 결혼 선물로 줄 요량으로 만든 것이었다. 흔히 작업실이라고 부르는 지하실에서 작업하면서 케니언은 이제 마지막으로 니스를 한 겹 더 칠했다. 작업실이라고 해봤자 집의 폭만큼 긴 시멘트 바닥 방이었는데, 그

방 안에 있는 가구들(선반, 탁자, 걸상, 탁구대)은 모두 캐니언이 직접 만든 것이었고, 그 외에도 낸시가 바느질해서 만든 소품들(낡은 소파를 활용한 사라사 무명 덮개나 커튼, "행복합니까?"나 "여기서 살기 위해서 미쳐버릴 필요는 없지만 그렇게 된다면 도움은 되겠죠"라고 쓰인 베개들)이 방 안에 놓여 있었다. 캐니언과 낸시는 이 지하실에서 없어지려야 없어질 수 없는 음울한 분위기를 벗겨내려고 여기저기 페인트를 튀겨가면서 함께 새로 칠했다. 하지만 두 사람 다 자신들이 실패했다는 사실을 깨닫지 못하고 있었다. 오히려, 두 사람 모두 자기들의 작업실이 일종의 승리고 축복이라고 생각했다. 낸시에게 이곳은 엄마를 방해하지 않고 친구들을 불러 모아 놀 수 있는 곳이었고, 캐니언에게 여기는 홀로 앉아 쿵쿵댈 수도 있고 최근에 만든 전기 프라이팬 같은 "발명품"을 실험하다가 엉망진창을 만들어도 괜찮은 곳이었기 때문이다. 작업실 옆에 있는 방은 보일러실이었는데 여기저기 연장들이 흩어져 있는 탁자 위에 현재 작업하고 있는 다른 물건들, 전류 증폭기나 다시 작동하도록 복원한 오래된 빅트롤라 축음기 같은 것이 쌓여 있었다.

캐니언은 외모로는 부모 중 어느 쪽도 닮지 않았다. 짧게 자른 머리는 삼빛이었고, 키는 180센티미터에 호리호리했지만 튼튼한 편이어서 한번은 폭풍 속에서 다 자란 어른 양 두 마리를 구해서 들고 왔을 정도로 억세고 힘이 셌다. 그렇지만 운 나쁘게도 호리호리한 남자애들이 다 그렇듯이 근육이 잘 발달하지는 못한 편이었다. 이러한 결함은 안경을 쓰지 않고는 제대로 활동할 수 없는 단점과 결합해서 캐니언은 대부분의 남자애들이 친구를 사귈 수 있는 농구나 야구 같은 단체 운동에서는 변변찮은 포지

션밖에 맡을 수가 없었다. 케니언의 단짝 친구는 단 한 명뿐이었다. 밥 존스라는 이름이었는데 클러터 농장에서 1.5킬로미터 서쪽으로 떨어진 곳에서 농장을 하는 테일러 존스의 아들이었다. 캔자스 시골 지방에서 남자애들은 아주 어릴 때 차를 몰기 시작한다. 케니언은 열한 살 때 아버지에게서 차를 사도 된다는 허락을 받고 양을 쳐서 모은 돈으로 모델 A 엔진을 부착한 중고 트럭을 샀다. 그 트럭을 케니언과 밥은 '코요테 왜건'이라고 불렀다. 리버밸리 농장에서 얼마 멀지 않은 곳에는 모래 언덕이라고 부르는 신비스러운 시골 마을이 쭉 펼쳐져 있다. 그곳은 바다가 없는 해변 같은 곳이었는데 밤에는 코요테가 떼를 지어 울어대며 모래 언덕 사이를 슬그머니 걸어 다녔다. 달빛이 환한 저녁이면 소년들은 왜건을 타고 코요테 떼 사이로 내려가 코요테들을 몰아대며 차로 앞지르려고 하고는 했다. 성공한 적은 거의 없었는데 가장 조그만 코요테라도 시속 80킬로미터의 속도를 낼 수 있는 데 비해서, 왜건의 최고 속도는 시속 56킬로미터 정도밖에 되지 않았기 때문이다. 하지만 그 놀이는 거칠어도 멋져 보였고 재미도 있었다. 왜건이 모래를 따라 미끄러질 때 도망가는 코요테들의 모습이 달빛에 비쳐서, 밥의 표현대로 말하자면 "심장의 고동이 더 빨라졌다".

두 소년이 하는 놀이 중에서 마찬가지로 중독성이 있지만 더 남는 것이 많은 일은 토끼 몰이였다. 케니언은 명사수였고, 친구는 케니언보다도 솜씨가 나아서 두 사람은 가끔 50여 마리 정도 되는 토끼를 "토끼 공장"에 배달하기도 했다. 이곳은 가든시티에 있는 가공업체인데 두당 10센트에 토끼를 구입하여 급속 냉동시킨 뒤 밍크 사육업자들에게 배송한다. 그렇지만 케니언에게, 그리고 밥에게도 물론 가장 의미가 있었던 일은 주말 동안 밤을 새며 강가를 따라 사냥하는 것이었다. 여기저기 헤매 다니다가, 이불을 둘둘 말고 앉아 동틀 녘 새들이 날갯짓하는 소리에 귀를 기울이고, 그 소리가 들리는 쪽으로 발꿈치를 들고 살살 걸어간다. 이 사냥에서 제일 멋진 점은 저녁 식사용 오리를 한 다스쯤 허리띠에 대롱대롱 매달고서 우쭐대며 집으로 갈 수 있다는 것이었다. 하지만 최근에 케니언과 이 친구 사이가 좀 바뀌었다. 결코 다투지도 않았고, 눈에 보이게 사이가 나빠진 것도 아니었고 별다른 일도 없었다. 하지만 이제 열여섯이 되는 밥은 "여자애와 데이트를" 시작했다. 바로 이 때문에 한 살 어리고 아직도 사춘기 소년 단계인 케니언은 더 이상 친구의 우정을 느낄 수 없게 되었다. 밥은 이렇게 말했다. "너도 내 나이가 되어봐. 느낌이 달라질걸. 나도 너처럼 생각했어. 여자, 그게 뭔데? 그렇지만 여자들하고 얘기해보면 무진장 기분이 좋아. 너도 알게 될 거야." 케니언은 반신반의했다. 총이나 말, 연장, 기계, 아니면 책과 시간을 보낼 수 있는데, 단 1시간이라도 여자애랑 같이 앉아서 시간을 허비하고 싶어 한다는 것이 절대 이해가 되지 않았다. 밥이 시간이 나지 않는다면 차라리 혼자 지내는 편이 나았다. 기질적으로 케니언은 클러터 씨의 아들다운 면은 하나도 없었고 오히려 클러터 부인을 많이 닮아서 민감하고 과묵한 소년인 까닭이었다. 동갑내기들은 케니언이 '쌀쌀맞다'고 생각했지만, "아, 케니언, 걔는 자기만의 세계에 살아서 그런 거지"라고 하면서 봐주고 넘어갔다.

　니스 칠이 마르라고 그대로 놔두고서 케니언은 다른 잡일에 착수했다. 그러자면 야외로 나가야 했다. 케니언은 엄마의 화단을 정돈해주고 싶었던 것이다. 화단이라 해봤자 부인의 침실 창문 아래 꽃들이 들쑥날쑥하게 자라고 있는 땅 한 뙈기에 지나지 않았지만, 부인은 그 화단을 애지중지했다. 화단에 가까이 가자 고용인 한 명이 삽으로 땅을 파헤치고 있는 모습이 보였다. 가정부의 남편인 폴 헬름이었다.

"저 차 봤니?" 헬름 씨가 물었다.

케니언도 차도에 있는 차를 보기는 했다. 회색 뷰익 한 대가 아버지 사무실 쪽 입구 바깥에 세워져 있었다.

"너는 누군지 알 것 같은데."

"존슨 씨가 아니라면 저도 모르겠어요. 아빠가 존슨 씨와 약속이 있다고 하셨거든요."

헬름 씨(이제 고인이 된 그는 이듬해 3월에 뇌졸중으로 사망했다)는 50대 후반의 음울한 남자였다. 원래는 호기심도 많고 조심성도 많은 성격이지만, 수줍은 태도로 그런 천성을 잘 가리고 있었다. 헬름 씨는 일이 어떻게 돌아가는지 알고 싶었다. "어떤 존슨 씨?"

"보험회사 사람이요."

헬름 씨는 툴툴댔다. "아버지가 보험 증서 더미에 파묻혀 계신가보다. 내가 보기에 저 차는 3시간은 족히 서 있던 것 같은데."

땅거미가 내려앉자 싸늘한 기운이 공기 중에서 파르르 떨렸다. 하늘은 아직도 진한 푸른색이었지만 정원에 있는 키 큰 국화 줄기에서는 기다란 그림자가 뻗어 나왔다. 낸시의 고양이가 국화꽃 사이에서 장난치며 케니언과 헬름 씨가 나무에 묶고 있는 삼끈을 앞발로 잡아당겼다. 갑자기 뚱뚱한 베이브 위에 올라탄 낸시가 들판 너머에서 천천히 다가왔다. 베이브는 토요일이라

특별히 좋아하는 활동, 강에서 목욕을 하고 오는 길이었다. 개 테디가 따라오고 있었다. 셋 다 물에서 첨벙첨벙 놀다가 젖어서 물방울로 반짝반짝 빛났다.

"그러다 감기 걸린다." 헬름 씨가 말했다.

낸시는 웃었다. 낸시는 병에 걸린 적이 없었다. 한 번도. 낸시는 베이브에게서 미끄러져 내려와 정원 가장자리를 따라 잔디밭으로 기어 와서 고양이를 잡아 머리 위로 들어 올리고는 코와 콧수염에다 뽀뽀했다.

케니언은 비위 상한다는 표정을 지었다. "동물 입에다 뽀뽀를 하다니."

"너도 스키터 입에 뽀뽀하고 그랬잖아." 낸시는 새삼 옛 기억을 되살려주었다.

"스키터야 말이었지." 아름다운 말, 케니언이 망아지였을 때부터 키워온 딸기색 종마였다. 스키터가 울타리를 넘는 모습은 얼마나 멋졌던가! 아버지는 케니언에게 이렇게 주의를 주었다. "너 말을 너무 혹사시키는구나. 그러다가는 죽는 수도 있어." 정말 그렇게 되었다. 어느 날 스키터를 타고 길을 따라 내려가는데, 갑자기 스키터의 심장이 멈췄고 말은 넘어져서 죽었다. 그후로 1년이 지났고, 아버지가 케니언을 불쌍하게 생각해서 다음해 봄에 태어나는 망아지 중에서 한 마리 골라주겠다고 약속했지만, 아직도 케니언은 스키터의 죽음을 슬퍼하고 있었다.

"케니언?" 낸시가 불렀다. "너 트레이시가 말을 할 수 있을 것 같아? 추수감사절까지?" 트레이시는 아직 첫돌도 되지 않은 낸시의 조카, 즉 이비나의 아들이었다. 낸시와 이비나는 형제 중에서도 특히 각별한 사이였다. (케니언이 제일 좋아하는 누나는 베벌리였다.) "트레이시가 혀짤배기소리로 '낸시 이모', '케니언 삼촌' 이렇게 말하는 소리를 들으면 정말 기분이 너무너무 좋을 것 같아. 너도 듣고 싶지 않니? 내 말은, 삼촌이 된 게 좋지 않느냐는 거야. 케니언? 참, 너 왜 내 말에 대답 안 하는 거야?"

"왜냐하면 누나가 바보 같으니까." 케니언은 낸시의 머리 위로 시든 달리아 꽃송이를 던지면서 말했다. 낸시는 그 꽃을 머리에 꽂았다.

헬름 씨는 삽을 챙겼다. 까마귀들이 까악까악 울어대고 해는 지평선에 가까웠지만, 헬름 씨의 집까지는 멀었다. 중국 느릅나무를 심은 오솔길은 진녹색의 터널을 만들며 이어져 있었고 헬름 씨는 그 끄트머리에, 여기서 800미터 정도 떨어진 곳에 살았다. "잘 있어라." 헬름 씨는 이렇게 말하며 집으로 향했다. 그렇지만 그는 한 번 더 뒤돌아보았다. 헬름 씨는 다음 날 이렇게 증언하게 될 운명이었다. "그리고 그때가 내가 그 애들을 본 마지막이에요. 낸시는 베이브를 마구간으로 끌고 가고 있었지요. 전에도 말했지만, 평상시와 다른 점은 하나도 없었어요."

―

검은 쉐보레는 다시 멈췄다. 이번에는 엠포리아 외곽에 있는 가톨릭 병원 앞이었다. 페리가 끊임없이 볶아대는 통에("그게 네 문제라니까. 옳은 길은 달랑 하나라고 생각하잖아. 딕이 가는 길") 딕도 결국 손을 들었다. 페리가 차 안에서 기다리는 동안, 딕은 병원 안으로 들어가서 수녀에게서 검은 스타킹 한 켤레를 사 오기로 했다. 페리는 이런 식으로 스타킹을 구하는 건 약간 비정통적인 방법이라고 육감적으로 느꼈다. 그는 수녀들은 일정량만 배급받는 게 확실하다고 주장했다. 그렇다면 당연히 문제가 생긴다. 수녀나, 수녀들이 지녔던 물건은 불운을 상징한다는 미신을 페리는 철석같이 믿고 있었던 것이다. (페리가 믿는 다른 미신으로는 숫자 15, 빨강머리, 흰 꽃, 길을 건너가는 신부, 뱀이 등장하는 꿈 등이 있었다.) 하지만 그렇다고 별로 다를 것도 없었다. 강박적으로 미신을 믿는 사람이 심각한 운명론자가 되는 일은 흔하다. 페리의 경우가 그랬다. 그가 여기, 지금 이 작업에 끼어 있는 것은 스스로 원했기 때문이 아니라 운명이 그렇게 이끌었기 때문인 것이다. 증명할 수도 있었다. 딕 앞에서 캔자스에 돌아올 이유를 밝힐 마음은 없었지만, 이곳에 온 더 솔직하고 비밀스러운 동기를 고백하면 이런 운명을 증명할 수 있을 것이었다. 페리가 가석방 조건을 깨면서까지 캔자스로 돌아오기로 결심한 이유는 딕이 세운 "한몫 잡을 계획"이나 애걸복걸하면서 보낸 편지하고는 하등 관련이 없었다. 11월 12일 목요일에, 페리의 이전 감방 동기가 랜싱에 있는 캔자스 주립교도소에서 석방될 예정이었고 페리는 이 남자, "오직 하나뿐인 진정한 친구" 윌리제이와 다시 만나고 싶었다.

감옥에 들어가서 처음 3년 동안 페리는 흥미 반, 불안 반의 감정으로 윌리제이를 먼발치에서 관찰하기만 했다. 강인한 남성의 표본처럼 보이고 싶은 사람이라면 윌리제이와는 친하게 지내지 않는 것이 현명했다. 소목所牧의 사환인 윌리제이는 마른 데다가 나이보다 이르게 머리가 희끗희끗하고 회색 눈이 우울해 보이는 아일랜드 남자였다. 그의 테너 목소리는 교도소 합창단에서도 단연 으뜸이었다. 경건한 신앙심을 밖으로 내비치는 것을 경멸하는 페리조차도 윌리제이가 '주기도문'을 노래하는 것을 듣고 있노라면 "마음이 언짢아지는" 것을 느낄 정도였다. 찬송가의 엄숙한 가사가 마음속에 울리면 너무나 쉽사리 성령이 페리의 마음을 움직여 경멸을 느끼는 것이 합당한지에 대해 조금 반성하는 마음이 들고는 했다. 결국에는 종교적 호기심에 약간 자극받아 페리는 윌리제이에게 접근했고, 이 소목의 사환은 즉시 반응을 보여주었다. 윌리제이는, 근육은 우락부락하지만 절름발이에다가 신비스러운 눈빛, 새침하고 희뿌연 목소리를 가진 이 청년에게서 "비범하고도 구원받을 수 있는 시인의 자질"을 본능적으로 간파했다고 생각했다. "이 청년을 신에게로 인도"하겠다는 야심이 윌리제이를 뒤덮었다. 어느 날 페리가 아마추어를 넘어서는 솜씨로 커다란 예수의 파스텔 초상화를 그리자 전도를 하겠다는 갈망은 한층 더 타올랐다. 랜싱 교도소의 개신교 목사인 제임스 포스트 씨는 이 그림을 소중히 여겨 자기 사무실에 걸어놓기까지 했고, 그 그림은 아직도 거기 그대로 걸려 있다. 윌리제이의 두툼한 입술과 슬픈 눈동자를 하고 있는, 매끈하고 아름다운 구세주의 초상. 이 그림은 페리가 행한, 별로 진지하다고는 할 수 없는 영적 탐구의 절정을 보여주는 작품이었지만, 역설적으로 결국 그 탐구의 종말이 되고 말았다. 페리는 그의 예수 그림을 위선의 상징, 윌리제이를 "놀리고 배신하기 위한" 의도로 확정지었다. 페리는 전처럼 신에 대해 확신을 가질 수 없었기 때문이었다. 하지만 그렇다고 해도 페리가 이 점을 인정하고 "진정으로 그를 이해해준" 단 한 명의 친구를 속이는 위험을 무릅써야만 했을까? (호드, 조, 제시, 서로 스쳐 가는 여행자로 만나 성은 알려주지 않고 서로 이름만 부르며 친하게 지내는 친구들도 있었지만, 윌리제이 같은 사람은 없었다. 그는 페리의 견해에 의하면 "제대로 교육받은 심리학자들보다 훨씬 지적이며 인지력이 뛰어난" 사람이었다. 어쩌다 그렇게 재능 있는 사람이 랜싱 교도소에까지 오게 되었을까? 페리가 궁금해할 수밖에 없는 질문이었다. 그 이유를 페리는 알고 있기는 했지만, 더 심오한 인간 본질의 문제에는 대답이 안 되므로 받아들일 수 없었다. 하지만 마음 구조가 더 단순한 사람들에게 답은 간단했다. 서른여덟 살이었던 소목의 사환은 도둑이자 쪼잔한 강도였고, 다섯 개의 다른 주에서 형을 선고받아 20여 년 넘게 수감 중이었다.) 페리는 솔직히 말하기로 했다. 미안하기는 하지만, 천당이나 지옥, 성자, 신의 자비 같은 건 자신을 위한 게 아니라는 사실을. 만약 윌리제이가 언젠가 페리가 십자가 아래서 함께 기도할 것이라고 기대하며 우정을 베풀어주는 것이라면, 윌리제이는 속은 것이고 초상화처럼 우정은 거짓이며 위조라는 사실을.

여느 때처럼 윌리제이는 이해해주었다. 상심하기는 했지만, 완전히 환상에서 깬 것은 아니어서, 그는 페리가 가석방을 받아 떠나는 날까지도 끈질기게 페리의 영혼을 얻으려 애썼다. 가석방 전날, 윌리제이는 페리에게 작별 편지를 썼다. 그 마지막 문단은 이렇게 되어 있었다. "너는 극도의 정열을 지닌 남자고, 굶주렸지만 자신이 무엇을 먹고 싶은지 확실히 알지 못하는 사람이고, 심하게 좌절했지만 경직된 통일성 속에서도 자신의 개별성을 드러내려고 노력하는 사람이야. 너는 두 개의 상부구조 사이에 걸쳐 있는 반쪽짜리 세계에 살고 있어. 하나는 자기표현이고 다른 하나는 자기 파괴지. 너는 강해. 하지만 너의 힘에는 결함이 있어. 힘을 조절하는 방법을 배우지 않는다면 그 결함은 너의 힘보다 더 강해져서 너를 쓰러뜨릴 거야. 그 결함이 뭐냐고? '상황에 전혀 어울리지 않게 감정적으로 반발심을 폭발시키는 것이지.' 왜 그런 걸까? 왜 다른 사람들이 행복하거나 만족한 모습을 보면 이런 불합리한 분노가 생기는 걸까? 왜 사람들을 경멸하는 마음과 그들을 상처 입히고 싶은 욕망이 자라나는 걸까? 좋아. 너는 다른 사람들이 바보라고 생각하겠지. 다른 사람들의 도덕과 행복이 너의 좌절과 분개심의 원천이기 때문에 그들을 멸시하는 거겠지. 하지만 이런 게 다 네가 마음속에 품고 다니는 무서운 적들이야. 언젠가 때가 되면 총알처럼 파괴력을 드러낼 거야. 자비롭게도 총알은 상대방을 죽여. 이 박테리아는 나이를 먹고, 사람을 죽이는 게 아니라 자국을 질질 남기며 찢기고 일그러진 짐승을 남기는 거야. 존재 안에는 여전히 불이 활활 타오르고 있겠지만, 경멸과 증오를 한 다발 던져주면 그 짐승은 언제까지나 살아 있어. 이 존재는 성공적으로 뭔가 쌓아올리겠지만, 성공을 쌓아올리는 건 아닐걸. 자기 자신이 바로 적이라, 자기가 이룩한 업적을 진정으로 즐기지 못하게 할 테니까."

페리는 이런 설교의 대상이 되었다는 사실에 우쭐해서 딕에게 이 편지를 읽어보라고 주었다. 딕은 윌리제이를 안 좋게 보고 있었던 터라, 이 편지를 "빌리 그레이엄크래커*보다 더한 헛소리"라고 부르며, "경멸 한 다발이라고? 지가 호모인 주제에"**라는 말을 덧붙였다. 물론 페리는 이런 반응을 기대하기도 했고 은밀히 반기기도 했다. 랜싱 교도소에 있으면서, 겨우 몇 달 전까지만 해도 페리는 딕을 거의 알지도 못했지만, 그때 두 사람의 우

---

*유명한 침례교 목사.
**'다발'을 뜻하는 영어 단어 'faggot'에는 '동성애자'라는 뜻이 있다.

정은 점점 커져서 소목의 사환에게 페리가 갖고 있는 존경심과 거의 비등한 지경에 이르렀기 때문이었다. 딕은 "얄팍하고", 윌 리제이의 주장에 따르면 "악독하고 거만한 자식"이기까지 했다. 하지만 그만큼이나 딕은 재미있는 친구였고, 잔머리를 잘 썼고 현실주의자였으며 사물을 "꿰뚫어 볼" 줄 알았다. 딕의 머릿속 에는 흐릿한 구름 같은 건 끼어 있지 않았고, 머리카락에는 지푸 라기도 묻어 있지 않았다. 더욱이 윌리제이와는 달리, 딕은 페리 의 이국적 열망을 나쁘게 보지 않았다. 딕은 기꺼이 들어줬으며 부채질도 해줬고, 멕시코 바다와 브라질 정글에 숨어 있을 것이 "확실한 보물"의 환상을 같이 나눴다.

페리가 가석방으로 나온 뒤, 네 달이라는 시간이 흘러갔다. 그 네 달 동안 페리는 남의 손을 다섯 번이나 거친 중고품이라 겨우 100달러를 주고 입수할 수 있었던 포드 자동차를 타고 덜커덩거 리면서 리노에서 라스베이거스까지, 워싱턴 벨링엄에서 아이다 호의 불까지 돌아다녔다. 바로 거기 불에서 페리가 임시 트럭 운 전사로 일하고 있을 때 딕의 편지가 도착했다. "친구 P. 난 8월에 나왔다. 네가 나간 다음에 사람을 하나 만났어. 넌 모르는 사람 이야. 그런데 그 친구가 우리가 아주 근사하게 해낼 수 있는 건 수를 알려줬어. 식은 죽 먹기래. 완벽한 계획이지……." 그때까 지만 해도 페리는 딕을 다시 보게 될 거라는 생각은 하지도 못했 다. 윌리제이도 마찬가지였다. 그렇지만 두 사람은 페리의 생각 속에 오랫동안 남아 있었다. 특히 윌리제이는 페리의 기억 속에 서 거의 키가 3미터나 되고, 머리가 희끗희끗한 현자의 모습으 로 자라나 마음속 복도에서 유령처럼 떠돌아다녔다. 윌리제이는 언젠가 평소처럼 페리에게 잔소리를 하던 중에 이렇게 말한 적이 있었다. "너는 부정적인 길을 좇고 있어. 너야 신경도 쓰고 싶지 않겠지. 책임감도 없이, 신앙이나 친구도 없이 살고 싶은 거겠지."

정착하지 못하고 홀로 이곳저곳 떠돌아다니던 때 페리는 이 비난을 몇 차례고 곱씹어보고서는 부당하다고 결론 내렸다. 페리는 신경을 쓰고 있었다. 그렇지만 누가 자기한테 신경 써준 적이나 있었나? 아버지? 뭐, 어느 정도까지는. 여자애들 한두 명 정도? 그렇지만 그건 "사연이 긴 이야기"다. 윌리제이 말고는 아무도 없었다. 오직 윌리제이만이 페리의 가치, 잠재력을 알아보고, 단순히 왜소한 체구에 근육만 울룩불룩한 혼혈이 아니라는 것을 인정해주었다. 도덕적인 설교를 퍼붓기는 했지만 페리 스스로가 자신을 바라보는 그대로 페리를 "남다르고" "독특하며" "예술적이라고" 봐주었다. 윌리제이 덕에 페리의 허영심은 지지를 받을 수 있었고, 감수성은 피난처를 찾았으며, 네 달 동안 이런 보석 같은 인정을 못 받고 쫓겨 다니다시피 살다보니 묻힌 금덩어리를 찾아내는 꿈보다 이런 인정을 받는 것이 더 매혹적인 일로 여겨졌다. 그래서 페리는 딕의 초대장을 받고 딕이 캔자스로 오라고 말한 날짜가 윌리제이가 출감하는 날과 비교적 겹친다는 것을 알아차리자, 자기가 무엇을 해야 할지 깨달았다. 페리는 라스베이거스로 차를 몰고 가서 쓰레기 같은 차를 팔아버리고서는 이제까지 모아온 지도와 옛날 편지들, 원고와 책들을 싸들고 그레이하운드 버스표를 샀다. 이 여행의 향후는 운명에 달려 있었다. 만약 "윌리제이와의 일이 잘 안 풀리면" 페리는 딕의 제안을 생각해볼 수도 있었다. 하지만 허무하게 결국에는 선택이라 할 것도 없이 딕 말고는 아무것도 없는 상황이 되고 말

앉다. 페리가 탄 버스가 11월 12일 저녁 캔자스시티에 도착했을 때, 윌리제이는 페리가 온다는 사실을 알지 못하고 벌써 그 도시를 떠나버린 것이다. 그것도 겨우 5시간 전에, 페리가 내린 바로 그 터미널에서 떠나고 말았다. 페리는 포스트 목사에게 전화를 해보고 그 사실을 알게 되었다. 더욱이 소목은 페리에게 자기가 이전에 부리던 사환이 어디로 갔는지 정확히 알려주지 않아서 페리의 기를 꺾었다. 목사는 말했다. "동쪽으로 갔어. 괜찮은 기회가 있는 곳이지. 점잖은 직업도 있고, 기꺼이 도와주려고 하는 착한 사람들과 함께 살 집도 있는 곳." 페리는 전화를 끊고서 "분노와 실망으로 어지러움"을 느꼈다.

그렇지만 고통이 점점 잦아들자, 페리는 의구심이 들었다. 윌리제이랑 다시 만나서 뭘 어쩌자고 기대했던 걸까? 자유가 그들을 갈라놓았다. 자유인이 되자, 두 사람의 공통점은 사라졌다. 결코 한 팀이 될 수 없는 정반대의 사람이 되었다. 적어도 페리와 딕이 짠 계획대로, 남쪽 국경선 바다에서 스킨스쿠버 다이빙을 해서 보물을 건지는 모험에 낄 만한 사람이 아닌 것은 확실했다. 그렇다고 해도, 페리가 윌리제이와 어긋나지만 않았더라면, 적어도 1시간이라도 함께 보낼 수 있었더라면, 페리는 자기가 지금 여기 병원 밖에서 빈둥빈둥 시간을 보내면서 딕이 검은 스타킹 한 켤레를 들고 나타나기를 기다리고 있지는 않았으리라는 것을 확신할 수 있었다. 아니, 그냥 알 수 있었다.

딕은 빈손으로 돌아왔다. "공쳤네." 딕이 뭔가 슬쩍 숨기는 것처럼 아무렇지 않은 태도로 내뱉었기 때문에, 페리는 오히려 의심이 들었다.

"확실해? 물어는 본 거야?

"물어봤지. 그럼."

"네 말 못 믿겠는데. 들어가서 몇 분 동안 돌아다니다가 그냥 나온 거 아냐."

"그래. 네 맘대로 생각해라." 딕은 차에 시동을 걸었다. 한동안 두 사람은 아무 말도 없이 가다가, 딕이 페리의 무릎을 토닥였다. "야, 그만해. 그 생각 자체가 좀 그랬던 거야. 그 사람들이 도대체 뭐라고 생각하겠냐? 내가 거기 쓸데없이 무턱대고 들어가서……."

페리가 말했다. "그래, 어쩌면 잘된 일인지도 모르지. 수녀들은 재수 없으니까."

―

뉴욕 생명보험의 가든시티 지점장은 클러터 씨가 파커 펜의 뚜껑을 열고 수표책을 펴자 빙그레 미소 지었다. 그는 이 근방에 떠도는 농담 하나를 떠올렸다. "사람들이 클러터 씨에 대해서 뭐라고 말하고 다니는지 알아요? '이발료가 1달러 50센트로 오른 뒤로 클러터 씨는 이발사에게도 수표를 써준다니까'라고 하던데요."

"그 말은 맞아요." 클러터 씨가 대답했다. 클러터 씨는 왕족처럼 현금을 가지고 다니지 않는 습관으로 유명했다. "나는 그런 식으로 사업해요. 국세청에서 여기저기 쑤시고 다닐 때는 은행에서 지불확인된 수표가 좋은 친구처럼 확실하니까."

수표를 쓰기는 썼지만 아직 서명을 하지 않은 채, 클러터 씨는 책상 의자를 뒤로 휙 돌리고 잠깐 고심했다. 보험 판매원인 밥 존슨은 땅딸막하고 약간 머리가 벗어진 남자인데 다소 격의가 없는 사람이었다. 존슨은 자기 고객이 마지막 순간에 와서 의구심을 가지지 않기를 바랐다. 클러터 씨는 거래를 할 때 서두르지 않는 냉철한 사람이었다. 존슨은 이 보험을 팔기 위해서 거의 1년이나 공을 들였다. 그렇지만 지금 이 고객은 존슨이 엄숙한 순간이라고 부르는 경험을 하고 있는 중이었다. 보험 판매원에게는 익숙한 광경이었다. 자기 인생을 보험에 걸려 하는 사람의 심정은 유언장에 서명하려는 사람의 심정과 별반 다르지 않다. 자신이 언젠가 죽을 운명이라는 생각이 들지 않을 수 없는 것이다.

"그래, 그래." 클러터 씨는 마치 자기 자신과 대화하듯이 말했다. "감사해야 할 일이 너무 많지. 인생에는 멋진 일이 많았어." 클러터 씨의 경력에 이정표가 되는 사건들을 기념해주는 증서를 넣은 액자가 호두나무 사무실 벽에서 번쩍거렸다. 대학 졸업장, 리버밸리 농장의 지도, 농업 관련 표창장, 연방정부 농업신용위원회에서 근무한 공로를 기념하여 드와이트 D. 아이젠하워 대통령과 존 포스터 덜레스 국무장관이 서명한 화려한 수료증. "애들도 그래요. 그 점에서도 운이 좋았지. 이런 말 하는 건 좀 그렇지만, 정말로 애들이 자랑스러워요. 케니언만 해도 그래. 지금이야 그 녀석, 기술자나 과학자가 되고 싶어 하지만 우리 애가 타고난 농군이 아니라고는 말 못 할 거요. 다행히 그렇게 된다면, 그 애가 언젠가 여기를 이끌어나가겠지. 이비나의 남편을 만난 적 있어요? 돈 자코 말이오. 수의사지. 내가 그 청년을 얼마나 높이 평가하는지 말할 수도 없어요. 비어도 그래. 비어 잉글리시 말이오. 우리 베벌리가 일생을 함께할 마음을 먹게 한 친구. 나한테 무슨 일이 일어난다면, 이 애들을 믿고 책임을 맡길 수 있지. 보니가 홀로 남는 게 문제지만. 보니는 잘 지낼 수 없을 텐데……."

존슨은 이런 식으로 길게 늘어놓는 걱정과 사정을 다 들어주는 일에는 베테랑이었다. 그는 이제 끼어들 때가 되었다는 것을 알았다. "왜요, 클러터 씨. 아직 젊으시지 않습니까. 겨우 마흔여덟이에요. 그리고 외모로 보나 우리가 갖고 있는 진단서로 보나, 앞으로 2주 안에 어떻게 되실 리는 없어요."

클러터 씨는 몸을 쭉 펴고 펜을 집었다. "솔직히 말하면 아주 기분이 좋아요. 아주 낙관적이지. 적어도 몇 년은 여기서 정말 한 재산 모을 수 있을 것 같다는 생각이 든다오." 장래 재정 상태를 어떻게 호전시킬 것인지에 대해 대강 늘어놓으면서 클러터 씨는 수표에 사인한 뒤 책상 너머로 밀어주었다.

그때가 6시 10분이었다. 보험 판매원은 한시라도 빨리 자리를 뜨고 싶었다. 아내가 저녁을 차려놓고 기다리고 있을 터였다. "그럼 만나서 반가웠습니다, 클러터 씨."

"나도 그렇다오."

그들은 악수를 나누었다. 그러고 나서, 승리의 기분을 만끽하며 존슨은 클러터 씨의 수표를 집어 자신의 지폐첩에 집어넣었다. 이것이 바로 사고사를 당할 경우에, 이중 보상을 받을 수 있는 5만 달러짜리 보험 계약의 첫 번째 지불금이었다.

―

주가 나와 동행을 하면서
나를 친구 삼으셨네.

우리 서로 주고받은 그 기쁨은
알 사람이 없도다…….*

기타 반주에 맞춰 페리는 노래를 부르며 더 행복한 기분에 젖어 들었다. 그는 〈갈보리 산 위에〉부터 콜 포터에 이르기까지 200여 곡이 넘는 찬송가와 가요의 가사를 알고 있었다. 게다가 기타 말고도 하모니카, 아코디언, 밴조, 실로폰을 연주할 수도 있었다. 페리가 하는 극장 환상 중에서 가장 좋아하는 것은 페리 오퍼슨스라는 예명을 쓰는 '1인 심포니 악단'의 스타로 자신을 소개하는 것이었다.

딕이 말했다. "칵테일 한잔할래?"

페리는 뭘 마시든 그다지 상관하지 않았는데 애당초 술을 많이 마시지 않았기 때문이었다. 하지만 딕은 까다로웠고 바에서는 주로 오렌지 블라섬을 주문했다. 차의 소지품 함에서 페리는 오렌지 향과 보드카를 이미 섞어놓은 병을 하나 꺼냈다. 그리고 두 사람은 잔을 주거니 받거니 했다. 땅거미가 이미 짙게 깔려 있었지만, 딕은 시속 96킬로미터를 유지하면서도 헤드라이트도 켜지 않은 채 계속 달렸다. 하지만 길은 곧게 뻗어 있었고 시골길은 호수처럼 잔잔했으며, 다른 차들은 거의 보이지 않았다. 여기가 바로 '저기 저쪽'에 해당하는 곳이거나 거의 근접해 가고 있는 중이었다.

"제길!" 페리는 풍경을 내다보며 내뱉었다. 푸르스름한 기운이 남아 있는 차가운 하늘 아래 끝도 없이 평평하게 펼쳐진 풍경

---

*찬송가 〈저 장미꽃 위의 이슬〉의 한 구절.

은 저 멀리 깜빡이는 농장의 불빛 말고는 아무것도 없이 텅 비어 쓸쓸해 보였다. 페리는 텍사스 평원과 네바다 사막이 싫은 만큼 이런 풍경도 싫었다. 수평으로 쭉 뻗어 있고 사람들이 거의 살지 않는 공간을 보면 광장공포증과 더불어 우울한 기분이 일었다. 항구야말로 페리가 진심으로 즐겁게 지낼 수 있는 곳이었다. 사람이 북적북적하고, 쩔렁대는 소리가 들리고, 배에서 딸각이는 소리, 하수 냄새가 풍겨오는 요코하마 같은 도시가 좋았다. 페리는 한국전쟁 때 미군 사병으로 근무하며 요코하마에서 여름을 났다. "제길, 가석방위원회 사람들은 나보고 캔자스에서 사라지라고 했는데. 다시는 내 예쁜 발을 여기 들여놓지 말라고 말이야. 마치 나를 천국에 못 들어오게 하는 것 같더라고. 그런데 좀 봐봐. 볼 만한 거라고는 하나도 없으면서."

딕은 페리에게 병을 건네주었다. 내용물은 반쯤 줄어 있었다. "나머지는 아껴놔." 딕이 말했다. "필요하게 될지도 모르니까."

"기억나, 딕? 배를 어떻게 구할까 했었잖아. 생각해봤는데, 멕시코에서 배를 하나 사면 될 것 같아. 싸지만 튼튼한 걸로. 그리고 일본으로 가는 거야. 태평양을 건너가는 거지. 그렇게 한 사람들이 있었어. 수천 명이나 그렇게 했다고. 거짓말하는 게 아냐. 딕, 너도 일본을 좋아하게 될걸. 사람들이 얼마나 멋지고 상냥한지, 꽃처럼 부드러운 예절을 갖춘 사람들이야. 정말 사려 깊어. 돈 뺏어내려고 그러는 게 아니라. 그리고 여자들은 또 어떤데. 너는 진짜 여자는 못 만나봤을걸……."

"무슨 소리, 만나보고말고." 딕은 벌꿀 같은 금발의 첫 아내가 재혼을 했어도 아직 그녀를 사랑한다고 주장했다.

"거기는 목욕탕도 있어. 그중 하나는 '꿈의 연못'이라고 해. 몸을 쭉 뻗고 있으면 뒤로 넘어갈 정도로 예쁘게 잘 빠진 여자들이 들어와서 머리부터 발끝까지 씻겨준다니까."

"이미 말했어." 딕의 어조는 무뚝뚝했다.

"그래서? 한 말 또 하면 안 돼?"

"나중에 해. 나중에 얘기하자고. 이봐, 지금 생각할 일이 얼마나 많은데."

딕은 라디오를 켰다. 페리는 라디오를 꺼버렸다. 딕의 항의를 무시하고, 페리는 자기 기타를 튕겨댔다.

> 저 장미꽃 위에 이슬, 아직 맺혀 있는 그때에
> 귀에 은은히 소리 들리니 주 음성 분명하다······.

보름달이 하늘 가장자리에서 서서히 모습을 드러내고 있었다.

―

다음 월요일, 거짓말 탐지기 검사에 앞서 증언을 하면서, 청년 보비 럽은 클러터 가를 마지막으로 방문한 때를 이렇게 묘사했다. "보름날 밤이었어요. 그래서 저는 혹시 낸시가 괜찮다고 하면 맥키니 호수로 드라이브나 갈까 생각했어요. 아니면 가든시티로 영화를 보러 가도 좋겠다 싶었고요. 그런데 전화를 거니까, 그때가 아마 7시 10분쯤인가 그랬는데, 낸시는 아버지께 물어봐야 한다고 했어요. 그러더니 다시 돌아와서는 아버지가 안 된다고 했대요. 왜냐하면 우리는 그 전날 밤에도 늦게까지 밖에 있었거든요. 그렇지만 잠깐 와서 텔레비전이나 같이 보지 않겠느냐고 했어요. 이전에도 클러터 아저씨네 집에서 텔레비전을 본 적은 많아요. 그게, 저는 이제까지 낸시밖에 사귄 적이 없거든요. 태어날 때부터 알고 지냈어요. 1학년 때부터 학교를 같이 다녔죠. 제가 기억하는 한, 낸시는 항상 예쁘고 인기가 좋았어요. 아주 어렸을 때부터 좋은 사람이었어요. 제 말은, 그 애는 모든 사람들이 자기도 괜찮은 사람이구나라고 생각이 들 만큼 잘해줬다는 뜻이에요. 저랑 처음으로 데이트한 건 8학년 때였어요. 우리 반에 있는 남자애들이라면 거의 다 낸시를 8학년 무도회에 데리고 가고 싶어 했기 때문에 낸시가 저랑 같이 가겠다고 말했을 때는 놀랐어요. 자랑스럽기도 했고요. 그때 우리는 둘 다 열두 살이었어요. 아빠가 차를 빌려주셔서 저는 낸시를 데리고 무도회에 갔어요. 만나면 만날수록 더 좋아졌죠. 그 가족들도 다요. 걔네 집 같은 그런 집은 이 근처에는 없을 거예요. 물론 아저씨가 몇 가지 너무 엄격하신 부분이 있다는 건 알아요. 종교하고 뭐 그런 거요. 하지만 한 번도 내가 옳고 네가 그르다는 식으로 남을 자기 위주로 대하신 적은 없었어요.

저희 집은 낸시네 집에서 5킬로미터 정도 떨어져 있어요. 전에는 걸어서 왔다 갔다 했는데 여름마다 일을 해서 작년에 돈을 좀 모아 제 차를 샀어요. 55년형 포드요. 그래서 그 집까지 차를 몰고 갔는데 도착하니 7시가 좀 넘었더라고요. 가는 길이나 집으로 올라가는 오솔길에서 사람은 못 봤어요. 집 밖에서도 못 봤고요. 늙은 개 테디뿐이었어요. 저를 보고 짖었거든요. 아래층에 불은 켜져 있었고. 거실이랑 아저씨 사무실이랑요. 2층은 어두워서 아주머니는 주무시는 줄 알았어요. 아주머니가 집에 계시다면 말이지만. 아줌마가 집에 계신지 아닌지는 알 수가 없고, 저는 물어본 적도 없어요. 하지만 제 생각이 맞았어요. 그날 밤 나중에 케니언이 호른 연습을 하려고 했는데, 걔는 학교 밴드에서 바리톤 호른을 연주하거든요. 낸시가 하지 말라고 했어요. 엄마가 깰 수도 있다고요. 아무튼 제가 거기 갔을 때 그 집 식구들은 저녁을 다 먹고 낸시는 설거지를 하고서 접시를 모두 식기 세척기에 넣고 있었어요. 그리고 그 세 사람, 걔네 둘이랑 클러터 아저씨는 거실에 있었어요. 그래서 우리는 다른 날 밤처럼 둘러앉았죠. 낸시와 저는 소파에 앉고 아저씨는 자기 의자에 앉고. 솜을 넣은 안락의자 말이에요. 아저씨는 텔레비전은 안 보시고 책을 읽고 계셨어요. 《로버 보이》라고 케니언이 보는 책이었죠. 그러다가 부엌으로 가시더니 사과 두 개를 가지고 돌아오셨어요. 저한테 하나 줄까 하셨는데 별로 먹고 싶지 않다고 했더니 아저씨가 두 개 다 드셨고요. 아저씨는 치아가 아주 하얬어요. 아저씨 말로는 사과를 먹으면 그렇게 된대요. 낸시, 낸시는 양말하고 부드러운 슬리퍼를 신고 청바지를 입고 있었어요. 위에는 초록색 스웨터였던 것 같아요. 낸시는 금시계랑 제가 지난 1월에 열여섯 번째 생일 선물로 준 팔찌를 차고 있었어요. 한쪽에는 낸시 이름을 새기고 다른 한쪽에는 제 이름을 새긴 거예요. 그리고 반지를 끼고 있었고요. 작년 여름에 산 은반지인데, 키드웰 가족이랑 콜로라도에 갔을 때 산 거예요. 그건 제 반지, 우리 커플링이 아니었어요. 그게, 2주 전쯤에 낸시는 화가 나서 잠시 동안 우리 커플링을 빼고 다니겠다고 말했어요. 여자친구가 그런 말을 할 때는 지금 잠시 떨어져 있자는 뜻이에요. 그러니까 제 말은, 우리가 싸움을 한 건 맞아요. 모두들 그러잖아요. 사귀는 애들이라면 다 싸워요. 무슨 일이 일어났냐 하면, 제가 아는 사람의 결혼식 피로연에 가서 맥주, 그러니까 한 병을 마셨는데 낸시가 그 얘기를 들은 거예요. 어떤 입 싼 애가 낸시에게 제가 술을 막 들이붓더라고 말한 거죠. 그래서 낸시는 찬바람이 쌩쌩 불도록 차가워져서는 일주일 동안 인사도 안 했어요. 하지만 최근에는 다시 사이가 좋아졌고 제가 보기에 며칠만 지났으면 낸시는 우리 커플링을 다시 꼈을 거예요.

네. 처음에 본 건 〈인간과 도전〉이라고 11번에서 하는 프로그램이에요. 북극에 간 사람들 이야기죠. 그리고 우리는 서부 영화를 하나 봤어요. 그다음에는 〈다섯 손가락〉이라는 첩보 영화를 봤고요. 〈마이크 해머〉가 9시 반에 했고. 그러고 나서는 뉴스가 나왔어요. 그런데 케니언은 다 싫어했어요. 걔가 좋아하는 프로그램을 보게 해주지 않았거든요. 케니언은 나오는 것마다 재미없다고 투덜댔고 낸시는 계속 조용히 하라고 말했어요. 두 사람은 언제나 툭탁대지만 실제로는 아주 친한 사이예요. 보통 동생 누나보다 더 친하죠. 항상 둘이서만 지내야 해서 그랬을 거라고 생각해요. 아줌마가 집에 안 계시고 아저씨가 워싱턴이나 그런 데 가셨을 때 말이죠. 전 낸시가 케니언을 아주 각별하게 생각했다는 건 알지만 낸시도, 혹은 어느 누구라도 케니언을 아주 정확하게 이해했을 것 같지는 않아요. 걔는 뭔가 정신이 어디 딴 데가 있는 사람 같았어요. 걔가 무슨 생각을 하는지 모르겠고 심지어 나를 보고 있는지조차도 알 수가 없었어요. 약간 사시였거든요. 어떤 사람들은 걔가 천재라고 하던데 그 말이 사실일지도 몰라요. 걔는 책을 많이 읽었거든요. 그렇지만, 나 같으면 약간 정서불안이라고 할 거예요. 케니언은 텔레비전을 보고 싶지 않댔어요. 호른 연습을 하고 싶어 했죠. 낸시가 못 하게 하니까 클러터 아저씨가 지하 오락실에 내려가서 하면 어떻겠냐고 하시더라고요. 거기서는 다른 사람한테 소리가 안 들릴 거라고. 그런데 케니언은 그것도 하기 싫다고 하더라고요.

전화벨이 한 번 울렸어요. 두 번인가? 잘 기억은 안 나네요. 아무튼, 전화가 울리자마자 클러터 아저씨가 사무실에서 전화를 받았다는 건 기억나요. 문이 열려 있어서, 그 거실하고 사무실 사이의 미닫이문요. 아저씨가 '반인가?'라고 말하는 소리가 들렸어요. 그래서 동업자 반 블릿 씨하고 통화한다는 걸 알았죠. 두통은 있지만 점점 괜찮아지고 있다고 아저씨가 말하는 소리도 들렸어요. 그러고는 반 블릿 씨한테 월요일에 만나자고 하셨어요. 아저씨가 다시 돌아오셨을 때는, 그렇지, 〈마이크 해머〉가 막 끝난 때였어요. 5분 뉴스가 나오고 있었죠. 그러고 나서는 일기예보가 나왔고요. 아저씨는 언제나 일기예보가 나오면 귀를 쫑긋 세우셨어요. 아저씨가 진짜로 기다리던 게 바로 이거였죠. 제가 진짜로 관심 있던 건 오로지 스포츠뉴스인 것처럼요. 스포츠뉴스는 그다음에 나왔어요. 스포츠뉴스가 끝나니까 10시 반이었어요. 그래서 가려고 일어났죠. 낸시가 밖까지 배웅해주었어요. 우리는 잠깐 얘기하고 일요일 밤에 영화 보러 갈 약속을 했어요. 모든 여자애들이 다 보고 싶어 하는 영화 〈블루 데님〉이요. 그러고 나서 낸시는 다시 집으로 뛰어 들어갔고 저는 차를 타고 떠났어요. 달이 환했어요. 낮만큼이나 날씨가 좋았어요. 춥고 약간 바람이 불었어요. 잡초 더미가 스윽스윽 굴러가는 소리가 났죠. 그렇지만 제가 본 건 그게 다예요. 지금 와서 생각해보면 누가 거기 숨어 있었던 게 틀림없어요. 어쩌면 거기 나무 사이에요. 누군가 제가 떠날 때까지 기다렸을 거예요."

―

 여행자들은 그레이트벤드에 있는 식당에 저녁을 먹으러 들렀다. 페리가 마지막 남은 15달러를 꺼내 들고 루트비어와 샌드위치를 살 태세를 보이자, 딕은 그래가지고 어디 되겠느냐면서 거하게 먹어둬야 한다며 돈은 자기가 낼 테니 신경 쓰지 말라고 했다. 두 사람은 살짝 익힌 스테이크와 구운 감자, 감자튀김, 양파튀김, 서커태시*를 주문하고, 마카로니와 굵게 간 옥수수 요리, 사우전드아일랜드 드레싱을 뿌린 샐러드, 시나몬롤, 애플파이와 아이스크림, 커피를 곁들였다. 입가심으로는 드러그스토어에 들러 시가를 골랐다. 거기서 두툼한 접착테이프 두 개도 구입했다.
 다시 고속도로에 오른 검은 쉐보레가 미세한 경사가 진 시골길을 따라 더 춥고, 쩍쩍 갈라질 정도로 건조한 고지대 평원 쪽으로 속도를 내며 달려갔다. 페리는 식곤증 때문에 눈을 감고 꾸벅꾸벅 졸고 있다가 11시 뉴스를 알리는 소리에 퍼뜩 잠에서 깼다. 페리는 창문을 내리고 서릿발 같은 공기 속에 얼굴을 묻었다. 딕은 지금 있는 곳이 피니 군이라고 말해주었다. "16킬로미터 전에 경계를 넘어왔어." 차는 아주 빨리 달리고 있었다. 지나가는 차의 헤드라이트에 비쳐 간판의 글씨가 불타오르다가 날아가듯 스쳐 지나갔다. "북극곰을 만나세요", "버티스 자동차", "세계에서 가장 큰 무료 수영장", "위트랜즈 모텔". 그리고 마침내 가로등이 시작되는 바로 앞에 서 있는 "안녕하세요, 친절하

---

*강낭콩과 옥수수를 끓인 콩 요리.

고 따뜻한 저희 가든시티에 오신 것을 환영합니다"라는 표지판.

둘은 마을의 북쪽 가장자리를 따라 돌았다. 자정이 다 되어가는 이 시각에는 아무도 밖에 나와 돌아다니지 않았다. 환하게 불을 밝힌 주유소가 외로이 줄지어 섰을 뿐, 문을 연 가게라고는 하나도 없었다. 딕은 주유소에 들어갔다. '허드의 필립스66'이라는 주유소였다. 젊은이 하나가 나타나 물었다. "가득 넣어드려요?" 딕은 고개를 끄덕였고, 페리는 차에서 내려 주유소 안에 있는 화장실로 들어가 문을 잠갔다. 종종 그랬듯 다리가 아파왔다. 전에 당한 교통사고가 마치 5분 전에 일어난 듯이 다리가 아팠다. 페리는 병에서 아스피린 세 알을 흔들어 꺼내서 천천히 씹고는(아스피린 맛을 좋아했다), 세면대의 물을 받아 마셨다. 페리는 변기 위에 앉아 다리를 뻗고 거의 굽혀지지도 않는 다리를 마사지하며 문질렀다. 딕이 거의 다 왔다고 말했다. "이제 11킬로미터만 더 가면 돼." 페리는 윈드브레이커 주머니의 지퍼를 열고 종이봉투를 하나 꺼냈다. 안에 들어 있는 것은 최근에 구입한 고무장갑이었다. 장갑은 접착제 처리가 되어 있어 끈끈하고 얇았는데, 껴보자 한 짝의 손가락 사이가 살짝 뜯어졌다. 심각하게 찢어진 건 아니지만 왠지 페리에게는 불길한 징조처럼 여겨졌다.

문손잡이가 돌아가며 끽끽댔다. 딕이 말했다. "사탕 좀 먹을래? 여기 사탕 기계가 있다."

"됐어."

"너 괜찮아?"

"괜찮아."

"밤새 거기 있을 생각은 마라."

딕은 자판기에 동전을 하나 넣고 레버를 잡아당긴 뒤 젤리빈 한 봉지를 집었다. 젤리를 우적우적 씹으며 차로 돌아간 딕은 젊은 주유원이 앞 창문에 바짝 달라붙어 캔자스의 먼지와 죽은 벌레의 찌꺼기를 열심히 떼어내는 모습을 바라보았다. 주유원 제임스 스포는 마음이 편치 않았다. 딕의 눈과 음침한 표정, 페리가 이상할 정도로 화장실에 오래 들어가 있는 것 모두 마음에 걸렸다. (다음 날 스포는 사장에게 이렇게 보고했다. "어젯밤 좀 험한 손님들이 왔었어요." 하지만 주유원은 그때는, 그리고 한동안도 이 손님들과 홀컴에서 일어난 비극적인 사건을 연결시킬 생각을 하지 못했다.)

딕이 말했다. "여기는 경기가 좀 안 좋아 보이네."

"좀 그렇죠." 제임스 스포가 말했다. "손님이 2시간 만에 처음 온 거예요. 어디서 오셨어요?"

"캔자스시티."

"사냥하러요?"

"그냥 지나가는 길이지. 애리조나로 가는 중이라. 거기서 직업을 구했어. 노가다지만. 여기서 뉴멕시코 투컴카리까지 얼마나 먼지 아나?"

"잘 모르겠는데요. 3달러 60센트입니다." 스포는 딕의 돈을 받고 거슬러준 뒤 말했다. "손님, 저는 이만 나가겠습니다. 하고 있던 일이 있어서요. 트럭 뒤에 범퍼를 붙이느라고요."

딕은 젤리를 먹으며 기다리다가 더 못 참고 시동을 건 뒤 경적을 울렸다. 페리의 성격을 잘못 판단한 걸까? 다른 사람도 아닌 페리가 갑자기 온몸에 "피거품"이 끓어 고통스러워한다는 게 말이 되나? 1년 전 처음 마주쳤을 때 딕은 페리가 "좋은 녀석"이라고 생각했다. 약간 "자기 자신에게 집착"하고 "감상적이며" 지나치게 "몽상가"이기는 했지만. 딕은 페리를 좋아했지만, 특별히 친하게 지내야 할 가치가 있다고 생각하지는 않았다. 하지만 어느 날 페리가 살인 이야기를 하며, 어떻게 라스베이거스에서 "그냥 장난삼아" 자전거 사슬로 죽을 때까지 흑인을 때렸는지 말해주자 생각이 달라졌다. 그 일을 듣고 나서 페리에 대한 평가가 약간 높아졌다. 딕은 더 자주 페리를 만나기 시작했고, 이유야 완전히 정반대였지만 윌리제이처럼 페리가 독특하고 가치 있는 자질을 지니고 있다고 점차 단정 지었다. 살인자 정도는, 혹은 살인을 자랑하면서 기꺼이 다시 저지를 마음도 있다고 말하는 녀석들은 랜싱에 꽤 있었다. 하지만 딕은 페리가 그중 희귀한 자질, "타고난 살인자"로서의 자질을 갖췄다고 확신했다. 정신이 아주 멀쩡하게 박혀 있지만 양심이 없고, 동기가 있건 없건 죽음의 일격을 날릴 수 있는 차가운 피를 지닌 사람. 그런 재능은 감독해주기만 하면 이득이 있는 쪽으로 이용할 수 있다는 게 딕의 생각이었다. 이런 결론에 이르자 딕은 적극적으로 페리를 꼬이기 시작했고 아부했다. 예를 들면, 그 바닷속에 묻혀 있다는 보물 얘기를 다 믿는 척하면서 페리가 갈망하는 보물 채취자의 꿈이나 항구 도시에 대한 동경에 맞장구를 쳐주는 것이다. 그중 어느 얘기에도 딕은 관심이 없었다. 자기 사업을 하면서 집과 타고 다닐 말과 새 차와 "금발 계집애들 여럿"을 거느리면서 "안정적인 삶"을 살고 싶은 게 딕의 소망이었다. 하지만 페리에게 의심을 사지 않는 일은 중요했다. 페리가 자기 재능을 써서 딕의 야망을 실현하도록 도와줄 때까지는. 하지만 아마도 잘못 계산하고 속은 것은 딕인지도 몰랐다. 그렇다고 한다면, 페리가 "그냥 그런 애송이"인 것이 결국 밝혀지면, "파티"는 끝난 것이었다. 몇 달 동안의 계획은 수포로 돌아가고 돌아서서 갈 수밖에 없었다. 그런 일이 일어나서는 안 된다. 딕은 주유소로 돌아갔다.

　화장실 문은 아직도 잠겨 있었다. 딕은 문을 쾅 쳤다. "야, 페리 이 자식아!"

　"잠깐만."

　"무슨 일이야, 아프냐?"

　페리는 세면대 가장자리를 붙들고 몸을 일으켰다. 다리가 후들후들 떨렸다. 무릎이 저려와 땀이 났다. 그는 종이 수건으로 얼굴을 닦았다. 그리고 문을 열고 말했다. "됐어. 가자."

―

낸시의 침실은 가장 작은 방이었다. 집 안에 있는 개인 침실이 그렇듯이 여자애답고 발레리나의 튀튀처럼 유치할 정도로 화사했다. 큰 거울이 달린 서랍장과 책상을 제외하고는 벽이고 천장이고 할 것 없이 모두 분홍색이거나 파란색이거나 하얀색이었다. 파란색 베개가 쌓여 있는 흰색과 분홍색의 침대는 커다란 분홍색과 흰색의 테디베어가 차지하고 있었다. 보비가 군 박람회의 사격 오락실에서 상으로 타다 준 인형이었다. 가장자리를 흰색으로 칠한 화장대 위에는 분홍색으로 칠한 코르크 메모판이 하나 걸려 있었다. 전에 코사지로 쓰다가 말려놓은 치자꽃이 그 위에 붙어 있었고, 전에 받은 밸런타인 카드나, 신문에서 오린 요리법, 어린 조카나 수전 키드웰이나 보비 럽의 스냅사진 같은 것도 있었다. 10여 장 되는 보비의 사진은 야구방망이를 휘두르거나 농구공을 드리블하거나 트랙터를 몰거나 수영복을 입고 맥키니 호수 가장자리에서 물에 들어가고 있는 모습(보비는 수영을 배운 적이 없었기 때문에 서 있을 수 있는 데까지만 물에 들어가 있었다) 같은 걸 찍은 사진들이었다. 그리고 두 사람, 낸시와 보비가 함께 찍은 사진도 몇 장 있었다. 낸시가 제일 마음에 들어하는 사진은 두 사람이 소풍을 가서 돗자리와 소풍 바구니를 펼쳐놓고 그 한가운데, 나뭇잎 사이로 비쳐 들어오는 햇살 아래서 서로 바라보고 있는 사진이었다. 두 사람은 미소를 띠고 있지는 않았지만, 즐거워 보였고 기쁨이 가득한 표정을 짓고 있었다. 다른 사진들, 얼마 전에 이유도 없이 죽어버린(낸시는 독을 먹은 게 아닌가 생각하고 있지만) "불쌍한 붑스" 같은 고양이나 말처럼 죽었지만 잊을 수 없는 동물들의 사진이 낸시의 책상 위에 놓여 있었다.

식구 중에서 언제나 제일 늦게 잠자리에 드는 사람이 바로 낸시였다. 낸시는 언젠가 친구들과 가정 선생님인 폴리 스트링어 부인에게 한밤중이야말로 자신이 "이기적이고 허영에 가득 찰 수 있는 시간"이라고 얘기한 적이 있었다. 그 시간이 되어야 비로소 낸시는 얼굴을 닦고 크림을 바르면서 일상 하는 피부관리를 행할 수 있었다. 토요일 밤에는 그 일과에 머리를 감는 일까지 포함되어 있었다. 그날 밤, 머리를 말리고 빗질한 뒤 성기게 짠 두건으로 머리를 묶고 나서 낸시는 다음 날 아침 교회 갈 때 입을 옷들을 꺼내놓았다. 나일론 스타킹과 검은 펌프스, 빨간 벨벳 드레스. 낸시의 옷 중에서 제일 예쁜 옷이었고 직접 만든 것이었다. 바로 이 옷을 입고 낸시는 무덤에 묻히게 된다.

기도하기 전에 낸시는 언제나 일기장에다 몇 가지 사실을 기록하고는 했다. ("여기는 여름이다. 영원히, 그랬으면 좋겠다.

수가 왔다 갔다. 우리는 베이브를 타고 강까지 나갔다. 수가 플루트를 연주했다. 반딧불이 있었다.") 그리고 가끔씩 터질 듯한 심정을 적기도 했다. ("나는 그를 사랑한다, 사랑해.") 그 일기장은 5년 동안 써온 것이었다. 일기장을 4년 동안 쓰면서 낸시는 중요한 사건을 적는 걸 하루도 빠뜨린 적이 없었다. 몇 가지 사건은 너무 환히 빛나고(이비나의 결혼, 조카의 탄생), 어떤 사건은 너무 극적이라("처음으로 보비와 진짜 다퉜다." 이 페이지는 눈물로 얼룩져 있었다) 미래에 생길 일을 대비해 몇 장을 빼놓기는 했다. 낸시는 잉크 색깔을 달리해서 연도를 구분했다. 1956년은 초록색이었고 1957년은 빨간 리본색이었다가 다음 해에는 환한 라벤더색으로 바꿨고 지금 1959년에는 위엄 있는 푸른색을 쓰기로 하고 있었다. 그렇지만 모든 자기표현이라는 것이 그러하듯이, 낸시는 계속 필체를 이렇게 저렇게 고쳐 썼다. 오른쪽으로 기울였다가 왼쪽으로 기울였다가, 둥글게 썼다가 휙 깎아지른 것처럼 썼다가 느슨하게 하기도 했다가 뾰족하게 하기도 했다가. 마치 "이게 낸시일까? 아니면 저게? 어떤 게 진짜 나일까?" 하고 계속 묻는 것만 같았다. (언젠가 한번 낸시의 영어 선생님인 릭스 부인은 이렇게 코멘트를 써서 숙제를 돌려준 적이 있었다. "좋음. 그런데 왜 필체가 세 가지나?" 낸시는 이렇게 대답했다. "저는 아직 어른이 아니라서 한 가지 특징이 굳어진 사람이 되지 않았거든요.") 최근 몇 달 동안도 여전히 낸시는 계속 여러 필체를 연습하고 있었고, 마침내 성숙미가 서서히 묻어나는 필체로 이렇게 썼다. "졸린 K가 왔다 갔다. 그 애에게 체리파이 만드는 법을 가르쳐주었다. 록시와 연습했다. 보비가 와서 텔레비전을 보았다. 11시에 집에 갔다."

―

"바로 여기야, 여기라고, 여기가 틀림없어, 저게 학교고, 저게 차 정비소, 이제 남쪽으로 돌면 돼." 페리의 귀에는 딕이 환희에 차서 뭔가 알 수 없는 소리를 중얼중얼하는 것처럼 들릴 뿐이었다. 그들은 고속도로를 빠져나와 텅 빈 홀컴 거리를 가로질러 산타페 철로를 건너갔다. "저게 은행이지, 저게 은행일 거야, 이제 서쪽으로 돌아야지, 나무가 보여? 그럼 거기야, 거기가 틀림없다고." 헤드라이트 불빛이 중국 느릅나무가 심어진 오솔길 위를 비추었다. 바람에 흩날린 엉겅퀴 다발이 길 위에 흩어져 있었다. 딕은 헤드라이트를 끄고 속도를 줄인 뒤 차를 멈추고 달빛이 비치는 밤의 어둠에 눈이 익숙해질 때까지 가만히 있었다. 이윽고 차는 느릿느릿 앞으로 나아갔다.

―

홀컴은 산악 표준시 시간 경계선에서부터 동쪽으로 19킬로미터 떨어져 있어 사람들이 툴툴댈 만한 환경이었다. 그렇다는 것은 여름에는 아침 7시, 겨울에는 8시나 그 이후가 되어도 하늘은 여전히 어둡고, 맑은 날에는 별이 아직도 떠 있다는 뜻이기 때문이다. 빅 어식의 두 아들이 일요일 아침 잡일을 하러 도착한 것은 바로 이렇게 아직도 별이 떠 있는 때였다. 그렇지만 젊은이들이 일을 끝마칠 9시 무렵에 해는 중천에 떠서 오늘도 꿩 사냥을 하기에는 완벽한 날이라고 전해주는 듯했다. 그동안 그들은 아무것도 눈치채지 못했다. 청년들이 농장에서 나와 오솔길을 따라 내려갈 때에 차가 한 대 들어왔다. 청년들이 손을 흔들자 차에 탄 소녀도 손을 흔들어 답례했다. 그 소녀는 낸시 클러터의 동급생으로 그 애의 이름 또한 낸시, 낸시 에월트였다. 낸시는 외동딸이었는데 지금 운전하고 있는 사람이 그 아버지 클레런스 에월트였다. 그는 중년 정도 되는 나이에 사탕수수 농사를 짓는 농부였다. 에월트 씨 자신은 교회에 다니지 않았고 그 아내 또한 마찬가지였지만, 딸이 클러터 씨 가족과 함께 가든시티에 있는 감리교 예배에 참석할 수 있도록 에월트 씨는 일요일마다 낸시를 리버밸리 농장에 데려다주고는 했다. 이렇게 하면 읍내까지 두 번 왔다 갔다 해야 하는 수고를 덜 수 있었기 때문이었다. 보통 에월트 씨는 습관적으로 딸이 집 안으로 안전하게 들어가는 모습을 볼 때까지 기다려주고는 했다. 안경을 썼지만 영화배우 같은 몸매에다 옷에 꽤나 신경 쓰는 소녀인 낸시는 수줍은 듯 발끝을 들고 잔디밭을 지나 앞문의 초인종을 눌렀다. 집에는 입구가 네 군데 있었는데, 이쪽 문에 아무리 노크를 해도 대답이 없자 낸시는 옆문, 클러터 씨의 사무실로 연결되는 문으로 옮겼다. 이쪽 문은 조금 열려 있기에, 낸시는 문을 좀 더 열어보았다. 사무실에 그림자만 깔려 있는 것이 확실하긴 했지만 낸시 생각에 클러터 식구들이 자기가 "슬쩍 밀고 들어가는 것"을 좋아할 것 같지는 않았다. 그래서 낸시는 문을 두드리고 계속 초인종을 울려보다가 급기야는 돌아 나와 집 뒤로 갔다. 뒤에는 차고가 있었는데 쉐보레 세단 두 대가 그 안에 그대로 있는 것이 보였다. 즉, 클러터 식구들이 집에 있다는 뜻이었다. 하지만 "다용도실"로 이어지는 셋째 문이나 부엌으로 이어지는 넷째 문을 두드려봐도 아무런 소용이 없자 낸시는 다시 아버지에게로 돌아왔다. 에월트 씨가 말했다. "다들 자고 있나보네."

"하지만 그럴 리가 없어요. 클러터 아저씨가 교회에 빠지실 것 같아요? 늦잠 자느라고?"

"그럼 이렇게 할까? 학교 사택까지 가보자꾸나. 수전은 무슨 일이 있는지 알고 있겠지."

새로 지은 학교 건너편에 서 있는 학교 사택은 낡고 칙칙하여 보기 흉한 건물이었다. 그 건물 안의 스무 개 남짓한 방은 다른 주택을 찾을 만한 능력이 안 되거나 집세를 낼 능력이 없는 학교 선생들에게 무상으로 임대되었다. 하지만 수전 키드웰과 그 모친은 지하에 있는 방 세 개짜리 아파트를 겉모양이나마 예쁘게 꾸며놓고 편안한 분위기를 자아내도록 했다. 거실은 아주 작았지만 놀랍게도 앉을 수 있는 가구들은 물론 오르간, 피아노, 화분을 죽 늘어놓은 화단, 여기저기 뛰어다니는 강아지, 꾸벅꾸벅 졸고 있는 커다란 고양이까지 들어갈 수 있었다. 그 일요일 아침 수전은 이 방의 창문 앞에 서서 거리를 내다보고 있었다. 수전은 키가 크고 활기가 없는 처녀로 얼굴은 창백한 타원형이었고 눈은 아름다운 연청색이었다. 특히 남다른 점은 손이었는데, 손가락이 길고 유연해서 약간 신경질적이긴 했지만 우아했다. 수전은 교회에 갈 채비를 하고 클러터 씨네 쉐보레가 나타나기를 이제나저제나 기다리고 있었다. 수전도 클러터 씨 식구들과 함께 예배에 참석했기 때문이었다. 대신 오늘은 에월트 씨가 와서 이 기묘한 소식을 전했다.

하지만 수전은 아무 설명도 할 수 없었다. 그 어머니도 마찬가지였다. 수전의 어머니가 말했다. "뭔가 계획이 바뀌었으면 전화를 했을 텐데? 수전, 그 집에 전화 한번 해보지 그러니? 아직

자고 있을 수도 있잖아. 내 생각이긴 하지만."

수전은 나중에 진술서에 이렇게 썼다. "그래서 저는 그렇게 했어요. 저는 그 집에 전화를 걸어서 전화벨이 울리도록 놔두었어요. 제 느낌이기는 하지만 전화벨이 적어도 한 1분이나 그 이상 울렸던 것 같아요. 아무도 전화를 받지 않았어요. 그래서 에월트 아저씨가 우리보고 그 집에 가서 '그 집 식구들을 깨우는 게' 어떻겠냐고 하셨어요. 하지만 우리가 갔을 때는……. 저는 별로 그러고 싶지 않았어요. 집 안으로 들어가는 거 말이에요. 저는 겁이 났어요. 왜인지는 모르겠어요. 왜냐하면 그런 생각은 한 번도 못 해봤거든요. 그러니까, 그런 생각은 잘 안 나니까요. 하지만 햇빛이 너무 밝았고, 모든 게 너무 밝고 조용해 보였어요. 그리고 그때 저는 차가 모두 다 그냥 있는 것을 봤어요. 케니언의 낡은 코요테 왜건까지도. 에월트 아저씨는 작업복을 입고 있었어요. 부츠에는 진흙이 묻어 있었고요. 아저씨는 클러터네 식구들을 만나기에는 별로 옷차림이 적당하지 않다고 생각하셨나봐요. 특히 그러신 적이 없으셨으니까요. 그러니까, 집 안에 들어갔던 적이 말이에요. 결국 낸시가 저랑 들어가겠다고 했어요. 우리는 부엌문으로 돌아갔는데, 물론 부엌문은 잠겨 있지 않았어요. 그 근방에서 문을 잠그는 건 오로지 헬름 아줌마뿐이거든요. 그 집 식구들은 문을 잠그지 않아요. 우리는 집 안으로 들어갔는데 저는 그 집 식구들이 아침을 안 먹었다는 걸 금방 알 수 있었어요. 접시도 없었고, 스토브 위에 아무것도 올라와 있지 않았어요. 그때 이상한 낌새를 느꼈죠. 낸시의 지갑이요. 지갑이 바닥에 놓여 있었어요. 약간 열린 채로요. 우리는 식당을 지나서 계단 발치에 멈춰 섰어요. 낸시의 방은 맨 꼭대기에 있어요. 전 낸시의 이름을 부르면서 계단을 올라가기 시작했어요. 낸시 에월트가 따라왔고요. 발소리가 사실 가장 무서웠어요. 발소리는 너무 큰데 다른 건 모두 조용했거든요. 낸시의 방문이 열려 있었어요. 커튼은 쳐져 있지 않아서 방 안에는 햇살이 가득했고요. 저는 비명을 질렀는지도 기억나지 않아요. 낸시 에월트 말로는 제가 그랬대요. 비명을 지르고 또 질렀대요. 저는 낸시의 테디베어가 저를 쳐다보고 있던 것만 기억나요. 그리고 낸시도요. 그리고 뛰었어요······."

그사이에 에월트 씨는 여자애들만 집 안에 들어가게 해서는 안 될 것 같다고 생각했다. 에월트 씨가 차에서 내려 애들을 뒤쫓아 가려 했을 때 비명이 들렸다. 집에 도착하기도 전에 여자애들이 뛰어왔다. 딸이 소리쳤다. "죽었어요!" 그러고는 아빠의 품 안으로 뛰어들었다. "진짜예요, 아빠! 낸시가 죽었어요!"

수전이 낸시 쪽으로 몸을 돌렸다. "아냐, 낸시는 안 죽었어. 그러니까 그런 소리 하지 마. 어떻게 그런 말을 할 수가 있니? 그냥 코피가 난 거야. 낸시는 항상 코피를 잘 흘렸으니까, 코피가 심하게 난 거야. 단지 그것뿐이야."

"피가 너무 많았어. 벽이 온통 피투성이였잖아. 넌 제대로 보지도 않았잖아."

에월트 씨는 그 후에 이렇게 증언했다. "나는 뭐가 뭔지 분간할 수가 없었습니다. 어쩌면 낸시가 다쳤을지도 모른다고 생각했어요. 가장 먼저 구급차를 불러야 할 것 같았습니다. 키드웰 양이, 수전 말입니다, 부엌에 전화가 있다고 하더군요. 나는 수전이 말한 그 자리에서 전화를 찾았습니다. 하지만 수화기가 내려져 있더군요. 수화기를 들어보고 전화선이 끊어져 있다는 걸 알았습니다."

―

당시 스물일곱 살의 영어 선생이었던 래리 헨드릭스는 교사 사택의 꼭대기 층에 살았다. 헨드릭스는 작가가 되고 싶었지만 아파트는 미래의 작가에게는 이상적인 작업실이 못 되었다. 그 아파트는 키드웰의 아파트보다 작았고 무엇보다도 헨드릭스는 그 작은 아파트에서 아내와 활발한 아이들 세 명 그리고 영원히 꺼지지 않는 텔레비전과 함께 살고 있었다. ("애들을 조용히 시키는 데는 이 방법밖에 없어서요.") 오클라호마 출신의 전직 선원이었던 만큼 헨드릭스는 남성적인 청년이었다. 아직 발표한 작품이 없기는 하지만, 파이프 담배를 피우고 콧수염을 길렀으며 여기저기 헝클어진 짧은 머리를 하고 있어 적어도 겉모습만큼은 문학적이었다. 실로, 헨드릭스의 모습은 제일 존경하는 작가인 어니스트 헤밍웨이의 젊은 날 사진을 기가 막히게 빼닮았다. 쥐꼬리만 한 교사 봉급 때문에 헨드릭스는 학교 스쿨버스 기사도 겸하고 있었다. 헨드릭스는 지인에게 이렇게 말했다.

"어떤 날은 하루에 96킬로미터도 달린다니까. 그러다 보니 글을 쓸 시간이 영 안 나. 일요일 빼고는. 그런데 그날 일요일, 11월 15일에, 나는 여기 아파트에 앉아서 종이를 뒤적이고 있었거든. 줄거리에 대해 여러 가지 생각을 적어놓은 종이였어. 신문에서 보고 착상한 것들이지. 아무튼, 텔레비전은 켜져 있었고 아이들은 여전히 기운 넘치게 놀고 있었지만, 그래도 나한테는 무슨 목소리가 들렸어. 아래층에서 말이야. 키드웰 선생님 댁. 그렇지만 처음에는 내가 상관할 게 아니라고 생각했지. 나는 여기 신참 교사였으니까. 학기가 시작할 때 홀컴에 처음 온 거니까. 그때 셜리가 빨래를 널러 밖에 나가 있었는데, 암튼 우리 집사람 셜리가 뛰어 들어오더니 그러는 거야. '여보, 아래층에 내려가봐요. 저 사람들 다 흥분해서 이성을 잃었어요.' 여자애들 둘은, 그래 그때 보니 정말로 정신이 나갔더라고. 수전은 아직도 충격에서 못 벗어났어. 앞으로도 그럴 거야, 내 생각에는. 그리고 불쌍한 키드웰 선생님도 말이지. 선생님은 요새 건강이 별로 좋지 않은 것 같더라. 선생님은 원래도 노이로제 기미가 있었어. 선생님이 뭐라고 계속 말하는데 한참 지나서야 무슨 소리를 하는지 이해가 되더라고. 선생님이 계속 한 말은 이거였어. '오, 보니, 보니. 무슨 일이 생긴 거야? 당신 너무 행복했잖아. 모두 끝났다고 말했잖아. 다시 아프지 않을 거라고 그랬잖아.' 뭐 그런 뜻의 말이었지. 심지어 에월트 씨 같은 남자도 한껏 흥분한 상태였어. 에월트 씨는 보안관 사무실에 전화를 걸었지. 가든시티 보안관에게. 그러고는 보안관한테 '뭔가 엄청나게 나쁜 일이 클러터 씨네 집에 생겼다'고 하는 거야. 보안관은 곧 오겠다고 약속했고 에월트 씨는 알았다면서 고속도로에서 만나자고 했어. 셜리가 아래층으로 내려와서 여자들 옆에서 진정시키려고 했어. 진정이 될 리가 없었지. 그래서 나는 에월트 씨와 함께 갔어. 로빈슨 보안관을 만나러 차로 에월트 씨를 고속도로까지 데려다줬지. 가는 길에 에월트 씨가 무슨 일이 생겼는지 말해줬어. 전화선이 잘려 있던 것을 발견했다는 대목에서 나는 바로 '으흠' 하고 생각했지. 그러고는 눈을 똑바로 뜨고 있어야겠다고 결심했어. 세세한 부분까지 뭐든 다 적어놓아야겠다고. 법정에서 증언하라고 소환받을 경우를 대비해서 말이야.

　그리고 보안관이 왔어. 그때가 9시 35분이었지. 시계를 봤거든. 에월트 씨가 우리 차를 따라오라고 손짓을 해서 함께 클러터 씨 집으로 차를 몰고 갔어. 나는 그전에 한 번도 거기 가본 적이 없었어. 멀리서 보기만 했지. 물론 그 집 식구들은 알고 있었어. 케니언은 내가 가르치는 2학년 반에 있었고 낸시가 나오는 〈톰 소여의 모험〉 연극을 내가 연출했으니까. 하지만 그 애들은 정말 남다르게 잘난 척하지 않는 애들이라 그렇게 부자이고 큰 집에 사는지는 몰랐지. 나무하며, 잔디밭하며, 모든 걸 다 너무나 잘 관리해놓고 섬세하게 가꿔놨더군. 거기 도착하고 나서 보안관은 에월트 씨에게 얘기를 듣더니 사무실에 무전을 보내서 지원 요청을 하고 구급차도 한 대 보내달라고 했어. 그러고는 '뭔가 사고가 생겼나봅니다'라고 말했지. 우리는 집 안으로 들어갔어. 우리 셋이서. 부엌을 지나갈 때 보니 여자 지갑이 바닥에 떨어져 있고, 전화선이 잘려 있더라고. 보안관은 허리춤에 권총을 차고 있었는데, 계단을 올라 낸시 방으로 갈 때 손을 총에 가져다 대고 언제라도 뽑을 준비를 한 게 보였어.

　정말 끔찍했어. 그렇게 좋은 애를, 물론 너는 그 애를 모르겠지만. 한 5센티미터 옆에서 엽총으로 머리를 쏘아버린 것 같았어. 낸시는 모로 쓰러져 벽을 보고 있었고 벽은 온통 피로 덮여 있었어. 침대보가 어깨를 덮고 있고. 로빈슨 보안관이 침대보를 젖히자 목욕 가운과 파자마 차림에 양말과 슬리퍼를 신은 것이 보였어. 일이 언제 일어났는지 모르지만 아직 잠자리에 들기 전이었나봐. 손은 뒤로 묶여 있었고, 발목도 베니션 블라인드 같은 데서 볼 수 있는 끈으로 묶여 있었어. 보안관이 물었어. '이 애가 낸시 클러터가 맞습니까?' 보안관은 그 애를 한 번도 본 적이 없었지. 그래서 내가 말했어. '네, 네. 이 애가 낸시예요.'

우리는 다시 거실로 나가서 주위를 살펴봤어. 다른 문들은 다 잠겨 있었어. 문 하나를 열어봤는데 욕실이었어. 그런데 뭐가 이상해 보였어. 나는 그게 의자 때문이라는 것을 알았지. 식당 의자 같은 게 욕실에 있어서 어색하게 보인 거야. 옆방 문을 열어보고 거기가 케니언의 방이 틀림없다고 생각했지. 남자애들 물건이 여기저기 흩어져 있었거든. 그리고 나서 케니언의 안경이 있다는 사실을 깨달았어. 안경은 침대 옆 책꽂이에 있었지. 하지만 침대는 비어 있었어. 누가 그 안에서 잔 흔적이 있기는 했지만. 우리는 그래서 거실 끝까지 걸어가서 마지막 문을 열어보았어. 거기 침대 위에서 클러터 부인을 발견했지. 부인도 묶여 있었어. 하지만 약간 다르게 묶여 있었지. 손을 몸 앞으로 묶어놓아서 마치 기도하는 것 같았어. 그리고 한 손은 손수건을 들고 꼭 부여잡고 있었고. 아니 화장지였나? 부인의 손목을 묶은 끈은 발목까지 내려와서 발목을 한데 묶고서는 침대 바닥으로 내려와서 침대 발판에 묶여 있더군. 아주 복잡하고 기술적인 솜씨였어. 그렇게 묶는 데 얼마나 시간이 많이 걸렸을지 생각해봐! 부인은 거기 누운 채로 무서워서 거의 정신이 나갔겠지. 음, 그리고 부인은 보석을 약간 끼고 있었어. 반지 두 개 정도. 그래서 내가 강도가 범행 동기라고 하는 말을 언제나 믿지 않는 거야. 그리고 목욕 가운에 하얀 잠옷을 입고 하얀 양말을 신고 있었지. 입에는 접착테이프가 붙었던 것 같았고, 머리 옆에 직통으로 총을 맞았어. 그래서 그 총포, 총의 충격 때문에 테이프가 느슨하게 떨어졌나봐. 부인은 눈을 뜨고 있었지. 활짝. 마치 아직도 살인자를 보고 있는 것처럼. 바라볼 수밖에 없었겠지. 살인자가 총을 겨누는 모습을. 아무도 아무 말 하지 않았어. 우리는 너무나 놀라서 아연실색할 수밖에 없었던 거지. 빈 탄창을 찾으려고 보안관이 여기저기 살피던 건 기억나. 하지만 누가 저질렀든 간에, 너무 똑똑하고 침착하게 처리해서 단서는 아무것도 남기지 않았지.

자연스럽게 클러터 씨는 어디에 있을까 궁금해졌어. 그리고 케니언은? 보안관이 '아래층을 찾아봅시다'라고 말했어. 우리가 먼저 찾아본 곳은 안방 침실이었지. 클러터 씨가 자던 곳. 침대보는 젖혀져 있었고, 침대 발치께에는 카드가 막 쏟아져 나온 지폐첩이 있었어. 누군가 뭔가 특별한 걸 찾으려고 헝클어놓은 것처럼. 지폐나 약식 차용증서나, 뭐 난들 알겠나? 거기에 돈이 없다는 사실은 별로 중요한 게 아니었지. 그건 클러터 씨의 지폐첩이었어. 클러터 씨는 결코 현금을 가지고 다니지 않았으니까. 심지어 홀컴에 온 지 두 달밖에 안 되는 나도 그건 알 정도인걸. 내가 알고 있는 또 다른 사실은 클러터 씨나 케니언이나 안경을 안 쓰면 눈뜬 장님이나 다름없다는 거야. 그런데 클러터 씨의 안경이 거기 책상 위에 놓여 있더라고. 그래서 나는 그 두 사람이 어디에 있든 자기 뜻으로 간 건 아닐 거라고 추측했지. 우리는 여기저기 찾아봤어. 모든 게 제자리에 제대로 있더군. 싸운 흔적도 없고 아무것도 흐트러진 게 없었어. 단지 사무실에도 부엌처럼 수화기가 내려져 있고 전화선이 끊어져 있다는 것 말고는. 로빈슨 씨는 벽장에서 엽총 몇 자루를 찾아내서 최근에 발포된 적이 있는지 냄새를 맡아봤어. 그러고는 발포된 적이 없다고 말하더니 '허브는 대체 어디 가 있는 거야?' 하고 말했어. 나는 그때 그 로빈슨 씨만큼 당황한 사람을 본 적이 없어. 그때 발소리가 들렸어. 누가 지하실에서 계단을 올라오고 있었지. '누구요?' 보안관은 금방이라도 총을 쏠 태세로 물었어. 그랬더니 어떤 목소리가 말하더군. '저예요, 웬들.' 올라온 사람은 군 보안관 대리인 웬들 마이어였어. 집에 왔는데 우리를 못 봐서 지하실에 내려가 조사했나보더군. 보안관이 웬들에게 말했어. 약간 불쌍하게 들리더라고. '웬들, 도대체 이 사건을 어떻게 처리해야 할지 모르겠네. 2층에 시체 두 구가 있어.' '글쎄요. 여기 아래층에 하나 더 있어요.' 웬들이 말했어. 그래서 우리는 웬들을 따라 지하로 내려갔어. 아니 오락실이라고 해야 하나, 사람들이 그렇게 부르는 곳 말이야. 거긴 어둡지 않더라. 빛이 많이 들어오게 창문이 있었거든. 케니언이 구석 소파에 쓰러져 있었어. 접착테이프로 입에 재갈을 물리고 손과 발을 그 엄마처럼 묶어놓았더군. 손에서 끈을 내려서 발을 묶고는 마지막에는 소파 팔걸이에 매어놓는 복잡한 과정을 똑같이 반복했더라고. 어쨌거나 그 모습이 내게는 가장 눈앞에 어른거려. 케니언의 시체가 말이야. 아마 그 시체가 가장 알아볼 만해서, 원래 생전의 그 애 모습과 가장 비슷했기 때문일 거야. 물론 그 애도 바로 얼굴, 머리에 총을 맞기는 했지만. 티셔츠와 청바지 차림이었고 맨발이었어. 서둘러서 옷을 입은 것처럼 마치 손에 집히는 대로 아무거나 입은 것 같았지. 머리 밑에는 겨냥하기 쉽게 하려고 했는지 베개 두 개가 괴어져 있었어.

그러고 나서 보안관이 말했어. '이건 어디로 이어지는 거야?' 그 지하실에 있는 다른 문을 말하는 거였지. 보안관이 앞장섰지만, 그 안은 손도 안 보일 정도로 깜깜했어. 에월트 씨가 전등 스위치를 찾아냈지. 보일러실이라 아주 따뜻했어. 여기 근처에 가스 화덕을 설치해놓고 가스를 땅에서 펌프질해 올리는 거야. 그러면 돈 한 푼 안 들이고도 온 집 안에 난방을 할 수 있지. 아무튼 나는 클러터 씨를 슬쩍 쳐다보았어. 두 번 쳐다보기는 힘들더군. 그냥 총 한 방 맞은 것 가지고는 그렇게 피가 많이 흐른 것을 설명할 수 없다고 생각했어. 내 생각은 틀리지 않았지. 클러터 씨는 총을 맞았어, 물론. 케니언과 마찬가지로 얼굴 앞에 총을 정통으로 들이대고 쏜 거야. 하지만 아마도 클러터 씨는 총을 맞기 전에 이미 죽어 있었던 것 같아. 아니, 어쩌면 죽어가는 중이었겠지. 목을 그어놨더라고. 클러터 씨는 줄무늬 파자마를 입고 있었어. 다른 건 아무것도 없었지. 입에는 테이프가 붙어 있고. 테이프는 클러터 씨의 머리를 칭칭 감고 있었어. 발목은 한데 묶여 있었지만, 손은 묶여 있지 않았어. 아니면, 글쎄 어떻게 그렇게 할 수 있었는지는 아무도 모르지만 아마도 분노라든가 고통 때문에 손에 묶인 줄을 끊었는지도 몰라. 클러터 씨는 화덕 앞에 대자로 뻗어 있었지. 거기에 특별히 깔아놓은 것처럼 보이는 커다란 나무판 위에. 매트리스 받침이었어. 보안관이 말했지. '여기 봐, 웬델.' 보안관이 가리킨 건 피 묻은 발자국이었어. 매트리스 받침 위에 찍혀 있었지. 동그란 구두 앞창이 찍힌 발자국 반쪽. 가운데에 눈처럼 구멍 두 개가 나 있었어. 그러고 나서 우리 중에 한 사람이, 에월트 씨였던가? 잘 생각은 안 나. 아무튼 뭔가를 가리켰어. 난 그 모습을 마음속에서 결코 떨쳐버릴 수 없을 거야. 머리 위에 스팀파이프가 있었는데 거기에 끈 쪼가리가 매여 대롱대롱 흔들리고 있었어. 살인자가 사용했던 끈 말이야. 분명히 어느 순간 클러터 씨는 거기 묶여서 손을 위로 한 채 매달려 있다가 줄을 잘라 떨어진 거겠지. 그렇지만 왜 그랬을까? 고문하려고? 아마 그 답은 안 나올 거야. 누가 그랬는지, 왜 그랬는지, 그날 밤 그 집에 무슨 일이 있었는지.

　잠시 후, 그 집은 사람들로 꽉꽉 찼어. 구급차가 오고, 검시관이랑 감리교 목사가 오고, 사진기자와 주 경찰관이랑 라디오와 신문에서 나온 사람들이 왔지. 아, 진짜 많았어. 교회에서 바로 온 사람들이 대부분이라 아직도 교회에 있는 것처럼 행동하더라고. 아주 조용했어. 사람들은 속삭이듯 말했어. 아무도 이 현실을 믿고 싶어 하지 않는 것 같았지. 주 경찰관 한 명이 내게 여기 뭐 공식적인 임무를 맡고 와 있는 거냐고 묻더라. 그러고는 그렇지 않으면 나가주는 게 좋겠다고. 밖에 잔디밭에 나가보니 보안관 대리가 어떤 남자랑 얘기하고 있더군. 그 집 일꾼, 앨프리드 스퇴클라인이었어. 스퇴클라인은 클러터 씨 집에서 100미터도 떨어지지 않은 곳에 사는 것 같았어. 그 집과 클러터 집 사이에는 달랑 외양간 하나 말고는 아무것도 없어. 그렇지만 어떻게 소리 하나도 못 들었는지를 설명하고 있는 것 같았어. '저는 5분 전까지는 아무것도 몰랐어요. 우리 애들 중에 하나가 뛰어 들어와서 보안관이 여기 와 있다고 하더라고요. 우리 마누라랑 나는 어젯밤 2시간도 제대로 잠을 못 자고 계속 일어났다 누웠다 했는데, 애가 하나 아팠거든요. 하지만 우리가 들은 소리라고는 10시 반쯤인가, 10시 45분쯤인가 차가 떠나는 소리뿐이었어요. 그래서 마누라한테 이런 말을 했죠. 보비 럽이 집에 가나보네, 라고요.' 그 얘기를 듣고 집으로 걸어가는데 가는 길에 오솔길 중간쯤에서 케니언의 늙은 콜리 개를 봤어. 겁을 먹고 있더라고. 꼬리를 다리 속에 말고 서서 짖지도 움직이지도 않더라. 그 개를 보고 있노라니, 다시 느낌이 오는 거야. 그 고통이. 그 공포가. 그 사람들이 죽었다는 것이. 온 가족이. 상냥하고 친절한 사람들이, 내가 알던 사람들이 살해당한 거야. 믿지 않을 수 없었지, 왜 냐하면 그게 현실이니까."

—

매일 24시간 동안 여덟 대의 직행 승객 열차가 홀컴을 서둘러 지나간다. 이들 중 두 대가 우편물을 가져오고 가져간다. 그 일을 맡은 사람이 열불을 내며 토로한 바에 따르면, 약간 사기성이 있는 운행이다. "맞아, 선생. 항상 바짝 긴장하고 있어야지. 어떤 날은 기차가 시속 160킬로미터로 지나갈 때도 있거든. 바람만 휭 불어도 뒤로 나자빠질 정도라우. 그런데 그 우편물 자루가 휙 날아오는 거지! 에구머니나, 놀라라! 꼭 미식축구할 때 태클하는 것 같아요. 쾅! 쾅! 쾅! 아유, 나는 불평하는 건 아니니까 신경 쓰지는 마시구려. 이건 합법적인 일, 정부에서 하는 일 아니우? 그리고 그런 일을 하다보면 항상 젊게 살 수 있다고." 홀컴의 우편배달부인 사디 트루잇 부인, 마을 사람들이 부르는 대로 하면, '트루잇 여사'는 나이는 한 일흔여덟 되었겠지만 그보다는 젊어 보였다. 땅딸막하고 햇볕에 그은 이 과부는 머리에 두건을 하고 카우보이 부츠를 신고 다니는("물새 가죽처럼 보드라운 것이 이보다 발에 더 편한 게 없다니까") 이 마을에서 가장 오래 산 토박이였다. "우리 친척들이 여기 와 살기 전에는 아무도 없었다고. 그 시절에는 여기를 셜록이라고 불렀지. 그런데 이 낯선 사람이 온 거라. 홀컴이라는 이름이었지. 돼지를 치는 사람이었는데, 돈을 많이 벌어서 이 마을도 그 사람 이름을 따기로 한 거라우. 그런데 얼마 안 되서 그 사람이 어떻게 한 줄 알아? 다 팔아버렸어. 캘리포니아로 이사 갔지. 우리는 안 그랬어. 나는 여기서 태어났고, 우리 애들도 여기서 태어났지. 그래, 여기 말이야! 우리가! 그랬다고!" 트루잇 부인의 자식 중 하나인 머틀 클레어 부인은 공교롭게도 지역 우체국장이었다. "아, 그래서 내가 이 일을 딸 수 있었다고 생각하면 안 되지. 머틀은 내가 이 일을 하는 걸 싫어했어. 하지만 이 일은 일종의 경쟁 직종이었거든. 가장 싼 값을 부른 사람에게 돌아가게 되어 있는 일이었어. 근데 나는 언제나 그러거든. 뭐 송충이도 넘어갈 정도로 아주 싼 값을 부르지. 그래서 남자애들은 짜증이 많이 났을 거예요. 전보 배달부 하고 싶어 하는 남자애들이 아주 많았다우. 하지만 프리모 카르네라*의 키까지 눈이 높이 쌓이고 얼굴이 푸르뎅뎅하게 얼어버릴 정도로 바람이 세게 부는 날에 이리저리 흔들리는 자루를 들고 우편 배달하는 일이 뭐 그리 좋겠어요? 후, 영차!"

트루잇 여사에게는 일요일도 다른 날과 매한가지로 일하는 날이었다. 11월 15일, 서행 10시 32분 열차를 기다리면서 트루잇 여사는 구급차 두 대가 철로를 넘어 클러터 씨의 토지로 향하는 것을 보았다. 그 사건 때문에 여사는 이제껏 한 번도 해본 적이 없는 일을 저질렀다. 자기 일을 내팽개친 것이다. 우편물이야 어디 떨어지든 말든 머틀에게 이 소식을 즉시 전해야 했다.

홀컴의 사람들은 우체국을 '주 정부 건물'이라고 부르고 있었다. 외풍이 세고 먼지 낀 오두막에 붙여놓은 이름치고는 좀 과하다는 느낌이 든다. 지붕은 비가 새고 나무 바닥은 삐거덕댔으며 우편함은 잘 닫히지 않았고 전구는 깨지고 시계는 가지 않았다.

---

*권투 세계 헤비급 챔피언으로 키가 2.1미터였다.

1부 그들이 살아있던 마지막 날

약간 신랄하고, 어떤 면에서는 독창적이지만 전체적으로는 위압적인 성격의 여자 하나가 이 쓰레기 더미를 통솔하고 있었다. "그럼요, 부끄러운 건물이지요. 그렇지만 우표 소인만 잘 찍으면 되지 않겠어요? 어쨌거나 내가 뭐 신경 쓸 일이 있나요. 여기 뒤 내 자리는 아주 편안한데. 안락의자도 있고, 따뜻한 장작 난로도 있고, 커피포트도 하나 있고, 읽을거리야 넘치고."

클레어 부인은 피니 군에서는 유명 인사였다. 부인의 유명세는 현재의 지위 때문이 아니라 이전에 무도회장을 경영했기 때문이었다. 지금 모습만 봐서는 전직을 짐작도 할 수 없을 정도여서 죽었다 깼다고 해도 될 정도였다. 부인은 야윈 체격에 바지와 모직셔츠를 입고 다녔으며 카우보이 부츠를 신었고 머리는 빨갛고 성격도 드센 여자로 나이는 절대 알려주지 않았지만("나이는 나만 아는 거니, 어디 한번 짐작해보시구려"), 자기 의견은 적극적으로 알리는 편이었다. 부인은 수탉이 꼬꼬댁 우는 듯한 고성으로 이런 의견들을 공표하고는 했다. 1955년까지 부인과 고인이 된 그 남편은 홀컴 무도회장을 운영했는데, 이 지역에서는 희귀한 업종이라 멀리 수백 킬로미터 떨어진 곳에서도 술 잘 마시고 스텝 잘 밟는 손님들을 끌어모았다. 그러나 그 대신 손님들의 행실 때문에 가끔은 보안관의 주의까지 같이 끌었다. 클레어 부인은 회상했다. "뭐, 가끔 소란스러운 일이 있기도 했지요. 안짱다리를 한 시골 녀석들이 와서는 술 좀 얻어 마시면 인디언같이 되어서는 닥치는 대로 뭐든 벗기려 든다니까요. 물론 우리야 약한 술만 팔았고, 독한 건 절대 안 팔았지. 합법이라고 해도 안 팔았을 거예요. 우리 집 양반, 호머 클레어 말이에요. 오늘로부터 일곱 달 스무 날 전에 죽었지. 오리건에서 5시간이나 수술을 받다가. 암튼 우리 집 양반이 이렇게 말했어요. '머틀, 우리는 살아서는 정말 지옥같이 살았으니 죽을 때는 천국에서 죽자고.' 다음 날 우리는 무도회장을 닫았어요. 한 번도 후회해본 적은 없지요. 아, 처음에는 올빼미 생활을 약간 그리워하기도 했어요. 그 음악하며, 흥겹던 분위기하며. 하지만 지금은 호머도 가고 없으니 여기 주 정부 건물에서 일하는 게 즐겁기만 하지요. 잠깐 앉아요. 커피 한 잔 드릴까."

실상, 그 일요일 아침 클레어 부인이 막 뽑아낸 커피를 한 잔 따르고 있을 무렵 트루잇 여사가 들이닥쳤다.

"머틀!" 여사는 외쳤지만 숨이 차서 더 이상 아무 말도 하지 못했다. "머틀, 구급차 두 대가 클러터 씨 집으로 갔어!"

딸이 말했다. "10시 32분 기차는 어쨌어요?"

"구급차가 지나갔다니까. 클러터 씨 집으로 갔다고……."

"뭐, 그게 어쨌게요. 역시 보니 일이겠죠. 또 발작했나. 그런데 10시 32분 기차는 어떻게 했냐고요?"

트루잇 여사는 마음이 가라앉았다. 여느 때처럼 머틀은 이유를 알고 있었고 마지막에 말하는 걸 좋아했다. 하지만 또 다른 생각이 여사의 머릿속에 떠올랐다. "그런데, 보니 일이라면 왜 구급차가 두 대나 간 걸까?"

합리적인 질문이었다. 논리를 숭배하는 클레어 부인이 모든 논리의 해석을 다 믿지는 않지만 인정하지 않을 수 없었다. 부인은 헬름 부인에게 전화를 걸어보겠다고 했다. "메이벨은 알고 있을 거예요."

헬름 부인과의 통화는 몇 분 동안 이루어졌지만 트루잇 여사는 딸이 단음절로 짧게 대답하는 소리 말고는 아무것도 들을 수가 없어서 너무나 좌절했다. 설상가상으로 딸은 전화를 끊고서도 노부인의 궁금증을 해소해주지 않았다. 대신 클레어 부인은 침착하게 커피를 마신 뒤 책상으로 가서 편지 뭉치에 소인을 찍기 시작했다.

"머틀." 트루잇 여사가 말했다. "이런 세상에, 메이벨이 뭐라고 말하던?"

"별로 놀랍지도 않은 일이지. 허버트 클러터가 얼마나 서둘러 살았나 생각해보면 말이에요. 여기 편지 가지러 뛰어 들어올 때는 아침 인사나 고맙다는 말 할 시간도 없는 것처럼 굴었고, 항상 머리 숙인 병아리처럼 여기저기 뛰어다녔죠. 클럽에 참가한다, 모든 일을 다 도맡아 한다, 다른 사람들이 하고 싶어 하는 감투도 죄다 떠맡고. 그런데 이제 봐봐. 그래 봤자 결국 따라잡히고 말잖아요. 이제 더는 그렇게 뛰어다니지 못하겠지."

"무슨 말이야, 머틀. 왜 못 한다는 거야?"

클레어 부인은 목소리를 높였다. "왜냐하면, 죽었으니까요. 보니도. 낸시도. 그리고 그 집 아들도. 누군가 그 집 식구들을 쏴 죽였대요."

"머틀, 그런 말 마라. 누가 그 집 식구들을 죽이겠니?"

소인 찍는 일을 잠시도 멈추지 않으면서 클레어 부인은 대답했다. "비행기 조종사겠지. 자기 과일나무를 들이받았다고 클러터가 고소한 남자. 그 사람이 아니라면 엄마일 수도 있겠죠. 아니면 길 건너 사는 사람일 수도 있고. 이웃 사람 누구도 믿을 수가 없어요. 면전에서 문을 쾅 닫아버릴 기회만 찾고 있던 나쁜 놈들일 수도 있고. 전 세계 어디나 마찬가지예요. 엄마도 아시잖아."

"난 모른다." 트루잇 여사는 손으로 귀를 막아버렸다. "난 그런 건 몰라."

"나쁜 놈들."

"난 무섭구나, 머틀."

"뭐가요? 때가 되면 다 가는 거예요. 운다고 달라지지 않아요." 부인은 어머니의 눈에 눈물이 몇 방울 고인 것을 보았다. "호머가 죽었을 때 내 안에 있던 공포심은 다 바닥나버렸어요. 슬픔도 모두 다요. 여기 근처에 사는 누가 내 목을 잘라버린다고 해도 나는 그 사람에게 행운을 빌어줄 거예요. 그런다고 뭐가 달라지겠어요? 영겁에는 모두 다 마찬가지예요. 기억하세요. 새 한 마리가 모든 모래 알갱이를 하나씩 모두 다 바다 건너편에 옮겨놓으면 그게 바로 영겁의 시작이라고요. 그러니까 코 풀어요."

―

이 불길한 소식은 교회의 설교단에서 퍼져 전화선으로 전파되고 가든 라디오 방송국 KIUL이 대중에 알렸다. ("어제 토요일 밤 혹은 오늘 이른 아침에 이루 말할 수도 없고 믿을 수도 없을 만큼 충격적인 비극이 허버트 클러터 가족 네 사람을 덮쳤습니다. 잔인하지만, 명확한 동기를 알 수 없는 살인 사건으로…….") 이 소식을 들은 보통 사람들은 클레어 부인보다 트루잇 여사 쪽에 더 가까운 반응을 보였다. 경악은 절망으로 이어지고, 개인적 두려움은 차가운 샘처럼 솟아나 공포에 가까운 감각으로 급속도로 깊어졌다.

하트먼 카페에는 대충 만든 탁자 네 개와 긴 카운터테이블밖에 없어서 두려움에 찬 사람들이 퍼뜨리는 소문을 다 수용할 수가 없었다. 카페에 모이고 싶어 하는 사람은 주로 남자였다. 주인인 베스 하트먼 부인은 살이 별로 없는 만큼 바보 같은 구석도 하나 없는 부인으로 짧은 금발은 희끗희끗했고 푸른 눈동자는 권위를 담고 빛났다. 우체국장인 클레어 부인과는 사촌지간이었고 신랄한 말투는 클레어 부인에 버금가거나 오히려 능가할 정도였다. "어떤 사람들은 나보고 드센 아줌마라고 하겠지만, 나도 클러터 사건 얘기를 들었을 때는 속이 메슥거리고 기분 나빴어." 부인은 후에 친구에게 이렇게 말했다. "누군가 그런 무시무시한 짓을 했다고 생각하기만 해도 끔찍해! 손님들이 우리 카페에 쏟아져 들어와서 온갖 헛소리를 쏟아놓는 통에 내가 그 소식을 들었을 때 가장 먼저 떠올린 건 보니였어. 물론, 바보 같은 생각이지. 하지만 우리는 사실을 모르니까. 많은 사람들이 어쩌면 보니가 발작을 일으켜서라고 생각했지. 지금은 뭐 어떻게 생각해야 할지도 모르겠어. 누가 원한을 품고 죽인 거야. 틀림없어. 그 집안을 잘 알고 있는 사람이 저지른 거야. 하지만 누가 클러터네 사람들을 싫어했을까? 그 사람들에 대해서 나쁜 얘기는 한마디도 들어본 적 없는걸. 정말 인기가 많은 가족이었어. 그 사람들이 이런 짓을 당할 정도면 여기 무사할 사람이 누가 있어? 지난주 일요일에 여기 왔던 어떤 노인네가 꼭 집어 말하더라. 그래서 모두 제대로 발 뻗고 잘 수 없는 거라고. 그 노인네는 말했지. '여기 사람은 다 우리 친구야. 친구 아닌 사람은 없어.' 어떻게 보면 그 범죄에서 가장 나쁜 건 그거야. 가장 끔찍한 점은 얼굴을 볼 때마다 이웃끼리 의심하게 되었다는 거지! 그래, 그런 사실을 안고 살아가기란 정말 힘들어. 하지만 누가 그런 일을 저질렀는지 알아냈다간, 살인 사건보다 더 엄청난 충격이 올걸."

뉴욕 생명보험사 사원 밥 존슨의 부인은 요리 솜씨가 뛰어났다. 하지만 그 일요일 저녁, 존슨네 식구들은 부인이 준비한 저녁 식사를 제대로 입에 넣을 수 없었다. 적어도 음식이 따뜻한 동안에는 먹을 수 없었다. 갓 구운 꿩에 막 칼을 대려는 순간, 남편은 친구에게서 전화를 한 통 받았다. 존슨은 후에 다소 슬픔에 잠겨 회상했다. "그때 홀컴에 무슨 일이 생겼는지 처음 들었어요. 믿을 수가 없었죠. 도저히 주체가 안 됐어요. 이럴 수가, 그때 주머니 속에는 클러터 씨가 쓴 수표가 아직도 들어 있었어요. 8만 달러짜리 종이 쪽지가요. 내가 들은 소식이 사실이라면 말이죠, 하지만 나는 그럴 리가 없다고 생각했어요. 분명 무슨 실수가 있었을 거야. 그런 일은 일어날 수가 없어. 1분 전에 엄청난 액수의 보험을 팔았는데 바로 다음에 그 사람이 죽다니. 게다가 살인이라니. 그러면 이중 보상이 된다는 뜻이죠. 어떻게 해야 할지 모르겠더라고요. 위치토에 있는 지점 지배인에게 전화를 걸었죠. 내가 수표를 갖고 있기는 하지만 아직 거래를 처리하지는 않았다고요. 그리고 어떻게 했으면 좋겠는지 물었죠. 음, 이건 미묘한 상황이었어요. 법적으로는 우리에게 보상금을 지불해야 할 의무가 없었어요. 하지만 도덕적으로라면 좀 다른 문제죠. 당연히 우리는 도덕적 행동을 하기로 결정을 내렸습니다."

이 명예로운 태도 덕분에 이득을 본 사람 둘은 이비나 자코와 그의 동생 베벌리였다. 두 사람이 집안의 재산을 물려받을 유일한 상속인들이었다. 몇 시간 전에야 두 사람은 이 끔찍한 소식을 듣고 가든시티로 오는 중이었다. 베벌리는 약혼자를 만나러 캔자스 주 윈필드에 갔고 이비나는 일리노이 주 마운트캐럴에 있는 자기 집에서 오고 있었다. 그 하루가 지나면서 차례차례 다른 친척들도 소식을 받았다. 그중에는 캔자스 주 라니드에 살고 있는 클러터 씨의 아버지와 두 형제 아서와 클레런스, 여동생 해리 넬슨 부인과 플로리다 주 펄래트커에 살고 있는 둘째 여동생 일레인 셀서 부인이 있었다. 또한 캘리포니아 주 패서디나에 살고 있는 보니 클러터의 부모 아서 B. 폭스 부부와 오빠 세 명, 캘리포니아 비세일리아에 살고 있는 해럴드, 일리노이 주 오리건에 살고 있는 하워드, 캔자스 주 캔자스시티에 살고 있는 글렌에게도 연락이 갔다. 클러터 씨의 추수감사절 파티 손님 명단에 있는 사람들 중 대부분은 전화나 전보로 연락을 받고 즉시 여행 채비를 갖췄다. 이번 해의 가족 모임은 기나긴 연설을 들으며 투덜거리는 소리가 들리는 식탁 대신에 합동 장례식을 치르는 무덤가에서 열린다는 것을 그 많은 사람들이 알게 되었다.

교사 사택에서는 윌마 키드웰이 딸을 진정시키기 위해 먼저 자신의 마음을 애써 진정시키고 있었다. 수전은 눈이 퉁퉁 부었고 구역질을 발작적으로 해대서 몸이 안 좋았지만, 도저히 말릴 수 없을 정도로 완강하게 가봐야 한다고 주장했다. 5킬로미터 떨어진 럽의 농장에 당장 가봐야 한다는 것이었다. 수전은 말했다. "엄마는 모르겠어? 보비가 그 소식을 그냥 들으면 어떻게 되겠어? 걔는 낸시를 사랑했어. 우리 둘 다 낸시를 사랑했어. 내가 그 애한테 말해줘야 해."

하지만 보비는 이미 알고 있었다. 에월트 씨는 집으로 가는 길에 럽 농장에 들러서 친구인 조니 럽에게 이 일을 털어놓았다. 조니는 여덟 아이의 아버지로 보비는 그중 셋째 아들이었다. 두 남자는 함께 숙소로 갔다. 숙소는 농장의 본가가 아이들을 다 재우기에는 너무 작았기 때문에 지은 별채였다. 남자애들은 숙소에 살았고 여자애들은 '집'에 살았다. 어른들은 거기서 보비가 침대를 정리하고 있는 모습을 보았다. 보비는 에월트 씨의 말을 들었고 아무런 질문을 하지 않았으며 와줘서 고맙다고 말했다. 후에 보비는 바깥으로 나와 햇볕 속에 서 있었다. 럽 집안의 토지는 오르막 쪽, 평평한 고지대에 위치해 있어서 수확이 끝나 환하게 빛나고 있는 리버밸리 농장의 땅을 내려다볼 수 있었다. 보비 럽은 1시간 정도 그 모습을 바라보았다. 사람들이 그 애의 마음을 다른 데로 돌려보려 했지만 소용없었다. 아침 식사를 알리는 종이 울리자 보비의 어머니가 안으로 들어오라고 불렀다. 어머니는 계속 불렀지만 마침내 남편이 "아니, 가만 놔둬"라고 말했다.

보비의 남동생 래리도 아침 식사 종소리를 듣고 가지 않았다. 그 애는 보비 주위를 빙빙 돌다가 "저리 가"라는 소리를 들으면서도 도와주고 싶어서 어쩔 줄 몰라 했다. 후에, 보비가 아래쪽 길로 내려가 홀컴으로 향하는 들판을 가로지르기 시작하자 래리는 형을 쫓았다. "저기, 보비 형, 내 말 좀 들어봐. 어디로 갈 거라면 차를 타고 가면 어때?" 형은 대답하지 않았다. 보비는 목적하는 곳으로 걸었다. 아니 뛰었다. 하지만 래리는 별 어려움 없이 따라잡았다. 아직 열네 살밖에 되지 않았지만 래리는 형보다 더 키가 컸고 가슴은 더 벌어졌으며 다리가 더 길었기 때문이었다. 보비는 운동은 잘했지만 체격은 중간이 못 되었다. 작지만 날씬했고, 섬세한 골격을 지닌 소년이었고 솔직하고 꾸밈없이 잘생긴 얼굴이었다. "있잖아, 보비 형, 들어봐. 경찰들이 보여주지 않을 거야. 그래 봤자 아무 소용 없단 말이야." 보비는 동생을 보고 말했다. "돌아가, 집으로 가." 동생은 뒤쳐져서 먼발치서 따라왔다. 호박을 수확하는 계절이라 기온이 쌀쌀했지만 한낮의 햇빛이 건조하게 번득여, 리버밸리 농장의 현관 앞에 주 경찰이 쳐놓은 바리케이드 근처에 갔을 때는 두 소년 다 땀을 뻘뻘 흘리고 있었다. 클러터 가족을 아는 사람들과 피니 군 전체에서 몰려든 낯선 사람들이 앞에 모여 있었지만 어느 누구도 바리케이드를 지나갈 수는 없었다. 그런데 럽 형제가 도착한 바로 직후에 구급차 네 대가 빠져나가느라 바리케이드는 아주 잠깐 해제되었다. 마침내 시체를 모두 실어 가려고 누군가 그 숫자의 구급차를 요청한 것이었다. 그리고 보안관 사무실에서 온, 남자들이 가득 찬 차 한 대가 지나갔다. 그 순간 차에 탄 남자들은 보비 럽의 이름을 언급하고 있었다. 밤이 내려앉기 전에 곧 보비도 알게 될 사실이었지만, 그는 주요 용의자였다.

하얀 차들의 행렬이 미끄러지듯 지나가는 것이 자기 집 거실 창문에서 보이자 수전 키드웰은 그 행렬이 모퉁이를 돌아갈 때까지 계속 쳐다보았다. 비포장도로에서는 가볍게 먼지가 일어 공중에 떠돌다가 다시 내려앉았다. 수전이 아직도 멍하니 그 광경을 바라보고 있을 때 보비가 동생의 커다란 덩치 뒤에 가려진 채 마치 풍경의 일부처럼 수전 쪽으로 비틀비틀 다가왔다. 수전은 현관 앞으로 나가 보비를 맞으며 말했다. "네게 하고 싶은 말이 너무 많았어." 보비는 울음을 터뜨렸다. 래리는 교사 사택의 앞뜰 가장자리에서 어슬렁거리며 나무에 등을 기댔다. 래리는 보비가 우는 모습을 본 기억이 없었고, 우는 모습을 보고 싶지도 않았다. 그래서 래리는 눈을 아래로 내리깔았다.

―

저 멀리, 올레이시 읍내, 한낮의 태양을 가리려 창문에 커튼을 쳐놓은 호텔 방 안에서 페리는 자고 있었다. 회색 휴대용 라디오가 옆에서 윙윙댔다. 부츠는 벗었지만 다른 옷은 다 입은 채였다. 마치 잠이 무기처럼 뒤에서 덮치기라도 한 양 페리는 얼굴을 침대에 가로로 처박은 채로 엎드린 상태였다. 은 버클이 달린 검은 부츠는 분홍빛이 희미하게 감도는 온수가 가득 찬 세면대에 담겨 있었다.

몇 킬로미터 북쪽, 소박한 농장의 쾌적한 부엌 안에서 딕은 일요일 저녁 식사를 즐기고 있었다. 식탁에 앉은 다른 사람들, 어머니와 아버지 그리고 남동생은 딕의 태도에서 여느 때와 다른 점을 눈치채지 못했다. 딕은 집에 정오쯤 돌아와서 어머니에게는 키스를 하고, 어젯밤에 포트스콧까지 갔다 온 일은 어떻게 되었느냐고 묻는 아버지에게 서슴없이 대답하고는 앉아서 식사를 했다. 평소와 똑같았다. 식사가 끝나자 집안의 남자 셋은 거실에 앉아 텔레비전으로 농구 중계를 보았다. 방송이 막 시작될 무렵 딕의 아버지는 딕이 코를 고는 소리를 듣고 화들짝 놀랐다. 동생에게도 말했다시피, 아버지는 딕이 농구 경기를 보지 않고 자는 날을 생전에 보게 되리란 생각은 꿈에도 해보지 않았던 것이다. 하지만 물론 아버지는 딕이 얼마나 피곤한지 이해할 수가 없었다. 지금 졸고 있는 자기 아들이 다른 건 그렇다 치고, 24시간 동안 1300킬로미터나 차를 몰고 다녔다는 사실을 알 수 없었다.

2부
신원 불명의 범인들

1959년 11월 16일 월요일에도 역시 서부 캔자스 고지대 밀밭에는 꿩 사냥을 하기에 좋은 날씨가 이어졌다. 하늘이 운모처럼 반짝반짝 빛나는 기분 좋은 날씨였다. 수년 전만 해도 그런 날씨가 되면 앤디 에어하트는 종종 오후에 친한 친구 허버트 클러터의 집, 리버밸리 농장에서 꿩 사냥을 하면서 시간을 보내고는 했다. 이렇게 사냥 여행을 떠날 때면 클러터 말고도 친한 친구 셋이 동행했다. 수의사인 J. E. 데일 박사, 목장을 하는 칼 마이어스, 사업가인 에버렛 오그번이었다. 캔자스 주립대학 농업실험연구소의 고문인 에어하트처럼 모두들 가든시티에서는 주요 인사였다.

그날, 이 오랜 사냥 친구 4인조는 다시 한 번 한데 모여 이미 잘 아는 길을 가고 있었지만, 기분은 이제껏 한 번도 느껴본 적 없는 생소한 느낌이었다. 이들은 사냥과는 하등 상관 없는 기묘한 장비들로 무장하고 있었다. 대걸레와 양동이, 바닥 청소용 솔, 걸레와 강력 세척제가 든 광주리를 들고 가장 낡은 옷을 입고 있었던 것이다. 이것이 의무, 주님께서 맡기신 일이라고 생각했기 때문에 이들은 리버밸리 농장의 집 안에 있는 열네 개 방을 청소하겠다고 자청했다. 이 집에서 클러터 가족 네 사람이 살해당했다. 그것도 사망 증명서에 쓰인 대로 "한 명 혹은 그 이상의 신원 불명의 범인들"에게.

에어하트와 친구들은 차를 타고 가는 동안 아무 말도 하지 않았다. 한 사람이 후에 이렇게 말했다. "그냥 그 사건이 모두의 입을 막아버린 것 같았지요. 사건이 너무도 이상했으니까. 그 집에 갈 때마다 후하게 대접을 받았는데." 이번에는 고속도로 순찰 경관이 그들을 맞았다. 경찰 당국에서 농장 현관에 세워놓은 바리케이드를 경비하던 순찰 경관이 손을 흔들어 통과시켜주었다. 친구들은 느릅나무 그늘이 깔린 오솔길을 따라 클러터 집 쪽으로 1킬로미터 더 내려갔다. 그 토지 내에 살고 있는 유일한 고용인인 앨프리드 스퇴클라인이 집 안에 들여보내주기 위해 기다리고 있었다.

먼저 지하 보일러실에 들어갔다. 파자마를 입은 클러터 씨가 나무판으로 만든 매트리스 받침 위에서 뻗은 채 발견된 곳이었다. 청소를 마친 뒤, 네 사람은 케니언이 총을 맞아 죽은 오락실로 이동했다. 케니언이 주워 와서 수선하고 낸시가 천을 씌우고 글씨를 넣은 쿠션을 올려놓았던 고물 소파는 이제 피가 튀어 엉망이었다. 매트리스 받침처럼 소파도 소각해야만 했다. 청소하러 모인 사람들은 낸시와 어머니가 침대 위에서 죽은 2층 침실로 서서히 올라갔다. 네 친구는 피에 젖은 침대보와 매트리스, 침대 옆에 깔아놓은 깔개, 테디베어 인형과 함께 태울 물건들을 더 모아 갔다.

앨프리드 스퇴클라인은 평소에는 별로 말이 많은 사람이 아니었다. 하지만 뜨거운 물을 가져다주거나 청소를 도와주면서 끊임없이 말을 늘어놓았다. 스퇴클라인은 "사람들이 씨부렁거리는 것을 그만뒀으면" 했고, 어떻게 "클러터 씨 집에서 100미터도 떨어지지 않은 곳에 살면서도 자기랑 부인이 총소리는 물론이거니와 무슨 싸우는 소리 같은 것 하나도 못 들었는지" 그 이유를 납득시키려 애썼다. "보안관하고 다른 사람들이 여기 와서 지문 채취다 흔적 수집이다 하면서 돌아다녔는데, 그 사람들이야 감이 좋으니까, 일이 어떻게 된 건지 금방 알아차리더구먼요. 그러니까 우리가 어쩌다 찍 소리 하나도 못 들었는지요. 첫째, 바람이래요. 서풍이 불어서 소리를 다른 쪽으로 실어갔다고요. 또, 이 집하고 우리 집 사이에 있는 수수 곳간 때문이라는데요. 저 낡은 곳간이 그 시끄러운 소리가 우리한테 들리기 전에 다 흡수해버렸다는구먼요. 그런데 이런 건 생각해보셨어요? 그 짓을 한 놈이, 우리가 못 들을 걸 알았던 것이 틀림없다 이거예요. 그렇지 않고서야 그놈이 총을 쏠 엄두를 냈겠어요. 한밤중에 엽총을 네 발이나 쏘다니! 아, 정말 미친 자식이 아니고서야 그럴 수가 있나. 하기는 어쨌거나 그놈은 미친놈이라고 해야겠지만. 그런 짓을 저지르는 놈이니까요. 그렇지만 내 생각으로는 그런 짓을 한 놈은 속속들이 꿰뚫고 있었을 거예요. 알고 있었다 이거죠. 내가 아는 거라고는 그게 다예요. 나랑 우리 마누라는 이 집에서 마지막 잠을 여기서 잤지요. 그다음에 고속도로변으로 이사를 간 거고."

남자들은 정오부터 해 질 녘까지 일했다. 모아놓은 물건을 태울 시간이 되자, 스퇴클라인이 운전하는 픽업트럭에 물건을 실고는 농장의 북쪽 들 깊숙이 들어갔다. 들판은 온통 한 가지 색으로 물들어 있었다. 11월의 밀 그루터기가 황갈색으로 일렁였다. 그곳에서 트럭의 짐을 내린 뒤 그들은 낸시의 쿠션과 침대보, 매트리스, 오락실의 소파 같은 물건을 피라미드 모양으로 쌓았다. 스퇴클라인이 거기에 휘발유를 뿌리고 성냥으로 불을 붙였다.

그 자리에 모인 사람 중에서 앤디 에어하트가 클러터 가족과 가장 사이가 돈독했다. 신사답고, 상냥하면서도 위엄 있으며, 손은 노동으로 거칠어졌고 목이 햇볕에 그은 학자, 에어하트는 클러터와 함께 캔자스 주립대학을 다녔다. "30년이나 친구 사이였지." 에어하트는 후에 이렇게 말했다. 에어하트는 그 몇십 년 동안 친구가 박봉에 시달리던 군 농업 사무관에서 그 지역에서 가장 유명하고도 존경받는 농장주로 성장하는 모습을 봤다. "허브가 가진 모든 것은 주님의 도움을 받기는 했지만 스스로 이룬 것이라오. 겸손했지만 자긍심이 있는 친구였고 그럴 만한 자격도 있었지. 그 친구는 가정도 잘 보살폈어. 인생에서 뭔가 이룬 친구였지." 하지만 그 인생, 그가 이룬 것……. 어떻게 이런 일이 생길 수 있는지, 에어하트는 타오르는 불을 바라보며 생각했다. 어떻게 그런 노력과 소박한 미덕이 하룻밤 사이에 이런 연기로 변해, 모든 걸 삼켜버릴 듯 공활하게 펼쳐진 저 하늘로 올라가 스러질 수 있단 말인가?

—

캔자스 주 수사국은 토피카에 본부를 두고 전 주를 관할하는 조직이다. 소속 형사 열아홉 명이 주 내 이곳저곳에 흩어져 활동하다가 지역 관할국의 능력을 넘어서는 사건이 발생하면 파견된다. 수사국에서 가든시티 책임자이자 서부 캔자스의 상당 부분을 담당하고 있는 앨빈 애덤스 듀이는 마른 몸매에 잘생긴 마흔일곱 살의 남자이며 4대째 캔자스에서 살아온 캔자스 토박이였다. 피니 군 보안관인 얼 로빈슨은 듀이에게 클러터 사건을 맡아달라고 부탁하는 수밖에 없었다. 불가피하고 적절한 조치였다. 듀이도 전직 피니 군 보안관이었으며(1947년부터 1955년까지) 그 이전에는 FBI 특수요원이었던 터라(1940년부터 1945년까지 뉴올리언스, 샌안토니오, 덴버, 마이애미, 샌프란시스코에서) 이번 클러터 살인 사건처럼 명확한 동기도, 단서도 없는 복잡한 사건을 다루기에는 적임자였다. 더욱이 이 범죄에 대해, 후에도 말했듯이 그에게는 "개인적 신조"가 있었다. 듀이는 자신과 아내는 "허브와 보니를 진정으로 좋아했고, 일요일마다 교회에서 만났고 서로 왕래도 있었다"고 말했다. 그러고는 "그렇지만 내가 그 가족을 개인적으로 아는 사이가 아니고 친하지 않았다고 하더라도 다른 느낌은 아니었을 것"이라고 덧붙였다. "잔인한 사건을 수없이 봤지만, 이번만큼 극악한 사건은 본 적이 없었지요. 아무리 오랜 시간이 걸려도, 내 인생을 다 쏟아붓는다고 해도, 이 집에서 무슨 일이 일어났는지 알아내고 말겠다고 생각했어요. 누가 왜 그랬는지를."

그 목적을 달성하기 위해 종합 수사관 열여덟 명이 이 사건에 전속으로 배치되었다. 그중 특수요원 해럴드 나이, 로이 처치, 클레런스 던츠 세 명은 캔자스 주 수사국에서 가장 능력 있는 수사관이었다. 이 3인조가 가든시티에 도착하자 듀이는 "강력한 팀"이 조직되었다는 것을 확인하고 만족했다. 그는 이렇게 말했다. "그놈은 이제 조심 좀 하는 게 좋겠군."

보안관 사무실은 피니 군 법정 3층에 있다. 법정은 돌과 시멘트로 지은 평범한 건물인데 나무가 가득 찬 광장 한가운데에 자리 잡고 앉아서 매력적인 광장의 경관을 해친다. 한때 시끌벅적한 개척자 마을이었던 가든시티는 근래 들어 다소 잠잠해졌다. 보안관은 대체로 할 일이 별로 없었고, 가구도 별로 없는 방 세 개를 차지하고 있는 보안관 사무실은 평소에는 할 일 없이 법정에 놀러 오는 사람들에게나 인기 있는 조용한 곳이었다. 보안관의 상냥한 비서, 에드나 리처드슨 부인은 보통은 커피포트를 들고 왔다 갔다 하는 게 하는 일의 다라 "투덜댈" 시간이 아주 많았다. 물론 부인도 불평했다시피 "이 클러터 사건이 일어나기 전"의 일이었다. 이 사건 때문에 "동네 사람이라는 사람과 신문기자라는 신문기자는 모두 몰려와 소동을 피웠다". 이 사건은 저 멀리 동쪽으로는 시카고, 서쪽으로는 덴버까지 알려져 신문에 머리기사로 실렸으며 엄청난 규모의 기자단이 가든시티로 꼬여들었다.

월요일, 한낮에 듀이는 보안관 사무실에서 기자 회견을 열고 모인 기자들에게 알렸다. "이론 말고 사실만 말씀드리겠습니다. 먼저 여기서 커다란 사실, 기억해야만 할 점은 우리가 다루는 살인 사건이 한 건이 아니라 네 건이라는 것입니다. 그리고 우리는 이 네 사람 중 누가 주요 표적이었는지 모릅니다. 즉, 주 희생자 말입니다. 낸시나 케니언이었을 수도 있고 부모 중 한 사람이었을 수도 있습니다. 어떤 사람들은 클러터 씨였을 것이라 확신에 가깝게 추정하고 있습니다. 왜냐하면 클러터 씨는 목에 자상을 입었고, 사체가 가장 심하게 훼손되었기 때문입니다. 하지만 이건 추측일 뿐 사실이 아닙니다. 이 가족이 어떤 순서로 사망했는지 알게 되면 도움이 되겠지만 검시관 말에 따르면 순서는 알 수 없다고 합니다. 단지 살인 사건은 토요일 밤 11시에서 일요일 새벽 2시 사이에 발생했다는 것만 밝혀진 상태입니다." 여성들의 사체에서 "성폭행의 흔적이 발견되었는가" 하는 질문에 듀이는 아니라고 답했다. 그리고 현재까지 밝혀진 바로는 집 안에서 도난당한 물건도 없다고 했다. 또한 클러터 씨가 죽기 8시간 전에 이중 보상을 받을 수 있는 4만 달러짜리 생명보험 계약에 서명한 것은 "순전한 우연"이라고 생각한다고 답했다. 그러므로 듀이는 이 보험 계약과 범죄 사이에 아무런 연관성도 없다는 사실은 "전적으로 확신"한다고도 말했다. 어떻게 연관이 있을 수 있겠는가? 이 보험으로 이득을 얻는 사람들이라고는 클러터 씨의 자녀 중 살아남은 두 딸, 도널드 자코 부인과 베벌리 클러터 양뿐인데. 또한 듀이는 기자들에게 말하기를, 개인적으로 이 살인 사건은 한 사람, 혹은 두 사람이 저질렀다는 견해를 가지고 있지만, 아직은 공표하지 않는 편이 좋겠다고 부탁했다.

실제로 이때, 이 문제에 대해서 듀이는 아직 마음을 결정하지 못한 상태였다. 그는 여전히 두어 가지 정도의 의견을 고려하고 있었고(그의 말에 따르면 "발상"이었다), 범죄를 재구성하는 데 있어서 '단독 범행설'과 '2인 범행설' 둘 다 일리가 있다고 생각하고 있었다. 전자라면 살인자는 면식범일 것이고, 적어도 이 집과 거주자에 대해서 보통 이상의 정보를 갖고 있는 사람일 것이었다. 이 집에서는 문을 거의 잠그는 법이 없다는 것, 클러터 씨는 1층에 있는 안방 침실에서 혼자 잔다는 것, 부인과 아이들은

2층에 있는 자기 방에서 각각 잠을 잔다는 것을 알고 있는 사람 말이다. 듀이는 상상해봤다. 범인은 한밤중에 걸어서 집에 접근했을 것이다. 창문은 어둡고, 클러터 가족들은 잠들어 있었다. 농장의 경비견인 테디가 있긴 하지만, 테디가 총만 들이대면 얌전해진다는 것도 유명한 사실이다. 테디는 침입자가 무기를 들이대기만 해도 꼬리를 말고 깨갱거리며 슬금슬금 도망가버렸을 것이다. 집에 들어가자마자 살인자는 먼저 전화선을 끊어버렸다. 클러터 씨의 사무실에 있는 것 하나, 부엌에 있는 다른 것 하나. 전화선을 자른 뒤에는 클러터 씨의 침실로 가서 클러터 씨를 깨웠다. 클러터 씨는 눈앞에 들이댄 총에 밀려서 지시에 따를 수밖에 없다. 범인과 함께 2층으로 올라가서 나머지 식구들을 다 깨웠다. 클러터가 자기 아내를 묶고 재갈을 물렸으며, 딸도 그렇게 한 뒤(왠지는 알 수 없지만 딸에게는 재갈을 물리지 않았다) 두 사람을 침대에 묶었다. 다음에 아버지와 아들은 지하실로 끌려 내려간다. 거기서 클러터 씨는 케니언을 오락실의 소파에 묶었다. 그리고 나서 클러터 씨는 보일러실로 끌려가 머리를 얻어맞고 재갈로 입을 틀어 막히고서는 팔과 몸을 한데 묶였다. 이제 마음대로 움직일 수 있게 되자, 살인자는 식구들을 한 사람씩 죽이고, 발포된 탄피를 매번 세심하게 다시 주워 모았다. 일을 마치자 그는 집 안 불을 끄고 사라져버렸다.

사건은 이렇게 된 것일 수도 있었다. 그저 가능성은 있었다. 하지만 듀이는 의심을 품었다. "허브는 자기 가족이 위험에, 치명적인 위험에 처했다고 생각했다면 격하게 대항했을 거요. 허브는 약골이 아니었어요. 건강 상태도 아주 좋은 건장한 남자였지. 케니언도 그랬고. 아버지만큼, 아니 아버지보다 키도 더 크고, 어깨가 떡 벌어진 소년이었지. 남자 한 명이라면 무장을 했든 안 했든 허브와 케니언을 동시에 제압할 수 있었을 것 같지는 않았죠." 게다가 이 네 사람 모두를 같은 사람이 묶었다고 추정할 만한 이유가 있었다. 네 번 모두 반쯤만 비틀어서 묶는 형태의 매듭이 사용된 것이다.

듀이는, 그의 동료들 대부분도, 둘째 가설을 더 선호했다. 본질적인 점은 대체로 첫째와 유사하지만 살인자는 혼자가 아니라 공범이, 즉 가족을 제압한 다음 테이프를 붙이고 결박했을 사람이 있었다는 가장 중요한 차이점 때문이었다. 물론 이론적으로는 이 가설에도 결점이 있었다. 예를 들면, "어떻게 두 명의 개인이 동시에 같은 정도의 분노, 그런 범죄를 저지를 만큼 정신병적인 분노에 도달할 수 있었는지"를 이해하기가 힘들다는 것이다. 듀이는 그 설명을 찾으려고 했다. "만약 살인자가 가족과 아는 사이였다고, 이 동네 사람이라고 해봅시다. 범인이 클러터 가족에게 변덕스럽고도 비정상적인 원한을 품고 있었다는 사실만 빼고는 겉으로 보기에는 평범한 사람이었다고 한다면…… 어디서 공범자를 찾을 수 있었겠어요? 자기만큼 미쳐서 도와줄 사람을. 그건 이해가 안 되는 일이야. 말이 안 돼. 하지만 그렇다고 하면 아무것도 말이 되는 게 없단 말이지요."

기자 회견 후에, 듀이는 보안관이 임시로 마련해준 자기 사무실로 돌아갔다. 그 방에는 책상 하나와 등받이가 똑바른 의자 두 개밖에 없었다. 책상 위에는 언젠가 법정 증거물로 쓸까 해서 듀이가 모아놓은 잡동사니들이 여기저기 흩어져 있었다. 사망자들에게서 채취한 접착테이프와 노끈은 비닐봉지에 넣어 봉해놓았다. 단서로 따지자면 둘 다 별로 도움이 안 될 것 같았다. 너무 흔한 상표의 제품이라 미국 어디에서든지 살 수 있는 것들이었기 때문이다. 사건 사진기자가 현장에서 찍은 사진들도 있었다. 사진은 모두 스무 장이었다. 클러터 씨의 부서진 두개골이나, 아들의 훼손된 얼굴, 낸시의 묶인 손, 죽은 후에도 멍하지만 여전히 누군가를 노려보는 듯한 엄마의 눈 등등을 집중적으로 찍은 번들번들한 확대 사진이었다. 그 후로 몇 날 며칠, 듀이는 몇 시간씩이나 이 사진을 들여다보며 세세한 부분에서 뭔가 단서를 "갑작스럽게 발견하게 되기"를 바랐다. "마치 퍼즐 같았어요. 그런 퍼즐 있잖습니까. '이 사진에 숨은 동물이 몇 마리일까요' 같은 거. 그런 식으로 뭔가 찾아내려고 했어요. 숨은 그림 찾기처럼. 뭔가 거기 있을 거라고 느꼈어요. 발견할 수만 있다면." 사실, 그 사진 중 하나, 클러터 씨의 시체가 쓰러져 있던 매트리스 받침을 찍은 확대 사진에는 귀중하고도 놀라운 사실이 숨어 있었다. 바로 발자국, 다이아몬드무늬 밑창의 신발 자국이 먼지 구덩이에 찍혀 있었던 것이다. 맨눈에는 보이지 않는 발자국이 필름에는 기록되어 있었다. 플래시 불빛이 윤곽을 비추어 발자국의 존재는 아주 분명하게 드러나 보였다. 이 발자국과 함께, 같은 마분지 커버에 굵게 찍힌, 피에 묻은 '캐츠 포' 상표 구두 앞창만이 유일하게 "써먹을 만한 단서"라고 수사팀이 내세울 수 있는 것이었다. 사실, 수사팀이 내세웠다고는 할 수 없었다. 듀이와 다른 수사팀원들은 이런 증거가 존재한다는 사실을 비밀에 부쳐두기로 한 것이다.

듀이의 책상 위에 놔둔 여러 증거품 중에는 낸시 클러터의 일기장도 있었다. 듀이는 이미 일기장을 대충 훑어보았지만, 이제 자리를 잡고 낸시의 열세 번째 생일날부터 시작하여 열일곱 번째 생일을 두 달 앞두고 끝나버린 매일의 기록을 하나하나 집중해서 읽기로 했다. 그 일기장은 똑똑하고도 동물을 사랑한 아이, 독서와 요리, 바느질과 댄스, 승마를 좋아한 아이, 인기 있고 예쁘고 청순해서 시시덕거리는 게 재미있다고 생각하면서도 오로지 "진정한 사랑은 보비뿐"이라고 생각한 소녀가 별 특이할 것 없는 비밀을 적어놓은 것이었다. 듀이는 마지막 날의 일기를 가장 먼저 읽었다. 그 일기는 낸시가 죽기 한두 시간 전에 쓴 것이었고 딱 세 줄이었다. "졸린 K가 왔다 갔다. 그 애에게 체리파이 만드는 법을 가르쳐주었다. 록시와 연습했다. 보비가 와서 텔레비전을 보았다. 11시에 집에 갔다."

럽 소년은 클러터 가족이 살아 있는 모습을 마지막으로 본 목격자이기 때문에 벌써 엄격한 심문을 한 번 받았다. 클러터 가족과 "보통 때나 다름없는 저녁 시간"을 보낸 얘기를 솔직하게 털어놓았지만 이 소년은 곧 두 번째 면담을 받을 예정이었다. 쉽게 말하면 경찰이 보비를 용의자 선상에서 완전히 제외할 준비가 안 되어 있는 것이었다. 듀이 자신은 "보비가 사건과 하등 상관이 있다고" 생각지 않았지만, 수사 초기 단계에는 약하나마 동기가 있는 것으로 추정되는 사람이 보비뿐이었기 때문이었다. 일기 이곳저곳에 낸시는 동기가 될 수 있을 만한 상황을 적어놓았다. 낸시와 보비가 "너무 자주 만나지 말아야 하고" "헤어져야 한다고" 아버지가 주장했다는 것, 클러터 가족은 감리교이지만 럽 가족은 가톨릭이기 때문에 아버지가 두 사람 사이를 반대했다는 것 등이었다. 아버지의 입장에서 보면 이 어린 연인들이 후에 결혼하게 될 희망은, 종교 차이 때문에 전혀 없었다. 하지만 클러터 집안과 럽 집안 사이의 감리교 가톨릭 간 종교 갈등은 일기장에 적힌 내용 중에서 듀이가 호기심을 가진 부분과는 아무런 상관이 없었다. 오히려 낸시가 가장 귀여워했던 애완동물인 고양이 붑스가 이유 없이 죽은 사건이 더 흥미로웠다. 낸시가 죽기 2주 전 날짜로 되어 있는 일기 내용에 따르면, 낸시는 고양이가 "마구간에 쓰러져 있는 것"을 발견하고서는 독살일 거라고 (이유는 적지 않았지만) 의심했다. "불쌍한 붑스, 나는 그 애를 특별한 곳에 묻었다." 이 일기를 읽으면서 듀이는 이 사건이 "아주 중요할지도" 모른다고 생각했다. 만약 고양이가 독살된 것이라면 이 행동은 살인 사건을 위한 작지만 악의적인 전주곡일 수도 있지 않을까? 듀이는 광대한 리버밸리 농장 전체를 샅샅이 뒤져서라도, 낸시가 애완동물을 묻었다는 이 특별한 곳을 찾아내리라 마음먹었다.

듀이가 일기에 골몰하고 있는 동안 보조 수사관인 처치, 던츠 그리고 나이는 시골 동네를 종횡무진했다. 던츠 요원의 표현에 따르면, "어떤 얘기든 줄 수 있는 사람들이라면 누구든지" 탐문하고 다녔다. 모든 과목에서 A를 받던 우등생 남매 낸시와 케니언이 다닌 홀컴 학교의 교사들, 리버밸리 농장의 일꾼들(봄과 여름에는 인원이 모두 열여덟 명이나 되었지만, 그때처럼 농사일이 끝난 계절에는 제럴드 반 블릿과 고용인 세 명, 헬름 부인뿐이었다), 희생자의 친구, 이웃 그리고 특히 친척들이 주 대상이었다. 먼 곳에서나 가까운 곳에서나 스무 명 정도 되는 친척들이 장례식에 참석하러 속속 도착했다. 장례식은 수요일 아침에 열릴 예정이었다.

캔자스 주 수사국 사건담당팀에서 가장 젊은 축에 속하는 서른넷의 해럴드 나이는 쉴 새 없이 움직이는 성미였다. 나이는 남을 신뢰하지 않는 불안한 눈빛에다가 날카로운 코와 턱과 마음을 지녔으며 체구는 작았지만 기운이 철철 넘치는 남자였다. 나이는 클러터 가의 친척들을 면담하는, 그의 표현을 빌리자면 "빌어먹게도 미묘한 업무"를 떠맡았다. "그건 형사에게도 고통스러운 일이고, 그 사람들에게도 고통스러운 일이죠. 살인 사건을 수사할 때는 남의 슬픔을 존중해줄 수가 없거든요. 사생활도요. 개인감정 같은 것도 마찬가지입니다. 형사는 질문을 해야 하죠. 하지만 누군가는 상처를 받게 됩니다." 하지만 나이가 심문한 사람들 중 누구도 유용한 정보를 주지 못했고, 그가 한 질문에서도 유용한 정보를 찾아내지 못했다. ("나는 감정적인 배경을 찾고 있었어요. 혹시나 다른 여자가 있었다면 대답이 될지도 모르겠다고 생각했습니다. 그러니까 삼각관계 같은 거요. 글쎄, 한번 생각해봅시다. 클러터 씨는 아직 창창한 나이였고, 아주 건강한 남자였어요. 하지만 그 부인은, 거의 병자나 다름없지 않았습니까. 게다가 각방을 썼고요…….") 심지어 살아남은 두 딸조차 범죄의 원인을 댈 수 없었다. 간략하게 말해서 나이는 오로지 이 사실만 알아냈다. "전 세계 모든 사람들 중에서 클러터 가족만큼 살해당할 가능성이 적은 사람들도 없었다는 겁니다."

그날 하루가 저물어갈 무렵, 수사관 세 명이 듀이의 사무실에 모여보니, 던츠와 처치는 막내인 나이보다는 운이 좋았다는 사실이 밝혀졌다. (다른 형사들은 나이를 '막내'라고 부르고 있었다. 캔자스 주 수사국 소속 요원은 모두 별명으로 통했다. 건장하지만 발이 빠르고, 얼굴이 넓적하고 살쾡이같이 생긴 던츠의 별명은 '노친네'였는데, 그가 아직 쉰 살도 안 됐다는 걸 감안하면 약간 부당한 별명이기는 했다. 예순 살 정도 되는 처치는 분홍색 낯빛에 전문가적인 표정을 하고 있지만, 동료들로부터 "거칠다"는 평가를 받았고 "캔자스에서 가장 총을 빨리 뽑는 사내"라는 평판을 가지고 있었지만 별명은 '곱슬머리'였다. 그는 이제 머리카락이 듬성듬성 빠지고 있었다.) 두 형사 다 심문하는 와중에 "해결의 실마리"를 잡았다.

던츠는 이곳에서는 존 시니어와 존 주니어라고 알려진 부자에 대한 이야기를 가져왔다. 몇 년 전쯤 존 시니어와 클러터 씨는 사소한 사업상 거래를 했는데, 그 결과에 존 시니어가 불같이 화를 냈고 클러터 씨가 자기에게 "수상한 수작"을 부렸다고 생각한다는 것이었다. 현재, 존 시니어와 그의 아들은 둘 다 "술고래"가 되었다. 사실 존 주니어는 종종 알코올 중독으로 감금되기도 했다고 한다. 언젠가 재수 없는 날에, 부자는 위스키 기운에 잔뜩 객기를 부리며 "클러터와 매듭을 지어야"겠다며 클러터 집으로 찾아갔다. 두 사람은 그럴 기회조차 거절당했는데, 술과 술주정뱅이를 공격적일 정도로 싫어하는 금주가인 클러터 씨가 총을 들고 나와 자기 땅에서 당장 나가라고 내쫓았던 것이다. 존 부자는 이렇게 문전박대당한 일을 절대 잊지 않고 있었다. 최근 한 달 전까지만 해도, 존 시니어는 지인 한 명에게 이렇게 말했다고 한다. "그 개새끼 생각할 때마다 심장이 뒤틀려. 그놈 목을 졸라버리고 싶을 정도라고."

처치가 찾아온 실마리도 유사한 성격의 이야기였다. 처치도 또한 누군가가 클러터 씨에게 적대적이라는 얘기를 들었다는 것이다. 스미스라고 하는 어떤 남자가(물론 이 이름은 실명이 아니지만) 리버밸리의 주인이 자기 사냥개를 쏴 죽였다고 믿고 있다는 것이었다. 처치가 스미스의 농가를 조사해보았더니 클러터 가족 네 명을 묶었을 때 쓴 것과 똑같은 매듭으로 묶인 밧줄이 마구간 서까래에 매달려 있었다고 했다.

듀이가 말했다. "그런 것 중 하나가 우리가 찾는 건수일 거야. 개인적인 동기지. 걷잡을 수 없는 원한."

"동기가 강도가 아니라면 말입니다." 강도라는 동기는 별로 논의되지 않은 채 다소 무시된 감이 있었지만, 나이가 말했다. 이 설에 반대하는 주장은 여러 가지가 있었는데, 그중에서도 강력한 것은 클러터 씨가 현금을 꺼려했다는 것이 군 내에서는 거의 전설과 같았다는 이야기였다. 클러터 씨는 금고가 없었으며 큰 액수의 현금은 지니고 다니지 않았다. 또한 강도로 동기를 설명하려고 한다면, 왜 강도는 클러터 부인이 끼고 있는 보석류, 금으로 된 결혼반지와 다이아몬드 반지는 가져가지 않았을까? 하지만 나이는 확신할 수 없었다. "모든 상황에서 강도 같은 냄새가 납니다. 클러터 씨의 지갑은 어떻게 된 거죠? 누군가 지갑을 열고 탈탈 털어서는 클러터 씨의 침대 위에 놓아두었어요. 지갑 주인이 그랬으리라고는 생각할 수 없습니다. 그리고 낸시의 지갑도요. 부엌 바닥 위에 떨어져 있었죠. 어쩌다 지갑이 그리로 갔겠습니까? 좋습니다. 집 안에는 땡전 한 푼 없었죠. 아, 2달러 정도 있었나요. 낸시의 책상에서 2달러가 들어 있는 봉투 하나를 찾아냈죠. 하지만 우리는 바로 그 전날 클러터 씨가 60달러짜리 수표를 현금으로 바꿨다는 사실을 알고 있습니다. 그렇다면 적어도 50달러 정도는 남아 있어야죠. 그럼 어떤 사람은 말하겠지요. '돈 50달러 때문에 사람을 네 명이나 죽이는 사람은 없다고.' 이런 말도 할지 모르죠. '그래, 어쩌면 살인자가 돈을 가져갔을지도 몰라. 하지만 수사에 혼선을 주려고 한 게 아닐까. 강도가 동기라고 생각하도록 말이야.' 저도 잘 모르겠습니다."

어둠이 내려앉자 듀이는 회의를 잠시 중단하고 집에 있는 아내 마리에게 전화를 걸어 오늘 밤 저녁 식사는 못 갈 거라고 말해두었다. 부인은 이렇게 말했다. "알았어요. 괜찮아요, 앨빈." 하지만 듀이는 부인의 어조에 평소 성격답지 않은 근심이 깔려 있다는 것을 알아챘다. 두 아들의 부모이기도 한 듀이 부부는 결혼한 지 17년째였다. 루이지애나 출신의 마리는 전직 FBI 속기사 출신이었고 듀이가 뉴올리언스에 배속되었을 때 만났던 탓에, 남편의 직업이 갖는 고충—불규칙한 근무 시간, 갑작스레 먼 지역까지 가야 하는 소환 명령—을 잘 이해해주고 있었다.

듀이는 말했다. "뭐 문제 있어?"

"아무것도 아니에요." 부인은 그를 안심시켰다. "다만 오늘 밤에 올 때는 초인종을 눌러요. 자물쇠를 모조리 바꿨으니까."

이제 듀이는 상황을 이해했다. "걱정 마, 여보. 문 꼭 잠그고 현관 베란다의 불만 켜봐."

그가 전화를 끊자, 동료 형사 한 사람이 물었다. "무슨 일입니까? 사모님이 무섭답니까?"

"젠장, 그래." 듀이가 말했다. "아내뿐 아니라, 다른 사람들도 모두 그렇겠지."

―

모두 다 그런 것은 아니었다. 두려움이라고는 모르는 홀컴의 과부 우체국장 머틀 클레어 부인은 확실히 아니었다. 부인은 같은 동네 사람들을 "눈 하나 감으려고 해도 무서워서 다리를 후들후들 떠는 새가슴들"이라고 비웃었고 자기 자신을 가리켜 이렇게 말했다. "나는 아줌마지만, 예전처럼 두 다리 뻗고 잠도 잘 잔다고. 날 건드리고 싶으면 해보라고 그래." (11개월 뒤 부인의 말에 고분고분 따르기라도 한 것처럼, 총을 든 복면강도 일당이 우체국에 침입해서 950달러를 갈취해 갔다.) 평소에도 그렇지만 부인의 말을 듣고 안심하는 사람은 거의 없었다. 가든시티의 한 철물점 주인은 이렇게 말했다. "이 주위에서는 말이죠, 자물쇠랑 빗장이 불티나게 팔리고 있어요. 상표를 까다롭게 고르지도 않아요. 그냥 다른 사람이 못 들어오게 하기만 하면 된다 이거죠." 물론, 상상력은 어떤 문이든 열 수 있다(열쇠를 돌리며 두려운 존재를 안으로 들여보내주는 것이다). 화요일 새벽, 이 지역에 이런 끔찍한 사건이 일어났다는 사실을 모르고서, 차 한 대에 가득 탄 꿩 사냥꾼들이 콜로라도에서 왔다가 홀컴 들판을 거쳐 지나가면서 목도한 광경에 화들짝 놀라고 말았다. 창문들, 집집마다 모든 창문들이 불타오르는 것처럼 환히 빛나고 있고, 불을 환히 밝힌 집 안에서는 전 가족 모두 옷을 다 갖춰 입고서는 밤새 뜬눈으로 경계하며 바깥 소리에 귀를 기울이고 있었던 것이다. 그 사람들은 무엇을 두려워했던 것일까? "그런 일이 또 일어날지도 모르잖아요." 개인적 차이가 있기는 했지만 사람들은 대개 이렇게 대답했다. 하지만 학교 선생인 여자 한 명은 이렇게 언급했다. "이런 일이 클러터 가족 말고 다른 집에 일어났더라면 이런 기분까지는 들지 않았을 거예요. 그 집 사람들보다 덜 존경받는 사람들이었다면요. 부유하고, 믿을 만한 사람들이었죠. 그 집 식구들은 여기 사람들이 정말로 높이 평가하고 존중하는 가치를 대표하고 있었어요. 그런데 그 사람들이 그런 일을 당하다니……. 그건 마치 신이 없다는 얘기를 들은 것이나 다름없어요. 삶에서 의미를 빼앗아 가는 거죠. 두려운 것도 두려운 거지만, 그보다는 좌절했다고 하는 편이 더 맞아요."

다른 이유가 하나 더 있었다. 가장 간단하고 가장 추악한 이유가. 이제까지 이웃과 오랜 친구와 함께 평화롭게 모여 살던 이 사람들은 이제 서로를 의심해야 하는 독특한 경험을 감내해야만 했다. 이해할 수는 있었다. 사람들은 살인자가 그들 중 한 사람이라고 믿었고, 모두 만장일치로 고인의 형제인 아서 클러터가 개진한 의견에 동의했다. 11월 17일 가든시티 호텔 로비에서, 아서 클러터는 기자들 앞에서 이렇게 말했다. "이 일이 다 해결되면, 이 짓을 저지른 사람이 누구건 간에 지금 우리가 서 있는 자리에서 16킬로미터 안쪽에 사는 사람이라는 것이 확실해질 것이라는 데 내기를 걸어도 좋습니다."

―

그때 아서 클러터가 서 있는 자리에서 동쪽으로 650킬로미터 정도 떨어진 곳에서 두 남자가 캔자스 식당, '이글 뷔페'의 칸막이 자리에 함께 앉아 있었다. 얼굴이 길고 오른팔에 파란 고양이 문신을 새긴 남자는 치킨 샐러드 샌드위치를 몇 개나 다 쓸어 먹고 난 다음에도, 같이 앉은 사람이 시켜놓은 음식에 눈길을 주었다. 손도 대지 않은 햄버거와 아스피린 세 알이 녹아들고 있는 루트비어 한 잔.

딕이 말했다. "페리, 어이. 그 햄버거 안 먹으면 내가 먹을게."

페리는 접시를 탁자 건너로 밀어주었다. "제발! 나 좀 집중하게 가만 놔둘 수 없어?"

"그런 걸 쉰 번이나 읽을 필요는 없잖아."

'그런 것'이란 캔자스시티 〈스타〉지의 11월 17일자 신문 1면을 가리키는 말이었다. "일가족 4인 살인 사건, 단서는 희박"이라는 표제 아래에 전날 처음 살인 사건 보도가 있은 후 이어진 후속 기사가 실려 있었다. 이 기사는 다음과 같이 내용을 요약하는 문단으로 끝났다.

> 담당 수사관들에게는 현재 범행 동기는 알 수 없지만, 범행 수법 자체에는 확실히 빈틈이 없는 한 명 혹은 그 이상의 범인을 추적해야 하는 과제가 남겨졌다. 이 범인(들)의 수법은 다음과 같다. ▷ 집 안에 있는 두 대의 전화선을 모두 세심하게 자름. ▷ 격투의 흔적 없이 피해자들을 전문적으로 묶고 재갈을 물림. ▷ [클러터 씨의] 지폐첩을 빼고는 무언가를 찾고 있었다는 흔적 하나 남기지 않고 아무런 자취 없이 집을 떠남. ▷ 희생자 네 명을 집 안의 다른 장소에서 총으로 살해한 후, 엽총 탄피를 남기지 않고 침착하게 주워 감. ▷ 살인 흉기를 가지고 집에 들어갔다가 떠났는데도 목격자의 눈에 띄지 않음. ▷ 실패로 돌아가긴 했지만 강도를 하려고 한 게 아니라면 명확한 동기가 없으며, 수사관들은 이 동기를 별로 인정하지 않고 있음.

"한 명 혹은 그 이상의 범인이라니." 페리는 큰 소리로 읽었다. "이건 부정확하잖아. 문법이 말이야. '한 명의 범인, 혹은 그 이상의 범인들'이 되어야지." 아스피린을 녹인 루트비어를 한 모금 들이켠 뒤 그는 계속 말을 이었다. "어쨌거나, 난 이 기사는 못 믿겠어. 너도 마찬가지겠지. 말해봐, 딕. 솔직하게 말해보라고. 단서가 하나도 없다는 말 믿을 수 있겠냐?"

어제도 신문을 여러 개 샅샅이 읽어본 후에 페리는 똑같은 질문을 했고, 딕은 이제 그 일을 대충 처리했다고 생각하고 있었으므로("봐봐, 이 카우보이들이 우리와 그 사건을 조금이라도 연관시킬 수 있다면 우리는 160킬로미터 떨어진 곳에서 나는 발소리도 들을 수 있을걸") 다시 듣는 데는 진력이 났다. 너무 진력이 나서 페리가 그 문제를 또 한 번 추궁했을 때 반박할 수도 없을 정도였다. "난 언제나 감에 따라서 행동했어. 그래서 지금까지 내가 살아남을 수 있었던 거라고. 너도 윌리제이 알지? 그 친구가 그러는데 나는 타고난 '영매'래. 그 친구 그런 거 잘 알잖아, 흥미가 있으니까. 그 친구 말로는 나는 고도의 '초감각적 지각 능력'이 있다는 거야. 그러니까 몸속의 레이더 같은 거. 실물을 보기 전에 벌써 알아맞힐 수 있는 거야. 다가올 일을 대강 맞힐 수 있는 거지. 예를 들면 우리 형이랑 형수한테 일어난 것 같은 얘기야. 지미 형하고 형수. 두 사람은 서로에게 미친 듯 반해 있었어. 하지만 형은 질투심이 아주 강했어. 그래서 형수를 막 괴롭혔지. 질투심에 사로잡혀서 형수가 자기 몰래 바람피우고 다닌다고 생각한 거야. 그래서 형수는 총으로 자살했어. 다음 날 지미 형도 머리에 총알을 박아 넣었지. 그 일이 일어난 게 1949년이었는데, 그때 나는 아빠랑 알래스카 서클시티 근처에 있었어. 내가 아빠한테 말했지. '지미 형이 죽었어요.' 일주일 지나서야 우리는 소식을 들었어. 거짓말 하나 없는 진짜야. 또 한번은 일본에 가 있을 때였는데, 배에 짐 싣는 일을 돕고 있다가 잠깐 앉아서 쉬고 있었어. 갑자기 내 안에서 어떤 목소리가 말을 하는 거야. '뛰어!' 나는 뛰었어. 내 생각에 한 3미터는 뛴 것 같아. 그런데 바로 그때, 바로 내가 앉아 있던 자리에 1톤은 될 만한 덩어리가 쿵 떨어졌지 뭐야. 그런 예를 수백 개도 댈 수 있다니까. 내 말을 믿건 안 믿건 상관없어. 예를 들면 오토바이 사고가 나기 바로 직전에도, 앞으로 무슨 일이 일어날지 다 알았지. 내 마음 속에서 보이는 거야. 비, 미끄러진 바퀴 자국, 내가 피를 흘리면서 거기 쓰러져 있는 거, 다리가 부러진 거. 지금도 그런 기분이 들어. 불길한 예감이야. 뭔가 이건 함정이라고 말하고 있어." 페리는 신문을 톡톡 쳤다. "은근슬쩍 넘기는 게 많다는 거지."

딕은 햄버거를 하나 더 주문했다. 지난 며칠 동안 딕은 스테이크를 연속 세 개 먹고, 허시 초콜릿 바를 한 다스 먹고, 젤리 캔디를 반 킬로그램 정도 먹어도 절대 멈추지 않을 것 같은 허기를 느끼고 있었다. 반면 페리는 식욕을 잃어버렸다. 페리는 루트비어, 아스피린, 담배로 연명했다. "네가 마음이 불안한 것도 무리가 아니겠지만." 딕이 말했다. "야, 제발 그만해라, 쓸데없는 생각 좀 하지 마. 우린 성공했어. 완전범죄야."

"이것저것 생각해보면, 네가 그런 말을 하다니 좀 놀라운데." 페리가 말했다. 그의 어조는 너무 조용해서 답변에 섞인 악의가 더 강조되어 들렸다. 하지만 딕은 그냥 받아넘기고 미소까지 지었다. 딕의 미소는 남을 달래기 위해서 훈련한 것이었다. 이 시점에서, 아이 같은 웃음을 지으면 딕은 품위 있는 인물로 변모했다. 깔끔하고 사근사근하여 누구든 자기 머리라도 깎아달라고 믿고 맡길 수 있는 남자로.

"알았어." 딕은 말했다. "아마 내 정보가 틀렸던가봐."

"할렐루야."

"하지만 전체적으로는 완벽했잖아. 제대로 홈런 친 거지. 모든 실마리는 사라졌어. 사라진 채로 있을 거고. 연결시킬 만한 건 하나도 없어."

"하나 정도는 있을 것 같은데."

페리는 정도를 넘었다. 선을 넘어버린 것이다. "플로이드, 그런 이름이었나?" 약간 비겁한 일격이었지만, 딕은 그런 말을 들어도 쌌다. 딕의 자신감을 연줄을 감아 당기듯 죽여줘야 할 필요가 있었다. 그렇지만 페리는, 끓어오르는 분노로 다시 변하고 있는 딕의 표정을 불안한 심정으로 관찰했다. 턱, 입술, 얼굴 전체가 샐쭉해졌다. 침 거품이 입 한구석에서 일었다. 글쎄, 싸움으로 번진다면 페리는 자기 방어 정도는 할 수 있었다. 키도 딕보다 몇 센티미터 작았고 자라다 만 것 같은 다친 다리는 별로 믿을 수 없었지만, 페리는 친구보다 몸무게가 더 나갔고 몸도 더 단단했으며 곰의 목을 조를 수도 있을 만한 팔 힘이 있었다. 하지만 그 사실을 증명하기 위해서 싸움을 한다는 것, 진짜 다툼을 한다는 것은 결코 바람직한 일이 아니었다. 딕을 좋아하든 아니든(그리고 페리는 딕을 싫어하지 않았다, 한때는 딕을 지금보다 더 좋아했고 더 존경한 건 사실이지만) 지금 두 사람이 헤어져봤자 안전하지 않다는 것은 명확했다. 그 점에서 두 사람은 의견의 일치를 보고 있었다. 딕이 이렇게 말했던 것이다. "잡힐 때 잡히더라도 둘이 같이 잡혀야 해. 그래야 서로의 말을 뒷받침해줄 수 있지. 경찰들은 네가 이렇게 말했네, 내가 이렇게 말했네 하고 거짓말을 치면서 자백을 끌어낼 거란 말이야." 더욱이 딕과 사이가 틀어진다면, 페리가 아직도 매료되어 있는 그 계획이 끝난다는 뜻이었다. 최근 조금 일이 어긋나긴 했지만 두 사람 모두 스킨스쿠버 다이빙으로 보물을 찾아서는 섬이나 국경 남쪽 해안가에서 같이 살자는 그 계획이 아직 가능하다고 믿고 있었다.

딕이 말했다. "아, 그 웰스 씨!" 그는 포크를 들어 올렸다. "해볼 만한 가치가 있겠어. 부도 수표 때문에 잡힌다고 해도, 해볼 만하지. 감방에 다시 돌아가게 될 테니." 포크가 탁자 위에 내리꽂혔다. "웰스 자식 심장에 이렇게 정통으로 박는 거지, 자기."

"그 친구가 입을 열 거란 얘기는 아냐." 페리는 딕의 분노가 자신을 지나쳐 다른 어딘가에 가 박힌다면 기꺼이 자기 의견쯤은 물릴 수 있었다. "그 친구 아주 겁먹었을 테니까."

"물론이지." 딕이 말했다. "물론이야. 겁을 잔뜩 먹었을걸." 딕이 그렇게 쉽게 분위기를 바꿀 수 있다는 것은 정말로 경이로운 일이었다. 순간, 비열한 성질이나 골난 척 연기하던 분위기가 획 공기 속으로 날아가버렸다. 딕은 말했다. "그 불길한 예감 말인데. 그럼 얘기 좀 해봐. 네가 그런 사고를 당해서 크게 다칠 걸 미리 알았다면 왜 막지 않은 거야? 오토바이를 안 탔으면 그런 일은 안 일어났을 거 아냐, 내 말이 틀리냐?"

이 또한 페리가 오랫동안 숙고한 수수께끼이기도 했다. 그 수수께끼를 풀었다고 생각하기는 했으나, 그 해답은 간단하기는 해도 조금 모호했다. "그럴 수는 없지. 한번 일이 일어나기로 되어 있으면, 우리가 할 수 있는 건 오직 그 일이 일어나지 않았으면 하고 바라는 게 다야. 그러지 않으면 일어나는 거지. 상황 따라 달라. 살아 있는 한, 항상 뭔가 도사린 일이 있는 법이야. 그게 나쁜 일이고, 나쁜 일이라는 걸 알고 있다고 해도 뭘 할 수 있겠어? 그렇다고 그만 살 수는 없잖아. 내가 꾼 꿈 같은 거야. 어렸을 때부터 나는 똑같은 꿈을 꿨어. 그 꿈속에서 나는 아프리카에 있어. 정글 속에. 혼자 우뚝 서 있는 나무 하나를 향해서 숲을 헤치고 나아가고 있어. 제길, 냄새가 얼마나 지독한지 몰라, 그 나무가. 그래서 나는 속이 역겨워. 그 냄새가 나는 게. 하지만 보기에는 참 아름답거든. 파란 잎사귀와 다이아몬드가 가득 달려 있어. 오렌지만 한 다이아몬드야. 그래서 내가 거기 간 거지. 다이아몬드를 바구니 한가득 따 오려고. 그렇지만 따려고 하는 순간, 손을 뻗는 순간, 뱀 한 마리가 내 머리 위로 떨어질 거라는 사실도 알고 있어. 나무를 지키는 뱀이지. 이 빌어먹을 놈의 뱀은 나뭇가지에 사는 거야. 나는 이 사실을 모두 미리 알고 있거든? 그런데도, 이 뱀 새끼랑 어떻게 싸워야 하는지를 모르겠는 거야. 하지만 운을 시험해봐야겠다, 생각하는 거지. 그래서 하나 따려고 다가가. 그래서 다이아몬드를 손에 넣는 순간, 다이아몬드를 잡아당기는 순간, 뱀이 툭 하고 내 위로 떨어지지. 우리는 마구 뒤엉켜서 싸워. 하지만 그 빌어먹을 뱀은 미끌미끌해서 잡을 수가 없지. 뱀이 나를 깨물어. 내 다리가 부서지는 소리가 들리지. 다음 부분은 생각만 해도 땀이 나네. 그 뱀이 나를 집어삼키는 거야. 발부터. 흘러내리는 모래 속으로 빠져드는 것처럼." 페리는 망설였다. 딕이 포크 끝으로 손톱 밑을 쑤시느라 여념이 없어 자기 꿈 얘기에는 전혀 흥미를 보이지 않고 있다는 사실을 알아차린 것이다.

딕이 말했다. "그래서? 뱀이 너를 삼켰다고? 아니면 뭘 삼켰다고?"

"됐어. 중요한 일은 아냐." (하지만 중요한 일이었다! 결말은 아주 중요했고, 개인적으로 희열을 느끼는 부분이었다. 페리는 언젠가 한번 친구 윌리제이에게 이 얘기를 해준 적이 있었다. 페리는 머리 위에 떠돌고 있는 노란 "앵무새 비슷한 새"에 대해서 자세히 묘사해주었다. 물론, 윌리제이는 딕과는 달랐다. 더 섬세한 마음을 가진 "성자"가 아니었던가. 윌리제이는 이해해주었다. 하지만 딕은? 딕은 웃음을 터뜨릴 것이다. 그걸 페리는 참고 견딜 수가 없었다. 누구든 그 앵무새를 비웃을 수는 없었다. 그 새는 페리가 일곱 살 때 처음 꿈속에 나타났다. 페리는 수녀들이 운영하는 캘리포니아 고아원에서 혼혈아로서 증오하고, 증오받는 어린 시절을 보냈다. 은근히 엄격한 훈육을 지향하는 수녀들은 침대에 오줌을 쌌다고 페리를 회초리로 때렸다. 이렇게 매를 맞던 어느 날, 그것도 결코 잊을 수 없을 만큼 심하게 맞은 직후에—"그 수녀가 나를 깨웠지요. 회중전등을 들고 있었는데, 그걸로 나를 때렸어요. 때리고 또 때렸죠. 그러다가 회중전등이 부서졌는데도 어둠 속에서 계속 때렸어요"—이 앵무새가 나타났다. 페리가 자고 있는 동안, "예수님보다 커다랗고, 해바라기처럼 샛노란" 새가 날아온 것이다. 이 전투 천사는 부리로 수녀의 눈을 쪼아 먹어버리고, 수녀들이 "자비를 베풀어달라고 비는데도" 살육해버린 뒤, 페리를 살짝 들어 감싸 안고 "천국으로" 데리고 갔다.

시간이 지나갈수록, 새는 여러 가지 다른 고통에서 페리를 구해주었다. 수녀 대신 더 나이 많은 애들이나 아버지, 바람피운 여자친구, 군대에서 알던 하사관들이 나타났지만, 앵무새는 그대로 남아 머리 위를 날며 복수를 해주었다. 그리하여, 그 다이아몬드가 열린 나무를 수호하던 뱀은 페리를 미처 다 삼키지 못하고 오히려 잡아먹혀버린 것이다. 그리고 그 후에는 또한 황홀한 승천이 있었다! 천국으로 승천하는 것은 어떤 꿈에서는 단순히 "느낌"이기도 하고, 힘의 감각이기도 하고, 절대 공박할 수 없는 우월감이기도 했지만, 다른 꿈에서는 "진짜 장소"로 변모하는 느낌이기도 했다. "영화에서 나온 것처럼요. 어쩌면 정말로는 영화에서 본 건지도 몰라요. 영화에서 보고 기억하고 있는 거죠. 그러지 않으면 어디서 내가 그런 정원을 봤겠어요? 하얀 대리석 계단과 분수가 딸린 정원을요. 그리고 정원 가장자리께로 가서 아래를 내려다보면, 대양이 보여요. 얼마나 근사한지! 캘리포니아 캐멀 부근 바다 같아요. 하지만 가장 멋진 건요, 기다란 식탁이에요. 그렇게 음식이 많은 건 상상해본 적도 없을걸요. 굴, 칠면조, 핫도그. 프루트컵을 수백만 개는 만들 수 있을 만큼 과일이 많아요. 그리고 들어보세요. 그게 다 공짜예요. 손대도 될까 두려워할 필요가 없단 말이에요. 원하는 만큼 먹을 수 있죠. 그리고 땡전 한 푼 낼 필요 없고요. 그러니 내가 어디 있는지 아는 거죠.")

딕은 말했다. "나는 정상이야. 내 꿈에는 금발 계집애들만 나오거든. 꿈 얘기가 나와서 하는 말인데, 너 암염소가 꾼 나쁜 꿈에 대한 얘기 들어봤냐?" 딕은 이런 놈이었다. 어떤 화제가 나오든 더러운 농담을 하는. 하지만 딕의 농담은 참 재미있어서, 어떻게 보면 내숭 떤다고 할 만한 페리조차도 언제나 웃어버릴 수밖에 없었다.

―

낸시 클러터와의 우정에 대해서 수전 키드웰은 이렇게 이야기했다. "우리는 자매 같았어요. 적어도 저는 그렇게 생각했어요, 낸시는 내 자매라고. 저는 학교도 갈 수가 없었어요. 처음 며칠 동안은요. 장례식이 끝날 때까지 학교에 가지 않았어요. 보비 럽도 그랬죠. 잠시 동안 보비와 나는 항상 같이 있었어요. 좋은 애예요. 마음이 착하죠. 하지만 그 애는 그렇게 끔찍한 일을 이전에는 겪어본 적이 없었어요. 사랑하던 사람이 죽어버리는 일 같은 거요. 그리고 그때는 거기에 더해서 거짓말 탐지기 검사도 받아야 했던 거예요. 물론 보비가 그런 걸 했다고 앙심을 품었다는 건 아녜요. 경찰이 해야 하는 일을 하는 것뿐이라는 걸 보비도 알았으니까요. 하지만 인생이 긴 농구 게임 같은 게 아니라는 사실을 안 건 개한테는 충격이었을 거예요. 우리는 주로 보비의 오래된 포드를 타고 돌아다녔죠. 고속도로를 오르락내리락하면서요. 공항까지 갔다가 돌아오기도 하고. '크리미' 같은 곳에 가기도 했어요. 그 드라이브인 식당이요. 차에 앉은 채로 콜라 하나를 주문해서 라디오를 들었죠. 라디오는 항상 틀어놨어요. 우리끼리만 있어도 할 말이 없었거든요. 아주 가끔 보비가 얼마나 낸시를 좋아했는지, 다른 여자애는 절대 좋아하지 않을 거라느니 그런 말을 한 것만 빼고는요. 그렇지만, 낸시가 그런 걸 바라지 않을 게 확실했기 때문에 저는 보비에게 그렇게 말해줬어요. 그러고는 강가로 드라이브 갔던 기억도 나요. 그게 월요일이었던가. 우리는 다리 위에 주차했어요. 거기서는 그 집이 보이거든요. 클러터 집요. 그리고 그 땅도 조금 보여요. 클러터 아저씨의 과수원하고 저 멀리까지 뻗어 나간 밀밭이요. 멀리 떨어져 있는 밀밭 하나에서 모닥불이 피어오르고 있었어요. 사람들이 집에서 나온 물건들을 태우고 있는 거였죠. 어디를 봐도, 사건 생각이 나는 것밖에 없었어요. 그물이랑 장대를 든 사람들이 강둑을 따라 휘젓고 있었는데, 낚시하는 게 아니래요. 보비 말로는 흉기를 찾는 거라고 하대요. 칼, 총.

낸시는 강을 좋아했어요. 여름밤에는 낸시의 말을 둘이 타고 나갔어요. 그 늙고 뚱뚱한 회색 말 베이브 아시죠? 곧장 강가로 가서 물에 뛰어드는 거예요. 그러면 베이브는 얕은 쪽으로 건너갔고, 우리는 플루트를 불면서 노래했어요. 진짜 재밌었는데. 계속 궁금하게 생각한 일이 하나 있는데요, 그럼 걘 어떻게 되는 거예요? 베이브요. 가든시티에서 온 아줌마가 케니언의 개는 가져갔어요. 테디요. 그런데 테디는 도망쳐서 홀컴으로 돌아왔어요. 하지만 그 아줌마가 와서 다시 데려갔죠. 그리고 제가 낸시의 고양이 에빈루드를 키우기로 했고요. 하지만 베이브는. 사람들이 베이브를 팔아버리겠죠. 그럼 낸시가 싫어하지 않을까요? 화를 내지 않겠어요? 어느 날이요. 장례식 전날이었는데, 보비와 저는 철로에 앉아 있었어요. 기차가 지나가는 모습을 바라봤죠. 정말 바보 같았어요. 폭풍우 속의 양처럼요. 그런데 갑자기 보비가 퍼뜩 깨더니 이러는 거예요. '우린 낸시 만나러 가야 해. 우린 낸시와 함께 있어야 해.' 그래서 우리는 가든시티로 갔어요. 거기 메인 가에 필립스 장의사가 있거든요. 그때 보비 남동생도 우리랑 같이 있었던 것 같아요. 아, 맞아요. 같이 있었어요. 우리가 걔를 학교 끝나는 길에 차로 데리러 가서 같이 갔던 게 기억나요. 그리고 걔가 다음 날에는 학교가 수업을 안 해서 홀컴 아이들은 다 장례식에 갈 수 있다고 말한 것도 기억나고요. 그리고 보비 동생은 계속 애들이 어떻게 생각하는지 말했어요. 애들은 그게 '청부업자'의 소행이라고 굳게 믿고 있다는 거예요. 저는 그런 얘기를 듣기 싫었어요. 그냥 소문과 뒷얘기들. 낸시가 다 경멸하던 거였거든요. 어쨌든 누가 그랬는지는 신경 안 써요. 그런 건 중요한 문제가 아녜요. 내 친구가 없어진 게 중요한 거죠. 누가 낸시를 죽였는지 안다고 낸시가 다시 돌아오는 것도 아니잖아요. 그것 말고 뭐가 중요하겠어요? 거기서는 우리를 들여보내주지 않았어요. 그러니까 장의사에서는요. 그 사람들은 아무도 '그 가족을 볼 수 없다'고 말했어요. 친척 말고는요. 하지만 보비가 끈질기게 우기니까, 마침내 장의사 아저씨가 알았다고 했어요. 그 아저씨는 보비를 알고 있었나봐요. 그래서 보비를 안됐다고 생각하신 것 같아요. 조용히 하면 들여보내주겠다고요. 지금 생각하면 아저씨가 안 들여보내주는 편이 나을 걸 그랬어요."

꽃이 가득 들어차 있는 작은 방 안에 네 개의 관이 꽉 들어차 있었다. 장례식 때는 관 뚜껑을 닫을 예정이었다. 이해가 가는 일이었다. 희생자들의 겉모습을 세심하게 가다듬어놓긴 했지만, 그 효과는 오히려 동요를 일으킬 만했기 때문이다. 낸시는 빨간 앵둣빛 벨벳 드레스를 입고 있었고, 그 남동생은 밝은 격자무늬 셔츠를 입었다. 부모들은 훨씬 점잖은 옷을 입고 있었다. 클러터 씨는 남색 플란넬 양복 차림이었고, 부인은 남색 크레이프 드레스 차림이었다. 특히 이 광경이 끔찍한 분위기를 풍기는 것은 모든 사람의 머리가 솜에 꼭꼭 둘러싸여, 바람 넣은 보통 풍선의 두 배만 한 누에고치 같아 보이는 탓이었다. 거기에다가 그 솜에는 반짝이는 물질을 발라놓아서 크리스마스트리의 눈송이처럼 빛나고 있었다.

수전은 즉시 물러섰다. "나는 밖에 나가서 차에서 기다릴게." 수전은 회상했다. "길 건너편에서 어떤 아저씨가 갈퀴로 낙엽을 긁어모으고 있었어요. 나는 계속 그 아저씨를 쳐다봤죠. 눈을 감고 싶지 않았거든요. 눈을 감았다가는 기절해버릴지도 모른다고 생각했어요. 그래서 나는 그 아저씨가 갈퀴로 낙엽을 긁어모으고 태우는 것을 쳐다봤어요. 쳐다보기는 했지만, 실제로 그 사람을 본 건 아니에요. 나한테 보이는 거라곤 그 드레스뿐이었어요. 나는 그 드레스를 아주 잘 알고 있었거든요. 낸시가 천을 고르는 걸 도와줬어요. 디자인도 낸시가 직접 했고, 바느질도 직접 했어요. 처음 그 옷을 입었을 때 낸시가 얼마나 들떠 있었는지도 기억나요. 어떤 파티에서였죠. 나한테 보이는 거라고는 낸시의 빨간 벨벳 드레스뿐이었어요. 그리고 그 옷을 입은 낸시도요. 낸시가 춤을 추는 모습이요."

―

캔자스시티의 〈스타〉지는 클러터 가의 장례식에 대해서 긴 기사를 실었지만 페리는 기사가 실린 날짜에서 이틀이 묵은 후에야 호텔 방의 침대에 누워 뒹굴거리며 읽을 수 있었다. 페리는 건성으로 기사를 훑으며 단락을 대강 뛰어넘었다. "제1감리교 교회의 5년 역사상 가장 많은 1천여 명의 회중이 오늘 네 명의 희생자를 추모하기 위한 예배에 참석했다……. 홀컴 고등학교에 다니는 낸시의 동급생 일곱 명은 레너드 코원 목사가 이렇게 설교를 하자 흐느꼈다. '주님께서는 우리가 죽음의 골짜기를 걸어가고 있을 때도 우리에게 용기, 사랑, 희망을 주셨습니다. 나는 주님께서 그분들의 마지막 순간에 함께하셨으리라고 믿습니다. 예수님께서는 우리가 결코 고통이나 슬픔을 겪지 않을 것이라 약속하지는 않으셨습니다. 예수님께서는 언제나 우리가 고통과 슬

품을 참아낼 수 있도록 인도해주시는 그 자리에 계시겠다고 말
씀하셨습니다…….' 계절에 맞지 않게 따뜻한 날, 600명 정도의
사람들은 도시 북쪽 가장자리에 있는 밸리뷰 공동묘지까지 동행
했다. 장례 예배에서 사람들은 주기도문을 암송했다. 목소리는
낮은 속삭임으로 한데 뭉쳐 묘지 전체에 울려 퍼졌다."

 1천여 명이라니! 페리는 깊은 인상을 받았다. 장례식 비용이
얼마나 되었을까 궁금했다. 돈은 페리의 마음속에서는 중대한
문제였다. "먹고 죽으려야 죽을 돈"도 없었던 그날 아침보다 절
실한 마음은 덜했지만. 그때 이후 상황은 나아졌다. 다 딕 덕분
으로, 페리와 딕은 이제 멕시코로 뜰 만한 "충분한 밑천"을 가지
고 있었다.

 딕! 정말 능수능란하고 똑똑하다니까. 그래, 딕에게 모든 일
을 맡겼어야 했다. 제길, 딕이 "사람 후리는" 솜씨가 얼마나 놀
라운지. 딕이 "등쳐먹기로" 작정한 맨 처음 곳, 미주리 캔자스
시티의 옷가게에서 일하고 있는 점원 같은 사람들 말이다. 페리
로 말하자면, 결코 "부도 수표를 쓰려고" 해본 적이 없었다. 페
리가 떨자, 딕이 이렇게 말해주었다. "너는 그냥 거기에 서 있기
만 하면 돼. 웃지 마. 내가 뭘 말해도 놀라지도 말고. 이런 건 다
임기응변으로 처리해야 하는 거니까." 일이 시작되자, 정말 그
런 것 같았다. 딕이 사람을 구슬리는 솜씨는 이만저만 놀라운 것
이 아니었다. 그는 슥 안으로 들어가서 점원에게 페리를 "이제
곧 결혼하게 될 내 친구"라고 간단하게 소개했다. 그리고 자기
는 "이 사람의 들러리인데, 친구가 원하는 옷을 살 수 있도록 도
와주고 있다"고 했다. 그러고는 "하하, 그러니까 혼수라고 할 수
있는 거죠"라고 덧붙이면서 말이다. 판매원은 그 말에 "홀딱 넘

어갔고", 곧 페리는 청바지를 벗고 점원이 생각하기에는 "비공식적인 행사에 적격인" 우울한 양복을 입어보게 되었다. 손님의 비율이 잘 안 맞는 몸에 대해서 몇 마디 한 후(짧은 다리가 과대하게 큰 윗몸을 지탱하고 있다느니 운운) 점원은 "수선하지 않고서는 맞을 옷이 없을 것 같다"고 덧붙였다. 딕은, 아, 괜찮다고, 시간은 많다고, 결혼식은 "내일부터 일주일 후"라고 말했다. 그러고 나서 그들은 딕의 말에 따라 플로리다 신혼여행에 어울릴 만한 야한 재킷과 바지 한 벌을 구입하기로 결정했다. "에덴록이라는 데 알아요?" 딕이 점원에게 말했다. "마이애미 해변에 있는 데? 거길 예약해놨죠. 신부 친척들이 선물로 해준 거예요. 하루에 40달러나 하는 곳을 글쎄 2주씩이나. 어때요? 저렇게 못난 녀석이, 몸매도 좋고 돈도 많은 여자랑 결혼하다니 말이에요. 한데, 당신이나 나같이 잘생긴 남자들은······." 점원은 계산서를 가져다주었다. 딕은 뒷주머니로 손을 넣다가 갑자기 얼굴을 찡그리더니 손가락을 확 튕기며 말했다. "이런, 염병할 일이 있나! 지갑을 안 가져왔네." 그의 동료에게 이런 책략은 너무나 설득력이 떨어져서 "태어난 지 갓 하루 된 아기도 못 속일" 듯싶었다. 하지만 점원은 딕을 확실히 다르게 본 모양이었다. 점원은 수표를 받아주었고, 딕은 전체 계산서의 합보다 많은 80달러를 적어 넣은 뒤, 그 차액을 바로 현금으로 지불받았다.

밖에 나가자 딕은 말했다. "다음 주에 결혼할 거라 이거지? 그럼 반지도 필요하겠군." 잠시 후, 딕의 낡은 쉐보레를 타고 두 사람은 '베스트 주얼리'라고 하는 보석상 앞에 도착했다. 거기서 수표로 다이아몬드 약혼반지와 다이아몬드 결혼반지를 구입한 뒤, 전당포에 가서 처분했다. 그 물건들을 파는 게 페리는 아쉬웠다. 그는 이제 거의 반쯤 자기가 신랑이라고 착각하고 있었다. 비록 딕의 의견과는 달리 신부는 부자도 아니고 예쁘지 않아도, 참하게 생겼고 고운 말씨를 쓰는, 상상컨대 "대학 졸업생"이라 어디로 보나 "아주 지적인 타입"이라고 할 수 있는 여자여야겠지만 말이다. 페리는 항상 이런 여자를 만나보고 싶어 했지만, 실제로 만난 적은 한 번도 없었다.

'쿠키'를 셈에 넣지 않는다면 그렇다는 얘기다. 쿠키는 오토바이 사고로 병원에 입원했을 때 알게 된 간호사였다. 쿠키는 참 근사한 여자였다. 페리를 좋아했고 동정했으며 아이처럼 보살펴주었고 《바람과 함께 사라지다》나 《이는 나의 사랑하는 자》* 같은 "진지한 문학책"을 읽어보라고 권해주었다. 기묘하고 비밀스러운 성질을 지닌 성적인 사건들이 일어나고, 사랑이니 결혼이니 하는 얘기가 오고 갔지만, 상처가 다 낫자 결국에 페리는 그녀에게 작별을 고한 뒤, 일종의 설명으로 자기가 직접 쓴 것처럼 시를 하나 주었다.

> 세상에는 잘 어울리지 못하는 사람들의 무리가 있네,
> 가만히 머무를 수 없는 사람들의 무리가.
> 그래서 그들은 친척과 지인의 마음을 아프게 하네.
> 그리고 세상을 마음껏 돌아다니지.
> 그들은 들판을 배회하고, 물가를 헤매네,
> 그리고 산 정상에 오르네.
> 이것은 집시의 혈통이 내린 저주,

---

*미국 시인 월터 벤튼의 1943년 시집.

하지만 그들은 편안히 쉬는 법을 알지 못하지.
그들이 곧장 나아간다면 저 멀리까지 가겠지.
그들은 힘세고 용맹하며 진실하다네.
하지만 그들은 언제나 현재의 일에는 금방 질리지,
그래서 이상하고 새로운 것을 찾아 떠나네.*

페리는 쿠키를 다시 만나지 못했다. 연락을 받거나 남에게서 소식을 전해 들은 적도 없었다. 하지만 몇 년 후 페리는 그녀의 이름을 팔에다 문신으로 새겼고, 언젠가 한번 딕이 '쿠키'가 누구냐고 묻자 "아무도 아냐, 내가 거의 결혼할 뻔한 여자지"라고 대답했다. (딕이 한 번도 아닌 두 번이나 결혼했었고 세 아이의 아버지란 사실을 페리는 항상 부러워했다. 아내와 아이, "남자라면 누구나 해봐야 하는" 경험인 것이다. 딕은 아내와 아이 덕에 "행복하지도 않았고 뭐 하나 이득 본 것도" 없었지만.)

반지는 150달러를 받고 전당포에 잡혔다. 두 사람은 '골드먼스'라고 하는 다른 보석상에도 가서 남자 금시계를 차고 여유 있게 걸어 나왔다. 다음에 들른 곳은 '엘코 카메라 스토어'였다. 거기서 두 사람은 정교한 영화 카메라를 '구입'했다. "카메라에 투자하는 게 제일이야." 딕이 페리에게 알려주었다. "전당포에 잡히거나 팔기 가장 쉽거든. 카메라하고 텔레비전이." 이런 이유로 두 사람은 텔레비전을 몇 대 사기로 결정했고, 그 임무를 완수한 후에는 계속 옷가게를 몇 군데 더 찾아다녔다. '셰퍼드와 포스터', '로스차일드', '쇼퍼스 파라다이스' 등등. 해가 질 무렵,

---

*영국 시인 로버트 윌리엄 서비스의 시 〈잘 어울리지 못하는 사람들〉의 한 구절.

상점들이 문을 닫을 즈음에 두 사람의 주머니는 현금으로 가득했고, 차에는 팔거나 저당 잡힐 수 있는 물건이 산더미처럼 쌓여 있었다. 수확한 셔츠나 라이터, 값비싼 기계류나 싸구려 커프스단추 같은 것을 찬찬히 들여다보고 있노라니, 페리는 의기양양해지는 느낌이 들었다. 이제 멕시코가, 새로운 기회가, "진짜로 사는 것같이 사는" 인생이 오는 것이다. 하지만 딕은 우울해 보였다. 딕은 페리가 칭찬해도("정말로, 딕. 너 대단하다. 나도 반쯤 네 말에 넘어갔다니까") 아무렇지 않은 듯 어깨만 으쓱해 보였다. 그러자 페리는 당황스러웠다. 보통 때 같으면 잘난 척하고도 남을 딕이 지금처럼 흡족해하는 것이 당연한 상황에 왜 갑작스레 기운 없이 굴고, 의기소침해져서 슬픈 표정인지 그 속을 가늠할 수가 없었다. 페리는 말했다. "술 한잔 마시자."

두 사람은 어떤 바에 들렀다. 딕은 오렌지 블라섬 세 잔을 들이켰다. 세 번째 잔을 마신 후에, 그는 뜬금없이 물었다. "아버지는 어쩌지? 아, 기분이 거지 같네. 우리 집 노친네 사람 정말 좋잖아. 그리고 어머니는 또 어떻게 하냐고. 너도 우리 엄마 봤잖아. 부모님은 어쩌느냐고. 내가 멕시코든 어디로든 가버리면 말이야. 하지만 그 수표가 되돌아올 때쯤에도 우리 부모님은 여전히 여기 있을 거란 말이지. 나는 아버지를 잘 알아. 아마 내게 유리하게 잘 처리하려고 하겠지. 전에도 그러려고 했으니까. 하지만 이젠 그렇게 할 수 없을 거야. 늙고 병들었으니까. 돈이라고는 한 푼도 없으니까."

"그 마음은 알 것 같다." 페리는 진실하게 말했다. 친절하지는 않지만 페리는 감상적이었고, 딕이 부모님에게 가진 애정과 근심을 고백하는 것에 아주 감동받았다. "하지만 딕. 아주 간단한 거야. 수표를 갚을 수 있어. 일단 멕시코에 가기만 한다면. 일단 일만 시작하면 돈을 벌 수 있으니까. 많은 돈을 말이야."

"어떻게?"

"어떻게냐니?" 딕의 말은 무슨 뜻일까. 그 질문에 페리는 당혹스러웠다. 어쨌든 그렇게 풍성한 모험담을 종합세트로 쌓아 놓고 함께 의논하지 않았나. 황금을 찾아가거나 물속에 가라앉은 보물을 찾으러 스킨스쿠버 다이빙을 하거나. 페리가 열렬하게 제안한 프로젝트는 이 두 가지 아니었나. 그리고 다른 프로젝트도 있었다. 예를 들면 보트 같은 것. 두 사람이 심해 낚시 보트를 한 척 사서 일을 나눈 뒤 휴가 온 사람들에게 세를 놓자는 얘기도 한 적이 있었다. 둘 중 누구도, 적어도 카누라도 몰아보거나 열대어를 잡아본 적이 없었기는 했지만. 또, 도난 차량을 미국 남쪽 국경선까지 몰고 가주는 일을 하면서 쉽게 돈을 모아 보자는 얘기도 했다. ("한 번 가는 데 500달러는 받을 수 있다"거나 하는 얘기를 페리는 어딘가에서 읽은 적이 있었다.) 이렇게 많은 대답을 할 수 있었지만, 페리는 그중에서도 코스타리카 해안가에서 약간 떨어진 곳에 있는 코코스 섬에서 자신들을 기다리고 있는 보물 얘기를 골라 딕을 다시 깨우쳐주기로 했다. "사기가 아냐, 딕. 이건 진짜라고. 나는 지도도 가지고 있어. 그리고 그 사연도 다 들었지. 그 보물은 거기 1821년에 묻혔대. 페루 금화와 보석이. 6천만 달러어치. 사람들 말로는 그 정도 가치가 나갈 거래. 그 보석을 다 찾아내지 않고 일부만 찾아내도 말이야, 딕, 너 내 말 듣고 있냐?" 이제까지 딕은 항상 페리를 부추겨주었고, 페리가 지도나 보물 얘기를 할 때면 주의 깊게 들어주었지만, 지금은 아니었다. 그리고 이전에 한 번도 해본 적이 없는 생각이었지만 페리는 이제까지 줄곧 딕이 그냥 '관심 있는 척' 했던 것이 아닌가, 혹은 자기를 놀린 것뿐이 아닌가 하는 의심을 품었다.

그러나 찌르듯이 고통스러운 그런 생각은 곧 지나갔다. 딕이 윙크를 하며 장난치듯 가볍게 주먹을 휘두르면서 말했던 것이다. "물론이지, 자기. 네 말 듣고 있었어. 줄곧."

―

전화가 다시 울린 것은 새벽 3시였다. 그 시간에 전화가 울렸다는 건 대단한 일이 아니었다. 앨빈 듀이는 어쨌거나 말짱하게 깨어 있었고, 부인 마리와 두 아들, 아홉 살 먹은 폴과 열두 살 된 앨빈 애덤스 듀이 주니어도 깨어 있었다. 이렇게 소박한 1층짜리 집에서 전화가 몇 분 간격으로 밤새 울려대는데 누가 잘 수 있을까? 침대에서 일어나면서 듀이는 아내에게 약속했다. "이번에는 수화기를 내려놓을게." 하지만 이 약속은 좀처럼 지켜지지 않았다. 실상 전화는 대개 기사거리를 찾는 기자나, 장래의 유머 작가, 이론가들이 건 것이었다. ("앨빈? 이것 좀 들어봐. 이 사건을 해결했어. 이건 자살과 살인 사건이야. 우연히 안 사실인데, 클러터가 재정 상태가 안 좋아서 고생 좀 하고 있었다더군. 돈줄이 말랐다는 소문이 좍 퍼졌었대. 그래서 어떻게 했겠나? 엄청 비싼 보험 계약을 들어놓고 보니와 아이들을 쏴버리고 자기도 폭탄으로 자살한 거지. 산탄을 채워 넣은 수류탄으로 말이야.") 남 흉보기 좋아하는 익명의 제보자들이 거는 것도 있었다. ("L이라는 사람 알아요? 외국인인데? 직업도 없고. 그런데 파티를 연단 말이죠. 칵테일도 내놓고. 그 돈이 어디서 났겠습니까? 그 사람이 이 클러터 사건의 원흉이 아니라면 내 성을 갈죠.") 아니면, 숱하게 떠도는 가십과 윗목 아랫목도 구분 못하는 소문에 놀란 부인들이 걸기도 했다. ("앨빈, 나는 네가 꼬맹이일 때부터 알고 있었잖아. 그러니까 이 소문이 사실인지 확실하게 말해주렴. 나는 클러터 씨를 좋아하고 존경했단다. 그래서 이 독실한 기독교인이 여자들 꽁무니를 졸졸 따라다녔다는 말을 정말 믿고 싶지는 않은데 말이야. 정말 믿고 싶지는 않아…….")

하지만 전화를 건 사람들 중 대부분은 책임감 있는 시민이었고 도움을 주고자 했다. ("낸시 친구 수전 키드웰을 면담해봤는지 모르겠네요? 그 아이와 얘기를 해봤는데, 약간 놀라운 사실을 얘기하던데요. 그 애 말로는 마지막에 낸시와 이야기를 나누었을 때, 클러터 씨 기분이 별로 안 좋다고 낸시가 그랬다는군요. 3주 동안이나 내내 그랬대요. 그래서 낸시는 아버지가 뭔가 걱정거리가 있으신 게 아닌가 했다는데요. 너무나 걱정이 된 나머지 담배를 피울 정도로요…….") 그런 사람이 아니면 전화를 걸어 오는 사람들은 법무관들이나 주의 다른 지역에서 근무하는 보안관 같은 경찰 관계자들이었다. ("뭔가 있을 수도 있고 아닐 수도 있지만, 여기 사는 어떤 바텐더가 그러는데 어떤 남자 둘이 그 사건과 자기들이 뭔가 대단한 관련이 있는 것처럼 얘기하는 걸 엿들었다는 거야…….") 이런 얘기들은 단지 수사관들의 업무만 더 가중시킬 뿐이긴 했지만, 언제나 다음에 걸려 올 전화는 "어두운 장막을 걷어줄 돌파구"가 될지도 모른다고 듀이는 말하곤 했다.

이번 전화는 받자마자 즉시 "자백하고 싶습니다"라는 말이 듀이의 귀에 들렸다.

듀이는 말했다. "전화 거신 분은 누구시죠?"

전화를 건 남자는 원래의 말을 되풀이한 뒤 덧붙였다. "내가 그랬어요. 내가 그 사람들을 다 죽였어요."

"그렇군요. 그럼 전화와 주소를 좀……."

"아니, 안 돼요, 안 됩니다." 그 남자의 목소리는 분노에 취해 순식간에 탁해졌다. "아무것도 말하지 않겠어요. 보상금을 받을 때까지. 보상금을 보내주면 내가 누군지 말해주지요. 최후통첩입니다."

듀이는 침대로 돌아갔다. "아냐, 여보. 중요한 전화 아니었어. 술주정뱅이가 또 전화했군."

"뭘 달래요?"

"자백하고 싶대. 먼저 보상금을 주면." (캔자스 지역 신문 〈허친슨 뉴스〉는 사건을 해결할 실마리가 되는 정보를 제보하는 사람에게 1천 달러를 주겠다는 공고를 내걸었다.)

"앨빈, 담배 또 피우는 거예요? 눈 좀 붙이려 해볼 수 없어요?"

듀이는 너무 긴장해서 잠들 수 없었다. 전화가 잠잠해도 또 마음이 안정되지 않으면서 좌절감이 들었기 때문이다. 현재까지 확보한 실마리로는, 아무것도 없는 벽으로 이어지는 막다른 골목에 빠졌을 뿐 건진 것이 없었다. 보비 럽이 범인일까? 거짓말 탐지기에 따르면 보비가 범인일 확률은 없었다. 범인들이 사용한 매듭과 똑같은 매듭을 묶었던 농부 스미스 씨도 사건이 일어난 날 밤 "오클라호마에 갔던" 것이 증명되어 용의선상에서 제외되었다. 그러면 존스 부자만이 남지만, 두 사람 또한 증명할 수 있는 알리바이를 제출했다. 해럴드 나이의 말을 빌리자면 이런 상태가 되는 것이었다. "그럼, 결과적으로 딱 떨어지는 숫자네요. 0이라고." 낸시의 고양이 무덤을 파헤쳐보기까지 했지만 아무 소득도 없었다.

그래도 두어 가지 정도 의미 있는 발전은 있었다. 먼저, 낸시의 이모인 일레인 셀서 부인은 낸시의 옷가지를 정리하다가 신발 한 짝의 앞쪽에 황금 손목시계가 처박혀 있는 것을 발견했다. 둘째, 집 안 곳곳을 돌아보면 뭔가 자리가 바뀌었거나 없어진 물건을 발견하지 않을까 싶어, 헬름 부인이 캔자스 주 수사국 요원들과 함께 리버밸리 농장의 모든 방을 조사해본 결과 뭔가 이상한 점을 발견했다. 발견된 곳은 케니언의 방이었다. 헬름 부인은 입을 꾹 다물고 방을 보고 또 보고, 돌고 돌면서 이것저것 만져보았다. 케니언의 낡은 야구 장갑, 진흙이 튀어 있는 부츠, 아무렇게나 버려진 듯 가엾은 안경. 그동안 부인은 계속 속삭였다. "여기 뭐가 잘못됐어요. 그런 느낌이 들어요. 알 것 같기도 하고. 그런데 그게 뭔지 모르겠네." 그러더니 부인은 마침내 알아챘다. "라디오요! 케니언이 듣던 작은 라디오 어디 갔죠?"

이 발견들을 함께 고려하면, 듀이는 역시 '단순 강도'가 동기일 가능성에 대해서 다시 한 번 생각하지 않을 수 없었다. 그 시계가 낸시의 신발 속으로 우연히 떨어진 걸까? 낸시는 어둠 속에 누워 있다가 무슨 소리를 들은 게 틀림없다. 발소리, 아마 목소리도. 그래서 낸시는 집 안에 도둑이 든 거라고 생각했고 아버지에게 선물 받아 가장 애지중지하던 시계를 서둘러 숨겨야겠다고 여긴 것이다. 라디오로 말하자면, 제니스 사에서 나온 회색 휴대용 라디오였는데, 확실히 어딘가로 사라져버렸다. 그럼에도 불구하고 듀이는 "단돈 몇 달러와 라디오" 같은 자질구레한 물건들이나 훔치려 한 강도에게 가족이 살해당했다는 이론을 받아들일 수는 없었다. 그 이론을 받아들이면 그가 생각하고 있던 살인자, 아니 살인자들에 대한 이미지가 흐려질 것이었다. 듀이와 동료들은 살인자가 여러 명인 것으로 확고히 결정을 내렸다. 적어도 둘 중 한 사람은 보통 이상으로 냉정하고 교활한 행동을 지시할 수 있는 사람이며 머리가 아주 좋아서, 계산된 동기가 아니라면 이런 짓을 할 사람은 아니라는, 아니 아닌 게 틀림없다고 추정했다. 범죄를 전문적으로 저지른 솜씨가 증명해주고 있었다. 그리고 또한, 듀이는 몇몇 특정한 점들로 미루어볼 때 적어도 살인자들 중 한 사람은 희생자들에게 어떤 감정을 가지고 있었고 비록 이 가족을 제거하기는 했지만 핀트가 어긋난 상냥함 같은 것도 느끼고 있었다는 심증을 한층 굳혔다. 그렇지 않고서는 그 매트리스 받침을 어떻게 설명할 것인가?

　매트리스 받침은 듀이가 가장 의아하게 생각하는 일 중 하나였다. 왜 살인자들은 그런 수고를 감수해가면서까지, 지하실 방저 맨 끝에 있는 상자를 옮겨다 난로 앞에다 깔아놓았을까? 클러터 씨를 좀 더 편안하게 눕혀놓으려고 했던 게 아니라면, 칼날이 점점 다가오는 걸 바라보는 동안 차가운 시멘트 바닥보다는 좀 덜 딱딱한 자리를 마련해주려고 했던 게 아니라면 말이다. 살인 현장 사진을 면밀히 관찰하면서 듀이는 살인자가 간혹 사려 깊은 충동에 따라 행동했다는 생각을 뒷받침해주는 사소한 증거를 더 찾아냈다. "혹은(듀이는 한 번도 하고자 하는 말을 잘 찾아낸 적이 없었다) 뭔가 수선스러운 점이 보였지요. 부드러운 점이. 그 침대보만 해도 그래요. 도대체 어떤 유의 인간이 여자 둘을 묶으면서, 보니와 그 딸애를 그렇게 묶어놓은 것처럼 말입니다, 좋은 꿈 꾸고 잘 자라는 인사라도 하듯이 침대보를 끌어올려서 덮어주는 것 같은 짓을 할까요? 또, 케니언의 머리 밑에는 베개를 괴어주었어요. 처음에는 그냥 머리를 더 쉽게 겨냥하려고 베개를 거기 괸 줄 알았어요. 하지만 지금은 생각이 바뀌었어요. 바닥에 매트리스 받침을 깔아놓은 거랑 마찬가지 이유였던 거예요. 희생자들을 좀 더 편안히 눕혀놓기 위해서죠."

듀이는 이 생각을 확신하긴 했지만, 이런 추측을 했다고 해서 별로 기쁘거나 "뭔가 알아낸" 느낌이 들지는 않았다. "이론은 그럴싸하지만" 이 사건은 전혀 해결되지 않은 거나 마찬가지였다. 듀이는 자신의 신념을 있는 그대로의 사실에 두었다. "땀 흘려 구해야 하고, 확언할 수 있는" 사실들. 추적하고 골라내야 할 사실은 많았고, 그 사실을 얻어내기 위해 수행해야 할 과제도 많아 앞으로 땀깨나 흘리게 되리라는 것은 뻔한 일이었다. 이 말은 이제까지 한 것처럼 수백이 넘는 사람들을 "찾아내서 일일이 확인해야 한다"는 뜻을 내포하고 있었다. 그런 사람들 중에는 리버밸리 농장의 전직 고용인들과 친구와 친지들, 약간이라도 클러터 씨와 거래를 했던 사람들까지 포함되어 있었다. 거북이걸음으로 과거로 천천히 들어가는 작업이었다. 듀이가 수사팀에게 말했듯이. "생전에 그 사람들 본인이 알고 있던 것보다 우리가 클러터 씨 가족을 더 잘 알게 될 때까지 계속해야만 하네. 지난 일요일에 일어난 사건과 한 5년 전쯤 일어난 사건에 연관성이 있으면 그런 걸 알아낼 때까지 해야 한다는 거야. 연결고리 말이지. 하나로 묶을 수 있는 고리. 그렇게 연결되어야 하는 사건들을 찾아."

듀이 부인은 졸렸지만, 남편이 침대에서 나가는 걸 느낄 때쯤에는 잠이 깨어서 남편이 또 전화를 받는 소리를 들었고 아들이 자는 방에서 흐느끼는 소리, 작은 애가 우는 소리를 들었다. "폴?" 보통 때 폴은 별로 문제를 일으키지 않고 그렇게 까다로운 아이도 아니었다. 특히 징징댄 적은 한 번도 없었다. 폴은 뒷마당에 터널을 파거나 "피니 군에서 가장 달리기를 잘하는 사람"이 되려고 연습하느라 바쁜 애였다. 하지만 그날 아침, 식사를 할 때 폴은 울음을 터뜨렸다. 폴의 어머니는 왜냐고 물어볼 필요도 없었다. 폴은 자기 주변에서 일어나고 있는 소동의 이유에 대해서 다만 어렴풋하게 이해하고 있을 뿐이지만, 그 때문에 위기감을 느꼈던 것이다. 전화는 괴롭혀대고, 문간에는 낯선 사람들이 바글바글하며, 아버지는 걱정에 지친 눈을 하고 있는 것, 모두 다 위기감을 느낄 일이었다. 부인은 폴을 안정시켜주려고 갔다. 폴보다 세 살 많은 형이 거들었다. "폴, 마음 편하게 먹어. 내일은 포커 치는 법 가르쳐줄게."

듀이는 부엌에 있었다. 부인은 남편을 찾으러 갔다가 남편이 커피가 다 내려지는 걸 서서 기다리는 동안에도 살인 현장 사진을 부엌 식탁 위에 늘어놓고 있는 것을 보았다. 으스스한 얼룩이 예쁜 과일 무늬 식탁보를 망치고 있었다. (언젠가 한번 듀이는 부인에게 사진을 보여줄까, 하고 물어본 적 있었다. 부인은 거절했다. "나는 보니를 과거 모습 그대로 기억하고 싶어요. 그 식구들 모두요.") 듀이가 말했다. "애들을 어머니랑 같이 지내게 해야 할 것 같아." 듀이의 어머니는 그다지 멀리 떨어지지 않은 곳에서 혼자 살고 있었다. 어머니는 그 집이 너무 넓고 고요하다고 생각했기 때문에 손자들은 언제나 환영받는 존재였다. "단 며칠만이라도 말이야. 그때까지. 그러니까, 그때까지는."

2부 신원 불명의 범인들 **165**

"앨빈, 우리가 다시 정상적으로 살 수 있을 것 같아요?" 듀이 부인이 물었다.

듀이 부부의 정상적인 삶이란 이런 것이었다. 듀이 부인이 비서직에 근무하고 있어서 맞벌이 부부인 두 사람은 가사를 분담해서 요리와 설거지를 돌아가면서 했다. ("앨빈이 보안관이 되었을 때, 동네 남자들이 그이를 놀려댔다는 건 알아요. 이런 식으로 말하곤 했죠. '저기 좀 봐! 보안관 듀이가 오는데! 거친 사나이지! 우와, 6연발 권총을 차고 있네! 하지만 일단 집에 가면 총을 풀고 앞치마를 두른다며?'") 그 당시 두 사람은 듀이가 1951년에 구입한 농장에 집을 짓기 위해 저축을 하고 있었다. 가든시티 북쪽으로 몇 킬로미터 떨어진 곳에 있는 31만 평이 넘는 대지였다. 날씨가 좋고, 특히 날이 덥고 밀이 높이 자라 익어가는 때가 되면 듀이는 거기까지 차를 몰고 나가 허수아비나 깡통에 대고 사격 연습을 하기도 했고, 짓고 싶은 집 안이나 심고 싶은 식물을 심어놓은 정원을 돌아다니거나 아직 심지도 않은 나무 밑에 서 있는 상상을 하고는 했다. 그는 언젠가 이 그늘 없는 평원에 떡갈나무나 느릅나무로 지은 자기만의 오아시스가 서 있게 되리라고 확신하고 있었다. "언젠가, 주님이 허락하신다면."

주님에 대한 신앙과 그 신앙을 둘러싼 온갖 의식들, 일요일마다 교회에 가고 식전에 기도를 하고 잠자리에 들기 전에 기도를 올리는 것 모두 듀이 부부의 생활에 있어서는 중요한 부분이었다. "어떻게 기도도 드리지 않고 식탁에 앉아 밥을 먹는지 이해가 안 돼요." 언젠가 듀이 부인은 이렇게 말했었다. "때때로 일 끝나고 집으로 돌아오면, 녹초가 되곤 하죠. 하지만 언제나 포트에는 커피가 끓고 있고, 냉장고에는 스테이크가 있어요. 아이들이 불을 피워서 스테이크를 요리하고 우리는 오늘 하루 있었던 일에 대해서 서로 얘기를 나눠요. 그러니 저녁이 준비될 때쯤이면 행복해지고 감사하는 마음이 드는 것도 당연하죠. 그러면 당연히 이렇게 말하게 돼요. 감사합니다, 주님. 그냥 의무감 때문이 아니라, 감사드리고 싶어서요."

이제 듀이 부인은 이렇게 말했다. "대답해봐요, 앨빈. 우리가 다시 정상적으로 살 수 있을 것 같아요?"

듀이가 답을 하려는 순간, 전화가 울렸다.

—

낡은 쉐보레는 11월 21일, 일요일 밤에 캔자스시티를 떠났다. 짐은 흙받기에 끈을 연결해서 차 지붕 위로 묶었다. 짐으로 꽉꽉 차서 트렁크가 닫히지 않았다. 차 뒷자리에는 텔레비전 두 대를 위아래로 얹어 실어놓았다. 사람이 타기에도 비좁았다. 딕이 운전을 하고 페리는 가장 아끼는 재산인 낡은 깁슨 기타를 붙들고 탔다. 페리의 다른 재산들, 종이 가방이나 회색 제니스 휴대용 라디오, 루트비어 시럽이 든 단지(페리는 자기가 제일 좋아하는 음료를 멕시코에서는 팔지 않을까 걱정했다), 책과 원고, 소중한 기록이 들어 있는 커다란 상자 두 개(이것 때문에 딕은 기분이 아주 저조했다. 딕은 욕을 퍼붓고 상자를 발로 차면서 "200킬로그램짜리 쓰레기 더미!"라고 고함쳤다)도 차 안의 너저분한 광경에 일조하고 있었다.

자정쯤에 두 사람은 오클라호마로 들어가는 주 경계선을 넘어섰다. 페리는 캔자스를 벗어나게 된 것이 기뻤다. 마침내 한숨놓을 수 있게 되었다. 이제, 모두 현실이 된 것이다. 그들은 길을 떠나는 중이었다. 길을 떠나 다시는 돌아오지 않을 것이다. 적어도 페리는 아무런 후회도 없었다. 뒤에 남겨놓고 떠나는 것도 없고, 자신이 감쪽같이 사라져버린대도 그리 궁금해하는 사람도 없을 것이다. 딕의 경우는 같다고 할 수 없었다. 딕이 사랑한다고 주장하는 사람들이 있지 않은가. 세 아들, 어머니, 아버지 그리고 동생. 딕은 가족들에게 떠날 계획을 털어놓을 엄두는 감히 내지도 못했고 작별 인사도 못 했지만, 다시 만날 수 있으리라는 기대를 이제 버렸다. 적어도 이번 생에서는.

―

"클러터와 잉글리시, 토요일에 결혼 서약." 11월 23일 가든시티 〈텔레그램〉지의 사교면에 실린 이 기사를 보고 많은 독자들이 깜짝 놀랐다. 클러터 씨의 살아남은 딸 중 둘째인 베벌리가 오랫동안 약혼한 사이였던 젊은 생물학도, 비어 에드워드 잉글리시와 결혼했다는 것이었다. 클러터 양은 하얀 옷을 입었고, 격식을 제대로 갖춘 결혼식이("레너드 코윈 부인이 독주를 하고, 하워드 블랜차드 부인이 풍금을 맡았다") "초대 감리교회에서 거행" 되었다. 사흘 전 신부는 이 교회에서 부모와 남동생, 여동생의 죽음을 애도하는 조사를 읊었다. 하지만 〈텔레그램〉지의 설명에 따르면, "비어와 베벌리는 원래 크리스마스 연휴에 결혼할 계획이었다. 청첩장 인쇄도 끝났고 신부의 아버지는 그 날짜에 교회를 예약해두었다. 하지만 예기치 않은 비극적 사건이 일어났고 먼 곳에서 친지들이 방문했기 때문에, 젊은 연인들은 토요일에 결혼하기로 결정"한 것이었다.

   결혼식이 끝나자 클러터 가의 친척들은 흩어졌다. 월요일, 친척들이 한 사람도 남김없이 가든시티를 떠난 날이었다. 일리노이 주 오리건에 사는 보니 클러터의 오빠, 하워드 폭스 씨가 보낸 편지가 〈텔레그램〉지 1면에 실렸다. 그 편지는 상을 당한 자기 가족에게 마을 주민들이 "가정과 마음"을 열어준 것에 감사를 표한 후, 탄원서로 바뀌었다. 폭스 씨는 이렇게 썼다. "이 마을〔가든시티〕에는 적대감이 퍼져 있습니다. 저는 심지어 범인이 발견되면 가장 가까운 나무에 목을 매달아 죽이겠다는 말도 여러 번 들었습니다. 그런 마음을 품지는 않았으면 좋겠습니다. 이미 사건은 저질러진 것이고, 다른 사람의 생명을 빼앗아봤자 되돌릴 수 없습니다. 대신, 주님께서 우리에게 하라고 하시는 대로 용서를 했으면 좋겠습니다. 마음에 원한을 품고 있는 것은 옳지 않습니다. 이런 행위를 저지른 사람은 실로 죄를 안고 살아가기가 아주 힘들 것입니다. 범인은 주님께 찾아가 용서를 구할 때만 비로소 마음의 평화를 구할 수 있을 것입니다. 우리는 이런 입장을 취하지 말고 대신 범인이 자신의 평화를 찾을 수 있도록 주님께 기도합시다."

―

페리와 딕은 잠시 주위를 거닐어보려고 해안가 주변 벼랑에 차를 주차시켰다. 정오였다. 딕은 쌍안경으로 경치를 쓱 둘러보았다. 산맥. 흰 하늘을 맴도는 매. 뿌연 먼지가 자욱한 마을 하나로 굽어 들어가는 먼짓길. 오늘은 멕시코에 도착한 지 이틀째 되는 날이었고, 지금까지 딕은 만족스러웠다. 심지어 음식까지도. (바로 이 순간 그는 차갑고 기름이 질질 흐르는 토르티야를 먹고 있었다.) 두 사람은 11월 23일 아침에 국경을 넘어 텍사스 러레이도를 지나, 산루이스포토시 매음굴에서 첫날 밤을 보냈다. 지금 두 사람은 다음 목적지인 멕시코시티 북쪽으로 320킬로미터 떨어진 곳에 있었다.

"내가 무슨 생각 하는지 알아?" 페리가 말했다. "우린 뭔가 잘못됐어. 그런 일을 하다니."

"뭔 일을 했다고?"

"거기 저쪽 말이야."

딕은 쌍안경을 가죽 안경집에 집어넣었다. 'H. W. C.'라고 머리글자가 새겨진 고급스러운 안경집이었다. 딕은 짜증이 났다. 엄청나게 짜증 났다. 도대체 왜 페리 자식은 입 닥치고 가만있질 않는 거야? 제기랄. 그게 뭐 잘한 일이라고 계속 떠들고 다녀? 정말 짜증 났다. 특히 그 건에 대해서는 입 다물고 얘기 안 하기로 하지 않았느냔 말이다. 그냥 없던 일로 하자니까.

"그런 짓을 할 사람이라면 뭔가 잘못됐고도 남아." 페리가 말했다.

"난 빼주라. 난 정상이니까." 딕은 진심이었다. 딕은 자신이 균형 잡힌 인간이고, 다른 사람들처럼 정신이 똑바로 박혔다고 생각했다. 보통 사람들보다 좀 더 똑똑할지는 모르지만, 그뿐이었다. 하지만 페리는, 딕이 보기에도 "뭔가 잘못됐"다. 좋게 말하면 그랬다. 지난봄에 둘이 캔자스 주립교도소에서 같은 방을 쓸 때, 딕은 페리의 사소한 특징을 대부분 알게 되었다. 페리는 "아직 어린애"처럼 항상 침대에다 오줌을 쌌고, 자면서 울었다. ("아빠, 계속 찾아다녔잖아요. 어디에 있었어요, 아빠?") 종종 딕은 페리가 "몇 시간이고 손가락을 빨면서 그 가짜 보물 지도들을 골똘히 들여다보는 모습"을 목격하고는 했다. 이런 것은 일부분에 불과했다. 어른인 페리는 어떤 면에서 "지독히도 으스스"했다. 예를 들면 그 성질이 그랬다. 페리는 "술 취한 인디언 열 명을 합친 것보다도 빨리" 분노를 터뜨렸다. 그런데도 그 낌새를 보이지 않았다. "그 친구가 누군가를 죽일 태세를 갖추고 있더라도 상대는 아마 절대 알지 못했을 거예요. 페리를 가만히 쳐다보거나 귀를 기울이거나 하지 않고 있으면." 딕은 언젠가 이렇게 말했다. 내면에서는 아무리 극단적인 분노가 타오르고 있어도 겉으로 보기에 페리는 침착하고 참을성 있는 젊은이였고, 고요한 눈은 약간 졸린 것 같았다. 이렇게 갑작스럽게 타올랐다가 또 싸늘하게 식기도 하는 차가운 열병 같은 친구의 성미를 조절하고 규제할 수 있을 것 같다고 생각한 때도 있었다. 딕의 생각은 틀렸다. 그런 발견을 하면서 딕은 점점 더 페리가 어떤 감정을 느끼는지 갈피를 잡을 수가 없어졌다. 페리를 무서워해야 한다고 느끼고 있다는 것 말고는 페리에 대해 도통 알 수가 없었다. 그렇지만 이상한 것은 실제로는 자신이 페리를 무서워하지 않는다는 점이었다.

"마음속 깊은 곳에서는 말이야." 페리는 계속 말을 이었다. "아주 깊은 곳, 마음 밑바닥에서는, 나는 할 수 있을 것 같다고 생각해본 적이 없어. 그런 짓을 말이야."

"그 검둥이는 어쩌고?" 딕이 말했다. 침묵. 딕은 페리가 자기를 뚫어져라 쳐다보고 있다는 사실을 알았다. 일주일 전, 캔자스시티에서 페리는 선글라스를 하나 샀다. 테에 은도금이 되어 있고 반사렌즈가 달린 근사한 선글라스였다. 딕은 그 안경이 싫었다. 그는 페리에게 "그런 종류의 변장 도구를 끼고 다니는 사람"과 같이 있는 걸 남이 보는 게 부끄럽다고 말했다. 실제로 딕의 눈에 거슬린 것은 반사렌즈였다. 페리의 눈이 빛을 반사하는 색유리 뒤에 은밀히 가려져 있는 게 불쾌했다.

"그렇지만 그건 검둥이잖아." 페리가 말했다. "그건 달라."

이 말 때문에, 이 말을 할 때 마뜩치 않아 하는 기색 때문에 딕은 묻지 않을 수 없었다. "아, 그랬어? 그래서 그렇게 죽인 거야?" 중요한 질문이었다. 애당초 딕이 페리에게 관심을 가진 것이나, 페리의 성격이나 잠재력을 높이 평가한 것도 페리가 흑인을 때려서 죽였다는 이야기에서 시작된 일이었다.

"물론 그랬지. 단지, 검둥이였단 거지. 그건 같지 않아." 그러고 나서 페리가 말했다. "내가 정말 괴로운 게 뭔지 알아? 그 다른 사건에 대해서? 나는 그냥 믿기지가 않는다는 거야. 누군가 그런 짓을 저질러놓고도 잡히지 않고 도망갈 수 있다는 것이. 어떻게 그런 일이 가능한지 모르겠거든. 우리 같은 일을 해놓고. 그런데도 잡히지 않을 확률이 100퍼센트라니. 내 말은, 그래서 괴롭단 거야. 무슨 일이 일어날 것 같은 예감이 자꾸만 들어. 떨칠 수가 없어."

어릴 때 교회에 다니기는 했지만, 딕은 신앙심 "근처에도 간 적"이 없었다. 그는 미신에도 전혀 관심이 없었다. 페리와 달리, 딕은 거울이 깨지면 7년 동안 재수가 없다는 말도 안 믿었고, 유리잔 너머로 떠오르는 달이 보이면 나쁜 일이 일어날 전조라는 말도 그다지 믿지 않았다. 하지만 페리는, 되는대로 느끼긴 하지만 날카로운 직감으로 딕 또한 계속 의심하고 있다는 것을 알 수 있었다. 딕도 그 질문이 머릿속에서 맴도는 순간이 오면 괴로웠다. 과연 가능할까? 두 사람이 "참말로 그런 일을 저질러놓고도 잡히지 않을 수" 있을까? 갑자기 딕은 페리에게 말했다. "야, 이제 입 닥쳐!" 그러고 나서 딕은 엔진을 켜고 차를 벼랑에서 반대쪽으로 후진시켰다. 그의 앞, 먼지 낀 길 위에 개 한 마리가 따뜻한 햇볕 속에서 터벅터벅 걸어가는 것이 보였다.

—

산맥. 흰 하늘을 맴도는 매.

딕에게 "내가 무슨 생각 하는지 알아?"라고 물을 때마다 페리는 자기가 꺼내는 이야기 때문에 딕이 기분 나빠한다는 사실을 알았다. 그래서 곧 스스로 그 화제를 피하게 되었다. 페리는 딕의 말에 동의했다. 그 얘기를 계속 해봤자 뭐 하겠어? 하지만 언제나 참을 수가 없었다. 무력감이 마술처럼 일어나고, "그 당시 일이 기억 속에" 떠오르면—어두운 방 안에서 발하던 푸른 불빛, 커다란 테디베어 인형의 유리 눈알—목소리들이, 특히 몇 마디 단어가 페리의 마음을 끊임없이 들볶았다. "아, 안 돼요! 제발요! 안 돼요! 안 돼요! 안 돼! 안 돼! 하지 마세요! 제발 하지 마세요, 제발!" 그리고 소리가 되돌아왔다. 은화가 바닥을 또르르 굴러가는 소리, 나무 계단을 올라오는 부츠 소리, 숨소리, 성대가 잘려 헉헉대며 신경질적으로 공기를 들이마시던 남자의 숨소리.

페리가 "우리는 뭔가 잘못된 것 같다"고 말했을 때, "인정하고 싶지는 않았지만" 무언가를 인정했다. 결국 "제대로 된 인간이 아니"라고 생각하는 것은 "고통스러운" 일이었다. 잘못된 것이 무엇이든, 그것이 자기 자신의 잘못이 아니고 "타고난 것"이라고 생각하면 특히 더욱 그랬다. 자기 가족을 보라! 무슨 일이 있었는지를 생각해보라! 알코올 중독자인 어머니는 자기 토사물에 목이 막혀 죽었다. 엄마가 낳은 아이들, 아들 둘과 딸 둘 중에서 둘째 딸 바버라만 정상적인 삶에 진입했다. 바버라는 결혼하여 가족과 함께 살고 있었다. 첫째 딸 편은 샌프란시스코의 호텔 창문에서 뛰어내렸다. (페리는 그 후로도 계속 편이 "그냥 발을 헛디뎌 미끄러진 것"이라고 믿으려 했다. 누나를 사랑했기 때문이었다. 편은 "아주 다정한 사람"이었고 "예술적" 재능도 있었던 데다가 "끝내주는" 댄서였다. 또 노래도 불렀다. "운만 있었으면 누나는 외모로 보나 뭐로 보나 성공했을 거예요. 유명한 사람이 되었을 텐데." 그런 누나가 창턱에 기어 올라가 15층에서 떨어지는 광경을 상상하는 것은 슬픈 일이었다.) 그리고 형 지미가 있었다. 지미는 어느 날 자기 아내를 자살로 몰아넣고 자기도 따라 자살했다.

그때 페리는 딕이 말하는 소리를 들었다. "난 빼주라. 난 정상이니까." 저 지나가던 개가 웃을 소리는 뭐지? 하지만 신경 쓰지 마라. 그냥 흘려들어. 페리는 계속 말을 이었다. "마음속 깊은 곳에서는 말이야. 아주 깊은 곳, 마음 밑바닥에서는, 나는 할 수 있을 것 같다고 생각해본 적이 없어. 그런 짓을 말이야." 그러고 나서 즉시 페리는 자기 실수를 알아차렸다. 딕은 보나마나 답변 대신 이렇게 물을 것이었다. "그 검둥이는 어쩌고?" 페리가 딕에게 그 얘기를 해준 건 딕과 친구가 되고 싶었기 때문이었다. 그리고 남자다워 보이는 딕이 자신을 "존경"해주고 또, "남성적인 타입"이며 "강한 사람"이라고 생각해주기를 바랐기 때문이었다. 어느 날 두 사람은 《리더스 다이제스트》에 실린 기사를 읽고 토론하고 있었다. 기사의 제목은 〈당신은 얼마나 남의 성격을 잘 알아내는가〉였다. ("치과 대기실이나 역 대합실에 앉아 기다릴 때 주위 사람들이 발산하는 신호를 잘 관찰해보라. 예를 들면 사람들이 걸어가는 방식을 주의 깊게 보라. 딱딱하게 굳은 걸음걸이는 경직되어 절대 굽히지 않는 성격을 보여주고 있다. 어슬렁거리는 걸음걸이는 우유부단하다는 뜻이다.") 페리는 이렇게 말했다. "나는 언제나 남의 성격을 알아내는 데는 일가견이 있다고 생각했어. 그렇지 않았으면 나는 벌써 죽은 목숨일걸. 만약 내가 누군가를 믿어야 할 때를 잘 판단하지 못했으면 그랬겠지. 너는 그 정도는 못 할 거야. 하지만 나는 너를 믿기로 했고, 그러니까 그렇다는 걸 보여줄게. 내가 너에게 굽히고 들어갈 거야. 아무한테도 하지 않은 얘기를 너한테는 해줄게. 윌리제이한테도 안 해준 얘기야. 내가 남자 하나를 처리했을 때 얘긴데." 이야기가 진행될수록 딕이 흥미를 보이고 있다는 것을 페리는 알았다. 딕은 진정으로 귀를 기울이고 있었다. "두 해쯤 전 여름이었어. 라스베이거스에 있었을 때야. 나는 오래된 하숙집에 살고 있었어. 예전에는 근사한 여인숙이었던 곳이야. 하지만 그때는 근사한 건 다 사라져버리고 없었어. 벌써 10년 전에 허물었어야 할 집이지. 어차피 조금만 있었으면 저절로 무너졌을 거야. 가장 싼 방은 다락방이었는데, 나는 거기 살았어. 이 검둥이도 거기 살았지. 그 자식 이름은 킹이었어. 잠깐 와 있는 손님이었지. 그 위에는 우리 둘밖에 없었어. 우리 둘하고 바퀴벌레 수백만 마리하고. 킹은 아주 어린 녀석은 아니었지만, 공사판 일이나 다른 막노동을 많이 해서 체격이 좋았어. 안경을 쓰고 책을 많이 읽었어. 자기 방문을 닫는 적이 없었는데, 내가 지나갈 때마다 항상 홀딱 벗고 누워 있더라고. 그때는 직업이 없었고, 마지막으로 한 일에서 몇 달러를 모았다고 했어. 그리고 잠시 동안 침대에 누워서 책을 읽고 바람이나 좀 쐬면서 맥주나 마시고 싶다고 했지. 그 녀석이 읽는 건 완전 쓰레기였어. 만화책이랑 카우보이들이나 볼 쓰레기. 그 친구 자체는 괜찮았어. 우리는 가끔 맥주를 같이 마시기도 했고, 한번은 나한테 10달러를 빌려준 적도 있어. 그 친구를 다치게 할 이유는 없었어. 하지만 어느 날 밤, 다락방에 앉아 있는데 너무 더워서 잠이 안 오기에 내가 이랬어. '어이, 킹, 드라이브나 가자.' 그때 나는 낡은 차 한 대를 가지고 있었는데, 내가 엔진을 고치고, 칠을 벗긴 다음 은색으로 다시 칠해놨지. 나는 그 차를 '은색 유령'이라고 부르고 있었어. 우리는 드라이브를 오랫동안 했어. 사막까지 차를 몰고 갔거든. 거기는 시원했어. 우리는 차를 주차시켜놓고 맥주를 몇 병 더 마셨어. 킹이 차 밖으로 나가기에 나는 따라 나갔어. 킹은 내가 체인을 집어 들었다는 사실을 몰랐어. 차 좌석 밑에 숨겨둔 자전거 체인이었어. 실상, 나는 그 일을 저지를 때까지는 정말 그렇게 하겠다는 생각은 없었어. 나는 그 녀석 얼굴을 정통으로 쳤지. 안경이 깨지더군. 나는 계속 쳤어. 나중엔 아무 느낌도 들지 않더라. 나는 그 녀석을 거기 남겨두고 왔어. 그러고는 그 일에 대해서는 아무 소식도 듣지 못했지. 아마 아무도 그 녀석을 발견하지 못했을 거야. 대머리독수리들 말고는."

이 이야기에는 약간의 진실이 섞여 있기는 했다. 굳이 말하자면, 페리는 킹이라는 이름의 흑인을 알고 있기는 했다. 하지만 이 남자가 지금 죽어 있다고 해도 페리가 저지른 일은 아니었다. 페리는 그 사람에게 손 하나 대지 않았다. 페리가 알고 있는 바로는 킹은 어딘가 침대에 여전히 누워 있을 것이었다. 바람을 쐬고 맥주를 마시며.

"아, 그랬어? 그래서 그렇게 죽인 거야?" 딕이 물었다.

페리는 능숙한 거짓말쟁이도 못 되었고, 달변가도 아니었다. 하지만 일단 자기가 지어놓은 이야기를 꺼내면, 보통 끝까지 우기곤 했다. 이윽고 페리는 이렇게 덧붙였다. "물론 그랬지. 단지, 검둥이였단 거지. 그건 같지 않아. 내가 정말 괴로운 게 뭔지 알아? 그 다른 사건에 대해서? 나는 그냥 믿기지가 않는다는 거야. 누군가 그런 짓을 저질러놓고도 잡히지 않고 도망갈 수 있다는 것이." 그리고 페리는 딕도 믿고 있지 않을 거라고 의심했다. 일부분이나마 딕도 페리의 신비주의적 도덕적 예감에 사로잡혀 있었기 때문이었다. 그래서 딕은 이렇게 말했다. "야, 이제 입 닥쳐!"

차가 움직이기 시작했다. 30여 미터 앞에서 개 한 마리가 길가를 따라 걷고 있었다. 딕은 개 쪽으로 차를 비스듬하게 몰았다. 반쯤 죽은 거나 다름없는 늙은 잡종개였는데, 뼈가 앙상하고 옴이 올라 있었다. 그래서 개가 차에 부딪힐 때도 새가 와서 부딪히는 것보다도 충격이 없었다. 하지만 딕은 만족했다. "야호!" 딕은 내뱉었다. 딕은 차로 개를 쳐 죽일 때마다 이 말을 내뱉었다. 그리고 기회가 생길 때마다 이런 짓을 저질렀다. "야호, 확실히 깔아뭉개줬겠지!"

―

추수감사절이 지나가고 꿩 사냥철도 휴지기에 접어들었지만, 아름다운 인디언 서머가 계속되어 맑고 청량한 날들이 흘러갔다. 외부에서 온 신문기자들은 모두 이 사건이 해결되지 않을 것이라 확신하고 한 사람도 남김없이 가든시티를 떠났다. 하지만 피니 군 주민들에게 이 사건은 결코 종결된 게 아니었다. 적어도 홀컴의 가장 인기 있는 모임 장소, 하트먼 카페에 모인 사람들에게는 그랬다.

"그 일이 처음 발생한 이후로 우리는 우리가 처리할 수 있는 일이라면 뭐든지 해왔지요." 하트먼 부인은 자신의 아늑한 영역을 둘러보며 말했다. 구석마다 담배 냄새를 풀풀 풍기며 커피를 마시는 농부, 농장 일꾼, 목부들이 앉아 있거나 서 있거나 기대 있거나 했다. "할망구들이라도 모인 것 같네." 마침 우연찮게 가게 안에 있던 하트먼 부인의 사촌, 우체국장 클레어 부인이 덧붙였다. "만약 봄이라서 할 일이 많았으면, 사람들은 여기 안 왔을 거예요. 하지만 밀도 들어간 시점이고 겨울이 다가오고 있으니, 여기 둘러앉아 서로 접주는 것 말고는 할 일이 없었던 거죠. 빌 브라운 알죠? 〈텔레그램〉지에 있는? 그 사람이 쓴 사설 봤어요? '또 하나의 범죄'라는 제목이었던 거 말이에요. 그 사설이 뭐라고 하냐면 '이제 모든 사람이 입을 함부로 놀리는 일을 그만둬야 할 때다'라고 합디다. 그것도 역시 범죄라는 거죠. 입에서 나오는 대로 거짓말하는 거요. 하지만 솔직히, 뭘 바라겠어요? 주위를 둘러봐요. 방울뱀. 들짐승. 소문내기 좋아하는 사람들. 다른 게 보여요? 하! 참도 그러겠네."

하트먼 카페에서 생긴 소문 하나는 리버밸리 농장과 맞붙어 있는 부지의 주인인 농장주 테일러 존스 씨와 관련이 있었다. 카페 손님 상당수의 의견에 따르면, 클러터 씨가 아니고 존스 씨와 그 가족이 살인자들의 목표였다는 것이다. "그게 훨씬 더 말이 되죠." 이런 견해를 가진 손님 중 한 사람이 주장했다. "테일러 존스가 허버트 클러터보다 더 부자니까. 그럼 그 짓을 저지른 놈이 이 동네 사람이 아니라고 해봅시다. 그놈이 청부 살인업자 같은 거라서 그 집에 가는 길만 지시를 받은 거라고 하고. 그럼, 실수를 하기도 아주 쉬운 일 아니겠어요? 차를 잘못 돌리기만 하면 존스네 집 대신 클러터네 집에 가게 된다, 이 말이지." 이 '존스 이론'은 줄기차게 반복되었다. 특히 존스 씨 가족 귀에도 계속 들어갔다. 하지만 그 집 식구들은 위엄과 분별이 있는 사람들이라 별로 동요하지 않았다.

긴 카운터테이블 하나와 탁자 몇 개, 구석에 그릴 하나, 냉장고와 라디오. 하트먼 카페에 있는 건 이게 다였다. 여주인은 말했다. "하지만 우리 손님들은 좋아한다우. 좋아할 수밖에 없지. 여기 말고는 갈 데가 없으니까. 한쪽으로 11킬로미터 가든가 다른 쪽으로 24킬로미터 갈 마음이 없으면. 어쨌거나 우리 가게는 친근한 곳이고 메이벨이 일하기 시작하고는 커피 맛도 좋지요." 메이벨이란 헬름 부인을 말하는 것이었다. "그 비극적인 사건이 일어난 후에 내가 말했죠. '메이벨, 이제 일자리가 없어졌으니 카페에 와서 나 좀 도와주는 게 어때? 요리 약간 하고, 카운터 보고 이러는 거야.' 그런데 일이 그렇게 되고 보니 사람들이 죄다 이리로 몰려와서 메이벨에게 질문을 퍼부으며 괴롭혀대는 거예요. 그게 유일한 단점이죠. 메이벨은 머틀 사촌 같진 않으니까

2부 신원 불명의 범인들 **179**

요. 나 같지도 않고. 부끄러움이 많은 사람이에요. 게다가 이 사건에 대해서 특별히 더 아는 것도 없고. 다른 사람이 아는 정도밖에 모르죠." 하지만 하트먼 카페에 모인 군중은 대체로 메이벨 헬름이 한두 가지 더 알면서도 숨기고 있다는 의심을 버리지 않았다. 물론, 그 의심은 사실이었다. 듀이는 헬름 부인과 대화를 몇 번 나누었고, 부인에게 둘이 한 이야기는 비밀로 해달라고 요청했다. 특히, 라디오가 없어진 얘기와 시계가 낸시의 신발 속에서 발견된 얘기는 하지 말아야 했다. 그런 연유로 헬름 부인은 아치볼드 윌리엄 워런브라운 부인에게 이렇게 말한 것이다. "신문을 본 사람이면 내가 알고 있는 것만큼은 알 거예요. 더 많이 알지도요. 나는 신문도 안 읽거든요."

조리가 없는 상류층 말투에, 어깨가 떡 벌어지고 땅딸막한 체격을 한 40대 초반의 영국 여성, 아치볼드 윌리엄 워런브라운 부인은 카페의 다른 단골손님과 비슷한 점이라고는 하나도 없었다. 오히려 그 배경 안에 있으면 칠면조 우리에 갇힌 공작처럼 보였다. 어쩌다 자신과 남편이 "북부 잉글랜드에 있는 가족 영지를" 포기했는지, "활기차고, 아름다운 수도원이 딸린" 조상 대대로 내려온 유서 깊은 저택과 서부 캔자스 평원에 자리 잡은 우울하기 그지없는 낡은 농장을 바꾸게 되었는지를 한 지인에게 설명하면서, 워런브라운 부인은 이렇게 말했다. "세금 때문이에요. 상속세. 상속세가 얼마나 엄청난지, 거의 범죄 수준이죠. 그래서 잉글랜드를 떠날 수밖에 없었답니다. 네, 한 1년 전이었어요. 아, 후회는 없어요. 전혀 없지요. 우리는 여기를 아주 좋아한답니다. 깊은 애정을 갖고 있어요. 하지만 물론 우리가 살던 것과는 아주 다르지요. 저희 부부가 알고 있던 삶 말이에요. 파리와 로마. 몬테카를로. 런던. 나는 가끔 런던 생각을 한답니다. 아, 그곳이 그다지 그립다는 이야기는 아니에요. 정신없고, 택시 잡기도 힘들고. 항상 외모에 신경도 써줘야 하고요. 전혀 아니죠. 우리는 여기가 아주 마음에 들어요. 내 생각이지만 어떤 사람들은, 우리 과거를 알고 우리가 어떻게 살았는지 아는 사람들은, 여기 이 밀밭에 살고 있는 우리가 조금 외롭지 않겠는가 하고 의아해하는 것 같아요. 원래 우리는 서부에 정착하려고 했었죠. 와이오밍이나 네바다 같은 곳. 라 브래 쇼즈(진짜예요). 거기 가서 유전 사업을 좀 해볼까 했거든요. 그런데 가던 길에 가든시티에 사는 친구를 만나러 잠깐 들렀어요. 정확히 말하면 친구의 친구죠. 그런데 그 사람들이 어찌나 친절히 대해주던지. 우리가 여기 더 있어야 한다고 극구 붙잡는 거예요. 그래서 우리도 생각했죠. 그래, 안 될 것도 없지? 땅을 약간 빌려서 목장을 시작하면 어떨까? 아니면 농장이라도. 우리는 아직도 결정을 내리진 못했어요. 목장을 할지, 농장을 할지. 오스틴 박사님이 우리한테는 여기가 너무 조용하지 않느냐고 물어보시더군요. 전혀 아니에요. 전혀요. 이렇게 소란스러운 곳은 정말 처음 봐요. 폭탄이 떨어진 것보다 더 시끄럽다니까요. 기차 경적 소리. 코요테 떼. 긴 긴 밤 내내 울부짖는 그 괴물들이요. 끔찍한 소리죠. 살인 사건이 나고 나서는 더욱 신경에 거슬려요. 많은 일이 그렇죠. 우리 집은, 얼마나 오래되어 끽끽거리는지! 아, 이거 알아두세요, 나는 불평하는 게 아니랍니다. 정말로, 편리한 집이에요. 현대적인 시설은 다 갖추고 있죠. 하지만 얼마나 삐거덕대고 꺽꺽대는지! 게다가 어두워지고, 초원에서 그 지겨운 바람이 불어오기 시작하면, 소름 끼치는 신음 소리가 들릴 정도예요. 내 말은, 사람이 점점 신경이 날카로워지다보면, 바보 같은 상상을 하지 않을 수 없다는 거죠. 오, 하느님! 불쌍한 가족 같으니! 아니, 우리는 그 사람들을 만나본 적은 없어요. 클러터 씨를 한 번 본 적이 있지요. 그 주 정부 건물에서요."

12월 초순 어느 오후, 카페에 자주 오는 손님 두 사람이 이삿짐을 싸서 피니 군뿐 아니라, 이 주에서 완전히 이사 가겠다는 계획을 발표했다. 그중 한 사람은 유명한 서부 캔자스의 땅 부자이자 사업가인 레스터 맥코이의 땅을 부치는 소작농이었다. "맥코이 씨와 얘기를 해봤어. 요새 여기 홀컴 일대에서 일어나고 있는 일들을 알려주려고. 한 사람도 제대로 자는 사람이 없다고 말이지. 마누라도 못 자고, 나도 못 자고 있거든. 그래서 나는 맥코이 씨한테 내가 여길 좋아하기는 하지만, 다른 사람을 찾아보시는 게 좋겠다고 말했지. 우리는 이사 갈 거니까. 콜로라도 동쪽으로 갈 거야. 그러면 발 뻗고 편히 자겠지."

둘째로 이사 계획을 발표한 사람은 히데오 아시다 부인이었다. 부인은 볼이 빨간 아이 넷 중 셋을 데리고 카페에 들렀다. 부인은 애들을 카운터 옆에 한 줄로 세우고 하트먼 부인에게 말했다. "브루스한테는 크래커잭 한 상자만 주세요. 보비는 코카콜라를 마시고 싶대요. 보니 진은? 네 기분이 어떤지 알아, 보니 진. 하지만 이리 와서 맛있는 거 골라보렴."

보니 진이 고개를 흔들자 아시다 부인이 말을 이었다. "보니 진이 약간 우울한가봐요. 여길 떠나고 싶어 하지 않거든요. 학교도 여기고. 친구들도 다 여기 있으니까."

"왜, 그런." 하트먼 부인은 보니 진을 보고 미소 지으며 말했다. "슬플 거 하나도 없어. 홀컴에서 가든시티 고등학교로 전학

가는 거잖니. 거기는 남자애들도 훨씬 많고……."

보니 진이 말했다. "모르셔서 그래요. 아빠는 우릴 데리고 멀리 가시겠대요. 네브래스카로요."

베스 하트먼은 딸의 말이 틀렸다고 말해달라는 듯 보니 진의 어머니를 쳐다보았다.

"사실이에요, 베스."

"무슨 말을 해야 할지 모르겠네." 하트먼 부인이 말했다. 목소리는 분개하면서도 놀란 듯했고, 또한 절망하는 기색도 담고 있었다. 아시다 가족은 홀컴 마을 사회에서도 모든 사람들이 높이 평가하는 사람들이었다. 그들은 기운차면서도 쾌활하게 열심히 일하고 이웃과 사이가 좋았으며 남과 나눌 게 별로 많은 살림이 아닌데도 항상 남들에게 나눠주면서 살던 사람들이었다.

아시다 부인이 말했다. "오랫동안 얘기해오던 거예요. 히데오는 우리가 다른 데 가면 좀 더 잘살 수 있을 것 같나봐요."

"언제 갈 계획인데?"

"여기 살림을 다 팔면 곧장 가요. 하지만 어쨌거나 크리스마스 이전에는 어려울 것 같아요. 치과 진료도 예약되어 있고 그렇거든요. 히데오의 크리스마스 선물로요. 나랑 아이들이 남편에게 금니 세 개를 해주려고요. 크리스마스니까."

하트먼 부인은 한숨을 내쉬었다. "뭐라 말을 해야 할지 모르겠어. 떠나지 않았으면 좋겠다는 말밖에. 그냥 훌쩍 가버리네." 부인은 다시 한숨을 쉬었다. "사람들이 다 가버리는 것 같아. 하나둘씩, 차례차례."

아시다 부인이 말했다. "아이고, 나라고 떠나고 싶은 줄 아세요? 우리가 살아본 중에서 여기 사람들이 제일 좋았어요. 하지만 히데오, 그이는 남자잖아요. 네브래스카에 가면 더 좋은 농장을 살 수 있다고 그러네요. 그리고 얘기할 게 있어요, 베스." 아시다 부인은 찡그리려고 했지만, 부인의 통통하고 둥글며 부드러운 얼굴은 별로 그런 인상을 주지 못했다. "이 문제로 남편이랑 말다툼을 좀 했어요. 그렇지만 어느 날 밤에 내가 '알았어, 가장은 당신이니까, 가요'라고 말했어요. 클러터 씨와 그 가족들에게 그런 일이 생기고 나니까 이 주변에서는 무언가 중요한 것이 끝나버린 것 같은 느낌이 들었거든요. 개인적으로 말이에요. 나한테는. 그래서 나는 더 이상 말다툼을 하지 않았어요. 그냥 좋다고 말했죠." 부인은 손을 브루스의 크래커잭 상자 속에 넣었다. "어쩜, 나는 도저히 극복이 안 돼요. 마음속에서 떨쳐버릴 수가 없어요. 나는 클러터 씨를 좋아했어요. 내가 그분이 살아 있는 모습을 본 마지막 사람 중의 하나라는 거 알아요? 으음, 나랑 애들이요. 우리는 가든시티에서 있었던 4-H 모임에 갔었고 클러터 씨가 우리를 집에까지 태워다줬어요. 내가 클러터 씨에게 한 마지막 말은 그 사람이 두려워하는 모습은 상상이 안 된다는 것이었죠. 어떤 상황이 닥치더라도 소신대로 말할 거라고." 생각에 잠겨 부인은 크래커잭을 조금씩 깨물어 먹다가 보비의 콜라를 한 모금 마시고는 말했다. "우스운 얘기지만, 베스는 알 거예요. 나는 클러터 씨가 두려워하지 않았을 거라고 장담해요. 내 말은, 무슨 일이 일어났더라도 그 사람은 최후까지도 그런 일이 일어날 것이라 믿지 않았을 게 확실하다는 거죠. 그럴 수가 없었으니까요. 적어도 그 사람한테는요."

―

태양이 활활 타올랐다. 작은 보트는 잔잔한 바다에 닻을 드리우고 떠 있었다. '에스트렐리타'라는 이름의 이 배에는 네 사람이 타고 있었다. 딕, 페리, 젊은 멕시코인 하나 그리고 중년의 부유한 독일인 오토.

"다시 한 번 연주해주시오." 오토가 이렇게 말하자, 기타를 튕기고 있던 페리는 허스키하고 달콤한 목소리로 〈스모키 마운틴스〉를 불렀다.

> 오늘날 우리가 사는 이 세상에서,
> 어떤 사람들은 우리의 가장 나쁜 점만 말하지만,
> 우리가 죽어 관에 들어간다면,
> 언제나 우리 손에 백합꽃을 쥐여주겠지.
> 내가 살아 있는 동안 꽃을 준다면…….

멕시코시티에서 일주일을 보내고 페리와 딕은 남쪽으로 차를 몰아 쿠에르나바카, 탁스코, 아카풀코까지 내려갔다. 다리에 털이 수북하고 마음이 따뜻한 오토를 만난 것은 그곳 아카풀코, "싸구려 술과 음악, 춤으로 범벅이 된 어떤 나이트클럽"에서였다. 딕이 "그를 찍었"다. 하지만 휴가를 나온 함부르크 출신의 변호사인 그 신사분은 "이미 친구가 있었"다. 자기를 카우보이라고 하는 아카풀코 토박이 청년과 벌써 사귀었던 것이다. 페리는 카우보이에 대해서 이렇게 말한 적이 있었다. "그 친구는 자기가 믿을 만한 사람이라는 걸 증명했죠. 어떤 면으로는 유다처럼 비열하지만, 참 재미있는 친구였어요. 말도 빨리 잘 탔어요. 딕은 그 친구를 좋아했어요. 우리는 정말 잘 지냈죠."

카우보이는 이 문신을 한 떠돌이들에게 자기 삼촌 집에 방을 하나 얻어주었고, 페리의 스페인어를 향상시켜주겠다고 장담했으며, 함부르크에서 온 관광객과 맺은 인연으로 얻는 이익도 함께 나누었다. 오토와 같이 있으면, 그들이 먹고 마시며 여자를 사는 모든 비용을 오토가 댔던 것이다. 그들을 초대한 사람은 자기가 갖고 온 멕시코 돈이 잘 쓰이고 있다고 생각한 것 같았다. 딕의 농담을 기쁘게 받아들일 수 있었던 걸 보면 말이다. 오토는 매일 심해 낚시용 배 에스트렐리타를 빌렸고, 네 친구는 해안가를 따라가며 낚시를 했다. 카우보이가 배를 몰았고, 오토는 스케치를 하거나 낚시를 했다. 페리는 미끼를 끼우고, 명상을 하거나 노래를 불렀으며 가끔 낚시도 했다. 딕은 아무것도 하지 않았다. 단지 툴툴대면서 배가 흔들린다고 불평했고, 햇볕에 취한 채로 기분 좋게 낮잠을 자는 도마뱀처럼 나른하게 누워 있기만 했다. 하지만 페리는 이렇게 말했다. "마침내 됐어. 이런 식으로 살았어야만 하는 거지." 하지만 페리도 이게 언제까지나 계속되지는 않는다는 것을 알고 있었다. 사실 이 생활은 바로 그날 끝나버릴 운명이었다. 다음 날이면 오토는 독일로 돌아가고, 페리와 딕은 멕시코시티로 다시 차를 몰고 가기로 했다. 딕이 굳이 그렇게 하자고 주장한 탓이었다. 두 사람이 그 일에 대해서 논쟁할 때, 딕은 이렇게 말했다. "그렇고말고, 친구. 다 멋지고 좋아. 태양 아래 엎드려 있는 것도 좋고. 하지만 돈이 점점 빠져나가서 이제 바닥이라고. 그래서 차까지 팔고 나면 뭐가 남겠어?"

대답. 남는 건 거의 없었다. 두 사람은 캔자스시티에서 수표 사기 행각을 벌여서 얻어낸 카메라나 커프스단추, 텔레비전 같은 물건을 그때쯤엔 이미 다 처분해버렸기 때문이었다. 거기다 두 사람은 딕이 안면이 있던 멕시코시티 경찰에게 쌍안경과 회색 제니스 휴대용 라디오도 팔아버렸다. "우리가 할 일은 멕시코시티에 돌아가서 차를 팔아버리는 거야. 어쩌면 나는 차 수리점에서 일을 할 수 있을지도 모르지. 어쨌거나 거기서 거래를 하는 편이 더 나아. 기회가 더 많거든. 제길, 이네스 년을 좀 더 이용해먹을 수도 있겠지." 이네스는 멕시코 미술관 궁전 계단에서 딕을 유혹한 매춘부였다(미술관은 페리를 기쁘게 해주기 위해 했던 관광 여행 코스에 끼어 있었다). 이네스는 열여덟 살이었는데 딕은 그녀에게 결혼해주겠다는 약속을 했다. 하지만 딕은 또 마리아에게도 결혼해주겠다는 약속을 했다. 마리아는 "아주 저명한 멕시코 은행가"의 미망인인 50대 여자였다. 두 사람은 어떤 바에서 만났는데 다음 날 아침 마리아는 딕에게 7달러에 버금가는 멕시코 돈을 지불했다. "그래서, 이러면 어때?" 딕이 페리에게 말했다. "왜건을 팔아버리는 거야. 그리고 직업을 찾는 거지. 돈을 아끼고. 그러고는 앞으로 어떤 일이 일어날지 보자고." 마치 페리가 앞으로 일어날 일을 정확하게 예상하지 못할 거라는 투였다. 두 사람이 그 낡은 쉐보레 값으로 200이나 300달러 정도 받는다고 치자. 딕, 그의 성격을 안다면 딕이 그 돈을 곧장 보드카와 여자에 써버릴 것도 알 수 있었다. 페리는 이제 딕의 성격을 알고 있었다.

페리가 노래하는 동안, 오토는 페리를 스케치북에 그렸다. 대충 무난하게 비슷하다고 넘어갈 수 있을 정도의 솜씨였다. 그림을 그린 사람은 모델의 용모에서 그다지 눈에 띄지 않는 점을 잘 잡아냈다. 불량한 태도, 독화살을 겨누는 불친절한 큐피드를 떠올리게 하는, 장난기 넘치는 아기 같은 악의. 페리는 웃통만 벗은 채였다. (페리는 바지를 벗는 것을 "수치스러워"했고, 수영복을 입는 것을 "수치스럽게" 생각했다. 상처가 남은 다리를 보고 "사람들이 역겨워할까 봐" 두려워했던 것이다. 그래서 스킨스쿠버 다이빙을 포함해서 물속에 대해 여러 가지 공상은 해왔지만, 페리는 한 번도 물속에 들어간 적이 없었다.) 오토는 근육이 과도한 모델 같은 가슴과 팔, 작고 못이 박였지만 여자애 같은 손을 장식하고 있는 수많은 문신들을 재현해냈다. 오토는 나중에 페리에게 이별 선물로 그 스케치북을 줬고 그 안에는 딕의 그림도 여러 장 있었다. "누드 연구"라는 주제로.

오토는 스케치북을 덮고, 페리는 기타를 내려놓았으며, 카우보이는 닻을 올리고 엔진을 가동시켰다. 가야 할 시간이었다. 그들은 16킬로미터 정도 바다에 나와 있는 상태였고, 물 색은 점점 어두워지고 있었다.

페리가 딕에게 낚시를 하라고 닦달했다. "한 번 더 기회가 있을지 몰라." 페리가 말했다.

"기회?"

"큰 놈 잡을 기회."

"맙소사, 빌어먹을 게 또 왔어. 이젠 몸이 안 좋아." 딕은 종종 겪는 극심한 편두통을 '빌어먹을 것'이라고 부르고 있었다. 그는 자동차 사고로 편두통이 생긴 거라 생각했다. "제발, 야, 아주, 아주, 아주 조용히 해줘."

잠시 후, 딕은 고통을 잊었다. 그는 자기 발로 일어서서 흥분에 들떠 소리쳤다. 오토와 카우보이도 역시 소리쳤다. 페리가

'큰 놈'을 잡은 것이었다. 3미터는 될 듯한 돛새치가 펄쩍 뛰면서 무지개처럼 호를 그리며 튀어 올랐다가 물속으로 잠수해 깊이 잠기더니, 낚싯줄을 팽팽하게 감자 올라오면서 날다가 떨어지고 다시 올라오고를 반복했다. 1시간이 지나고 또 얼마가 흐른 후에야 마침내 땀에 흠뻑 젖은 낚시꾼들은 고기를 낚아 올릴 수 있었다.

아카풀코의 항구 주변에는 골동품이 다 된 나무 상자 카메라를 들고 할 일 없이 걸어 다니는 노인이 하나 있었다. 에스트렐리타가 닻을 내리자 오토는 노인에게 삯을 치르며 잡은 물고기를 들고 있는 페리의 사진을 여섯 장 찍어달라고 했다. 기술적으로 말하자면 노인이 찍은 사진은 형편없었다. 갈색에다 줄도 나 있었다. 하지만 그래도 그 사진은 멋졌는데, 바로 페리의 표정 때문이었다. 한 점 흠 없이 무언가를 이루었다는 표정, 더할 나위 없는 행복에 빠진 얼굴이었다. 마침내 그의 꿈에서처럼 키다리 노란 새가 천국으로 데려가주기라도 한 것처럼.

—

어느 12월 오후, 폴 헬름은 잡다하게 꽃이 심겨 있는 화단을 정리하고 있었다. 이 화단 덕택에 보니 클러터는 가든시티 원예 클럽의 회원 자격을 얻을 수 있었다. 언젠가 어떤 날 오후도 이런 잡일을 했다는 기억을 떠올리니 일은 한없이 우울했다. 그날에는 케니언이 일을 도와줬고 그게 헬름 씨가 케니언이 살아 있는 모습을, 그리고 낸시나 다른 사람들이 살아 있는 모습을 본 마지막 날이었다. 그 후로 지금까지 몇 주를 헬름 씨는 힘들게 보냈다. "건강이 나빴고"(헬름 씨가 생각하는 것보다 더 나빴기 때문에, 그 후 네 달도 살지 못했다) 걱정거리가 많았다. 그중 하나가 일자리였다. 헬름 씨는 얼마나 더 오래 이 일을 할 수 있을까 생각했다. 실제로 알고 있는 사람은 아무도 없는 것 같았지만, 헬름 씨는 "그 아가씨들", 베벌리와 이비나가 이 땅을 팔려고 하는 심정을 이해하고 있었다. 카페에서 남자들이 "그 수수께끼가 풀리기 전에는 아무도 그 땅을 사려고 하지 않을 것"이라고 숙덕대는 얘기를 언뜻 듣기는 했지만 말이다. 생각을 하기만 해도 "참을 수가 없"었다. 여기에 낯선 사람이 와서, "우리" 땅에서 수확을 한다니. 헬름 씨는 마음이 꺼림칙했다. 클러터 씨 때문에 꺼림칙했다. 여기는 "한 남자의 가족이 지켜야만 하는" 곳인 것이다. 언젠가 클러터 씨가 이렇게 말한 적이 있었다. "여기에는 언제나 클러터 집안사람들이 있었으면 좋겠어요. 그리고 헬름 집안하고." 클러터 씨가 그 말을 한 게 겨우 1년 전이었다. 맙소사, 농장이 팔리면 헬름 씨는 어쩐단 말인가? 그는 "이제 다른 곳에 가서 적응하기에는 너무 나이가 많이 든 것 같은" 기분이었다.

헬름 씨는 아직도 일해야 했고, 일하고 싶었다. 그의 말에 따르면, 자기는 신발을 벗어놓고 난로 앞에 앉아서 빈둥댈 성격의 사람이 아니라는 것이다. 하지만 요새 농장에 있기가 불편해졌다는 것도 사실이었다. 잠겨 있는 집, 쓸쓸하게 들판에서 기다리고 있는 낸시의 말, 바람에 떨어진 사과가 사과나무 아래서 썩어가는 냄새, 그리고 이제는 사라져버린 목소리들. 낸시에게 전화받으라고 부르던 케니언의 고함 소리, 클러터 씨가 휘파람 불던 소리, 클러터 씨가 반갑게 "잘 잤어요, 폴" 하고 인사하던 소리. 헬름 씨와 클러터 씨는 두 사람 사이의 선을 한 번도 넘지 않았지만 "서로 아주 사이좋게" 지냈다. 어째서, 보안관 사무실에서 나온 사람들은 자꾸 헬름 씨를 심문하는 걸까? "뭔가 숨기고 있다"고 생각하지 않는다면 그럴 리가 없잖은가? 어쩌면 그 멕시코 사람들 얘기를 하지 않았어야 하는 건지도 모른다. 헬름 씨는 듀이에게 11월 14일, 바로 그 살인이 일어난 토요일 4시에, 멕시코 사람 둘이 리버밸리 농장에 왔다고 알려주었다. 한 명은 콧수염을 기르고 다른 한 사람에게는 얽은 자국이 있었다. 헬름 씨는 두 사람이 '사무실' 문을 두드리자 클러터 씨가 바깥으로 나와서 잔디밭에 서서 이야기를 나누는 모습을 보았고, 10분쯤 지났을 때 그들이 "뭔가 부루퉁해 보이는 얼굴로" 떠나는 것을 목격했다. 헬름 씨는 그들이 일자리를 구하러 왔지만 남는 일자리가 없다는 말을 들은 것이라 생각했다. 헬름 씨는 그날 있었던 일을 여러 번 반복해서 설명해달라고 요청받았다. 하지만 불운하게도 그는 그 일을 사건이 일어난 지 2주가 되도록 말하지 않았는데 듀이에게 설명한 대로 그 일이 "갑자기 생각났기" 때문이었다. 하지만 듀이나 다른 수사관들은 그의 말을 별로 신뢰하지 않고, 헬름 씨가 수사에 혼선을 주기 위해서 지어낸 얘기라고 생각했다. 수사관들은 오히려 보험 판매원 밥 존슨 씨의 말을 더 신뢰했다. 존슨 씨는 자기가 토요일 오후 내내 클러터 씨의 사무실에서 클러터 씨와 회의를 했고, 2시부터 6시 10분까지 자기 말고는 클러터 씨를 찾아온 사람이 없다고 "아주 딱 잘라" 말했다. 그러나 헬름 씨도 그에 못지않게 확고했다. 멕시코 사람들. 콧수염 한 명, 곰보 한 명. 4시. 클러터 씨가 살아 있다면, 자기가 참말을 하고 있다고 수사관들에게 확인시켜주고 폴 헬름은 "신앙심이 깊고 성실한" 사람이라고 확실히 말해줄 텐데. 하지만 이제 클러터 씨는 가고 없었다.

그는 가고 없었다. 그리고 보니도. 보니의 침실 창문에서는 정원이 내다보여서 간혹 "나쁜 발작이 찾아왔을 때" 헬름 씨는 보니가 오랫동안 거기 서서 정원을 내려다보는 모습을 보았다. 마치 자기가 바라본 광경에 홀린 것처럼 서서. (보니는 친구에게 이렇게 말한 적이 있었다 한다. "내가 어렸을 때는, 나무와 꽃이 새나 사람과 똑같다고 철석같이 믿고 있었어. 그네들도 생각을 하고 자기들끼리 말도 한다고 말이야. 그래서 정말 노력하면 그들이 말하는 소리를 들을 수 있다고. 머리에서 다른 소리를 모두 몰아내기만 하면 되는 거야. 아주 조용하게 열심히 귀를 기울이는 거지. 나는 아직도 그렇게 믿어. 하지만 사람이 아주 조용해질 수는 없는 거잖아…….")

보니가 창가에 서 있는 모습을 떠올리며, 헬름 씨는 마치 보니의 모습, 유리창 뒤의 유령 같은 모습을 다시 볼 수 있기를 바라는 것처럼 위를 올려다보았다. 기대를 하긴 했지만, 실제로 뭔가 형체를 보았을 때는 이만저만 놀란 게 아니었다. 커튼을 걷어 올린 손과 눈이 보인 것이다. 헬름 씨가 곧 이어서 한 말에 의하면 "하지만 태양이 집의 그 부분을 내리쬐고 있어서" 창문 유리가 기울어져 보였고 희미하게 빛나면서 창문 너머에 걸려 있는 무언가의 모양이 일그러져 보였다. 헬름 씨가 눈을 비비고 다시 보자, 커튼은 도로 내려져 있었고 창문에는 아무것도 없었다. 헬름 씨는 이렇게 회상했다. "나는 시력이 별로 좋지 않아요. 그래서 누가 나한테 장난치나 생각했지요. 하지만 장난친 게 아니라는 건 나도 빤히 알고 있었지요. 유령이 아니라는 것도 알고 있었고. 나는 유령 같은 건 안 믿거든요. 그러니 누가 그런 장난을

칠 수 있겠어요? 거기 몰래 숨어 들어가서는 말이오. 경찰 말고는 아무도 들어가지 못하게 되어 있는데. 그러니 어떻게 들어갔겠느냐고요. 라디오에서 회오리바람 예보를 할 때처럼 모든 게 죄다 잠겨 있는데. 그래서 나는 궁금해진 거요. 하지만 뭘 찾아낼 수 있을 것 같지는 않았어요. 나 혼자서는. 그래서 하던 일을 멈추고 곧장 들판을 가로질러 홀컴으로 갔지. 거기 가자마자, 로빈슨 보안관에게 전화를 했어요. 누가 몰래 클러터 집 안으로 숨어 들어갔다고 설명했지요. 곧장 출동했어요. 군 수비대요. 보안관하고 그 부하들. 캔자스 수사국 사람들. 앨빈 듀이. 그 사람들이 집 주위를 빙 포위하고, 행동을 개시할 준비를 막 갖췄을 때 앞문이 열렸어요." 그리고 이제까지 아무도 본 적이 없는 사람이 문에서 걸어 나왔다. 30대 중반쯤 된 남자로, 몽롱한 눈에 머리는 헝클어지고 38구경 피스톨이 들어 있는 권총집을 차고 있었다. "거기 있던 우리 모두가 같은 생각을 했겠지요. 이놈이 범인이구나. 이놈이 이 집 식구들을 죽였구나." 헬름 씨는 계속 말을 이었다. "그 사람은 움직이지 않았어요. 가만히 서 있었지요. 눈만 깜박이면서. 경찰들은 총을 빼앗고, 심문을 시작했어요."

그 남자의 이름은 에이드리언이었다. 조너선 대니엘 에이드리언. 뉴멕시코로 가는 길이어서 현재는 고정 주소지가 없었다. 무슨 목적으로 클러터 집에 침입했고, 어떻게 침입할 수 있었을까? 에이드리언은 어떻게 했는지 경찰들에게 보여주었다. (그는 우물 뚜껑을 들어 올리고, 파이프 터널을 통해 지하실로 들어갔다.) 왜 그랬느냐고 하니, 사건을 신문에서 읽고 궁금해서 현장이 어떻게 생겼는지 보고 싶었다는 것이다. 헬름 씨는 기억을 더듬어 이렇게 말했다. "그러자 그때, 누군가 그 사람에게 히치하이크해서 왔냐고 물었어요. 히치하이크로 뉴멕시코까지 가는 거냐고. 그 사람은 아니라고 했어요. 자기 차를 운전하고 왔다고 하더라고요. 그리고 차는 조금 떨어진 길 위에 주차했다고요. 경찰들이 차 안에서 뭔가 발견하자, 형사들 중 한 사람이, 아마 앨빈 듀이였던 것 같은데, 그 사람이, 이 조녀선 대니얼 에이드리언이라는 사람에게 말했어요. '글쎄요, 에이드리언 씨. 의논해봐야 할 일이 좀 있는 것 같군요.' 왜냐하면, 차 안에서 나온 게 12구경 엽총이었기 때문이지. 사냥칼하고."

―

멕시코시티에 있는 한 호텔 방. 방 안에는 라벤더빛이 도는 거울이 달린 흉악한 모양의 현대식 화장대가 있었는데, 거울 한쪽 모서리에는 호텔 관리실에서 꽂아놓은 경고문이 붙어 있었다.

SU DÍA TERMINA A LAS 2 P.M.
오후 2시에 1박 종료

다른 말로 하면 손님들은 거기 적힌 시간까지 방을 비워야 하는데 그러지 않으면 하루치 방값을 더 내야 한다는 것이었다. 현재 그 방에 묵고 있는 숙박객들에게는 상상할 수 없는 사치였다. 이미 내야 하는 돈이나 해결할 수 있을지도 잘 모르는 상태였다. 모든 게 페리가 예언한 대로 전개되었던 것이다. 딕은 차를 팔았지만, 사흘이 지나자 그 돈은 200달러 남짓 남았을 뿐 대부분 사라져버렸다. 넷째 날이 되자, 딕은 떳떳하게 할 수 있는 일을 찾아보러 나갔지만, 그날 밤에 돌아와서 페리에게 이렇게 선언했다. "바보 같은 것들, 글쎄 돈을 얼마나 주는지 알아? 월급이 얼만지 아냐고? 전문 기술자를 데려다 놓고 하루에 2달러래! 멕시코라는 데는! 자기야, 이제 지겹다. 나가야겠어. 미국으로 돌아가자. 아니, 지금 말이야. 네 말 듣고 싶지 않아. 다이아몬드니, 묻혀 있는 보물이니. 야, 어린애 같은 꿈 깨. 보물 궤짝 같은 건 없어! 난파선도 없고. 있어 봤자 넌 수영도 못하잖아." 다음 날, 두 명의 약혼자 중 더 부자인 쪽인 은행가의 미망인에게 돈을 빌려 딕은 샌디에이고를 거쳐 캘리포니아 바스토까지 갈 수 있는 버스표를 사 왔다. 딕이 말했다. "거기까지 가서, 걷자."

물론 페리는 자기 나름대로 길을 개척해서 멕시코에 남고 딕은 가고 싶으면 어디든 맘대로 가라고 할 수도 있었다. 안 될 게 뭐 있나? 페리는 언제나 "진정한 친구" 하나 없는(회색 머리카락에 회색 눈동자, 그리고 "영민한" 윌리제이만 빼고) "외톨이" 아니었던가? 하지만 페리는 딕과 헤어지는 게 두려웠다. 생각만 해도 "구역질이 날" 것만 같았다. 마치 "시속 160킬로미터로 달리는 기차에서 뛰어내리려고" 결심하는 것처럼. 그 공포의 바닥에는, 아니 본인이 그렇다고 믿고 있는 마음속에서는 미신이 새롭게 자라나고 있었다. 자기와 딕이 "붙어 있는 한"은 "일어나야 할 일이라도 일어나지 않는다"는 확신이 들었던 것이다. 또 그때 딕이 "꿈 깨"라고 혹독하게 말한 것과 페리의 꿈과 희망에 대해서 그동안 말하지 않고 감춰온 견해를 갑자기 호전적으로 표출한 것 등 모두가, 말 자체는 심술궂었지만 페리에게는 강력하게 먹혔다. 상처입고 충격받기는 했지만 또한 그 말에 매혹된 나머지, 한때 자기를 마음대로 부렸던, 거칠고 "끝내주게 남성적이며" 실용적이고 결단력이 강한 딕에 대한 믿음이 되살아났다. 그래서 12월 초순이라 쌀쌀한 멕시코시티의 새벽, 해가 뜨자 페리는 난방이 안 되는 호텔 방 안을 돌아다니며 자기 물건을 챙기고 짐을 꾸렸다. 그것도 2인용 침대에서 자고 있는 두 사람, 딕과 그의 약혼자 중 어린 쪽, 이네스를 깨우지 않기 위해서 살금살금 돌아다니면서.

페리가 가진 물건 중에서 더 이상 챙길 필요가 없는 게 하나 있었다. 아카풀코에서의 마지막 날 밤, 도둑이 훔쳐간 깁슨 기타. 부둣가 카페에서 페리와 오토, 딕, 카우보이가 술에 곤드레만드레 취해서 한 번 더 작별 인사를 나누던 때에 누가 기타를 들고 도망가버린 것이다. 페리는 그것 때문에 마음이 쓰렸다. 나중에 말했지만 페리는 "정말 비열하고 비천해진 것"처럼 느꼈다. 페리는 이렇게 설명했다. "기타를 오랫동안 가지고 있었다고 해봐요. 내가 그런 것처럼, 왁스칠하고 광내고 목소리에 맞추고 마치 진짜 좋아하는 여자애처럼 살살 다루고. 그러면 거의 성스러운 존재가 되는 거예요." 하지만 도둑맞은 기타가 전혀 소유권 문제를 일으키지 않는 반면, 남은 재산은 문제를 일으켰다. 이제 페리와 딕은 거의 걷거나 히치하이크로 여행해야 하기 때문에 셔츠 몇 벌과 양말 몇 켤레보다 더 많은 짐을 들고 다닐 수 없는 건 분명했다. 남은 옷가지들이야 우편으로 부치면 될 것이었다. 페리는 벌써 마분지 상자 하나에 가득 넣은 뒤(빨랫감 몇 가지 말고도 그 안에는 부츠 두 켤레, 앞창 발자국을 남긴 신발 한 켤레, 다이아몬드무늬 발자국을 남긴 다른 신발 한 켤레를 넣었다) 자기 이름으로 수신자를 적고는 네바다, 라스베이거스 일반 우편함으로 부쳤다.

하지만 커다란 문제, 골칫거리는 페리가 아주 아끼는 기록들을 다 어떻게 할 것인가 하는 것이었다. 책과 지도가 묵직하게 들어 있는 거대한 상자가 두 개, 노랗게 변해버린 편지들, 노래 가사, 시, 독특한 기념품들(페리가 직접 잡은 네바다 방울뱀 가죽으로 만든 멜빵과 허리띠, 교토에서 산 야한 모양의 네쓰케*, 중국에서 가져온 석화 분재, 알래스카 곰의 발)이 있었다. 아마도 최선의 해결책은, 적어도 페리가 고안해낼 수 있는 최선의 방법은 물건을 '지저스'에게 남기고 가는 것이었다. 그가 염두에 두고 있는 지저스는 호텔 건너편 카페의 바텐더인데 페리 생각에는 '무이 심파티코(아주 친절해서)', 상자를 원할 때 돌려받을 수 있을 만큼 믿음직한 사람 같았다. (그는 "고정된 주소지"가 생기는 대로 그 상자를 부쳐달라고 할 생각이었다.)

하지만 여전히 잃어버릴지도 모를 위험을 무릅쓰기에는 너무나 값진 것들이 있었다. 그래서 연인들이 잠들고 시간이 어느덧 오후 2시를 향해 빈둥빈둥 흘러가는 동안, 페리는 오래된 편지들과 사진, 어디서 오려낸 것들을 죽 훑어보고 그중에서 가지고 가고 싶은 추억들만 골라냈다. 그중에는 엉망으로 타자를 친 〈내 아들의 삶의 역사〉라는 제목의 작문도 있었다. 이 원고를 쓴 사람은 페리의 아버지였다. 아버지는 자기 아들이 캔자스 주립교도소에서 가석방을 받을 수 있도록 도와주고자 작년 12월에 이 원고를 써서 캔자스 주 가석방위원회에 우편으로 부쳤다. 페리는 이 문서를 백 번도 넘게 읽었지만, 언제 읽어도 새삼스레 흥미로웠다.

---

*주머니, 담배주머니 같은 물건을 허리에 찰 때 떨어지지 않게 하는 세공품.

어린 시절: 좋은 점과 나쁜 점 둘 다 말씀드릴 수 있겠습니다. 네, 태어날 때 페리는 '정상'이었습니다. 건강은, 네, 좋았습니다. 저 또한 처음에는 그 애를 적절하게 돌봐줄 능력이 있었습니다. 아이들이 학교 갈 나이가 되었을 때, 아내가 파렴치한 술주정뱅이로 돌변할 때까지는 말입니다. 낙천적 성격인가에 대해서는, 그렇기도 하고 아니기도 합니다. 성격이 아주 예민해서 부당한 대접을 받으면 절대로 잊지 않았습니다. 저는 언제나 약속을 지켰고 아이에게도 그렇게 하라고 시켰습니다. 아내는 달랐습니다. 우리는 시골에 살았습니다. 우리는 모두 진짜루 야외생활을 좋아하는 사람들이었습니다. 저는 아이들에게 황금률을 가르쳤습니다. 살아라, 그리고 살게 하라. 많은 경우, 아이들은 서로 무엇을 잘못했는지 말해주었고 잘못한 아이는 항상 자기 잘못을 인정했으며, 앞으로 나와서 기꺼이 엉덩이를 얻어맞았습니다. 그리구 착한 아이가 되겠다는 약속을 받고, 밖에 나가서 마음대로 놀고 싶으면 자기 일을 빨리 기꺼이 해치우라고 가르쳤습니다. 아침에 일어나면 항상 세수부터 하게 했고, 깨끗한 옷을 입으라 했습니다. 저는 그 부분에 대해서는 아주 엄격했습니다. 다른 아이에게 나쁜 짓을 하거나, 다른 아이가 나쁜 짓을 하면, 그 아이와 놀지 못하게 했습니다. 우리 애들은 부모가 함께 있는 한 아무 문제가 없었습니다. 제 아내가 도시로 가서 멋대로 살고 싶어 하면서 문제가 시작된 것입니다. 그리구 아내는 그렇게 살려고 도망쳤습니다. 저는 아내가 차를 가지고 떠날 때도 그러라고 놔두고(이때가 대공황 때입니다) 작별 인사를 했습니다. 애들은 목청 높여 울었습니다. 하지만 아내는 애들에게 욕만 해대면서 나중에 애들이 나한테 오려고 도망칠 거라고 말했습니다. 아내는 화가 나서 애들이 나를 미워하도록 만들겠다고 했습니다. 그리

구 그렇게 했습니다. 페리만 빼고는 말입니다. 아이들이 너무 보고 싶어서 몇 달 후, 저는 아내 몰래 애들을 찾으러 가서 샌프란시스코에서 애들을 찾아냈습니다. 저는 애들을 학교에서 만나려고 했습니다. 아내는 학교 선생한테 애들이 저를 만나지 못하게 해달라고 했습니다. 하지만 저는 애들이 운동장에서 놀고 있을 때 가까스로 만날 수 있었습니다. 하지만 애들이 "엄마가 아빠하고 말하지 말라고 했어요."라고 해서 깜짝 놀랐죠. 페리만 빼고는 말입니다. 그 애는 달랐습니다. 페리는 나를 껴안고 그때 당장 저랑 도망가고 싶다고 그랬습니다. 저는 안 된다고 했습니다. 하지만 학교가 끝나고 바루, 그 애는 제 변호사인 린소 터코의 사무실로 도망쳐 왔습니다. 저는 애를 지 엄마한테 데려다주고 그 도시를 떠났습니다. 페리가 나중에 저한테 그랬는데, 엄마가 자기보고 새로운 집을 찾아보라고 했다고 합니다. 애들이 엄마랑 있는 동안 자기들 좋은 대로 살았으니까 페리가 문제아가 된 것도 이해합니다. 저는 아내에게 이혼을 요구했고, 아내는 1년 정도 후에 그렇게 해주었습니다. 아내는 술을 마시고 바람을 피우고 젊은 남자랑 살고 그랬습니다. 저는 이혼에 동의했고 그래서 아이들의 양육권을 다 얻었습니다. 저는 페리를 집으로 데리고 와서 같이 살았습니다. 다 집에 데리고 올 수가 없었기 때문에 다른 아이들은 시설에 넣었습니다. 애들은 반쯤은 인디언 혈통이니까, 제가 요청한 대로 복지 시설에서 맡아주었습니다.

이때가 대공황 시절이었습니다. 저는 고용창출협회에서 아주 쥐꼬리만 한 월급을 받으면서 일했습니다. 그때 전 땅 조금하고 작은 집이 있었죠. 페리와 저는 평화롭게 살았습니다. 제 마음은 아팠습니다. 다른 아이들도 사랑하고 있었으니까요. 그래서 저는 모두 잊어버리려고 여기저기 돌아다녔습니다. 우리 두 사람을 위해서 돈을 벌었죠. 저는 땅을 팔았고 우리는 '집이 딸린 차'에서 살았습니다. 페리는 가능한 한 자주 학교에 갔습니다. 그 애는 학교를 아주 좋아하지는 않았습니다. 페리는 배우는 게 빨랐고 다른 애들하고 문제를 일으키지 않았습니다. 다만 애들을 따돌리는 애들이 괴롭힐 때만 덤볐죠. 키가 작고 땅딸막한 전학생이었던 그 애를 아이들은 못살게 굴었습니다. 하지만 그 애들도 우리 애가 자기 권리를 위해서 싸울 수 있는 애라는 것을 알게 되었습니다. 제가 애들을 그렇게 키웠습니다. 저는 언제나 애들에게 싸움을 먼저 걸지 말라고 말했고, 싸움을 걸었다는 사실을 내가 알게 되면 때려주겠다고 했습니다. 하지만 다른 아이들이 싸움을 걸면 최선을 다하라고 말했습니다. 한번은 페리보다 나이가 두 배는 많을 것 같은 애가 학교에서 페리에게 달려들었습니다. 놀랍게도 페리는 그 애를 넘어뜨리고 한 방 먹여주었죠. 저는 페리에게 레슬링하는 법을 약간 알려주었었습니다. 한때 저도 레슬링, 복싱을 좀 했거든요. 학교의 여자 교장은 그 나이 많은 애를 좋아했습니다. 편애하는 애가 내 아들 페리에게 맞은 걸 보니 참을 수 없었나봅니다. 그 후 페리는 학교에서 애들 중 대장이 되었습니다. 큰 애들이 작은 애들을 괴롭히거나 하면 페리가 바로 해결해주었습니다. 심지어 그 못살게 굴던 큰 아이도 이제는 페리를 두려워했고, 착하게 굴었습니다. 하지만 이런 것 때문에 여자 교장은 마음이 상했고, 저한테 페리가 학교에서 싸움질이나 한다고 불평했습니다. 저는 교장한테 나도 다 알고 있지만 그렇다구 우리 애가 자기보다 몸집이 두 배나 큰 애한테 얻어맞고 다니게 할 마음은 없다고 말했습니다. 또 교장한테 왜 큰 아이가 다른 애들을 괴롭히는데도 가만 놔두느냐고 물었습니다. 페리는 먼저 싸움을 시작한 적이 없었고, 이런 일이면 나라도 직접 손을 봐주겠다고, 우리 애는 이웃들과 그 아이들에게도 사랑받는 애라고 말했습니다. 또 우리는 다른 주로 갈 거니까 페리도 금방 그 여자의 학교에서 나올 거라고도 했습니다. 그리구 저는 그렇게 했습니다. 페리는 천사는 아니었고 다른 애들과 마찬가지로 나쁜 짓도 많이 했습니다. 맞는 거야 맞는 거고, 틀린 거야 틀린 거지요. 나는 우리 애가 나쁜 짓을 한 것을 감싸려는 게 아닙니다. 그 애는 나쁜 짓을 했으니까 고생하면서 그 대가를 갚았고, 법이 가장 왕이라는 것을 그 애도 이제는 알고 있습니다.

청년 시절: 페리는 2차 세계대전 때 상선 해병대에 들어갔습니다. 저는 알래스카로 갔는데, 그 애가 나중에 와서 나랑 같이 있었습니다. 저는 동물 모피를 얻으려고 덫을 놓았고, 페리는 거기 온 첫해 겨울에는 알래스카 도로위원회에서 일하면서 잠깐 동안 철도 건설 일을 했습니다. 그 애는 자기가 하고 싶은 일을 할 수가 없었습니다. 네, 그 애는 돈이 생기면 종종 제게 돈을 줬습니다. 또 한국 전쟁에 갔을 때는 한 달에 30달러씩 저한테 부쳐줬습니다. 그 애는 전쟁이 시작됐을 때부터 종전까지 거기 있었고, 그런 다음에는 워싱턴 시애틀에서 제대했습니다. 제가 알기로는 명예 제대입니다. 그 애는 기계 같은 것을 좋아했습니다. 불도저나 굴착기, 동력삽, 튼튼한 트럭 같은 건 그 애의 꿈이었습니다. 페리는 경험이 많기 때문에 아주 솜씨가 좋습니다. 약간 무모하기도 하고, 오토바이나 가벼운 차를 타면 미친 사람처럼 속도를 내기는 했습니다. 하지만 과속하면 무슨 일이 일어나는지 잘 알게 되고, 양쪽 다리가 부러지고 엉덩이에 상처를 입은 다음부터는 그런 걸 탈 때도 속도를 줄이고 탄다고 알고 있습니다.

오락, 취미: 네, 페리는 여자친구가 여러 명 있었지만, 그 여자애가 자기를 괴롭히거나 가지고 놀았다는 걸 알게 되면, 즉시 그 여자애랑은 끝냈습니다. 제가 아는 한, 그 애는 결혼한 적이 없습니다. 그 애 엄마와 내가 문제가 있었기 때문에 그 애는 결혼을 약간 두려워하게 되었습니다. 저는 술을 안 하는데, 제가 아는 한 페리도 술을 별루 좋아하지 않는 것 같습니다. 페리는 저랑 아주 많이 닮았습니다. 페리는 점잖은 사람들을 좋아합니다. 야외생활을 하는 사람들이오. 나와 같은 사람들을 좋아하고 혼자서 할 때 일을 제일 잘하기 때문에 혼자 있는 것을 좋아합니다. 저처럼요. 저는 말하자면, 척척박사라서 이것저것 다 잘하고 페리도 그렇습니다. 저는 그 애에게 모피 사냥꾼이나 광산 시굴자, 목수, 나무꾼, 말몰이꾼 등등 여러 가지 돈을 벌 수 있는 법을 보여주었습니다. 전 요리도 잘하고 그 애도 마찬가지입니다. 물론 전문 요리사는 아니지만 자기 끼니는 해결할 수 있지요. 빵을 굽는다거나 이런 거요. 사냥도 하고, 낚시도 하고, 덫도 놓고, 다른 것도 다 합니다. 아까 말했듯이, 페리는 자기가 사장도 되고 직원도 되고 하는 일을 좋아하기 때문에 만약 자기가 좋아하는 일을 할 기회가 생기면, 그 애에게 어떻게 하라고만 알려주고 혼자 놔두면 자부심을 느끼면서 일을 할 겁니다. 만약 사장이 그 애가 한 일을 칭찬해주면, 그 애는 사장을 위해 열심히 일할 겁니다. 하지만 그 애를 엄격하게 다루면 안 됩니다. 어떻게 하라고만 상냥하게 알려주면 됩니다. 그 애는 아주 감상적이라서 마음이 아주 쉽게 상하는데, 나도 그렇지요. 저는 직장을 여러 번 그만두었고, 페리도 못살게 구는 상사들 때문에 직장을 여러 번 그만두었습니다. 페리는 나처럼 가방 끈이 짧습니다. 저는 2학년 책만 간신히 뗐습니다. 하지만 그렇다구 우리가 멍청하다고 생각하면 안 됩니다. 저는 독학한 사람이고 페리도 마찬가지입니다. 사무직은 페리나 저한테는 어울리지 않지요. 하지만 야외에서 하는 일은 우리는 금방 익힐 수 있고, 할 수 없다고 해도 어떻게 하는지만 알려주면 이틀 정도 후에는 그 일이나 기계를 완전히 익힐 수 있습니다. 책은 필요 없습니다. 둘 다 그 일을 하고 싶어 하면 바로 현장에서 익힐 수 있는 실제 경험이 중요한 거죠. 무엇보다두 우리는 일을 좋아해야 합니다. 그 애는 절름발이고, 이제 거의 중년이 다 됐어요. 페리는 이제 일을 주는 사람들이 자기를 원하지 않는다는 것을 알고 있어요. 절름발이는 무거운 장비를 다루는 일을 할 수가 없습니다. 하청을 주는 사람과 잘 아는 사이가 아니면요. 그 애도 이제 그런 사실을 알아차리고 있고, 내 삶의 연장선상에서 자기 자신이 먹고살 만한 더 손쉬운 길을 생각하고 있습니다. 저는 제 생각이 맞다구 확신합니다. 저는 또한 더 이상 그 애는 과속하지 않을 거라고 생각합니다. 이 모든 것을 그 애가 내게 쓴 편지에서 알 수 있었습니다. 페리는 이렇게 썼습니다. "조심하세요, 아빠. 졸릴 때는 운전하지 마세요. 차를 멈추고 길가에서 쉬세요." 제가 그 애에게 했던 말하구 똑같습니다. 이제 그 애가 저한테 그 말을 하고 있습니다. 그 애는 배웠습니다.

제가 보기에, 페리는 절대 잊지 못할 교훈을 배운 것 같습니다. 자유는 그 아이에게는 제일 중요한 것이고 그 아이를 이제 다시 철창 뒤에 가둘 일은 없을 것입니다. 제 말이 맞다고 자신합니다. 그 애가 말하는 투가 크게 달라진 게 보입니다. 그 애는 깊이 후회하구 있다고 나한테 말했어요. 또 저는 페리가 자기가 아는 사람들을 만나도 너무 부끄러워서 감방에 갔었다는 얘기를 못 할 거라는 것도 압니다. 그 애는 저한테 자기가 어디 있는지 친구들에게 말하지 말아달라고 부탁했습니다. 페리가 나한테 편지로 감옥에 있다고 말했을 때, 나는 그 애에게 교훈이 될 거라고 말했습니다. 더 나쁜 일이 생길 수도 있었는데 이만한 게 다행이라고 말입니다. 누군가 그 애를 쏴 죽였을지도 모르는 일 아닙니까. 저는 또 그 애에게 자업자득이니 철창에서 니가 한 일을 생각하며 웃으면서 형기를 때우라는 말도 했습니다. 너도 잘 알지 않느냐, 나는 너를 도둑질이나 하는 애로 키우지 않았다, 그러니까 감옥이 힘들어도 불평하지 말라고 했습니다. 감옥에서 착하게 지내라고 했고 그 애는 그러겠다고 약속했습니다. 그 애는 착한 죄수일 거라고 생각합니다. 이제 그 애에게 도둑질하라고 말할 사람은 없을 게 틀림없습니다. 법이 왕이고 페리도 그걸 압니다. 페리는 자유를 사랑합니다.

페리는 잘 대해주는 사람에게 따뜻한 마음을 보여준다는 걸 저는 똑똑히 알고 있습니다. 그 애를 나쁘게 대하면, 쌈할 때 전기톱이 있어야 그 애랑 쌈이 될 겁니다. 페리와 친구를 하면, 돈이 얼마가 되어도 믿고 맡길 수 있습니다. 페리는 친구 돈이든 누구 돈이든 땡전 한 푼 훔칠 애가 아닙니다. 이 일이 생기기 전에도요. 그리고 저는 페리가 남은 인생을 정직한 사람으로 살아가기를 진심으루 바라고 있습니다. 페리는 어렸을 때 다른 애들하고 함께 물건을 훔친 일도 있었습니다. 제가 좋은 아빠였는지, 지 엄마가 샌프란시스코에 살 때 그 애에게 잘해줬는지 한번 페리에게 물어보십시오. 페리는 자기한테 좋은 게 뭔지 압니다. 그 애는 저능아가 아닙니다. 페리는 철창에 갇혀서 시간을 써버리기에는 인생이 너무 짧다는 걸 잘 알고 있습니다.

친척 관계: 페리의 유일한 혈육은 결혼해서 살고 있는 그 누나, 바버라와 저뿐입니다. 바버라와 남편은 자기네 힘으로 그럭저럭

꾸려나갑니다. 자기네 집도 있습니다. 저는 아직 꽤 능력이 있고, 제 몸 하나 정도는 돌볼 수가 있지요. 저는 2년 전 알래스카에 있는 오두막을 팔았습니다. 내년에 작은 집을 또 하나 살 생각입니다. 저는 광구 소유권 몇 개를 가지고 있고, 거기서 뭔가 건지지 않을까 하는 희망을 갖고 있습니다. 그 외에도 아직 금광 채굴을 포기하지 않았습니다. 그리구 목각 기술에 대한 책을 써달라는 부탁도 받았고, 제가 알래스카에 지어놓은 유명한 '덫 사냥꾼 동굴 여관'도 있으니 우리 여인숙이 차로 앵커리지까지 여행하는 여행객들에게 널리 알려지면, 책을 쓸지도 모릅니다. 저는 제 전 재산을 페리와 나눌 것입니다. 우리는 콩 하나라도 나눠 먹을 겁니다. 제가 살아 있는 동안은요. 그리고 죽을 때를 대비해서 페리를 수령자로 해서 생명보험 조그만 거 하나 들어놨으니 그 애가 감옥에서 나오면 새 인생을 시작할 수 있을 겁니다. 그때 제가 살아 있지 않으면 말입니다.

이 전기를 읽으면 마음속에서 말 한 떼가 질주하는 것처럼 감정이 북받쳤다. 자기 연민이 앞장서고, 사랑과 증오가 처음에는 나란히 달리다가 궁극에는 증오가 모든 감정을 앞질러버렸다. 이 전기를 읽으면서 새록새록 살아나는 추억은 전부는 아니라 해도 대부분 원치 않는 것들이었다. 사실 페리가 처음으로 기억하고 있는 삶의 순간은 보물처럼 소중했다. 찬사와 매혹으로 이루어진 기억의 파편. 아마 페리가 세 살 때일 것이다. 페리는 누나와 형과 함께 야외 로데오의 특별관람석에 앉아 있었고, 링 안에는 날씬한 체로키 인디언 여자가 길들이지 않은 말, "펄쩍펄쩍 뛰는 야생마"에 올라타 있었다. 여자의 머리는 풀어져 앞뒤로 철썩철썩 부딪치며 플라멩코 무희의 머리카락처럼 흩날렸다. 여자의 이름은 플로 벅스킨으로, 전문 로데오 선수에 "야생마 타기 챔피언"이었다. 남편도 챔피언이었다. 텍스 존 스미스. 이 예쁜 인디언 여자와 잘생긴 아일랜드 카우보이는 서부 로데오 순회공연 때 만나서 결혼했고, 지금 이 특별관람석에 앉아 있는 네 아이를 낳았다. (페리는 다른 로데오 장면들도 기억할 수 있었다. 뱅뱅 돌아가는 올가미 속으로 아버지가 훌쩍훌쩍 뛰어 들어가는 광경이라든지, 손목에 짤랑거리는 터키석 은팔찌를 낀 어머니가 물불을 가리지 않는 속도로 묘기 승마를 하는 광경들. 그 모습에 막내는 가슴이 두근거렸고, 텍사스부터 오리건에 이르기까지 여러 마을에서 모인 관중은 "기립 박수를 쳤"다.)

페리가 다섯 살이 될 때까지 '텍스와 플로' 팀은 로데오 순회공연을 계속했다. 인생을 살아가는 방식치고는 "아이스크림처럼 달콤하기만 한" 것은 아니었다고 페리는 회상한 적이 있었다. "우리 여섯 식구는 낡은 트럭을 타고 다녔어요. 가끔은 차 안에서 잠도 잤고. 옥수수 죽이나, 허시 키세스 초콜릿, 응축 우유 같은 걸로 연명했죠. '혹스'라는 브랜드의 응축 우유인데, 그것 때문에 내 신장이 나빠진 거예요. 그 설탕 성분 때문에. 그래서 내가 밤에 잘 때 오줌 싸는 버릇이 생긴 거죠." 하지만 이렇게 사는 것도 그렇게 불행하지는 않았다. 특히 어린 소년은 부모를 늘 자랑스러워했고 그들의 쇼맨십과 용기를 존경했으므로. 이 생활 이후에 이어진 생활보다 더 행복한 삶이었던 것만은 확실했다. 텍스와 플로는 둘 다 만성질환 때문에 공연에서 은퇴해야만 했고, 네바다의 리노 근처에 정착했다. 부부 싸움이 잦아졌고, 플로는 "위스키에 손을 대다가" 페리가 여섯 살이 되었을 때 애들을 데리고 샌프란시스코로 떠나버렸다. 이 부분은 아버지가 쓴 그대로였다. "저는 아내가 차를 가지고 떠날 때도 그러라고 놔두고(이때가 대공황 때입니다) 작별 인사를 했습니다. 애들은 목청 높여 울었습니다. 하지만 아내는 애들에게 욕만 해대면서 나중에 애들이 나한테 오려고 도망칠 거라고 말했습니다." 실제로 그 후 3년 동안 페리는 여러 번 도망쳐서 잃어버린 아버지를 찾으러 떠나고는 했다. 그에게는 엄마도 잃어버린 것이나 다름없었고, 얻은 것이라고는 어머니에 대한 "경멸"뿐이었기 때문이었다. 술 때문에 엄마의 얼굴은 망가졌고, 한때 강건하고 늘씬했던 체로키 여인의 몸매는 부어올랐으며, "영혼은 쉬어버렸고" 혀는 뾰족해져서 사악한 말만 해댔다. 자존심까지 모두 녹아 없어져버리고 나머지 정상적인 부분은, 줄 수 있는 것은 다 남자들에게 줘버렸다. 부두 노동자가 되었든 전차 운전사가 되었든 이름도 묻지 않았고 상대를 가리지도 않았으며 대가를 받지도 않았다(물론 처음에는 자기와 함께 술을 마시고 나중에는 태엽형 빅트롤라 축음기에서 흘러나오는 음악 소리에 맞춰 춤을 춰야 한다는 조건을 빼면).

페리는 그 일의 결과를 이렇게 회고했다. "나는 항상 아빠 생각만 하고, 아빠가 와서 나를 데리고 가주기를 바랐어요. 그래서 아빠를 다시 봤을 때 일도 마치 방금 전에 일어난 일처럼 생생하게 기억나요. 아빠 학교 운동장에 서 있었어요. 마치 야구공이 배트에 정통으로 딱 맞은 것 같은 느낌이었죠. 디마지오가 친 것처럼요. 아빠는 나를 도와주려고 하지 않았어요. 착하게 지내라고 말하고 한 번 안아주더니 가버렸어요. 그 일이 있고 얼마 안 있어서 엄마는 나를 가톨릭계 고아원에 넣어버렸죠. 그 독거미들이 나를 항상 괴롭히던 곳이에요. 나를 막 때렸죠. 이불에 오줌 싼다고. 내가 수녀한테 혐오감이 생긴 이유도 그거예요. 그리고 하느님에 대해서도. 종교도 그렇고. 하지만 나중에는 훨씬 더 못된 사람들도 있다는 걸 알았어요. 두 달쯤 후, 수녀들이 나를 고아원에서 쫓아내자 그 여자〔페리의 어머니〕는 나를 더 나쁜 데에 집어넣었기 때문이에요. 구세군에서 운영하는 아동보호소였죠. 거기 사람들도 나를 싫어했어요. 이불에 오줌 싼다고. 그리고 인디언 혼혈이라고. 어떤 간호사 하나가 있었는데, 그 여자는 나를 '검둥이'라고 부르고 검둥이랑 인디언 사이에는 별 차이 없다고 말했어요. 빌어먹을, 정말 못된 년이었지! 그야말로 악마의 화신이었다니까. 그년이 뭔 짓을 했냐면, 욕조에 얼음처럼 차가운 물을 받아놓고 나를 집어넣은 뒤 내가 파랗게 질려버릴 때까지 물속에서 못 나오게 했어요. 거의 익사할 뻔했죠. 하지만 그 쌍년은 딱 걸렸어요. 내가 폐렴에 걸렸거든요. 거의 죽을 뻔했다고요. 병원에 두 달이나 입원했어요. 그렇게 아파 죽으려고 할 때 아빠가 왔어요. 병이 낫자 아빠가 나를 데리고 갔어요."

1년 남짓, 아버지와 아들은 리노 근처의 집에 함께 살았고 페리는 학교에 다녔다. "3학년까지 다녔어요." 페리는 회상했다. "그리고 그게 끝이었죠. 다시는 학교에 다니지 않았어요. 그해 여름 아버지는 원시적 형태의 트레일러를 만들어가지고 '집이 딸린 차'라고 불렀어요. 침대 하나하고 작은 주방 같은 게 있는 차였죠. 스토브는 괜찮았어요. 거기서는 무슨 요리든 다 할 수 있었죠. 빵도 구웠고. 절임 같은 걸 가지고 다녔어요. 사과 절임이라거나 야생능금 젤리라거나. 어쨌거나 그리고 6년 동안 전국을 떠돌아다녔어요. 한곳에 오래 머물지 않았어요. 한곳에 오래 있다보면, 사람들은 아빠를 쳐다보면서 아빠가 무슨 특이한 사람이라도 되는 것처럼 굴었거든요. 나는 그게 싫고, 마음이 아파서. 그때는 아빠를 사랑했으니까. 뭐 아빠가 가끔 나한테 막 할 때도 있었지만. 아주 마음대로 휘둘렀죠. 하지만 그땐 아빠를 사랑했어요. 그래서 이사할 때마다 항상 기뻤죠." 부자는 이사를 다녔다. 와이오밍, 아이다호, 오리건, 마침내는 알래스카까지. 알래스카에서 아버지는 아들에게 황금의 꿈을 알려주었고, 눈이 녹아 된 시내의 모랫바닥에서 금을 어떻게 채굴하는지 가르쳤다. 그리고 또 거기에서 페리는 총을 쓰는 법, 곰 가죽을 벗기는 법, 늑대와 사슴의 뒤를 쫓는 법을 배웠다.

"제길, 얼마나 춥던지." 페리는 기억을 되살렸다. "아빠와 나는 이불하고 곰 가죽을 둘둘 말고서는 꼭 껴안고 잤어요. 아침에, 해 뜨기 전 나는 비스킷과 시럽, 튀긴 고기 같은 걸로 서둘러 아침을 차렸고 우리는 먹고살 돈을 벌러 갔죠. 괜찮은 생활이었어요. 내가 어른만 되지 않았더라면. 나이가 들면 들수록, 아빠한테 고마워할 수가 없게 된 거예요. 어떻게 보면 아빤 모르는 게 없었죠. 하지만 다르게 말하면 아는 것도 하나도 없었어요. 아빠는 나를 전혀 몰랐어요. 손톱만큼도 이해 못 했죠. 나는 처음 뭔가 집을 수 있는 나이가 되었을 때부터 하모니카를 불었어요. 기타도 마찬가지고. 나는 대단한 음악적 재능을 가지고 있었죠. 그런데 아빠는 전혀 몰라준 거예요. 아니 신경도 안 썼다고 해야겠죠. 나는 책 읽는 것도 좋아했어요. 단어 외우는 것도 좋아했고. 노래 만드는 것도. 그리고 나는 그림도 잘 그려요. 하지만 아무도 나를 칭찬해주지 않았어요. 아빠도 그렇고 다른 사람도 그렇고. 밤에 나는 잠 안 자고 깨어 있는 적이 많았는데, 뭐 오줌이 나오는 걸 참으려고 한 것도 있지만, 여러 가지 생각이 계속 났기 때문도 있어요. 항상요. 날씨가 너무 추워서 숨도 쉴 수 없을 때면 나는 하와이에 대한 생각을 했어요. 이전에 그런 영화를 봤거든요. 도로시 라모어가 나오는 영화였죠. 나는 하와이에 가고 싶었어요. 태양이 있는 곳. 풀과 꽃으로 만든 옷만 입어도 되는 곳."

그보다는 훨씬 옷을 많이 입고 페리는, 전쟁 중이던 1945년의 어느 온화한 저녁, 호놀룰루의 문신 가게에서 왼쪽 팔뚝에 칼과 단검이 있는 문신을 새겼다. 페리가 그곳까지 이르게 된 경로는 다음과 같았다. 페리는 아버지와 한바탕 다툼을 벌인 끝에, 차를 얻어 타가며 앵커리지에서 시애틀까지 온 후, 상선 해병대의 신병 모집 사무실을 찾아갔다. "하지만 내가 무슨 짓을 당하는지 알았다면 결코 거기 들어가지 않았을 거예요." 페리는 언젠가 이렇게 말했다. "일을 싫어한 적은 없어요. 그리고 선원이 되는 건 좋았고요. 항구나 그런 것도 다. 하지만 배에 탄 호모들이 나를 가만 놔두지 않았어요. 열여섯 살짜리 꼬마니까. 거기다 몸집도 작았고. 물론 나는 내 몸 정도야 지킬 수 있죠. 하지만 배에서 일하는 호모들은 여자같이 나긋나긋하지 않아요, 아시겠지만. 망할 것들. 당구대를 창문 밖으로 던지는 놈도 본 적이 있었어요. 그다음에는 피아노도 던져버리고. 그런 놈들 때문에 그 시절이 진짜 괴로웠죠. 특히 그런 놈들이 짝이 맞으면 함께 뭉쳐서 강간하는 거예요. 상대가 꼬마라면. 그러면 진짜 말 그대로 자살하고 싶다니까요. 몇 년 뒤, 육군에 들어갔을 때도—그때는 한국에 배치받았죠—같은 문제가 일어났어요. 내 군대 기록은 좋아요. 다른 사람들하고 비슷한 정도는 되죠. 군대에서 청동성장을 받은 적도 있어요. 그렇지만 진급은 못 했죠. 군대에서 4년이나 보내고, 그 끔찍한 한국전쟁을 다 겪었으면 적어도 상병은 되어야 하는 거 아녜요. 그런데도 못 됐다니까요. 왜 그런지 아세요? 우리 하사관이 워낙 빡셌거든요. 그런데 내가 알아서 구르지 않으니까. 망할, 난 그런 걸 싫어해요. 참을 수가 없거든. 하지만, 잘 모르겠어요. 어떤 호모들하고는 정말 잘 지냈어요. 그 친구들이 별짓만 하려고 들지 않으면요. 이제까지 내 친구들 중에 가장 괜찮은 사람, 정말 섬세하고 지적인 친구는 호모이기도 하고."

상선 해병대에서 나와서 육군에 입대하기 전까지 그사이 기간에는 아버지와 잘 지냈다. 페리의 아버지는 아들이 자기를 떠난 다음 네바다로 내려왔다가 다시 알래스카로 돌아간 상태였다. 1952년 페리가 전역하던 해, 아버지는 방랑 생활을 영원히 청산할 계획을 짜고 있었다. "아빠는 들떠 있었어요." 페리는 회상했다. "앵커리지 외곽 고속도로에 땅을 조금 샀다고 편지에 썼더라고요. 사냥꾼들 숙박업소, 여행자들을 위한 장소를 만들 거라면서. 이름을 '덫 사냥꾼 동굴 여관'이라고 할 거래요. 그러면서 나한테 빨리 거기로 와서 여관 짓는 걸 도와달라고 하더라고요. 아빠는 우리가 한 재산 모을 수 있을 거라고 장담했어요. 글쎄, 워싱턴에 있는 포트루이스에 배치를 받아서 가 있는 동안, 나는 오토바이를 샀어요(살인 기계라는 이름이 더 딱 맞겠지만). 그래서 제대하자마자 알래스카로 향했죠. 벨링엄까지는 잘 갔는데. 거기 국경선 근처까지. 비가 내리는 날이었는데, 오토바이가 미끄러졌어요."

이 사고 때문에 아버지와의 재회가 1년이나 늦어졌다. 수술

받고 입원한 기간이 여섯 달이나 되었다. 남은 기간에는 벨링엄 근처의 숲 속, 인디언 출신의 젊은 나무꾼이자 낚시꾼인 남자의 집에서 기력을 회복하면서 보냈다. "조 제임스. 그 사람과 그 사람 부인이 잘 보살펴줬어요. 나이 차는 두세 살밖에 되지 않았지만, 나를 자기들 집에 받아들여주고 마치 내가 자기 자식인 것처럼 대해줬어요. 그건 좋았어요. 왜냐하면 그 사람들은 자기 아이들의 문제를 다 떠맡으면서도 애들을 좋아했으니까요. 그때는 애가 넷이었어요. 나중에는 일곱 명까지 늘었지만. 그 사람들, 조하고 그 가족은 나한테 참 잘해줬어요. 나는 목발을 짚고 다녀서 거의 아무것도 혼자 못 했죠. 그냥 앉아 있어야만 했어요. 그래서 뭔가 할 일을 찾기 위해서, 쓸모 있는 인간이 되기 위해서 일종의 학교 같은 걸 시작했어요. 학생은 조의 아이들하고 애들 친구 몇 명하고. 응접실에서 수업을 열었어요. 나는 하모니카와 기타를 가르쳤어요. 그림하고 습자도. 모두 내 글씨체가 너무 멋있다고 말하고는 했어요. 사실 그랬거든요. 사실 습자에 대한 책을 한 권 사서 책에 나와 있는 글씨와 똑같이 쓸 수 있게 될 때까지 연습을 해서 그렇게 된 거예요. 그리고 우리는 이야기책을 읽기도 했죠. 애들이 한 명씩 돌아가면서 읽고, 애들 읽는 걸 들으면서 나는 틀린 걸 고쳐줬어요. 재미있었죠. 나는 어린아이들을 좋아해요. 작은 애들이요. 그때는 참 좋았죠. 하지만 봄이 왔어요. 아직 걸으면 좀 아팠지만, 걸을 수 있긴 있었어요. 그리고 아빠는 아직도 날 기다리고 있었고."

기다리기는 했지만 가만히 손놓고 있었던 것은 아니었다. 페리가 사냥 여관이 세워질 자리에 도착했을 즈음에 아버지는 혼자 작업해서 가장 힘든 잡일들은 다 끝내놓고 있었다. 땅을 고르고, 필요한 재목을 잘라놓고, 자연석을 쪼개서 몇 수레씩 실어다 놓고. "하지만 아빠는 내가 올 때까지 집 짓는 작업에 착수하지 않았더라고요. 우리는 짜잘한 거 하나까지도 직접 했어요. 가끔씩 인디언 일꾼을 쓰기는 했지만. 아빠는 거의 미친 사람 같았어요. 무슨 일이 생기든 전혀 상관 안 했죠. 눈보라가 몰아치고, 폭우가 쏟아지고, 바람이 불어서 나무가 갈라질 정도가 되어도 계속 일했어요. 지붕을 얹던 날, 아빠는 지붕 위에서 춤추면서 소리 지르고 웃고 그랬어요. 완전히 지그 춤을 추는 거 같았어요. 뭐, 여관은 특이한 곳이 되기는 했어요. 한 번에 스무 명까지 잘 수 있었죠. 거실에는 커다란 벽난로가 있고. 각테일 라운지도 있었어요. 토템 기둥 각테일 라운지라나. 거기서 내가 손님들을 대접하도록 되어 있었어요. 노래하고 뭐 그런 것도 하면서. 우리는 1953년 말에 영업을 시작했어요."

하지만 사냥꾼들은 기대했던 것만큼 와주지 않았다. 여행객들이 가끔 고속도로를 따라가다가 몇 명 흘러 들어와서는 잠깐 멈춰서 믿을 수 없을 만큼 시골다운 '덫 사냥꾼 동굴 여관'의 사진을 몇 장 찍고 가는 게 다일 뿐, 거기서 묵고 가는 사람은 없었다. "잠깐 동안은 우리도 억지로 믿었어요. 조금 있으면 장사가 잘 될 거라고. 아빠는 여관을 꾸몄어요. 추억의 정원을 만들고. 소원을 비는 우물을 만들고. 간판을 고속도로 위아래에 걸어놓고. 하지만 무엇 하나 돈이 되진 않았어요. 아빠가 그런 짓을 해봤자 더 이상 소용도 없고 이제까지 한 일이라고는 가진 돈을 다 낭비해버린 것밖에 없다는 걸 알았을 때, 아빠는 그 화풀이를 다 나한테 했어요. 나를 깔아뭉개면서요. 망신을 주었죠. 내가 내 몫의 일을 제대로 못 했다고 그러고. 그게 자기 책임이 아니라, 내

책임이라는 거예요. 돈도 없고, 먹을 것도 점점 떨어져가는 그런 상황에서는 서로의 신경을 긁을 수밖에 없죠. 마침내 쫄쫄 굶게 되는 시점까지 왔어요. 그것 때문에 우리가 싸우고 사이가 끝장난 거예요. 눈에 보이게요. 비스킷 하나 때문에. 아빠는 내 손에서 비스킷을 홱 낚아채더니 내가 너무 많이 먹는다고, 너는 왜 이렇게 욕심이 많으냐고, 이기적인 개새끼라고, 빨리 나가버리라고, 꼴도 보기 싫다고 그러더라고요. 아빠는 내가 참을 수 없을 때까지 계속 그랬어요. 나는 손으로 아빠 목을 졸랐어요. 내 손으로요. 하지만 나도 어떻게 제어가 안 되어서 그런 거예요. 거의 아빠를 목 졸라 죽일 뻔했죠. 하지만 아빠는 미꾸라지처럼 잘 빠져나가고 레슬링도 잘하죠. 아빠는 손을 풀어내더니 총을 가지러 갔어요. 그러더니 돌아와서는 총을 나한테 겨누는 거예요. 아빤 말했어요. '날 봐라, 페리. 이게 니가 세상에서 보는 마지막 모습이 될 거다'라고. 나는 그냥 땅에 못 박힌 듯 서 있었죠. 하지만 그때 아빠는 총이 장전되지 않았다는 걸 깨닫고 나서는 막 울기 시작하는 거예요. 땅바닥에 주저앉아 애들처럼 발버둥을 치면서. 그러니까 더 이상 아빠한테 화가 나지 않는 것 같았어요. 아빠가 불쌍했어요. 우리 둘 모두. 하지만 그래 봤자 소용은 없었죠. 할 말이 없었어요. 나는 좀 걸을까 싶어 밖으로 나갔죠. 4월이었지만, 숲에는 눈이 수북이 쌓여 있었어요. 나는 밤이 될 때까지 걸었죠. 돌아오자, 여관은 어두웠고 모든 문이 잠겨 있었어요. 그리고 내 물건이 모두 눈이 쌓인 땅바닥 위에 널려 있었죠. 아빠가 던져버린 자리에. 책이랑, 옷이랑, 모든 게요. 나는 그냥 그 자리에 놔두었어요. 기타만 빼고는요. 나는 기타를 집어 들고 고속도로 쪽으로 내려갔어요. 주머니에는 지폐 한

장 없었죠. 자정쯤 되자, 트럭 한 대가 멈추더니 태워줬어요. 운전사가 어디까지 가느냐고 묻기에, 나는 '어디로든 이 차가 가는 대로 갈 겁니다'라고 말했죠."

몇 주 후, 다시 제임스 가족의 집에서 잠시 머물던 페리는 최종적으로 갈 곳을 확고히 정했다. 매사추세츠 주의 우스터, "군대 동기"의 고향 마을이었다. 페리는 그 친구가 자기를 받아주고 "월급이 센 직업"을 구하도록 도와줄지 모른다고 기대했다. 빙빙 돌아가는 바람에 동부로 가는 여행은 길어졌다. 페리는 오마하 식당에서 접시를 닦기도 하고, 오클라호마 주유소에서는 기름 넣는 일도 했으며, 텍사스에 있는 농장에서 한 달 정도 일하기도 했다. 1955년 7월에 페리는 우스터로 가는 길에 필립스버그라고 하는 작은 캔자스 마을에 이르렀다. 거기서 그의 "운명"은 "불량한 길벗이라는 인간의 형태"를 하고 나타났다. "그 친구 이름은 스미스였어요. 나랑 성이 같았죠. 이름은 뭔지 생각도 안 나요. 그냥 어디 가다가 우연히 만난 사람이에요. 그놈은 차를 갖고 있었는데, 나한테 시카고까지 태워다주겠다고 했어요. 어쨌거나 캔자스를 지나쳐 갈 때 이 필립스버그라는 조그만 마을에 오게 되었고 거기서 지도를 보려고 잠깐 멈췄어요. 일요일인 것 같았어요. 가게 문은 닫혔고. 거리는 조용했고. 내 친구는, 그 녀석 지금은 잘 살려나, 거기를 한번 둘러보더니 제안을 하나 했어요." 제안이란 가까운 곳에 있는 건물, 챈들러 소매상을 털자는 것이었다. 페리는 그러자고 했고, 두 사람은 황량한 점포 안에 들어가 사무실 물품(타자기와 계산기)을 꽤나 많이 훔쳤다. 며칠 후에 이 도둑들이 미주리 주의 세인트조지프 시에서 교통신호만 안 어겼어도 이 절도 행각은 성공했을 것이다.

"그 잡동사니들이 아직도 차 안에 있었어요. 우리 차를 세운 경찰이 차 안에 뭐가 있는지 보자고 했죠. 잠깐 검사를 해보더니 경찰들은 우리를 캔자스, 필립스버그로 돌려보내야겠다고 하더군요. 진짜 깜찍한 감옥이 있는 데로. 감옥을 좋아해야 그런 생각도 하는 거지만." 48시간 안에 페리와 그의 동료는 창문 하나가 열린 것을 발견하고 그리로 탈옥해서 차를 하나 훔쳐다가 북서쪽으로 몰아 네브래스카 주 맥쿡까지 갔다. "금방 우리는 돈이 떨어졌어요. 나랑 그 스미스라는 녀석은. 나는 그 친구가 어떻게 됐는지도 몰라요. 우리 둘 다 FBI의 수배자 명단에 있었거든요. 하지만 내가 아는 한 개는 경찰에 안 잡힌 것 같던데."

그해 11월, 어느 비 오는 오후 페리는 그레이하운드 버스를 타고 가서는 우스터, 가파르고 오르막내리막이 심한 거리들이 날씨가 가장 좋을 때도 무력하고 불친절해 보이는 매사추세츠의 공장 마을에 내렸다. "나는 친구가 산다는 집을 찾아냈어요. 한국전쟁 때 같이 근무한 군대 동기. 하지만 사람들 말로는 그 친구는 벌써 여섯 달 전에 떠났고 어디로 갔는지도 알 수 없다대요. 재수도 없죠. 실망도 많이 했고. 세상이 끝난 것 같았어요. 그래서 나는 주류 판매상을 찾아서, 레드 와인 4리터짜리를 사가지고서는 버스 터미널로 도로 가 거기 앉아서 술을 마시며 몸을 좀 뜨뜻하게 데웠죠. 진짜로 느긋하게 앉아 있었는데, 한 남자가 다가오더니만 나를 노숙자라며 체포했어요." 경찰은 페리의 이름을 '밥 터너'로 기록해놓았다. FBI 수배자 명단에 있기 때문에 페리는 그냥 그 이름을 댄 것이었다. 그는 14일 동안 감옥에 있다가 10달러 벌금을 부과받고 풀려나서는 어느 비 오는 11월 오후 우스터를 떠났다. "뉴욕으로 가서 8번로에 있는 호텔에 방을 하나 잡았어요. 42번가하고 가까운 데였죠. 마침내 나는 야간작업을 할 수 있게 되었어요. 싸구려 상가 주변에서 할 수 있는 시시한 일들이죠. 바로 거기 42번가에, '오토매트' 바로 옆이었어요. 내가 밥을 먹던 식당이죠. 뭐, 밥을 먹게 되면 그렇다는 거지만. 세 달이 넘도록 나는 브로드웨이 근방을 떠나본 적이 없는 거나 다름없었죠. 첫째 이유는 제대로 된 옷이 없어서였고. 그냥 서부 카우보이 옷 같은 거밖에 없었어요. 청바지하고 부츠하고. 하지만 거기 42번가에서는 아무도 신경 안 쓰죠. 별별 사람이 다 있으니까. 내 인생 통틀어서 그렇게 이상한 놈들을 많이 본 적이 없다니까요."

페리는 네온불빛이 번쩍이는 추악한 동네에서 팝콘과 뭉근히 끓어오르는 핫도그, 오렌지 음료 냄새가 가득한 공기를 마시며 겨울을 났다. 하지만 그 후, 봄이 가까이에 온 어느 맑은 3월의 아침에 일이 터졌다. 페리는 그 일을 이렇게 기억하고 있었다. "FBI 개새끼 두 놈이 나를 깨웠어요. 나를 호텔에서 체포했죠. 탕! 나는 다시 캔자스로 호송되었어요. 필립스버그로. 그 귀여운 감옥 안으로. 그놈들은 내 죄를 속속들이 들추어냈더라고요. 절도, 탈옥, 차량 절도. 나는 5년에서 10년을 선고받았어요. 랜싱에서요. 거기서 잠깐 지내다 아빠에게 편지를 썼어요. 소식을 알려줬죠. 다음에는 바버라 누나에게도 편지를 썼고. 그때까지 몇 년이 흐르는 동안 나에게 남은 형제라고는 누나뿐이었어요. 형은 자살했고. 펀 누나는 창문에서 떨어졌고. 엄마는 죽었고. 죽은 지 8년 됐다고 그러대요. 모두 다 가버리고 아빠랑 바버라만 남았죠."

바버라가 보낸 편지는 페리가 멕시코시티의 호텔 방에 남겨두는 게 꺼림칙해 골라 온 물건 다발 속에 끼어 있었다. 편지는 아주 편하게 읽을 수 있는 글씨체로 쓰여 있었으며 날짜는 1958년 4월 28일로 되어 있었다. 그때 편지의 수신자는 감옥에서 2년 정도 보낸 참이었다.

사랑하는 동생 페리에게,

네가 보낸 편지를 오늘 받았어. 더 빨리 답장하지 못해서 미안하다. 여기 날씨는 거기나 마찬가지로 점점 따뜻해지고 있어. 나는 아마 봄을 타는 것 같은데, 기운을 차리려고 노력 중이다. 네가 보낸 첫 번째 편지는 아주 심란하더라. 너는 그래서 내가 답장을 안 했다고 생각할지도 모르겠지만, 그 때문은 아니야. 거짓말 아니고, 아이들 키우느라 항상 바빠서 너한테 편지를 쓰고 싶어도 느긋하게 앉아서 쓸 시간이 언제나 없더라. 도니는 이제 문을 열 줄 아는데 의자나 다른 가구에 마구 올라가는 바람에 애가 떨어질까 봐 난 항상 안절부절못하고 있어.

이젠 애들을 가끔 마당에 나가서 놀게 해도 돼. 하지만 내가 딴 데 신경을 팔고 있으면 다칠지도 모르니까 나가서 애들하고 항상 같이 있어야 해. 하지만 영원한 것은 아무것도 없으니까 애들이 블록 쌓기 놀이를 시작하게 되어서 어디 가 있는지 모르게 되면 섭섭해지겠지. 네가 관심 있을지도 모르니 애들 치수를 적어 보낸다.

	키	몸무게	신발 치수
프레디	92.7센티미터	12킬로그램	135밀리미터(좁은 볼)
베이비	95.2센티미터	13.3킬로그램	140밀리미터(좁은 볼)
도니	86.3센티미터	11.8킬로그램	125밀리미터(넓은 볼)

도니가 15개월 된 애치고는 상당히 크지. 이도 열여섯 개나 났고, 말도 얼마나 잘하는지 몰라. 사람들이 애를 얼마나 예뻐한다고. 도니는 벌써 베이비와 프레디랑 같은 치수의 옷을 입는단다. 물론 바지는 아직도 좀 길지만.

이 편지는 길게 쓸 작정이야. 그러니까 아마 중간에 멈췄다가 다시 쓰는 일이 많을 것 같아. 지금도 도니 목욕해야 할 시간이거든. 베이비와 프레디는 오늘 오전에 했고. 오늘 날씨가 너무 추워서 애들을 안에 들여놨지. 곧 돌아올게.

먼저 내 타자 솜씨로 말하자면, 거짓말은 못 하겠다. 나는 타자를 잘 못 쳐. 독수리 타법이라 어떻게 간신히 치기는 하고 애 아빠가 사업 관계 문서를 만드는 걸 도와주기는 하지만, 아마 노하우를 아는 사람이 하면 15분이면 충분할 일을 하는 데 1시간은 걸린단다. 솔직히 전문적으로 배울 시간도 없고 그러고 싶은 마음도 없어. 하지만 타자기 앞에 붙어 연습해서 점점 능숙하게 타자를 칠 수 있게 되면 너무 멋질 것 같아. 우리는 모두 적응력이 좋잖아. (지미 오빠, 펀 언니, 너, 나.) 그리고 우리 모두 예술적인 감성은 타고났잖아. 엄마와 아빠도 예술적이었지.

솔직하게 말해서 나는 우리가 각자 살면서 무슨 일을 겪었든 간에 다른 사람을 탓할 수는 없다고 생각해. 사람이 일곱 살이면 다들 이성적으로 사고할 수 있는 시기에 도달한다는 게 증명되었다며? 그러니까 이 나이가 되면 사람은 옳고 그른 것을 이해하고 그 차이를 구분할 수 있다는 거야. 물론 환경이 인생에서 무진장 중요한 역할을 하기는 하지. 내 경우에는 수도원이 그랬어. 나는 수도원이 베풀어준 것에 감사하고 있어. 지미는, 오빠는 우리 중에서 제일 강했지. 아무도 하라고 하지 않는데도 오빠가 혼자 일하고 학교에 다니던 걸 난 기억해. 자수성가할 수 있었던 것은 오빠 자신에게 의지가 있었기 때문이야. 나중에 그런 일이 왜 일어났는지는 언제까지나 이유를 알 수 없을 거야. 오빠가 왜 그런 일을 저질렀을까. 아직도 그 생각만 하면 마음이 아파. 정말 아까운 사람이야. 하지만 우리는 인간의 약점을 통제할 수가 없어. 이건 펀 언니나 우리를 포함한 다른 사람 수십만 명에게도 다 적용되는 얘기야. 너의 경우에는, 네 약점이 뭔지는 모르겠지만 느낄 수는 있어. 한 번 체면을 구긴 건 부끄러운 일이 아냐. 체면을 구기는 짓을 '계속'하면 그게 부끄러운 거지.

애정을 다해서 솔직하게 말하는데, 너는 이제 내게 하나밖에 남지 않은 동생이고, 우리 애들 삼촌이야. 네가 아버지를 대하는 태도나 감옥에 갇혀 있는 것에 대한 태도, 둘 다 정당하거나 올바르다고 생각하지 않고 그렇게 말해줄 수도 없구나. 그런 식으로 계속 쌀쌀맞게 굴지 말고 미리 마음을 가라앉히는 게 좋을 거야. 어떤 사람도 비난을 기분 좋게 받아들이지 못하고, 이런 비난을 해댄 사람에게 어느 정도 악감정을 품게 마련이니까. 그래서 나는 두 가지 각오를 하고 있어. 너한테서 편지가 안 올지도 모른다는 것과, 네가 나를 어떻게 생각하는지 대놓고 말하는 편지를 보낼지도 모른다는 것.

내 생각이 틀렸으면 좋겠다. 그리고 네가 이 편지를 읽고 진지하게 생각을 한 다음 다른 사람들이 어떻게 생각하는지 이해하고 노력했으면 좋겠어. 내가 무슨 권위가 있어서 이런 말을 하는 것도 아니고, 내가 똑똑하고 교육을 많이 받았다고 자랑하려는 것도 아냐. 나는 다만 기본적으로 논리적인 생각을 할 줄 알고 삶을 하느님과 인간의 법칙에 따라 살아가려고 하는 의지가 있는 보통 사람일 뿐이라고 생각해. 또한 나도 보통 사람들처럼 가끔은 '타락'할 때가 있는 것도 사실이야. 말한 대로 나도 인간일 뿐이고, 따라서 인간적인 약점을 너무 많이 가지고 있으니까. 그러니까 다시 요지를 말하자면, 부끄러워할 건 없다는 거야, 체면 좀 구겼다고 해서. 체면을 계속 구기는 일을 한다면 그게 부끄러운 거지. 자신의 단점과 실수를 자기 자신보다 더 잘 아는 사람은 없는 거니까, 더 이상 길게 얘기하진 않겠다.

그럼 먼저, 가장 중요한 얘기부터 할게. 네가 잘못했건 잘했건 아빠가 책임질 일은 아무것도 없어. 네가 저지른 일은 맞든 틀리든 간에 너 스스로 저지른 일이야. 내가 알고 있기론 말이지, 너는 상황이나 너를 사랑하는 사람들과는 하등 상관 없이 너 좋은 대로만 하면서 살았잖아. 사람들이 상처받건 말건. 이 사실을 아는지 모르는지는 잘 모르겠지만, 네가 지금 감옥에 있는 건 아빠한테도 창피스러운 일이지만 나한테도 마찬가지야. 네가 저지른 일 때문에 창피한 게 아니야. 나한테는 네가 진심으로 후회하는 것처럼 보이지도 않고, 법이나 다른 사람들이나 뭐든 존중하는 마음을 보여주지 않기 때문이라고. 너는 편지에 은근하게 모든 문제가 네 탓이 아니고 다른 사람 탓인 것처럼 썼더라. 나도 네가 똑똑하고 어휘력이 있다는 건 인정해. 게다가 너라면 뭐든지 하고 싶은 일을 할 수 있고, 잘할 수 있을 거라고 생각해. 하지만 네가 하고 싶은 일이 도대체 뭐고, 뭐든 하기로 한 일을 이루려고 정직하게 노력해볼 생각은 해봤니? 좋은 건 쉽게 얻을 수 없는 거야. 너도 벌써 이런 얘기를 여러 번 들었겠지만 한 번 더 듣는다고 해될 건 없겠지.

아빠에 대해서 사실대로 알고 싶을까 봐 알려준다. 아버지는 너 때문에 아주 많이 상심하셨어. 아버지는 너를 꺼내 데려오기 위해서라면 무엇이든 하실 거야. 하지만 네가 아버지를 계속 상처주기만 할까 걱정된다. 아빠는 건강이 별로 좋지 않고 이제 나이도 드셔서, 흔한 말로 무 자를 힘도 없으셔. 아버지가 가끔 잘못한 때도 있었고, 그렇다는 걸 아버지도 아시지만, 아버지는 뭘 갖고 계시든 어디를 가시든 간에 당신의 일생과 재산을 너와 나누고 싶어 하시잖니. 너 말고 다른 사람한테는 이렇게 안 하셔. 그렇다고 해서 네가 아빠한테 언제까지나 감사를 드려야 한다거나 네 인생을 바쳐야 한다는 뜻은 아니야. 하지만 적어도 아버지에게 존경과 어느 정도 예의는 보여줘야 하는 거 아니니. 개인적으로 말해서 나는 아빠가 자랑스러워. 난 아버지를 사랑하고 존경해. 아빠가 아들과 함께 '외로운 늑대'처럼 살기로 했었다는 사실이 안타까울 따름이야. 그러지 않았으면 우리와 함께 살면서 우리의 사랑을 받을 수 있으셨겠지. 작은 트레일러 안에서, 그래도 아들이라고 너를 애타게 기다리면서 외로이 지내지 않으셨을 거야. 나는 아버지가 걱정돼. '나'라고 말할 때는 내 남편도 포함하는 거지. 남편도 아버지를 존경하니까. 왜냐하면 아버지는 진짜 사나이거든. 아빠가 정규 교육을 많이 받지 않은 건 사실이지만, 학교에서 우리가 배운 거라고는 고작 단어를 알아보는 방법이나 철자를 쓰는 법 같은 것뿐이고, 이런 것들을 현실에 적용하는 것은 진짜 삶에서 배운 경험하고는 다른 문제지. 아빠는 삶에서 배운 분이니 네가 아빠보고 배우지 못했느니 우리 인생의 문제들이 가지는 "과학적인 뜻 같은 걸" 이해하지 못한다느니 하는 말을 지껄이는 건 네가 무식하다는 얘기밖에 안 되는 거야. 잘못을 해도 뽀뽀해주면서 토닥거리고 모두 잘되라고 바로잡아줄 사람은 이 세상에서 부모밖에 없단다. 그건 '과학적으로' 설명하는 게 아니야.

이런 심한 얘기를 해서 미안하지만, 할 얘기는 해야겠다. 이런 애기가 [교도관들에게] 검열당할지도 모르지만, 네가 결국에 석방된다면 설마 이 편지가 해가 되지는 않을 거라고 진심으로 믿고 있다. 하지만 네가 얼마나 주위에 폐를 많이 끼쳤는지는 너도 알고 깨달아야 한다고 생각해. 그래서 내가 가족에게 쏟는 정성만큼이나 아빠는 중요한 사람이야. 하지만 아빠가 사랑하는 건 너뿐이야. 즉, 아빠의 '가족'은 너뿐이라고. 아빠도 물론 내가 아빠를 사랑한다는 걸 아시지만, 그래도 친밀감은 없지.

네가 구속된 건 하나도 자랑할 만한 일이 아니고, 너는 그 사실을 안고 살면서 그 오명을 평생 동안 씻어야지. 그렇지만 모든 사람이 다 멍청하고 무식하고, 이해심이 없다는 식으로 굴면 될 리가 없어. 넌 자유의지를 가진 인간 아니니. 자유의지란 널 동물 수준 이상으로 올려놓는 거야. 하지만 네가 감정이나 같은 인간에 대한 동정도 없이 살아간다면 동물이나 다름없는 거야. "눈에는 눈, 이에는 이"라고 생각하면, 행복이나 마음의 평화는 그렇게 살아선 얻을 수 없어.

책임감 말을 하자면, 누군들 책임을 지고 싶겠니. 하지만 우리 모두가 살고 있는 사회와 사회의 법에 대해 책임이 있는 거야. 가정이나 아이들, 혹은 일에 대해 책임을 지는 때가 오면 소년에서 어른으로 자라나는 거지. 세상 사람들이 모두 다 "나는 책임지지 않고 살고 싶어, 생각하는 대로 맘대로 말하고 나 혼자 하고 싶은 대로 하고 싶어"라고 말한다면 세상이 얼마나 엉망이 될지 너도 알겠지. 우리는 모두 자유롭게 말하고 개인이 하고자 하는 일을 할 수 있어. 언론과 행동의 자유가 다른 사람에게 해를 입히지 않는 한에서.

생각해봐, 페리. 너는 보통 사람보다 지성적이잖니. 하지만 어쨌거나 너의 생각은 약간 정상이 아냐. 아마 감옥 생활을 하느라 긴장해서 그럴지도 모르지. 뭐든 간에, 기억해둬. 책임질 사람은 바로 너고 인생의 이 순간을 극복하는 것도 오직 너한테 달린 거야. 빨리 답장해주길 바랄게.

사랑을 담아 기도하며,
누나와 매형
바버라, 프레더릭, 가족이

페리는 이 편지를 잘 간직하여 특별한 보물 사이에 놔두었지만 그 애정에 그렇게까지 감복하지는 않았다. 감복과는 오히려 거리가 멀었다. 페리는 바버라를 "혐오"했다. 어느 날 페리는 딕에게 이렇게 말하기도 했다. "내가 인생에서 딱 하나 후회하는 게 있는데, 우리 누나가 그 집에 있었으면 딱 좋았을 건데 하는 거야." (딕은 웃어넘긴 뒤 비슷한 희망사항을 고백했다. "나도 내 두 번째 마누라가 거기 있었으면 얼마나 재미있을까 계속 생각했어. 그년이랑 빌어먹을 그 처가 식구들이랑.") 페리는 자기 감방 친구, "초특급으로 똑똑한" 윌리제이가 그 편지를 "아주 감상적으로" 분석한 내용을 써주었다는 이유만으로 그 편지를 소중히 여겼다. 이 분석서는 줄 간격을 두 배로 해서 타자로 친 것으로 두 장이나 되었으며 맨 위에는 〈내가 이 편지에서 받은 인상〉이라는 제목이 붙어 있었다.

내가 이 편지에서 받은 인상

1) 네 누나가 이 편지를 쓰기 시작할 때는 동정에 가득 차서 기독교 교리를 보여주려는 의도가 있었다. 즉, 네 편지에 대한 답장을 써야 하는데 네 편지가 기분 나빴기 때문에, 널 자극해서 이전 편지에 대해 후회하게 하고 다음 편지를 받을 때 너를 방어적인 입장에

놓이게 하려고 자기의 다른 쪽 뺨을 내어주려 한 것이다.

하지만 아무리 진지한 생각이라도 감상주의 때문에 곪았을 때는 공통적 윤리를 이용해서 교리를 성공적으로 설파할 수 있는 사람은 없다. 너의 누나는 이런 실패를 잘 보여주는 모범 예다. 편지를 쓰다보니 분통이 터져서 판단력이 흐려지는 모습을 보여주고 있다. 누나의 생각은 훌륭할 뿐 아니라 명확한 지성의 산물이지만, 어느 한쪽에 치우치지 않은 객관적인 지성은 아니다. 너희 누나는 지적이지만 추억과 좌절에 감정적으로 반응한 나머지 정신이 한쪽으로 몰려버렸다. 결과적으로 누나의 훈계는 현명할지 모르지만, 네가 다음 편지에서 누나를 상처 입히는 것으로 똑같이 앙갚음하는 것 말고는 별다른 결과를 불러일으키지는 못하게 되었다. 그래서 이런 과정이 돌고 돌아 더 커다란 분노와 좌절로 끝나게 되는 것이다.

2) 바보 같은 편지지만 인간의 실패를 담고 있다.

네가 누나에게 보낸 편지와 누나가 네게 보낸 답장은 목적을 달성하지 못하고 있다. 너는 편지에서 네가 삶을 보는 관점을 설명하려고 했는데, 이는 네가 필연적으로 그 관점에 영향을 받고 있기 때문이다. 그 편지는 곡해되거나 글자 그대로 받아들여질 수밖에 없다. 왜냐하면 너의 생각은 세상의 관습과 반대이기 때문이다. 세 아이를 두고 가족에게 '헌신'하는 가정주부보다 더 관습을 잘 따르는 사람이 누가 있겠는가???? 누나가 관습을 따르지 않는 사람을 혐오하는 것도 당연하지 않은가. 관습에는 상당한 위선이 따른다. 생각이 조금이라도 있는 사람이라면 이런 역설을 알 것이다. 하지만 관습에 순종하는 사람을 다룰 때는 그 사람이 위선자가 아닌 것처럼 대하는 게 유리하다. 한 사람이 자신의 의지에 충실한가 하는 것이 문제가 아니다. 관습이 너를 계속 위협하는 것을 피하고 한 인

격체로 남아 있기 위해서는 타협을 해야 한다는 문제다. 누나의 편지는 성공하지 못했는데 누나는 네가 가진 문제의 심오함을 인식하지 못했기 때문이다. 누나는 환경에, 지성에 좌절을 느끼고 있었고, 고립되고자 하는 경향이 점차 커져서 너에게 가해진 억압을 전혀 가늠할 수 없었다.

3) 누나는 다음과 같이 느끼고 있다.

가) 너는 너무 심하게 자조적이다.

나) 너는 너무 계산적이다.

다) 너는 내가 엄마로서 임무를 다하기도 바쁜데 이렇게 여덟 장이나 되는 편지를 써줄 가치가 있는 인간이 아니다.

4) 3페이지에 누나는 이렇게 썼다. "나는 우리가 각자 살면서 무슨 일을 겪었든 간에 다른 사람을 탓할 수는 없다고 생각해." 이 말은 누나가 자기 발달 단계에 영향을 주었던 사람들의 의견에 동조하는 말이다. 하지만 이 말이 과연 전적으로 진실인가? 너희 누나는 아내이자 어머니다. 존경받는 입장이고 다소 안전하다. 우비가 있으면 비가 와도 쉽게 무시할 수 있다. 하지만 평생을 거리에서 몸을 팔아 먹고살아가야 한다면 누나라도 어떤 기분이 들겠는가? 과거를 함께한 사람들을 다 용서할 수 있나? 절대 아닐 것이다. 다른 이들이 우리가 실패했을 때 공감한다는 기분을 느끼는 것보다 더 흔한 일도 없다. 우리가 성공했을 때 함께 나눈 사람을 잊어버리는 게 보통 사람들이 보여주는 반응인 것과 마찬가지다.

5) 너희 누나는 너희 아버지를 존경한다. 또한 누나는 네가 편애를 받았다는 사실에 분개하고 있다. 누나의 질투는 이 편지에서 미묘한 형태로 나타난다. 행간을 잘 읽으면 누나가 이런 질문을 하고 있는 걸 알 수 있다. "나는 아빠를 사랑했고, 나 같은 딸을 둔 것을

아빠가 자랑스럽게 생각할 수 있도록 열심히 살아왔어. 하지만 나는 아빠의 사랑에서 떨어진 부스러기나 주워 먹으며 만족해야 했지. 아빠가 사랑하는 건 너니까. 왜 그래야만 하는 거야?"

너의 아버지가 편지로 너희 누나의 격한 감정을 오랜 세월 동안 이용해온 게 확실하다. 누나가 아버지를 생각하는 마음을 정당화해주는 그림을 그려보면 이렇다. 아들에게 애정과 걱정을 다 퍼부어주었지만, 그 아들은 배은망덕하게 은혜를 저버려서 자신이 베푼 것의 대가로 그 아들에게 하찮은 대접이나 받는 패배자.

7페이지에 보면, 누나는 자기 편지가 검열당할까 걱정하는 척했지만 실은 전혀 걱정하지 않는다. 누나는 편지가 검열을 거친다는 사실을 기뻐하고 있다. 누나는 마음속에서 검열하면서 이 편지를 썼고, 스미스 가족이 실제로는 아주 조화를 잘 이룬 가정이라는 생각을 전달하고 싶었던 것이다. "페리만 보고 우리 모두를 판단하지는 말아주세요"라는 얘기다.

부모는 애들이 잘못해도 뽀뽀해주고 토닥거려줄 수 있다는 얘기는 여성다운 형식으로 비꼬는 것이다.

6) 너는 다음과 같은 이유로 누나에게 편지를 써야 한다.

가) 너는 그럭저럭 누나를 사랑하는 편이다.

나) 너는 외부 세계와 이런 접촉을 가질 필요성을 느끼고 있다.

다) 너는 누나를 이용할 수 있다.

예측: 너와 누나가 편지를 주고받는다고 해도 순수한 사교적 기능 말고는 별다른 소용이 없을 것이다. 누나가 이해할 수 있는 범위 안에서 편지의 주제를 유지해라. 너의 개인적인 결론을 털어놓지는 말아야 한다. 누나가 자기를 방어하게 만들지 말고 누나 때문에 너 자신을 방어하지도 마라. 너의 목적을 이해하는 데 한계가 있는

누나를 존중해주고 누나가 아버지를 비난하는 것에는 민감하다는 사실을 기억해라. 누나에 대해서 일관적인 태도를 유지하면서 누나가 네가 약하다는 인상을 갖고 있는 한 굳이 더 그렇게 생각하게 만들 필요는 없다. 누나의 선의가 필요하기 때문이 아니다. 이런 편지를 더 많이 받게 될 수도 있는데 그러면 '벌써 위험한 수위에 다다른 너의 반사회적 본능을 증가시킬 수 있기 때문이다'.

끝

정리하고 골라내는 일을 계속하다보니, 너무 소중해서 떼어놓을 수 없는 물건들이 금방 산더미처럼 쌓였다. 하지만 어떻게 해야 한단 말인가? 페리는 한국전쟁에서 받은 청동성장이나 고등학교 졸업증(감옥에 있는 동안 오래 미뤄왔던 공부를 다시 시작해 얻은 결과로, 리븐워스 군 교육위원회에서 발급해주었다)을 위험에 처하게 할 수는 없었다. 또 사진이 가득 들어 빵빵한 마닐라 종이봉투를 잃어버려서도 안 되었다. 사진은 주로 페리를 찍은 것이었는데 상선 해병대에 있던 시절에 찍은 아주 어린 소년의 것부터(사진 뒷면에 페리는 "열여섯 살 때. 어리고, 기꺼이 행운을 찾아 떠날 마음이 있었으며 순수했던 시절"이라고 적어놓았다) 최근에 아카풀코에서 찍은 것까지 다양했다. 그것 말고도 페리가 꼭 가지고 가야 한다고 결심한 물건이 한 50개쯤 되었는데, 그중에는 보물 지도와 오토의 스케치북, 두툼한 공책 두 권이 있었다. 좀 더 두툼한 공책은 개인 사전으로 쓰는 것이었는데 페리는 "아름답다"거나 "쓸모 있다"고 생각했거나 적어도 "기억해둘 만한 가치가 있다"고 생각한 단어들을 이것저것 순서도 없이 목록으로 만들어 거기에 적어두고 있었다. (견본을 보면 이렇다. "가사 상태=죽은 것이나 다름없는 상태 / 범 언어적=여러 언어에 통달한 / 벌금형=형벌의 종류, 법정에서 정해놓은 액수 / 불가지론적인=알 수 없는 / 극악무도한=잔학할 정도로 사악한 / 성소 공포증=성스러운 장소나 물건에 느끼는 무시무시한 공포 / 석화하는=장님풍뎅이 유의 곤충처럼 바위 밑에 사는 / 반감=동정심, 동료 의식이 부족한 / 개똥철학자=철학자 행세를 하고 다니는 사람 / 생 육식=날고기를 먹는 행위, 몇몇 원시부족의 의식 / 약탈 손괴=기물을 부수고, 훔치며, 망치는 일 / 최음제=성욕을 일으키는 약품류 / 거대지형의=손가락이 비정상적으로 커다란 / 야음 공포증=밤과 어둠을 무서워하는 증세")

두 번째 공책의 표지에 페리는 자신이 그렇게나 자랑스러워하는 필체로, 유연하고 여성적인 미사여구가 가득한 원고에 〈페리 에드워드 스미스의 개인 일기〉라는 제목을 달아놓았다. 이 제목은 내용과는 잘 맞지 않았는데, 이 공책의 내용은 전혀 일기 같지 않았고 오히려 이런저런 글을 모은 모음집 형태 같았던 것이다. 여기에는 불명확한 사실들이나("15년마다 화성이 가까워진다. 1958년이 가까워지는 해이다"), 시와 문학 인용("어떤 인간도 혼자서 완전한 섬이 아니다"), 신문이나 책에서 옮기거나 인용한 문구들을 빼곡히 적어놓은 것이기 때문이었다. 예를 들면 이런 식이다.

　　나는 아는 사람은 많지만 친구는 별로 없다. 정말로 나를 이해하는 사람은 거의 없다.
　　슈퍼마켓에 갔다가 새로운 쥐약이 나왔다는 소리를 들었다. 효과는 아주 좋지만, 무색무취인 데다가 완전히 흡수되어 일단 삼키면 사체에 아무런 흔적도 남지 않는다고 한다.

연설을 해달라는 부탁을 받으면 나는 이렇게 말할 것이다. "내 인생에 대해서 무슨 말을 하려고 했는지 전혀 생각이 안 나는군요. 이제까지 살아오면서는 사람들 덕분에 기분 좋아진 일은 별로 많지 않았어요. 따라서 지금 이 자리는 드물고도 놀라운 순간이며, 여러분께 깊이 감사드립니다. 고맙습니다!"

《맨투맨》 2월호에서 흥미로운 기사를 읽었다. "나는 다이아몬드 광산으로 향하는 길을 칼로 헤치며 나아갔다."

"자유와 그에 딸린 특권을 다 누리는 인간이 그 자유를 박탈당한다는 것이 무슨 의미인지 깨닫는 것은 불가능하다." ─얼 스탠리 가드너의 말.

"인생이란 무엇인가? 한밤중에 반짝하는 반딧불의 불빛이다. 겨울날 버펄로의 숨결이다. 인생은 풀 위에 드리워졌다가 해가 지면 사라져버리는 작은 그림자와 같다." ─'검은발' 인디언 부족의 추장인 '까마귀발'의 말.

이 마지막 문장은 빨간 잉크로 적혀 있었고, 초록색 잉크로 별을 그려 가장자리를 장식해놓았다. 인류학자들이 '개인적 중요성'을 강조하기 위해서 쓸 만한 방법이었다. "겨울날 버펄로의 숨결"이라는 문구는 인생관을 명확하게 보여준다. 걱정할 이유가 뭐가 있겠는가? "땀 흘려 일할 필요"가 뭐 있단 말인가? 인간은 아무것도 아니고, 물안개고, 그림자에 빨려 들어가는 그림자일 뿐인데.

하지만, 제기랄, 인간은 걱정을 할 수밖에 없다. 계획을 세워야 하고, 손톱을 뜯으면서 안절부절못하고, "오후 2시에 1박 종료"라는 경고문이 걱정스럽다.

"딕? 내 말 들려?" 페리가 말했다. "벌써 1시야."

딕은 깨어 있었다. 아니 깨어 있는 정도가 아니었다. 딕과 이네스는 사랑을 나누고 있었다. 묵주 기도를 읊는 것처럼 딕은 끊임없이 속삭였다. "기분 좋지, 자기야? 좋지?" 하지만 이네스는 담배를 피우며 가만히 있었다. 어젯밤 자정, 딕이 이네스를 방으로 데려와서 오늘 밤 거기서 잘 거라고 말하자 페리는 마음에는 안 들었지만 손을 들어버리는 수밖에 없었다. 하지만 자신들이 하는 짓이 페리를 자극하거나 단지 '민폐' 이상의 다른 의미가 있을 것이라 생각했다면 두 사람은 잘못 생각한 것이다. 그럼에도 불구하고 페리는 이네스가 불쌍했다. 그 여자는 "멍청하기 짝이 없는 애"였고, 딕이 정말로 자기랑 결혼해줄 것이라 믿고 있었으며 딕이 바로 그날 오후 멕시코를 떠날 계획이라는 것을 꿈에도 몰랐다.

"기분 좋지, 자기야? 좋지?"

페리가 말했다. "빌어먹을, 딕. 빨리 끝내, 알겠냐? 2시까지는 방을 비워야 한다고."

크리스마스를 앞둔 토요일이라 메인 가를 지나는 차들은 엉금엉금 기어갔다. 교통 체증에 갇혀서 듀이는 거리 위쪽에 걸린 크리스마스 꽃 장식을 올려다보았다. 축제용 푸른 나뭇가지에 선홍색 종이 종을 죽 둘러 만든 장식품이었다. 그때야 아내 마리와

아이들에게 줄 선물을 아직 사지 않았다는 게 생각났다. 그의 정신이 클러터 사건과 관련이 없는 일들은 자동으로 제쳐놓은 것이다. 아내와 친구들은 듀이의 집착이 도대체 언제나 끝날지 궁금해하기 시작했다.

친한 친구인 젊은 변호사 클리퍼드 R. 호프 주니어는 대놓고 이렇게 말했다. "앨빈, 자네, 요새 어떻게 되고 있는지 알아? 다른 얘기는 전혀 안 하고 있다는 사실을 알고는 있는 거야?" "글쎄." 듀이는 대답했다. "오로지 그 생각뿐이라서. 그 얘기를 하고 있다가 갑자기 떠오를 수도 있지 않겠어? 전에는 생각 못 했던 사실이 생각나거나, 새로운 각도에서 보게 되거나. 아니면 자네가 말해줄지도 모르지. 제길, 클리퍼드. 이 사건이 미제 사건으로 남으면 내 인생이 어떻게 될지 생각해본 적이나 있나? 앞으로 남은 세월 동안 뭔가 실마리가 없나 계속 찾아볼 거야. 그리고 살인 사건이 날 때마다, 이 나라 저쪽 끝에서 일어났다고 해도 조금 비슷하기라도 하면 이 사건과 무슨 연관이 있는 게 아닌가 하면서 그 사건에도 참견하겠지. 하지만 그뿐이 아니야. 진짜로 나는 이제 클러터나 그 가족을 생전에 그 본인들이 알던 것보다 더 잘 알게 된 것 같은 느낌이 드네. 이제 그 사람에게 홀려버렸어. 계속 홀려 있을 것 같아. 무슨 일이 일어났는지 알아낼 때까지는."

이 수수께끼 같은 사건에 온몸을 다 바치는 바람에 듀이는 그답지 않게 정신이 멍하게 나가 있었다. 바로 그날 아침에도 아내 마리는 "제발, 제발, 잊지 말고……"라고 말했지만 듀이는 아내가 말한 것이 뭔지 기억할 수도 없었고, 기억하고 있지도 않았다. 그러다가 쇼핑하러 나온 차들에게서 벗어나 50번 도로를 따라 홀컴으로 달려가던 중 I. E. 데일 동물병원 앞을 지날 때야 비로소 생각이 났다. 물론이지. 아내가 부탁한 것은 잊지 말고 그 집 식구들이 키우는 고양이, 코트하우스 피트를 데리고 오라는 것이었다. 털에 호랑이 줄무늬가 있는 피트는 몸무게가 6.8킬로그램이나 나갔으며 가든시티 근처에서는 성질 사납기로 널리 알려진 유명인이었다. 그렇지만 그 사나운 성격 때문에 피트는 지금 입원 중이었다. 복서견과 싸우다가 지는 바람에 상처를 입어 두 바늘 꿰매고 항생제 치료를 받아야만 했던 것이다. 데일 의사가 놓아주자 피트는 주인의 자동차 앞좌석에 떡하니 자리를 잡고 홀컴으로 가는 동안 내내 고로록거렸다.

지금 듀이 형사가 갈 곳은 리버밸리 농장이었지만 뭔가 따뜻한 것, 커피 한 잔이 마시고 싶어져서 하트먼 카페에 들렀다.

"안녕하세요, 멋쟁이 형사 양반." 하트먼 부인이 말했다. "뭘 드릴까?"

"커피면 됐습니다."

부인은 한 잔 따랐다. "내 눈이 잘못됐나? 약간 살이 빠진 것 같은데."

"조금 빠졌습니다." 사실 지난 3주간 듀이는 9킬로그램이나 빠졌다. 양복은 건장한 친구한테 빌린 것처럼 헐렁했고, 원래도 얼굴만 봐서는 무슨 일을 하는 사람인지 잘 짐작할 수 없었지만 이제는 전혀 알아볼 수 없을 정도였다. 밀교 수행에 빠져 있는 수도자라고 해도 될 정도였다.

"기분이 어때요?"

"아주 괜찮습니다."

"얼굴은 아주 안되어 보이는걸."

말할 필요도 없다. 하지만 캔자스 주 수사국 수사팀의 다른 형사들, 던츠나 처치, 나이 형사보다 더 심한 것도 아니었다. 확실히 듀이는 해럴드 나이보다는 상태가 좋았다. 나이는 열 감기에 걸려서도 계속 근무하고 있었다. 그런 와중에도 이 지친 네 사람은 계속 700개의 실마리와 소문을 "일일이 확인하고" 있었다. 예를 들면, 듀이는 폴 헬름이 보았다는 살인 전날 클러터 씨를 찾아온 멕시코인 두 사람, 이 유령처럼 사라진 두 사람을 추적하느라 피곤하고도 헛되이 이틀을 보내버렸다.

"한 잔 더 드릴까?"

"괜찮습니다. 고맙습니다, 부인."

하지만 부인은 벌써 주전자를 집어 들고 왔다. "집에서 잘 쉬어야지, 보안관. 꼴을 보니 집에 가야겠구먼."

구석 테이블에서는 위스키를 마시던 농장 일꾼 두 사람이 장기를 두고 있었다. 한 사람이 일어나서 듀이가 앉아 있는 카운터로 왔다. 그가 말했다. "우리가 들은 게 사실이오?"

"뭐냐에 따라 달렸죠."

"당신네들이 잡아 간 사람 말이오. 클러터네 집을 어슬렁거리던 사람. 그 사람이 범인이라며. 우린 그렇게 들었는데."

"잘못 들은 것 같습니다, 어르신. 네, 잘못 들으셨습니다."

무기를 불법 휴대한 죄목으로 현재 군 교도소에 수감 중인 조너선 대니얼 에이드리언은 토피카 주립병원에 정신병으로 입원한 전력이 몇 번 있었다. 하지만 수사관들이 모아 온 자료를 보니 클러터 사건과 관련해서 그가 죄가 있다면 오로지 호기심을 주체할 수 없었다는 것뿐이었다.

"글쎄, 그 사람이 아니라면, 도대체 왜 범인을 잡지 못하는 거요? 요새 여기서 화장실에도 혼자 못 가는 여자들을 모으면 집 하나에도 다 못 들어갈걸."

듀이는 이런 식의 비난에 익숙해져가고 있었다. 이런 일은 규칙적으로 반복되어 이제 생활의 일부가 되었다. 듀이는 따라놓은 커피를 다시 마시고 한숨을 내쉬고는 미소 지었다.

"제길, 누가 장난치는 줄 알아? 진심이야. 왜 범인을 체포하지 못하는 건데? 그러라고 월급을 받는 거 아뇨."

"못되어먹은 소리 그만하고 입 닥쳐요." 하트먼 부인이 말했다. "다들 마찬가지잖아. 앨빈은 최선을 다하고 있다고."

듀이는 부인을 보고 눈을 찡긋했다. "말 좀 잘 해주세요, 부인. 커피도 고마웠습니다."

농장 일꾼은 먹잇감이 문에 다다를 때까지 기다렸다가 작별 인사로 일제 사격을 퍼부었다. "다음번에도 보안관 선거에 나올 요량이면, 내 표는 기대하지 마쇼. 절대 당신에게 투표 안 할 거니까."

"못되어먹은 소리 그만하라니까." 하트먼 부인이 말했다.

리버밸리 농장은 하트먼 카페에서 몇 킬로미터밖에 떨어져 있지 않았기 때문에, 듀이는 거기까지 걷기로 했다. 듀이는 밀밭 사이를 걷는 것을 좋아했다. 보통 그는 일주일에 한두 번 자기 땅, 집을 짓고 나무를 심고 결국 언젠가는 증손자들과 함께 놀게 될 그 사랑하는 평원에서 산책을 했다. 그것이 꿈이었지만, 최근 듀이 부인이 자기는 그 꿈에 더 이상 동참하고 싶지 않다고 경고했다. 아내가 말하기를, 자기는 그렇게 "멀리 떨어진 시골에" 홀로 외로이 살고 싶다고 생각한 적은 없다는 것이다. 듀이는 바로 다음 날 자기가 그 살인자들을 잡아넣더라도 아내가 마음을 바

2부 신원 불명의 범인들 **235**

꾸지 않을 것을 알고 있었다. 한적한 시골집에 살던 친구들에게 그렇게 끔찍한 운명이 닥쳤기 때문에.

물론 클러터 가족이 피니 군에서, 심지어 홀컴에서도 첫 번째 살인 희생자들은 아니었다. 이 작은 마을에 사는 나이 든 주민들은 40년도 전에 "야만적인 사건"이 일어난 것을 기억하고 있었다. 헤프너라는 사람이 살해당한 사건이었다. 이제 70대에 접어든 마을 전보 배달부이자 우체국장 클레어 부인의 어머니이기도 한 사디 트루잇 부인은 전설처럼 내려온 이 사건에 대해서는 전문가였다. "1920년 8월이었지. 찜통처럼 더운 날이었어. 터니프라고 하는 남자가 핀업 농장에서 일하고 있었지. 월터 터니프. 그 사람은 차가 있었는데, 나중에 보니까 그 차도 훔친 거라잖우? 텍사스 어디에 있는 블리스 부대에서 탈영한 군인이라더라고. 그놈은 누구나 알 만한 건달이었지. 많은 사람들이 그 사람을 의심했다우. 그래서 어느 날 저녁 보안관이 왔는데, 그 시절에는 올리 헤프너가 보안관이었지. 얼마나 노래를 잘했는지, 헤프너가 성가단원이었다는 것도 알아요? 아무튼 어느 날 저녁에 그 사람이 핀업 농장에 와가지고 터니프에게 단도직입으로 몇 가지 물었다우. 그게 8월 3일이었어. 찜통처럼 더운 날이었고. 그 결과가 뭐냐면 글쎄, 월터 터니프가 보안관 심장을 정통으로 쐈지 뭐야. 불쌍한 올리는 땅에 닿기도 전에 벌써 죽어버렸다우. 그 짓을 저지른 악마 같은 놈은 핀업 농장에서 말을 하나 잡아타고 튀어서 강가를 따라 동쪽으로 갔지. 소문이 퍼지고, 여기 몇 킬로미터 근방에 있는 사내들이 다 모여 민병대를 조직했어요. 다음 날 아침에 사내들이 그놈을 잡아 왔지. 그 월터 터니프란 놈을 말이야. 뭐 인사를 할 겨를도 없었다우. 사내들이 불같이 화를 냈거든. 산탄총으로 그 사람을 날려버렸지."

듀이 본인이 피니 군에서 일어난 살인 사건을 처음으로 접한 것은 1947년이었다. 그 사건은 듀이의 사건 파일에 다음과 같이 적혀 있었다. "존 칼라일 폴크. 크리크 인디언. 32세. 오클라호마 무스코기 거주. 피해자는 메리 케이 핀리. 백인 여성. 40세. 가든시티에 거주하는 웨이트리스. 캔자스, 가든시티, 코플랜드 호텔 방에서 폴크가 목이 깨진 맥주병으로 핀리를 찌름. 47-5-9." 종결된 사건에 대한 간결하고 건조한 묘사다. 그 후에 듀이가 수사를 맡은 다른 세 건의 살인 사건 중에서 두 건은 둘 다 아주 명확한 사건이었지만(두 명의 철도 노동자가 중년 농부를 강도 살인한 사건, 52-11-1. 술 취한 남편이 아내를 때려죽인 사건, 56-6-17), 세 번째는 듀이가 언젠가 대화를 하듯이 설명한 바에 따르면, 색다른 점이 있었다고 할 만한 사건이었다. "모두 스티븐스 공원에서 시작되었어요. 야외 음악당이 하나 있고, 그 음악당 밑에 남자 화장실이 있는 곳이지요. 그런데, 이 무니라는 남자가 그 공원을 거닐고 있었던 거예요. 그 사람은 노스캐롤라이나 어디 출신이었는데, 마을을 지나가는 뜨내기였죠. 어쨌거나 이 사람이 화장실에 갔는데 누가 안으로 따라 들어왔어요. 여기 근처에 사는 청년이었는데, 윌머 리 스테빈스라고 그때 스무 살이었죠. 후에 윌머 리의 주장에 따르면 무니 씨가 부적절한 제안을 했다지 뭡니까. 그래서 무니 씨를 강탈하고 때려눕힌 뒤 머리를 시멘트 바닥에 박아버렸다고. 그런데 그래도 그 사람이 뻗질 않으니까, 무니 씨의 머리를 화장실 변기 속에 처박고 익사할 때까지 계속 물을 내렸어요. 아마 그랬겠지. 하지만 윌머 리의 나머지 행동을 설명해줄 수 있는 게 없어요. 먼저 윌머 리는 시체를 가든시티 북쪽으로 3킬로미터 떨어진 곳에 묻었지요. 다음 날 그걸 파내서는 다른 방향으로 22.5킬로미터 떨어진 곳에 다시 묻었고. 뭐, 그런 식으로 계속했어요. 묻고 다시 묻고. 윌머 리는 마치 뼈다귀를 묻는 개 같았지. 무니 씨를 편안하게 쉬게 놔두질 않았거든. 마침내 한 사람의 무덤을 너무 많이 팠으니 누군가 목격을 하고 말았다오." 클러터 살인 사건이 일어나기 전에는 듀이가 살인 사건을 맡은 경험은 여기 말한 네 건이 전부였다. 이 네 건을 다 합친들 지금 듀이가 직면하고 있는 사건에 비하면 허리케인이 닥치기 전 돌풍이 불어온 정도에 불과했다.

―

듀이는 클러터 씨의 집 대문에 열쇠를 집어넣었다. 집 안은 난방이 아직 꺼지지 않아서 따뜻했고, 반들반들한 마루를 깐 방에서는 레몬향 세척제 냄새가 풍겨 집이 잠시 동안만 비어 있는 듯한 느낌을 주었다. 마치 오늘이 일요일이고 가족들이 언제든지 교회에서 돌아올 것 같은 기분이었다. 그 집을 이어받은 잉글리시 부인과 자코 부인은 옷이며 가구를 한 트럭 내다버렸지만 집 안에 사람이 살고 있는 듯한 분위기는 아직도 수그러들지 않았다. 응접실에는 〈호밀밭으로 오면〉 악보가 아직도 피아노 선반 위에 펼쳐진 채로 세워져 있었고, 홀에는 땀 얼룩이 묻은 클러터의 회색 스테트슨 모자가 모자걸이에 걸려 있었다. 위층 케니언의 방에는 침대 위 선반에 죽은 소년의 안경 렌즈가 빛을 반사하여 반짝거렸다.

형사는 이 방 저 방 옮겨 다녔다. 그는 이 집을 여러 번 탐방했다. 사실 듀이는 거의 매일 왔다. 어떤 의미에서는 이런 방문이 즐겁다고까지 할 수 있을 정도였다. 그곳은 시끌벅적한 자기 집이나 보안관 사무실과는 달라서, 평화로웠기 때문이다. 아직도 전화선이 잘린 그대로 있는 전화는 잠잠했다. 평원의 거대한 고요가 그를 감쌌다. 듀이는 응접실에 있는 클러터의 안락의자에 앉아서 의자를 따라 까닥거리며 생각에 잠길 수도 있었다. 그가 내린 결론 중 몇 가지는 흔들리지 않는 것이었다. 듀이는 허버트 클러터의 죽음이 범인의 주된 목적이며, 동기는 정신병적인 증오거나 증오와 절도가 혼합된 것이리라 믿었다. 또한 살인은 여유 있게 저질러졌으며, 살인자들이 집에 침입했다가 나가기까지 2시간은 걸렸으리라 생각했다. (검시관인 로버트 펜턴 박사는 피해자들의 체온에 상당한 차이가 있었다고 보고했고, 이 사실을 바탕으로 클러터 부인, 낸시, 케니언, 클러터 씨 순으로 살해당했다는 이론을 세웠다.) 이런 믿음에 수반하여 듀이는 그 가족이 자기들을 살해한 자를 아주 잘 알고 있었다는 확신이 있었다.

이번에 이 집을 찾아와서는 듀이는 위층 창문 옆에 멈춰 섰다. 가까운 거리에서 보이는 무언가에 주의가 쏠렸다. 밀 그루터기 한가운데 허수아비가 있었다. 허수아비는 남자 사냥 모자를 쓰고, 비바람에 바랜 꽃무늬 캘리코 드레스를 입고 있었다. (아마 보니 클러터가 입던 옛날 옷이 아닐까?) 바람에 스커트가 퍼덕였고, 허수아비는 비틀거렸다. 바람 때문에 허수아비는 버려진 듯 추운 12월 들판에서 홀로 춤을 추고 있었다. 듀이는 아내의 꿈을 떠올렸다. 최근 어느 날 아침, 마리는 달걀에는 설탕을, 커피에는 소금을 넣는 등 엉망이 된 아침 식사를 내어놓고서는 이게 모두 다 그 "바보 같은 꿈" 때문이라고 탓했다. 하지만 그 꿈

2부 신원 불명의 범인들 **239**

은 대낮처럼 생생해서 사라지지 않는다는 것이다. "너무 생생했어요, 앨빈. 이 부엌 안처럼요. 꿈속에서 내가 있었던 곳이 여기거든. 여기 이 부엌. 나는 저녁을 짓고 있었는데 갑자기 보니가 문으로 걸어 들어오는 거예요. 보니는 파란 앙고라 스웨터를 입었는데 아주 산뜻하고 예뻐 보였어요. 그래서 나는 말했어요. '아, 보니…… 보니…… 그 사건이 일어나고서는 한 번도 못 만났네.' 하지만 보니는 대답하지 않았어요. 단지 그 특유의 수줍은 태도로 나를 바라보기만 했어요. 그래서 나는 어떻게 계속 말을 이을지 몰랐죠. 그런 상황에서는. 그래서 나는 말했어요. '보니, 여기 와서 내가 앨빈에게 줄 저녁 식사로 뭘 만들고 있는지 봐줘. 오크라 수프야. 새우랑 신선한 게살을 넣었어. 이제 막 준비가 끝났거든. 이리 와봐, 한번 맛 좀 봐줘.' 하지만 보니는 그렇게 하지 않았어요. 가만히 문간에 서서 나를 쳐다보기만 하더라고요. 그때, 정확히 어떻게 말해야 할지는 잘 모르겠지만, 보니는 눈을 감고 고개를 아주 천천히 젓더니만, 아주 천천히 손을 쥐어짜며 울먹이고 흐느끼는 거예요. 나는 보니가 무슨 말을 하는지 하나도 알아들을 수 없었죠. 하지만 마음이 너무 아팠어요. 누구도 그렇게 불쌍하게 생각해본 적이 없었죠. 그래서 보니를 안아줬어요. '보니, 참! 그러지 마, 애! 그만해, 보니!' 하지만 보니를 달랠 수 없었어요. 보니는 고개를 젓고, 손을 쥐어짜기만 했는데, 그때 나는 보니가 무슨 말을 하는지 들었어요. 보니는 이렇게 말하고 있었어요. '살해당하는 건 말이지, 살해당하는 건 말이야. 안 돼. 안 돼. 그보다 더 나쁜 건 없어. 그보다 더 나쁜 일은 없어. 없어.'"

―

 모하비 사막은 한낮이었다. 페리는 밀짚 여행 가방 위에 걸터앉아 하모니카를 불고 있었다. 딕은 66번 도로, 바닥이 검은 고속도로 길가에 서 있었다. 열심히 쳐다보면 자가용 운전자들이 나타나기라도 할 것처럼 딕의 눈은 티 하나 보이지 않는 허공에 고정되어 있었다. 나타나는 사람은 거의 없었고, 나타난들 히치하이크 여행자를 태워주려고 멈추는 사람은 없었다. 캘리포니아의 니들스로 가는 트럭 운전사 한 명이 태워주겠다고 했으나 딕이 거절했다. 그건 딕과 페리가 원하는 "설정"이 아니었다. 그들은 괜찮은 차를 혼자 타고 지갑에는 돈이 두둑이 들어 있는 여행자를 기다리고 있었다. 돈을 뺏고 목을 조른 뒤 사막에 버릴 사람을.

 사막에서는 종종 모습보다 소리가 먼저 들린다. 딕은 멀리서 희미하게 윙윙대는 소리가 다가오는 것을 들었지만, 아직 차는 보이지 않았다. 페리도 그 소리를 들었다. 페리는 하모니카를 주머니에 집어넣고, 밀짚 여행 가방을 집어 들었다. (이 가방이 그들이 가진 유일한 짐이었다. 가방은 페리의 기념품들과 셔츠 세 벌, 흰 양말 다섯 켤레, 아스피린 한 상자, 테킬라 한 병, 가위, 안전면도기, 손톱 줄칼 등의 무게로 불룩 튀어나와 아래로 처질 지경이었다. 다른 소지품들은 전당포에 잡히거나 멕시코인 바텐더에게 맡겼고, 그도 아니면 라스베이거스로 부쳤다.) 페리는 길가로 가서 딕 옆에 섰다. 두 사람은 바라보았다. 이제 차의 모습이 보였다. 처음에는 작게 보였지만 조금 지난 후에는 대머리에 마른 남자가 혼자 타고 있는 파란색 닷지 세단인 것을 확인할 수 있었다. 완벽했다. 딕은 손을 들어 흔들었다. 닷지는 천천히 속도를 줄였고, 딕은 그 화려한 미소를 지어 보였다. 차는 거의 멈춰 서기는 했지만 완전히 멈춘 것은 아니었다. 운전자는 창문 밖으로 몸을 내밀고 두 사람을 위아래로 훑어보았다. 두 사람은 확실히 경계할 만한 인상이었다. (멕시코시티에서 캘리포니아의 바스토까지 50시간 버스를 타고 여행한 다음 반나절 동안 모하비 사막을 횡단한 참이었다. 덕분에 두 여행자 모두 턱수염이 덥수룩하게 나고, 휑한 표정에 먼지를 잔뜩 뒤집어쓴 모습이었다.) 차는 앞으로 가며 속도를 올렸다. 딕은 손을 동그랗게 말아 입에 대고 고함쳤다. "너, 이 자식, 운 좋은 줄 알아!" 그러고 나서 딕은 웃더니 가방을 어깨에 짊어졌다. 딕은 무슨 일에도 화내지 않았는데, 나중에 말한 대로라면 "아름다운 미국에 다시 돌아온 것이 너무나 기뻤기" 때문이었다. 어쨌거나, 다른 차를 탄 다른 사람이 또 올 것이다.

페리는 하모니카를 꺼내 들고(그는 그 하모니카를 어제 바스토 잡화점에서 훔쳐서 줄곧 가지고 다녔다) 자기들의 '행진곡'이 되어버린 노래의 첫 몇 소절을 불었다. 그 노래는 페리가 가장 좋아하는 노래였다. 페리는 딕에게 5절까지 다 가르쳐주었다. 나란히 서서 스텝을 밟으며, 두 사람은 노래를 부르면서 도로를 따라 기운차게 걸어갔다. "오시는 주의 영광을 내가 보았네. 주님은 축적된 분노의 포도즙 틀을 밟고 계시며." 사막의 침묵 사이로, 그들의 거칠고 젊은 목소리가 울려 퍼졌다. "영광! 영광! 할렐루야! 영광! 영광! 할렐루야!"*

---

*시인 줄리아 워드 하우가 가사를 붙인 〈공화국 전투 찬가〉의 일부.

3부

해답

그 젊은이의 이름은 플로이드 웰스, 키가 작고 턱은 거의 없다고 해도 될 얼굴을 하고 있었다. 그는 군인, 농장 일꾼, 차 정비공, 도둑 등 많은 직업을 전전했고, 마지막 직업 때문에 3년에서 5년 형을 선고받고 캔자스 주립교도소에 수감되어 있었다. 1959년 11월 17일, 웰스는 라디오 이어폰을 끼고 감방 안에 누워 있었다. 뉴스 방송을 듣고 있었는데, 아나운서의 목소리도 지루하고 그날따라 일어난 사건들도 단조롭고 해서("콘라트 아데나워 독일 수상이 해럴드 맥밀런 영국 수상과의 대담을 위해 오늘 런던에 도착했습니다······ 아이젠하워 대통령은 T. 키스 글레넌 박사와 70여 분간 면담을 거쳐 우주 계획과 우주 탐사의 예산 문제에 대해서 의논했습니다······") 잠에 빠져들었다. 그러다 이 뉴스를 듣자 졸음이 싹 달아나버렸다. "현재 허버트 W. 클러터 가족 4인 살인 사건을 조사하는 수사관들은 이 미궁에 빠진 사건을 해결하는 데 도움이 되는 정보를 가진 시민 여러분의 협조를 요청하고 있습니다. 클러터 씨와 부인, 10대 자녀들은 지난 일요일 아침 일찍 가든시티 근처 농장에 있는 자택에서 시체로 발견되었습니다. 희생자들은 모두 입에 재갈이 물린 채 묶여 있었으며 12구경 엽총으로 머리에 총을 맞고 사망했습니다. 담당 수사관들은 아직 범죄의 동기를 발견하지 못했다고 인정했으며, 캔자스 주 수사국의 책임자 로건 샌퍼드 씨는 이 사건은 캔자스 역사상 가장 흉악한 범죄라고 말했습니다. 유명한 밀 농장주이자, 연방정부 농업신용위원회에서 아이젠하워 대통령의 임명장을 받기도 한 클러터 씨는……."

웰스는 아연실색했다. 후에 자신의 반응을 묘사한 바에 따르면, 그는 "거의 믿기지가 않았다"고 한다. 그도 그럴 것이, 웰스는 살해당한 가족을 알고 있었을뿐더러 누가 그들을 살해했는지도 잘 알고 있었기 때문이었다.

이 일은 오래전, 그때로부터 11년 전 웰스가 열아홉 살 되던 1948년 가을에 시작되었다. 웰스는 그때 자기는 "나라 안을 여기저기 떠돌아다니며 닥치는 대로 일을 하고" 있었다고 회상했다. "어쩌다 보니 서부 캔자스까지 오게 되었더라고요. 콜로라도 주 경계선 근처였어요. 나는 일자리를 찾아서 여기저기 물어보고 다녔는데, 리버밸리 농장이라는 데에 가면 일꾼을 쓸지도 모른다는 말을 들었어요. 클러터 씨는 자기 농장을 그런 이름으로 불렀죠. 물론 클러터 씨는 나를 써주었어요. 거기에 한 1년 정도 있었나, 아무튼 그해 겨울은 거기서 났으니까. 농장을 떠난 건 내가 너무 하찮은 인간 같은 느낌이 들었기 때문이었어요. 다른 데로 옮기고 싶었죠. 클러터 씨와 싸워서가 아니고요. 클러터 씨는 자기네 일꾼들에게는 다 잘해준 것처럼 내게도 잘해줬어요. 예를 들면, 월급날 전에 돈이 조금 쪼들리거나 하면 10달러나 5달러 정도 보태주고 그랬어요. 월급도 두둑하게 줬고요. 일을 잘하면 즉각 추가 수당도 지급했어요. 사실, 이제껏 만난 사람 중에서는 나는 클러터 씨를 제일 좋아했어요. 그 집 식구들 다요. 클러터 부인하고 애들 네 명이랑. 내가 그 집 사람들과 알고 지낼 당시에는 그 어린애들 두 명, 죽은 애들 말이에요, 낸시하고 안경 쓴 남자애, 걔네들은 아직 애기였어요. 대여섯 살쯤 되었을 땐가. 다른 애들 둘, 하나는 베벌리라는 이름인데 다른 애는 이름이 생각 안 나네, 아무튼 걔네들은 고등학교를 다니고 있었어요. 착한 사람들이었죠. 정말 착했어요. 그 사람들 절대 잊지 못할 거예요. 내가 거기를 떠난 게 1949년 정도예요. 나는 결혼을 했다가 이혼을 했다가 군대에 갔다가 뭐 다른 여러 가지 일이 생겼고, 바야흐로 세월이 흘러 1959년 6월이 되었어요. 1959년, 클러터 씨를 본 지도 10년이 되었던 그때에 나는 랜싱에 이송되었어요. 전자제품 가게에 침입한 죄로요. 가전제품. 내가 마음속으로 생각했던 건 전기로 잔디 깎는 기계가 하나 있었으면 한 것뿐이에요. 팔려고 했던 게 아니고. 나는 잔디 깎기 대여업을 하려고 했었거든요. 그렇게 해서 고정적인 사업을 시작해볼까 하고. 물론 거기서 얻은 건 아무것도 없죠. 3년에서 5년 형을 받은 거밖에는. 그런 짓을 안 했다면 딕을 만나지도 않았을 거고, 클러터 씨가 지금 무덤에 있지도 않았을 거예요. 하지만 그렇게 되어버렸어요. 그래서 나는 딕을 만나게 된 거죠.

딕은 내가 처음으로 감방을 같이 썼던 감방 동기였어요. 우리는 한 달 남짓 방을 같이 썼죠. 6월하고, 7월 조금하고. 딕은 막 형을 마치고 8월에 있을 가석방 심사를 기다리고 있었어요. 그 녀석은 여기서 나가면 무슨 일을 할지 지껄여댔죠. 미사일 기지가 있는 네바다 마을로 가서, 제복 하나 사 입고 공군 장교인 척 행세하고 다닐 거라고. 그러면 돈방석에 앉을 거라나. 나한테 얘기해준 건 오로지 그 생각 하나뿐이었어요. 나는 별로 그 생각이 좋다고는 생각 안 했어요. 똑똑한 친구란 건 부정할 수 없지만, 그렇게 생기진 않았거든요. 공군 장교처럼은 전혀 안 생겼죠. 언젠가 자기 친구 얘기를 하기도 했어요. 페리라고. 인디언 혼혈인데 전에 딕이랑 감방을 같이 썼죠. 그리고 자기랑 페리, 둘이 함께 뭉치면 한 건 할 거라는 얘기를 했죠. 나는 이 페리라는 자를 만난 적은 없어요. 한 번도 못 봤죠. 그 친구는 벌써 가석방이 되어서 랜싱을 떠났거든요. 하지만 딕은 진짜 큰 건수를 해치울 일이 생기면, 페리 스미스를 믿고 같이 일을 하겠다고 했어요.

애당초 클러터 씨 이름이 어떻게 나오게 되었는지는 잘 생각이 안 나요. 이제까지 우리가 했던 일 얘기, 직업 얘기를 하다가 그랬던 것 같아요. 딕은 경력 있는 차량 수리 기술자였고, 그가 해본 일은 그게 대부분이었어요. 다른 일을 해본 경험은 딱 한 번 구급차 운전사를 한 게 유일하죠. 딕이 그걸 어찌나 자랑하던지. 간호사들이 어쨌다느니, 간호사들이랑 구급차 뒷자리에서 별의별 짓을 다 했다느니 그런 거요. 어쨌거나 나는 딕한테 내가 1년 정도 캔자스에서 상당히 넓은 밀 농장에서 일을 했다고 말했어요. 클러터 씨 밑에서. 딕은 클러터 씨가 부유한 사람인지 알고 싶어 하더군요. 난 그렇다고 말했어요. 클러터 씨는 부자였으니까요. 사실은 클러터 씨가 언젠가 한번 한 주에 1만 달러를 쓴 적도 있다고 말했다는 이야기도 했어요. 내 말뜻은, 어떨 때는 농장을 운영하려면 일주일에 1만 달러도 든다는 얘기였죠. 그 후로 딕은 그 가족에 대해서 계속 꼬치꼬치 물어봤어요. 식구가 몇이냐? 애들은 지금 몇 살이냐? 그 집에 가는 길이 정확히 어떻게 되나? 집 구조가 어떻게 되나? 클러터 씨는 금고가 있나? 거짓말을 하진 않겠어요. 나는 딕한테 클러터 씨에게 금고가 있다고 말했어요. 왜냐하면 캐비닛인가 금고인가 뭐 그런 비슷한 게 클러터 씨가 사무실로 쓰던 방 책상 뒤에 있었던 걸 기억하거든요. 그다음으로 내가 알게 된 건, 딕이 클러터 씨를 죽일 계획을 짰다는 거예요. 그 자식은 페리랑 거기로 가서 그 집을 턴 다음 증인을 모두 죽여버릴 거라고 말했어요. 클러터 씨 식구나 그 자리에 있는 사람이면 누구든지. 딕은 열두 번도 넘게 자기가 어떻게 할 건지, 어떻게 자기랑 페리가 사람들을 묶고 총으로 쏴서 죽일 건지 상세하게 얘기했어요. 나는 딕에게 이렇게 말했어요. '딕, 그런 짓을 했다간 너는 절대 도망치지 못할걸.' 하지만 솔직히 말해서 내가 그 친구 마음을 돌리려고 설득했다는 말은 못 하겠어요. 나는 1초라도 그 친구가 진짜로 그런 짓을 할 거라는 생각은 안 해봤거든요. 그냥 말뿐인 줄 알았어요. 랜싱에 있는 사람들이 다들 그러잖아요. 거기서는 그런 얘기밖에 안 해요. 자기가 밖에 나가면 뭘 하겠다. 노상강도냐 상해 강도냐 뭐 그런 얘기. 그냥 대부분은 잘난 척하는 것 말고는 아무것도 아니거든요. 아무도 진지하게 받아들이지 않아요. 그래서 이어폰으로 뉴스를 들었을 때, 거의 믿기지가 않았다는 거예요. 결국, 그런 일이 벌어졌구나. 딕이 말한 바로 그대로."

이것이 바로 플로이드 웰스의 이야기다. 비록 그때는 절대 입밖으로 내지 않았던 이야기지만. 웰스는 두려웠다. 다른 죄수들이 자기가 간수한테 이 얘기를 일러바치는 것을 듣기라도 하면,

그날로 그의 목숨은 "파리 목숨보다도 못하게" 될 것이기 때문이었다. 일주일이 흘렀다. 웰스는 라디오를 계속 들었고, 신문기사를 찾아 읽었다. 그중의 하나, 캔자스 신문인 〈허친슨 뉴스〉에서는 클러터 살인 사건의 범인이나 범인들의 체포와 기소에 도움을 줄 정보를 제보하는 사람에게는 현상금 1천 달러를 준다는 기사가 있었다. 구미가 당기는 이야기였다. 이 때문에 웰스는 거의 입을 열 뻔했다. 하지만 여전히 너무 무서웠다. 단지 다른 죄수들이 두려운 것만도 아니었다. 혹여나 위에서 알고 자기를 공범으로 기소하면 어쩌나 하는 생각이 있었기 때문이었다. 딕을 클러터 씨 대문 앞까지 안내해준 것은 결국 자기가 아닌가. 어쩌면 자기가 딕의 의도를 알고 있었다고 다른 사람들이 주장할지도 몰랐다. 누가 보더라도 웰스의 입장은 미묘했고, 변명에도 의문의 여지가 많이 있었다. 그래서 웰스는 아무것도 말하지 않았다. 열흘이 더 지나갔다. 11월이 가고, 12월이 왔다. 계속 쌓이는 신문 보도에 따르면 사건 수사에는 진척이 없었고(라디오에서는 더 이상 그 뉴스가 나오지 않았다), 그 비극적 사건을 발견한 아침 이후로 수사팀은 아무런 실마리 없이 계속 갈팡질팡하고 있다고 했다.

하지만 웰스는 알고 있었다. 이윽고 웰스는 "누군가에게 말해야 할" 필요에 시달리다 못해 다른 죄수에게 비밀을 털어놓았다. "특별한 친구죠. 가톨릭 교인이에요. 아주 종교적인 친구예요. 그 친구가 나한테 묻더군요. '그럼 어떻게 할 건가, 플로이드?' 나는 지금은 잘 모르겠다고 말했어요. 어떻게 하면 좋겠냐고 그에게 물었죠. 그랬더니 그 친구는 내게 적당한 사람을 찾아가보라고 하더군요. 그런 일을 마음속에 간직하고 살아가서는 안 된다면서요. 그리고 내가 고자질한 사람이라는 것을 여기 안에 있는 사람들이 눈치 못 채게 할 수 있을 거라고 했어요. 자기가 알아서 해주겠다고. 그래서 다음 날 그 친구는 부교도소장님에게 말을 전했어요. 내가 '소환당하고' 싶어 한다고. 이런저런 핑계를 대서 나를 자기 사무실로 불러줄 수 없겠느냐고 말했죠. 내가 클러터 가족을 누가 죽였는지 말해줄 수도 있다고요. 당연히 부교도소장님은 사람을 시켜 나를 불렀어요. 나는 겁이 났지만, 클러터 씨가 어떤 사람이었는지 떠올려봤어요. 그분이 내게 아무 해도 끼치지 않았고 크리스마스 때 작은 지갑에 50달러를 넣어서 선물로 줬던 것을 떠올렸어요. 나는 부교도소장님에게 말했죠. 그러고 나서 교도소장님에게도 말했고. 그래서 내가 아직 거기, 교도소장님 사무실에 앉아 있는 자리에서 교도소장님은 즉시 전화기를 들었어요……."

―

핸드 교도소장이 전화를 건 사람은 로건 샌퍼드였다. 샌퍼드는 전화 내용을 듣더니, 전화를 끊고 몇 가지 명령을 내리고서는 직접 앨빈 듀이에게 전화를 걸었다. 그날 저녁, 듀이는 가든시티 법정에 있는 자기 사무실을 나갈 때 마닐라 종이봉투 하나를 집으로 들고 갔다.

듀이가 집에 도착했을 때 아내 마리는 부엌에서 저녁 식사 준비를 하고 있었다. 남편이 나타나자마자 마리는 가정에서 무슨 말썽이 났었는지 늘어놓기 시작했다. 집에서 키우는 고양이가 길 건너에 사는 코커스패니얼을 공격했다, 그래서 코커스패니얼 눈 한쪽이 심하게 다친 것 같다. 아홉 살 난 아들 폴이 나무에서 떨어졌다. 살아 있는 게 다행이다. 아버지와 이름이 똑같은 열두 살 난 아들은 마당에서 쓰레기를 태우다가 옆집에 불을 낼 뻔했다. 누군지는 잘 모르겠지만 누군가가 정말 소방서에 전화를 하기까지 했다. 등등.

아내가 불행한 사건들을 이렇게 꼬치꼬치 얘기하는 동안, 듀이는 커피 두 잔을 따랐다. 갑자기 마리는 얘기를 하다 말고 남편을 뚫어져라 쳐다보았다. 남편의 얼굴은 붉게 상기되어 있어, 기분이 고조되어 있음을 한눈에 알 수 있었다. 마리는 말했다. "앨빈, 어머나, 여보, 좋은 소식이에요?" 아무 말 없이 듀이는 마닐라 종이봉투를 아내에게 주었다. 부인의 손은 젖어 있었다. 부인은 손을 닦고 부엌 식탁에 앉아서 커피를 한 모금 마신 뒤 봉투를 열어보았다. 부인이 꺼낸 것은 금발 젊은이와 검은 머리에 가무잡잡한 피부의 젊은이, 두 사람의 사진이었다. 경찰이 찍은 "용의자용 사진". 반쯤 암호화된 관계 서류 두 부가 사진에 부착되어 있었다. 금발 머리 청년의 서류는 이런 내용이었다.

> 리처드 유진 히콕(백인 남성) 28. KBI 97 093 : FBI 859 273 A. 주소: 캔자스 에드거튼. 생년월일: 31-6-6. 출생지: 캔자스, 캔자스시티. 신장: 178센티미터. 몸무게: 79킬로그램. 머리색: 금발. 눈색: 파랑. 체격: 건장. 피부색: 혈색 좋음. 직업: 차 도색기술자. 죄목: 사기, 절도, 부도 수표 발행. 가석방 일자: 59-8-13. 담당자: 캔자스, 캔자스시티 공안과.

두 번째 설명은 이러했다.

페리 에드워드 스미스(백인 남성) 27-59. 출생지: 네바다. 신장: 160센티미터. 몸무게: 71킬로그램. 머리색: 진갈색. 죄목: 무단 침입. 체포: (공란). 체포자: (공란). 이송기록: 56-3-13 필립스 군에서 캔자스 주립교도소로 이송됨. 5-10년. 입소: 56-3-14. 가석방: 59-7-6.

마리는 스미스의 정면과 옆면 사진을 찬찬히 봤다. 거만한 얼굴, 거칠지만 어떻게 보면 특이하게 세련된 점이 있어서 꼭 그렇지만도 않은 듯한 표정. 입술과 코는 잘생긴 편이었고 촉촉하게 젖어 꿈에 잠긴 표정을 담은 눈은 약간 예뻤고 약간, 배우처럼 섬세해 보였다. 아니, 섬세한 것 이상으로 '비열하다'고 할 정도였다. 그렇다고 해도 보통 '범죄자들', 리처드 유진 히콕의 눈처럼 꺼림칙하게 비열한 것은 아니었다. 히콕의 눈에 시선을 고정시키고서 마리는 어린 시절에 일어난 사건을 떠올렸다. 언젠가 마리는 살쾡이 한 마리가 덫에 걸린 걸 본 적이 있었다. 마리는 살쾡이를 풀어주고 싶었지만, 고통과 증오로 빛을 발하는 그 동물의 눈을 보니 동정이 물 새듯 빠져나가고 공포가 밀려왔었다. "이 사람들이 누구예요?" 마리가 물었다.

듀이는 아내에게 플로이드 웰스의 이야기를 해주고 그 얘기 끝에 이렇게 말했다. "이상하지. 지난 3주 동안, 우리도 그쪽에 초점을 맞추고 이 사건을 수사해왔어. 클러터 농장에서 일한 사람들을 다 추적하면서. 그런데 막상 일은 순전히 운으로 풀려버린 거야. 하지만 며칠만 더 있었으면, 우리도 이 웰스라는 친구를 찾아냈을 거야. 그 친구가 감옥에 있다는 사실을 알아냈겠지. 그러면 우리도 진실을 알았을 거고. 제길, 참."

"그 사람 말이 사실이 아닐 수도 있잖아요." 마리가 말했다. 듀이와 그를 보조하는 열여덟 명의 형사들은 황량한 목적지로 이르는 수백 개의 실마리를 좇아왔고, 부인은 남편의 건강이 걱정된 나머지 또다시 실망할지도 모른다는 경고를 해주고 싶었다. 듀이의 정신 상태는 아주 나빴다. 그는 수척해졌고 하루에 담배를 세 갑이나 피웠다.

"그래, 그렇지 않을 수도 있지." 듀이가 말했다. "하지만 예감이 그래."

남편의 어조에 부인은 깊은 인상을 받았다. 부인은 부엌 식탁 위에 놓인 사진을 다시 보았다. 부인은 금발 젊은이의 정면 사진을 한 손가락으로 가리켰다. "이 사람을 봐요. 저 눈을 봐요. 당신에게 다가오고 있어요." 그러고 나서 부인은 사진들을 봉투에 도로 넣었다. "이런 사진 나한테는 보여주지 말 것이지."

그날 저녁 늦게 또 다른 여자가, 또 다른 부엌에서 꿰매고 있던 양말을 한쪽에 치워두고 플라스틱 테 안경을 벗었다가 방문객을 잘 보기 위해 다시 고쳐 썼다. "그 애를 찾아냈으면 좋겠어요, 나이 씨. 그 애를 위해서라도요. 우리는 아들이 둘인데, 걔가 첫째예요. 우리는 그 애를 사랑하죠, 하지만…… 아, 알고 있었어요. 그 애가 손을 씻지 못하리란 걸요. 도망갔어요, 그 애. 아무한테도 한마디도 안 하고. 아버지나 동생한테도. 또 문제가 생긴 게 아니라면, 왜 그랬겠어요?" 여자는 난롯불을 켜서 훈훈한 작은방 건너편 안락의자에 웅크리고 앉은 수척한 남자를 흘긋 쳐

다보았다. 여자의 남편이자 리처드 유진의 아버지인 월터 히콕이었다. 그는 시들고 싸움에 진 듯한 눈빛과 거친 손을 가진 사람이었다. 입을 열자 흘러나오는 목소리는 거의 쓴 적이 없는 것 같은 소리였다.

"우리 아들에겐 나쁜 점이 없었어요, 나이 씨." 히콕 씨는 말했다. "운동도 참 잘했고, 항상 학교에서 1등 패거리에 있었어요. 농구든, 야구든, 축구든. 딕은 언제나 인기 선수였어요. 우등생이었다오. 몇 과목에서는 A를 받았지요. 역사나 도면 제도. 고등학교를 1949년 6월에 졸업한 다음에는 대학에 진학하고 싶어 했어요. 기술자가 될 공부를 하려고. 하지만 우리 형편이 안 되니까. 그냥 단순히 돈이 없었어요. 우리야 돈이 있어본 적이 없었지. 여기 우리 농장, 겨우 17만 제곱미터 정도라오. 입에 풀칠하기도 힘들어요. 딕은 대학에 가지 못해서 화가 났던가봐요. 그 애 첫 직장은 캔자스시티에 있는 산타페 철도 회사였지. 일주일에 75달러를 벌었어요. 그 정도면 결혼할 수 있을 것 같았는지 그 애는 캐럴과 결혼을 했다오. 캐럴은 그때 고작 열여섯이었어요. 그 애는 겨우 열아홉 살이었고. 나는 그 결혼이 잘될 거라고 생각을 안 했지. 잘되지도 않았고."

히콕 부인은 평생 동안 새벽부터 해 질 녘까지 고된 일을 했지만 부드럽고 동그란 얼굴을 그대로 간직한 통통한 여인이었다. 부인은 남편을 책망했다. "예쁜 남자애들을 셋이나 낳았잖아요. 우리 손주들. 그 정도면 잘된 거지. 그리고 캐럴은 좋은 애라우. 그 애 잘못은 없어요."

히콕 씨는 말을 이었다. "그 애와 캐럴은 넉넉한 크기의 집을 얻었고 근사한 차도 샀어요. 그래서 항상 빚을 지고 있었지만,

3부 해답 **255**

곧 딕은 병원에서 구급차 운전하는 일을 얻어서 더 돈을 잘 벌게 되었는데도 그랬다오. 나중에는 '마클 뷰익 컴퍼니'라고 거기 캔자스시티에서는 꽤 알아주는 회사인데, 거기 취직이 되었어요. 수리공하고 차 도색공으로. 그런데 그 애와 캐럴은 너무 낭비벽이 심해서 살 능력이 없는 물건들을 계속 사댔다오. 그래서 딕은 수표를 쓰기 시작했어요. 나는 그 애가 그런 위험한 짓을 시작한 이유가 뭔가 그 교통사고랑 연관이 있는 것 같다고 생각한다오. 그 애는 교통사고로 뇌진탕을 일으킨 적이 있었거든. 그때부터 그 애는 이전과 같은 사람이 아니었어요. 도박에, 부도 수표에. 그 애가 그런 일을 할 거라고는 전에는 꿈에도 몰랐다오. 게다가 그때 다른 여자랑 바람도 핀 거지. 그 여자 때문에 캐럴하고 이혼했고, 두 번째 결혼을 했다오."

히콕 부인이 말했다. "딕도 어쩔 수 없었어요. 마거릿 에드나가 어떻게 그 애를 꼬여냈는지 당신도 기억하잖우."

"여자가 자기를 좋아한다고, 꼬임에 넘어가도 되는 거요?" 히콕 씨가 대답했다. "이봐요, 형사 양반. 그 일에 대해서 우리가 아는 것만큼은 형사 양반도 알고 계시겠지. 우리 아들이 왜 감옥에 갔는지. 17개월이나 구속됐단 말이오. 고작 엽총 한 자루 빌린 것뿐인데. 여기 우리 옆집에서요. 그 애는 총을 훔칠 작정이 아니었어요. 그 쓰레기 같은 것들이 뭐라고 해도 난 신경도 안 써요. 그 일 때문에 애가 망가졌다오. 랜싱에서 나왔을 때는 아주 딴사람이 되었어요. 말을 걸 수도 없었지. 전 세계가 딕 히콕한테는 다 적이었어요. 그 애는 그렇게 생각한 거지. 두 번째 며늘애조차도 떠났어요. 걔가 감옥에 있는 동안 이혼 신청을 해놓고. 그랬지만 최근까지는 꽤 안정해가고 있는 것처럼 보였어요.

저기 올레이시에 있는 밥 샌스 자동차 수리점에서 일하고, 여기서 우리랑 같이 살고. 우리는 일찍 자니까, 어떤 식으로든 그 애의 가석방 조건은 어기지 않았죠. 이 말은 해야겠소, 나이 씨. 나는 이제 오래 못 살아요. 난 암이라오. 그리고 딕도 그 사실을 알아요. 적어도 내가 아프다는 건 알지. 한 달도 안 된 일인데, 그 애가 도망가기 직전에 나한테 이렇게 말하더군요. '아버지, 아버지는 정말 제게는 좋은 아버지셨어요. 아버지 마음을 아프게 하는 일을 더 이상 하지 않을게요.' 진심이었다오. 우리 아들은 마음은 참 착해요. 그 애가 풋볼 경기를 하는 걸 봤다면, 그 애가 자기 아이들하고 놀아주는 걸 봤다면 형사 양반도 내 말을 의심하지는 못할 거라오. 하느님 맙소사. 나는 하느님이 말씀해주시기만 바랄 뿐이오. 나는 도대체 어떻게 된 건지 모르겠으니까."

그의 아내는 말했다. "난 알아요." 부인은 바느질거리를 다시 손에 잡으며 흘러내리는 눈물을 억지로 참았다. "그 친구 때문이에요. 그래서 그렇게 된 거예요."

부부를 찾아온 손님, 캔자스 주 수사국의 해럴드 나이 형사는 속기로 공책에 받아 적느라 바빴다. 그 공책에는 이미 많은 시간을 바쳐 플로이드 웰스의 제보를 확인한 결과가 빼곡히 적혀 있었다. 이제까지 확증된 사실은 웰스의 이야기를 설득력 있게 뒷받침해주고 있었다. 11월 20일, 용의자 리처드 유진 히콕은 캔자스시티에 가서 쇼핑을 해댔고, 거기서 적어도 "큰 거 일곱 장"은 썼다. 나이는 신고한 피해자들 모두에게 전화를 걸었다. 카메라 판매원, 라디오와 텔레비전 판매원, 보석상 주인, 옷가게 점원. 목격자들은 모두 히콕과 페리 에드워드 스미스의 사진을 보자마자 히콕이 그 위조 수표를 쓴 사람이고 스미스는 "말없이" 따라

다니던 공범이라고 증언했다. (사기당한 판매원 하나는 이렇게 말했다. "이 사람〔히콕〕이 그랬어요. 말을 아주 청산유수로 잘하더라고요. 그럴듯하게. 다른 사람은, 전 이 사람이 외국인이 아닐까 생각했는데요, 뭐 멕시코 사람이라거나, 아무튼 이 사람은 절대 입을 열지 않았어요.")

그다음, 나이는 올레이시의 교외 마을로 차를 몰았다. 거기서 그는 히콕의 마지막 고용주, 밥 샌스 수리점 주인과 면담을 했다. "네, 그 친구 여기서 일했죠." 샌스 씨가 말했다. "8월부터, 언제까지더라? 그게, 11월 19일 이후로는 그 친구를 못 봤네요. 그게 20일이던가. 나한테 사전고지 같은 것도 안 남기고 그냥 가버렸어요. 도망가버렸죠. 어디로 갔는지 나야 모르고, 그 아버지도 모르던데. 놀랐냐고요? 흠, 네, 그래요, 놀랐죠. 우리는 친하게 지낸 편이었거든요. 딕은 나름대로 일하는 요령이 있었어요. 아주 사근하게 굴 줄도 알았죠. 간혹 가다 우리 집에 놀러 오기도 했고. 사실, 그 친구 떠나기 일주일 전에 여기 누가 왔었어요. 키가 작은 사람이던데. 딕이 자기 친구가 찾아왔다면서 데리고 왔더라고요. 네바다에서 온 남자인데, 이름이 페리 스미스였죠. 그 친구는 또 기타를 아주 잘 치더라고요. 그 사람 기타도 치고 노래도 조금 했고, 딕하고 같이 차력 마술도 해서 사람들을 즐겁게 해줬죠. 페리 스미스, 그 친구는 키는 작았지만, 150 간신히 넘을 것 같던데, 말도 들어 올릴 수 있을 정도로 힘은 좋아 보이더군요. 아니, 별로 초조해 보이지는 않던데? 둘 다. 그 친구들 아주 즐겁게 놀던데요. 정확한 날짜요? 물론 기억하고 있죠. 13일 금요일이었어요. 11월 13일."

거기서부터 나이는 차를 북쪽으로 몰아 험한 시골길을 달려

갔다. 히콕 농장이 가까워지자 나이는 근처 여인숙 몇 군데에 들러, 길을 물어보는 척하면서 실제로는 용의자에 관해 몇 가지 질문을 던졌다. 한 농부의 아내는 이렇게 말했다. "딕 히콕! 딕 히콕에 대해서는 나한테 말도 꺼내지 말아요! 그 악마 같은 놈을 다시 만날까 무섭네! 뭘 훔쳤냐고? 죽은 사람도 털어 갈 인간이라니까! 하지만 그놈 엄마, 유니스는 아주 괜찮은 여자지. 마음도 아주 넓고. 그 아버지도 그래요. 둘 다 평범하고 정직한 사람들이라우. 딕은 셀 수도 없을 정도로 감옥에 갔을 거예요. 여기 사람들이 신고하지 않았기에 망정이지. 다들 그 집 식구들 봐서 참아준 거지요."

나이가 월터 히콕이 살고 있는 비바람에 바랜 회색 방 네 개짜리 집의 대문을 두드렸을 때는 땅거미가 지고 있었다. 마치 누가 찾아올 거라고 기대한 것 같았다. 히콕 씨는 형사를 부엌으로 안내했고, 히콕 부인은 커피를 대접했다. 아마도 방문자가 찾아온 진짜 이유를 알고 있었다면, 이 부부는 우아함은 좀 떨어져도 더 경계심에 찬 태도로 형사를 맞았을 것이었다. 하지만 부부는 이유를 알지 못했고, 세 사람이 거기 앉아서 얘기를 나누는 동안 클러터라는 이름이나 살인이라는 단어는 한 번도 나오지 않았다. 부모들은 나이가 넌지시 흘린 얘기를 그대로 믿었다. 가석방 조건 위반과 경제 사기가 아들을 찾고 있는 동기라고 생각한 것이다.

"딕이 그 사람〔페리〕을 어느 날 밤에 집으로 데리고 와서는 자기 친구인데, 라스베이거스로 가는 버스를 놓쳐서 여기서 잘 수 없을까 한대요. 잠깐 여기서 지낼 수 없겠느냐고." 히콕 부인이 말했다. "딱 한 번 보고 나는 그 사람 정체를 알았죠. 향수나 기름 낀 머리나. 딕이 어디서 그 사람을 만났는지는 불 보듯 훤했어요. 딕의 가석방 조건에 따르면, 거기〔랜싱〕에서 만난 사람하고 어울려서는 안 되는데 말이우. 나는 딕에게 경고했지만 그 애는 듣지를 않았어요. 그 애는 친구를 위해서 올레이시에 있는 올레이시 호텔에 방을 잡아주었고, 그 후로는 시간이 날 때마다 그 친구랑 어울려 다녔어요. 한번은 둘이 주말 여행을 가기도 했다우. 나이 씨, 내가 여기 앉아 있다는 것만큼이나 확실한 사실은 페리 스미스가 그 애를 꼬여 그 수표를 쓰게 했다는 거예요."

나이는 공책을 덮고 펜을 주머니에 넣어버리고, 두 손도 주머니에 넣었다. 손이 흥분으로 떨리고 있었기 때문이었다. "그럼, 이 주말 여행 말인데요, 어디로 갔는지 아시나요?"

"포트스콧이라오." 히콕 씨는 군대와 관련된 역사를 지닌 캔자스 마을 이름을 댔다. "내가 알기로는 페리 스미스 누나가 거기 살고 있다던데. 그 누나가 페리 돈을 맡아 가지고 있다고. 액수가 1500달러라고 했어요. 그래서 그 사람이 캔자스에 온 거라고. 누나가 맡아 가지고 있는 돈을 찾아가려고 말이오. 그게 여기 온 이유였대요. 그래서 딕은 그 돈을 받으러 그 사람을 거기까지 데려다줬어요. 1박 여행길이었죠. 그 애는 일요일 정오 전에 돌아왔다오. 일요일 저녁 시간에 맞춰서."

"알겠습니다." 나이는 말했다. "1박 여행이었다고요. 그 얘기인즉슨 토요일에 나갔다는 얘기네요. 그게 11월 14일 토요일이었죠?"

노인은 그렇다고 했다.

"그리고 11월 15일 일요일에 돌아왔고요?"

"일요일 정오요."

나이는 계산을 해보고 자신이 다다른 결론에 의기양양해졌다. 스무 시간에서 스물네 시간이라면 용의자들이 1290킬로미터 가까이 되는 왕복 여행을 할 수 있을 시간이다. 여행하다가 네 사람을 살해하고도 남을 시간.

"그럼 말입니다, 히콕 씨. 일요일, 아드님이 댁에 돌아왔을 때 혼자였습니까? 아니면 페리 스미스가 함께 왔나요?"

"아니, 그 애는 혼자 왔어요. 그 애 말로는 페리는 올레이시 호텔에 내려주고 왔다는데."

나이는 날카로운 비음이 섞여 자연스레 위압적인 힘이 묻어나는 평상시 목소리의 특징을 약간 죽이고, 상대방이 안심할 수 있도록 넌지시 말을 던지는 투로 얘기하려고 했다. "그러면 기억은 나십니까? 태도가 좀 평소 같지 않다 싶은 점이 있었나요? 다른 점이 있었나요?"

"누구 말이오?"

"아드님 말입니다."

"언제요?"

"아드님이 포트스콧에 갔다 돌아왔을 때요."

히콕 씨는 곰곰이 생각해보더니 말했다. "평소와 다를 건 없는 것 같았는데. 집에 오자마자 저녁을 먹으려고 식탁에 앉았어요. 배가 무지 고픈 것 같았어요. 내가 기도도 다 끝내기 전에 벌써 접시에 달려들었으니까. 그래서 나는 이렇게 말했다오. '딕, 너 손이 안 보일 정도로 음식을 퍼 담고 있구나. 우리 먹을 것도 안 남겨놓을 작정이냐?' 물론 그 애는 언제나 식성이 좋았어요. 피클도 잘 먹었죠. 피클 한 통을 다 먹어치울 정도였으니."

"그럼 저녁 식사 후에 아드님은 무엇을 했습니까?"

"자던데." 히콕 씨는 이렇게 말해놓고는 자기도 자기 대답에 약간 놀란 듯했다. "깊이 잠들었지. 그걸 평소와 다르다고 한다면 그럴 수도 있을 거요. 우리는 모여서 농구 경기를 보았죠. 텔레비전으로. 나하고 딕하고 다른 아들애, 데이비드하고. 딕은 금방 집이 떠나가라 코를 골아댔어요. 그래서 나는 그 애 동생에게 이랬지. '맙소사, 딕이 농구 경기를 보지 않고 자는 날을 내 생전에 보게 될 줄은 꿈에도 몰랐다.' 중간에 잠깐 깨기는 했는데, 식어버린 저녁밥을 먹더니 바로 다시 침대로 가서 잠을 잤다오."

히콕 부인은 바늘에 다시 실을 꿰었다. 남편은 안락의자에 앉아 고개를 까닥까닥하며 불을 붙이지 않은 파이프를 빨았다. 형사는 숙련된 눈으로 낡았지만 깨끗하게 청소가 되어 있는 방을 두리번거리며 살폈다. 구석에 총 한 자루가 벽에 기대어 놓여 있었다. 나이는 아까 총을 눈여겨 보아두었다. 자리에서 일어나 총 쪽으로 손을 뻗으며, 나이가 물었다. "사냥을 자주 하시나봅니다, 히콕 씨?"

"그건 그 애 총이라오. 딕의 총이지. 그 애는 데이비드와 가끔 사냥을 나가요. 주로 토끼를 잡지요."

12구경 새비지 엽총, 300 모델이었다. 손잡이에 날아가는 꿩떼가 섬세하게 새겨져 있었다.

"아드님은 언제부터 이 총을 갖고 있었나요?"

이 질문이 히콕 부인을 자극한 모양이었다. "그 총은 100달러가 넘는 물건이에요. 딕이 그걸 외상으로 샀는데, 그 상점에서는 환불이 안 된다지 뭐예요. 산 지 한 달도 안 됐고, 한 번밖에 안 썼는데. 11월 초에 그 애랑 데이비드가 그리넬로 꿩 사냥 갈 때 들고 갔던 게 다예요. 그 애는 총도 우리 이름으로 샀다니까요. 애 아빠가 그러라고 했어요. 그래서 지금 이렇게 된 거예요.

그 대금을 물어야 하는 거죠. 월터 생각을 해보세요. 저렇게 몸도 아픈데. 우리가 필요한 게 얼마나 많겠어요. 없이 지내는 것도 많고……." 부인은 딸꾹질이 나는 걸 참으려는 것처럼 숨을 멈췄다. "커피 한 잔 더 안 하셔도 되겠어요, 나이 씨? 금방 가져다드릴게요."

형사는 총을 벽에 기대놓았다. 그는 이 총이 클러터 가족을 죽인 바로 그 흉기라고 확신했다. "고맙습니다. 하지만 시간이 늦어서요. 토피카까지 차를 몰고 가야 하기도 하고." 나이는 이렇게 말하고 나서 공책을 점검했다. "그럼 맞게 적었는지 확인하기 위해서 다시 한 번 대강 읽어보겠습니다. 페리 스미스가 11월 12일 목요일 캔자스에 왔다. 아드님은 이 사람이 포트스콧에 거주하는 누나한테 돈을 받으려고 여기 왔다고 했다. 그 주 토요일에 두 사람은 차를 몰고 포트스콧에 가서 거기서 하룻밤 있었다. 아마 누나 집에 있었겠죠?"

히콕 씨가 대답했다. "아니, 걔들은 그 누나를 못 찾았대요. 이사를 갔던가봅니다."

나이는 미소 지었다. "그렇지만, 거기 하룻밤 있었다 이거죠. 그리고 그다음 주에도, 그러니까 15일에서 21일 사이에도 딕은 계속 친구 페리 스미스를 만났고요. 하지만 그것 말고는 보통 때나 똑같은 일과를 보냈다는 거죠. 아버님이 아시기로는 말입니다. 집에서 지냈고 매일 일하러 갔고. 21일에 아드님은 사라졌고 페리 스미스도 없어졌다고요. 그 이후로 아드님에게 소식은 못 들으셨다는 거죠? 편지도 안 썼지요?"

"그 애도 무서웠겠죠." 히콕 부인이 말했다. "부끄럽고 무서웠을 거예요."

"부끄러워요?"

"자기가 한 일을 생각하면 말이에요. 우리를 또 마음 아프게 한 것을 생각하면. 그리고 우리가 용서를 안 해줄 것 같으니 무서운 거지. 이제까지 언제나 용서해줬지만요. 하지만 앞으로도 용서해줄 거예요. 나이 씨도 애들이 있어요?"

나이는 고개를 끄덕였다.

"그럼 애들 키우는 게 어떤지 아시겠구려."

"하나만 더요. 혹시나 아드님이 어디로 갔는지 조금이라도 짐작 가시는 데가 있습니까?"

"지도를 펴보시오." 히콕 씨가 말했다. "그리고 손가락으로 아무 데나 찍어봐요. 아마 거기일 거요."

—

늦은 오후였다. 차의 운전자인 중년의 출장 외판원은(여기서는 벨 씨로 부르기로 한다) 지쳐 있었다. 벨 씨는 차를 멈추고 잠깐이라도 낮잠을 자고 싶었다. 하지만 목적지까지는 이제 160킬로미터밖에 남지 않았다. 벨 씨는 자신이 일하는, 네브래스카 오마하의 커다란 고기 포장 회사 본부로 가고 있었다. 회사의 규칙에 외판원이 히치하이크 여행자를 태우는 것은 금지되어 있었지만, 벨 씨는 가끔 그 규칙을 어기고는 했다. 특히 지루하고 졸릴 때는. 그래서 그는 두 젊은이가 길가에 서 있는 것을 보자, 즉시 브레이크를 밟았다.

두 사람은 벨 씨가 보기에는 "괜찮은 청년들" 같았다. 두 사람 중에 키 큰 쪽은 칙칙한 금발 머리를 짧게 깎은 스타일에 체격이 강건한 청년이었는데, 애교 있게 웃고 있었고 태도가 정중했다. 같이 있는 "꼬마" 친구 쪽은 오른손에 하모니카를 들고 왼손에는 불룩한 밀짚 여행 가방을 들고 있었다. 이쪽은 "그만하면 됐다 싶을 정도로" 수줍은 게 아닌가 싶었으나, 친근한 인상이었다. 어찌 되었건 벨 씨는 손님들이 허리띠로 그의 목을 졸라서 차, 돈, 목숨까지도 훔친 뒤 평원의 무덤에다 처박고 가려는 꿍꿍이를 품고 있다는 것은 꿈에도 모르고 오마하에 도착할 때까지 말을 걸어주면서 졸리지 않게 해줄 사람들이 생겼다는 사실에 마냥 기뻐하기만 했다.

벨 씨는 자기소개를 한 뒤 청년들의 이름을 물었다. 조수석에 앉은 사근사근한 청년은 자기 이름이 딕이라고 했다. "그리고 애는 페리예요." 딕은 운전석 바로 뒷좌석에 앉은 페리를 보고 눈을 찡긋했다.

"오마하까지 데려다줄 수 있는데."

딕이 말했다. "고맙습니다, 선생님. 우리도 오마하로 가던 길이었어요. 거기서 뭔가 일거리를 찾을 수 있지 않을까 하고요."

이 청년들이 일거리를 찾고 있나? 외판원은 아마 자기가 도울 수 있을지도 모른다고 생각했다.

딕이 말했다. "저는 1등급 차 도색공이에요. 차 수리도 하고. 저는 진짜 돈을 잘 벌었죠. 내 친구 녀석과 저, 우리는 멕시코에 내려갔다 오는 길이에요. 생각 같아서는 거기 살고 싶었는데. 하지만 제기랄, 멕시코 사람들은 제대로 월급을 안 주더라고요. 백인들은 그거로는 못 살죠."

아, 멕시코. 벨 씨는 자기도 쿠에르나바카로 신혼여행을 갔다 왔다고 설명했다. "우리도 언제나 다시 가고 싶었지. 그렇지만 애가 다섯이나 되면 돌아다니기가 힘들어."

페리는 후에 이렇게 회상했다. 애가 다섯이라니. 참 안됐군. 페리는 딕이 입에서 나오는 대로 적당히 수다를 떠는 소리에 귀를 기울이다가, 딕이 멕시코에서 "여자들을 정복한 얘기들"을 늘어놓기 시작하는 걸 알고는 이게 얼마나 "기이한" 일인지, 얼마나 "병적일 정도로 자기중심적"인지를 생각했다. 이제 죽이려고 하는 남자, 앞으로 10분도 채 살아 있지 못할 남자에게 잘 보이고 싶어 하다니. 물론 그것도 자기와 페리가 짠 계획이 원활히 진행된다면 그렇겠지만. 하지만 원활히 진행되지 않을 까닭이 있나? 상황은 이상적이었다. 캘리포니아에서 네바다로, 다시 네바다와 와이오밍을 가로질러 네브래스카로 사흘 내내 돌아다니면서 찾아 헤매던 그런 상황이었다. 하지만 적당해 보이는 사람들은 지금까지는 피해 갔다. 벨 씨는 두 사람을 태워주겠다고 한 사람 중에서는, 처음으로 가능성이 있어 보이는 단독 여행자였다. 두 사람을 태워준 다른 사람들은 트럭 운전사이거나 군인이었다. 한번은 라벤더색 캐딜락을 몰던 흑인 현상금 사냥꾼 두 명을 만난 적도 있었다. 하지만 벨 씨는 완벽했다. 페리는 입고 있는 가죽 윈드브레이커 주머니 속을 더듬었다. 주머니는 바이엘 아스피린 병과 노란색 카우보이 면 손수건으로 싼 주먹만 한 크기의 뾰족한 돌로 불쑥 튀어나와 있었다. 페리는 허리띠, 나바호 스타일에 은 버클이 달리고 터키석에 박힌 허리띠를 풀었다. 그는 허리띠를 빼서 접은 뒤 무릎 위에 놓았다. 그는 대기했다. 네브래스카의 평원이 스쳐 지나가는 광경을 바라보며, 할 일 없이 하모니카로 장난을 쳤다. 곡조를 마음대로 지어내서 연주를 하면서 딕이 미리 짜놓은 신호를 보내기를 기다렸다. 둘이 짠 신호는 "이봐, 페리, 성냥 좀 줘"였다. 그 신호가 떨어지면 딕은 운전대를 잡고, 페리는 손수건으로 싼 돌을 휘둘러 외판원의 머리를 "깨부수기로" 되어 있었던 것이다. 나중에 더 조용한 샛길에 접어들면 하늘색 구슬이 박힌 허리띠를 쓸 예정이었다.

그동안 딕과 불쌍한 운명에 처한 남자는 지저분한 농담을 주고받았다. 웃음소리가 페리의 귀에 거슬렸다. 특히 벨 씨가 발작하듯 터뜨리는 웃음소리가 마음에 안 들었다. 거리낌 없이 터뜨리는 커다란 웃음은 페리의 아버지 텍스 존 스미스의 웃음소리와 비슷했다. 아버지의 웃음소리를 기억하니 긴장이 더해졌다. 머리가 아팠고, 무릎이 저렸다. 그는 아스피린 세 알을 씹어서 물 없이 넘겼다. 제길! 페리는 토하거나 기절할 것만 같았다. 딕이 "파티"를 더 끌었다간 그렇게 될 것만 같다고 생각했다. 빛이 어두침침해지고, 시야에 집 한 채 사람 한 명 들어오지 않는 길이 쭉 뻗어 있었다. 황량하고 철판처럼 거무스름한 겨울 빛 땅뿐이었다. 이제 때가 왔다, 이제. 페리는 이런 생각을 전달하려는 것처럼 딕을 뚫어져라 쳐다봤고, 몇 가지 사소한 신호들, 눈꺼풀이 움찔하는 거나 콧수염에 땀방울이 맺힌 것으로 보아 딕도 이미 같은 결론에 도달했음을 알 수 있었다.

하지만 딕이 다음 말을 하려고 입을 열었을 때 나온 것은 또 농지거리뿐이었다. "수수께끼 하나 풀어보실래요? 이런 수수께끼예요. 화장실에 가는 거랑 공동묘지에 가는 거랑 공통점이 뭐게요?" 딕은 싱긋 웃었다. "모르겠죠?"

"모르겠는데?"

"갈 때는 가야 한다는 거!"

벨 씨는 웃음을 터뜨렸다.

"이봐, 페리 성냥 좀 줘."

하지만 페리가 손을 들려던 순간, 돌을 막 내려치려던 순간 뭔가 이상한 일이 일어났다. 페리가 나중에 말한 대로 옮기면 "빌어먹을 기적"이라고 할 만한 일이었다. 그 기적은 갑자기 세 번째 히치하이크 여행자가 나타난 일이었다. 그 사람은 흑인 병사였고, 자비심이 많은 외판원은 태워주려고 차를 멈췄다. 외판원은 자신을 구해준 구세주가 차 쪽으로 뛰어올 때 말했다. "야, 그거 참 재밌는데. 갈 때는 가야 한다니 말이야!"

―

1959년 12월 16일, 네바다 주 라스베이거스. 오랜 세월 비바람에 첫 글자 R과 마지막 글자 S가 지워져, 불길하게 보이는 단어 'OOM'만 남아 있었다. 이 단어는 이제는 햇볕에 뒤틀린 간판 위에 희미하게 박혀 그 간판이 광고하는 장소와 잘 어울렸다. 해럴드 나이가 캔자스 주 수사국 공식 보고서에 쓴 바에 따르면, 그곳은 "군데군데 무너지고 낡아서, 호텔이나 하숙치고도 가장 저급"이었다. 그 보고서는 이렇게 계속되고 있다. "라스베이거스 경찰이 제공한 정보에 따르면, 몇 년 전까지만 해도 이곳은 서부에서 가장 큰 여인숙 중 하나였다. 하지만 화재가 나서 주 건물이 불타버렸고 남은 부분만 싸구려 하숙집으로 전환했다." '로비'에는 180센티미터는 될 선인장 화분과 임시 안내 데스크 말고는 가구가 없었다. 안내 데스크에는 사람도 없었다. 형사는 손뼉을 쳤다. 마침내 여자의 목소리, 하지만 별로 여자답지 않은 목소리가 "나가요" 하고 소리쳤다. 하지만 그러고도 5분이 지나서야 여자는 모습을 나타냈다. 여자는 더러운 실내복에 굽이 높은 황금색 가죽 샌들을 신었다. 숱이 적은 노란 머리에는 머리마는 롤을 단 그대로였다. 넙적하고 근육이 두드러진 얼굴에 입술을 빨갛게 칠하고 분을 발랐다. 여자는 밀러 하이라이트 맥주 캔을 들고 있었다. 몸에서는 맥주와 담배 냄새, 갓 칠한 매니큐어 냄새가 풍겼다. 여자는 일흔네 살이었지만, 나이의 소견으로는 "더 젊어 보였다, 적어도 10분은 더". 여자는 나이를 쳐다보았다. 가장자리에 테를 두른 갈색 양복과, 테를 접었다 올릴 수 있는 갈색 중절모를 쳐다보았다. 나이가 경찰 배지를 보여주자 노파는 화들짝 놀랐다. 입을 벌리니 틀니를 한 것이 슬쩍 드러나 보였다. "아하. 나도 그러리라 생각했지." 여자는 말했다. "어디 말이나 들어봅시다."

나이는 리처드 히콕의 사진을 건넸다. "이 사람 아십니까?"

모르겠다는 뜻의 신음 소리.

"아니면 이 사람은요?"

"아하. 이 사람은 여기 두어 번 묵었지. 하지만 지금은 여기 없는데. 한 달 전쯤 나갔지. 숙박계라도 보실라우?"

나이는 안내 데스크에 기대어, 길게 길러 매니큐어를 칠한 여주인의 손톱이 연필로 끄적여놓은 이름이 가득한 페이지를 넘기는 것을 바라보았다. 라스베이거스는 윗사람들이 나이에게 출장 명령을 내린 세 곳 중에서 맨 처음으로 들른 곳이었다. 모두 페리 스미스의 전력과 연관해서 선택한 곳이었다. 나머지 두 곳은 페리의 아버지가 살고 있다고 추정되는 리노와 여기서는 프레더릭 존슨이라고 언급된 스미스의 누나 집이 있는 샌프란시스코였다. 이 친척들이나 용의자의 소재에 대해서 알 것 같은 다른 사람들과는 면담을 할 계획이기는 했지만, 나이의 주된 목적은 관할서의 협조를 얻으려는 것이었다. 예를 들면 라스베이거스에 도착하자마자, 나이는 라스베이거스 경찰서 형사과 반장, B. J. 핸들런 경감과 클러터 사건을 의논했다. 경감은 모든 경찰들에게 히콕과 스미스를 경계하라는 명령을 내렸다. "가석방 위반으로 캔자스에서 수배 중. 캔자스 JO-58269 번호판을 단 1949년형 쉐보레를 타고 있음. 수배자들은 무장하고 있을 가능성이 있으며, 위험 행동의 여지가 있음." 또한, 핸들런은 형사 한 명을 배정하여 나이가 "전당포 조사하는 것"을 돕도록 했다. 그의 말대로 "도박 도시에는 전당포가 언제나 많은 법"이었다. 나이와 라스베이거스 형사는 함께 지난 한 달 동안 저당 잡힌 물건들의 보관증을 모두 조사했다. 특히 나이는 사건 당일 클러터 집 안에서 도난당한 제니스 휴대용 라디오를 발견할 수 있기를 바랐지만, 별로 운이 좋지는 않았다. 하지만 어떤 전당포 주인은 스미스를 기억하고 있었고("이 친구 10년은 족히 여기 드나들었을 걸요"), 11월 첫째 주에 곰 가죽 깔개를 저당 잡고 보관증을 끊어주었다고 했다. 이 보관증을 보고 나이는 하숙집 주소를 알았던 것이다.

"10월 13일에 묵었네요." 여주인이 말했다. "11월 11일에 방을 뺐고." 나이는 스미스의 서명을 슬쩍 쳐다보았다. 그 필체의 장식성, 솜씨를 부려서 휙 갈기기도 하고 멋지게 구부려 쓰기도 한 글씨에 나이는 놀랐다. 그 반응을 여주인도 감지했는지 이렇게 말했다. "어허, 그 사람이 말하는 걸 한번 들어봐야 하는데. 그 혀 짧은 소리로 속삭이듯이 말을 하는데, 어렵고 긴 단어들이 얼마나 많이 나오는지. 정말 특이한 사람이라니까. 뭣 때문에 그 사람 찾는 거요? 그렇게 착하고 귀여운 애송이를?"

"가석방을 위반해서요."

"아하. 가석방 건 때문에 캔자스에서 여기까지 왔다? 흠, 나야 정신없는 금발 여자니까, 형사 양반 말을 믿기로 하겠우. 하지만 갈색 머리 여자한테는 그런 얘기 꾸며대지 말아요." 여주인은 맥주 캔을 들어 비운 뒤, 정맥이 드러나 보이고 주근깨가 나 있는 손 사이에 낀 채 빈 깡통을 조심스레 굴렸다. "뭐가 되었든 큰일은 아닐 거라우. 그럴 리가 없지. 이 나이가 되도록 나는 아직 신발 크기도 제대로 알아맞히기 힘든 그런 남자는 본 적이 없우. 애는 그냥 애송이예요. 여기 있었을 때 마지막 주 방세를 안 내려고 나한테 온갖 감언이설을 늘어놓던 젊은이." 여주인은 어떻게 그런 터무니없는 꿈을 꿀 수가 있느냐는 듯 킥킥댔다.

형사는 스미스의 방세가 얼마였냐고 물었다.

"보통 요금이었우. 한 주에 9달러. 열쇠 값으로 50센트를 맡기고. 현금만 받았죠. 선불로 현금만."

"여기 있는 동안 뭘 했습니까? 친구가 있었습니까?" 나이가 물었다.

"내가 여기 기어드는 인간들을 죄다 감시하고 있다고 생각하는 거유?" 여주인은 툴툴댔다. "부랑자들, 애송이들. 관심도 없다우. 나는 시집 잘 간 딸 하나 관심 두기도 바쁘니까." 그러고 나서 덧붙였다. "아니, 친구는 없었지. 적어도 누구 특별한 사람이랑 돌아다니는 걸 본 적은 없우. 마지막에 여기 왔을 때는 매일 차를 닦으면서 시간을 보내더구먼. 저기 앞에다 주차해놨었는데. 오래된 포드. 그 애송이가 태어나기도 전에 나온 차 같더라니까. 거기다가 또 칠도 했어요. 뚜껑 부분은 검정색으로 나머지는 은색으로. 그러고 나서 '팝니다'라는 표시를 앞 유리창에 붙여놨지. 어느 날 보니까 맹하게 잘 속게 생긴 남자가 와서 40달러를 주겠다고 하더라고. 40달러면 그 차 가격보다 더 나가는 거야. 그렇지만 자기는 90달러 미만을 받을 순 없다는 거야. 버스표 살 돈이 필요하다면서. 그 사람이 떠나기 직전에 어떤 흑인이 와서 사 갔다고 들었우."

"버스표 살 돈이 필요하다고 했다고요? 어디로 가려고 했는지는 모르시고요?"

여주인은 입술을 오므리고 담배를 빼어 물었지만, 눈을 나이에게서 떼지는 않았다. "게임은 공정하게 하셔야지. 뭐 돈을 걸어야 하지 않나? 보상금이라거나?" 여주인은 대답을 기다렸다. 그러다가 대답이 없자 이리저리 가능성을 재보는 듯싶더니만 얘기를 해주는 편이 낫겠다고 마음먹은 듯했다. "그 젊은이가 어딜 가든지 간에 오래 있을 것 같지는 않다는 인상을 받아서. 다시 여기로 돌아올 것 같다 이거지. 언제라도 그 젊은이가 다시 나타나지 않나 기대하고 있우." 여주인은 하숙집의 안쪽을 향해 고갯짓을 했다. "따라오시우. 이유를 알려줄 테니."

계단. 회색 홀. 나이는 코를 킁킁대가며 하나하나 냄새를 구분했다. 화장실 소독제, 알코올, 오래전에 피운 시가. 어떤 문 너머에, 술주정뱅이 하숙인 한 명이 울부짖으며 기쁨인지 슬픔인지에 사로잡혀 노래를 불러대고 있었다. "소리 못 줄여, 이 네덜란드 녀석! 끄든가, 나가든가 해!" 여자가 고함쳤다. "여기외다." 여주인은 나이를 어두운 창고로 데리고 갔다. 그리고 불을 켰다. "저기. 저 상자. 돌아올 때까지 맡아달라고 하더라고."

마분지 상자였고 포장은 안 되어 있었지만, 노끈으로 묶여 있었다. 무슨 선언문, 이집트식 저주의 정신을 따라 쓴 듯한 경고문이 상자 뚜껑 위에 크레용으로 적혀 있었다. "조심! 페리 E. 스미스의 소유물! 조심!" 나이는 노끈을 풀었다. 매듭은 실망스럽게도 살인자들이 클러터 가족을 묶었을 때 쓴 반 매듭은 아니었다. 나이는 뚜껑을 열어보았다. 바퀴벌레 한 마리가 기어 나오자 여주인은 바퀴벌레를 발로 착 밟아 황금색 가죽 샌들 굽으로 눌러 죽였다. "어라!" 나이가 조심스럽게 스미스의 물건을 하나하나 꺼내서 천천히 살펴보자 여주인이 소리쳤다. "이런 뱀 같은 놈. 이건 내 수건 아냐." 수건 말고도, 꼼꼼한 나이는 공책에 물건을 하나하나 적었다. "'호놀룰루 기념품'이라고 쓰여 있는 더러운 베개 하나, 분홍색 아기 담요, 카키색 바지 한 벌, 팬케이크 뒤집개가 달린 알루미늄 프라이팬 하나." 다른 너절한 물건들로는 헬스 잡지에서 오려낸 사진들로 두툼한 스크랩북 하나(역기를 들고 있는 역도 선수들을 땀 흘려 연구한 결과물), 구두 상자 속에 모아놓은 약품들, 입 냄새를 제거하기 위해 쓰는 린스와 파우더, 신비로울 만큼 많은 아스피린이 있었다. 특히 아스피린 통은 적어도 열두 개는 될 것 같았고, 몇 개는 비어 있었다.

"잡동사니네." 여주인이 말했다. "쓰레기 말고는 없구먼."

사실이었다. 단서에 목마른 형사에게도 값어치 없는 물건뿐이었다. 그래도 나이는 그 상자를 보게 되어 기뻤다. 모든 물건, 시린 잇몸 완화제, 기름 낀 호놀룰루 베개를 보고, 나이는 그 물건의 주인과 그의 외롭고 비천한 삶에 대해 뚜렷한 인상을 얻을 수 있었다.

다음 날 리노에 가서, 공식 사건 노트를 작성하면서 나이는 이렇게 썼다. "오전 9:00. 본 요원은 네바다 리노 와슈 군 보안관 사무실 빌 드리스콜 형사반장과 접촉. 이 사건의 제반 환경을 브리핑 후, 드리스콜 반장에게 사진과 지문, 히콕과 스미스의 구속영장을 전달. 두 용의자뿐 아니라, 자동차에도 수배 명령을 내림. 오전 10:30. 본 요원은 네바다 리노 경찰국 형사과 에이브 페로아 경사 접촉. 페로아 경사와 본 요원이 경찰 기록 조사. 스미스나 히콕 둘 다 중범죄 기록 파일에는 나와 있지 않음. 전당포 보관증 파일을 확인했으나 사라진 라디오에 대한 정보는 나와 있지 않았음. 리노에 있는 모든 전당포에서 라디오와 관련된 사건 파일 영구 수배 명령 내림. 전당포 관련 상세 사항을 담당하는 형사가 시내 모든 전당포에 스미스와 히콕의 사진을 가지고 가서 라디오를 맡긴 적 있는지 개별적으로 확인함. 이 전당포들에서는 스미스의 얼굴이 익숙하다고 확인해주었으나, 그 이상의 정보는 제공할 수 없었음."

이게 아침의 일이었다. 그날 오후 나이는 텍스 존 스미스를 찾아 출발했다. 하지만 먼저 우체국에 들렀더니 일반 배달 창구에 있는 점원이 더 이상 찾아볼 필요가 없다고 말했다. 적어도 네바다에서는. "그런 이름을 가진 사람은" 지난 8월 이곳을 떠났고 지금은 알래스카, 서클시티 근방에 산다는 것이었다. 어찌 되었거나 그 사람이 받을 우편은 그곳으로 전달될 것이었다.

"이런! 좀 어려운 주문이로군요." 나이가 아버지 스미스의 인상착의를 대달라고 하자 직원은 이렇게 대답했다. "마치 책에서 빠져나온 것 같은 사람이었어요. 자기를 '외로운 늑대'라고 부르고 다녔죠. 그 사람한테 오는 편지에 그런 이름이 적혀 있을 때가 많았어요. '외로운 늑대에게'라고. 물론 편지를 많이 받지는 않았어요. 카탈로그 소포나 광고 팸플릿 같은 것뿐이었죠.

사람들이 그런 걸 얼마나 많이 보내는지 알면 깜짝 놀라실 거예요. 편지 조금 받자면 그런 것도 다 받아야 하니까요. 나이가 몇이었냐고요? 60대 같던데요. 옷은 서부식으로 입고요. 카우보이 부츠에 쌀 두 말은 담을 수 있을 정도로 커다란 모자하고. 그 사람 한동안 로데오를 했다고 하더라고요. 이야기를 많이 나눴어요. 지난 몇 년 동안은 거의 매일 여기 오곤 했죠. 가끔 사라져버리면 한 달씩 안 오기도 했어요. 자기 말로는 금광 탐사를 하느라 바빴다는데. 지난 8월 어느 날인가 젊은 남자 하나가 여기 와서는 창구로 곧장 오더군요. 그 남자는 자기 아버지, 텍스 존 스미스를 찾고 있다고 했어요. 그리고 나는 어디로 가면 그 사람을 만날 수 있는지 알고 있었죠. 그 젊은이는 아버지랑 별로 닮지 않았던데. 늑대 아저씨는 입술이 얇은 아일랜드인인데, 이 남자는 거의 순수 인디언 혈통 같아 보이더라고요. 머리는 구두약처럼 까맣고 눈도 거기에 어울리는 색이고. 하지만 다음 날 늑대 아저씨가 들어와서는 확인이 되었어요. 아저씨 말로는 아들은 지금 막 군대를 제대했고 자기들은 알래스카로 갈 거라대요. 아저씨는 알래스카에서 오래 막일을 했거든요. 내 생각에는 거기서 호텔이라고 했나, 사냥꾼 여관 같은 걸 운영한 것 같은데. 자기 말로는 2년은 가 있을 것 같다고 했어요. 참, 그러고 보니 그 후로 한 번도 못 봤네, 아저씨나 아들이나."

존슨 가족은 샌프란시스코에 최근 정착했다. 이 도시 북쪽 고지대, 부동산이 개발되고 있는 동네에서 중간 정도의 수입으로 살

아가는 중산층이었다. 1959년 12월 18일 오후, 젊은 존슨 부인은 손님을 기다리고 있었다. 이웃 아주머니 세 명이 커피와 케이크를 먹으러 와서 카드나 좀 치고 갈 예정이었다. 여주인은 긴장했다. 새집에서 손님을 맞기는 처음이었던 것이다. 초인종이 울리길 기다리며, 부인은 마지막으로 한 번 더 집 안을 돌면서 보풀이 일어나 있으면 뜯어내고 크리스마스 포인세티아가 놓인 자리를 고치고 했다. 그 집은 비탈길에 있는 다른 집들과 마찬가지로 흔한 교외형 농장 주택으로 쾌적하고 평범했다. 존슨 부인은 집이 마음에 들었다. 적색 목재를 낀 합판 벽이 아주 마음에 들었다. 벽에서 벽까지 깔아놓은 카펫도, 앞뒤로 붙어 있는 전망창, 뒤 창문으로 내려다보이는 언덕, 골짜기, 하늘과 바다. 그리고 작은 뒤뜰도 자랑스러웠다. 남편은 전문 보험 외판원이었지만 목공 일을 좋아해서 뒤뜰 주위에 말뚝 울타리를 치고, 그 안에는 집에서 키우는 개가 사는 개집과, 아들이 가지고 놀 모래 상자와 그네를 만들어주었다. 그때 그 넷은, 개, 남자애 둘, 여자애 하나는 온화한 하늘 아래서 뛰어 놀고 있었다. 부인은 손님들이 갈 때까지 애들이 정원에서 얌전히 놀아주길 바랐다. 초인종이 울려 문으로 가고 있는 이 순간, 부인은 자기가 생각하기에 가장 어울린다고 생각하는 옷을 입고 있었다. 부인의 몸을 감싸는 노란 니트는 체로키 혈통에서 유래한 옅은 갈색 피부와 가볍게 자른 검은 머리를 돋보이게 해주었다. 부인은 이웃 부인 세 명을 맞을 준비를 하고 문을 열었지만, 대신 낯선 남자 두 명이 있었다. 남자들은 모자를 들어 인사를 하더니 배지가 달린 지갑을 펴 보였다. "존슨 부인?" 한 남자가 말했다. "제 이름은 나이입니다. 여기는 거스리 경위죠. 저희는 샌프란시스코 경찰과 연계되어 있는데, 방금 캔자스에서 동생 되시는 페리 에드워드 스미스에 대한 문의를 받았습니다. 동생분이 가석방 담당관에게 보고를 하지 않고 사라져서 혹시 부인께서 지금 동생분의 소재에 대해서 뭔가 아는 게 없으신지 물어보러 왔습니다."

존슨 부인은 경찰이 또 동생에게 관심이 있다는 사실을 알고서도 마음 아파하지 않았다. 전혀 놀라지 않은 것도 확실했다. 부인은 손님들이 지금이라도 와서 자기가 경찰에게 심문받는 모습을 볼지도 모른다는 게 더 언짢았다. "아니, 전혀 몰라요. 페리 못 본 지 4년은 됐어요."

"이건 심각한 문제입니다, 존슨 부인." 나이가 말했다. "잠깐 얘기 좀 나누고 싶은데요."

부인은 결국 남자들을 안으로 들이고 커피를 들겠냐고 물었다. 형사들은 그러겠다고 했다. "페리 못 본 지 4년은 됐다니까요. 가석방된 후로 소식을 들은 적도 없고요. 지난여름, 그 애가 감옥에서 나왔을 때 리노에 있는 아버지를 만났다고 하더군요. 아버지가 쓴 편지로는 알래스카로 돌아갈 거고 페리를 데리고 간댔어요. 그러고 나서 아버지한테서 다시 편지가 왔는데, 9월쯤이었던 것 같아요, 아주 화가 나셨더라고요. 주 경계선까지 가기도 전에 싸우고 헤어졌대요. 페리는 돌아왔고, 아버지 혼자 알래스카로 가셨다고요."

"그 후에 아버님에게서 편지가 왔습니까?"

"아뇨."

"그럼 동생분이 최근에 아버지께 갔을 수도 있겠군요. 지난달이라도."

"난 모르죠. 관심도 없어요."

"사이가 나쁘신가보죠?"

"페리하고요? 네. 난 걔가 무서워요."

"하지만 동생분이 랜싱에 있을 때 편지를 자주 쓰셨잖습니까. 아니, 캔자스 교도관들이 그렇게 말하던데요." 나이가 말했다. 다른 남자, 거스리 경위는 옆을 지키는 것에 만족한 듯싶었다.

"그 애를 도와주고 싶었어요. 그 애 생각을 좀 고치고 싶었죠. 이젠 저도 정신이 들어서요. 다른 사람의 권리 같은 건 페리에게는 아무 의미가 없어요. 걔는 다른 사람들을 전혀 존중 안 해요."

"친구 관계는 어떻습니까? 지금 같이 있을 만한 사람 누구 모르십니까?"

"조 제임스요." 존슨 부인은, 제임스는 나무꾼이자 낚시꾼인 인디언 젊은이로 워싱턴 벨링엄 근처 숲 속에 산다고 설명했다. 부인은 제임스와 개인적으로 안면은 없었지만, 그 사람과 그 가족이 아량 있는 사람들이고 전에 페리에게 잘해준 일이 많았다고 알고 있었다. 페리의 친구 중에서 부인이 유일하게 만난 사람은 1955년 6월에 페리의 편지를 들고 문간에 나타난 젊은 아가씨뿐이었다. 그 편지에서 페리는 이 여자를 자기 아내라고 소개했다. "페리는 문제가 생겼다고 했어요. 그래서 자기가 부를 때까지 아내를 잠깐 보살펴줄 수 없겠느냐고 부탁하더라고요. 스무 살 정도 되어 보이는 여자였어요. 나중에 알고 보니 열네 살이었지만. 물론 누구의 아내도 아니었어요. 하지만 그때는 속아넘어갔죠. 불쌍해서 우리 집에 있으라고 했어요. 그 여자는 우리 집에 있긴 했지만 오래 있진 않았어요. 일주일도 안 있었죠. 나 갈 때 우리 여행 가방에 넣을 수 있는 건 다 넣어 가지고 갔더라고요. 내 옷하고, 남편 옷하고, 은 식기하고 부엌 시계까지."

"그 사건이 있었을 당시는 어디 살고 계셨습니까?"
"덴버요."
"캔자스 포트스콧에 사신 적은 있습니까?"
"없어요. 캔자스에 가본 적도 없는걸요."
"혹시 포트스콧에 사는 다른 여자 형제가 있습니까?"
"제 언니는 죽었어요. 여자 형제는 언니뿐이었어요."

나이는 미소 지었다. "이해해주시겠죠, 존슨 부인? 저희는 동생분이 부인께 연락을 할 거라고 추정하고 일을 하고 있습니다. 편지를 하거나 전화를 걸 거라고요. 아니면 만나러 올지도 모릅니다."

"그러지 않을 거예요. 사실, 그 애는 우리가 이사한 것도 몰라요. 내가 아직 덴버에 살고 있는 줄 알죠. 부탁인데 그 애를 찾아도 내 주소를 알려주지는 마세요, 무서우니까요."

"그런 말씀을 하실 땐, 동생이 부인을 해칠지도 모른다고 생각하시기 때문입니까? 물리적으로 상해를 입힐지도 몰라서?"

부인은 잠깐 생각하더니 쉽사리 결정하지 못하다가 모르겠다고 말했다. "하지만 난 그 애가 두려워요. 언제나 그랬어요. 그 애가 마음이 따뜻하고 동정심이 많은 것처럼 보일지도 모르죠. 상냥하고. 툭하면 울음을 터뜨리기도 하고요. 어떤 때는 음악을 듣고 감동하기도 하고, 어렸을 때는 석양이 너무 아름답다며 울기도 했어요. 어떤 때는 달 때문에도 울고. 아, 그 애가 얼마나 남을 잘 속이는데요. 누구라도 자기를 불쌍하다고 생각하게 할 수 있는 애예요······."

초인종이 울렸다. 존슨 부인이 문을 열러 가기가 고민스럽다는 듯 주저하는 태도를 보고, 나이는(나중에 그는 부인에 대해서

3부 해답 **279**

이렇게 적었다. "면담하는 내내 침착했고 아주 우아한 자세를 유지함. 보기 드문 성격의 인물임") 갈색 중절모를 집어 들었다. "방해해서 죄송했습니다, 존슨 부인. 하지만 동생분이 연락하면 저희에게 알려주셔야 한다는 것 정도는 아시겠죠. 거스리 경위를 찾으시면 됩니다."

형사들이 떠난 뒤, 나이에게 깊은 인상을 남긴 그 침착한 태도는 흔들렸다. 가족으로서 절망감이 닥쳐왔다. 존슨 부인은 그런 감정과 싸워, 파티가 다 끝나고 손님이 다 가버릴 때까지, 아이들 밥을 주고 씻고서 자기 전 기도를 시킬 때까지 그 감정을 한 구석에 제쳐두었다. 그러고 나서야, 그 기분이 가로등을 덮고 있는 저녁 바다 안개처럼 부인을 감쌌다. 부인은 페리를 두려워한다고 말했고, 실제로도 그랬지만, 부인이 두려워하는 것이 단지 페리인 것인지 아니면 페리와 얽혀 있는 팔자, 플로렌스 벅스킨과 텍스 존 스미스 사이에서 태어난 네 명의 아이들에게 정해진 운명의 거대한 행로인지는 의문이었다. 가장 좋아했던 큰오빠는 총으로 자살했다. 펀 언니는 창문에서 떨어졌다. 아니 뛰어내렸다. 페리는 폭력을 저지른 범죄자다. 그러니 어떤 의미에서 자기만이 유일한 생존자였다. 부인을 괴롭힌 건, 언젠가 자기에게도 어쩔 수 없는 상황이 올지도 모른다는 생각이었다. 미치거나 불치병에 걸리거나 화재가 나서 소중하게 여기는 모든 것인 집, 남편, 아이들을 다 잃을지도 모르는 일 아닌가.

부인은 남편이 출장을 가고 혼자 집에 있을 때도 술을 마실 생각은 해본 적이 없었다. 하지만 오늘 밤, 부인은 강한 술을 한 잔마신 뒤 거실 소파에 누워 사진첩을 무릎에 놓고 한 장 한 장 넘겨보았다.

아버지의 사진이 맨 첫 장을 차지하고 있었다. 1922년 젊은 인디언 로데오 선수 플로렌스 벅스킨과 결혼할 때 사진관에서 찍은 것이었다. 존슨 부인은 언제나 그 사진에서 눈을 뗄 수 없었다. 그 사진을 보면, 두 사람이 본질적으로 서로 전혀 안 맞는 사람들임에도 불구하고 왜 어머니가 아버지랑 결혼했는지 이해가 되었다. 사진에 나와 있는 젊은 남자는 남성적 매력을 발산하고 있었다. 살짝 건방지게 기울인 빨간 머리나 마치 목표물을 겨냥하고 있는 것처럼 약간 가늘게 뜬 왼쪽 눈, 목에 매고 있는 작은 카우보이 스카프 등 모든 것이 너무나 매력적이었다. 넓게 보면 존슨 부인은 아버지에 대해 좋은 감정도 나쁜 평가도 가지고 있었지만, 한 면만은 언제나 존경했다. 아버지의 강인함이었다. 부인은 아버지가 다른 사람에게 얼마나 기인처럼 보이는지 잘 알고 있었다. 자기에게도 그렇게 보였으니까. 그럼에도 불구하고 아버지는 "진짜 사나이"였다. 아버지는 여러 가지 일을 아주 손쉽게 해냈다. 아버지는 원하는 방향으로 나무를 쓰러뜨릴 수 있었다. 아버지는 곰 가죽을 벗기고, 시계를 수선하고, 집을 짓고, 케이크를 굽고, 양말을 수선하고, 옷핀과 실로 송어를 잡을 수 있었다. 언젠가 한번은 알래스카의 황야에서 홀로 겨울을 난 적도 있었다.

혼자. 존슨 부인이 생각하기에 그런 남자들은 그렇게 살아야만 했다. 아내도, 아이들도, 소심한 삶도 그런 남자들에게는 어울리지 않는다.

부인은 어릴 적 찍은 사진이 들어 있는 페이지를 몇 장 넘겼다. 유타, 네바다, 오리건과 아이다호에서 찍은 사진들. '텍스와 플로' 로데오 순회공연단 생활이 끝나자 가족은 오래된 트럭에 살면서 사냥 일을 찾아 전국을 떠돌아다녔다. 1933년에는 이런 일도 찾기 힘들었다. 맨발로 서 있는 아이들 넷을 찍은 사진 밑에 "텍스 존 스미스 가족, 오리건에서 딸기 따기, 1933"이라는 설명이 붙어 있었다. 아이들은 모두 멜빵바지 차림에 똑같이 불안정하고 피곤한 표정을 띠고 있었다. 가족은 딸기나 쉰 빵을 응축 우유에 적셔 먹는 것으로 끼니를 때워야 했다. 바버라 존슨은 언젠가 한번 식구들이 썩은 바나나만 먹고 살던 때가 있었다는 것을 떠올렸다. 그 결과로 페리는 콜레라에 걸렸고, 밤새 비명을 질러댔다. 어릴 적 별명이 보보였던 바버라는 동생이 죽을까 봐 무서워서 울어댔다.

보보는 페리보다 세 살 많았고 페리를 예뻐했다. 페리는 보보의 유일한 장난감이었다. 자기가 닦아주고 빗질해주고 뽀뽀해주고 가끔은 엉덩이도 때려주었던 인형. 다이아몬드처럼 빛나던 콜로라도 시내에서 두 사람이 같이 발가벗고 미역을 감고 있는 사진도 있었다. 배가 불룩 나오고 햇볕에 그은 큐피드 같은 동생은 누나의 손을 잡고, 졸졸 흐르는 시냇물 속에 유령이 숨어 손가락으로 간질이기라도 하는 것처럼 킥킥 웃고 있었다. 다른 사진에는(존슨 부인은 확신할 수 없었지만, 아마도 네바다 농장 어디선가 찍은 사진인 것 같았는데, 그 목장에 있는 동안에 부모 사이에 마지막 싸움이 터져서 서로 말채찍으로 때리고 물을 끼얹고 휘발유 램프를 던지며 무시무시하게 전쟁을 치르다가 결국 결혼이 깨지게 되었다) 보보와 페리가 나란히 망아지에 올라탄 모습이 있었다. 두 사람은 서로 머리와 뺨을 맞대고 있었고, 그 너머로 황량한 산이 불타오르고 있었다.

후에 아이들과 그 모친이 샌프란시스코로 가서 살게 되자 동생에 대한 보보의 사랑은 약해지다가 마침내 완전히 사라져버렸다. 그 애는 더 이상 누나의 아기가 아니었고 말썽꾸러기, 도둑, 강도였다. 그 애가 처음으로 체포된 것은 1936년 10월 27일 여덟 살 되던 생일날이었다. 그 후 마침내 여러 기관과 소년원에 여러 번 수감되다가 페리의 양육권을 아버지가 가져갔고, 바버라가 그를 다시 만나게 된 것은 여러 해가 흐른 후였다. 물론 그 사이에 아버지는 가끔 다른 아이들에게 사진을 보내주기도 했다. 지금 그 사진들은 앨범에 몇 장 풀로 붙여놓고 아래에 하얀 잉크로 설명을 적어놓았다. "페리, 아빠, 허스키 개"라는 사진도 있었고 "페리와 아빠, 금을 거르다"라는 사진, "페리, 알래스카에서 곰 사냥"이라는 사진도 있었다. 이 마지막 사진에서 페리는 털모자를 쓰고 눈 신발을 신은 열다섯 살 소년이었고, 손에는 라이플을 들고 눈으로 축 늘어진 나무 사이에 서 있었다. 페리는 얼굴을 찡그렸고, 눈은 슬프고 매우 지쳐 보였다. 존슨 부인은 사진을 바라보며 페리가 언젠가 한번 덴버로 자기를 찾아왔을 때 일으킨 소동을 떠올렸다. 실로 그때가 부인이 페리를 본 마지막이었다. 1955년 봄. 두 사람은 아버지와 함께 보낸 어린 시절에 대해서 이야기하고 있었는데 페리는, 너무 술을 많이 마셨는지 갑작스레 누나를 벽으로 밀어붙이더니 꼼짝달싹 못하게 붙들었다. "나는 아빠의 검둥이 노예였어." 페리는 말했다. "그게 다야. 아빠는 진이 다 빠질 때까지 부려먹고도 돈 한 푼 주지 않아도 되는 사람이 필요했을 뿐이야. 아니, 보보 누나. 내 말 들어. 입 닥쳐. 아니면 누나를 강물 속으로 던져버릴 테니까. 던져본 적 있어. 내가 일본에서 다리를 건너가는데 어떤 남자가 내 앞에 서 있더라. 다시는 그놈 꼴을 보지 못했어. 내가 들어서 강물로 던져버렸으니까.

제발, 보보 누나, 들어봐. 난 내가 싫어. 내가 어떤 사람이었는데! 그 개새끼는 나한테 기회 한 번 준 적이 없어. 학교에도 안 보내줬다고. 좋아, 좋아. 난 나쁜 애였지. 하지만 나중에는 학교 좀 보내달라고 빈 적도 있었다고. 나는 똑똑해졌거든. 누나가 모를까 봐 얘기해두는 거야. 똑똑한 데다가 재능도 있었어. 하지만 교육을 못 받았다고. 아빠는 내가 뭘 배우는 걸 좋아하지 않았으니까. 아빠를 위해서 짐을 지고 나르라고 했지. 멍청이가 된 거지. 무식쟁이에. 아빠는 내가 그렇게 되길 바란 거야. 그래서 아빠한테서 결코 빠져나갈 수 없게 하려고. 하지만, 누난 말이야, 바버라. 누난 학교에 다녔잖아? 누나랑 지미 형이랑 펀 누나는. 빌어먹을 너희들은 다 교육을 받았다고. 나 빼고 다. 그래서 난 누나를 싫어해. 너희 다. 아빠랑 다."

형이랑 누나들은 금 방석에 누워 편안하게 살기라도 한 줄 아나보지! 어쩌면 그랬을지도 모른다. 편안하게 산다는 것이, 엄마가 술 먹고 토한 것을 치우고 제대로 입을 옷도 없고 먹을 것도 없이 사는 것을 뜻한다면. 하지만 세 사람 모두 고등학교까지 마쳤다는 건 사실이었다. 사실 지미는 반에서 우등으로 졸업했다. 하지만 오빠가 받은 우등상장은 어디까지나 의지의 힘으로 얻어낸 것이었다. 그래서 바버라 존슨은 오빠의 자살이 더 불길하게 느껴졌다. 강한 성격, 고결한 용기, 성실한 태도. 이 모든 것이 텍스 존의 아이들에게 주어지는 운명에는 결정적인 역할을 하지 못하는 것처럼 보였다. 아이들은 아무리 착하게 살아봤자 소용없는 불길한 운명을 공유하고 있었다. 물론 페리나 펀이 착하게 살았다는 건 아니었다. 펀 언니는 열네 살 되던 해 이름을 바꾸었고 짧은 여생 동안 그 바꾼 이름에 걸맞게 살아가려 했다. 그 이름 '조이'에 걸맞게. 편은 헤픈 여자애였고 "모든 사람의 연인"이었다. 지나치게 사람을 가리지 않았고 남자를 너무 좋아했지만 남자 운은 별로 없었다. 어쨌거나 편이 좋아하는 남자는 편에게 실망을 안겼다. 어머니가 알코올 중독 때문에 혼수상태에 빠져 죽었기 때문에 편은 술을 두려워했다. 하지만 마셨다. 스무 살 되기 전에 전에 편, 이름이 편조이인 거예요, 편조이는 맥주 한 병으로 하루를 시작하고는 했다. 그러다가 어느 여름밤, 편은 호텔 방 창문에서 떨어졌다. 떨어지면서 극장 차양에 부딪쳐서 한 번 튕겨 떨어진 뒤 택시 바퀴에 깔렸다. 빈 방에서 경찰은 편의 신발과 돈이 들어 있지 않은 지갑, 빈 위스키 병을 발견했다.

편은 이해할 수도 있고 용서할 수도 있다. 하지만 지미는 문제가 달랐다. 존슨 부인은 지미가 선원복을 입고 있는 사진을 바라보았다. 지미는 전쟁 중 해군에 복무했다. 기다란 얼굴에 약간 완고한 성자 같은 표정을 한 날씬하고 창백한 젊은 뱃사람 지미는 그가 결혼했던 여자의 허리에 팔을 두르고 서 있었다. 존슨 부인은 두 사람이 결혼하지 않았어야 한다고 생각했다. 진지한 지미와 선원들 뒤꽁무니나 졸졸 쫓아다니는, 샌디에이고 출신의 20대 여자애 사이에는 공통점이라곤 하나도 없었기 때문이다. 사진 속 여자애가 걸고 있는 구슬 목걸이에는 기다랗게 늘어진 태양이 희미하게 반사되고 있었다. 그렇지만 지미가 이 여자애에게 느끼는 감정은 정상적인 사랑을 넘어선 것이었다. 그것은 정열이었다. 어떻게 보면 병적이라고도 할 만한 정열. 여자애도 지미를 사랑했고, 모든 걸 다해 사랑한 것은 틀림없었다. 그러지 않았다면 그런 짓을 하지는 않았을 테니까. 다만 지미가 그녀의 말을 믿었더라면! 아니, 믿을 수 있었더라면! 하지만 지미는 질투에 갇혀버렸다. 지미는 결혼 전에 아내가 잤던 남자들을 생각하고 굴욕을 느꼈다. 게다가 그는 지금도 아내가 이 남자 저 남자 가리지 않고 잔다고 확신해버렸다. 자기가 바다에 나갈 때마다, 아니 낮에 집에 혼자 있기만 해도 자기를 배신하고 여러 남자랑 놀아난다고. 지미는 끝없이 아내에게 바람피운 것을 인정하라고 닦달했다. 그래서 아내는 미간에 엽총을 갖다 대고 발가락으로 방아쇠를 눌렀다. 지미는 아내를 발견하자 경찰에 신고하지 않았다. 그는 아내를 안아 올린 뒤 침대에 눕히고 자기도 그 옆에 누웠다. 다음 날 새벽녘, 지미는 다시 총을 장전하고 자살했다.

지미와 아내의 사진 반대편에 군복을 입은 페리의 사진이 있었다. 그 사진은 신문에서 오린 것으로, 이런 문단이 덧붙여 있었다. "알래스카, 미합중국 육군 본부, 일병 페리 E. 스미스. 23세. 한국전 참전 용사 중 처음으로 알래스카 앵커리지 지역에 귀환한 스미스 일병을 홍보 담당 장교 메이슨 대위가 도착 당시 엘먼도르프 공군 기지에서 맞고 있다. 스미스 일병은 24분대에서 전투 기술병으로 15개월간 복무했다. 시애틀에서 앵커리지로 귀환하는 항공편은 퍼시픽 노던 에어라인에서 제공해주었다. 항공사 승무원 린 마키스 양이 미소로 환영해주고 있다.(미육군 공식 사진)" 메이슨 대령은 손을 내밀면서 스미스 일병을 보고 있지만, 스미스 일병은 카메라를 보고 있었다. 동생의 표정에서 존슨 부인은 보았다. 아니 보았다고 생각했다. 감사가 아니라 오만을, 그리고 자긍심 대신에 이루 헤아릴 수 없는 독단을. 그 애가 다리 위에서 만난 남자를 던져버렸다고 해도 전혀 놀랄 일이 아니었다. 그러고도 남았겠지. 부인은 결코 의심해본 적이 없었다.

부인은 앨범을 덮고 텔레비전을 켰지만 불안이 별로 가라앉지 않았다. 그 애가 온다면? 형사들도 나를 찾아냈는데 페리라고 못 찾으라는 법이 없잖아? 그 애는 누나가 자기를 도와줄 거라고 기대하면 안 된다. 아예 집에 들이지도 않을 테니까. 앞문은 잠가놨지만 정원 쪽 문은 안 잠갔는데. 정원은 바다 안개 때문에 희뿌옜다. 유령이 몰려든 것만 같았다. 엄마와 지미와 편의 유령이. 존슨 부인은 문에 빗장을 걸었다. 살아 있는 사람만이 아니라 죽은 사람들까지도 들어오지 못하게 하고 싶었다.

—

갑자기 퍼붓는 폭우. 비. 양동이로 퍼붓는 것 같았다. 딕은 달렸다. 페리도 달렸다. 하지만 페리는 딕만큼 빨리 달릴 수가 없었다. 페리 다리는 딕보다 짧았고, 여행 가방도 들고 있었다. 딕은 페리보다 한참 먼저 피난처, 고속도로 근처의 마구간에 도착했다. 두 사람은 구세군 기숙사에서 하룻밤 보낸 후, 오마하를 떠날 때는 어떤 트럭 운전사가 네브래스카를 횡단하여 아이오와주 경계까지 데려다주었다. 하지만 좀 전까지 몇 시간 동안에는 걸어야만 했다. 비가 내리기 시작할 때 두 사람은 텐빌 정선이라고 하는 아이오와의 촌락에서 북쪽으로 약 26킬로미터 떨어진 곳에 있었다.

마구간은 어두웠다.

"딕?" 페리가 말했다.

"여기야." 딕이 말했다. 딕은 밀짚으로 침대를 만들고 그 위에

뻗었다.

페리는 젖은 몸을 떨며 그 옆에 털썩 누웠다. 그는 짚 속으로 파고들었다. "너무 추워. 너무 추워서 여기에 불이 나서 산 채로 타 죽어도 좋을 것 같아." 페리는 배도 고팠다. 배가 고파 죽을 지경이었다. 전날 밤에는 구세군에서 준 수프로 저녁을 때웠고 오늘 먹은 것은 딕이 약국 캔디 판매대에서 훔친 초콜릿 바와 껌 뿐이었다. "허시 더 남은 거 없어?" 페리가 물었다.

없었다. 하지만 껌이 한 통 더 남아 있었다. 두 사람은 껌을 나누어 씹기 위해 자리를 잡고는 각각 더블민트 껌 두 개 반을 입 안에 넣고 질겅질겅 씹었다. 딕이 가장 좋아하는 맛이었다. (페리는 주시푸르트를 더 좋아했다.) 돈이 문제였다. 돈이 한 푼도 없다보니 딕은 페리가 생각하기에 "미친 사람 묘기"라고 할 만한 무모한 목적지를 다음 행로로 정했다. 캔자스시티로 돌아가자는 것이다. 처음 딕이 돌아가자고 주장하자, 페리는 "병원에나 가봐"라고 말했다. 이제 추운 어둠 속에 함께 웅크리고 누워, 어둡고 차가운 빗소리를 들으며 두 사람은 다시 말싸움을 시작했다. 페리는 그곳에 또 가는 것은 위험하다고 주장했다. 지금쯤이면 딕도 가석방 조건 위반으로 수배 중일 것이 분명하기 때문이었다. "더 심각한 범죄로 수배 중인 게 아니라면." 하지만 딕은 말을 들으려 하지 않았다. 캔자스시티는 자기가 가장 확실하게 "부도 수표를 돌릴 수 있는" 곳이라고 그는 주장했다. "제길, 조심해야 한다는 건 알아. 구속영장도 나왔겠지. 우리가 전에 쓴 수표가 걸렸을 테니까. 하지만 빨리 움직이면 되잖아. 하루면 돼. 돈을 충분하게 긁어모으면, 플로리다나 뭐 이런 데로 가면 돼. 마이애미에서 크리스마스를 보내자고. 괜찮으면 겨울 내내 거기서 지내는 거야." 하지만 바들바들 떨면서 껌을 씹던 페리의 얼굴에는 부루퉁한 표정이 떠올랐다. 딕이 말했다. "왜 그래, 자기야? 그 다른 일 때문이야? 넌 대체 왜 그 일을 잊지도 않고 있냐? 경찰들은 절대 연관 못 시킬 거라니까? 절대 못 한다고."

페리가 말했다. "네 생각이 틀릴 수도 있잖아. 그랬다간, 우리는 구석으로 가는 거야." 지금까지, 두 사람 모두 이 캔자스 주의 최고형에 대해서 말을 꺼낸 적은 없었다. 교수형. 캔자스 주립교도소의 죄수들은 교수형에 필요한 기구가 있는 오두막을 '구석'이라고 부르고 있었다.

딕이 말했다. "너 개그하냐? 웃기고 있네." 딕은 담배를 피우려고 성냥을 그었지만 타오르는 불빛에 뭔가 보이자 벌떡 일어나 마구간 건너 소를 넣는 칸막이 쪽으로 갔다. 칸막이 안쪽에는 차 한 대가 주차되어 있었다. 1956년형 흑백 2도어 쉐보레. 열쇠도 꽂혀 있었다.

―

듀이는 클러터 사건에 주요한 돌파구가 생겼다는 정보를 "민간인"에게는 감추기로 결심했다. 결심을 너무나 굳게 한 나머지 가든시티 전문 소식통 두 명에게는 이 비밀을 털어놓기로 했다. 한 명은 가든시티 〈텔레그램〉지의 편집장 빌 브라운이고, 다른 사람은 지역 라디오 방송국 KIUL의 담당자 로버트 웰스였다. 듀이는 상황을 간략히 설명하면서 이 정보를 1급 기밀로 유지해야 하는 이유를 강조했다. "이 사람들이 무죄일 가능성도 있으니까요."

그럴 가능성도 너무 높아서 흘려버릴 수는 없었다. 제보자 플로이드 웰스가 쉽게 얘기를 지어낸 것일지도 몰랐다. 윗사람에게 잘 보이려거나 관심을 끌고자 하는 죄수들이 그런 얘깃거리를 꾸며낸 적은 한두 번이 아니었다. 하지만 이 남자의 말이 성경 말씀처럼 죄다 진리라고 해도, 듀이와 동료들은 아직 확증적인 증거, 소위 '법정 증거'는 하나도 발굴해내지 못했다. 지금까지 발견한 것으로 봐서는 그 얘기에 전혀 개연성이 없는 건 아니었지만, 그래도 아주 어쩌다 일어난 우연의 일치일 수도 있지 않은가? 스미스가 친구 히콕을 만나러 캔자스에 왔고, 히콕이 범죄에 사용된 것과 똑같은 구경의 총을 갖고 있었으며, 11월 14일 밤 행선지에 대해서 거짓 알리바이를 댔다고 해서 반드시 일가족 살인자라는 법은 없는 것이다. "하지만 우리는 바로 이거라고 확신했지요. 모두 그렇게 생각했어요. 그러지 않았으면, 아칸소부터 오리건까지 일곱 개 주에 경계령을 내리지는 않았을 겁니다. 하지만 이건 알아둬야 합니다. 그 범인들을 잡기까지 몇 년이 걸릴 수도 있었어요. 둘이 따로 돌아다닐지도 모르고. 아니면 이 나라를 떴을 수도 있었죠. 아니면 알래스카로 갔을 가능성도 있었어요. 알래스카에서는 행적을 감추기가 어렵지 않았을 테니까요. 그자들이 자유롭게 돌아다니는 기간이 길면 길수록, 이 사건을 해결할 가능성이 점점 적어졌지요. 솔직하게 있는 그대로 말하면, 어쨌거나 이 사건을 해결할 가능성은 별로 없었어요. 그 개자식들을 내일이라도 당장 잡지 않으면, 아무것도 증명하지 못하니까요."

듀이는 과장한 게 아니었다. 다이아몬드무늬 밑창 하나, 캐츠포 신발 무늬 하나까지, 부츠 발자국 두 개를 제외하면 살인자들은 단서 하나 남기지 않았다. 또 범인들은 상당히 조심스러웠던 것 같으니, 그 부츠를 이미 오래전에 버렸을 것은 분명했다. 그리고 라디오도 마찬가지였다. 그놈들이 라디오를 훔쳤다면 말이지만. 듀이는 아직 그 점에 대해서는 확실히 마음을 정하지 못하고 있었는데, 그런 좀도둑질은 그렇게 어마어마한 범죄, 교활하기 짝이 없는 범인들의 성격과 "우스꽝스러울 정도로 어울리지 않았고", 이 사람들이 돈이 가득 든 금고를 찾으려고 집에 침입했다가, 금고를 못 찾고 가면서 그깟 돈 몇 푼과 휴대용 라디오 때문에 온 가족을 살해하는 게 상책이라고 생각했다는 것은 "너무 터무니없었기" 때문이었다. 듀이는 말했다. "자백을 받지 못하면, 기소를 못 할 처지였지요. 내 의견은 그랬습니다. 그래서 너무 조심스럽게 굴면 안 되기도 했지. 그놈들은 자기들이 안 걸리고 빠져나갈 수 있을 거라 생각하고 있었어요. 글쎄, 우리는 그놈들에게 사정이 달라졌다는 사실을 알리고 싶진 않았어요. 그놈들이 안전하다고 믿으면 믿을수록 우리는 더 빨리 그놈들을 잡을 수 있을 테니까."

하지만 비밀이라는 것은 가든시티 정도 크기의 마을에서는 흔히 볼 수 있는 게 아니었다. 군 법정 3층, 가구도 별로 없고 사람만 득시글거리는 방 세 개에 차려놓은 보안관 사무실을 방문한 사람이라면 이상한 정도를 넘어 거의 불길하기까지 한 분위기를 누구든지 감지할 수 있었다. 최근 몇 주간 갈피를 못 잡고 우왕좌왕하며 떠들어대던 성난 웅성거림은 사라지고 없었다. 이제는 파르르 몸을 떠는 정적만이 그 자리에 스며들어 있었다. 사무실 비서인 리처드슨 부인은 아주 현실적인 사람이었는데, 하룻밤 새에 조용조용 발꿈치를 들고 걸어 다니는 방법을 익혔고 부인이 보필하는 남자들, 보안관과 그 휘하, 듀이와 캔자스 주 수사국에서 파견 나온 요원들은 살금살금 움직이며 목소리를 죽여 대화를 나누었다. 마치 숲 속에 잠복한 사냥꾼들이 갑작스레 소리를 내거나 움직이기만 해도 다가오는 짐승을 쫓을까 두려워하는 것만 같았다.

사람들은 수군거렸다. 워런 호텔의 '트레일 룸', 가든시티의 사업가들이 사교 클럽처럼 사용하는 이 커피숍은 온갖 추측과 소문이 웅얼웅얼 들려오는 동굴과 같았다. 어떤 사람이 듣기로는 저명한 시민 한 사람이 곧 체포되기 직전이라고 했다. 다른 소문에서는 그 범죄를 저지른 사람은 살인 청부업자로, 의뢰를 한 것은 캔자스 밀 재배업자 협회 내에 있던 클러터 씨의 정적들이라고 했다. 이 협회는 진보적인 조직인데 생전의 클러터 씨는 협회에서 주요직을 맡고 있었다. 돌고 있는 여러 얘기 중에서 가장 정확해 보이는 것은 유명한 자동차 판매상이 해준 얘기였다(이 사람은 소문의 출처를 밝히기를 거부했다). "한 47년인가 48년 정도에 클러터 밑에서 일하던 남자가 있었다나봐. 그냥 농장 일꾼이지. 그 사람이 감옥, 주 교도소에 갔는데 거기 있는 동안 클러터가 참 부자였다는 걸 새삼 생각하게 된 거야. 그래서 한 달 정도 전에 감옥에서 풀려나자마자 우선 강도질을 하러 여기 와서 사람들을 죽여버린 거지."

하지만 서쪽으로 11킬로미터 떨어진 홀컴 마을에서는 지금 일고 있는 동요에 대해서 아무 얘기도 들리지 않았다. 그 이유 중 하나는 마을 사람들이 주로 모여 가십을 나누는 공공장소 두 곳, 우체국과 하트먼 카페에서 클러터 가의 비극은 잠시 동안 논해서는 안 되는 주제가 되었기 때문이었다. "나부터가 이제 더 이상 소문을 듣는 게 싫어요." 하트먼 부인이 말했다. "사람들에게 이렇게 말했죠. 계속 이렇게 지낼 수는 없다고. 모든 사람을 못 믿고, 무서워서 죽을 만큼 서로 겁주고. 내 말은, 그 얘기를 하고 싶으면 여기서 나가라는 거예요." 머틀 클레어는 아주 강하게 입장을 표명했다. "달랑 우표 한 장 사러 여기 와서는 클러터네 사건이 어떻게 됐느니 하면서 3시간 반 동안이나 수다를 떨고 가는 거예요. 그리고 계속 다른 사람을 헐뜯지. 뱀처럼 못 믿을 인간들 같으니! 난 그런 얘기 듣고 있을 시간이 없어요. 나는 근무 중 아냐. 미국 주 정부 공무원이라고. 어쨌거나, 음침한 일이에요. 앨런 듀이랑, 그 토피카랑 캔자스시티에서 왔다는 대단한 형사 나리들, 매처럼 날카롭게 움직여야 하는 거 아닌가? 그렇지만 여기서는 그 형사들이 행여나 그 짓을 저지른 놈을 잡아들일 수 있을 거라고 생각하는 사람은 아무도 없다니까요. 그래서 나는 입을 닥치게 하는 게 그나마 정신이 똑바로 박힌 짓이다, 하는 거지. 어차피 사람은 죽을 때까지만 사는 거야. 그럼 죽을 때 어떻게 죽든 상관있나. 죽은 사람은 죽은 사람이지. 그런데 뭐, 허버트 클러터가 목 잘려 죽었다고 병든 고양이들처럼 우르르 몰려다니며 난리를 피우는 거야? 어쨌거나 음울한 일이야. 폴리 스트링어 알죠? 저기 학교 사택에 사는 여자. 폴리 스트링어가 오늘 아침 여기 왔었는데, 그 여자 말로는 한 달이나 지났는데 이제야 겨우 애들도 잠잠해지고 있다는 거예요. 그래서 나는 생각했지. 경찰들이 정말 누군가를 체포하면 어떻게 될까? 경찰들이 체포한 범인이 모든 사람이 아는 사람일 수도 있잖아. 그럼 이건 확실히 불난 집에 부채질하는 거나 마찬가지로 지금 막 식기 시작한 사람들이 다시 냄비처럼 팔팔 끓을 거 아닌가? 아유,

모르겠어. 이제까지 흥분한 것만 해도 충분해요."

아직 9시도 안 된 이른 시간이었다. 페리는 동전 빨래방, 워셔테리아를 찾은 첫 손님이었다. 페리는 불룩한 밀짚 가방을 열어 팬티와 양말, 셔츠(몇 개는 자기 것, 몇 개는 딕의 것) 뭉텅이를 꺼내서 세탁조 안에 집어넣고 투입구에 납 동전을 집어넣었다. 멕시코에서 구입해놓은 것 중 하나였다.

페리는 이런 빨래방을 잘 사용했기 때문에, 이 상점들이 어떻게 돌아가는지 훤히 알고 있었다. 조용히 앉아 옷이 깨끗하게 세탁되는 모습을 보는 것이 "너무 편안했기" 때문에 페리는 이곳을 즐겨 찾았다. 하지만 오늘은 아니었다. 불길한 예감이 강하게 들었다. 페리가 경고했는데도 딕은 자기 뜻을 끝까지 밀고 나갔다. 그래서 마침내 캔자스시티로 돌아온 것이다. 빈털터리인 데다 덤으로 훔친 차까지 몰면서! 밤새 그들은 아이오와에서 훔친 쉐보레를 몰고 쏟아지는 빗속을 달렸다. 휘발유를 채우려고 두 번 멈추기는 했지만, 두 번 다 잠이 든 소도시의 빈 거리에 주차된 차에서 훔쳐냈다. (이건 페리의 솜씨였다. 페리 자신도 "누구도 따라할 수 없는 재주"라고 자신하는 것이었다. "짧은 고무호스 하나만 있으면 돼요. 전국적으로 쓸 수 있는 신용카드나 다름없죠.") 동틀 녘 캔자스시티에 도착하자마자, 여행자들은 일단 공항으로 가서, 공항 화장실에서 씻고 면도하고 이를 닦았다. 2시간 후 공항 라운지에서 토막잠을 약간 잔 뒤, 두 사람은 시내로 돌아갔다. 그때 딕은 1시간 후에 돌아오겠다며 친구를 워셔테리아에 내려주었다.

빨래가 깨끗하게 다 마르자 페리는 다시 가방을 쌌다. 10시가 지난 시각이었다. 어딘가에서 "부도 수표를 쓰고 있을" 딕은 약속 시간을 어기고 있었다. 페리는 앉아서 기다렸다. 그가 택한 벤치 위에는 팔을 뻗으면 닿을 만한 거리에 여자 지갑이 하나 있었다. 페리는 슬쩍 손을 뻗어 지갑을 열어보고 싶은 유혹을 느꼈다. 하지만 지갑 주인은 거기 오는 여자들 중에서도 가장 건장한 체격이었다. 그걸 보니 차마 손을 내밀 수가 없었다. 페리가 샌프란시스코에서 비행을 일삼던 10대 때, 그와 '짱깨 남자애'(토미 챈이었던가, 토미 리였던가) 하나는 조를 짜고 '소매치기'로 함께 일했다. 함께 저질렀던 탈선행위들을 떠올리니 페리는 기분이 좋아지고 기운이 났다. "한번은 어떤 할머니 뒤를 몰래 따라갔어요. 정말 나이가 많은 할머니였죠. 그런데 토미가 할머니 손가방을 낚아채니까 할머니는 갑자기 가방을 안 놓으려고 하면서 호랑이처럼 버티는 거예요. 토미가 한쪽으로 세게 잡아당기면 당길수록, 할머니는 반대방향으로 세게 잡아당기고. 그러다 할머니는 나를 보고 말했어요. '도와줘! 도와줘!' 그래서 나는 말했어요. '웃기시네요! 난 쟤랑 한편이라고요!' 그러고는 할머니를 한 대 세게 쳤죠. 할머니를 보도로 밀어버렸어요. 그런데 우리가 얻은 건 고작 90센트뿐이었어요. 똑똑히 기억나요. 우리는 짱깨 식당에 가서 몰래 음식을 훔쳐 먹었죠."

상황은 별로 달라지지 않았다. 그때보다 페리는 스무 살 정도 더 나이를 먹었고, 몸무게는 45킬로그램 정도 더 늘었으나 주머니 사정은 전혀 나아지지 않았다. 그는 여전히(놀라운 일 아닌가, 그런 지성과 재능을 가진 사람이?) 소위 훔친 잔돈푼에 연연하며 사는 어린 장난꾸러기였다.

페리는 벽에 걸린 시계를 계속 쳐다보았다. 10시 반이 지나자 슬슬 걱정이 되었다. 11시쯤 되자 고통으로 다리가 욱신거리기 시작했고, 그건 언제나 그렇듯이 공포가 찾아온다는, "핏속에 거품이 부글부글 올라온다"는 징조였다. 페리는 아스피린을 먹고 고통을 죽여버리려 했다. 적어도 마음속에 미끄러지듯 행진하는 생생하고 화려한 공포를, 행렬처럼 이어지는 불길한 예감을 흐리게 하고 싶었다. 딕은 경찰에 잡혔는지도 모른다. 부도 수표를 쓰다가 걸렸는지도 모르고, 사소한 교통 위반으로 걸렸는지도 모른다(그리고 그 차가 '도난 차량'이라는 게 밝혀졌을 수도 있다). 가능성이 아주 높은 얘기였다. 딕은 바로 이 순간 촌뜨기 형사들에게 포위당했을지도 모른다. 그리고 형사들이 논하는 범죄는 부도 수표나 훔친 차 같은 가벼운 범죄가 아닐 것이다. 딕은 아무도 연관시킬 수 없을 거라고 장담을 했지만 형사들은 어떻게든 연관을 시켜서 살인죄를 묻고 있을지도 모른다. 그리고 바로 지금, 캔자스시티 경찰들이 한 차 가득 타고 워셔테리아로 향하는 중일 수도 있다.

아니다, 상상이 지나쳤다. 딕은 결코 그럴 리가 없었다. "아는 걸 모조리 불 리"가 없는 것이다. 딕이 이런 말 하는 것을 얼마나 자주 들었던가. "경찰들이 눈이 멀 때까지 다그칠지도 모르지만, 난 절대 안 불 거야." 물론, 딕은 '떠버리'이기는 했다. 이제야 페리도 알았지만 딕이 강한 척하는 것은 논란의 여지 없이 유리한 위치에 있을 때뿐이었다. 갑자기, 페리는 딕이 그렇게 급박한 용무가 있어서 자리를 오래 비우고 있는 게 아닐 거란 생각이 들자 감사한 마음까지 들었다. 딕은 부모를 만나러 갔을 것이다. 위험한 일이기는 했지만, 딕은 '효자'거나 그렇다고 주장했다. 지난밤 오랫동안 빗속에서 차를 타고 오면서, 딕은 페리에게 이렇게 말하기도 했다. "가족을 만나러 가야겠어. 우리 식구들은 절대로 말 안 할 거야. 가석방 담당자에게 말 안 할 거다 이거지. 우리를 곤란하게 만드는 일은 아무것도 안 할 거야. 다만 내가 좀 부끄러워 그렇지. 엄마가 뭐라고 할지 좀 두려워. 수표 때문에. 그래 놓고 그냥 도망간 것 때문에. 하지만 부모님에게 전화를 걸어서 어떻게 지내시는지 좀 물어보고 싶어." 하지만 그럴 수는 없었다. 집에는 전화가 없었기 때문이었다. 있었더라면 페리는 전화를 걸어 딕이 거기 있냐고 물었을 것이다.

몇 분이 더 흘렀다. 다시 페리는 딕이 체포되었을 거라 확신했다. 다리의 통증은 타오르듯 심해져 온몸으로 퍼졌다. 빨래방에서 나는 찌를 듯한 악취가 갑자기 역겨워져 페리는 몸을 일으켜 문밖으로 뛰어나갔다. "나오는 것도 없는데 토악질을 하는 술주정꾼"처럼 페리는 길모퉁이에 서서 헛구역질을 했다. 캔자스시티라니! 캔자스시티가 악운이라는 걸 알고서 딕에게 여기만은 오지 말자고 애원하지 않았던가? 지금, 지금쯤이면 딕은 그 말을 듣지 않은 것을 후회하고 있을 터였다. 페리는 걱정이 되었다. 그럼 나는 어쩌나? "주머니 속에는 10센트짜리 동전 두어 개하고 납 동전 한 주먹밖에" 없는데. 어디로 간단 말인가? 누가 자기를 도와줄까? 바버라가? 퍽이나 그러겠군! 하지만 매형은 도와줄지도 모른다. 프레더릭 존슨이 자기 성격대로 했더라면, 감옥에서 나오면 페리에게 고용 보증을 서주겠다고 해서 가석방을 얻는 데 도움을 줬을 것이다. 하지만 바버라가 못 하게 했다. 누나는 페리에게 편지를 써서 정확하게 그렇게 말했다. 언젠가 상황이 좋아지면, 누나에게 신 나게 복수해줄 테다. 내가 어떤 능력을 가지고 있는지, 누나 같은 사람들에게 어떻게 해줄 수 있는지를 아주 자세하게 하나하나 얘기해줄 것이다. 존경받는 사람들, 안전한 자리에서 잘난 척하는 사람들, 바로 바버라랑 똑같은 사람들에게. 그렇다. 누나에게 자기가 얼마나 위험해질 수 있는지 보여줄 거고 누나의 눈을 바라볼 것이다. 그 정도면 덴버까지 한번 갔다 올 만하지 않나? 그게 바로 페리가 할 일이었다. 덴버에 가서 존슨 가족을 방문하는 것. 프레더릭 존슨은 페리가 새 인생을 시작할 수 있도록 도와줄 것이다. 그렇게 해야 한다. 자기를 떨쳐버리고 싶다면.

그때 딕이 모퉁이에 서 있는 페리에게 다가왔다. "어이, 페리. 어디 아프냐?"

딕의 목소리는 마치 잘 듣는 안정제 주사처럼 페리의 혈관으로 파고들어 여러 감정들이 충돌하는 환각 상태를 만들어냈다. 긴장과 안심. 격노와 애정. 페리는 주먹을 쥐고 딕에게 달려들었다. "이 개새끼."

딕은 싱긋 웃더니 말했다. "가자, 뭣 좀 먹자고."

하지만 설명도 해야 할 것이다. 물론 사과도. 그래서 딕이 제일 좋아하는 캔자스시티의 간이식당, 이글 뷔페에서 칠리 한 사발을 앞에 두고 딕은 사과와 설명을 내놓았다. "미안해, 자기. 네가 이렇게 어리둥절해할 줄 알았지. 내가 경찰한테 붙었다고 생각했지? 하지만 내 운이 다 바닥났나 했더니만 이제는 다시 행운을 잡은 것 같다." 딕이 설명한 얘기는 이러했다. 페리와 헤어진 뒤 딕은 마클 뷰익 컴퍼니에 갔다. 한때 딕이 일했던 회사로 거기서 이 훔친 쉐보레에 달린 위험한 아이오와 주의 번호판을 바꿀까 싶었던 것이다. "내가 오가는 걸 본 사람은 없어. 마클에다 파손된 차를 꽤 팔아넘겨봤거든. 거기 있던 찌부러진 드 소토 자동차에 캔자스 번호판이 달려 있더라고." 그러면 그 번호판은 이제 어디 있을까? "지금 우리 자동차에 달려 있지, 자기."

번호판을 바꿔치기하고 나서 아이오와 주 번호판은 시 저수지에 빠뜨려버렸다. 그러고는 친구가 일하는 주유소에 들렀다. 고등학교 동창인 스티브라는 친구였는데, 딕은 스티브를 설득해서 수표 하나를 50달러어치 현금으로 바꿔달라고 했다. 이건 딕도 전에는 한 번도 해본 적이 없는 일이었다. "친구 등을 치는 것". 글쎄, 이제 딕이 스티브를 볼 일은 없었다. 딕은 오늘 밤 캔자스를 "뜰" 것이었고, 이번에는 진짜 영원히 떠날 터였다. 따라서 옛 친구 몇 명에게 돈 좀 받은들, 뭐 나쁠 게 있겠나? 이런 마음으로 딕은 드러그스토어에서 일하는 다른 동창에게 전화를 했다. 이번에는 액수가 75달러로 올랐다. "그래서 오늘 오후쯤 되면 200달러 정도 손에 쥐게 될 거야. 가봐야 할 곳을 몇 군데 정해놨어. 예닐곱 군데 정도. 여기부터 시작해서." 딕이 말하는 데는 이글 뷔페였다. 바텐더부터 웨이터까지 여기 있는 모든 사람이 딕을 알고 좋아했다. 그리고 (딕이 가장 좋아하는 음식을 존중하는 의미로) 그를 '피클스'라고 친근하게 불러줬다. "그런 다음 플로리다, 거기로 가는 거지. 야, 어때? 크리스마스는 마이애미에서 보낼 거라고 내가 약속했잖아. 백만장자들처럼."

―

듀이는 캔자스 주 수사국 동료인 클레런스 던츠 요원과 함께 트레일 룸에 자리가 비기를 기다리고 있었다. 살이 말랑말랑한 사업가부터 햇볕에 그을려 거칠어진 얼굴의 목장주까지, 점심시간이면 보통 이 방에서 볼 수 있는 사람들의 얼굴을 둘러보다가 듀이는 특별히 아는 사람들이 몇몇 있다는 것을 알아챘다. 군 검시관인 펜턴 박사와 워런의 지배인인 톰 마하르, 그리고 지난해 군 검사에 입후보했다가 선거에서 두에인 웨스트에게 패배한 해리슨 스미스, 그리고 또 리버밸리 농장의 주인이자 주일학교에서 듀이와 같은 반에 있었던 허버트 W. 클러터까지. 아니, 잠깐! 클러터는 죽지 않았나? 그런데도 그가 트레일 룸의 원형 탁자 구석에 앉아 있다니. 활기찬 갈색 눈에 사각 턱, 죽어서도 변하지 않은 정답고 다정한 표정. 하지만 클러터는 혼자가 아니었다. 다른 젊은이 둘과 함께 앉아 있었다. 듀이는 그들을 알아보고 던츠 요원의 옆구리를 찔렀다.

"저기 봐."

"어디요?"

"구석 자리."

"무슨 소리인지."

히콕과 스미스였다! 그렇지만 그 순간 서로 알아보았다. 이 청년들에게서는 위험한 냄새가 풍겼다. 발이 먼저였다. 그들은 트레일 룸의 유리창을 깨며 뛰쳐나갔고, 던츠와 듀이는 몸을 던져 쫓았다. 두 형사는 재빨리 메인 가를 지나 파머 보석상, 노리스 약국, 가든 카페를 지나 달려갔다. 그러고는 모퉁이를 돌아 정류장까지 내려가며 건물 안으로 들어갔다 나왔다 숨바꼭질을 하면서 하얀 곡식 저장탑이 모여 있는 사이를 뛰어 내려갔다. 듀이는 피스톨을 빼 들었고, 던츠도 마찬가지였지만, 겨냥을 할 때마다 뭔가 초자연적인 힘이 가로막았다. 갑자기, 신비스럽게(마치 꿈처럼!), 모든 사람들이 수영을 하고 있었다. 쫓기는 자나 쫓는 자 모두 가든시티 상공회의소가 주장하는 대로 "세계에서 가장 큰 무료 수영장"의 어마어마하게 너른 풀을 가로질러 헤엄치고 있었던 것이다. 형사들은 쫓고 있는 범인들과 나란히 둥둥 떠 있었다. 그런데 한 번 더(어떻게 이런 일이 생길 수 있지? 이거 정말 꿈인 걸까?) 장면이 스러져가더니 다른 풍경으로 바뀌었다. 밸리뷰 공동묘지, 나무와 꽃을 심은 오솔길 사이에 무덤들이 있는 회색과 초록의 섬. 무성한 잎사귀가 평안히 속삭이며, 마을 북쪽 빛나는 밀밭 위를 비추는 차가운 구름 한 점처럼 펼쳐져 있는 오아시스. 이제 던츠는 사라지고 듀이 혼자 남자들을 추적하고 있었다. 볼 수는 없었지만, 그들이 죽은 자들 사이에 숨어, 저기 묘비 뒤에 웅크리고 있으리라 듀이는 확신했다. 아마 자기 아버지의 묘비 뒤일지도 몰랐다. "앨빈 애덤스 듀이, 1879년 9월 6일~1948년 1월 26일." 총을 뽑아 든 듀이가 음습한 길을 따라 기어가는데 웃음소리가 들려왔다. 웃음소리를 따라가보니 히콕과 스미스는 숨어 있기는커녕 아직 이름도 채 새기지 않은 클러터 씨와 보니, 낸시와 케니언의 합동 무덤 위에 올라가 있었다. 다리를 벌리고, 손은 허리에 얹고 머리는 한껏 뒤로 젖힌 채 웃으면서. 듀이는 총을 쏘았다⋯⋯ 그리고 또 한 발⋯⋯ 또 한 발⋯⋯. 누구도 쓰러지지 않았다. 분명 둘 다 심장을 세 번씩이나 정통으로 맞았는데도. 그들은 단지 약간 천천히 투명해지더니 점차 안 보이게 되었고, 공기 중으로 사라져버렸다. 하지만 커다란 웃음소리는 점점 널리 퍼져, 듀이는 절망에 가득 차 그 앞에서 고개를 숙이고 도망쳐버렸다. 절망감이 어찌나 애절하고 강렬했던지 그는 잠에서 깨어버렸다.

잠에서 깨었을 때 듀이는 열이 나서 겁에 질린 열 살짜리 같은 기분이었다. 머리카락은 젖어 있고 셔츠는 식은땀으로 축축하게 젖어 몸에 착 달라붙어 있었다. 방 안은 어둠으로 희끄무레했다. 보안관 사무실에 있는 방을 안으로 걸어 잠그고 책상 위에 앉은 채로 잠이 든 것이었다. 귀를 기울여보니 옆 사무실 리처드슨 부인 자리에서 전화가 울리는 소리가 들렸다. 그렇지만 부인은 자리에 없는지 받지 않았다. 사무실 문은 닫혀 있었다. 나가는 길에 듀이는 굳게 마음을 먹고 무관심한 척 전화를 지나치려 했지만, 약간 망설여졌다. 아직도 일하고 있는지, 저녁 식사를 해놓고 기다려야 하는지 물어보려고 아내가 전화한 것인지도 몰랐다.

"A. A. 듀이 씨 부탁합니다. 캔자스시티에서 온 전화입니다."

"제가 듀이입니다만."

"캔자스시티 연결해드리겠습니다. 상대방이 연결되었습니다."

"앨빈? 막내 나이예요."

"안녕, 막내."

"아주 엄청난 소식이 있으니 마음의 준비 단단히 하세요."

"준비됐네."

"우리 친구들이 여기 있지 뭡니까. 바로 여기 캔자스시티에."

"어떻게 알았어?"

"그게, 그 친구들이 별로 숨어 다니지 않더라고요. 히콕은 이 동네 여기저기서 수표를 썼습니다. 본명으로요."

"본명이라. 여기 오래 어슬렁거릴 생각은 아니란 의미겠군. 아니면 아주 자신만만하든가. 그러면 스미스도 아직 함께 있나?"

"아, 같이 있어요, 물론. 그런데 차는 바뀌었는데요. 1956년형 쉐비. 검정과 흰색으로 된 2도어 차입니다."

"번호판은 캔자스고?"

"캔자스 번호판이에요. 아, 들어봐요, 앨빈. 우리 엄청 운이 좋았어요. 그 친구들, 텔레비전을 샀답니다. 판매원에게 히콕이 수표를 줬고요. 그 자식들이 차를 타고 떠나자마자 판매원이 눈치 있게도 번호판 숫자를 적어놓을 생각을 다 했다지 뭡니까. 수표 뒷면에다 적어놨대요. 존슨 군, 16212."

"등록자는 확인해봤어?"

"어땠을 것 같아요?"

"도난 차량이로군."

"두말할 필요도 없죠. 하지만 번호판은 들어낸 것 같아요. 우리 친구들은 캔자스시티에 있는 차 수리점에서 망가진 드 소토 차량에 달려 있던 번호판을 들어낸 것 같더군요."

"언제 알았어?"

"어제 아침에요. 여기 대장[로건 샌퍼드]이 새 번호판하고 차량 설명을 하면서 수배 명령을 내렸어요."

"히콕 농장은 어때? 아직 그 부근에 있다면 그놈들, 곧 거기 갈 것 같은데."

"걱정 마세요. 거기도 감시하고 있으니까. 앨빈, 저기······."

"듣고 있어."

"크리스마스 선물로 받고 싶던 게 있어요. 꼭 받았으면 좋겠어요. 이 일을 마무리하는 거요. 이 일을 마무리하고 설날까지 푹 자는 거예요. 정말 대단한 선물 아녜요?"

"그러게. 자네가 선물을 꼭 받았으면 좋겠군."

"그러게요. 우리 둘 다 받아야죠."

그 후, 어두워진 법정 앞 광장을 가로질러 갈 때, 모아놓지 않아 바삭하게 말라버린 잎들이 둔덕처럼 쌓인 길을 생각에 잠겨 걸으며 듀이는 왜 희열이 느껴지지 않는지 이상히 여겼다. 왜 그럴까, 알래스카나 멕시코, 아니면 낙원에서 영원히 사라져버린 줄 알았던 용의자들이 이제 곧 체포될지도 모르는데. 왜 응당 느껴야 할 흥분이 느껴지지 않는단 말인가? 그 꿈에는 결함이 있었다. 러닝머신 위를 달리듯 반복해서 그 꿈의 분위기에 젖으면 나이가 확신을 가지고 한 말에 의심을 갖게 되고, 어떤 면에서는 믿을 수 없게 되기 때문이다. 그는 히콕과 스미스가 캔자스시티에서 잡힐지도 모른다는 사실을 믿을 수 없었다. 그들은 영원히 이길 수 없는 존재였다.

―

마이애미 해변, 오션 드라이브 335번지가 서머셋 호텔의 주소다. 작고 각진 건물로 여기저기 라벤더빛을 가미하기는 했지만 대체적으로는 흰색으로 칠해져 있다. 라벤더빛 간판에는 이렇게 적혀 있다. "빈 방 있음 / 최저가 / 해변 이용 시설 / 바닷바람 상시 불어옴." 이 건물은 회벽과 시멘트로 지어놓은 조그마한 호텔들이 줄지어 있는 하얗고 우울한 거리에 있다. 1959년 12월, 서머셋 호텔의 '해변 이용 시설'이라고는 호텔 뒤 백사장에 꽂아놓은 파라솔이 다였다. 그중 하나, 분홍색 양산에는 "밸런타인 아이스크림 팝니다"라고 쓰여 있었다. 크리스마스 날 정오, 네 명의 여성이 그 양산 밑에 누워 있었다. 트랜지스터라디오에서는 나른하게 음악이 흘러나왔다. "코퍼톤*으로 선탠하세요"라고 쓰여 있는 파란 양산 아래에는 딕과 페리가 자리를 잡고 있었다. 두 사람은 주당 18달러에 2인실을 빌린 뒤 거기서 닷새째 묵고 있는 상태였다.

페리가 말했다. "나한테 아직 메리 크리스마스라는 말 안 했어."

"메리 크리스마스, 자기야. 그리고 새해 복 많이 받아라."

딕은 수영복을 입고 있었지만, 페리는 아카풀코에서와 마찬가지로 상처 난 자기 다리를 드러내놓기 싫어했다. 페리는 상처 자국이 해변에 놀러 온 다른 사람들의 "기분을 상하게" 할까 두려웠다. 그래서 옷을 다 차려입고 앉아 있었다. 심지어 양말과 신발까지도 신고. 그래도 페리는 비교적 만족한 상태였다. 딕이 일어나서 운동을, 분홍 양산 아래 있는 아가씨들에게 좋은 인상을 주려는 듯 물구나무서기를 시작하자, 페리는 마이애미 〈헤럴드〉를 펴 들었다. 이윽고 그는 신문 안쪽에서 주의를 확 끄는 기사를 발견했다. 기사는 살인 사건에 대한 것으로 플로리다에 사는 어떤 가족, 클리퍼드 워커 부부와 네 살배기 아들, 두 살 난 딸이 살해당했다는 이야기였다. 희생자는 묶여 있거나 재갈이 물려 있지는 않았지만 모두 머리에 22구경 총을 맞고 죽었다고 했다. 단서가 없고 겉으로는 동기가 없어 보이는 이 사건은 12월 19일 토요일 밤, 워커의 집에서 일어났다는 것이다. 워커의 집은 탈라하시에서 멀지 않은 소목장이었다.

페리는 운동하는 딕에게 그만하라고 하고 기사를 큰 소리로 읽어주었다. "우리 지난 토요일에 어디 있었지?"

*자외선 차단용 로션 브랜드.

"탈라하시?"

"내가 물어보는 거잖아."

딕은 정신을 집중했다. 목요일 밤에는 교대로 운전을 해가며 캔자스에서 나와 미주리를 지나 아칸소로 갔고 거기서 오자크 산맥을 넘어 루이지애나까지 올라갔을 때 과열된 발전기가 멈춰버려서 금요일 새벽까지 거기 있었다. (중고 교체품을 슈리브포트에서 22달러 50센트에 구입했다.) 그날 밤 두 사람은 앨라배마와 플로리다의 경계선 근처 어디 길가에 차를 세워놓고 잤다. 다음 날의 여정은 느긋하게 일정을 짜서 관광지 몇 군데에 들르는 것으로 했다. 악어 농장이나 방울뱀 목장, 바닥이 유리로 된 보트를 타고 은같이 맑은 늪지대 호수를 지나는 관광 코스, 길가 해산물 전문 식당에서 비싸지만 오랫동안 구운 가재요리를 음미할 수 있는 점심 식사. 어찌나 재미있던지! 하지만 둘 다 지쳐버려서 탈라하시에 도착했을 때는 그냥 거기서 밤을 보내기로 한 것이다. "그래, 탈라하시였어." 딕이 말했다.

"대단한데!" 페리는 다시 기사를 훑어보며 말했다. "미친놈이 아니라면, 오히려 더 놀랄 일인걸. 어떤 정신병자가 캔자스 사건을 신문에서 본 거라고."

페리가 "그 얘기를 다시 꺼내는 게" 썩 내키지 않았기 때문에, 딕은 그냥 어깨만 으쓱하며 싱긋 웃고는 바닷가로 뚜벅뚜벅 걸어 내려갔다. 그 자리에서 딕은 파도에 젖은 모래 위를 잠깐 천천히 거닐며 몸을 숙여 조개껍질을 주워 모았다. 소년이었을 때 딕은, 휴일에 걸프 해안에 갔다가 조개껍질을 상자 하나 넣어가지고 온 옆집 애가 너무 부럽고, 너무 싫어서 그 조개를 훔쳐서 망치로 하나하나 부숴버린 적이 있었다. 질투는 끊임없이 딕을 따라다니는 감정이었다. 딕이 되고 싶은 사람이나, 딕이 갖고 싶은 걸 가진 사람이라면 누구나 그의 적이었다.

예를 들면, 퐁텐블로의 수영장에 있는 남자 같은 사람. 몇 킬로미터 멀리, 아른대는 연기와 바다에서 반짝이는 빛으로 짠 여름의 베일에 가려져 있었지만 딕은 희미하게 값비싼 호텔들의 높은 탑을 볼 수 있었다. 퐁텐블로, 에덴 록, 로니 플라자. 마이애미에 온 두 번째 날, 딕은 페리에게 이 환락의 궁전들로 쳐들어가자고 했다. "부잣집 여자 두어 명 건질지도 모르잖아." 딕은 이렇게 말했다. 페리는 별로 내키지 않았다. 페리는 자기네들이 카키 바지와 티셔츠를 입고 있기 때문에 사람들이 쳐다볼 거라 생각했다. 실제로는 그들이 퐁텐블로의 호화찬란한 구내에 들어가도 아무도 알아채지 못했다. 남자들은 사탕봉지처럼 줄무늬가 쳐진 실크 버뮤다 반바지를 입고 걸어 다니고, 여자들은 수영복 위에 밍크 숄을 걸치고 있었다. 침입자들은 로비를 어슬렁거리고 정원을 헤매다가 수영장 옆을 거닐었다. 바로 거기서 딕은 그 남자를 보았다. 나이는 딕 또래였다. 스물여덟이나 서른 정도. "도박사 같기도 하고, 변호사 같기도 하고, 시카고에서 온 갱 같기도" 했다. 직업이 뭐든 간에 그는 돈과 권력의 영광을 아는 남자 같았다. 메릴린 먼로를 닮은 금발 여자가 그에게 선탠오일을 발라주고 있었고, 그는 반지를 낀 손으로 나른하게 얼음이 든 오렌지주스 잔을 집었다. 이 남자가 가진 그 모든 것을 딕은 결코 갖지 못할 것이었다. 왜 저 개새끼는 모든 걸 가졌는데, 딕은 빈털터리여야 하나? 왜 저 "잘난 척하는 개자식"만 운이 좋은가? 손에 칼이 있다면, 딕도 힘을 쓸 수 있다. 저렇게 잘난 척하는 개자식들은 몸조심하는 게 좋을 것이다. 그러지 않으면 딕이 "그놈들 배를 갈라 가지고 있는 행운을 약간 바닥에 덜어낼지도" 모르니까. 하지만 딕은 완전히 기분을 망쳐버렸다. 선탠오일을 발라주고 있는 예쁜 금발 여자가 기분을 망쳐버렸다. 딕은 페리에게 말했다. "야, 여기서 빨리 뜨자."

 어린 소녀, 열두어 살 정도 되어 보이는 소녀가 모래 위에서 막대기로 커다랗고 조잡한 얼굴들을 그려대고 있었다. 딕은 소녀가 그린 그림을 보고 감탄하는 척하다가 자기가 모아온 조개껍질을 내밀었다. "이걸로 눈을 하면 딱이겠네." 딕은 이렇게 말했다. 소녀는 그 선물을 받아들였고 딕은 미소를 지으며 소녀를 향해 윙크를 했다. 딕은 이런 행동을 하면서도 왠지 미안한 감정을 느꼈다. 어린 여자애들에게 성적 관심을 가지는 것은 딕이 "진심으로 부끄러워하는" 단점이었다. 또한 아직 아무에게도 고백한 적도 없고 아무도 눈치채지 않기를 바라는 비밀이기도 했는데(페리가 눈치챘으리란 것은 딕도 알고 있었지만), 다른 사람들은 이런 취향을 "정상적"이라고 생각하지 않을지도 모르기 때문이었다. 확실히, 딕은 자신이 그렇다고 자신하고 있었다. 자신은 '정상'이라고. 몇 년간 고작 "여덟아홉 번 정도" 사춘기 소녀를 유혹했을 뿐인데 그렇다고 해서 자기가 정상이 아니라는 증거는 아니지 않는가. 솔직히 말하지만, 보통 진짜 남자라면 자기와 유사한 욕망을 가지기 마련이다. 딕은 아이의 손을 잡고 말했다. "너 아저씨 딸 할래? 참 예쁘기도 하지." 하지만 소녀는 거부했다. 딕의 손에 잡힌 여자애의 손은 바늘에 걸린 물고기처럼 파닥거렸고, 딕은 일찍이 있었던 사건에서 얻은 경험으로 미루어보아 여자애의 눈에 어린 놀란 표정을 알 수 있었다. 딕은 가볍게 웃으면서 여자애를 놔주었다. "잠깐 장난친 거야. 너 장난 좋아하지?"

페리는 여전히 파란 우산 아래 뒤로 기대어 누워서 이 광경을 다 목격했다. 딕의 목적을 즉시 알아차리고 페리는 경멸하고 싶었다. 페리는 "성적 충동을 조절할 수 없는 사람들을 절대로 존중할 수 없었으며" 특히 그런 통제 불능 상태가 자기가 "변태"라고 부르는 "애들 괴롭히기", "호모 짓", 강간을 포함하고 있으면 더욱 심했다. 그래서 페리는 자기의 이런 가치관을 딕에게 확실히 알렸다고 생각했다. 실제로 최근에 겁에 질린 어린 소녀를 딕이 강간하려는 걸 막으려다가 둘은 거의 주먹싸움까지 벌이지 않았던가? 그러나 페리는 다시 한 번 힘을 과시하고 싶은 생각은 별로 없었다. 그래서 여자애가 딕에게서 멀리 떨어져서 가버리는 걸 보자 안심이 되었다.

크리스마스 캐럴이 대기에 울려 퍼졌다. 캐럴은 네 여자들이 켜놓은 라디오에서 나오는 것이었다. 그 소리는 마이애미의 햇빛과, 절대 조용하게 입 다물지 않는 짜증스러운 갈매기들의 울음소리와 기묘하게 뒤섞였다. "영광 돌려보내며, 높이 찬양하여라. 영광 돌려보내며 높이 찬양하여라." 성가대가 소리 높여 찬양하는 노랫소리를 듣자 페리는 감동하여 눈물을 흘렸다. 눈물은 멈출 줄 모르고, 음악이 끝난 뒤에도 계속 흘렀다. 이런 일은 별로 드물지도 않아 페리가 괴로움을 느낄 때면 그 때문에 "어마어마한 매력에 홀리는 것", 즉 자살을 하게 될 가능성을 깊이 생각하는 것처럼 자주 있는 일이었다. 어렸을 때, 페리는 자살할 생각을 자주 했었으나, 그것은 아버지나 어머니, 다른 적을 벌주고자 하는 소망에서 비롯된 감상적인 공상일 뿐이었다. 하지만 그 후로 청년이 되었을 때부터는 삶을 끝내고자 하는 계획은 점점 환상적인 면을 잃어갔다. 그것이 지미의 "해결책"이었다는 걸 페리는 기억해야만 했다. 펀도 마찬가지였다. 그리고 최근에는 그렇게 대안으로서가 아니라 구체적인 죽음이 기다리고 있다는 기분이 들었다.

어쨌거나, 페리는 자기가 이제 "살아야 하는 이유"를 별로 알 수 없기도 했다. 멋진 섬들과 묻혀 있는 황금, 새파란 바닷속으로 잠수하여 가라앉아 있는 보물을 찾는 모험, 이 모든 꿈들은 사라졌다. 또한, '페리 오퍼슨스'라는 예명을 달고 가수로 데뷔해 선풍적인 인기를 끌고 나아가 언젠가는 영화에 출연할 수 있을지도 모른다는 꿈도 사라져버렸다. 페리 오퍼슨스는 살아보지도 못하고 죽었다. 그런데 뭐 더 이상 기대할 게 있겠는가? 페리와 딕은 "결승선이 없는 경주"를 하고 있었다. 그게 갑자기 떠오른 생각이었다. 그리고 이제, 마이애미에서 일주일도 채 머무르지 못하고, 그 후에는 다시 긴 여행을 시작해야 할 것이었다. 딕은 어느 날 ABC 자동차 수리회사에서 하루에 65센트를 받고 일하고 와서는 페리에게 이렇게 말했다. "마이애미는 멕시코보다도 못해. 65센트라니 말이 돼? 나는 그런 대접 못 받지. 나는 백인이라고." 그래서 내일은 캔자스시티에서 벌어온 돈에서 겨우 남은 27달러를 들고 다시 서쪽으로 가야 할 것이었다. 텍사스로, 네바다로, "정처 없이 어딘가로."

파도 속에 뛰어들었던 딕이 되돌아왔다. 딕은 흠뻑 젖어 숨을 헐떡거리며 끈끈한 모래 위에 얼굴을 파묻었다.

"물은 어떠냐?"

"끝내줘."

―

크리스마스와 낸시 클러터의 생일은 가까이 붙어 있었기 때문에 언제나 그 남자친구 보비 럽은 골치를 썩곤 했다. 낸시의 생일은 바로 설날 직후였다. 그렇게 연달아 있는 날짜에 적당한 선물을 두 개 생각해내려면 보비는 상상력을 쥐어짜내야 했다. 하지만 매년, 아버지의 사탕수수 농장에서 여름내 일해 번 돈으로 할 수 있는 한 최선을 다했다. 보비는 크리스마스 날 아침이 되면 여동생의 도움을 받아 포장한 선물을 들고, 낸시가 그 선물을 보고 깜짝 놀라며 기뻐해주기를 바라며 서둘러 클러터 씨 집으로 가고는 했다. 지난해, 보비는 낸시에게 작은 하트 모양의 황금 로켓을 선물로 주었다. 이번 해에는 전처럼 미리 돈을 모아놓고, 노리스 약국에서 파는 수입 향수를 살까, 승마 부츠를 살까 고민하고 있었다. 그런데 낸시는 죽어버렸다.

크리스마스 날 아침, 리버밸리 농장으로 뛰어가는 대신 보비는 집에 있었다. 저녁 늦게는 가족들과 함께 어머니가 일주일 동안이나 준비해서 차린 진수성찬을 먹었다. 모든 사람들, 부모님과 일곱 명이나 되는 형제자매들이 그 비극적 사건 이후에 상냥하게 대해주었다. 그럼에도 식사 시간마다 보비는 제발 좀 먹으라는 소리를 계속 듣고는 했다. 아무도 진정으로 보비가 아프다는 사실을, 슬픔이 그렇게 만들었다는 사실을, 슬픔이 보비 주위를 동그랗게 감싸 탈출할 수도 없고 다른 사람이 들어올 수도 없게 되었다는 사실을 이해하지 못했다. 아마 수전이라면 이해할지도 모르겠다. 낸시가 죽기 전에 보비는 수전을 높이 평가하지도 않았고, 같이 있을 때 별로 편하다고 느끼지도 못했다. 수전은 너무도 유별난 애였다. 보통 여자애들이 별로 진지하게 받아들이지 않는 것들을 진지하게 받아들였다. 그림, 시, 피아노로 연주하는 음악. 물론 보비가 수전을 질투한 것도 있었다. 종류가 다른 서열이기는 하겠지만 낸시는 수전을 거의 보비에 맞먹게 높이 평가하고 좋아하고 있었기 때문이었다. 하지만 그렇기 때문에 수전은 보비의 상실감을 이해할 수 있었다. 수전이 없었더라면, 수전이 거의 항상 곁에 있지 않았다면, 눈사태처럼 닥친 충격적인 일들을 보비가 어떻게 견뎌낼 수 있었겠는가? 살인 사건, 그 자체도 버거운데 듀이 씨와 면담도 해야 했고, 잠깐이나마 오히려 유력한 용의자로 의심받는 수난도 겪어야 했던 것이다.

그러고 나서 한 달이 지난 지금 이 우정은 천천히 저물었다. 보비가 키드웰 집의 작고 평안한 응접실에 가서 앉아 있는 일은 이제 줄어들었고, 보비가 오더라도 수전은 이제 별로 반기지 않는 것 같았다. 문제는 이 두 사람의 관계는 서로가 계속 슬퍼하면서 잊고 싶어 하는 일을 기억하라고 강요하는 셈이라는 데 있었다. 가끔 보비는 그 일을 잊기도 했다. 농구를 할 때나, 시속 120킬로미터로 차를 몰고 시골길을 달릴 때나, 스스로 하는 운동인(보비의 목표는 고등학교 체조 코치가 되는 것이었다) 원거리 조깅을 하며 평탄한 노란 들판 위를 달려가거나 하는 때에는. 그래서 지금, 명절용 음식을 식탁에서 치우는 것을 거든 후에 보비는 그렇게 하기로 마음을 먹었다. 운동복을 입고, 달리기를 하기로.

날씨는 정말 좋았다. 인디언 서머가 오래 지속되기로 유명한 서부 캔자스치고도 오늘 같은 날씨는 유별난 일이었다. 건조한 대기, 내려쬐는 태양, 푸른 하늘. 낙천적인 목장주들은 '열린 겨울'이 올 거라고 점쳤다. 날씨가 온화하여 소들이 겨울 내내 풀을 뜯을 수 있는 계절이. 그런 겨울은 드물지만, 보비는 그런 날씨를 한 번 기억하고 있었다. 보비가 낸시를 처음으로 따라다니기 시작하던 해의 겨울이 그랬다. 둘 다 열두 살이었고, 방과 후면 보비는 낸시의 책가방을 홀컴 학교에서 1.6킬로미터 떨어진 낸시 아버지의 농장까지 들어다주었다. 가끔 날씨가 따뜻하고 태양이 따사로이 내리비치면 두 사람은 가다 말고 멈춰, 뱀처럼 천천히 흘러가는 갈색 아칸소 강가에 앉았다.

한번은 낸시가 이렇게 말한 적이 있었다. "어느 여름, 콜로라도에 갔을 때 아칸소 강이 시작되는 시내를 본 적이 있었어. 바로 정확한 위치. 너는 안 믿겠지만. 그게 바로 우리 강이야. 색깔은 똑같지 않았지. 하지만 마실 수 있을 만큼 맑더라. 그리고 빨리 흘러갔고. 바위가 많았어. 소용돌이도 있었고. 아빠는 연어를 잡으셨어." 그 말, 강의 원류에 대한 낸시의 기억은 보비와 함께 남았다. 낸시가 죽은 뒤에도……. 글쎄, 보비는 잘 설명할 수 없었지만, 아칸소 강을 볼 때마다 그 강은 순식간에 모습을 바꾸어 캔자스 평원을 흐르는 진창물이 아니라, 낸시가 묘사한 그 모습 그대로 콜로라도의 급류, 산의 골짜기에서 흘러내리며 연어가 뛰노는 차갑고 수정같이 맑은 강으로 보였다. 낸시가 바로 그랬다. 젊은 물처럼, 생명력이 넘치고 명랑했던 낸시.

하지만 보통 서부 캔자스의 겨울은 사람들이 밖에 나올 수 없을 만큼 춥고, 들판에 낀 서리와 살을 에는 바람은 크리스마스 이전의 기후를 바꾸어버렸다. 몇 년 전에는 눈이 크리스마스이브부터 내리기 시작해 계속 쌓였다. 보비가 다음 날 아침 클러터 농장에 가려고 나섰을 때는, 걸어서 5킬로미터 남짓 되는 길을 발이 푹푹 잠기는 눈 속을 헤치고 지나가야 했다. 하지만 그럴 만한 가치가 있는 일이었다. 비록 몸이 얼얼하고 빨개지기는 했지만, 그 집에 도착했을 때 받은 환대는 언 몸을 확 풀어주고도 남았다. 몹시 놀랐지만 낸시는 뿌듯해했고, 종종 소심하게 거리를 두던 낸시의 어머니조차 보비를 안아주며 키스해준 뒤 이불을 둘러쓰고 난롯가에 앉으라고 해주었다. 여자들이 부엌에서 일하는 동안, 보비와 케니언, 클러터 아저씨는 난롯가에 둘러앉아 호두와 땅콩을 구웠고, 아저씨는 당신이 케니언 정도의 나이였을 때 크리스마스를 지낸 추억을 들려주었다. "그때 우리 식구는 일곱이었다. 엄마, 아버지, 여자애 둘 그리고 남자애가 셋. 우리는 읍내에서 한참 떨어진 농장에 살았지. 그런 이유 때문에 우리는 크리스마스 쇼핑을 뭉쳐서 하는 관습이 있었다. 그러니까, 한 번에 나가서 다 같이 쇼핑을 하는 거지. 그런데 내가 지금 말하는 그해, 시내에 나가기로 한 날, 눈이 오늘처럼 높이 쌓였지 뭐냐. 아니 더 높았지, 거기다가 계속 내리고 있었고. 눈송이 하나가 접시만 하더라. 크리스마스트리 밑에 선물 상자 하나 없이, 눈에 묶여서 크리스마스를 보내야만 할 것 같았지. 어머니랑 여자애들은 아주 마음이 상했어. 그래서 나는 꾀를 하나 냈지." 클러터 씨는 그 집에서 가장 억센 쟁기 말에 안장을 얹고서는 마을로 가서 식구들을 위해서 쇼핑을 해 오기로 했다. 식구들은 모두 동의했다. 모두들 클러터 씨에게 크리스마스 선물을 사기 위해서 모은 돈을 주었고, 사고 싶은 물건 목록을 주었다. 캘리코 천 4미터, 축구공 하나, 바늘꽂이, 엽총 총알, 클러터 씨는 이 모든 주문들을 밤이 내리기 전에 다 해결했다. 산 물건들을 방수천 자루 속에 안전하게 넣어 집으로 향하면서 클러터 씨는 아버지가 억지로 전등을 가져가라고 한 것에 고마운 마음이 들었고, 말안장에 종을 묶어서 온 게 다행이라고 생각했다. 말쑥한 눈 신과 휘발유 전등에서 비스듬하게 흘러나오는 불빛이 마음에 위안이 되었다.

"가는 건 쉬웠어. 식은 죽 먹기였지. 하지만 돌아올 때는 길도 하나도 안 보이고, 경계표도 다 없어졌지 뭐냐." 하늘과 땅, 모두 눈으로 덮여 있었다. 말은 엉덩이까지 눈에 푹 빠져서 옆으로 자꾸 미끄러졌다. "나는 램프를 떨어뜨렸어. 밤에 길을 잃어버린 거지. 잠이 들면 얼어 죽는 건 시간문제였다. 그래, 난 두려웠단다. 하지만 기도했어. 그때 하느님의 존재를 느꼈지……." 개들이 짖어댔다. 클러터 씨는 개 짖는 소리를 따라 이웃 농가의 창문이 보일 때까지 갔다. "거기서 멈춰야 산다는 걸 알았어. 하지만 가족들을 생각했지. 눈물이 그렁그렁해서 기다릴 어머니. 수색대를 짜서 나올 아버지와 형제들. 그래서 나는 계속 갔다. 그랬으니 마침내 집에 도착했을 때 집이 컴컴한 걸 보고 내가 실망한 것도 당연하지 않겠냐. 문이 잠겨 있더라. 모두 그냥 잠자리에 들고 나를 잊어버린 거야. 아무도 내가 왜 늦어지는지 모른 거지. 아버지는 말씀하셨어. '우린 네가 그냥 읍내에서 밤을 샐 줄 알았지. 이런, 자식도 참! 네가 이렇게 눈보라가 세차게 몰아칠 때는 집에 오지 말고 있어야 한다는 상식도 없는 앤 줄 누가 알았겠냐.'"

—

상한 사과에서 사과술 파이 냄새가 피어올랐다. 사과나무, 배나무, 복숭아와 앵두. 클러터 씨의 과수원, 그가 심고 아낀 과일나무들이 모여 있는 곳. 여기나 리버밸리 농장 어디든 올 생각은 아니었지만, 정신없이 달리다보니 어느덧 보비는 여기에 있었다. 설명할 수 없는 일이었다. 그래서 보비는 몸을 돌려서 떠나려 했다. 하지만 그는 다시 한 번 몸을 돌려 집 쪽으로 천천히 걸어갔다. 하얗고 단단하고 널찍한 집. 보비는 항상 그 집에서 깊은 인상을 받았고, 자기 여자친구가 그 집에 산다고 생각하면 기분이 좋았다. 하지만 이전 주인이 고인이 된 후로 제대로 된 관리를 받지 못하자, 이젠 거미들이 집에 거미줄을 치기 시작했다. 자갈을 긁어모으는 갈퀴는 차도에 버려진 채 녹이 슬어가고 있었다. 잔디는 바짝 말라 보기 흉해졌다. 그 비극적인 일요일, 보안관이 구급요원들에게 살해당한 가족들의 시신을 옮겨 가게 했을 때 구급차가 잔디밭을 가로질러 현관 앞에 서는 바람에 생긴 타이어 자국이 아직도 선명하게 남아 있었다.

고용인 숙소도 비어 있었다. 고용인은 홀컴 가까운 곳에 가족을 위해 새 보금자리를 찾았다. 놀랄 일도 아니었다. 요즈음은, 날씨가 반짝반짝 빛나는 날에도 클러터 농가는 그늘지고, 소리는 죽었으며 뭐 하나 움직임이 없는 것 같았다. 하지만 보비가 저장 창고 앞을 지나쳐 그 너머 가축우리를 지날 때, 말 꼬리가 휙 움직이는 소리가 들렸다. 낸시의 베이브였다. 아마빛 갈기에 팬지꽃처럼 진자줏빛 눈을 가진, 말 잘 듣는 늙은 말. 말갈기를 움켜쥐고 보비는 뺨을 베이브의 목에 문질렀다. 낸시가 전에 자주 하던 버릇이었다. 베이브는 히잉 하고 울었다. 지난 일요일, 마지막으로 키드웰 집에 갔을 때 수전의 어머니는 베이브 얘기를 꺼냈다. 키드웰 부인은 공상을 잘하는 사람이었다. 부인은 창문 옆에 서서, 불규칙하게 뻗은 초원을 땅거미가 물들이는 걸 바라보고 있다가 퍼뜩 우울한 기분에서 깨어났다. "수전? 내가 뭘 계속 보고 있었는지 아니? 낸시야. 베이브를 타고 있어. 여기로 오고 있네."

페리가 먼저 그들을 봤다. 히치하이크 여행자 두 명, 소년과 노인이 둘 다 집에서 만든 배낭을 둘러멨고 모래가 섞인 매서운 텍사스 바람이 세차게 불어오는 날씨인데도 달랑 멜빵바지와 얇은 데님 셔츠 차림이었다. "저 사람들 태워주자." 페리가 제안했지만 딕은 별로 내키지 않았다. 히치하이크 여행자들이 차비를 낼 것 같으면 태워주는 데 딱히 반대할 이유는 없었다. 하다못해 "휘발유 10리터 살 돈이라도 낸다면" 말이다. 하지만 페리, 착하고 마음이 넓은 페리는 언제나 가장 재수 없고 불쌍해 보이는 사람들만 태우자고 딕을 괴롭혀댔다. 마침내 딕은 그러자고 하며 차를 세웠다.

작은 키에 날카로운 눈, 아마빛 머리카락을 한 수다스러운 소년은 한 열두 살 정도 되어 보였고, 열광적으로 감사를 표했다. 하지만 얼굴에 주름살이 자글자글하고 누리끼리한 노인은 비틀비틀 뒷자리로 기어 들어오더니 아무 말 하지 않고 털썩 앉았다. 소년이 말했다. "정말 고맙습니다. 할아버지가 쓰러지기 직전이었거든요. 갤베스턴 이후로는 아무도 차를 태워주지 않아서요."

페리와 딕은 1시간 전에 그 항구 도시에서 떠났다. 두 사람은 아침 내내 선박 회사에서 튼튼한 선원을 구하지 않을까 싶어 일자리를 구하러 다녔다. 한 회사에서 즉시 브라질로 가는 유조선 일자리를 제안했고, 장차 고용주가 될 사람이 두 사람 모두 서류나 여권 같은 걸 가지고 있지 않다는 사실을 알아내지 못했으면 지금쯤은 바다에 있었을지도 몰랐다. 이상하게도 딕은 페리보다 훨씬 더 실망했다. "브라질! 새 수도를 건설하고 있는 데잖아! 허허벌판에다가. 그런 걸 바닥에서부터 쌓아올리는 일에 낀다고 생각해봐. 바보라도 한 재산 모을 수 있을걸."

"어디로 가니?" 페리가 소년에게 물었다.

"스위트워터요."

"스위트워터가 어딘데?"

"이 방향 어딘가에 있어요. 텍사스 어디. 여기 조니 할아버지는 저희 할아버지세요. 할아버지 여동생이 스위트워터에 사신대요. 아니, 거기 살고 있었으면 좋겠어요. 우리는 고모할머니가 텍사스 재스퍼에 산다고 생각했거든요. 그런데 재스퍼에 가보니까 사람들이 할머니랑 할머니 가족이 갤베스턴으로 이사 갔다는 거예요. 그런데 갤베스턴에도 없더라고요. 거기 어떤 아줌마 말로는 할머니가 스위트워터로 이사 갔대요. 할머니를 꼭 찾았으면 좋겠는데. 할아버지?" 소년은 노인의 손을 녹이려는 듯 손을 문지르며 말했다. "할아버지, 내 말 들려요? 지금 우리 따뜻한 쉐보레에 타고 있어요. 56년형 모델이에요."

노인은 기침을 하더니 고개를 살짝 돌려보고는 눈을 떴다 감았다가 다시 기침했다.

딕이 말했다. "야, 봐봐. 할아버지 왜 그러시냐?"

"계속 여기저기 다녀서 그래요. 계속 걸어서. 크리스마스 전부터 걸어 다녔거든요. 텍사스에서 대부분의 지역은 다 가본 것 같아요." 극히 사실을 전달하는 듯한 말투로, 할아버지의 손을 계속 마사지하면서 소년은 할아버지와 지금 하고 있는 여행을 어떻게 시작했는지부터 말했다. 소년과 할아버지, 그리고 고모 한 사람은 원래 루이지애나 슈리브포트 근처의 농장에서 세 식구만 살고 있었다고 한다. 그런데 얼마 전에 그 고모가 죽었다. "할아버지는 1년 정도 몸이 안 좋으셨거든요. 그래서 고모가 일을 다 했어요. 도와주는 사람도 저밖에 없었고요. 우리는 장작을 쪼갰어요. 나무 그루터기를 쪼개는 거예요. 그런데 한참 그 일을 하다 말고 고모가 갑자기 기운이 다 빠졌다고 하시더라고요. 말이 땅바닥에 쓰러져서 다시 못 일어나는 것 본 적 있어요? 전 봤거든요. 그런데 고모도 그거랑 똑같았어요." 크리스마스 되기 며칠 전, 농장 주인이 와서 '내쫓았다'고 소년은 계속 설명했다. "그래서 여기 텍사스까지 오게 된 거예요. 잭슨 할머니를 찾아서요. 전 전에는 한 번도 본 적 없지만, 고모할머니는 할아버지의 하나밖에 없는 친동생이잖아요. 그리고 누군가 우리를 받아줘야죠. 적어도 할아버지는요. 할아버지는 이제 얼마 못 가세요. 어젯밤에는 비도 맞았어요."

차가 멈췄다. 페리는 딕에게 왜 차를 멈추냐고 물었다.

"저 할아버지 아주 아프다며." 딕이 말했다.

"그래서? 어쩌자고? 버리고 가?"

"머리 좀 써라. 한 번이라도 머리 좀 써봐."

"넌 진짜 나쁜 개자식이야."

"저 할아버지 죽으면?"

소년이 말했다. "할아버지 안 죽어요. 지금까지 버텼으니까 좀 더 견디실 거예요."

딕은 고집을 부렸다. "할아버지가 죽으면? 무슨 일이 일어날지 생각해봤어? 심문을 받을 거라고."

"솔직히 나는 하나도 신경 안 써. 너 저 사람들 버리고 가고 싶어? 절대 안 돼." 페리는 여전히 졸린 듯 몽롱하게 앉아서 귀도 멀고 병도 든 노인을 한 번 보고, 소년을 한 번 보았다. 소년은 그의 눈길을 침착하게 되받아쳤다. 소년은 구걸하지도 않았고 "아무것도 부탁"하지 않았다. 그러자 페리는 그 나이 때의 자기를 생각했다. 자신도 아버지와 함께 헤매 다니지 않았나. "계속해 봐. 저 사람들 내쫓기만 해보라고. 그럼 나도 내려버릴 거야."

"알았어, 알았어, 알았다니까. 그냥 잊어버리지만 마. 잘못되면 다 네 탓이야."

딕은 기어를 바꿨다. 차가 다시 움직이려고 할 때, 갑자기 소년이 외쳤다. "잠깐만요!" 소년은 차에서 뛰어내리더니 황급히 길 가장자리를 따라 걸어가며 코카콜라 빈 병을 하나, 둘, 셋, 네 개나 주웠다. 소년은 돌아와 차에 올라타고 행복하게 웃으며 말했다. "병을 가지고 가면 돈을 많이 주거든요." 소년은 딕에게 말했다. "저기요, 아저씨. 차를 좀 더 천천히 운전하시면 돈푼깨나 벌 정도로 병을 주울 수 있을 거예요. 그걸로 저랑 할아버지랑 먹고산 거예요. 병 팔아서 받은 돈으로."

딕은 놀랐지만 흥미도 생겼기 때문에, 다음번에 소년이 멈추라고 할 때는 즉시 그 말을 따랐다. 어찌나 자주 멈추라고 하는지 8킬로미터 가는 데 1시간이나 걸렸다. 하지만 그만한 가치가 있었다. 아이는 길가에 있는 바위나 풀숲, 길에 떨어져 있는 갈색 맥주병 사이에서도 세븐업이나 캐나다드라이 빈 병을 재빨리 찾아내는 데 있어서는 "하늘이 내려준 천재"였다. 페리도 곧 빈 병을 발견하는 천부적 재능을 발전시켰다. 처음에 페리는 단순히 소년에게 자기가 찾아낸 것을 알려주었으나, 생각해보니 자기가 달려가서 직접 주워 모아도 별로 체면이 상하는 일은 아니겠다 싶었다. 모두 "너무 바보 같고", 그냥 "코 묻은 돈 버는 일"이었다. 하지만 게임처럼 하다보니 보물을 찾을 때처럼 흥분되었고, 이윽고 페리도 그 재미에 빠져들어 열렬히 빈 병을 찾아다녔다. 딕도 그랬다. 딕은 정말 무진장 진지했다. 허접해 보이기는 하지만, 어쩌면 돈을 벌 수 있는 방법일지도 모르잖은가. 어쨌거나 몇 달러라도. 누가 알리, 자기와 페리가 그 돈을 쓸 수 있을지도. 둘이 현재 가진 돈을 합쳐봤자 5달러도 안 될 것이었다.

이제 딕, 소년, 페리 세 사람 모두 차에서 우르르 몰려나가 부끄럼도 없이 서로 경쟁했다. 하지만 이 광경은 다정해 보였다. 한번 딕은 도랑 바닥에서 와인 병과 위스키 병이 가득 숨겨져 있는 것을 발견했으나 자기 발견이 별로 가치 없다는 것을 알고 얼굴을 찡그렸다. "술병은 돈으로 안 바꿔줘요." 소년이 알려주었다. "맥주병도 어떤 건 별로 소용이 없어요. 그래서 나는 그런 건 보통은 별로 신경 안 써요. 확실한 것만 모으죠. 닥터페퍼, 펩시콜라, 화이트록, 니하이."

딕이 물었다. "너 이름이 뭐냐?"

"빌이에요."

"그럼, 빌. 너 교육을 아주 똑똑히 받았구나."

땅거미가 내리자 빈 병 사냥꾼들은 이제 물러설 수밖에 없었다. 게다가 차에 실을 수 있을 만큼 가득 병을 쌓아놓은 터라 공간도 더 이상 없었다. 트렁크도 다 찼고, 뒷자리는 번쩍번쩍하는 폐품 더미처럼 보였다. 손자한테조차도 관심을 받지 못하고 말

한마디 못 들은 채, 병든 노인은 이리저리 움직이며 위험하게 짤랑거리는 화물 밑에 깔려 보이지도 않았다.

딕이 말했다. "이러다 교통사고라도 나면 볼 만하겠군."

'뉴 모텔'이라고 쓰인 전등 간판이 보였다. 가까이 다가가니 방갈로와 차고, 식당, 칵테일 라운지가 있는 근사한 복합 숙박 건물이었다. 책임을 맡은 소년이 딕에게 말했다. "여기 안에 세우세요. 어쩌면 거래를 할 수 있을지 몰라요. 내가 얘기를 할게요. 전 경험이 있거든요. 가끔 저런 사람은 속이려고 하니까." 페리는 "그 소년을 속일 만큼 똑똑한 사람이 있다는 걸" 상상할 수가 없었다. 그는 나중에 이렇게 말했다. "그 애는 거기 그 병을 다 들고 혼자 들어가는 게 전혀 부끄럽지도 않았나봐요. 나라면 절대 못 했을 텐데. 나는 정말 부끄러웠을 거예요. 하지만 모텔 사람들은 아주 친절하게 대해주었어요. 그냥 웃더라고요. 병을 바꾸니 12달러 60센트나 되지 뭡니까."

소년은 돈을 똑같이 나누었다. 자기가 반 갖고 나머지는 동업자들에게 주었다. 그러고는 말했다. "어때요? 전 이제 조니 할아버지와 배 터지게 먹으러 갈 건데. 아저씨들은 배 안 고프세요?"

항상 그렇듯이 딕은 배가 고팠다. 그렇게 활발하게 몸을 움직인 뒤라 페리도 굶어 죽을 지경이었다. 나중에 페리는 이렇게 말했다. "우리는 노인을 레스토랑으로 실어 가서는 탁자 옆에 앉혔어요. 노인은 정확히 아까 모습 그대로, 죽은 듯이 보였어요. 그리고 한마디도 하지 않았고요. 하지만 입에다 음식을 계속 집어넣는 모습은 볼 수 있었죠. 아이는 할아버지 먹으라고 팬케이크를 주문했어요. 걔 말로는 할아버지가 제일 좋아하는 음식이라더군요. 그 할아버지는 아마 팬케이크를 서른 장은 먹었을 거예요. 버터도 900그램은 먹었을 거고. 시럽도 4분의 1리터 정도는 뿌려 먹더라고요. 남자애는 간단하게 먹었어요. 감자칩하고, 아이스크림. 그게 다예요. 그렇지만 많이도 먹었어요. 그러다 배탈이나 안 났는지 모르겠어요."

저녁을 신 나게 먹는 동안, 딕은 지도를 살펴보고는 스위트워터는 자기가 운전하는 도로 서쪽으로 160킬로미터도 더 떨어진 곳이라고 알렸다. 그들은 뉴멕시코와 애리조나를 거쳐 네바다, 라스베이거스로 가는 도로를 타고 있었다. 이 말은 사실이었지만, 딕이 이 소년과 노인을 떨쳐버리고 싶어 한다는 것을 페리는 똑똑히 알 수 있었다. 딕의 목적은 소년도 분명히 알았지만, 아이는 예의 바르게 말했다. "아, 저희는 걱정 마세요. 여기는 오가는 차가 많으니까요. 아마 누가 태워주겠죠."

새로 주문한 팬케이크를 계속 먹으라고 할아버지를 놔둔 채 소년은 함께 차까지 걸어갔다. 빌은 딕과 악수를 나눈 뒤 페리와도 악수를 나눴고, 새해 복 많이 받으라고 말했다. 그리고 두 친구가 어둠 속으로 사라질 때까지 손을 흔들었다.

―

12월 30일, 수요일 저녁은 A. A. 듀이 형사의 가정에 있어서는 기념할 만한 밤이었다. 훗날 이날을 회상하며 부인은 이렇게 말했다. "앨빈은 목욕탕에서 노래를 부르고 있었어요. 〈텍사스의 노란 장미〉라고. 애들은 텔레비전을 보고 있었죠. 나는 저녁 식탁을 차리고. 뷔페식이었어요. 나는 뉴올리언스 출신이에요. 요리와 손님 치르는 걸 좋아하고 그땐 친정어머니가 막 아보카도와 검은콩 한 상자를 보내주었을 때였지요. 아, 정말 질 좋은 물건들이었어요. 그래서 난 결정을 내렸죠. 뷔페를 해야겠다, 머리 식구들이랑 클리퍼드와 도디 호프 같은 친구들을 불러야지. 앨빈은 별로 좋아하지 않았지만 내가 그러자고 했어요. 세상에나! 이 사건은 언제까지나 계속될 것 같았고, 남편은 사건이 터지고 나서는 1분도 제대로 쉬지 못했거든요. 음, 그래서 내가 식탁을 차리는데 전화가 울리는 거예요. 나는 애들한테 누가 받으라고 말했죠. 폴이 받았어요. 폴은 아빠 전화라고 하더군요. 그래서 내가 그랬죠. '아빠 지금 목욕탕에 계신다고 해.' 하지만 폴은 그래도 되는지 모르겠다고 했어요. 토피카에서 샌퍼드 씨가 건 전화라고요. 남편의 상사 되는 사람이죠. 남편은 수건 하나만 달랑 두르고 나와서 전화를 받았어요. 얼마나 속이 터지던지. 여기저기 물을 뚝뚝 흘렸거든요. 그렇지만 대걸레를 가지러 가서 보니 더 심각한 일이 생긴 걸 알았어요. 고양이, 바보 같은 피트가 부엌 탁자 위에 올라가 게살 샐러드를 훔쳐 먹고 있는 거예요. 아보카도를 넣은 건데.

그런데 그다음에는 갑자기 듀이가 나를 잡더니 꼭 껴안더라고요. 그래서 나는 이랬죠. '앨빈 듀이, 당신 정신 나갔어요?' 재미있는 건 재미있는 거고, 하지만 남편은 마치 연못에서 갓 나온 것처럼 흠뻑 젖어서 내 옷을 다 버리고 있었어요. 나는 손님 맞을 준비를 하느라 이미 옷을 갈아입었거든요. 물론 남편이 나를 왜 껴안았는지 알게 되자, 나도 남편을 꼭 안아주었어요. 그 사람들을 체포했다는 걸 알았다는 게 듀이에게 어떤 의미였는지 아시겠죠. 그 사람들이 라스베이거스에서 잡혔다는 거예요. 듀이는 곧장 라스베이거스로 가야 한다고 말했어요. 그래서 나는 남편한테 옷 먼저 입으면 안 되겠냐고 그랬죠. 남편은 잔뜩 흥분을 해서 이러더군요. '이런, 여보. 내가 당신 파티를 망쳐버렸군!' 파티를 망치기는 했어도 이보다 더 기쁠 수는 없었죠. 당장 내일부터 우리가 보통 생활로 돌아갈 수 있다는 뜻은 아니라고 해도요. 듀이는 웃었어요. 그이가 웃는 소리가 얼마나 듣기 좋던지! 지난 2주일이 제일 괴로웠거든요. 크리스마스 전주에 이 사람들은 캔자스시티에 나타났지만 왔다가 잡히지 않고 가버렸거든요. 우리 아이 앨빈이 뇌염 걸려서 병원에 입원했을 때 말고는 그이가 그렇게 풀이 죽은 걸 본 적이 없었어요. 그때 우리는 애가 죽을지도 모른다고 생각했었죠. 아, 그 얘기를 지금 하고 싶지는 않아요.

어쨌거나, 나는 커피를 타서 침실로 가져갔어요. 남편이 거기서 옷을 입고 있을 거라고 생각했거든요. 그런데 아닌 거예요. 남편은 마치 두통이 있는 사람처럼 머리를 쥐고 침대 가장자리에 걸터앉아 있었어요. 양말도 신지 않고요. 그래서 내가 말했죠. '도대체 어쩌려고 이래요? 폐렴이라도 걸리고 싶어요?' 남편은 나를 보더니 이러더군요. '마리, 내 말 좀 들어봐. 이 사람들이 범인이어야만 해. 그래야만 한다고. 그게 유일하게 논리적인 해결 방법이야.' 남편은 이상했어요. 마치 피니 군 보안관에 처음 입후보했을 때 같았어요. 선거 날 밤, 실질적으로 모든 표가 집계되고 나서, 남편이 당선되었다는 게 불 보듯 확실해졌을 때도 남편은 이랬거든요. 답답해서 남편을 막 흔들고 싶더라고요. 계속 반복해서 '글쎄, 마지막까지 어떻게 될지 모르잖아'라고 하는 거예요.

나는 남편에게 이랬어요. '앨빈, 그런 생각 하지 말아요. 분명 그 사람들이 범인이라고요.' 남편은 말했죠. '증거가 어디 있는데? 우리는 그 사람들 누구도 클러터 집 안에 발을 들여놨다고 증명할 수는 없다고!' 하지만 나한테는 그걸로 남편이 증명할 수 있을 것 같았죠. 발자국이요. 발자국이 그 짐승 같은 인간들이 유일하게 남기고 간 것 아녜요? 듀이는 말했어요. '그래, 발자국이야 대단히 쓸모도 있겠지. 이자들이 그 발자국을 낸 부츠를 신은 게 우연이 아니라면 말이야. 발자국 하나 가지고는 아무 짝에도 쓸모가 없어.' 그래서 나는 그랬죠. '알았어요, 여보. 커피나 마셔요. 내가 짐 싸는 걸 도와줄게요.' 가끔 그이와는 차근차근 얘기할 수가 없어요. 그런 식으로 계속 가다보면 결국에는 나는 히콕과 스미스가 무죄거나, 죄가 있다고 해도 결코 고백 안 할 거고, 고백을 안 하면 절대 기소 안 될 거라는 말을 믿게 되겠죠. 정황 증거밖에 없으니까요. 그렇지만 남편이 제일 심란해하는 건 이 이야기가 새어 나가서, 캔자스 주 수사국이 두 사람을 심문하기 전에 그들이 진실을 알게 되는 거죠. 그때 상황으로 범인들은 자기들이 가석방 위반 혐의로 잡혔다고 생각하고 있었어요. 부도 수표 사용 건이랑. 그리고 듀이는 계속 그렇게 생각하도록 놔두는 게 중요하다고 생각했죠. 남편은 이렇게 말했어요. '클러터라는 이름을 망치처럼 쿵 내려쳐야 해. 전혀 모르고 있다가 한 방 맞는 거지.'

폴, 나는 그 애한테 남편의 양말을 빨랫줄에서 걷어 오라고 시켰어요. 폴은 돌아와서는 내가 짐을 싸는 걸 쳐다보고 서 있었죠. 그 애는 아버지가 어디 가는지 알고 싶었던 거예요. 남편은 그 애를 번쩍 안아줬어요. '비밀 지킬 수 있겠니, 폴?' 남편이 물어볼 필요도 없었어요. 아들애 둘 다 듀이의 일에 대해서는 얘기해서는 안 된다는 걸 알고 있었거든요. 집 주변에서 주위들은 애기들은 말이에요. 그래서 남편은 말했어요. '폴, 아빠가 찾아다녔던 두 사람 알고 있지? 그런데, 지금 우리는 그 사람들이 어디 있는지 알았단다. 그래서 아빠가 그 사람들을 잡아서 가든시티로 데리고 오려는 거야.' 그런데 폴이 남편에게 비는 거예요. '그러지 마세요, 아빠. 그 사람들 여기 데리고 오지 마세요.' 그 애는 겁이 났던 거죠. 아홉 살짜리라면 다 그렇듯이요. 듀이는 그 애에게 키스를 해주었어요. 남편은 이러더군요. '이제 괜찮아, 폴. 그 사람들이 누구도 해치지 못하게 우리들이 막을 거야. 그 사람들은 이제 누구도 다치게 하지 못할 거야.'"

—

그날 5시, 훔친 쉐보레가 네바다 사막을 지나 라스베이거스로 들어선 지 20분 만에, 길고 긴 여행은 끝이 났다. 하지만 그전에 페리가 라스베이거스 우체국에 가서, 일반 우편으로 맡겨놓은 자기 소포를 찾을 시간은 있었다. 멕시코에서 부친 커다란 마분지 상자로, 100달러짜리 보험을 들어놓은 것이었다. 실제로 그 소포 안에 들어 있는 것은 군복이랑 청바지, 입던 셔츠, 속옷, 강철 버클이 달린 부츠 두 켤레밖에 없었으므로 보험 액수는 어울리지 않게 소포의 가격을 넘어선 셈이었다. 우체국 바깥에서 페리를 기다리며, 딕은 좋은 기분을 한창 만끽하고 있었다. 딕은 마침내 현재의 어려움을 없애고 무지개가 보이는 새 길로 나갈 수 있을 게 확실한 결정을 내렸다. 그 결정에는 공군 장교를 사칭하는 것도 포함되어 있었다. 딕은 오랫동안 그 계획에 푹 빠져 있었고, 라스베이거스는 한번 시험해보기에는 최적의 장소였다. 그는 벌써, 장교의 직급과 이름까지 골라놓았다. 이름은 이전에 알던 지인, 캔자스 주립교도소의 교도소장 트레이시 핸드의 것을 쓰기로 했다. 주문 군복을 말쑥하게 차려입고서 딕은 트레이시 핸드 대위로서 "대로를 활보"할 계획이었다. 연중무휴인 라스베이거스의 거리. 3류가 되었건 1류가 되었건, 샌스건 스타더스트건 카지노란 카지노는 다 돌아다니며, 가는 곳곳마다 "색종이를 한 움큼" 뿌릴 것이다. 낮과 밤을 가리지 않고 쓸모없는 수표를 계속 쓰고 다니면 24시간 내에 3천, 아니 4천은 벌 수 있을 것 같았다. 그것이 딕이 짠 계획의 반쪽이었다. 나머지 반은 '잘 가라, 페리'였다. 딕은 이제 페리가 지긋지긋했다. 페리의 하모니카, 페리의 고통과 발작, 미신, 눈물이 고인 계집애 같은 눈, 징징대듯 속삭이는 목소리. 의심 많고, 자기만 옳고, 남을 무시하고. 페리는 소박을 줘야 하는 마누라나 마찬가지였다. 그렇게 할 수 있는 방법은 딱 하나였다. 아무 말 없이, 그냥 가버리는 것.

자기 계획에 푹 빠져서, 딕은 경찰차가 자기 앞을 지나치다가 속도를 늦추고 정찰하는 것을 알아차리지 못했다. 페리도 마찬가지였다. 어깨에 멕시코 상자를 이고 우체국 계단을 내려오면서도 순찰차와 그 안에 탄 경찰을 보지 못했다.

오시 피그퍼드 순경과 프랜시스 매컬리 순경은 머릿속에 자료를 입력해서 넣고 다녔다. 그 자료 중에는 캔자스 번호판 JO-16212를 단, 1956년형 흑백 쉐보레에 대한 설명도 포함되어 있었다. 페리나 딕이나 자기들이 우체국에서 떠날 때 경찰차가 따라붙는 걸 몰랐다. 딕이 운전하고 페리가 방향을 살피면서 두 사람은 북쪽으로 다섯 블록을 더 갔고, 좌회전을 했다가 다시 우회전을 한 후 400미터쯤 더 나아가서는 시들어가는 야자나무와 비바람에 바랜 간판 앞에 멈춰 섰다. 간판에는 'OOM'이란 글자 말고 다른 글자들은 다 사라지고 없었다.

"여기야?" 딕이 물었다.

페리는 고개를 끄덕였고, 그 순간 경찰차가 옆으로 다가왔다.

―

라스베이거스 시 유치장의 형사과에는 심문실이 두 개 있었다. 가로 3미터, 세로 3.6미터의 크기에 벽과 천장에는 방음판을 붙였고 형광등이 내리쬐는 방이었다. 각 방에는 전기 선풍기와 철제 탁자, 철제 접의자 말고도 잘 보이지 않게 해놓은 마이크로폰과 숨겨놓은 테이프레코더가 있었다. 문에는 한쪽에서만 볼 수 있는 거울창이 설치되어 있었다. 1960년의 두 번째 날, 토요일에는 방 두 개 다 2시에 예약이 되어 있었다. 캔자스에서 온 네 명의 형사들이 히콕과 스미스를 처음으로 대면하기 위해서 골라잡은 시각이었다.

약속 시간 바로 전에, 캔자스 주 수사국 4인조인 해럴드 나이, 로이 처치, 앨빈 듀이 그리고 클레런스 던츠는 심문실 바깥 복도에 모였다. 나이는 약간 열이 있었다. 그는 나중에 신문기자에게 이렇게 말했다. "감기 때문이기도 하지만, 순전히 흥분해서 그랬던 거죠. 그때 나는 벌써 라스베이거스에서 이틀 동안 대기하고 있던 상태였습니다. 체포 소식이 토피카에 있는 우리 본부에 전해진 후 바로 다음 비행기를 타고 왔죠. 다른 팀원들 앨빈, 로이, 클레런스는 차로 왔어요. 힘든 여행이었습니다. 날씨도 나빴고요. 제야를 앨버커키에 있는 모텔에서 보냈죠. 거참, 마침내 팀원들이 라스베이거스에 도착했을 때는 좋은 위스키와 좋은 소식이 필요했습니다. 나는 둘 다 준비해놓고 있었지요. 우리 젊은 이들은 인도 포기 각서에 벌써 서명을 했더군요. 하지만 그보다 더 좋은 소식이 있었어요. 부츠를 두 켤레 다 확보한 겁니다. 그 앞창, 캐츠 포 상표와 다이아몬드무늬 둘 다 클러터 가에서 찍은 실물 크기 발자국 사진과 완벽하게 딱 들어맞았어요. 부츠는 두 젊은이가 막 그물에 들어오기 전 우체국에서 찾은 상자 속에 들어 있었죠. 앨빈 듀이에게도 말했지만, 우리가 5분만 빨리 체포했더라면, 어떻게 됐겠습니까!

그렇지만 우리 사건은 아직도 위태위태했습니다. 떼어내자고 하면 떼어낼 수 있는 게 많았죠. 하지만 아직도 기억이 생생해요. 우리가 복도에 서 있을 때, 열이 펄펄 끓고 머리가 지끈지끈 아픈데도 자신감이 있었던 게 생각납니다. 우리는 모두 그랬어요. 마침내 진실의 가장자리까지 접근했다고 느꼈죠. 내 임무는, 그러니까 나와 처치의 임무는 말이죠, 히콕을 압박해서 진실을 짜내는 거였죠. 스미스는 듀이와 던츠 형님이 맡았습니다. 그전에는 용의자를 본 적이 없었어요. 용의자의 소지품을 조사하고 인도 포기 각서를 점검하기만 했죠. 히콕이 심문실에 들어올 때까지는 쳐다본 적도 없었죠. 나는 더 덩치가 큰 남자일 줄 알았는데 말이죠. 근육과 뼈대가 억센 친구요. 그런 말라깽이 애송이 말고요. 히콕은 스물여덟이었지만, 아이 같았습니다. 바짝 말라서, 가죽이 뼈에 달라붙어 있었죠. 파란 셔츠에 군복을 입고 하얀 양말과 검은 신발을 신고 있었어요. 우리는 악수를 했습니다. 그의 손은 제 손보다 더 건조했습니다. 깨끗하고 예의 바르고 목소리도 사근사근하고 발성도 좋고, 외모도 꽤나 점잖아 보이는 친구였죠. 사람의 경계심을 녹이는 미소를 지었죠. 처음에는 계속 방글방글 웃더군요.

나는 이렇게 말했습니다. '히콕 씨, 내 이름은 해럴드 나이요. 그리고 이쪽 신사분은 로이 처치 씨고. 우리는 캔자스 주 수사국에서 온 특수요원들이죠. 여기 가석방 위반 사건에 대해서 히콕 씨와 의논하기 위해서 왔어요. 물론, 우리 질문에 대답할 의무는 없어요. 그리고 본인에게 불리하게 작용될 증거들은 말하지 않아도 좋아요. 언제든지 변호사를 선임할 수 있어요. 우리는 강압이나 협박을 사용하지 않지만 아무것도 약속할 수 없소.' 히콕은 아주 침착했습니다."

―

"형식은 알고 있어요. 전에 심문받은 적 있어요." 딕이 말했다.

"그럼, 히콕 씨……."

"딕이라고 부르세요."

"딕, 우리는 가석방 이후에 당신의 행적에 대해서 얘기하고 싶은데. 우리가 알기로는 적어도 캔자스시티에서 두 차례 이상 수표를 뿌리고 다녔다는데, 맞나?"

"으흠. 조금 돌아다녔죠."

"명단을 줄 수 있겠어?"

죄수는 자기의 천부적인 재능, 뛰어난 기억력을 대놓고 뽐내면서 스무 개나 되는 캔자스시티의 상점, 카페, 주유소 이름을 줄줄 읊었으며, 정확하게 각각 얼마어치의 액수가 되는 물건을 수표로 샀는지 기억해냈다.

"내가 궁금한 게 있는데, 딕. 어째서 이 사람들이 당신 수표를 받아준 거지? 비결 좀 알려주지?"

"비결이야 간단하죠. 사람들이 멍청하니까요."

로이 처치가 말했다. "좋아, 딕. 아주 재미있군. 하지만 이 순간부터 수표 건은 잊기로 하지." 처치는 목구멍에 돼지털이 죽 돋아난 듯한 소리를 내며 돌 벽이라도 쳐부술 수 있을 정도로(실제로 처치가 잘 부리는 묘기이기도 했다) 주먹을 꽉 쥐고 있었다. 처치가 친절하고 몸집이 작은 사람이라서, 사람들은 그가 대머리에 볼이 발그레한 삼촌 같은 사람이라고 잘못 알고 있었다. 처치가 말했다. "딕, 너희 집 얘기 좀 해봐."

죄수는 잠깐 회상에 잠겼다. 언젠가, 그가 아홉 살이나 열 살쯤 되었을 때 아버지가 아팠다. '야토병'이었다. 아버지는 몇 달 동안 차도가 보이지 않아, 그동안 가족들은 교회의 구호와 이웃의 자선에 기대어 살았다. "그러지 않았으면 식구들은 모두 굶어 죽었을 것"이었다. 이 사건을 제쳐놓으면 히콕의 유아 시절은 괜찮았다. "우리는 별로 돈은 없었지만, 그렇게까지 가난하지도 않았어요. 항상 깨끗한 옷과 먹을 것은 있었으니까요. 하지만 아빠는 엄격했죠. 아빠는 나한테 잔일을 안 시키면 기분 나빠했어요. 하지만 사이는 괜찮은 편이었죠. 심각하게 말싸움을 한 적도 없고. 부모님끼리도 전혀 말싸움을 안 했어요. 부부 싸움 하신 걸 본 적이 없어요. 엄마는 정말 좋은 분이세요. 아빠도 괜찮은 사람이고. 두 분은 저를 위해서 할 수 있는 한 다 해주셨죠." 학교생활은? 글쎄, 히콕은 자기가 운동에 '낭비한' 시간 중 몇 분의 1이라도 공부에 쏟았다면 평균 이상의 학생이 되었을 거라 생각했다. "야구, 축구. 나는 운동부에 잔뜩 들었어요. 고등학교 졸업 후에는 축구 장학생으로 대학에 갈 수도 있었죠. 공대에 가고 싶었는데 장학금을 받아도 돈이 아주 많이 들더라고요. 잘 모르겠더라고요. 취업을 하는 게 더 안전한 것 같았어요."

스물한 살 생일이 되기 전에 히콕은 철도 보선공, 구급차 운전사, 자동차 도색공, 차 수리공을 전전했다. 또 열여섯 살 난 소녀와 결혼도 했다. "캐럴 아버지는 목사였어요. 그래서 나랑 결혼하는 걸 엄청 반대했죠. 나는 언제까지나 하찮은 인간으로 살 거라고, 그렇게 말하셨어요. 그래서 할 수 있는 한 온갖 방법으로 방해하셨죠. 하지만 나는 캐럴한테 거의 미쳐 있었어요. 지금도 그래요. 진짜 공주 같은 여자죠. 그냥, 저기요, 우리는 애가 셋이었어요. 그것도 아들로만. 아이 셋을 갖기에는 너무 어렸죠. 우리가 빚을 많이 지지 않았으면 혹시 모르죠. 내가 돈을 좀 더 벌었으면 또 모르는 일이고. 난 노력했어요."

히콕은 도박에 노력을 쏟았다. 부도 수표를 쓰고 다른 형태의 절도를 실험해보았다. 1958년에 히콕은 존슨 군 법정에 주택 침입과 강도로 기소되었고, 캔자스 주립교도소에서 5년 형을 선고받았다. 그렇지만 그때 캐럴은 이미 떠나버리고 히콕은 다른 열여섯 살 난 소녀를 신부로 맞은 상태였다. "정말 못된 년이었어요. 그년하고 그년 가족하고 다. 내가 감옥에 있을 때 이혼을 신청해버리더라고요. 아, 불평하는 건 아녜요. 작년 8월에 큰집에서 나올 때 새로 시작할 기회가 생겼다고 생각했죠. 올레이시에서 취직도 했고, 가족과 같이 살고, 밤은 집에서 보내고. 아주 잘 지내고 있었는데……."

"11월 20일까지는 그랬겠지." 나이가 말했다. 히콕은 그 말을 이해하지 못하는 듯했다. "그러니까 아주 잘 지내기를 그만두고 부도 수표를 남발하기 시작한 날이 그날이지. 왜 그랬어?"

히콕은 한숨을 쉬었다. "그걸로 판돈을 마련하려고 했죠." 그러고는 나이에게서 담배 한 대를 빌리자, 친절한 처치가 불을 붙여주었다. "페리, 내 친구 페리 스미스 말이에요, 걔가 봄에 가석방되었어요. 내가 나오고 나서 페리가 나한테 아이다호 소인이 찍힌 편지를 보냈더라고요. 나한테 전에 얘기한 일에 대해서 생각해보라고 했어요. 멕시코 일이요. 아카풀코 같은 데 가서, 낚싯배를 하나 사서는 우리가 직접 몰 생각이었어요. 관광객들을 데리고 심해 낚시를 하는 거예요."

나이가 말했다. "배 값은 어떻게 치를 계획이었지?"

"그 얘기를 지금 하려고요. 페리는 편지에다가 자기 누나가 포트스콧에 산다고 했어요. 누나가 자기 돈을 꽤 많이 맡아두고 있대요. 몇천 달러라나? 자기 아빠가 알래스카에 있는 부동산을 팔았는데 그중 자기 몫으로 받아야 할 돈이라네요. 그래서 그 돈을 가지러 캔자스에 오겠다고 했어요."

"그래서 당신들 두 사람은 그 돈으로 보트를 사려고 했다?"

"맞아요."

"그렇지만 그렇게 안 됐군."

"어떤 일이 있었냐면, 페리는 한 달쯤 뒤에 나타났어요. 나는 그 친구를 캔자스 버스 역에서 만났어요."

"언제?" 처치가 물었다. "무슨 요일이었어?"

"목요일이었어요."

"그리고 언제 당신들 두 사람은 포트스콧에 갔나?"

"토요일에요."

"11월 14일 말이지."

히콕의 눈이 놀라움으로 번득였다. 누가 봐도 히콕은 처치 형사가 어떻게 날짜를 확실히 알고 있는지 마음속으로 의아하게 생각하고 있는 게 분명했다. 처치는 서둘러서, 하지만 용의자의 의심을 불러일으키지 않게 충분히 시간을 들여 물었다. "그럼 몇 시경에 포트스콧으로 떠났지?"

"그날 오후에요. 우리는 내 차를 좀 손보고 웨스트사이드 카페에서 칠리를 한 사발 먹었죠. 그게 아마 3시 정도였을 거예요."

"3시 정도라. 페리 스미스의 누나가 자네들을 기다리고 있었나?"

"아뇨. 왜냐하면, 그게, 페리가 누나 주소를 잃어버렸거든요. 그리고 그 누나 집에는 전화가 없어서요."

"그럼 누나한테 어떻게 연락할 생각이었지?"

"우체국에 물어봐서요."

"자네가 물어봤나?"

"페리가 물어봤죠. 우체국에서는 누나가 이사 갔다고 하더라고요. 오리건으로. 그럴 거라고 했어요. 하지만 주소 이전을 안 해놓았어요."

"그거 큰 타격이었겠는데. 그렇게 큰돈을 받을 거라고 믿고 있었으니."

히콕은 동의했다. "그래서…… 뭐, 우리는 멕시코로 갈 작정이었으니까요. 그렇지 않았으면, 수표를 남발하지도 않았을 거예요. 그렇지만 제가 바란 건……. 제 말 좀 들어보세요. 다 진짜예요. 일단 가서 돈을 벌기 시작하면 갚으려고 했어요. 그 수표요."

나이가 받았다. "잠깐만, 딕." 나이는 성질이 급해도 너무 급해서 공격적인 성격을 조절하기가 어려웠고, 말을 날카롭고 솔직하게 하는 재능이 있었다. "이 포트스콧에 갔던 일에 대해서 좀 더 듣고 싶은데." 그는 어조를 누그러뜨렸다. "스미스의 누나가 더 이상 거기 살지 않는다는 걸 알았을 때, 다음에 어떻게 했나?"

"그냥 여기저기 돌아다녔어요. 맥주도 한잔하고. 다시 왔죠."

"집에 왔다고?"

"아니, 캔자스시티로요. 제스토 드라이브인 식당에 들렀어요. 햄버거를 먹었죠. '체리 로'에 가봤고."

나이나 처치 둘 다 체리 로가 뭔지 몰랐다.

"장난하세요? 캔자스 경찰들은 다 알걸요?" 그래도 형사들이 모른다고 하자, 히콕은 체리 로란 공원에서 이어지는 동네라고 설명해주었다. 거기서는 보통 '매춘부'를 만날 수 있다면서 덧붙였다. "하지만 보통 사람도 있어요. 간호사도 있고. 비서도 있고. 거기서 재미를 많이 봤죠."

"그럼, 이날 저녁에도 재미 좀 봤어?"

"별로 신통하진 않았지만요. 결국 꽃뱀만 둘 만났죠."

"이름이?"

"밀드레드라고 하던데. 다른 여자애, 페리가 만난 애는 이름이 조앤이었던 것 같아요."

"어떻게 생겼는지 말해봐."

"아마 자매였던 것 같아요. 둘 다 금발이고. 통통했어요. 글쎄, 그렇게까지 확실하진 않아요. 우리는 미리 섞어놓은 오렌지 블라섬, 그러니까 오렌지 소다하고 보드카 섞은 거요, 그걸 한 병을 사 가지고 갔었기 때문에 약간 취기가 오른 상태였어요. 우리는 여자애들에게 술 몇 잔 주고, 차에 태워서 '펀 헤이븐'에 데리고 갔어요. 형사님들 같은 분들은 펀 헤이븐이라는 데 못 들어보셨죠?"

형사들은 들어본 적이 없었다.

히콕은 싱긋 웃더니 어깨를 으쓱했다. "블루리지 로에 있는 데예요. 캔자스시티에서 남쪽으로 13킬로미터 정도 내려가면 있어요. 나이트클럽하고 모텔을 합쳐놓은 것 같은 곳인데, 10달러 내면 오두막 방 하나 빌려요."

계속 말을 이어, 히콕은 자기 넷이 밤새 머물렀다고 하는 그 방 안을 묘사했다. 2인용 침대, 오래된 코카콜라 달력, 손님이 동전을 넣지 않으면 작동이 되지 않는 라디오. 확인할 수 있는 세세한 사실들을 그렇게 침착하고 명확하면서도 자신 있게 설명하는 그의 태도에 나이는 깊은 인상을 받았다. 하지만 물론 이 청년은 거짓말을 하고 있었다. 글쎄, 거짓말을 하고 있는 게 아닐까? 감기와 열 탓인지, 불타올랐던 자신감이 갑작스레 약해진 탓인지는 모르지만 나이는 식은땀을 흘렸다.

"다음 날 아침, 일어나보니 그 계집애들이 우리 돈을 들고 튀었더라고요. 나는 돈이 별로 없었어요. 하지만 페리는 지갑을 잃어버렸어요. 그 안에 한 4, 50달러 들어 있었을 거예요."

"그래서 자네들은 어떻게 했나?"

"뭐, 할 수 있는 일이 없었죠."

"경찰을 불러도 되잖아."

"참, 말이 되는 소리를 하세요. 경찰에 신고한다고요? 참고삼아 말씀드리는데, 가석방 상태에서는 술 마시면 안 돼요. 그리고 다른 가석방된 사람하고 어울려서도 안 되고……."

"알았네, 딕. 그럼 그게 일요일이었겠군. 11월 15일. 편 헤이븐에서 나온 순간부터 그날 뭘 했는지 말해보게."

"음, 우리는 해피힐 근처 트럭 정류장에서 아침을 먹었어요. 그러고 나서는 올레이시로 가서 페리를 걔가 묵고 있는 호텔에 내려주었죠. 그게 한 11시경 되었을 거예요. 그 후에 나는 집에 가서 식구들하고 저녁을 먹었고요. 일요일이면 매번 똑같아요. 텔레비전을 보고, 농구 경기요. 아니, 풋볼 경기였는지도 몰라요. 너무 피곤해서요."

"그다음에는 언제 페리 스미스를 만났지?"

"월요일요. 내가 일하는 데에 들렀더라고요. 밥 샌스 자동차 수리점."

"그래서 무슨 얘기를 했어? 멕시코 얘기?"

"음, 우리는 아직도 그 아이디어가 마음에 들었어요. 마음에 두고 있던 대로 다 할 수 있는 돈은 못 구했지만요. 거기서 사업을 할 돈요. 하지만 가고 싶었어요. 위험을 무릅쓸 가치가 있어 보였어요."

"랜싱에서 또 몇 년 썩을 가치가 있을 것 같다?"

"그건 생각하지 않았어요. 우리는 미국으로 돌아올 작정이 아니었다고요."

나이는 공책에다 받아 적으며 말했다. "수표를 마구잡이로 쓰고 다음 날, 그러니까 이게 21일이 되겠지, 자네와 자네 친구 스미스는 사라졌어. 그럼, 딕, 그때부터 여기 라스베이거스에서 체포되기까지의 행적을 얘기해보게. 아주 간략하게만."

히콕은 휘파람을 불더니, 눈알을 굴렸다. "와우!" 이렇게 말하더니 그는 아주 세세한 것까지 기억해내는 재능을 발휘하여 기나긴 자동차 여행에 대해서 설명하기 시작했다. 스미스와 함께 지난 6주간 돌아다닌 거리만 해도 대략 1만 6천 킬로미터는 될 것이다. 히콕은 2시 반부터 4시 15분까지 1시간 45분 동안 얘기하면서 자기들이 지나간 고속도로, 호텔, 모텔, 강, 마을, 도시 등, 온갖 혼란스러운 이름들을 술술 말했다. 나이는 열심히 그걸 다 받아 적었다. 아파치, 엘패소, 코퍼스크리스티, 산티요, 산루이스포토시, 아카풀코, 샌디에이고, 댈러스, 오마하, 스위트워터, 스틸워터, 텐빌 정션, 탈라하시, 니들스, 마이애미, 누에보 월도프 호텔, 서머싯 호텔, 시몬 호텔, 애로헤드 모텔, 체로키 모텔 그리고 이것보다 훨씬, 훨씬 더 많은 장소들. 히콕은 형사들에게 멕시코에서 자기가 가지고 갔던 오래된 1949년형 쉐보레를 팔았던 남자의 이름을 말했고, 아이오와에서 더 신형을 훔쳤다고 실토했다. 히콕은 자기와 친구가 만난 사람들의 인상착의도 다 설명했다. 돈 많고 섹시한 멕시코 과부, 독일인 '백만장자' 오토, '맵시 있는' 라벤더색 쉐보레를 몰던 '맵시 있는' 검둥이 현상금 사냥꾼 한 쌍, 플로리다 방울뱀 농장의 장님 주인, 죽어가던 노인과 손자, 그리고 다른 사람들. 이야기를 끝마치자 히콕은 재미있고 명료하며 솔직한 자기 여행담에 대해서 칭찬을 바라는 것처럼 팔짱을 낀 채로 즐거운 미소를 띠고 앉아 있었다.

하지만 나이는 이 이야기를 따라가느라 펜을 마구 놀리기만 했고, 처치는 주먹 쥔 한 손으로 다른 손바닥을 건들건들 내려치며, 아무 말도 하지 않았다. 그러다가 처치는 갑자기 입을 열었다. "자네, 우리가 여기 왜 왔는지 알지?"

히콕의 입매가 죽 펴졌다. 자세도 마찬가지였다.

"우리가 할 일 없이 시시한 수표 사기범하고 농담 따먹기나 하자고 그냥 여기 네바다까지 온 건 아니라는 거 알 거야."

나이는 공책을 덮었다. 나이도 죄수를 쳐다보았고, 히콕의 관자놀이에서 핏줄이 불거지는 걸 관찰했다.

"우리가 정말 그랬을 것 같아, 딕?"

"뭐요?"

"수표 뭉치 때문에 이 먼 곳까지 왔을 것 같느냐고."

"다른 이유는 잘 모르겠는데요."

나이는 자기 공책 표지에 단검을 그렸다. 그림을 그리면서 그는 말했다. "말해봐, 딕. 클러터 살인 사건이라고 들어봤어?" 그 후에, 나이는 공식 심문 보고서에 이렇게 썼다. "용의자는 눈에 띌 정도로 강력한 반응을 보였음. 안색이 잿빛으로 변함. 눈이 실룩거림."

히콕이 말했다. "허, 이거 봐요. 잠깐요. 난 살인자가 아니라고요."

"그냥 단순히 클러터 살인 사건을 들어봤냐고 물어봤을 뿐인데." 이번엔 처치가 상기시켰다.

"뭐 어디서 기사 같은 걸 읽었던 것 같아요." 히콕이 말했다.

"아주 악독한 범죄지. 악독해. 소심한 놈이고."

"그리고 거의 완전범죄였어." 나이가 말했다. "하지만 자넨 두 가지 실수를 했어, 딕. 하나는 목격자를 남겼다는 것. 살아 있는 목격자 말이지. 그 사람이 법정에서 증언할 거야. 증인석에 서서 리처드 히콕과 페리 스미스가 어떻게 네 명의 힘없는 사람들을 묶고 재갈을 물린 뒤 살육했는지 배심원들에게 말해줄 사람이 있어."

히콕의 얼굴은 다시 핏기가 돌아와 붉어졌다. "살아 있는 목격자라니! 그런 게 있을 리 없어요!"

"왜, 자네가 다 죽였으니까?"

"거참! 나는 뭐가 됐든 살인 사건이라는 것하고는 전혀 연관이 없어요. 수표 사기 사건이면 몰라도. 아주 사소한 좀도둑질은 했어요. 그렇지만 나는 살인자는 아니라고요."

"그럼 왜, 우리한테 거짓말한 거지?" 나이는 노기를 띠고 말했다.

"내가 말한 건 참말이라고요."

"가끔은 참말을 했겠지. 항상 그런 건 아니지만. 예를 들면, 11월 14일 토요일 오후는 어때? 포트스콧까지 운전해서 갔다며?"

"네."

"그리고 거기 우체국에 갔고."

"네."

"페리 스미스 누나의 주소를 물어보기 위해서 말이지."

"맞아요."

나이는 일어섰다. 그는 히콕의 의자 뒤로 돌아가 손을 의자 등받이에 얹고 몸을 아래로 숙여 죄수의 귓가에 대고 속삭였. "페리 스미스에게는 포트스콧에 사는 누나가 없어. 그런 누나는 한 명도 없었지. 그리고 토요일 오후에 포트스콧 우체국은 문을 안 열어." 그런 다음 말했다. "잘 생각해봐, 딕. 지금은 그거면 돼. 나중에 얘기하자고."

히콕을 내보낸 후에, 나이와 처치는 복도 건너편으로 가서 심문실 문에 설치된 거울 창문을 통해 페리 스미스의 심문을 지켜보았다. 눈에는 보이지만 소리는 들리지 않았다. 스미스를 처음 본 나이는 그의 발에 흥미를 가졌다. 다리가 너무 짧아서가 아니라, 어린아이처럼 작은 발이 바닥에 닿지 않아서였다. 뻣뻣한 인디언 특유의 머리카락과 아일랜드계 인디언다운 검은 피부, 얼굴에 뻔뻔하고 장난스러운 특징이 뒤섞인 스미스의 머리를 보니, 용의자의 아름다운 누나, 친절한 존슨 부인 생각이 났다. 하지만 어깨가 딱 벌어졌지만 기형적인 체형의 아이 같은 이 남자는 아름답지 않았다. 페리는 도마뱀이 혀를 날름거리듯 분홍색 혀끝을 앞으로 내밀고 있었다. 페리는 담배를 피우고 있었는데 숨소리가 고른 것으로 미루어 나이는 그가 아직 "처녀"라고 짐작했다. 즉, 아직 이 심문의 진짜 목적에 대해서 듣지 못했을 거란 뜻이었다.

—

나이의 추측은 옳았다. 듀이와 던츠, 참을성 많은 두 전문가는 죄수의 인생 역정을 점차 지난 7주에 일어난 사건으로 좁혀갔다. 그러고는 그 문제의 주말, 11월 14일부터 15일 사이, 토요일 정오에서 일요일 정오까지 있었던 사건을 집중적으로 반복하는 데까지 줄여갔다. 그 길을 닦는 데 3시간이나 들이고서야 이제, 형사들은 마침내 요점에 근접할 수 있게 되었다.

듀이가 말했다. "페리, 우리 입장을 다시 살펴보자고. 자, 가석방을 받았을 때는 캔자스로 다시 돌아오지 않는다는 게 조건이었을 텐데."

"그렇죠. 해바라기의 주州. 눈이 붓도록 펑펑 울었죠."

"그럼 왜 돌아왔나? 좀 더 중요한 이유가 있었을 텐데."

"말했잖아요. 누나를 만나려고요. 누나가 맡아주고 있는 돈을 받으려고."

"아, 그래. 자네와 히콕이 포트스콧에서 찾으려고 했다는 누나 말이지. 페리, 포트스콧이 캔자스시티에서 얼마나 떨어져 있지?"

스미스는 고개를 흔들었다. 몰랐다.

"음, 거기까지 차 타고 얼마나 걸렸어?"

대답이 없었다.

"1시간? 2시간? 3시간? 4시간?"

죄수는 기억하지 못한다고 말했다.

"물론 못 하겠지. 일생 동안 한 번도 거기에 가본 적이 없을 테니까."

그때까지 두 형사 중 누구도 스미스의 진술을 반박하지 않았었다. 스미스는 의자에서 앉은 자세를 고치고, 혀끝으로 입술을 축였다.

"네가 말한 건 실상 어떤 것도 진실이 아니야. 너는 포트스콧에는 발을 들여놓지도 않았지. 여자애 두 명을 길에서 만나서 호텔로 데리고 간 적도 없고."

"진짜 갔습니다. 농담이 아니라고요."

"여자들 이름이 뭔가?"

"물어보지 않았어요."

"자네랑 히콕은 이 여자들이랑 밤을 보내면서 이름도 안 물어봤단 거야?"

"그 여자들은 그냥 매춘부였어요."

"모텔 이름 좀 대봐."

"딕한테 물어보세요. 걔가 알 거예요. 나는 그런 쓰레기 같은 건 기억하지 않아요."

듀이는 동료를 불렀다. "클레런스, 이제 페리에게 솔직히 털어놔야 할 시점인 것 같은데."

던츠는 앞으로 성큼 나섰다. 몸무게는 헤비급이었으나, 그는 웰터급처럼 민첩했다. 하지만 살짝 가려진 눈은 나른했다. 던츠는 천천히 말을 끌었다. 그는 단어 하나하나에 서부 목축업 지대의 억양을 실어 내키지 않는다는 듯이 말을 질질 끌며 내뱉었다. "네, 반장님. 그럴 시점 같군요."

"잘 들어, 페리. 던츠 형사가 이제 그 토요일 밤에 자네가 어디 있었는지 잘 말해줄 테니까. 어디 있었고, 무엇을 하고 있었는지."

던츠는 말을 받았다. "너희는 클러터 가족을 죽이고 있었지."

스미스는 침을 삼켰다. 그는 무릎을 문지르기 시작했다.

"너희는 캔자스, 홀컴에 갔어. 허버트 W. 클러터 씨의 집에. 그리고 집을 나오기 전에 그 집에 있는 사람을 모두 죽였지."

"아니에요. 절대 아닙니다."

"절대 뭐가 아니라는 거야?"

"난 그런 이름 몰라요. 클러터라는 이름은."

듀이는 스미스에게 거짓말 말라고 쏘아붙인 뒤, 사전 의논에서 네 형사들이 뒤집어놓기로 한 카드를 빼어 들었다. "우리는 살아 있는 목격자를 확보했어, 페리. 너희가 못 보고 지나친 사람."

1분은 족히 흘러갔다. 듀이는 스미스의 침묵에 승리감을 느꼈다. 결백한 사람이라면 이 목격자가 누구이며 이 클러터라는 사람은 누구고, 왜 자기들이 죽였다고 생각하는지 물었을 것이다. 적어도 무슨 말이라도 했을 것이다. 그렇지만 스미스는 무릎만 쥐어짜며 조용히 앉아 있었다.

"어때, 페리?"

"아스피린 있으세요? 경찰들이 내 아스피린을 압수해버렸어요."

"기분이 나쁜가?"

"무릎이 아파요."

5시 30분이었다. 듀이는 고의로 퉁명스럽게 심문을 끝내버렸다. 듀이는 말했다. "내일 다시 이 얘기부터 시작하자고. 그런데, 내일이 무슨 날인지 알고 있나? 낸시 클러터의 생일이야. 살아 있었다면 열일곱 살이 되었겠지."

"살아 있었다면 열일곱 살이 되었겠지." 페리는 새벽녘에도 잠을 못 들고 오늘이 그 여자애의 생일이라는 말이 진짜일지 생각해보았다(나중에 회상해보니 그 생각을 한 것 같았다). 그러고는 아닐 거라고 결론 내렸다. 목격자가 있다는 허풍과 마찬가지로 자기 속마음을 캐보기 위해서 그런 수를 쓴 것뿐이었다. '살아 있는 목격자'라니. 그런 게 있을 리 없었다. 아니면 그 말뜻은……. 딕하고 얘기해볼 수만 있다면! 하지만 페리와 딕은 격리되었다. 딕은 다른 층에 있는 감방에 수감되어 있었다. "잘 들어, 페리. 던츠 형사가 이제 그 토요일 밤에 자네가 어디 있었는지 잘 말해줄 테니까……." 한참 심문을 받다가, 페리는 그 문제의 11월 주말을 넌지시 가리키는 말을 눈치채자 다음에 뭐가 올지 알고 마음을 단단히 먹었었다. 하지만 막상 일이 닥쳐서, 졸린 목소리를 한 덩치 큰 카우보이 같은 형사가 "너희는 클러터

가족을 죽이고 있었지"라고 말하자 거의 죽어버리는 줄 알았다. 2초 동안 몸무게가 5킬로그램은 줄어든 느낌이었다. 형사들한테 눈치채이지 않은 게 천만다행이지. 아니, 눈치채지 못했다고 믿고 싶었다. 그러면 딕은? 아마 딕에게도 똑같은 책략을 쓰지 않았을까? 딕은 똑똑하고, 남에게 신뢰감을 주는 연기를 잘하기는 했으나 별로 '배짱'이 두둑하지 못했고, 쉽게 겁을 먹는 편이었다. 그렇다고 해도, 형사들이 아무리 압박을 가했다 해도 페리는 딕도 입을 열지 않았을 거라 확신하고 있었다. 교수형 당하고 싶은 게 아닌 다음에야 그럴 리가 없었다. "그리고 집을 나오기 전에 그 집에 있는 사람을 모두 죽였지." 캔자스에 있는 모든 전과자들이 그 대사를 들었다고 해도 별로 놀라울 일도 아니었다. 경찰들은 수백 명을 심문했을 거고, 열몇 명 정도는 기소했을 것이 분명하니까. 자기와 딕은 단순히 거기에 두 명 더해진 것뿐이었다. 하지만 다른 한편으로는 글쎄, 캔자스 주에서 겨우 쪼잔한 가석방 위반범들을 잡아 오라고 특수요원 네 명을 1600킬로미터 떨어진 곳으로 보냈을까? 어쩌면 우리가 그때 누군가와 마주쳤던 게 아닐까? 누군가 '살아 있는 목격자'가 되어줄 사람과. 하지만 그런 일은 불가능했다. 그렇지만 그게 아니라면……. 페리는 딕과 단 5분만이라도 얘기할 수 있다면 한 팔, 한 다리라도 내어줄 수 있을 것 같았다.

한편, 딕은 바로 아래층에 있는 감방에서 마찬가지로 페리와 이야기를 나누고 싶어서 죽을 지경이 되어 깨어 있었다(이 또한 딕이 나중에 회상한 바에 따르면 그랬다). 도대체 그 애송이가 경찰들에게 뭔 얘기를 다 불었을까 알고 싶었다. 제길, 그 자식이 그 편 헤이븐 알리바이의 줄거리를 다 기억하고 있을 거라고는 믿을 수 없는데. 그 얘기를 충분할 정도로 자주 나누었어도 말이다. 그리고 이 개자식들이 페리한테도 목격자가 있다고 위협했다면! 십중팔구 그 멍청이는 경찰들 말을 현장 목격자가 있다는 뜻으로 생각하고 있겠지. 반면에 딕은 즉시, 소위 그 목격자라는 사람이 누구를 말하는지 알아차렸다. 플로이드 웰스, 딕의 오랜 친구, 이전 감방 동료. 형기를 마치기 전 마지막 몇 주 동안 딕은 플로이드를 칼로 찔러 죽이려는 계획을 세웠었다. 수제 '손칼'로 플로이드의 심장을 정통으로 찔러버리는 것이다. 그런데 그렇게 안 했다니, 참 바보 같은 짓이었다. 페리를 제외하고는 히콕과 클러터의 이름을 연결할 수 있는 사람은 플로이드뿐이었다. 어깨는 구부정하고, 턱이 나온 플로이드 녀석. 딕은 플로이드가 겁을 지나치게 먹었으리라고 생각했다. 그 개자식은 어쩌면 근사한 보상을 기대했는지도 몰랐다. 가석방이나 돈, 혹은 둘 다. 하지만 그 보상을 얻기도 전에 지옥 맛부터 보게 될걸. 기소자의 고자질은 증거가 안 되었다. 증거는 발자국, 지문, 목격자, 자백이다. 제길, 이 카우보이 형사들이 플로이드 웰스가 한 이야기나 지껄여댈 거라면, 별로 걱정할 건 없었다. 굳이 말하면, 플로이드는 페리의 반도 위험하지 않았다. 페리가 용기를 잃고 날뛰게 되면, 둘 다 '구석'에 가게 되겠지. 그 순간 갑자기 딕은 진실을 보게 되었다. 입을 막아야 할 사람은 바로 페리였던 것이다. 멕시코 산길에서. 아니면 모하비 사막을 건널 때에. 이제까지 왜 그 생각을 하지 못했던가? 지금에 와서는, 지금은 너무 늦었다.

―

종국에 가서는, 그날 오후 3시 5분경, 스미스도 포트스콧 이야기가 잘못되었다는 걸 인정했다. "그건 그냥 딕이 자기 식구들에게 하려고 지어낸 얘기예요. 외박하고 싶어서요. 술도 마시고. 그게, 딕의 아버지는 딕을 꽤나 엄하게 감시하거든요. 걔가 가석방 조건을 깰까 봐요. 그래서 우리 누나 핑계를 댄 거예요. 걔네 아버지를 안심시켜드리려고요." 아니, 스미스는 같은 얘기를 계속하고 또 반복했다. 던츠와 듀이는 종종 말꼬리를 잡고 거짓말한다고 몰아붙이기는 했지만 그래도 스미스의 말은 바뀌지 않았다. 할 때마다 몇 가지 새로운 사실들을 덧붙일 뿐이었다. 오늘에서야 생각해낸 매춘부 이름은 밀드레드와 제인(혹은 조앤)이라고 했다. "걔네가 우릴 털어 갔어요." 스미스는 이제야 기억을 해냈다. "우리가 자는 사이에 우리 돈을 다 털어 갔더라고요." 심지어 던츠조차 넥타이와 코트를 벗어던짐과 동시에 위엄을 내세우던 불가사의하고 졸린 태도를 벗어던지며, 애써 침착한 척해야 했다. 그러나 용의자는 태평하고 평정해 보였다. 그는 꿈쩍도 하지 않았다. 클러터 가족이나 홀컴, 가든시티에 대해서 한 번도 들어본 적도 없다고 했다.

홀 건너, 담배 연기가 자욱한 방 안에서는 히콕이 두 번째 심문을 받고 있었다. 처치와 나이는 우회법이라는 방법을 쓰기로 했다. 일단 지금 거의 3시간이나 지난 이 면담 동안에는, 아무도 살인 사건에 대해서 언급하지 않았다. 죄수들의 신경을 날카롭게 하고, 기대감을 갖게 하기 위해서 일부러 뺀 것이었다. 형사들은 그 외 모든 것에 대해서 이야기했다. 히콕의 종교 철학("난 지옥에 대해서 알고 있어요. 갔다 왔으니까. 아마 천국도 어디 있겠죠. 돈 많은 사람들은 그렇게 생각합니다"), 여성 편력("나는 항상 100퍼센트 정상인처럼 행동했어요"), 최근에 국경을 넘어 갔다 온 성지순례에 대해서도 한 번 더 물어보았다("우리가 왜 그렇게 계속 돌아다녔냐고요. 그렇게 한 이유는 딱 하나, 직업을 구하기 위해서였어요. 그렇지만 괜찮은 직업을 찾을 수가 없었죠. 하루는 도랑 파는 일을 했는데⋯⋯"). 하지만 주 관심사는 입 밖에 내지 않았다. 이렇게 하면 히콕의 좌절감이 더 높아지리라고 형사들은 확신하고 있었다. 이윽고 히콕은 눈을 감더니 떨리는 손가락 끝으로 눈꺼풀을 어루만졌다. 처치가 물었다. "뭐 잘못됐나?"

"두통이요. 죽도록 심한 두통이 있어요."

그러자 나이가 말했다. "나를 봐, 딕." 히콕은 그 말을 따랐다. 그의 얼굴에 떠오른 표정은 형사에게 자꾸 말을 해서 캐물어달라고 탄원하는 것처럼 해석될 수도 있을 것 같았다. 그렇게 하면 히콕은 계속 부인해서 아무도 침입할 수 없는 성역으로 도망칠 수 있기 때문이었다. "우리가 어제 이 문제를 꺼냈을 때, 내가 클러터 사건은 거의 완전범죄가 될 뻔했다고 말한 거 기억하지. 살인자들은 단지 두 가지 실수를 범했을 뿐이야. 하나는 목격자를 남긴 것. 다른 하나는, 글쎄. 보여줄까." 나이는 자리에서 일어나 구석에서 상자 하나와 서류 가방 하나를 꺼내 왔다. 둘 다 심문 시작할 때 방으로 들고 들어온 것이었다. 서류 가방에서 나온 것은 커다란 사진이었다. 나이는 탁자 위에 올려놓으며 말했다. "이거 봐. 클러터 씨 시체 부근에서 발견된 발자국을 실물 크기로 인화한 거야. 그리고 이건." 그는 상자를 열었다. "이 발자국을 낸 부츠지. 자네 부츠라고, 딕." 히콕은 쳐다보더니 시선을 돌렸다. 그는 팔꿈치를 무릎에 대고 머리를 손에 묻었다. 나이가 말을 이었다. "페리는, 조심성이 더 없더군. 우린 그 친구 부츠도 확보했네. 다른 발자국하고 딱 맞던데. 피 묻은 발자국."

처치도 조여들었다. "앞으로 자네가 어떻게 될지 말해주지, 히콕. 캔자스로 도로 후송될 거야. 네 건의 범죄에 대해 1급 살인죄로 기소될 것이고. 첫 번째 사건, 리처드 유진 히콕은 불법적이고도 흉악한 방법으로 모살 의도를 가지고 계획적으로 범죄의 실행에 가담하였으며 그 과정에서 허버트 W. 클러터 씨를 살해하고 목숨을 빼앗았다. 두 번째 사건, 1959년 11월 15일 당일, 혹은 그 명일에 동일인 리처드 유진 히콕은 불법적이고도……."

히콕이 입을 열었다. "페리 스미스가 클러터 가족을 죽였어요." 그는 고개를 들고 권투선수가 비틀거리면서 일어서려는 것처럼 천천히 의자에서 몸을 일으켰다. "페리가 그랬어요. 전 말리지도 못했어요. 걔가 다 죽였어요."

—

우체국장 클레어 여사는 하트먼 카페에서 커피를 마시며 휴식을 즐기면서, 카페 라디오 소리가 너무 작다고 불평했다. "소리 좀 키워봐."

라디오는 가든시티 방송국 KIUL에 맞춰져 있었다. 부인은 이런 소리를 들었다. "……흐느껴 울며 극적으로 자백을 마친 후에 히콕은 심문실에서 나오다 복도에서 기절했습니다. 캔자스 주 수사국 요원들은 히콕이 바닥에 쓰러지는 걸 잡아 일으켰습니다. 요원들의 말에 따르면, 히콕은 최소한 1만 달러 이상 들어 있는 금고가 있을 것이라 기대하고 클러터 가에 침입했다고 합니다. 하지만 금고가 없었기 때문에 범인들은 클러터 가족을 결박한 뒤 하나씩 총으로 살해했습니다. 스미스는 범죄 가담 사실을 인정하지도, 부인하지도 않고 있습니다. 히콕이 자백서에 서명했다는 말을 듣자 스미스는 '친구의 자백서를 보고 싶다'고 요청했으나 요청은 받아들여지지 않았습니다. 수사관들은 히콕과 스미스 중 누가 실제로 가족들을 살해했는지에 대해서는 밝히기를 거부했습니다. 수사관들은 자백서는 히콕에게서만 받았다는 사실만 강조했습니다. 캔자스 주 수사국 형사들은 벌써 라스베이거스를 떠나 차로 두 범인을 캔자스로 이송하는 중이라고 전했습니다. 수사국 일행은 수요일 이후에 가든시티에 도착할 예정입니다. 그동안, 군 검사 두에인 웨스트 씨는……."

"하나씩이라니." 하트먼 부인이 말했다. "상상만 해도 끔찍하네. 그 해충 같은 놈이 기절하는 것도 무리가 아니지."

카페에는 하트먼 부인 말고도 클레어 부인과 메이벨 헬름이 있었고, 체격이 건장한 농부가 '브라운 뮬' 상표의 씹는담배 한 보루를 사러 와 있었다. 그들은 중얼중얼거렸다. 헬름 부인은 종이 냅킨으로 눈가를 훔쳤다. "난 듣고 싶지 않아요. 들으면 안 되겠어. 듣지 않을래요."

"……클러터 가에서 1킬로미터 떨어진 홀컴 마을에서는 사건에 돌파구를 발견했다는 소식에 대해서 별다른 반응을 보이지 않고 있습니다. 270명 되는 마을 주민들은 대부분 안도의 기색을 보였으나……."

젊은 농부는 빈정댔다. "안도라고! 나랑 이 뉴스를 텔레비전에서 보고서 마누라가 어쨌는 줄 알아요? 애기처럼 엉엉 울더란 말입니다."

"쉿." 클레어 부인이 주의를 주었다. "내 얘기가 나오고 있어."

"······또한 마을의 우체국장인 머틀 클레어 부인의 말에 따르면, 주민들은 사건이 해결되자 기뻐하고 있지만 몇몇 주민들은 여전히 다른 사람들이 관련되어 있을지도 모른다고 생각한다고 합니다. 클레어 부인의 말에 따르면, 많은 주민들이 여전히 문을 걸어 잠그고 총을 준비한 채로······."

하트먼 부인은 웃음을 터뜨렸다. "아, 머틀! 누구한테 저런 말을 한 거야?"

"〈텔레그램〉지에서 온 기자한테."

부인이 알고 있는 많은 남자들은 클레어 부인을 마치 다른 남자처럼 대했다. 농부가 부인의 등을 툭 치면서 이렇게 말했다. "이런, 머틀, 어이, 형씨. 아직도 우리 중 한 사람, 여기 사람이 이 일과 관련이 있다고 생각하는 건 아니겠지?"

하지만 물론 클레어 부인은 그렇게 생각하고 있었다. 보통 때라면 클레어 부인의 의견에 동조하는 사람은 별로 없었지만, 이번만큼은 클레어 부인 혼자 그렇게 생각하는 것이 아니었다. 불건전한 소문, 널리 퍼진 불신과 의심 속에서 7주나 살아야 했던 홀컴 주민들의 다수는 살인자가 자기들 중에서 나오지 않았다는 얘기를 듣고는 실망하는 것 같았다. 사실 상당히 많은 무리들이 알지 못하는 두 남자, 도둑질을 하러 온 두 이방인이 그 범죄에 오롯이 책임이 있다는 사실을 믿지 않았다. 클레어 부인의 말처럼 말이다. "그래 뭐 그 사람들이 했을 수도 있겠지. 하지만 뭔가 더 있을걸. 잠깐만. 언젠가 경찰들이 바닥까지 파헤쳐 들어가다

보면, 그 뒤에 다른 사람이 있을지도 모른다는 걸 알아낼 거라 이거지. 클러터 씨를 제거해버리고 싶었던 사람. 즉, 수뇌부라고 할까."

하트먼 부인은 한숨지었다. 부인은 머틀의 말이 틀렸으면 싶었다. 헬름 부인은 이렇게 말했다. "난, 그 사람들을 영원히 감옥에 가둬놨으면 좋겠어요. 그 사람들이 우리 옆에 없다고 생각하면 좀 마음이 편할 것 같아요."

"아, 그건 걱정할 필요가 없을 것 같은데요, 아주머니." 젊은 농부가 말했다. "지금은 우리가 이 사람들을 무서워하는 것보다 훨씬 더 많이, 이 사람들이 우리를 무서워하고 있을 테니까."

―

애리조나 고속도로 위, 산쑥이 가득 나 있는 시골길을 차 두 대가 꼬리를 물고 질주하고 있었다. 매와 방울뱀이 돌아다니고 붉은 암석이 높이 솟은 메사 지형이었다. 듀이가 앞 차를 몰고 페리 스미스는 조수석에, 던츠는 뒷자리에 앉았다. 페리는 수갑을 찼고 수갑은 짧은 사슬로 안전띠에 묶여 있었다. 동작을 제한하기 위한 조치인데 도와주지 않으면 담배도 피울 수 없었다. 스미스가 담배를 피우고 싶을 때는 듀이가 불을 붙인 뒤 입술 사이에 끼워줘야만 했다. 듀이에게는 "혐오스러운" 일이 아닐 수 없었는데, 그런 행동은 아주 사이좋은 사람에게나 하는 것 같았기 때문이었다. 결혼 전 부인에게 구애할 때나 해본 일이었다.

대체로 죄수는 감시자들을 무시했고, 형사들이 히콕의 자백을 녹음한 1시간짜리 테이프를 이따금씩 반복해서 들려주면서 자극해도 별로 반응을 보이지 않았다. "딕은 자기가 자네를 말리려고 했다고 하는데, 페리. 그렇지만 말릴 수 없었다고. 자네가 자기도 쏴버릴까 봐 무서웠다고 말했어." "아, 그래, 페리. 이건 다 자네 잘못이래. 히콕은 개에 붙은 벼룩 한 마리도 못 죽인다는데." 어떤 말을 들어도 스미스는 언짢아하지 않았다. 적어도 겉으로 보기에는 그랬다. 그는 계속 경치를 감상하며, 버마 쉐이브 광고판의 조잡한 시구를 읽거나 목장 울타리에 줄줄이 걸어놓은, 총 맞아 죽은 코요테 시체의 수를 세거나 했다.

듀이는 별로 대단한 답변을 기대하지 않고 말했다. "히콕은 우리한테 자네가 타고난 살인자라고 하더군. 살인해도 눈 하나 깜짝 안 한다고 그랬어. 한번은 거기 라스베이거스에서 흑인을 자전거 사슬로 때려죽인 적도 있다고. 죽을 때까지 사슬로 때렸다며. 그냥 재미로."

놀랍게도, 죄수는 숨을 훅 들이마셨다. 페리는 자리에서 몸을 비틀어 뒤 창문 너머로 뒤에 오는 차 안을 넘겨다보았다. "나쁜 자식!" 몸을 돌려 페리는 다시 어둠 속에 뻗어 있는 사막의 고속도로를 응시했다. "그냥 함정 파는 줄로만 알았는데. 그래서 당신들 말을 믿지 않았다고요. 딕이 불었다는 거 말예요. 나쁜 자식! 아, 진짜 썩을 놈의 자식. 개에 붙은 벼룩 하나도 못 죽이기야 하겠죠. 그냥 개를 치여 죽일 테니까." 그는 침을 뱉었다. "난 검둥이 죽인 적 없어요." 던츠는 그 말에 동의했다. 그는 라스베이거스의 미결 살인 사건 관련 파일을 세심히 살펴본 결과 페리 스미스가 이 특정 행위에 대해서는 무죄라는 걸 알았다. "난 검둥이는 죽인 적 없어요. 하지만 딕은 그렇게 생각했죠. 전부터 알고 있었어, 만약 잡히면, 잡혔다간 바들바들 떨면서 죄다 술술 불어버릴 줄 알았어. 겁쟁이 자식, 검둥이 얘기도 할 줄 내가 알았다니까." 그는 또 침을 뱉었다. "그래, 딕이 내가 무서웠답디까? 거참, 웃기네. 아주 웃겨 죽겠어. 그 친구는 내가 거의 그 자식을 쏴 죽여버리려고 했다는 건 꿈에도 모르겠군."

듀이는 담배 두 대에 불을 붙여, 한 대는 자기가 물고 다른 한 대는 죄수에게 물려주었다. "그 일에 대해서 말해보게, 페리."

페리는 눈을 감고 담배를 피운 뒤, 설명했다. "생각하고 있어요. 있는 그대로 기억해내고 싶으니까." 그는 한참 뜸을 들였다. "그게, 내가 아이다호 주 불에 나와 있을 때 편지 한 통 때문에 모든 일이 시작된 겁니다. 그게 9월인가 10월인가. 편지는 딕이 보낸 거였어요. 딕은 식은 죽 먹기나 다름없는 일을 하려고 한다고 했어요. 완벽한 계획이라고요. 나는 답장을 보내지 않았지만, 딕은 다시 편지를 써서 나보고 캔자스에 와서 자기와 동업하자고 하더군요. 무슨 계획인지는 절대 말하지 않았어요. '불 보듯 뻔하고 식은 죽 먹기인 일'이라고만 했죠. 게다가 우연이지만 나는 그때 마침 캔자스에 다시 가고 싶은 이유가 하나 더 있었어요. 그건 개인적인 문제니 말하지 않겠습니다. 이 일과는 아무런 상관도 없으니까. 다만, 그렇지 않았다면 다시 캔자스로 돌아가지는 않았겠죠. 하지만 나는 돌아갔습니다. 딕은 캔자스시티의 버스 정류장으로 마중 나왔어요. 우리는 차를 타고 농장, 딕의 부모님의 집에 갔어요. 하지만 딕의 부모님은 내가 거기 있는 걸 좋아하지 않더군요. 나는 아주 민감한 사람입니다. 사람들이 어떤 걸 느끼는지 보통은 잘 알죠.

당신처럼요." 듀이를 지칭한 것이었지만 페리는 형사의 얼굴을 쳐다보지는 않았다. "형사님은 나한테 담배를 건네주는 게 싫죠. 그거야 형사님 사정이겠죠. 그 때문에 뭐라고 할 마음은 없어요. 내가 딕의 어머니한테 뭐라고 할 수 없는 것처럼요. 실상, 그분은 아주 다정한 분이시더군요. 하지만 내가 어떤 사람인지, 그러니까 감방 동료라는 걸 알더니, 나를 자기 집에 들이기 싫어했어요. 뭐, 나는 호텔에 가는 게 더 좋았죠. 딕이 올레이시에 있는 호텔에 데려다줬어요. 맥주를 몇 병 사서 방으로 가지고 갔고, 그때 딕이 마음속에 무슨 생각을 품고 있는지 간략하게 말했어요. 내가 랜싱에서 나간 다음에 서부 캔자스에 사는 부자 밀 농장주, 클러터 씨 밑에서 일했다는 남자랑 방을 같이 썼대요. 딕은 나한테 클러터 농장의 구조도를 그려줬어요. 뭐가 어디 있는지 다 알고 있었죠. 문이랑, 홀이랑 침실이랑. 딕은 지하에 있는 방 하나가 사무실이라며, 그 사무실에 금고가 있다고 했어요. 벽 금고. 딕 말로는 클러터 씨는 항상 거기다 현금을 많이 넣어놓으니까 금고가 필요하다는 거예요. 못해도 1만 달러 이상은 있을 거라고. 계획은 금고를 털자는 거였어요. 그리고 만약 들키면, 뭐, 누구든 우리를 보면 보내버리자고 했죠. 그 말을 수백만 번도 넘게 했어요. 목격자는 없을 거라고."

듀이는 말했다. "딕은 거기 목격자가 몇 명이나 있을 거라고 예상했나? 내 말은 집 안에 몇 명이나 있을 거라고 예상했냐는 걸세."

"나도 바로 그걸 알고 싶었어요. 하지만 딕은 확실히 몰랐어요. 적어도 네 명일 거라고 했어요. 어쩌면 여섯이고. 그리고 집에 손님이 와 있을 가능성도 있었죠. 적어도 열두 명은 묶을 수 있도록 준비를 해야 한다고 했어요."

듀이는 신음 소리를 내뱉었고 던츠는 휘파람을 불었다. 페리는 희미하게 미소 지으며 덧붙였다. "나도 그랬습니다. 나도 별로 그게 정상적인 건 아니라고 생각했거든요. 열두 명이라니. 하지만 딕은 그게 식은 죽 먹기라고 했어요. 딕은 이렇게 말했죠. '우리는 거기 들어가서 벽에 붙은 머리카락까지 쓸어버릴 거야.' 내 예감을 따랐다면 나는 여기서 빠졌을 거예요. 하지만 솔직하게 말해서 나는 딕에 대한 믿음이 있었죠. 걔는 나한테는 아주 현실적이고, 남자다운 타입처럼 보였고 나도 그 친구만큼이나 돈이 필요했어요. 돈을 받아서 멕시코에 가고 싶었죠. 하지만 폭력은 저지르지 않고 그 일을 하고 싶었어요. 복면을 쓰면 될 것 같았죠. 우리는 그 때문에 말싸움을 했습니다. 거기 가는 길, 홀컴까지 가는 도중에 나는 어디 들러서 검은 스타킹을 사서 머리에 둘러쓰자고 했죠. 하지만 딕은 스타킹을 써도 얼굴을 알아볼 거라고 생각했어요. 딕은 한쪽 눈이 이상하니까요. 그래서 우리가 엠포리아에 갔을 때……."

던츠가 말을 막았다. "잠깐, 페리. 너무 앞서가고 있어. 올레이시 얘기로 돌아가보자고. 거기서 떠난 게 몇 시야?"

"1시. 1시 반. 점심 먹고 바로 떠나서 엠포리아로 갔으니까. 거기서 고무장갑하고 노끈을 샀어요. 칼하고 엽총, 총알은 딕이 모두 집에서 가지고 왔고요. 하지만 딕은 검은 스타킹을 구할 생각은 안 했어요. 그래서 말다툼을 좀 했죠. 엠포리아 교외 어디에서 가톨릭 병원을 지나칠 때, 나는 딕을 설득해서 거기 잠깐 들러서 수녀들에게 검은 스타킹을 사 오라고 했어요. 수녀들이 뭘 신는지 알고 있으니까요. 그렇지만 딕은 그냥 하는 척만 했어요. 그냥 나와서는 수녀들이 자기한테는 안 팔았다는 거예요. 딕이 물어보지도 않았다는 걸 알았죠. 딕도 나중에 그랬다고 하더군

3부 해답 357

요. 그러고는 그 생각 자체가 후지다고 했어요. 수녀들이 자기를 미친놈 취급할 거라고. 그래서 우리는 그레이트벤드까지 쉬지 않고 계속 갔어요. 거기서 테이프를 샀죠. 저녁을 먹었어요. 아주 진수성찬으로. 그랬더니 좀 졸리더군요. 자고 일어났더니 가든시티에 들어가고 있었어요. 진짜 쥐 죽은 것같이 조용한 동네더군요. 기름을 넣으려고 주유소에 잠깐 세웠는데……."

듀이는 어느 주유소인지 기억하느냐고 물었다.

"필립스66 주유소였을 거예요."

"그때가 몇 시였지?"

"거의 자정 다 되었을 때요. 딕은 홀컴까지는 11킬로미터 정도 더 남았다고 했어요. 가는 길 내내, 혼잣말을 하면서 이건 여기 있는 게 맞다느니 저건 저기 있는 게 맞다느니 하면서 계속 중얼거렸어요. 자기가 외우고 있는 길대로라면 말이죠. 홀컴을 지나갈 때 나는 그게 그렇게 작은 동네라는 것도 몰랐어요. 우리는 철도 건널목을 건넜죠. 갑자기 딕이 말했어요. '여기야, 여기가 틀림없어.' 가로수가 죽 심긴 사유지로 들어가는 입구였어요. 우리는 속도를 줄이고 불을 껐죠. 그럴 필요도 없었어요. 달 때문에요. 위에는 달 말고 다른 건 없었어요. 구름 한 점도 없었죠. 그저 보름달만 떠 있었어요. 마치 대낮 같았죠. 길 위를 올라가려는데, 딕이 말했어요. '이 농장 큰 것 좀 봐! 마구간도! 저 집 좀 봐! 이 집 주인이 부자가 아니라고 할 수는 없겠지.' 하지만 난 그 상황이나 분위기가 마음에 안 들었어요. 지나치게 인상적이었거든요. 우리는 나무 그늘 밑에 차를 세웠어요. 잠깐 차 안에 앉아 있는 동안, 불빛 하나가 비쳤어요. 본가에서가 아니고, 왼쪽으로 90미터 정도 떨어진 곳에 있는 집에서요. 딕 말로는 거기가 일꾼의 집이라고 했어요. 구조도를 봐서 알고 있었죠. 하지만 딕은 원래 예상보다 클러터 본가에 훨씬 더 가까운 것 같다고 했어요. 그때 불빛이 꺼지더군요. 듀이 형사님, 말씀하신 목격자라는 게 그 일꾼입니까?"

"아니, 그 사람은 끽 소리 하나 못 들었다는군. 아내가 아픈 아이를 간호하고 있었어. 밤새 자다가 깼다가 했다는데."

"아픈 아이. 아, 그랬었군요. 거기 차 안에 앉아 있는 동안에 또 그러더군요. 불이 켜졌다가 꺼졌다고요. 그것 때문에 내 피에는 거품이 부글부글 일었죠. 나는 딕한테 나를 빼달라고 했어요. 만약 계속 그 일을 할 거라면 혼자 하라고. 딕은 차를 출발시켰고, 그 자리를 뜨면서 나는 다 주님 덕이라고 생각했어요. 나는 언제나 내 직감을 믿었거든요. 그런데 길을 반쯤 내려가다가 차를 세우는 거예요. 딕은 화가 잔뜩 나 있었어요. 나는 딕이 무슨 생각을 하는지 알았어요. 이거 봐라, 내가 이렇게 멋진 계획을 세웠고 여기까지 왔는데 이 새끼가 지금 꽁무니를 빼자고 하는군, 뭐 그런 거죠. 딕은 이렇게 말했어요. '너는 내가 저 일 혼자 할 배짱이 없을 거라 생각하지? 턱도 없는 소리 마. 배짱이 두둑한 사람이 누군지 보여주지.' 차 안에는 술이 조금 있었어요. 각각 한 잔씩 마시고 나서 나는 딕에게 말했어요. '알았어, 딕. 나도 할게.' 그래서 우리는 돌아갔어요. 아까 있던 자리에 주차했죠. 나무 그늘 속에. 딕은 장갑을 꼈어요. 나는 이미 끼고 있었고. 딕이 칼과 회중전등을 들었죠. 나는 총을 들었고요. 달빛 아래서 보니 그 집은 거대해 보였어요. 텅 빈 것 같았죠. 그때 아무도 집에 없기를 바랐던 게 기억나요……."

듀이가 물었다. "그렇지만 개를 봤을 거 아닌가."

"못 봤어요."

"그 집에서는 총을 무서워하는 늙은 개를 키우고 있었어. 그 개가 왜 짖지 않았는지 이유를 모르겠군. 총을 보고 도망간 게 아니라면."

"글쎄요, 저는 아무것도 못 봤고, 아무도 못 만났어요. 그래서 그 말을 절대 믿지 않았던 거예요. 현장 목격자가 있다는 걸."

"현장 목격자는 아니야. 목격자일 뿐이지. 자네와 히콕을 이 사건과 연결시킬 증언을 해줄 사람."

"아. 아하. 아하. 그 사람이군요. 딕이 항상 겁이 많다고 말했던 사람. 하!"

던츠는 삼천포로 빠지지 않고, 페리를 다시 일깨웠다. "히콕이 칼을 들었다고 했지. 자네가 총을 들고. 그럼 어떻게 집에 들어갔지?"

"문은 잠겨 있지 않았어요. 옆문이요. 그 문으로 들어가니 클러터 씨의 사무실이더라고요. 거기 어둠 속에서 대기하고 있었어요. 귀를 기울이면서. 하지만 바람 소리 말고는 안 들리더군요. 밖에는 바람이 세게 불고 있었거든요. 나무도 바람에 흔들려 나뭇잎 부딪히는 소리가 들릴 정도였어요. 창문 하나는 베니션 블라인드로 가려져 있었지만, 달빛이 그 사이로 비쳐 들어왔어요. 나는 블라인드를 쳤고 딕은 회중전등을 켰어요. 책상이 보였죠. 금고가 바로 책상 뒤 벽에 설치되어 있어야 했는데, 찾을 수가 없었어요. 벽은 칸막이벽이어서 책과 액자에 든 지도 같은 게 있었고, 선반 위에는 아주 근사한 쌍안경이 있는 것도 봤어요. 그래서 나는 나올 때 가지고 가야겠다고 결심했죠."

"그래서 그렇게 했어?" 듀이는 물었다. 쌍안경이 없어진 줄은 몰랐기 때문이었다.

페리는 고개를 끄덕였다. "멕시코에서 팔았어요."

"그랬군, 계속해봐."

"음, 금고를 찾을 수가 없자 딕은 전등을 껐고 우리는 어둠 속에서 이동해서 사무실 밖으로 나가 응접실을 지나쳤어요. 딕은 좀 더 조용하게 걸을 수 없냐고 내 귀에 속삭였죠. 하지만 딕도 뭐 나을 거 하나 없었어요. 한 발짝 옮길 때마다 엄청난 소리가 났죠. 홀을 지나 어떤 문 앞에 이르자 딕은 구조도를 생각해내고 이 방이 침실이라고 하더군요. 딕은 전등을 비추며 문을 열었어요. 어떤 남자가 말했어요. '여보?' 그 남자는 자고 있었고 눈을 깜박이며 말했어요. '여보, 당신이야?' 딕은 그 남자한테 물었어요. '당신이 클러터 씨요?' 남자는 이제 잠이 확 깬 것 같았어요. 일어나 앉으면서 말했죠. '누구요? 뭘 원하는 거요?' 딕이 아주 정중하게 말했어요. 외판원처럼요. '얘기 좀 잠깐 나누고 싶은데요, 사장님. 당신 사무실에서요.' 그러자 클러터 씨는 맨발에 파자마만 입고 우리와 함께 사무실로 왔고 우리는 사무실 전등을 켰어요.

그때까지만 해도 클러터 씨는 우리를 잘 볼 수가 없었죠. 그는 우리를 보고 충격을 심하게 받은 것 같았어요. 딕이 말했죠. '그럼, 사장님. 우리가 바라는 건 어디에 금고를 감췄는지 알려주는 겁니다.' 하지만 클러터 씨는 되물었어요. '무슨 금고?' 그 사람은 금고 같은 건 없다고 했어요. 나는 즉시 그 말이 사실이라는 걸 알았죠. 그런 얼굴을 하고 있었으니까요. 무슨 말을 하든지 다 사실이라는 걸 알 수 있는 얼굴이요. 하지만 딕은 고함을 버럭 질렀어요. '거짓말 마, 개새끼! 금고 있는 거 다 알고 왔단 말이야!' 내 느낌으로는 클러터 씨는 한 번도 남한테 그런 소리를 들어본 적 없을 것 같았어요. 하지만 그 사람은 딕의 눈을 똑바로 바라보면서 아주 온화하게 말했어요. 유감스럽지만 금고 같은 건 없다고. 딕은 그 사람을 칼로 쿡쿡 찌르면서 말했어요. '금고가 어디 있는지 말해주지 않으면 더 유감스러운 일이 생길걸.' 하지만 클러터 씨는, 금고 같은 건 없다고 계속 부인했어요. 그때쯤 되니까 클러터 씨도 겁을 먹은 걸 알 수 있었어요. 하지만 목소리는 여전히 온화하고 침착하더군요.

그러는 동안 나는 전화를 손봤어요. 사무실에 있는 전화. 전화선을 끊었죠. 그러고는 클러터 씨한테 집 안에 전화가 또 있냐고 물어봤어요. 부엌에 하나 더 있다고 하더군요. 그래서 회중전등을 들고 부엌으로 갔어요. 사무실에서 꽤나 멀더라고요. 전화를 찾아서 수화기를 내려놓고 집게로 선을 잘랐어요. 그러고 돌아오는데 소음이 들렸어요. 머리 위에서 삐거덕거리는 소리가. 2층으로 올라가는 계단참에 멈춰 섰어요. 어두웠지만 감히 손전등을 켤 엄두를 낼 수 없었죠. 하지만 누군가 거기 있다는 건 알 수 있었어요. 계단 꼭대기 창문 위로 그림자가 비쳤어요. 사람요. 그러더니 싹 사라졌어요."

낸시였을 거라고 듀이는 생각했다. 낸시의 벽장에 들어 있던 신발 발꿈치에서 황금시계를 발견한 것으로 미루어볼 때, 낸시는 잠에서 깨어 집에 모르는 사람들이 있는 소리를 듣고, 도둑이 들었다고 생각해서 신중하게 자기가 가장 아끼는 재산인 시계를 숨긴 게 아닐까 하는 이론을 전에도 종종 세웠던 적이 있었다.

"내가 생각하기에 그 사람은 총을 가지고 있을지도 몰랐어요. 하지만 딕은 내 말을 들으려 하지 않았죠. 걔는 터프 가이 행세를 하느라 너무 바빴거든요. 클러터 씨를 이리저리 휘두르면서요. 딕은 클러터 씨를 다시 침대까지 끌고 갔더군요. 클러터 씨의 지폐첩에 든 돈을 세고 있었어요. 달랑 30달러 들어 있었죠. 딕은 지폐첩을 침대 위에 던져버리더니 말했어요. '이 집에 돈이 이보다는 더 많을 거 아냐. 당신 같은 부자가. 이렇게 넓은 농장에 살면서.' 클러터 씨는 가지고 있는 현금은 그게 전부라면서 자기는 항상 수표로만 거래한다고 설명했어요. 우리한테 수표를 써주겠다고 했죠. 딕은 그냥 코웃음 쳤어요. '우리가 무슨 골 빈 멍청이들인 줄 알아?' 나는 딕이 클러터 씨를 때려죽이려 한다고 생각했어요. 그래서 말했죠. '딕, 내 말 좀 들어봐. 위층에 누가 깨어 있어.' 클러터 씨는 위층에 있는 사람은 아내와 아들, 딸뿐이라고 했죠. 딕은 부인한테 돈이 있나 알아보자고 했지만 클러터 씨는 부인이 돈을 가지고 있더라도 몇 달러 안 되는 적은 액수일 거라고 했어요. 그러고는 거의 발작하듯이 우리에게 부인은 건드리지 말아달라고 부탁했죠. 부인은 허약하고 오랫동안 병을 앓았다면서요. 하지만 딕은 계속 위로 올라가보자고 했어요. 클러터 씨한테 앞장을 서게 했죠.

계단참에서 클러터 씨는 위층 홀을 밝히는 전등을 켰고, 우리가 위로 올라갈 때 이렇게 말했어요. '당신네들이 왜 이런 일을 하는지 난 잘 모르겠소. 난 당신네들에게 아무런 해도 끼치지 않았잖소. 본 적도 없는 사람들인데.' 그 순간 딕이 이러는 거예요. '입 닥쳐! 말해도 된다고 할 때 떠들어.' 위층 홀에는 아무도 없었고, 문은 다 닫혀 있었어요. 클러터 씨는 아들과 딸이 자고 있을 방을 가리키더니 자기 아내의 방문을 열었죠. 그 사람은 침대 옆에 있는 전등을 켜고 아내에게 말했어요. '괜찮아, 여보. 무서워할 것 없어. 이 사람들은 그냥 돈만 달라는 거야.' 부인은 마르고 연약한 여자인데 길고 흰 잠옷을 입고 있었어요. 눈을 뜨자마자, 울음을 터뜨리더군요. 부인은 남편한테 이렇게 말했어요. '여보, 난 돈 하나도 없어요.' 남편이 부인의 손을 잡고 토닥거렸어요. '여보, 울지 마. 걱정할 것 하나도 없어. 이 사람들한테 내가 가진 돈을 다 줬는데 좀 더 달라고 하는 거니까. 집 안 어딘가에 금고가 있을 거라 생각하나봐. 없다고 말했는데 말이야.' 딕은 마치 클러터 씨의 입을 한 대 쳐서 확 깨부수려는 것처럼 손을 번쩍 들었어요. '내가 입 닥치라고 말 안 했어?' 클러터 부인이 말했어요. '그렇지만 남편이 한 말은 신께 맹세코 사실인걸요. 금고 같은 건 없어요.' 그랬더니 딕이 맞받아쳤어요. '당신들이 금고를 가지고 있다는 건 똑똑히 알고 있어. 여기서 나가기 전에 찾아낼 테니 두고 보라고. 내가 못 찾을까 걱정할 필요는 없어.' 그러고는 부인에게 지갑을 어디다 두느냐고 물어봤어요. 지갑은 서랍장 서랍 속에 들어 있었죠. 딕은 지갑을 뒤집어봤어요. 잔돈푼 몇 개와 1달러인가 2달러인가 나오더군요. 나는 몸짓으로 딕에게 홀로 나가자는 신호를 보냈어요. 이 상황에 대해서 의논하고 싶었거든요. 그래서 우리는 밖으로 나갔고, 나는 말을 했는데……."

던츠가 갑자기 끼어들어 클러터 씨 부부가 그 대화를 듣고 있었느냐고 물었다.

"아뇨. 우리는 바로 문밖에서 그 사람들을 감시하고 있었지만 속삭이는 소리로 말했으니까요. 나는 딕에게 이렇게 말했죠. '이 사람이 하는 말 진짜 같아. 거짓말한 사람은 네 친구 플로이드 웰스 같은데. 금고 같은 건 없으니 재빨리 여기서 튀자.' 하지만 딕은 너무 부끄러웠던지 그 사실을 곧바로 받아들이려 하지 않았어요. 딕은 지금 해야 할 일은 저 사람들을 묶은 뒤 천천히 시간을 갖고 찾아보는 거라고 했어요. 걔하고는 말싸움해봤자 소용이 없어요. 잔뜩 흥분해 있기도 했고. 모든 사람을 자기 마음대로 좌지우지할 수 있는 영광에 취했던 거죠. 클러터 부인의 방 옆에는 욕실이 있었어요. 딕의 생각은 부모를 욕실에 가둔 다음 애들도 깨워서 같이 몰아놓고서는 하나씩 데리고 나와서 집의 군데군데에 묶어놓자는 거였죠. 그러고 나서 금고를 발견하면 저 사람들 모가지를 끊어놓자는 거예요. 총을 쏠 수는 없다고 그랬어요. 그러면 너무 큰 소리가 날 테니까."

페리 스미스는 얼굴을 찡그리더니 수갑 낀 손으로 무릎을 문질렀다. "잠깐만 생각할게요. 여기서부터는 상황이 약간 더 복잡해지거든요. 아, 기억났다. 그래. 그래요, 나는 홀에서 의자를 하나 꺼내 와서 욕실에 집어넣었어요. 클러터 부인이 앉을 수 있게요. 부인이 병자라는 건 알 수 있었으니까요. 두 사람을 가둘 때, 클러터 부인이 울면서 우리에게 말했어요. '제발 아무도 해치지 마세요. 우리 애들을 해치지 마세요.' 그랬더니 남편이 팔로 부인을 감싸 안으며 이렇게 말했어요. '여보, 이 사람들은 아무도 해치려고 하지 않아. 이 사람들이 원하는 건 돈뿐이야.'

우리는 아들의 방으로 갔어요. 아들은 깨어 있었죠. 너무 무서워서 움직일 수 없었는지 누워 있었어요. 딕이 걔한테 일어나라고 했어요. 하지만 움직일 수 없는 것 같았어요. 아니, 재빨리 움직일 수가 없었죠. 그래서 딕이 걔를 한 대 치더니 침대에서 끌어냈어요. 그래서 내가 이랬죠. '애를 때릴 필요까지는 없잖아, 딕.' 그리고 나는 애한테 바지를 입으라고 말했어요. 걔는 티셔츠만 입고 있었거든요. 청바지를 입더군요. 우리가 남자애를 막 욕실에 가두는데 여자애가 나타났어요. 방에서 나온 거죠. 여자애는 한동안 깨어 있었던 것처럼 옷을 다 차려입고 있었어요. 양말이랑 슬리퍼도 신고 있었다는 거죠. 그리고 기모노 같은 옷에 머리에는 두건을 두르고요. 여자애는 미소를 지어 보이려고 했어요. '맙소사, 이게 무슨 일이죠? 뭐 장난치는 거예요?' 하지만, 나는 그 애가 정말 장난이라고 생각했다고 생각하진 않아요. 딕이 욕실 문을 열고 개를 거기다 밀어 넣은 후에는 아니었겠죠……"

듀이는 그 모습을 그려보았다. 포로가 된 가족, 순순히 말을 잘 듣고 겁에 질려 있기는 했겠지만 자신들의 운명에 대해서는 불길한 예감을 전혀 느끼지 못했을 것이다. 클러터는 나쁜 생각을 하지 않았을 것이다. 그랬으면 반항했을 테니까. 그는 신사였지만 강한 사람이고 겁쟁이가 아니었다. 클러터의 친구로서 앨빈 듀이는 확신할 수 있었다. 그가 아내의 생명과 아이들의 목숨을 지키기 위해서라면 죽을 때까지 싸웠으리라는 것을.

"내가 집 안을 살펴보는 동안 딕은 욕실 문 밖에서 지켰어요. 나는 여자애 방부터 뒤져서 작은 지갑을 하나 찾아냈죠. 인형 지갑 같았어요. 은 동전이 하나 들어 있더군요. 어쩌다 그 동전을 떨어뜨렸는데, 동전은 또르르 바닥을 굴러갔어요. 의자 밑으로 굴러갔죠. 무릎을 꿇어야만 했어요. 그때 나는 내 몸 밖으로 나온 것 같은 기분이 들었어요. 바보 같은 영화에 나온 나를 바라보고 있는 것 같았어요. 그랬더니 구역질이 나더군요. 정말 역겨웠어요. 딕이랑, 딕이 부자 남자의 금고에 대해서 한 얘기랑, 여기서 배를 깔고 엎드려서 애 동전이나 훔쳐야 한다는 거 모두. 달랑 1달러짜리 동전일 뿐인데. 그런데도 그거 집으려고 배를 깔고 엎드려야 한다는 게 말이에요."

페리는 무릎을 쥐어짜며, 형사들에게 아스피린을 달라고 부탁했고, 던츠가 하나 주자 고맙다고 인사하고는 씹어 넘긴 뒤 말을 이었다. "그렇지만 그게 내가 하고 있던 일이에요. 가질 수 있는 걸 가지는 거죠. 나는 남자애 방도 뒤졌어요. 동전 하나 나오지 않더군요. 하지만 작은 휴대용 라디오가 하나 있었어요. 그래서 그걸 챙기기로 했어요. 그러고 나니까 클러터 씨 사무실에서 본 쌍안경이 기억났죠. 아래층에 가서 그것도 가져왔어요. 쌍안경과 라디오를 들고 밖으로 나가 차로 갔어요. 날씨가 추웠지만 바람과 차가운 공기가 기분이 좋았죠. 달이 너무 밝아서 몇 킬로미터 앞까지 다 보였어요. 그래서 난 생각했어요. 걸어서 도망갈까? 고속도로까지 가서 지나가는 차를 잡아타는 거야. 나는 빌어먹을 그 집에는 다시 돌아가고 싶지 않았어요. 그런데도, 이걸 어떻게 설명할 수 있을지 모르겠지만, 그냥 나는 그 일을 실제 하고 있는 게 아닌 것 같았어요. 그냥 소설을 읽는 것 같았죠. 그래서 나는 다음에 무슨 일이 일어날지 알아야 했어요. 끝이 어떻게 되는지. 그래서 다시 위층으로 돌아갔어요. 그래서, 어디 보자…… 으흠, 그때가 우리가 그 사람들을 묶은 때예요. 클러터 씨를 처음 묶었죠. 우리는 그 사람을 욕실 밖으로 불러냈고, 내가 손을 한데 묶었어요. 그러고 나서는 그 사람을 앞세우고 지하실까지 계속 내려갔죠……."

듀이가 말했다. "혼자서, 무기도 없이?"

"칼이 있었으니까요."

"하지만 히콕이 위층에서 감시를 하고 있었잖아?"

"그 사람들 입을 막으려고 했죠. 어쨌거나, 나는 도움이 필요 없었어요. 평생 동안 매듭 묶는 일을 해왔으니까."

듀이는 물었다. "회중전등을 썼나, 아니면 지하실 불을 켰나?"

"불을 켰어요. 지하실은 두 부분으로 나뉘어 있었어요. 한쪽은 오락실 같던데요. 그 사람한테 다른 부분으로 가라고 했어요. 보일러실이요. 커다란 판자 상자가 벽에 기대어 있었어요. 매트리스 받침이었죠. 차가운 바닥에 누우라고 하고 싶진 않았어요. 그래서 매트리스 받침을 끌고 와서 그걸 펴고 그 위에 누우라고 했죠."

운전자는 백미러로 뒤에 앉은 동료를 홀끔 쳐다보고 눈짓을 해서 주의를 끌었다. 던츠는 찬사를 보내는 것처럼 고개를 끄덕였다. 듀이는 매트리스 받침을 바닥에 깐 건 클러터 씨를 편하게 해주려는 것이었다고 줄곧 주장했고, 비슷한 실마리들, 이런 역설적이고 광기 어린 동정심을 보여주는 파편적인 증거들에도 주의를 기울여 적어도 살인자 중 한 명은 그렇게까지 자비심이 없는 놈이 아니라는 주장을 폈다.

"발을 묶고 나서 손을 발에 묶었어요. 그 사람에게 꽉 조이냐고 물어봤더니 그렇지 않다고 하더군요. 하지만 아내는 그냥 놔둘 수 없겠느냐고 부탁했어요. 부인을 묶을 필요는 없다고. 부인은 비명을 지르지도 않을 거고, 집 밖으로 뛰쳐나가려고 하지도 않을 거라고. 부인은 몇 년 동안이나 아팠고 이제야 조금 낫기 시작하는 중인데 이런 사고를 당하면 아마 병이 다시 도질지도 모른다고요. 별로 웃을 일은 아니라는 걸 알지만, 그때는 웃음이 절로 나오더군요. 그 사람이 '다시 도질지도 모른다'라는 말을 하는 걸 들으니까.

다음에는, 남자애를 아래로 데리고 왔어요. 맨 처음에는 남자애를 아빠랑 같은 방에 넣었죠. 손을 머리 위에 있는 증기관에 묶었어요. 하지만 그게 별로 안전하지 않을 것 같더군요. 애가 풀려나서 아버지를 풀어줄 수도 있고, 반대일 수도 있고. 그래서 나는 줄을 끊고 끌어내려 그 애를 오락실로 데려갔어요. 편안해 보이는 소파가 하나 있더라고요. 나는 그 애 발을 소파 발에 묶고, 손을 묶은 뒤 줄을 위로 끌어올려 목 주변에 빙 감았어요. 그러면 몸부림칠 때 목이 졸리게 되거든요. 작업을 하는 동안에 나는 칼을 어디 위에 올려놓았어요. 음, 막 니스를 칠한 서랍장이었어요. 방 안에 니스 냄새가 진동했죠. 그랬더니 그 애는 나한테 칼을 거기 놓지 말라고 부탁하더군요. 서랍장은 누구에게 주려고 만든 결혼 선물이라고요. 누나라고 한 것 같았어요. 내가 막 나가려고 하는데, 그 애가 발작하는 것처럼 기침을 막 하더라고요. 그래서 머리 밑에다가 베개를 받쳐주었어요. 그러고는 불을 끄고……."

 듀이가 물었다. "그렇지만 그 사람들 입에 테이프를 붙이지는 않았군?"

 "그렇진 않았어요. 테이프는 나중에 여자들을 둘 다 자기 침실에 묶어놓고 나서 와서 붙인 거예요. 클러터 부인은 아직도 울면서, 딕에 대해서 물어봤어요. 부인은 딕을 완전히 믿고 있지는 않았어요. 하지만 나는 점잖은 젊은이 같다고 했죠. 분명 그럴 거라면서 부인이 말하길, 딕이 아무도 해치지 못하게 해주겠다고 약속을 해달라고 했어요. 부인이 정말 걱정한 건 딸이었던 것 같아요. 나도 그 일에 대해서는 걱정하고 있었으니까요. 나는 딕이 뭔가, 내가 찬성할 수 없는 일을 꾸미고 있지 않나 의심했거든요. 클러터 부인을 다 묶고 나서 보니까, 딕이 여자애를 개 침실로 데리고 갔더라고요. 여자애는 침대에 누워 있었고, 딕은 침대 가장자리에 앉아 여자애한테 말을 걸고 있었어요. 나는 그러지 못하게 했어요. 딕에게, 내가 여자애를 묶을 동안 금고를 찾아보라고 했어요. 딕이 간 다음에 나는 여자애의 발을 한데 묶고 손을 등 뒤로 묶었어요. 그러고 나서는 담요를 끌어올려서 머리만 보일 정도로 여자애를 덮어줬어요. 침대 옆에 편안한 의자가 있기에, 나도 약간 쉬어야겠다 생각했죠. 다리가 불타듯 아팠거든요. 오르락내리락한 데다가 무릎을 꿇어서요. 나는 낸시한테 남자친구가 있냐고 물어봤어요. 그렇다고 하더군요. 그 애는 아주 침착하고 친절하게 행동하려고 무던히도 애썼어요. 나는 그 애가 정말 마음에 들었어요. 정말 착한 애였어요. 아주 예쁘지만 버릇없지도 않고. 그 애는 자기에 대해서 많이 얘기해주었어요. 학교랑, 대학에 가서 음악과 미술을 공부할 계획이라는 거랑. 말이랑. 춤 다음으로 좋아하는 게 말을 타고 산책하는 거라고 했어요. 그래서 나는 내 어머니도 로데오 챔피언이라는 얘기를 해줬지요.

그러고 나서 우리는 딕에 대해서 얘기를 했어요. 나는 궁금했거든요. 그러니까 딕이 낸시한테 뭐라고 얘기했는지가요. 딕에게 왜 이런 짓을 하냐고 물어봤나봐요. 강도짓 말이죠. 그랬더니, 얼씨구, 딕은 그 애한테 눈물 짤 얘기를 했더군요. 자기가 고아원에서 고아로 자랐고, 아무도 자기를 사랑해주지 않았으며, 유일한 혈육은 여동생뿐인데 여동생은 결혼도 안 해주는 남자들하고나 살림을 차린다고. 얘기하는 내내 아래층에서 미친 듯이 돌아다니는 소리를 들을 수 있었어요. 금고를 찾아서요. 그럼 뒤를 찾아보고, 벽을 두드려보고. 톡톡톡. 정신 나간 딱따구리 같았어요. 딕이 돌아왔을 때, 내가 찾았냐고 물어보니까 아주 성질을 잔뜩 부리더군요. 물론 못 찾았죠. 하지만 부엌에서 다른 지갑을 하나 더 찾았다고 했어요. 7달러가 들어 있었대요."

던츠가 물었다. "그때가 그 집에 들어온 지 얼마나 되었나?"

"1시간 정도요."

던츠가 다시 물었다. "그럼 테이프를 붙인 건?"

"바로 그때예요. 클러터 부인부터 시작했죠. 나는 딕한테 도와달라고 했어요. 여자애와 단둘이 있게 하고 싶지 않았거든요. 내가 테이프를 길게 잘라줬더니, 딕이 클러터 부인 머리를 미라를 만드는 것처럼 빙빙 감았어요. 딕은 부인에게 물었죠. '어떻게 그렇게 쉬지 않고 징징 울 수 있나? 아무도 당신을 안 때려.' 그러고는 딕은 침대 등불을 끄고 말했어요. '잘 자시오, 클러터 부인. 잠이나 자.' 그리고 나서 복도를 지나 낸시의 방으로 가는데 딕이 말했어요. '난 저 여자애랑 해야겠어.' 그래서 내가 말했죠. '그래, 그러려면 나부터 먼저 죽여야 할걸.' 딕은 자기 귀를 의심하는 것 같았어요. '네가 무슨 상관이냐? 제길, 너도 쟤랑 하면 될 거 아냐.' 그건 내가 경멸하는 짓이었어요. 자기 성욕을 억제하지 못하는 사람. 빌어먹을, 그런 건 싫었어요. 그래서 나는 딕에게 솔직하게 말했죠. '쟤 가만 놔둬. 그러지 않으면 크게 한판 붙게 될 테니.' 그 말에 딕은 진짜 열 받았어요. 하지만 지금은 온 힘을 다해 싸울 때가 아니란 걸 알았죠. 그래서 말했어요. '알았어, 자기야. 네 기분이 그렇다면.' 그렇게 싸우다가 결국 우리는 그 애 입에 테이프도 붙이지 못했어요. 그냥 복도에 있는 전등불을 끄고 지하실로 내려갔죠."

페리는 망설였다. 의심스러운 기색이 있었지만 진술하듯 그가 말했다. "결코 그 여자애를 강간하자는 뜻으로 얘기한 건 아닐 거예요."

듀이는 그 말을 인정했지만, 자기가 한 일에 대해서는 불온한 부분을 다 삭제해버린 것 말고는 딕의 얘기도 스미스의 얘기와 일치한다고 덧붙였다. 사소한 부분이 달랐고 대화 내용은 동일하지 않았지만, 본질적으로 두 설명은 서로 합치했다. 적어도 여기까지는.

"어쩌면요. 하지만 딕이 그 여자애 얘기는 안 했겠죠. 그건 내가 장담할 수 있어요."

던츠는 말했다. "페리, 나는 전등불을 계속 따라 세어보고 있었는데, 내가 계산한 바에 따르면, 자네가 위층 불을 껐으면 집이 완전히 깜깜해진 것 아닌가?"

"그랬어요. 하지만 우리는 전등불을 다시 켜지는 않았어요. 회중전등만 빼고는요. 클러터 씨와 남자애에게 테이프를 붙이러 갔을 때, 딕은 회중전등을 들고 있었어요. 내가 클러터 씨 입을 막으려 하는데 그 사람이 나한테 물어봤어요. 이게 그 사람의 마지막 말이었죠. 자기 아내는 괜찮느냐고. 잘 있는지 알고 싶어 했어요. 그래서 나는 잘 있다고 말했어요. 잘 준비를 하고 있다고. 아침까지는 얼마 남지 않았고, 아침이 되면 누군가 당신들을 찾으러 올 테니 그럼 모두, 나랑 딕이랑 모두 원하는 대로 된 거라고 했어요. 클러터 씨는 친절하고 좋은 신사분 같더군요. 말도 부드럽게 하고. 내가 그 사람 목을 그어버리는 순간까지는 그렇게 생각했어요.

잠깐. 지금 얘기는 실제 일어난 일이랑은 약간 다른 것 같기도 하고." 페리는 얼굴을 찡그렸다. 그는 다리를 문질렀다. 수갑이 쩔렁거렸다. "그 후에, 그러니까 우리가 그 사람들 입을 테이프로 막은 후에 딕과 나는 한쪽 구석으로 갔어요. 얘기 좀 하려고요. 생각해보세요. 그때는 우리 둘 사이 감정이 나빴어요. 그때는 내가 한때 걔를 존경했었다는 생각만 해도, 그 개자식이 하는 온갖 겉치레 소리를 귀 기울여 들었다는 생각만 해도 속이 뒤집혔어요. 나는 이랬어요. '딕, 뭐 양심의 가책 같은 거 없냐?' 딕은 대답하지 않았어요. 나는 그랬죠. '저 사람들 살려주자. 이건 잠깐 징역 살아서 될 일이 아냐. 적어도 10년짜리야.' 딕은 여전히 아무 말 하지 않았어요. 딕은 칼을 들고 있었죠. 내가 달라고 했더니 건네주더군요. 그래서 나는 말했어요. '좋아, 딕. 하자.' 하지만 진짜 그럴 뜻이 아니었어요. 딕의 허풍을 날려버리고, 나한테 하지 말자고 말하게 해서 자기가 위선자고 겁쟁이라는 걸 인정하게 하려는 거였죠. 보세요. 딕과 나 사이에는 뭔가 있었어요. 나는 클러터 씨 옆에 무릎을 꿇었어요. 무릎을 꿇었더니 다리가 너무 아팠죠. 난 그 빌어먹을 1달러, 1달러 동전을 생각했어요. 부끄럽고, 구역질 나고. 그리고 경찰들은 나한테 다시 캔자스로 돌아오지 말라고 했는데. 하지만 소리를 들을 때까지는 나는 내가 무슨 짓을 저질렀는지 깨닫지 못했어요. 누가 익사하는 것 같은 소리, 물 밑에서 소리 지르는 것 같은 소리. 나는 딕에게 칼을 건네주었죠. 나는 말했어요. '끝내버려. 그럼 기분이 훨씬 좋아지겠지.' 딕은 하려고 했어요. 아니 하는 척했어요. 하지만 그 남자는 남자 열 명 합친 것보다도 힘이 셌어요. 거의 반쯤 결박을 풀고 손을 마음대로 쓸 수 있는 상태가 되었죠. 딕은 공포에 질렸어요. 딕은 빠져나오고 싶어 했어요. 하지만 나는 딕을 놔주지 않았죠. 어쨌거나 그 남자는 죽을 상태였어요. 그렇지만 그 사람을 그때 그 상태로는 놔둘 수 없었어요. 나는 딕에게 회중전등을 들고 잘 비추라고 했죠. 그리고 총을 겨눴어요. 꼭 방이 폭발한 것 같았어요. 푸른색으로 변했죠. 순식간에 타올랐어요. 맙소사, 수십 킬로미터 떨어진 곳에서도 들릴 만한 소리를 사람들이 왜 듣지 못했는지 모르겠군요."

듀이의 귀에는 그 소리가 울렸다. 총소리에 귀가 멍멍하여 스미스가 부드러운 목소리로 속삭여대는 소리가 들리지 않을 정도였다. 그 목소리는 계속 들려오면서 소리와 이미지를 맹렬히 쏟아냈다. 히콕이 발사된 총알을 줍는다. 서둘러, 서둘러. 케니언의 머리에 동그랗게 불을 비춘다. 입이 막힌 채로 웅얼웅얼 애원하는 소리. 히콕이 다시 쓰고 난 탄창을 모은다. 낸시의 방. 낸시는 나무 계단을 올라오는 부츠 발소리를 듣고 있다. 낸시에게 다가가는 한 걸음, 한 걸음마다 계단이 끽끽 울린다. 낸시의 눈, 낸시는 회중전등이 목표물을 찾고 있는 걸 본다. ("그 애는 말했어요. '아, 안 돼요! 제발요! 안 돼요! 안 돼요! 안 돼! 안 돼! 하지 마세요! 제발 하지 마세요, 제발!' 나는 총을 딕에게 주었어요. 나는 내가 할 수 있는 일은 다 했다고 했죠. 딕은 목표물을 겨누었고, 그 애는 얼굴을 벽으로 돌렸죠.") 어두운 복도, 살인자들은 서둘러 마지막 문으로 다가간다. 아마도 이미 모든 소리를 다 들었을 보니는 그들이 재빨리 다가오는 것을 반긴다.

"마지막 총알은 진짜 찾기가 어려웠어요. 딕은 그걸 주우려고 침대 밑까지 기어 들어가야 했죠. 그러고 나서 우리는 클러터 부인의 방문을 닫고 아래층 사무실로 내려갔어요. 우리는 거기서 처음 들어올 때처럼 대기했어요. 블라인드 사이로 일꾼이 돌아다니고 있지 않나, 누구 다른 사람이 총소리를 듣지 않았나 살펴보았죠. 하지만 마찬가지였어요. 아무 소리도 들리지 않았죠. 바람 소리뿐이었어요. 그리고 늑대가 뒤를 쫓기라도 하는 것처럼 딕이 숨을 헐떡대는 소리랑. 바로 거기서, 우리가 뛰어나와 차에 오른 후 그 집을 떠나기 전 몇 초 동안 나는 딕을 쏴버리는 게 낫겠다고 생각했어요. 딕은 자꾸자꾸 반복해서 말했고 그 말이 내 귀에 울렸거든요. 목격자는 없을 거라고. 그래서 나는 생각했어요. 딕도 목격자가 될 수 있잖아. 왜 내가 못했는지는 모르겠어요. 기필코 그렇게 했어야만 했는데. 걔를 거기서 쏴 죽이고, 차를 계속 타고 가서 멕시코에서 사라졌어야 했는데."

정적이 흘렀다. 그 후로 16킬로미터 이상, 세 사람은 아무 말 없이 갔다.

듀이의 침묵의 한가운데에는 슬픔과 심오한 피로가 있었다. 그는 줄곧 "그날 밤 그 집에서 무슨 일이 일어났는지 정확하게" 알고자 하는 야망을 갖고 있었다. 지금 두 번이나 그 얘기를 들었다. 두 이야기는 서로 아주 비슷했고, 단지 심각하게 차이가 나는 점이라면 히콕은 네 건의 살인 사건을 다 스미스의 짓으로 몰아세웠고, 스미스는 히콕이 두 여자를 죽였다고 한다는 것이었다. 그러나 범인들이 어떻게 왜 죽였는지 하는 질문에 대답은 해주었지만, 그 자백은 듀이가 세운 의미 있는 계획을 충족시키지는 못했다. 범죄는 심리학적인 사고이고, 실질적으로는 비개인적인 행위였다. 희생자들은 어쩌면 살다가 벼락을 맞아 죽었을 수도 있는 것이었다. 단 한 가지만 빼면. 피해자들은 오랫동안 공포를 경험했고, 고통 받았다. 이제 듀이는 그들의 공포를 잊을 수 없을 것이었다. 그럼에도 불구하고, 듀이는 옆에 앉은 남자를 분노하며 쳐다볼 수 없었다. 오히려 그는 일종의 동정을 느꼈다. 페리 스미스는 일생 동안 한 번도 온실에서 보호받지 못하고 가여운 삶을 살았다. 하나의 신기루를 좇다가 다른 신기루로 옮겨 가며, 추하고 외롭게 여행했던 것이다. 하지만 듀이는 그렇게 동정한다고 용서와 자비를 주고 싶진 않았다. 그는 페리와 그의 동료가 교수형 당하는 모습을 보고 싶었다. 둘이 등을 맞대고 매달리는 모습을.

던츠가 스미스에게 물었다. "그럼 다 더해서, 클러터 집에서 돈을 얼마나 가져간 건가?"

"40에서 50달러 정도요."

―

가든시티의 동물 중에는 항상 붙어 다니는 회색 수고양이 두 마리가 있다. 기이하지만 영악한 습관을 가진, 마르고 더러운 도둑고양이였다. 고양이들의 하루 일과 중 가장 중요한 행사는 해거름에 있었다. 먼저 고양이들은 메인 가를 따라 죽 걸어가면서 가끔 멈춰 주차된 자동차의 엔진 그릴을 잘 살핀다. 특히, 윈저와 워런 호텔 앞에 세워진 차들을 유심히 본다. 이 차들은 주로 멀리서 온 여행객들의 차였는데 뼈가 앙상하고 조직적으로 움직이는 이 동물들이 찾고 있는 먹이가 가끔 걸려 있기도 했기 때문이다. 달려가는 차 앞으로 날아드는 멍청하기 짝이 없는 까마귀나, 박새, 참새들처럼 죽은 새들 말이다. 고양이들은 마치 외과 수술 기구를 사용하듯 앞발을 사용해서 그릴에서 깃털 하나까지 다 빼낸다. 고양이들은 메인 가를 유유히 나아가다가 메인 가와 그

랜트 가가 만나는 모퉁이에서 어김없이 돈다. 그러고는 다른 사냥터인 법정 광장으로 껑충껑충 뛰어간다. 1월 6일 수요일 오후, 법정 광장에는 이곳을 가득 채울 만큼 많은 수의 군중을 태우고, 온 피니 군에서 몰려든 자동차가 바글바글 모여 있어서 괜찮은 사냥감을 발견할 가능성이 특히 높아 보였다.

군중은 4시부터 모이기 시작했다. 군 검사가 예고한 히콕과 스미스의 도착 예정 시각이었다. 일요일 저녁에 히콕이 자백했다는 발표가 난 후, 온갖 종류의 신문사에서 기자들이 가든시티에 모여들었다. 캔자스의 모든 주요 매체는 물론, 미주리, 네브래스카, 오클라호마, 텍사스에서부터 주요 통신사의 대표들, 사진기자들, 뉴스 영화 제작자들, 텔레비전 카메라맨 등 모두 스물에서 스물다섯 명 정도 되는 사람들이 모였다. 이들 중 많은 사람이 주유소 직원 제임스 스포와 인터뷰를 한 것 말고는 아무 일도 하지 못하고 사흘을 대기한 셈이었다. 제임스 스포는 기소당한 살인자들의 사진이 신문에 난 것을 보고 난 뒤에서야 이 사람들이 홀컴 살인 사건이 일어난 날 밤 자기가 3달러 60센트어치 기름을 판 고객이라는 것을 알아보았다.

이 전문적인 관객들이 지금 현장에 나와 기록하고자 하는 것은 히콕과 스미스가 들어오는 장면이었다. 고속도로 순찰대 제럴드 머리 경감은 그들을 위해서 법정 계단 앞까지 이어지는 보도 위에 충분한 공간을 확보해놓았다. 죄수들이 군 감옥으로 가기 위해서는 이 계단을 올라야 했다. 군 감옥은 4층짜리 석회암 건물의 맨 꼭대기 층을 차지하고 있었다. 캔자스시티 〈스타〉지의 기자 리처드 파는 라스베이거스 〈선〉지의 월요일자 신문을 얻었다. 신문의 머리기사는 한바탕 웃음을 자아냈다. "살인 용의자들의 이송을 기다리는 군중 집단 폭력 사태 우려." 머리 경감은 "나한테는 별로 폭력 집단처럼 보이지 않는구먼그래"라고 평했다.

실로, 광장에 모인 군중은 행진을 기대하고 있는 것처럼 보인다거나 정치 집회에 와 있는 것처럼 보인다고 해도 될 정도였다. 낸시와 케니언의 이전 동급생들이 섞여 있는 고등학교 학생들은 치어리더 구호를 외치거나 풍선껌을 씹고 있거나 핫도그와 소다를 먹고 마셨다. 어머니들은 칭얼대는 아이들을 달랬다. 남자들은 어린아이들을 목말을 태우고 버티고 서 있었다. 보이스카우트도 와 있었다. 그것도 전체가 왔다. 여성 브리지 클럽의 중년 회원들도 대거 도착했다. 재향군인회장 J. P. (잽) 애덤스 씨가 너무 이상하게 재단된 트위드 옷을 입고 나타나자 친구 한 사람이 "어이 잽! 여자 옷 입고 뭐 해?"라고 외쳤다. 애덤스 씨는 그 자리에 오려고 서두르다가 칠칠치 못하게도 자기 비서의 코트를 걸치고 나왔던 것이다. 라디오 리포터 한 명은 우왕좌왕하면서, 햇볕에 탄 마을 사람들을 인터뷰하며 "그렇게 사악한 행동을 저지른 사람들"에게 적절한 처벌은 무엇인지 의견을 묻고 다녔다. 대부분 "이크!"라고 외마디말만 내뱉으며 대충 얼버무렸지만, 한 학생은 "전 저 두 사람이 남은 일생 동안 같은 감방에 갇혀 있어야 한다고 생각합니다. 면회도 허가해주면 안 됩니다. 그냥 그 방에 앉아서 죽을 때까지 서로만 바라보게 해야 한다고 생각합니다"라고 대답했다. 그리고 거칠고 으스대는, 키 작은 남자 한 명은 이렇게 말했다. "그거 사형을 받아야지. 성경에 나온 대로 아니야. 눈에는 눈이지. 거기다 저놈들은 두 놈이나 되잖아!"

해가 계속 떠 있는 한, 날은 건조하고 따뜻했다. 1월인데도 10월 날씨 같았다. 하지만 해가 지고 광장의 거대한 나무들이 드리우는 그림자가 서로 만나 합쳐지자, 어둠과 함께 추위가 밀려와 군중은 몸이 저렸다. 몸이 저릿저릿해지자 사람 수가 줄었다. 6시가 되자 300명이 조금 못 되는 사람들이 남아 있었다. 신문기자들은 예정보다 도착이 늦어지는 것을 욕하며 발을 동동 구르고 장갑을 끼지 않아 언 손으로 얼어붙은 귀를 찰싹찰싹 두드렸다. 갑자기 웅성거리는 소리가 광장 남쪽에서 일어났다. 차들이 오고 있었다.

어떤 기자도 폭력 사태가 일어날 거라 우려하지는 않았지만, 몇몇 기자들은 사람들이 약간 욕설을 퍼붓지 않을까 예상했다. 하지만 푸른 제복을 입은 고속도로 순찰대의 호위를 받으며 살인자들이 들어오는 모습을 보자, 관중은 마치 살인자들이 인간 형체를 갖추고 있다는 사실이 놀랍다는 듯 입을 다물었다. 수갑 찬 손, 창백한 얼굴, 눈이 부신 듯 눈을 계속 깜박이는 두 남자의 모습이 플래시와 조명등에 비쳐 번쩍번쩍 빛났다. 사진기자들은 법정으로 들어가는 죄수들과 경찰의 뒤를 쫓아 3층까지 올라가면서 군 감옥 문이 쿵하고 닫히는 모습까지 사진으로 찍었다.

아무도 더 이상 남아 있으려 하지 않았다. 신문기자들도, 마을 사람들도. 따뜻한 방과 따뜻한 저녁 식사가 기다리고 있었다. 차가운 광장에 회색 고양이 두 마리만 남겨두고 군중이 떠나자, 기적처럼 찾아왔던 가을 날씨도 함께 떠나갔다. 그해의 첫눈이 내리기 시작했다.

4부

구석

피니 군 법정 4층에는 공공기관 특유의 뚱한 분위기와 가족적인 명랑한 분위기가 공존하고 있었다. 군 감옥이 있기 때문에 전자의 특성이 풍겼지만, 이 감옥과 바로 철문 하나, 짧은 복도 하나를 사이에 두고 보안관 관저라는 쾌적한 아파트가 있기 때문에 둘째 특성도 띠게 된 것이었다.

1960년 1월, 보안관 관저에는 사실상 보안관 얼 로빈슨이 살고 있는 게 아니라, 군보안관 대리인 웬들 마이어와 그의 부인 조세핀('조시') 마이어가 살고 있었다. 결혼한 지 20년이 넘은 마이어 부부는 서로 아주 많이 닮아 있었다. 키가 큰데 몸무게도 넉넉했으며 손도 널찍하고 네모진 얼굴은 침착하고 친절해 보였다. 특히 마이어 부인의 얼굴이 정말로 그랬는데 부인은 직설적이고 현실적인 여성이었지만 평정심으로 한층 빛나는 신비로운 얼굴을 하고 있었다. 대리 보안관의 내조자로서 부인의 하루는 길었다. 아침 5시에 성경 한 장을 읽는 것으로 일과를 시작해서 밤 10시에 잠자리에 들기까지, 부인은 죄수들을 위해 요리하고 바느질을 했고, 옷을 기워주었으며 빨래도 해주었고, 남편을 성심껏 보살폈으며 불룩한 방석과 찌부러진 의자, 크림색 레이스 커튼이 뒤죽박죽이지만 편안하게 뒤섞인 방 다섯 개짜리 아파트를 잘 관리했다. 마이어 부부에게는 외동딸 하나가 있지만 결혼해서 캔자스시티에 살고 있었기 때문에 부부는 지금 단둘이 살고 있었다. 아니, 마이어 부인이 더 정확하게 한 말에 따르면 "어쩌다 여자 감방에 들어오게 되는 사람들을 제외하고는 단둘뿐"이었다.

감옥에는 감방이 여섯 개 있었다. 여섯째 감방은 여성 죄수용인데 실질적으로는 보안관 관저 안에 독립적으로 마련한 방이었다. 사실 이 감방은 마이어 가의 부엌에 붙어 있었다. 조시 마이어는 말했다. "하지만요, 그렇다고 별로 걱정은 되지 않아요. 난 사람들이 있는 걸 좋아하거든요. 내가 부엌에서 일할 때 나한테 말을 걸어주는 사람들이 있는 게. 이런 여자들 대부분은 불쌍하게 봐줄 만한 사람들이에요. 다 운이 나빠서 어쩌다 보니 들어오게 된 거지요. 물론 히콕과 스미스는 아주 다른 문제지만. 내가 아는 한, 여자 감방에 들어온 남자는 페리 스미스가 처음이었어요. 보안관이 그 사람하고 히콕을 재판이 열릴 때까지 떼어놓으려고 그렇게 한 거예요. 형사들이 두 사람을 여기 데리고 온 날 오후, 나는 애플파이 여섯 개랑 빵을 좀 구우면서 저기 아래 광장에서 무슨 일이 일어나는지 계속 보고 있었죠. 부엌 창문에서 광장이 내려다보이거든요. 거기보다 더 잘 보이는 데는 없을 거예요. 군중이 얼마나 모였는지 별로 잘 판단하지는 못하지만, 클러터 가족을 죽인 남자들을 보겠다고 수백 명은 모였을 것 같더군요. 나는 클러터 가족을 직접 만나본 적은 없어요. 하지만 사람들 하는 얘기를 들어보면 모두 그 사람들이 아주 괜찮은 사람들이었다고 그러대요. 그 사람들이 당한 일은 용서하기 힘든 일이죠. 사람들이 히콕과 스미스의 모습을 보면 어떻게 행동할지 몰라서 웬들이 걱정한다는 건 알았어요. 남편은 누군가가 그 사람들한테 다가가지 않을까 걱정했죠. 그래서 나도 차가 도착했을 때 리포터랑 신문기자들이 서로 막 밀치면서 달려가는 걸 보고 퍼뜩 놀랐어요. 하지만 그때는 6시가 지나서 이미 어두워졌고, 날씨가 너무 쌀쌀해서 구경꾼 중 반은 포기하고 집으로 간 시점이었죠. 남아 있던 사람들도 야유를 보내지는 않았어요. 쳐다보기만 했죠.

 후에, 경찰들이 청년들을 위층으로 데리고 왔을 때, 내가 처음 본 건 히콕이었어요. 그 애는 가벼운 여름 바지를 입고, 낡은 셔츠만 걸치고 있더라고요. 바깥 날씨를 생각하면 폐렴에 안 걸린 게 놀라울 지경이었어요. 몸이 안 좋아 보이긴 하더군요. 유령처럼 창백해가지고. 음, 끔찍한 경험일 거예요. 모르는 사람들이 떼로 몰려와서 쳐다보고, 그 사이를 걸어서 지나야 한다는 것 말이에요. 내가 누군지 알고 내가 무슨 짓을 저질렀는지도 다 아는 사람들인데 말예요. 그다음에 경찰들은 스미스를 데리고 왔어요. 나는 그 사람들 감방으로 가져다줄 저녁을 준비해놓았죠. 뜨거운 수프랑 커피, 샌드위치랑 파이요. 보통 우리는 하루에 두 끼만 줘요. 7시 반에 아침 식사 한 번이랑 4시 반에 저녁 식사 한 번. 하지만 배를 곯은 채로 잠자리에 들게 하고 싶진 않았어요. 그렇지 않아도 벌써 충분히 기분은 나쁠 거 아녜요. 하지만 내가 저녁 식사를 쟁반에 담아서 스미스에게 가져다주니 그 애는 배

고프지 않다고 하더군요. 스미스는 여자 감방의 창문 밖을 내다보고 있었어요. 내게 등을 돌리고 서서요. 그 창문에서는 내 부엌 창문에서 내다보는 것과 똑같은 광경이 보이죠. 나무와 광장과 지붕들. 나는 '수프만 좀 들어봐요. 야채수프야. 깡통에서 딴 것도 아니고. 내가 직접 만들었어요. 파이도'라고 말했어요. 1시간 후에 쟁반을 가지러 다시 가보니, 빵 부스러기 하나 손도 안 댔더군요. 그 애는 여전히 창문 옆에 서 있었어요. 마치 그동안 꼼짝도 안 한 것처럼. 눈이 내리고 있었죠. 그때 이게 그해의 첫눈이라고 내가 말했던 게 기억나요. 그리고 그때까지는 아름다운 가을이 오랫동안 이어졌다고 말한 것도요. 그런데 이제 눈이 오는구나 하고. 그러고 나서 나는 그 애한테 뭐 특별히 좋아하는 음식이 있는지 물었어요. 있으면 다음 날 한번 만들어보겠다고. 그 애는 몸을 돌리더니 나를 바라보았어요. 마치 내가 그 애를 놀리는 게 아닐까 의심하면서요. 그러더니 무슨 영화에 대해서 얘기하는 거예요. 그 애는 말을 참 조용하게 했죠. 마치 속삭이는 것처럼요. 내게 그 영화를 본 적이 있느냐고 물었어요. 지금 그 이름은 생각이 안 나는데, 암튼 내가 안 본 영화였어요. 난 영화를 별로 좋아하지 않거든요. 그 애가 말하길, 그 영화는 성경 시대를 배경으로 하고 있는데, 한 남자가 발코니에서 떨어져서, 남자와 여자들이 모여 있는 군중 사이로 내던져지는 장면이 있대요. 군중은 그를 갈기갈기 찢어버렸다는군요. 광장에 모여 있는 군중을 봤을 때 그게 생각이 났대요. 갈기갈기 찢겨 죽은 남자. 그리고 그 사람들이 자기한테 그렇게 할지도 모른다는 생각이 들었다고. 그래서 너무 무서워서 배가 아직도 아프다고요. 그래서 먹을 수가 없다는 거예요. 물론 그 애 생각은 틀렸죠. 그래서 나는 그랬어요. 아무도 해치지 않을 거라고. 네가 무슨 짓을 했든 간에, 여기 있는 사람들은 그러지 않는다고.

우리는 잠깐 이야기를 나누었어요. 처음에 그 애는 약간 수줍어했지만, 조금 지나자 '제가 정말 좋아하는 건 스페인식 쌀 요리예요.'라고 말하더군요. 그래서 내가 다음 날 조금 만들어주겠다고 약속했더니 살짝 미소를 지었어요. 그래서 나는 판단했죠. 아, 이 애는 내가 이제껏 만난 애들 중에서도 그렇게 악질은 아니라고. 그날 밤 잠자리에 든 후에 나는 남편에게 그런 얘기를 했어요. 하지만 웬들은 코웃음 치더군요. 웬들은 사건이 발견된 직후 처음으로 현장에 갔던 사람들 사이에 있었어요. 남편은 시체를 발견했을 때 자긴 클러터 집에서 나오고 싶었대요. 눈으로 직접 보고 스미스 씨가 얼마나 '상냥한' 사람인지나 말하라고. 그 애하고 그 친구 히콕하고. 남편은 그 사람들은 내 심장을 찢어놓고도 눈 하나 깜짝 안 할 사람들이라고 했어요. 그 말을 부인할 수는 없죠. 네 사람이나 죽였으니까. 그래서 나는 잠 못 든 채로 누워서 생각했어요. 둘 중 한 사람이라도 그 일 때문에 심란해하고 있을까. 그 네 사람의 무덤을 생각이라도 할까."

―

한 달이 흘러갔다. 그리고 또 한 달이. 거의 매일 눈이 하루 중 한 번은 내렸다. 눈은 밀 그루터기가 남은 시골의 들을 하얗게 덮고 읍내의 거리에 쌓여, 모든 소리를 잠재웠다.

눈이 소복이 쌓인 느릅나무 가지 꼭대기가 여자 감방의 창문을 쓱 쓸고 지나갔다. 나무 위에는 다람쥐들이 살고 있었다. 아침 식사 후 먹다 남은 찌꺼기로 몇 주 동안 유혹한 끝에, 페리는 다람쥐 한 놈을 꾀어내어 나뭇가지에서 창문턱까지 뛰어서 창살 안으로 들어오게 만들었다. 털이 다갈색인 다람쥐 수컷이었다. 페리는 그 다람쥐에 레드라는 이름을 붙였고, 레드는 곧 자리를 잡고 친구와 수감 생활을 함께하는 것을 만족스럽게 여기는 듯했다. 페리는 레드에게 몇 가지 묘기를 가르쳤다. 종이 공을 가지고 놀기, 빌기, 페리의 어깨 위에 올라오기. 이 묘기 덕에 시간을 좀 때울 수 있었지만 그래도 아직 쓸 시간은 많이 있었다. 페리는 신문 읽기도 허락받지 못했고, 마이어 부인이 빌려준 잡지를 읽는 것은 이제 진력이 난 상태였다. 주로 《굿 하우스키핑》이나 《맥콜》의 과월 호였다. 그렇지만 페리는 할 일을 찾아냈다. 사포로 손톱을 잘 간 뒤, 분홍색 비단 천으로 반들반들하게 광내기. 로션을 발라서 좋은 냄새가 나는 머리를 빗고 또 빗기. 하루에 이를 서너 번 닦기. 자주 면도하고 샤워하기. 페리는 변기, 샤워기, 침대, 의자, 탁자가 딸린 감방을 자기 집 방처럼 깔끔하게 청소했다. 마이어 부인이 칭찬을 해주면 자랑스러웠다. "어머나, 이것 좀 봐!" 부인은 페리의 침대를 가리키며 말했다. "저 이불 좀 봐! 저기다 동전 떨어뜨리면 도로 튀어 오르겠다." 그렇지만 페리는 깨어 있는 시간 대부분을 탁자에서 보냈다. 거기서 식사를 했고, 바로 그 탁자에 앉아서 레드의 초상화를 스케치하거나 꽃을 그리거나 예수의 얼굴을 그리거나 상상으로 여인의 얼굴과 윗몸을 그리기도 했다. 그리고 줄 쳐진 종이에다가 일기처럼 매일 일어난 일을 적는 것도 바로 탁자에 앉아서 했다.

"1월 7일 목요일. 듀이가 왔다 갔다. 담배 한 보루를 가져다주었다. 내 서명을 받으려고 타자로 친 진술서도 가지고 왔다. 나는 서명하지 않겠다고 했다."

 이 '진술서'는 78페이지에 이르는 문서로 페리의 말을 피니 군법정 속기사가 받아 쓴 것이었다. 내용은 이미 페리가 앨빈 듀이와 클레런스 던츠 앞에서 인정한 범죄 사실을 반복한 것뿐이었다. 듀이는 이날 페리 스미스와 만난 일을 얘기하면서, 페리가 진술서에 서명하는 것을 거절해서 매우 놀랐던 것이 기억난다고 했다. "문서는 중요하지 않았지요. 언제든지 나는 스미스가 던츠와 나한테 한 구두 자백을 법정에서 증언할 수 있으니까요. 게다가 히콕은 라스베이거스에 있을 때 이미 자백서에 서명을 했어요. 스미스가 네 명을 다 죽였다고 되어 있는 자백서 말입니다. 그렇지만 나는 궁금해졌어요. 나는 페리에게 왜 마음을 바꿨느냐고 물었어요. 그랬더니 이러더군요. '내 진술서에 있는 내용은 두 가지만 빼고는 다 정확해요. 두 가지만 수정해주면 서명하겠습니다.' 하긴, 나도 그 친구가 말하는 두 가지라는 게 뭔지 알 수 있었어요. 페리의 이야기와 히콕의 이야기에서 크게 다른 점은 페리가 혼자서 죽였다고 하는 것이었거든요. 그때까지 페리는 히콕이 낸시와 어머니를 죽였다고 주장하고 있었지요.

 내 생각이 맞더라고요! 바로 그렇게 하고 싶은 거였어요. 히콕이 진실을 말했으며 바로 자기, 페리 스미스가 온 가족을 다 쏴 죽였다는 것을 인정하는 것. 페리는 자기가 거짓말을 했다고 했어요. 그 사람 말을 빌리자면 '딕을 겁쟁이로 몰아붙이고 싶었기 때문'이라는 거지. '배짱은 모두 던져버린 겁쟁이'로. 그리고 다시 기록을 바로잡아야겠다고 결심한 이유는 갑자기 히콕에게 더 친절하게 해줘야겠다고 생각해서는 아니라고 하더군요. 페리의 말에 따르면 딕의 부모님을 배려해서랍니다. 다만 딕의 어머니에게 미안해져서라고. '그분은 정말 다정한 분이에요. 딕이 방아쇠를 당기지 않았다는 걸 알면 그 어머니는 좀 위안이 되시겠죠. 그 일은 개 아니면 일어나지도 않았을 거고, 어떤 면으로는 대부분 개 잘못이지만, 어쨌거나 내가 그 사람들을 죽인 건 사실이니까요'라고 했어요. 하지만 나는 그 말을 믿어야 할지 잘 몰랐지요. 진술서를 바꾸게 해줘야겠다 정도가 아니고. 내 말은, 이 사건을 증명할 때 스미스에게서 받은 자백에 의존할 필요는 하나도 없다는 거요. 그 자백이 있건 없건, 그 친구들을 열 번이라도 교수형 시키고도 남을 증거를 확보해놓고 있었으니까."

듀이가 그렇게 자신감을 갖게 된 이유 중 하나는 살인자들이 클러터 집에서 훔쳤다가 나중에 멕시코시티에서 처리해버린 라디오와 쌍안경을 도로 찾아냈기 때문이었다. (그것 때문에 거기까지 비행기를 타고 간 캔자스 주 수사국의 해럴드 나이 요원이 물건의 행방을 추적해 전당포에서 찾아냈다.) 더욱이 스미스는 진술을 받아쓰게 하는 동안 다른 강력한 증거의 행방에 대해서도 밝혔다. "고속도로로 가서 남쪽으로 차를 타고 갔어요." 그는 자기와 히콕이 살인 현장에서 도망친 후의 행적을 묘사하며 이렇게 말했다. "미친 듯이 달렸죠. 딕이 운전했어요. 둘 다 아주 심하게 마음이 들떠 있었다고 생각했어요. 나는 그랬죠. 아주 심하게. 동시에 아주 안심이 되었어요. 웃음을 멈출 수 없었어요. 우리 둘 다 그랬죠. 하지만 총에서는 피가 방울방울 떨어지고 있었고, 내 옷에도 피가 묻어 있었어요. 심지어 머리카락에도 피가 튀어 있었죠. 그래서 우리는 국도에서 떨어져 나와 대충 13킬로미터 정도 달려 초원으로 나갔어요. 코요테 울음소리가 들리는 곳이었죠. 우리는 담배를 한 대씩 피웠고 딕은 거기서 일어난 일에 대해서 계속 농담을 해댔어요. 나는 차에서 나와 물탱크에서 물을 좀 받아 총신의 피를 씻어냈어요. 그러고는 딕의 사냥칼, 그러니까 내가 클러터 씨를 죽일 때 쓴 거요, 그걸로 땅에 구멍을 파서 거기에 빈 총탄이랑 쓰고 남은 나일론 노끈, 접착테이프를 묻었어요. 그 후 다시 차를 타고 US 83 도로까지 돌아와서는 캔자스시티와 올레이시를 향해 동쪽으로 달렸죠. 새벽녘 즈음, 딕은 야영장 한 군데에 들렀어요. 사람들이 휴게소라고 부르는데요. 야외에 모닥불 피울 수 있는 곳이 있고. 우린 거기서 불을 피우고, 물건들을 태워버렸어요. 꼈던 장갑하고 내 셔츠요. 딕은 거기다 소 한 마리 구워 먹으면 좋겠다고 했어요. 자기는 너무 배가 고프다고. 올레이시에 도착했을 때는 거의 정오였어요. 딕은 나를 묵고 있던 호텔에 내려주고 자기 가족과 저녁을 먹으러 집에 돌아갔어요. 네. 칼도 함께 가져갔죠. 총도요."

캔자스 주 수사국 요원들은 히콕의 집으로 가서 낚싯대 상자 안에서 칼을 찾아내고, 여전히 아무렇게나 부엌 벽에 기대 놓여 있는 엽총을 찾아냈다. (히콕의 아버지는 "우리 아들"이 그런 "끔찍한 범죄"에 가담했다는 사실을 믿지 않으려 하며, 그 총은 11월 첫째 주 이후로는 집 밖에 들고 나간 적이 없으니 흉기일 수가 없다고 주장했다.) 빈 총탄과 노끈, 테이프는 군 고속도로 관리인인 버질 피에츠의 도움을 받아 수거했다. 그는 땅 고르는 기계를 가지고 페리 스미스가 찍어준 지역에서 파묻은 물건들이 드러날 때까지 땅을 야금야금 깎아냈다. 그리하여 이제 헐렁했던 연결고리는 딱 들어맞았으며, 캔자스 주 수사국 요원들은 공박할 수 없는 증거물들을 다 모은 셈이 되었다. 찾아낸 총탄이 히콕의 엽총에서 발사된 것이며, 남은 노끈과 테이프가 희생자들을 결박하고 재갈을 물리기 위해 쓰인 물품의 일부라는 것도 검사 결과 확인되었던 것이다.

"1월 11일 월요일. 변호사를 선임하다. 플레밍 씨라는 분이다. 나이가 많고 빨간 넥타이를 매고 다닌다."

피고들에게 법적인 대리인을 고용할 자금이 없다는 사실을 알고, 롤런드 H. 테이트 판사의 권한으로 법정이 그들의 대표로 두 명의 지역 변호사인 아서 플레밍 씨와 해리슨 스미스 씨를 선임했다. 플레밍은 일흔한 살로 가든시티의 전직 시장이었으며, 키는 작았으나 약간 눈에 띄는 넥타이 때문에 별로 인상적이지 않은 외모가 활기 있어 보였다. 플레밍 씨는 이 임명을 거절하고 싶어 했다. "저는 이 일을 별로 맡고 싶지 않습니다." 그는 판사에게 말했다. "하지만 법정이 저를 선임하는 게 적합한 조치라고 생각한다면, 어쩔 수 없죠." 히콕의 변호사, 해리슨 스미스는 마흔다섯 살로 182센티미터에 골프를 잘 쳤으며, 엘크스 자선위원회의 간부인 사람이었는데, 체념한 듯한 우아한 태도로 이 일을 받아들였다. "누군가 해야 하는 일이겠죠. 그렇다면 최선을 다하겠습니다. 이 일 때문에 이 근방에서 내 인기는 떨어지겠지만요."

"1월 15일 금요일. 마이어 부인이 부엌에서 라디오를 틀어놓아 군 검사가 사형을 구형하려고 한다는 뉴스를 들었다. '유전무죄 무전유죄.'"

군 검사 두에인 웨스트는 실제로는 스물여덟 살이었지만 보통 마흔으로 보이고 때로 쉰 살로 보이기도 하는 야심차고 뚱뚱한 젊은이였다. 웨스트는 기자 회견에서 기자에게 이렇게 말했다. "이 사건이 배심원들에게 넘어가고, 피고들이 유죄인 것이 밝혀지면 배심원들에게 사형을 구형해달라고 요청할 생각입니다. 만약 피고들이 배심원 재판을 받지 않고 판사 앞에서 유죄를 인정하면, 역시 판사에게도 사형을 구형해달라고 요청할 작정입니다. 이건 제가 결단을 내려야만 하는 문제였고, 이 결단도 가볍게 내린 것이 아닙니다. 나는 이 범죄가 폭력적이었고 피고들이 희생자들에게 극도로 무자비했다는 사실로 미루어볼 때, 국민이 절대적으로 보호받을 수 있는 유일한 방법은 피고들에게 사형 선고를 내리는 방법밖에 없다고 생각합니다. 캔자스에서는 종신형을 받으면 반드시 가석방을 신청할 수 있기 때문에, 이 조치는 특히 적절하다고 할 수 있습니다. 종신형에 처해진 사람들은 실제로는 평균 15년 미만만 복역하고 있기 때문입니다."

"1월 20일 수요일. 워커 사건에 대해서 거짓말 탐지기 조사를 받으라는 요청을 받았다."

클러터 사건 정도로 큰 범죄에는 각 지역의 경찰들이 관심을 보이기 마련이다. 유사 미제 사건을 떠맡고 있는 수사관들은 특히 큰 관심을 보였다. 하나의 수수께끼를 풀면 다른 수수께끼를 해결할 길도 보일 가능성은 언제나 있기 때문이다. 가든시티에서 일어난 사건에 호기심을 보이는 많은 경찰들 중에는 플로리다 사라소타 군의 보안관도 끼어 있었다. 그의 관할 구역은 오스프레이라고 하는, 탬파에서 멀지 않은 낚시터까지 포함하고 있었는데, 클러터 사건이 일어난 후 한 달 좀 지났을 무렵, 그 지역 내에 있는 외딴 소목장에서 네 명을 죽인 살인 사건이 일어났던 것이다. 스미스가 크리스마스 날 마이애미 지역 신문에서 읽은 바로 그 사건이었다. 이번 희생자도 역시 4인 가족이었다. 젊은 클리퍼드 워커 부부와 두 아이인 아들과 딸 모두 머리에 총을 맞아 죽었다. 클러터 살인자들이 12월 19일, 사건이 일어났던 바로 그날 밤 탈라하시 호텔에 묵었기 때문에, 어쨌거나 다른 단서도 없는 오스프레이 보안관이 두 청년을 심문하고 거짓말 테스트를 해보고 싶어 안달이 난 것도 이해가 가는 일이었다. 히콕은 테스트를 받겠다고 했고, 스미스도 동의했다. 스미스는 캔자스 경찰들에게 이렇게 말했다. "나는 그때 이런 얘기를 했죠. 딕에게 그랬어요. 누가 이 짓을 했든 간에, 캔자스에서 일어난 일을 신문에서 읽은 게 틀림없다고, 정신병자라고." 하지만 테스트 결과는 오스프레이의 보안관뿐 아니라, 특별한 우연을 별로 믿지 않았던 앨빈 듀이에게도 실망스러웠다. 클리퍼드 사건은 이 사건과는 완전히 관련이 없다고 확정한 것이었다. 워커 가족 살인 사건은 여전히 미해결로 남아 있다.

"1월 31일 일요일. 딕의 아버지가 딕을 면회하러 오셨다. 내 방 앞〔감방 문〕을 지나쳐 가시는 게 보여서 인사를 드렸는데도 그냥 지나가셨다. 내 말을 못 들었을지도 모른다. M〔마이어〕 부인이 그러는데 H〔히콕〕의 어머니는 너무 슬퍼서 오지 못했다고 한다. 눈이 참 거지같이 온다. 어젯밤 나는 알래스카에서 아빠와 함께 지내던 때의 꿈을 꾸었다. 깨어보니 차가운 오줌에 흠뻑 젖어 있었다."

히콕 씨는 3시간 동안 아들과 있다 갔다. 그 후, 히콕 씨는 눈 속을 걸어 가든시티 정류장까지 갔다. 오랜 노동에 지친 노인은 암에 걸려 등이 굽고 야위어 있었다. 그는 결국 몇 달도 가지 못해 죽게 된다. 정류장에 도착했을 때 집으로 가는 기차를 기다리며, 히콕 씨는 기자와 이야기를 나누었다. "딕을 만났지요, 으흠. 얘기를 오래 했지. 내 기자 양반에게 확실히 보증하는데 우리 애는 사람들이 말하는 것 같은 애가 아니에요. 신문에 나온 것 같은 그런 애가 아니란 말이지. 그 애들은 폭행을 하겠다고 미리 계획하고 그 집에 간 게 아니라오. 적어도 우리 애는 아니었어. 우리 애가 성격이 좀 나쁜 면이 있을지도 모르지만, 그만큼 악하지는 않거든. 스미스가 바로 원흉이야. 딕이 나한테 한 말로는 자기는 스미스가 그 남자〔클러터 씨〕를 공격해서 목을 그어버린 것도 몰랐대. 딕은 같은 방에 있지도 않았대요. 싸우는 소리를 듣고서야 뛰어왔다는 거야. 딕은 엽총을 들고 있었는데, 그 애가 설명하기로는 '스미스가 내 엽총을 빼앗아서 그 남자의 머리를 날려버렸어요'라는데. 그리고 또 이래요. '아빠, 나는 총을 도로 빼앗아서 스미스를 쏴 죽였어야 했어요. 그렇게 했으면 지금보다 훨씬 나았을 텐데.' 나도 그랬을 거라고 생각한다오. 그런 게 어떤 일인지, 사람들이 느끼는 대로, 그 애는 승산이 없어요. 걔네 둘 다 교수형 당하겠지, 그리고." 히콕 씨의 눈에서는 피로와 패배감이 번득였다. "자기 아들이 교수형 당하는 일, 그럴 운명을 아는 일보다 더 끔찍한 일은 없다오."

페리 스미스의 아버지나 누나 둘 다 편지를 보내거나 만나러 오지 않았다. 텍스 존 스미스는 알래스카 어딘가에서 금광을 찾아다니고 있을 것으로 추정되었다. 형사들은 갖은 노력을 다 기울였지만, 페리의 아버지를 찾아낼 수는 없었다. 누나는 수사관들에게 자기는 동생이 두려우니 자기 현주소를 동생에게 알려주지 말라고 부탁했다. (이 이야기를 들었을 때, 페리는 살짝 미소 지으며 말했다. "그날 밤 그 집에 누나가 있었어야 했는데. 그럼 참 볼 만한 광경이었겠지!")

다람쥐 말고는, 마이어 부부와 변호사인 플레밍 씨가 가끔씩 의논을 하러 찾아오는 것 말고는 페리는 주로 홀로 있었다. 페리는 딕이 그리웠다. 딕 생각이 많이 난다, 어느 날 임시 일기장에 페리는 이렇게 썼다. 체포당한 후로 두 사람에게는 이야기를 나누는 것이 허용되지 않았고, 그래서 자유를 제외하고 페리가 가장 갈망하는 것은 딕과 이야기를 나누는 것, 다시 한 번 함께 지내는 것이었다. 딕은 페리가 한때 생각한 것처럼 "강한 놈"도 아니었고, "현실적"이거나 "남자답다"거나, "진짜 철면피"도 못 되었다. 딕은 결국 자기는 "아주 약하고 수가 얕으며", "겁쟁이"에 지나지 않는다는 사실을 보여줬을 뿐이었다. 하지만 세상의 누구보다도 그 순간 페리가 함께 있고 싶은 사람은 딕이었다. 적어도 두 사람은 같은 종족이고, 카인의 피를 이어받은 형제였으며, 딕과 떨어져서 페리는 "세상에 자기 혼자뿐인 것"처럼 느꼈기 때문이었다. "마치 온몸에 부스럼이 난 사람처럼. 세상에서 제일가는 미치광이나 가까이 할 만한 사람인 것처럼."

그렇지만 그 후 2월 중순의 어느 아침 페리는 편지 한 장을 받았다. 매사추세츠 주 레딩의 소인이 찍혀 있는 편지에는 이렇게 쓰여 있었다.

페리에게,

    네가 현재 처해 있는 곤란한 상황에 대한 얘기를 듣고 마음이 안 되어서 내가 너를 기억하고 있으며 어떤 식으로든 내가 도와줄 수 있으면 도와주고 싶다는 것을 알리려고 이렇게 편지를 쓴다. 네가 내 이름, 돈 컬리번을 기억하지 못할 경우를 대비해서 우리가 만났을 때 찍은 사진을 동봉한다. 최근 기사에서 너에 대해 읽었을 때 나는 깜짝 놀라서 우리가 알고 지냈던 때를 도로 생각해보게 되었다. 우리는 아주 가까운 친구는 아니었지만, 나는 군대에서 만난 다른 누구보다 너를 더 똑똑하게 잘 기억하고 있다. 그건 아마도 1951년 가을, 네가 처음 워싱턴, 포트루이스의 761기술조명설비 중대에 배속되었을 때일 거야. 너는 키가 작았고(나도 별로 더 크진 않았다), 몸이 단단했고, 까무잡잡한 피부에 숱이 많은 검은 머리에 항상 얼굴에는 웃음을 띠고 다녔지. 네가 알래스카에서 살았기 때문에 많은 친구들이 너를 '에스키모'라고 부르고는 했지. 너에 대한 나의 첫 기억은 중대 내무 검사 때, 검사를 받기 위해 모든 관물함을 열어놓았을 때다. 내가 기억하기로는 그때 관물함이 다 잘 정리가 되어 있었는데, 네 것도 정리가 잘되어 있긴 했지만 관물함 문 안쪽에 여자 사진들이 붙어 있었다. 우리 모두는 다 네가 혼이 날 거라고 생각했지. 그런데 검사하던 장교는 쉽게 넘어가더라. 그리고 검사가 다 끝나고 그냥 넘어가자 우리는 모두 네가 담이 센 녀석이라고 생각했던 것 같다. 네가 당구도 잘 쳤던 것도 기억나고, 네가 중대 휴게실 당구대에 있는 모습도 똑똑히 떠오른다. 너는 우리 부대에서 제일가는 트럭 운전사였지. 우리가 작전 훈련 나갔던 때 기억나니? 겨울에 했던 훈련인데, 작전 기간 동안 각각 트럭 한 대씩 배정받았던 기억이 있다. 우리 부대에서는 육군 트럭에 히터가 없어서 그 안에 들어가면 꽤나 추웠지. 나는 네가 엔진에서 나는 열이 운전석까지 올라오게 바닥에다가 구멍을 냈던 것도 기억해. 내가 이 일을 이다지도 잘 기억하고 있는 이유는 나는 부대 기물의 '훼손'은 심한 처벌을 받는 범죄라고 생각했기 때문이지. 물론 나는 그때 새파란 신병이었고 규칙을 조금이라도 어길까 봐 두려워하고 있었는데, 내가 전전긍긍하며 떨고 있는 동안(추워서이기도 했지만), 너는 싱긋 웃어넘겨버렸지(그리고 따뜻하게 겨울을 났고).

4부 구석 **397**

네가 오토바이를 샀던 일도 떠오른다. 그리고 네게 그 때문에 문제가 있었던 것도 희미하게 생각이 나고. 경찰한테 쫓기다가 충돌 사고가 났던가? 무슨 사고였든 간에, 너한테도 난폭한 기질이 있다는 걸 나는 그때 처음으로 깨달았다. 내가 기억하고 있는 사실 중 몇 개는 틀렸을지도 모르겠다. 벌써 8년도 넘은 일이고, 내가 너를 알았던 건 단지 8개월 정도뿐이니 말이다. 하지만 내 기억으로는 우리는 아주 사이좋게 지냈고 나는 너를 좋아했다. 너는 항상 명랑해 보였고, 으스댔지. 그리고 군 생활도 잘했고. 별로 불평도 안 했어. 물론 너는 아주 거칠어 보이기는 했지만, 나는 별로 크게 그런 점을 보지는 못했어. 하지만 지금 이제 너는 아주 곤란한 처지에 처해 있구나. 나는 네가 지금 어떤 모습일지 생각해본다. 네가 무슨 생각을 하고 있을지. 네 얘기를 처음 신문에서 읽고는 정말 말문이 막힐 정도로 깜짝 놀랐어. 정말 그랬다. 하지만 그다음에 나는 신문을 내려놓고 다른 일에 정신을 쏟았지. 하지만 네 생각을 떨칠 수 없었어. 나는 아주 독실한 가톨릭 신자고, 그러려고 노력하고 있다. 항상 그랬던 건 아니었지. 이전에는 세상에 중요한 것은 단 하나뿐이라는 생각은 별로 없이 그냥 돌아다녔다. 죽음이나 사후의 삶에의 가능성에 대해서는 전혀 생각해보지 않았어. 내 인생은 활력이 넘쳤거든. 자동차, 대학, 데이트. 하지만 내 남동생은 열일곱밖에 되지 않았는데 백혈병으로 죽었다. 그 애는 자기가 죽어가는 걸 알고 있었고, 후에 나는 그 애가 무슨 생각을 했을지 궁금해지더라. 그리고 이제 너를 생각하니, 네가 어떻게 생각하는지 궁금하다. 나는 동생이 죽기 전 마지막 몇 주 동안에 동생에게 무슨 말을 해야 할지 몰랐어. 하지만 이제는 무슨 말을 해야 할지 알고 있다. 그래서 나는 이렇게 편지를 쓰는 거야. 왜냐하면 주님은 나를 만드신 것처럼 너도 창조하셨고, 나를 사랑하시는 것처럼 너를 사랑하고 계시며, 우리가 잘 알지 못하는 주님의 뜻으로 네게 일어난 일이 내게도 일어날 수 있었으니까.

너의 친구, 돈 컬리번

이름을 보고는 아무것도 생각나지 않았지만, 페리는 짧은 머리에 둥글고 아주 진솔해 보이는 눈을 한 젊은 병사의 사진을 보고서 얼굴을 즉시 알아보았다. 페리는 이 편지를 여러 번 읽었다. 비록 페리는 종교적 언사에는 별로 설득당하지 않았지만("나는 믿어보려고 했어요, 그런데 안 되더군요. 할 수가 없어요. 믿는 척해봤자 소용도 없고"), 그 편지를 읽고 전율을 느꼈다. 여기 누군가가 도움을 주겠다고 하는 것이다. 한때 페리를 알고 좋아했다는, 정상적이고 존경받는 사람, 페리를 친구라고 지칭한 사람이. 고마운 마음에 페리는 아주 서둘러 답장을 쓰기 시작했. "돈에게, 물론 돈 컬리번, 기억하고 있지……."

―

히콕의 감방에는 창문이 없었다. 히콕의 방은 넓은 복도와 다른 감방 문을 향하고 있었다. 그렇지만 그는 고립되지 않았고, 얘기할 수 있는 사람들이 있었다. 술주정뱅이, 위조범, 폭력 남편, 멕시코인 노숙자 등 수많은 사람들이 들고 나갔다. 히콕은 그 특유의 가벼운 "전과자용" 수다거리, 여성 편력, 외설적인 농담들을 늘어놓아 수감자 사이에서 인기가 높았다. (어쨌거나 그를 좋아하지 않았던 사람도 하나 있기는 했다. 이 늙은이는 히콕에게

"살인자! 살인자!"라며 식식댔고, 한번은 청소하고 남은 더러운 구정물을 뿌린 적도 있었다.)

겉으로 보기에 히콕은 평범하고 남다를 바 없고, 별로 문제없는 젊은이 같았다. 남이랑 어울리지 않거나 잠을 자지 않을 때, 히콕은 침대에 누워서 담배를 피우거나 껌을 씹었고 스포츠 잡지나 문고판 추리소설을 읽었다. 종종 그는 그냥 할 일 없이 침대에 누워 자기 애창곡을 휘파람으로 불거나(〈당신은 아름다운 아기였을 거야〉, 〈버펄로로 빨리 떠나자〉 같은 노래들), 전등갓도 없이 낮이고 밤이고 감방 천장에서 타오르는 전구를 뚫어져라 바라보았다. 그는 전구가 보내는 단조로운 감시의 눈길이 싫었다. 전구는 잠을 방해했으며, 더 대놓고 말하면 그의 개인적인 프로젝트, 탈옥의 성공 여부를 위태롭게 했다. 죄수로서 히콕은 겉으로 보이는 것만큼 무관심하거나 체념하지 않았다. 그는 "커다란 그네를 타러 가는 것"만은 어떻게든 피하기 위해 모든 조치를 다 취할 생각이었다. 어떤 재판을 하든, 캔자스 주 내에서 열리는 재판이면 확실하게 교수형으로 이어질 거라고 히콕은 확신했다. 그는 "감옥에서 튈" 계획이었다. "차를 하나 집어타고 쌩하니 사라질" 작정이었다. 그렇지만 먼저 무기가 필요했다. 그래서 일주일 넘는 기간 동안 그는 무기를 하나 만들었다. '줄칼', 얼음송곳같이 생긴 도구인데 부보안관 마이어의 어깻죽지에 찔러 넣어 치명상을 입히기에 적합해 보였다. 무기의 재료는 나무 조각과 강한 철사였다. 원래는 그가 몰래 빼내서 분해한 뒤 매트리스 밑에다 숨겨놓은 변기 솔의 부품이었다. 밤늦게, 들리는 소리라고는 코고는 소리나 기침 소리, 어두워진 읍내를 덜컹덜컹 지나가는 산타페 기차가 구슬프게 울리는 기적 소리밖에 없는 시간이 되면, 그는 철사를 감방 콘크리트 바닥에 갈았다. 그러면서 계획을 짰다.

언젠가 히콕이 고등학교를 졸업한 직후의 겨울, 그는 히치하이크를 해서 캔자스와 콜로라도를 횡단한 적이 있었다. "내가 직업을 구하러 다닐 때였어요. 나는 트럭을 얻어 타고 가고 있었는데, 운전자와 나는 사소한 말싸움을 하게 됐어요. 별 이유도 없었죠. 하지만 그 운전사는 나를 두들겨 팼어요. 그러고는 내쫓았어요. 나를 거기다 그냥 남겨두고. 그 로키 산꼭대기 위에다가. 진눈깨비 같은 게 내리고 있었고, 나는 몇 킬로미터나 걸었어요. 코에서는 피가 줄줄 흘렀죠. 그때 숲 비탈길 위에 오두막 몇 채가 모여 있는 게 나오는 거예요. 여름용 산장이라 연중 그때에는 모두 문이 잠겨 있고 비어 있더라고요. 그래서 그중 하나에 들어갔죠. 장작이랑 통조림, 심지어 위스키까지 있더라고요. 나는 일주일 넘게 거기 죽치고 있었어요. 내 인생에서 제일 좋은 때였는데. 코도 욱신거리고, 눈도 파랗고 노랗게 멍이 들었지만 말이에요. 그리고 눈이 그치니까 해가 나오더군요. 그런 하늘은 정말 못 보셨을 거예요. 멕시코처럼요. 멕시코에 추운 날씨가 있다면 꼭 그럴 겁니다. 나는 다른 오두막도 뒤져서 스모크 햄하고 라디오 하나, 라이플 하나를 찾아냈어요. 정말 근사했죠. 하루 종일 총을 가지고 나가 돌아다니는 거요. 햇빛을 얼굴에 맞으며. 아, 진짜 기분 좋았는데. 타잔 같은 기분이었어요. 그리고 매일 밤마다 콩하고 햄 구운 걸 먹고 나서는 불 옆에서 이불을 둘둘 말고 라디오에서 나오는 음악을 들으면서 잤어요. 아무도 근처에 오지 않았죠. 봄까지도 거기 계속 있을 수 있었을 거예요." 탈옥에 성공하면 그곳이 바로 히콕이 잡은 진로였다. 콜로라도 산맥으로 가서, 봄까지 숨을 수 있는 오두막을 하나 찾는 것. (물론 혼자서다. 페리의 미래 같은 것에는 관심도 없었다.) 평온한 전원생활에 대한 전망이 더해지자, 딕은 몰래 훔친 전선을 갈아 나긋나긋한 단검처럼 날카롭게 만드는 작업에 더욱 박차를 가했다.

—

"3월 10일 목요일. 보안관이 대대적인 감방 수색을 했다. 감방을 죄다 뒤지다가 D의 매트리스 밑에 쑤셔 넣은 칼을 발견했다. 걔가 무슨 생각을 하는지 궁금하다.(웃음)"

페리가 진정으로 그 일을 웃어넘길 일이라고 여긴 것은 아니었다. 딕이 위험한 흉기를 제대로 휘두를 줄 알고 있다면 그 자신이 세우는 계획에서 중요한 역할을 할 수도 있었을 테니까. 몇 주가 흘러가자 페리는 법정 광장의 일상과 거기 자주 찾아오는 단골손님들, 그들의 습관에 익숙해졌다. 예를 들면 고양이들이 그렇다. 비쩍 마른 회색 고양이 두 마리는 매일 해거름에 나타나서 광장을 거닐며 그 근방에 주차되어 있는 차들을 살펴보고 다녔다. 고양이들이 왜 그러는지 페리가 궁금해하자, 마이어 부인이 자동차 엔진 그릴에 끼어 있는 죽은 새를 찾아다니는 거라고 알려주었다. 그 후로 페리는 고양이들의 계산적인 행동을 보는 것이 괴로워졌다. "왜냐하면 내 인생의 대부분을, 나도 그 고양이들과 마찬가지로 살았기 때문이에요. 나와 같은 존재들이죠."

페리가 특히 주의를 기울여 보게 된 남자가 하나 있었다. 건장하고 허리가 꼿꼿한 신사로 머리카락이 회색과 은색 섞인 모자 같았다. 얼굴은 불룩하게 살이 쪘지만, 턱이 굳건했고, 뭔가 온화한 표정 속에도 만만하지 않은 면이 있었으며, 입은 아래로 휘었고, 깔아 올린 눈은 우울한 공상에 빠진 듯했다. 가차 없이 엄격한 성격을 그대로 옮겨놓은 것 같았다. 하지만 이것은 적어도 부분적으로는 부정확한 인상이었다. 가끔 페리는 남자가 멈춰 서서 다른 사람들과 이야기하고 농담하고 웃는 모습을 본 적도 있었다. 그런 때 그 사람은 태연하고 명랑하고 관대해 보였다. "인간적인 면을 볼 수 있는 그런 사람"처럼 보였던 것이다. 이것은 중요한 특징이었는데, 이 남자가 바로 32재판 구역의 판사 롤런드 H. 테이트였기 때문이다. 테이트는 또한 스미스와 히콕 재판을 담당하는 판사이기도 했다. 페리가 곧 알게 된 것처럼 테이트는 서부 캔자스에서는 오랫동안 명망 높은 이름이었다. 판사는 부유했고, 말을 길렀으며, 부동산을 많이 소유하고 있었고, 아내는 아주 미인이라는 소문이 자자했다. 그는 슬하에 두 아들을 두었지만 작은 아이는 죽었다. 이 비극적 사건은 부모에게 큰 영향을 끼쳐, 그 부부는 법정에 유기된 집 없는 남자아이를 입양하여 키우게 되었다. "나는 그분, 마음이 따뜻한 분 같더라고요." 페리는 마이어 부인에게 이렇게 말한 적이 있었다. "아마 우리에게 잘해줄지도 몰라요."

그렇지만 페리가 진정으로 그렇게 믿고 있는 건 아니었다. 페리가 믿고 있는 건 돈 컬리번에게 써서 보낸 내용이었다. 컬리번과 페리는 이제 정기적으로 편지를 주고받고 있었다. 그의 죄는 "용서받을 수 없는" 것이며, 그는 "그 열세 계단을 올라가리라" 각오하고 있었다. 하지만 그렇다고 완전히 희망을 버린 것도 아니었는데, 페리도 탈옥을 계획하고 있었기 때문이었다. 탈옥의 성공 여부는 페리를 자주 쳐다보는 두 젊은이에게 달려 있었다. 한 명은 빨간 머리고 다른 한 명은 검은 머리였다. 때때로 두 사람은 감방 창문까지 닿는 나무 아래 광장에 서서 페리를 보고 미소 지으며 신호를 보냈다. 아니, 그렇다고 페리는 상상했다. 아무 말도 오가지는 않았고, 언제나 1분 정도 지나면 그들은 유유히 사라졌다. 그러나 감옥에 갇힌 페리는 이 젊은이들이, 어쩌면 모험을 하고 싶은 갈망에 자극받아 자기가 탈옥하도록 도와주려고 한다고 확신했다. 그래서 페리는 광장의 지도를 그려 '탈주 차량'을 가장 손쉽게 대놓을 수 있는 자리를 표시해두었다. 그 지도 아래에 페리는 이렇게 썼다. "13센티미터짜리 전기톱이 필요합니다. 다른 건 필요 없어요. 그렇지만 만약 잡히면 어떻게 될지 알고 있어요? (알고 있다면 고개를 끄덕이세요.) 감옥에 오래 갇히게 될지도 모릅니다. 아니면 죽을 수도 있어요. 잘 모르는 사람을 위해서 이 모든 걸 감수해야 합니다. '잘 생각해보세요!' 진지하게! 그것 말고도 내가 어떻게 당신들을 신뢰할 수 있죠? 나를 여기서 꺼내서 총으로 쏴 죽이려는 속임수가 아니라는 것을 내가 어떻게 알죠? 딕은 어떻게 합니까? 그 친구도 포함시켜서 준비를 해야 해요."

페리는 이 문서를 책상 위에 놓고 꾸깃꾸깃 잘 뭉쳐서 다음에 젊은이들이 나타나면 창문 바깥으로 떨어뜨리려고 했다. 그렇지만 젊은이들은 다시 나타나지 않았다. 페리는 그들을 다시 보지 못했다. 나중에 페리는 자기가 그 젊은이들을 만들어낸 게 아닐까 생각했다. (자기가 "정상이 아니고 미쳤는지도 모른다는" 생각 때문에 페리는 오랫동안 고민해왔다. "내가 어렸을 때 누나들은 내가 달빛을 좋아한다며 웃었어요. 그늘 속에 숨어 달을 보는 것을 좋아한다고.") 유령이든 아니든, 페리는 이제 그 젊은이들 생각을 하지 않았다. 대신 탈옥하는 다른 방법으로 자살을 심사숙고하고 있었다. 간수가 예방 조치를 하고 있었지만(거울 없음, 허리띠나 넥타이, 신발 끈 허용 안 됨), 페리는 자살할 방법을 고안해냈다. 페리의 방에도 전구가 천장에 달려 있었기 때문이었다. 하지만 딕과는 달리, 페리는 방에 빗자루가 있어서 빗자루 솔을 전구에 대고 눌러 돌려 빼낼 수 있었다. 어느 날 밤 페리는 전구를 빼내서 그걸 깬 뒤 깨진 유리로 손목과 발목을 긋는 꿈을 꾸었다. "온몸에서 숨과 빛이 빠져나가는 느낌이 들었어요." 페리는 그때의 감각을 후에 이렇게 묘사했다. "감방 벽이 무너져 내리고 하늘이 내려오는 것 같았죠. 그리고 커다란 노란 새가 보였어요."

가난했으며 비천한 대접을 받던 어린 시절에도, 속박 없이 마음껏 돌아다니던 젊은 시절에도, 그리고 지금 이렇게 수감된 처지에도, 페리의 일생 동안 앵무새 얼굴을 한 커다랗고 노란 새는 적을 모두 살육해버리는 복수의 천사가 되어 페리의 꿈으로 날아들곤 했다. 그리고 지금, 이 새는 페리를 죽음의 위험에 놓인 순간에 구해주었다. "새는 가벼운 생쥐처럼 나를 번쩍 들어 올렸어요. 우리는 높이, 높이 올라갔죠. 저 아래 광장에 사람들이 나를 쫓아오며 소리를 지르고 보안관이 우리를 향해 총을 쏘는 모습이 보였어요. 모두들 화를 내고 있었어요. 내가 자유로워졌기 때문에. 내가 날고 있기 때문에. 내가 그 사람들 누구보다도 더 나은 위치에 있기 때문에."

재판은 1960년 3월 22일에 개정하기로 되어 있었다. 재판에 앞서 몇 주 동안 변호사는 피고를 자주 면담했다. 장소 변경을 요청하는 게 현명한 방법인지에 대해서 논의가 있었으나, 연장자인 플레밍 변호사는 의뢰인에게 이렇게 말했다. "캔자스 어디에서 재판이 열리든지 상관은 없을 거네. 캔자스 주 어디에서든 사람들 감정은 마찬가지야. 아마 가든시티에서 하는 편이 좋을 것 같아. 여긴 그래도 종교적인 동네니까. 인구 1만 1천에 교회가 스물두 개나 될 정도니. 그리고 대부분의 목사들은 사형은 부도덕적이고 비기독교적이라고 반대하고 있다네. 심지어 클러터 씨가 다닌 교회의 목사이고 그 가족과 친구 사이였던 코원 목사조차도 이 사건에서 사형에는 반대한다고 설교를 하고 있지. 기억해두라고. 우리가 바랄 수 있는 건 자네 목숨을 구하는 것뿐이야. 좋은 기회를 얻을 가능성은 여기나 다른 데나 별다를 바 없을 것 같네."

스미스와 히콕이 공소된 직후에, 두 사람의 변호인은 테이트 판사 앞에 출두하여 피고들이 정신 감정을 받도록 허가를 내달라고 제안했다. 구체적으로, 변호인들은 캔자스 라니드에는 우수한 안전 설비를 갖춘 주립정신병원이 있으니 거기에 죄수들의 신변을 양도해 둘 다, 혹은 한 사람이라도 "정신 이상이거나, 금치산자 혹은 한정치산자이거나, 자신의 위치를 이해할 수 없거나 자신을 변호할 수가 없는지"를 확인할 수 있도록 허가를 내려달라고 요청했다.

라니드는 가든시티에서 160킬로미터 정도 동쪽으로 떨어진 곳에 있었다. 히콕의 변호사, 해리슨 스미스는 본인이 그 전날 그곳까지 차를 몰고 가봤으며, 병원 의사 몇 명과 의논했다고 법정에 보고했다. "우리 시에는 자격을 갖춘 정신과 의사가 없습니다. 실제로 근방 360킬로미터 반경 내에서 라니드에만 그렇게 중차대한 평가를 할 수 있는 훈련을 받은 의사가 있습니다. 물론 이 조치에는 시간이 걸립니다. 4주에서 8주 정도 걸릴 것으로 추정됩니다. 하지만 제가 이 문제를 의논한 관계자는 즉시 이 일에 착수하겠다고 말했습니다. 물론, 주립 기관이므로 우리 군에서는 비용을 지불할 필요가 없습니다."

특수부 검찰 측 부검사 로건 그린은 이 계획에 반대했다. 그는 "일시적 광기"는 다가오는 재판을 지연하기 위해서 반대편에서 지어낸 변명거리라고 확신하고 있었다. 부검사는 이 제안이 결국 피고인들에게 동정적인 "정신병 의사 한 무더기"가 증인석에 나오는 결과를 낳게 될까 봐 두려웠다. 부검사는 이런 우려를 사석에서 털어놓았다. ("이런 친구들은 말이죠, 언제나 살인자들 편을 들어준다니까요. 희생자 생각은 조금도 안 하죠.") 키가 작고 성질이 괄괄하며 태생부터 켄터키 사람인 그린은 정신병과 관련해서 캔자스 법은 맥노튼 법칙*을 따른다고 지적하며 반론을 시작했다. 영국에서 오래전부터 전해오는 법칙을 받아들인 것으로, 피고가 자신의 행위의 본질을 알고 있고 그 행위가 잘못되었다는 사실을 알고 있다면, 그 행위를 행할 능력이 있는 것이

---

*1843년 영국 상원 판사들이 제정한, 정신 이상 판정을 위한 지침서. 1840년대 스코틀랜드의 나무꾼이었던 대니얼 맥노튼은 수상의 비서를 수상으로 잘못 알고 살해했다. 맥노튼은 정부가 자신을 죽이려 하고 있으며 자신의 뒤를 밟고 있다는 망상에 빠져 있었다. 그는 정신 이상으로 방면받고, 정신병원에 수감되었다.

며 책임을 질 수 있다는 내용이다. 이어서 그린은 캔자스 주 법령에는 피고의 정신적 상태를 결정하기 위해 선정된 의사는 반드시 특별한 자격을 갖추고 있어야 한다는 내용은 없다고 주장했다. "그냥 평범한 의사로도 충분합니다. 이 군 내에서도 매년 범죄자들을 정신병원으로 보내기 위해 정신 감정 청문회를 열고 있습니다. 라니드에서 의사를 요청하거나 다른 어떤 정신과 관련 기관에도 도움을 요청한 적이 없다는 말입니다. 한 사람이 정신병자인지, 금치산자이거나 한정치산자인지 알아내는 일은 그렇게 대단한 일이 아닙니다. 피고들을 라니드로 보내자는 제안은 전적으로 불필요하며 시간 낭비일 뿐입니다."

이에 대한 반론에서 스미스 법정변호사는 현재 상황은 "보호관찰 법원에서 단순한 정신 감정 청문회를 하는 것보다 훨씬 심각하다"고 주장했다. 두 사람의 목숨이 달려 있다는 것이었다. 스미스 변호사는 판사에게 직접 청원하며 덧붙였다. "피고들이 어떤 범죄를 저질렀든 두 사람은 정식 훈련과 경험을 쌓은 사람들에게 진찰을 받을 자격이 있습니다. 지난 20년 동안 정신과학은 급속도로 발전했습니다. 연방 법원도 범죄를 저지르고 기소된 사람들을 다룰 때, 이 정신과학과 조율해가고 있습니다. 지금이야말로 이 분야에서 새로운 개념을 대면할 수 있는 황금 같은 기회라고 본 변호인은 생각합니다."

하지만 그 기회를 판사는 별로 받아들일 생각이 없었다. 언젠가 동료 판사가 이렇게 말한 적이 있었다. "테이트는 정말 법전 판사라고 할 만한 사람이에요. 결코 실험을 안 하고 법전을 곧이곧대로 따르죠." 하지만 그렇게 테이트를 비판했던 사람도 이런 식으로 말하기는 했다. "내가 무죄라면 다른 누구보다도 테이트가 판사석에 앉아주기를 바랄 겁니다. 내가 유죄라면 그 반대고." 테이트 판사는 전적으로 그 요청을 기각한 건 아니었다. 오히려 그는 세 명의 가든시티 의사로 구성된 감정단을 임명하여 죄수들의 정신적 능력에 대해 판결하도록 명령을 내림으로써 법을 엄격하게 지켰다. (정해진 절차에 따라 세 명의 감정단은 피고들을 만났고, 1시간 정도 대화를 나누며 이것저것 캐물어본 결과 둘 중 어느 한 사람도 정신적으로 질병을 앓고 있지는 않다고 발표했다. 진단 결과가 발표되자, 페리 스미스는 말했다. "그 사람들이 어떻게 알아요? 그냥 재미있는 얘기를 듣고 싶어 하던데. 살인자들이 그 끔찍한 입술로 으스스한 얘기를 시시콜콜 털어놓는 게 재미있었겠죠. 아, 눈이 반짝반짝 빛나더라고요." 히콕의 변호사도 역시 화를 냈다. 그는 한 번 더 라니드 주립병원까지 찾아가서, 정신과 전문의들이 가든시티로 와서 피고들과 면담을 해주는 무료 서비스를 신청했다. 자원한 사람은 W. 미첼 존스 박사였는데 보기 드물게 유능한 사람이었다. 채 서른도 되지 않았지만, 범죄 심리학과 정신병자 범죄자들에 대해서는 경험이 많은 전문가였고, 유럽과 미국에서 일을 하며 연구한 경험이 있었다. 존스 박사는 스미스와 히콕을 진찰해주는 데 동의했고 자신이 정신병 징후를 발견해낸다면 그들을 위해서 증언해주겠다고도 했다.)

3월 14일 아침, 피고 변호단은 다시 한 번 테이트 판사 앞에 서서 이 진단을 위해 이제 여드레 앞으로 다가온 재판을 연기해달라는 청원을 냈다. 변호단은 두 가지 이유를 제시했는데, 첫째 이유는 '주요 참고인'인 히콕의 아버지가 현재 병세가 심해 증언할 수 없다는 것이었다. 둘째 이유는 더 미묘한 문제였다. 지난

한 주 동안, 큰 글자로 쓴 고지문이 도시 상점 창문이나 은행, 식당, 철도역에 나붙기 시작했다. 그 고지문에는 이렇게 쓰여 있었다. "H. W. 클러터 부동산 경매, 1960년 3월 21일, 클러터 농장."
해리슨 스미스는 판사석을 향해 말했다. "물론 편견은 증명하기가 불가능하다고 본 변호인은 생각합니다. 하지만 이 매매, 피해자 부동산의 경매 건은 오늘로부터 일주일 뒤에 열립니다. 즉, 바로 재판이 시작하는 바로 그 전날이라는 말입니다. 이 일이 피고인에게 편견으로 작용할 것인지 아닌지는 진술하기가 어렵습니다. 그러나 이런 안내문이 신문 광고와 함께 나붙으면 우리 사회 내의 모든 시민들에게 이 사건을 끊임없이 상기시켜줄 수도 있습니다. 그리고 이 시민 중에서 이미 150명이 미래의 배심원이 될 수도 있다는 고지를 받은 상태입니다."

테이트 판사는 별로 마음이 흔들리지 않았다. 그는 별말 없이 그 요청을 기각해버렸다.

―

그해 초, 클러터 씨의 일본인 이웃, 히데오 아시다 씨는 자기 농장의 장비 일습을 경매에 내놓고 네브래스카로 이주했다. 사람들은 아시다 씨의 경매가 크게 성공했다고 생각했지만 사실은 100명 남짓한 고객을 끌어모았을 뿐이었다. 그런데 클러터 가의 경매에는 5천 명이 웃도는 사람들이 참여했다. 홀컴의 시민들도 다른 경매와 다르게 사람이 많이 올 것이라고 기대하기는 했었다. 홀컴 지역 교회 부녀회는 클러터 농장의 마구간 하나를 카페테리아로 개조해서, 집에서 만든 파이 200개, 햄버거 고기

110킬로그램, 슬라이스 햄 25킬로그램 정도를 준비해놓았다. 그러나 서부 캔자스 경매 사상 가장 많은 관중이 먹기에는 턱도 없이 부족했다. 캔자스 주 내, 반이 넘는 군에서 차가 몰려왔고, 오클라호마, 콜로라도, 텍사스, 네브래스카에서도 왔다. 차는 꼬리에 꼬리를 물고 리버밸리 농장으로 이어지는 오솔길을 따라 내려왔다.

시신이 발견된 이후로 일반 대중이 클러터 가를 방문할 수 있도록 허가가 내려진 것은 이때가 처음이었다. 이렇게 많은 군중의 3분의 1 정도가 그 때문에 여기 와 있는 것이라고 할 수 있을 터였다. 많은 사람들이 호기심에 찾아왔다. 물론 날씨도 한몫했다. 3월 중순, 겨우내 높이 쌓인 눈은 녹아버리고 그 아래 얼어 있던 대지도 완전히 풀려, 발목까지 빠지는 진흙탕이 여기저기 드러났다. 땅이 굳을 때까지는 농부들이 할 일도 별로 없는 시기였다. "땅이 너무 축축하고 질척거려서요." 농부의 아내인 빌 램지 부인이 말했다. "어쨌거나 영 일을 할 수가 없으니, 차라리 경매에나 와보는 게 낫겠다고 생각했죠." 실제로 날씨가 참 좋은 날이었다. 봄인 것이다. 발이 진흙에 푹푹 빠지기는 했지만, 오랫동안 눈과 구름에 가려져 있던 태양은 갓 만들어진 물건처럼 얼굴을 내밀고 나무들, 클러터 씨의 과수원에 있는 배나무와 사과나무, 길가에 심은 느릅나무에서는 새순이 뽀얗게 돋아나 가볍게 나뭇가지를 뒤덮고 있었다. 클러터 가의 집 주위에 심어놓은 잔디도 새롭게 푸른빛을 띠고 있었다. 아무도 살고 있지 않은 집을 더 가까이 들여다보고 싶어서 안달이 난 여자들은 무단으로 잔디밭에 들어가서는 잔디를 밟고 살금살금 다가가, 예쁜 꽃무늬 커튼 뒤의 어두침침한 그늘 속에서 음울한 유령이라도 나타나지 않을까 하는 희망 반, 두려움 반으로 창문 너머를 몰래 들여다보았다.

경매인은 소리를 고래고래 지르며 나온 물건들을 칭찬했다. 트랙터, 트럭, 손수레, 못 통, 쇠망치, 쓰지 않은 목재, 우유 통, 가축에 낙인찍는 기구, 말, 말발굽. 밧줄과 마구부터 세양제洗洋劑와 양철 목욕통까지 목장을 경영하는 데 필요한 것이라면 뭐든지 있었다. 게다가 이런 물건들을 할인 가격에 구매할 수 있다고 하자 구경꾼 대부분은 마음이 혹했다. 그렇지만 입찰자들은 손을 드는 데도 수줍은 편이었다. 노동에 거칠어진 손들은 힘들게 번 현금을 꺼내는 데 소심하게 굴었다. 하지만 팔리지 않은 물건은 없었고, 어떤 사람은 녹슨 열쇠 한 다발을 열렬히 원하기도 했으며, 연노란색 부츠를 멋지게 신은 젊은 카우보이가 케니언 클러터의 '코요테 왜건'을 사 갔다. 죽은 소년이 달밤에 코요테를 괴롭히면서 쫓아다닐 때 쓰던 낡은 트럭이었다.

경매인 단상을 오르락내리락하며 작은 물건을 운반해주는 경매 보조원은 폴 헬름, 빅 어식, 앨프리드 스퇴클라인이었다. 모두 죽은 허버트 W. 클러터 씨 밑에서 오래 일했고 아직까지도 충성심이 남아 있는 고용인들이었다. 클러터 씨의 재산을 처분하는 일을 돕는 것이 마지막 임무였다. 오늘이 리버밸리 농장에 머무는 마지막 날이었기 때문이다. 부지는 오클라호마의 목장주에게 임대되었고, 그 후로는 낯선 사람들이 거기 들어와 일하게 될 것이었다. 경매가 진행되고 클러터 씨가 이승에 살았던 때의 영역이 점점 줄어들어 마침내 사라져버리자, 폴 헬름은 살해된 가족들이 매장되던 날을 기억하며 "오늘이 마치 두 번째 장례식 날인 것 같다"고 말했다.

마지막으로 팔린 물품들은 가축우리에 들어 있는 동물이었는데 주로 말이었다. 여기에는 낸시가 가장 아꼈던 말, 덩치 크고 뚱뚱한 베이브도 포함되어 있었다. 그때는 늦은 오후였고 학교도 파했을 때라, 말 경매가 시작되었을 때는 낸시의 학교 친구 몇 명이 관중 속에 끼어 있었다. 수전 키드웰도 그 자리에 있었다. 낸시가 떠난 뒤 주인을 잃은 애완동물 중에서 고양이를 맡아 키우던 수전은 베이브도 집에 데리고 가고 싶다고 생각했다. 수전은 이 늙은 말을 사랑했으며 낸시가 얼마나 이 말을 사랑했는지도 알고 있었기 때문이었다. 두 소녀는 더운 여름날 저녁이면 종종 베이브의 넓은 등에 함께 올라타고 밀밭을 가로질러 강가로 내려가서는 말 위에 앉은 채로 물살을 헤치며 건너가고는 했다. 수전은 그때 일을 "우리 셋 다 물고기처럼 시원해질 때까지 그렇게 강물 속으로 들어갔다"고 표현했다. 하지만 수전에게는 말을 데리고 있을 공간이 없었다.

 "50, 50 나왔습니다…… 65…… 70…….‎" 입찰은 꾸물꾸물 진행되었고, 아무도 베이브를 진심으로 원하는 것 같지 않았다. 낙찰받은 남자는 메노파 신도인 농부였는데, 베이브를 밭 갈 때 쓸 거라며 75달러를 지불했다. 농부가 베이브를 우리에서 끌고 나가자 수전은 앞으로 달려 나갔다. 수전은 잘 가라는 인사를 하려던 것처럼 손을 들었지만 미처 흔들지도 못한 채 힘없이 주먹을 쥐고서는 입을 가릴 수밖에 없었다.

―

가든시티 〈텔레그램〉지는 공판 시작 전날, 다음과 같은 사설을 실었다. "혹자는 이 충격적인 살인 사건의 공판 기간 동안 전 국민의 눈이 가든시티에 쏠릴 것이라 생각할지도 모른다. 하지만 그렇지는 않다. 심지어 여기서 160킬로미터 떨어진 콜로라도에만 가도 이 사건에 대해 아는 이는 별로 없다. 다만 명망 있는 가족 몇 사람이 살해당한 사건이 있다는 정도만 기억할 뿐이다. 이는 우리나라 범죄 현황의 현주소에 대해서 슬픈 사실을 말해준다. 지난 가을 클러터 가 네 식구가 살해당한 이래로 희생자가 여러 명 나오는 살인 사건이 전국 각지에서 속출했다. 이 재판이 있기 전 지난 며칠 동안만 해도, 세 건의 다중 살인 사건이 일어나 머리기사를 장식했다. 결과적으로 이 범죄와 재판은 사람들이 그저 한 번 읽고 흘려버릴 만한 많은 사건 중의 하나인 것이다……."

비록 온 국민의 눈이 이 재판에 쏠려 있지는 않았지만, 법정 속기사부터 판사 자신에 이르기까지 주요 참가자들의 몸가짐은 첫째 공판 날 아침 아주 눈에 띄게 시선을 의식하고 있었다. 네 명의 변호사 모두 새 양복을 입고 있었다. 발이 커다란 군 검사의 새 신발은 걸을 때마다 끽끽 소리를 냈다. 히콕도 부모님이 가져다준 옷으로 말끔하게 차려입었다. 그는 산뜻한 푸른 능직 바지에 하얀 셔츠를 입고 좁은 진청색 타이를 매었다. 오직 페리 스미스만이 재킷이나 타이가 없었기 때문에 부적절한 차림을 한 것 같았다. 단추를 푼 셔츠에(마이어 씨에게 빌렸다), 밑단을 접은 청바지를 입은 페리는 밀밭에 날아온 갈매기처럼 외롭고 이 자리에 어울리지 않아 보였다.

법원은 피니 군 법정 건물 3층에 위치한 방으로 벽은 꾸밈없이 단순한 흰색이었고 진한 니스를 바른 목가구가 들어차 있었다. 청중석에는 160명 정도 앉을 수 있었다. 3월 22일 화요일 아침에는 이 객석에 피니 군 주민 중 오로지 배심원 소집장을 받고 온 남자들만 앉아 있었다. 이들 중에서 배심원을 선정할 것이었다. 소집장을 받은 시민들 중에서 그 임무를 받아들이고 싶어 하는 사람은 그다지 많은 것 같지 않았다. (배심원 후보 중 한 사람은 옆 사람과 대화를 나누며 "나를 배심원으로 쓸 순 없을걸. 나는 귀가 별로 안 좋잖아"라고 말했다. 친구는 약간 영악하게 그 말을 응용해서 "가까이 좀 와봐. 뭐라고 하는지 잘 안 들려"라고 응수했다.) 배심원을 선정하는 데는 며칠 걸린다고들 생각했으나 결과적으로 선정 과정은 4시간 만에 완료되었다. 더욱이 두 명의 예비 후보를 포함한 배심원단은 처음 마흔네 명의 후보자 가운데서 뽑혔다. 그중 일곱 명이 피고 측의 사전 항의로 거부당했고, 세 명은 검찰 측에서 배제 요청을 받았다. 스무 명은 사형을 반대하고 있거나, 피고의 유죄와 관련해서 이미 확정적 의견을 가지고 있다는 사실을 인정했기 때문에 제외되었다.

최종으로 선정된 열네 명은 농부 여섯 명과 약사, 보육 교사, 공항 직원, 굴착업자 각 한 명에 외판원 두 명, 기계공 한 명, 볼링장 매니저 한 명이었다. 이 사람들에겐 모두 가정이 있었고(몇 사람은 애가 다섯도 넘었다), 한 군데 이상의 지역 교회에서 중요한 직책을 맡고 있었다. 예비 심문 절차에서 배심원 네 명이, 아주 친하지는 않았지만 클러터 씨와 개인적으로 알고 있던 사이라고 말했다. 하지만 모두 보충 심문에서 그 관계가 편견 없는 평결에 도달하는 데 방해되지는 않을 것이라 말했다. 공항 직원은 N. L. 더넌이라고 하는 중년 남자였는데, 사형에 대한 의견을 말해달라고 하자 "보통은 반대하고 있습니다. 하지만 이 경우는 아닙니다"라고 대답했다. 이런 선언은 그 말을 들은 사람에게는 확실히 편견을 나타내주는 지표 같았지만, 어쨌거나 더넌은 배심원으로 받아들여졌다.

피고들은 예비 심문 절차에도 별로 관심을 가지지 않고 구경꾼처럼 쳐다보고 있었다. 그 전날, 피고들을 진찰해주겠다고 자원한 정신과 전문의, 존스 박사는 대략 2시간 동안 그들을 각각 면담했다. 면담 막바지에 존스 박사는 피고인 둘 다 각각 자서전적 진술서를 써보면 어떻겠느냐고 제안했다. 그래서 배심원단이 구성되는 시간 내내 피고인들은 이 진술서를 작성하고 있었다. 변호인 책상 맞은편 끝에 앉아서 히콕은 펜으로, 스미스는 연필로 글을 썼다.

스미스는 이렇게 썼다.

내 이름은 페리 에드워드 스미스로 1928년 10월 27일 네바다 주 엘코 군 헌팅턴에서 태어났다. 내가 태어난 곳은 소위 산간벽지라고 할 만한 곳이었다. 내 기억에 의하면 우리 가족은 1929년에 알래스카 주노로 옮겨 갔다. 우리 남매는 형 텍스 주니어(형은 후에 이름을 제임스로 바꿨는데, 텍스라는 이름이 웃겨서이기도 했고, 어렸을 때 아빠를 싫어했기 때문인 것 같기도 하다. 엄마가 그렇게 만들었다)와 펀 누나(누나도 나중에 이름을 조이로 바꿨다), 바버라 누나 그리고 나, 이렇게 4남매이다······. 주노에서 아버지는 밀주를 만들었다. 내 생각에는 바로 이때 어머니가 술을 배운 것 같다. 엄마와 아빠는 싸우기 시작했다. 나는 아빠가 집에 없는 동안 엄마가 선원 몇 명하고 '즐긴 것'을 기억한다. 아버지가 집에 돌아오면, 곧 싸움이 이어졌다. 아버지는 어느 날 심하게 격투를 벌여

선원들을 집 밖으로 내던져버리고 어머니를 때리기 시작했다. 나는 너무 겁이 났다. 사실 우리 남매는 모두 겁에 질려서 울었다. 나는 아빠가 엄마를 때렸기 때문에 나도 때릴까 봐 겁이 났다. 나는 왜 아빠가 엄마를 때리는지 그 이유를 잘 몰랐지만, 엄마가 뭔가 끔찍하게 나쁜 짓을 저지른 게 틀림없다고 느꼈다……. 다음으로 어렴풋하게 기억하는 것은 캘리포니아 포트브래그에 살 때의 일이다. 어느 날 형은 비비총을 선물 받았다. 형은 그걸로 벌새를 쐈지만 쏘고 난 다음에는 후회했다. 나는 형한테 나도 총 한번 쏘게 해달라고 부탁했다. 형은 나는 너무 작아서 안 된다며, 나를 밀쳐냈다. 나는 너무 화가 나서 울음을 터뜨렸다. 울음을 그치자 화가 다시 산처럼 쌓였고, 그날 저녁 비비총이 형이 앉아 있던 의자 뒤에 놓여 있는 걸 보고 나는 총을 가로채서 형의 귀에 대고 "빵!" 하고 소리쳤다. 아빠는(엄마였던 것 같기도 하다) 나를 때리고서는 사과하라고 했다. 형은 읍내에 나가는 옆집 아저씨가 우리 집 앞을 지날 때에 아저씨가 탄 하얀 말을 총으로 쏜 적도 있었다. 옆집 아저씨는 풀숲에 숨어 있는 형과 나를 잡아서 아빠한테 데리고 갔고, 우리는 또 얻어맞았다. 그리고 형은 비비총을 압수당했는데 나는 형이 총을 빼앗겨서 기분 좋았다! ……포트브래그에 살던 시절에 대해서 내가 기억하는 건 이게 다다. (아, 그때 우리 남매는 건초 다락에서 우산을 들고 땅에 쌓인 건초 더미로 뛰어내리는 놀이를 했었다.) ……다음으로 생각나는 것은 몇 년 뒤 캘리포니아인지 네바다인지에 살 때의 일이다. 나는 엄마와 어떤 흑인 사이에 있었던 아주 불쾌하기 짝이 없는 에피소드를 기억하고 있다. 어린 우리들은 여름에는 현관 베란다에서 잠을 잤다. 우리가 자는 침대 중 하나는 엄마 아빠의 방 바로 밑에 있었다. 우리 남매 모두는 열린 창문으로 안을 잘 들여다볼 수 있었고, 무슨 일이 일어나고 있는지도 알고 있었다. 아빠는 길 아래에서 일하고 있을 때에 자기 대신 농장이나 목장 주변에서 잡다한 일을 할 흑인 한 명(샘)을 고용했다. 아빠는 모델 A 트럭을 타고 늦게 되어서야 집에 왔다. 그 사건을 다 기억하지는 못하지만 추측해보건대, 아빠도 무슨 일이 일어나고 있는지 알았거나 의심하고 있었던 것 같다. 결국 그 일은 아빠와 엄마가 별거하는 것으로 끝이 났고 엄마는 우리들을 데리고 샌프란시스코로 갔다. 엄마는 아빠의 트럭과 아빠가 알래스카에서 가지고 온 각종 기념품을 모두 가지고 도망갔다. 아마 1935년쯤 되었던 것 같다……. 샌프란시스코에서 나는 계속 말썽을 일으켰다. 나쁜 애들이랑 어울려 다니기 시작했으며, 모두 나보다 형들이었다. 엄마는 항상 술을 마셨고, 우리에게 좋은 환경을 주거나 돌봐줄 수 있는 상태가 아니었다. 나는 한 마리 코요테처럼 자유롭고 거칠게 뛰어다녔다. 규칙이나 규율도 없었고, 나한테 옳고 그름을 알려주는 사람도 없었다. 나는 마음대로 오갔다. 처음으로 큰 문제가 생길 때까지는. 가출과 절도로 소년원을 여러 번 들락날락했다. 내가 보내진 곳 중 하나가 생각난다. 나는 신장이 약해서 매일 밤 오줌을 쌌다. 아주 창피했지만 나도 어쩔 수 없는 일이었다. 원장 여자에게 심하게 얻어맞았고, 여자는 다른 애들이 다 보는 앞에서 나한테 욕을 하고 비웃었다. 여자는 내가 침대에 오줌을 싸지는 않나 보러 밤에 수시로 들렀다. 원장 여자는 내 이불을 벗기고 커다란 검정 혁대로 나를 사정없이 때렸다. 그러고는 머리채를 잡고 침대에서 끌어내서는 화장실까지 질질 끌고 가 욕조에 던져버리고 찬물을 틀어놓고는 나보고 몸을 씻고 이불을 빨라고 했다. 매일 밤이 악몽이었다. 나중에 원장 여자는 내 고추에다가 연고를 발라놓는 게 재미있을 것 같다고 생각했다. 정말 참을 수 없는 일이었다. 그 부분이 불이 붙은 것처럼 시큰했다. 그 여자는 나중에 그 자리에서 해고당했다. 그렇지만 그렇다고 그 여자에 대한 감정이나 내가 그 여자랑 나를 비웃은 사람들에게 앙갚음을 해주겠다는 생각이 변하지는 않았다.

이때, 존스 박사가 바로 그날 오후에 진술서를 받아 가야 한다고 말했기 때문에 스미스는 청년기 초기로 뛰어넘어 아빠와 함께 살던 때, 두 사람이 서부 끝까지 방랑하며 금광을 찾아다니고 덫을 놓고 온갖 잡일을 하던 시기부터 다시 쓰기 시작했다.

나는 아빠를 사랑했지만 아빠에게 품은 사랑과 애정을 쓰고 남은 물처럼 마음에서 줄줄 흘려보낸 때도 있었다. 아빠가 내 문제를 이해하려고 하지 않을 때마다 그랬다. 나를 약간 더 배려해주고 내 말을 들어주고 책임감을 보여주려고 하지 않는 때 말이다. 나는 아빠에게서 도망가야 했다. 열여섯 살이 되자, 나는 상선 해병대에 입대했다. 1948년에는 육군에 입대했다. 신병 모집 담당 장교는 내게 휴가를 주고 나를 진급시켰다. 이때부터 나는 교육의 중요성을 깨닫기 시작했다. 이런 생각을 해봤자 다른 사람에게 증오와 신랄한 감정을 더 가지게 될 뿐이었다. 나는 싸우고 다니기 시작했다. 일본인 경찰관을 다리에서 밀어 물속에 던져 넣은 일도 있었다. 나는 일본에서 찻집을 부쉈다는 죄목으로 군 재판에 회부되기도 했다. 일본 교토에서 일본 택시를 턴 죄로 다시 군사재판을 받았다. 군대에는 4년 정도 있었다. 일본과 한국에서 복무하는 동안 나는 분노가 격렬하게 분출되는 경험을 많이 했다. 한국에는 15개월 정도 있었고, 다시 미국으로 배속되어 송환되었다. 알래스카 지역에서는 한국전 참전 용사가 내가 처음이었기 때문에 특별히 알아주었다. 신문에 크게 기사도 나고, 사진도 실리고 알래스카까지 가는 비행기 표값도 대주고, 그 외에도 다 해주고……. 나는 워싱턴 포트루이스에서 제대했다.

최근에 일어난 일들에 이르자 스미스의 연필은 거의 글씨를 알아보기 힘들 정도로 빨리 움직였다. 다리를 절게 만든 오토바이 사고, 캔자스 필립스버그에서 벌인 강도 행각, 그래서 처음으로 징역을 살게 된 것.

……중절도죄, 강도, 탈옥으로 5년에서 10년 형을 선고받았다. 나는 아주 부당한 대접을 받았다고 느꼈다. 감옥에 있는 동안 아주 쓰디쓴 기분을 맛보았다. 석방되자마자 나는 아빠와 함께 알래스카로 가게 되어 있었다. 나는 가지 않았다. 나는 잠시 동안 네바다와 아이다호에서 일했다. 그러고는 라스베이거스로 갔다가 캔자스로 가서 지금 이 상황에 처하게 되었다. 더 이상 쓸 시간이 없다.

스미스는 자기 이름을 서명하고는 추신을 덧붙였다.

박사님과 다시 이야기를 나눌 수 있을까요? 박사님이 관심을 가질지도 모르는 얘기를 아직 못 한 게 많아서요. 나는 언제나 목표와 그 목표를 실행하기 위해 헌신하는 마음을 가진 사람들 사이에 끼는 것에 크나큰 희열을 느껴왔습니다. 박사님이 계실 때 박사님에게서 이런 느낌을 받았어요.

히콕은 동료만큼 집중력을 가지고 쓰지는 못했다. 그는 가끔씩 쓰다 말고 배심원이 될지도 모르는 사람에게 질문을 하는 것을 듣거나 자기 주위의 얼굴들을 쳐다보았다. 특히, 대놓고 불쾌한 표정을 하고 있는, 자기와 동갑인 스물여덟 살짜리 군 검사 두에인 웨스트의 근육이 불거진 얼굴을 뚫어져라 보았다. 하지만 비스듬한 빗줄기처럼 멋 부린 글씨체로 쓴 히콕의 진술서는 법정이 휴정하기 전에 다 완성되었다.

나 자신에 대해서 기억나는 건 다 말하겠지만, 열 살 생일 이전의 어린 시절은 약간 기억이 가물가물하다. 학교에 다닐 때는 내 나이 또래 다른 남자애들과 별다를 바 없었다. 나는 자라나는 남자애라면 다 그러는 것처럼 싸움질하고, 여자애랑 놀고, 그런 일을 했다. 가정생활 또한 정상적이었지만, 이전에도 말한 것처럼 우리 부모님은 우리 집 마당 밖으로 나가서 친구네 집에 가 노는 건 허락해주지 않았다. 아버지는 그런 면에 있어서는 우리 남자애들[히콕의 동생과 히콕]에게는 엄격했다. 또한 나는 아버지를 도와 집안일을 많이 해야 했다······. 어머니와 아버지가 부부 싸움이라고 할 만한 일을 한 건 한 번밖에 없었다. 뭐에 대한 일이었는지는 모른다······. 언젠가 아버지가 자전거를 사주셨다. 나는 동네 남자애들 중에서 가장 자존심이 셌다. 그 자전거는 여자애용이었기 때문에 나는 그걸 어떤 남자애 것하고 바꾸었다. 그 남자애는 그걸 새로 색칠해서 새것처럼 보이게 만들었다. 그렇지만 나는 어린 시절에는 장난감이 많았다. 우리 집안 살림 형편에 비하면 많았다고 할 수 있다. 우리는 말하자면 중하위층이라고 할 수 있었다. 돈이 없어서 죽을 정도는 아니지만, 몇 번인가 그 근처까지 간 적은 있었다. 아버지는 열심히 일했고 우리를 먹여 살리느라 최선을 다하셨다. 어머니도 언제나 열심히 일하셨다. 집 안은 언제나 깔끔했고, 우리에겐 깨끗한 옷도 많이 있었다. 아빠는 그 구식 납작한 모자를 쓰고 다니면서 나한테도 그런 모자를 쓰라고 했지만, 나는 싫어했다……. 고등학교 생활은 정말 잘 보냈고 첫 한두 해는 성적도 평균 이상이었다. 하지만 나중에는 약간 떨어졌다. 나는 여자친구를 사귀게 되었다. 그 여자는 괜찮은 여자애였지만, 어쨌거나 안 건드리고 키스만 했다. 정말 건전한 이성교제였다……. 학교 다닐 때 나는 모든 운동부에 들었고, 어디에서나 우수 선수였다. 농구, 미식축구, 육상, 야구. 3학년 때가 제일 좋았다. 특별히 고정적으로 사귀는 여자친구는 없었고 운동만 했다. 그때 여자랑 첫경험을 했다. 물론 다른 남자애들한테는 여자 경험이 많은 것처럼 말했다……. 두 군데 대학에서 운동선수로 입학 허가를 받았지만, 아무 데도 가지 못했다. 고등학교를 졸업한 다음에는 산타페 철도회사로 일하러 가서 그다음 겨울에 해고당할 때까지 거기서 지냈다. 그다음 봄에는 로어크 자동차 회사에 취직했다. 거기서 네 달 정도 일했을 때 회사 차로 사고를 당했다. 나는 머리에 심한 부상을 입고 며칠 동안 병원에 입원해 있었다. 그러고 있는 동안에는 다른 일자리를 찾을 수가 없어서 그해 겨울에는 백수로 지냈다. 그동안 나는 어떤 여자를 만나서 사랑에 빠졌다. 그 여자의 아버지는 침례교 목사여서 나랑 사귀는 것을 반대했다. 7월에 우리는 결혼했다. 아내가 임신한 걸 걔 아버지가 알게 될 때까지 우리는 도망쳐서 살았다. 하지만 나중에도 장인은 잘 살라고 말한 적이 한 번도 없었다. 그 점은 언제나 기분이 나빴다. 결혼한 다음에 나는 캔자스시티 근처 자동차 수리점에서 일했다. 밤 8시부터 아침 8시까지 근무했다. 가끔 아내가 와서 같이 밤을 새워주기도 했다. 아내는 내가 깨어 있지 않고 졸까 봐 걱정해서 도와주러 온 것이었다. 그다음에는 페리 폰티악에서 일해보지 않겠느냐는 제안을 받았고, 나는 기꺼이 수락했다. 그 일은 매우 만족스러웠지만 별로 큰돈을 벌지는 못했다. 고작 일주일에 75달러였다. 나는 다른 사람들과 잘 지냈고 사장도 나를 예뻐했다. 거기서 5년을 일했다……. 거기서 일할 때 나는 가장 비열한 일을 저지르기 시작했다.

여기서 히콕은 자기의 아동애 성향을 밝혔다. 그리고 몇 가지 경험을 예시로 쓴 다음 이렇게 썼다.

나는 그 행동이 잘못이라는 것을 안다. 하지만 그때 나는 그게 옳은 일인지 나쁜 일인지 생각도 안 해봤다. 도둑질도 마찬가지다. 그냥 충동적으로 하고 싶었다. 클러터 집을 터는 건에 대해서 하나 말하지 않은 게 있는데, 그게 바로 이것이다. 나는 가기 전에 거기에 여자애가 있다는 걸 알았다. 내가 그 집에 가려고 한 큰 이유는 그 집을 털자는 게 아니라 그 여자애를 강간하기 위해서였다. 나는 그 일을 많이 생각했다. 바로 그래서 일단 그 일에 착수하자 돌아서고 싶지 않았다. 그 집에 금고가 없는 걸 봤을 때도 그랬다. 나는 그 집에 갔을 때 그 클러터 씨 딸한테 좀 더 접근했다. 하지만 페리가 절대 기회를 주지 않았다. 의사 선생님 말고는 아무도 이 사실을 몰랐으면 좋겠다. 변호사한테도 하지 않은 얘기다. 다른 얘기도 더 해야 하지만 우리 식구들이 알까 무섭다. 나는 교수형 당하는 것보다 내가 이런 일을 해서 식구들을 망신 준 게 더 부끄럽다……. 나는 병이 있다. 아마 교통사고 때문에 생긴 것 같다. 발작이 와서 기절하기도 하고, 가끔 코와 왼쪽 귀에서 출혈이 있기도 했다. 크리스트라는 사람 집에서 그랬었다. 그 사람들은 우리 부모님 집에서 남쪽에 사는 사람들이다. 얼마 전에 머리에서 유리 조각 하나를 꺼내기도 했다. 유리는 눈 귀퉁이에서 나왔다. 아빠가 유리를 꺼내는 걸 도와주셨다……. 내가 어쩌다 이혼을 하게 되었는지, 어쩌다 감옥에 가게 되었는지 이야기를 해야 할 것 같다. 그 일은 1957년 초에 시작되었다. 아내와 나는 캔자스시티의 아파트에 살고 있었다. 나는 자동차 회사 일을 그만두고 직접 자동차 수리업에 뛰어들었다. 어떤 여자한테서 차고 하나를 빌렸다. 그 여자한테는 마거릿이라는 며느리가 있었다. 어느 날 일터에 있다가 그 며느리를 만났고, 우리는 커피를 한 잔 하러 갔다. 그 여자 남편은 해병대에 입대해서 멀리 가 있었다. 긴 얘기를 짧게 줄이자면, 나는 그 여자와 사귀기 시작했다. 아내는 이혼을 요구했다. 나는 한 번도 진정으로 아내를 사랑한 적이 없다는 생각을 하기 시작했다. 왜냐하면 내가 아내를 사랑했다면 이런 일을 저질렀을 리가 없기 때문이다. 그래서 나는 이혼에 반대하지 않았다. 나는 술을 마시기 시작했고, 거의 한 달 동안 술에 절어 살았다. 일을 내팽개쳤고, 돈을 번 것보다 많이 썼고, 부도 수표를 쓰고 마침내는 도둑이 되었다. 결국 나는 교도소에 가게 되었다……. 내 변호사가 그러는데 의사 선생님은 나를 도와주려고 하는 거니까 솔직하게 써야 한다고 했다. 그리고 의사 선생님도 알겠지만 나는 도움이 필요하다.

―

다음 날인 수요일, 재판은 순조롭게 시작되었다. 이때서야 처음으로 일반 청중이 법정 안에 들어올 수 있도록 허가되었다. 문 앞에서 신청하는 사람들도 적지 않았는데, 법정이 너무 작아서 그런 사람들까지 다 수용할 수가 없었다. 가장 좋은 좌석은 기자 스무 명과 히콕의 부모나 도널드 컬리번(페리 스미스를 담당하는 변호사의 요청을 받고 전직 군대 동료로서 페리의 성품에 대해 증언을 해주기 위해 매사추세츠에서 와주었다) 같은 특별 인사들을 위해 예약되었다. 클러터 집안의 살아 있는 두 딸이 참석할 거라는 소문이 있었지만 나타나지 않았고, 그 후에 이어진 재판에도 오지 않았다. 가족 대표로는 클러터 씨의 남동생 아서가 백몇십 킬로미터나 되는 거리를 차를 타고 와서 참석했다. 아서 클러터는 신문기자에게 말했다. "나는 단지 그 사람들[스미스와 히콕]을 똑똑히 봐두고 싶었을 뿐입니다. 그자들이 어떻게 생긴 짐승인지 보고 싶을 뿐이에요. 기분대로라면 갈기갈기 찢어놓고 싶습니다." 아서 클러터는 피고들 바로 뒤에 있는 자리를 차지하고 앉아 기억 속에서 초상화로 남겨놓겠다는 듯이 그들에게서 눈을 떼지 않고 아주 끈질기게 뚫어져라 쳐다보았다. 그러자 마치 아서 클러터가 마음으로 조종하기라도 한 것처럼 페리 스미스가 뒤돌아 그를 바라보았다. 페리는 자기가 죽인 남자의 얼굴과 아주 닮은 그 얼굴을 알아보았다. 똑같이 온화한 눈, 얇은 입술, 굳건한 턱. 페리는 껌을 씹다 말고 눈을 내리깔았다. 1분이 흘러갔다. 천천히 페리의 턱이 다시 움직였다. 이 순간만 제외하고는, 스미스도 히콕도 법정에서는 무심하면서도 동시에 무시하는 태도를 짐짓 꾸미고 있었다. 두 사람은 검찰 측에서 첫 번째 증인을 소환하는데도 껌을 씹고, 지루해서 짜증 난다는 듯이 발을 딱딱거렸다.

낸시 에윌트가 첫 번째 증인이었다. 그리고 낸시 다음에는 수전 키드웰이 나왔다. 어린 소녀들은 11월 15일, 일요일에 클러터 집에 들어갔다가 본 것을 묘사했다. 조용한 방, 부엌 바닥 위에 놓여 있던 빈 지갑, 침실에 비치던 햇살, 그리고 학교 친구인 낸시 클러터가 자신의 몸에서 흘러나온 핏물 속에 쓰러져 있던 모습. 피고 측은 반대 심문을 하지 않았고, 다음 세 명의 증인(낸시 에윌트의 아버지 클레런스, 보안관 얼 로빈슨, 군 검시관 로버트 펜턴 박사)에게도 같은 정책을 고수했다. 이 증인들 모두 그 맑은 11월 아침에 일어난 사건에 대해서 덧붙였다. 마침내 네 명의 피해자를 모두 발견한 얘기, 그들이 어떤 형태였는지에 대한 설명이 있었고 펜턴 박사는 "두뇌에 심각한 충격이 있었고, 엽총에 의한 두개골 손상"으로 사망했다는 의학적 소견을 제시했다.

그 후 리처드 G. 롤레더가 증언대에 섰다.

롤레더는 가든시티 경찰서의 주임 형사였다. 그의 취미는 사진이었고, 잘 찍었다. 그때 클러터 집 안의 지하실에서 육안으로는 구분할 수 없지만 카메라로는 분간할 수 있었던 자국을 찍은 사람이 롤레더였다. 후에 사진을 현상해보니 그것은 히콕의 먼지 낀 발자국이었다. 또한 시체들 사진을 찍고, 사건이 미궁에 빠진 동안 앨빈 듀이가 끊임없이 들여다본 살해 현장 사진들을 찍은 사람도 롤레더였다. 롤레더 증언의 요점은 검찰 측이 증거로 제시한 이 사진들을 자신이 찍었다는 사실을 확인해주는 것이었다. 하지만 히콕의 변호사는 항의했다. "사진이 제시된다는 것 하나만으로 배심원들의 마음에 편견을 일으킬 수 있고, 감정을 자극할 수 있습니다." 테이트 판사는 항의를 기각하고 사진을 증거로 제시하는 것을 허락했다. 즉, 사진을 배심원들에게 보여쭤야 한다는 뜻이었다.

이런 조치가 이루어지고 있는 동안, 히콕의 아버지는 옆에 앉아 있던 기자에게 이렇게 말했다. "저기 앉아 있는 판사는 뭐요! 저렇게 편견이 강한 사람은 처음 보네. 그러면 재판을 한다는 게 말이 안 되지. 저 사람이 맡고 있는 한은 해서 뭐 하나. 아니, 저 사람은 장례식에서 관을 멨던 사람 아니오!" (실제로 테이트 판사는 희생자들하고는 아주 조금밖에 알지 못하는 사이였으며, 장례식에 가지도 않았다.) 하지만 쥐죽은 듯 조용한 법정에서 목소리를 높인 사람은 히콕의 아버지뿐이었다. 다 해서 사진은 열일곱 장이었고, 손에서 손으로 건네지는 동안 배심원들이 짓는 표정은 그 사진이 주는 충격을 반영하고 있었다. 한 남자의 뺨은 마치 따귀를 맞은 것처럼 붉어졌고, 몇몇은 처음에 의기소침한 눈길을 보내더니만 결국에는 감당할 용기가 없는 것 같았다. 사진은 배심원들의 마음의 눈을 억지로 비틀어 열고서는 마침내 진정으로 그들의 이웃과 아내, 그 아이들에게 일어난 가련한 사건의 진실을 맞대면하라고 강요하는 것 같았다. 그들은 경악하고, 분노했다. 그리고 그들 중 몇 명인 약사, 볼링장 매니저 같은 사람들은 피고를 철저한 경멸의 눈빛으로 쳐다보았다.

나이 많은 히콕의 아버지는 피곤한 듯 머리를 흔들며, 또다시 웅얼거렸다. "말도 안 돼. 이렇게 재판을 하다니 말도 안 되지."

그날의 마지막 증인으로서 검찰은 "수수께끼에 싸여 있던 사람"을 내보내겠다고 공언했다. 바로 피고들을 체포하는 데 결정적 정보를 제공한 사람, 플로이드 웰스, 히콕의 전 감방 동료였다. 웰스는 아직도 캔자스 주립교도소에서 복역하고 있었으므로 다른 재소자들에게 보복을 당할 위험 때문에 이제까지 제보자로서 공식 보도된 적이 없었다. 이제 재판에서 안전하게 증언하기 위해, 그는 이송되어 인접한 군의 작은 유치장에 있었다. 그럼에도 불구하고 웰스는 법정을 가로질러 증인석까지 오면서 이상할 정도로 조심스러웠다. 마치 줄곧 뒤를 따라온 암살자라도 만날지 모른다고 생각하는 것 같았다. 그리고 웰스가 히콕 옆을 지나치자 히콕은 입술을 비틀며 심술궂은 말 몇 마디를 속삭였다. 웰스는 못 들은 척했다. 하지만 방울뱀이 쉿쉿 하는 소리를 들은 말처럼 웰스는 자기가 배신한 사람이 해를 끼칠 수 있는 범위 밖으로 슬쩍 물러났다. 증언대에 서자, 턱이 쑥 들어가고 농군 같은 얼굴을 한 이 남자는 똑바로 앞을 바라보았다. 웰스는 캔자스 주에서 이 행사를 위해서 사준 점잖은 진청색 양복을 입고 있었다. 검찰 측에서는 신경을 써서 가장 중요한 증인에게 존경할 만하고, 결과를 신뢰할 수 있는 모습을 갖춰준 것이었다.

재판 전 사전 연습에서 완벽하게 준비를 마치고 나온 웰스의 증언은 그의 모습만큼이나 말끔했다. 로건 그린이 동정적으로 말을 맞춰주는 데 힘을 입어, 증인은 한때 1년 정도 리버밸리 농장에서 일꾼으로 일했다는 사실을 확인해주었다. 뒤이어 10년 후에 강도로 유죄 판결을 받은 뒤 수감되었고 강도로 들어온 다른 죄수인 리처드 히콕과 친구가 되었으며 그에게 클러터 농장과 가족에 대한 얘기를 자세히 해주었다고 말했다.

그린이 물었다. "그럼, 히콕 씨와 대화하는 중에 두 사람은 클러터 씨에 대해서 무슨 이야기를 했습니까?"

"글쎄요, 우리는 클러터 씨에 대해서 많은 이야기를 했습니다. 히콕은 자기가 곧 가석방으로 나갈 예정이며, 그렇게 되면 서부로 가서 직업을 구할 것이라고 했습니다. 히콕은 클러터 씨에게 들러서 일거리가 있는지 알아볼지도 모른다고 했습니다. 저는 클러터 씨가 얼마나 부자인지 모른다고 말해주었습니다."

"그랬더니 히콕 씨가 관심을 보이던가요?"

"네, 클러터 씨 집 안에 금고가 있는지 알고 싶어 했습니다."

"웰스 씨, 증인은 그때 당시 클러터 씨 집 안에 금고가 있다고 생각했습니까?"

"글쎄요, 제가 그 집에서 일한 지가 좀 되어서요. 금고가 있었던 것 같았습니다. 저는 거기에 뭔가 캐비닛 같은 게 있다고 알고 있었습니다……. 다음으로 제가 알고 있는 것은 저 사람〔히콕〕이 클러터 씨네 집을 털겠다는 얘기를 했다는 것입니다."

"어떻게 강도를 할 것인지 히콕 씨가 말했습니까?"

"만약 그런 짓을 하면 목격자를 남기지는 않겠다고 제게 말했습니다."

"히콕 씨는 목격자를 어떻게 할지 실제로 말했습니까?"

"네. 저 사람은 그들을 묶은 다음 강도를 하고, 그 후 죽이겠다고 말했습니다."

미리 모의한 대로 상당히 잘해내고 나서, 그린은 증인을 피고 측 변호인에 넘겨주었다. 노련한 플레밍 씨는 범죄인 변호보다는 토지 관련 분쟁을 더 능숙하게 다루는 고전적인 변호사였으나 반대 심문을 시작했다. 그의 질문의 취지는 곧 확실하게 밝혀진 대로, 검찰 측이 단연코 피하려고 한 화제를 끌어들이자는 것이었다. 즉, 이 살인 계획에서 웰스 자신의 역할을 묻고 그의 도덕적 신뢰성을 문제 삼으려는 것이었다.

플레밍은 서둘러 문제의 핵심으로 들어갔다. "증인은, 히콕 씨가 나가서 클러터 씨 댁을 강탈하고 가족들을 죽이겠다고 하는데도 말리는 말을 하지 않았습니까?"

"안 했습니다. 거기 위〔캔자스 주립교도소〕에서는 사람들이 별별 말을 다 합니다. 어쨌거나 말뿐이라는 걸 알기 때문에 다들 별로 신경을 쓰지 않습니다."

"증인 말은 본인이 그런 식으로 말했지만 아무 뜻도 없었다는 말입니까? 증인이 피고〔히콕〕에게 클러터 씨 댁에 금고가 있다는 생각을 불어넣은 것이 아닌가요? 히콕 씨가 그 말을 믿길 바랐죠, 그렇지 않습니까?"

그 특유의 조용한 방식으로 플레밍은 증인을 궁지에 몰아넣고 있었다. 웰스는 넥타이가 갑자기 너무 꼭 조이기라도 한 양 한 번 잡아 뜯었다.

"그리고 증인은 클러터 씨에게 돈이 많다고 히콕 씨가 믿도록 하려던 거였죠. 그렇지 않습니까?"

"클러터 씨가 돈이 많다는 말은 했습니다. 네."

플레밍은 한 번 더 히콕이 클러터 가를 털기 위한 계획을 얼마나 자세히 웰스에게 말했는지 설명하도록 유도했다. 그러고 나서는 마치 개인적인 슬픔에 싸인 것처럼 변호사는 생각에 잠겨 말했다. "그럼 결국에 증인은 히콕 씨를 말리기 위해서 아무 일도 안 했다는 거군요?"

"저는 히콕이 그런 짓을 저지를 거라고 믿지 않았습니다."

"믿지 않았다 이거죠. 그러면 왜, 여기서 그런 사건이 벌어졌다는 것을 알았을 때 히콕 씨가 범인이라고 생각했습니까?"

웰스는 잘난 척하며 말했다. "그거야 저 사람이 하겠다고 말한 그대로 사건이 벌어졌기 때문이죠!"

해리슨 스미스, 변호인단의 좀 더 젊은 동료가 이제 심문을 맡았다. 억지로 공격적이고 조소하는 태도를 꾸미고 있기는 하지만, 실제로 스미스는 순하고 관대한 사람이었다. 그는 증인에게 별명이 있느냐고 물었다.

"아뇨. 그냥 플로이드라고들 부릅니다."

변호사는 코웃음을 쳤다. "동료들이 지금은 '고자질쟁이'라고 부르지 않습니까? 아니면 '앞잡이'라고 하지 않나요?"

"그냥 플로이드라고 합니다." 웰스는 다소 꺼림칙한 듯 대답했다.

"증인은 감옥에 몇 번이나 갔습니까?"

"세 번입니다."

"그중에 한 번은 거짓말을 해서였죠? 그렇지 않습니까?"

증인은 그 말을 부인하며, 처음에는 무면허 운전 때문이었고 두 번째 징역을 산 것은 강도죄 때문이고 세 번째는 군대 영창에서 90일 수감을 당한 건데, 군인이었을 때 저지른 일 때문이라고 했다. "우리는 기차에서 보초를 서고 있었어요. 그런데 기차 안에서 술을 조금 마셨죠. 그래서 창문이랑 전등을 향해서 총을 좀 쐈습니다."

모두 웃었다. 피고들과 해리슨 스미스를 제외하고는. (히콕은 바닥에 침을 뱉었다.) 스미스 변호사는 이제 웰스에게 홀컴에서 비극적인 사건이 생긴 걸 알았으면서도 관계자들에게 아는 걸 말할 때까지 왜 몇 주 동안이나 늑장을 부렸는지 물었다. "뭔가 나오기를 기다린 거 아닙니까? 보상금 같은 것?"

"아닙니다."

"보상금에 대해서 아무 말도 못 들었습니까?" 변호사는 〈허친슨 뉴스〉가 클러터 사건의 범인을 체포하고 유죄로 기소할 수 있는 정보를 제보하는 사람에게 주기로 한 보상금 1천 달러에 대해서 말하는 것이었다.

"신문에서 봤습니다."

"관계자들에게 말하기 전이었죠, 그렇지 않나요?" 증인이 그 말이 사실이라고 인정하자, 스미스 변호사는 계속 이렇게 물었다. "오늘 여기 와서 증언하는 대가로 군 검사가 어떤 특전을 주기로 한 겁니까?"

하지만 로건 그린이 항의했다. "재판관님, 이 질문에 대해서 항의합니다. 특전에 대해서는 이제까지 누구에게도 증언한 전례가 없습니다." 항의는 받아들여졌고, 증인은 내려가도 좋다는 허락을 받았다. 증인이 증인석을 떠날 때 히콕은 가까운 곳에 앉아 있는 사람들은 다 들을 수 있을 정도로 크게 말했다. "개새끼, 교수형은 바로 저놈이 당해야 돼. 저 새끼 좀 봐. 여기서 나가서 돈을 받고 감옥에서도 풀려나겠지."

이 예측은 맞았다. 머지않아 웰스는 돈과 가석방을 함께 얻었다. 하지만 행운은 오래가지 않았다. 웰스는 곧 다시 말썽에 휘말렸고 수년 동안 별별 일을 다 겪었다. 현재 웰스는 미시시피 주 파치먼에 있는 미시시피 주립교도소에 수감되어 있다. 그는 무장 강도로 30년 형을 구형받고 복역 중이다.

―

재판은 주말에는 휴정되었지만, 금요일까지 검찰 측은 워싱턴 DC에 있는 FBI 특수요원 네 명을 출두시킨 것까지 포함, 공소 사실 확인을 마쳤다. 이들은 과학 수사의 각종 분야에 숙련된 경험을 가진 연구원들로 피고와 사건을 연결시키는 물리적 증거(혈액 견본, 발자국, 빈 총탄, 노끈과 테이프)를 연구했다. 요원들은 각자 증거물의 타당성을 인증했다. 마지막으로 캔자스 주 수사국 요원 넷은 죄수들과 면담한 결과를 제시했고, 결국에는 죄수들이 쓴 자백서까지 내놓았다. 수사국 요원들을 반대 심문할 때, 피고 측 변호인들은 협공을 펴며 형사들이 자백을 받을 때 부정한 수단을 쓰지 않았는지 공격했다. 찜통처럼 덥고 옷장처럼 답답한 방 안에 전구를 환히 밝혀놓고 잔혹하게 심문하지 않았는가 하는 것이다. 이 비난은 사실이 아니었기 때문에 수사관들은 아주 언짢아하며 단호히 부인하고 자세히 설명했다. (후에 이런 허위 단서를 왜 그렇게 오랫동안 길게 물고 늘어졌냐고 한 기자가 히콕의 변호사에게 물었다. 그는 딱딱거리면서 "그럼 내가 어떻게 해야 합니까? 제길, 난 카드도 없이 게임하는 거나 다름없어요. 그렇지만 마네킹처럼 거기 앉아만 있을 수는 없습니다. 가끔씩 소리라도 내야 한다고요"라고 대답했다.)

피고 측에 가장 불리한 검찰 측 증인은 앨빈 듀이였다. 그의 증언, 그 사건에 대한 첫 번째 공식 발표는 페리 스미스의 자백을 자세하게 설명했고, 신문에 머리기사로 실렸으며("침묵해왔던 살인의 공포 마침내 베일을 벗다, 냉혹하고 잔인한 사실 밝혀지다"), 들은 사람들에게 충격을 주었다. 그러나 리처드 히콕만큼 놀란 사람도 없었다. 히콕은 듀이의 진술을 듣다가 화들짝 놀라 억울하다는 듯이 그의 말에 주의를 기울였다. 듀이 형사는 이렇게 말했다. "스미스가 제게 말한 것 중 아직 언급하지 않은 사실이 하나 더 있습니다. 클러터 가족들을 다 결박한 후의 일이라고 하더군요. 히콕은 스미스에게 낸시 클러터가 몸매가 참 좋은 것 같다며 그 애를 강간해야겠다고 말했다고 합니다. 스미스는 히콕에게 그렇게 못 하게 하겠다고 대답했다고 합니다. 스미스는 제게 말하기를, 자신은 성욕을 조절하지 못하는 사람을 존중하지 않는다고 했고, 히콕이 클러터 씨의 딸을 강간하게 하느니 히콕과 싸웠을 거라고 말했습니다." 그때까지도 히콕은 자기 동료가 경찰에게 자기가 성폭행을 하려 했다는 사실을 말했다는 걸 모르고 있었다. 게다가 히콕은 스미스가 더 우정을 발휘해서 원래 진술을 번복해 스미스 혼자 네 명을 다 쏴 죽였다고 주장했다는 것도 몰랐다. 앨빈 듀이는 증언이 막바지에 이르자 이런 사실을 폭로했다. "페리 스미스는 우리에게 제출한 진술서에서 두 가지를 고치고 싶다고 말했습니다. 그리고 그것 말고 진술서에 있는 다른 내용은 다 사실이고 정확하다고 말했습니다. 이 두 가지 말고는요. 클러터 부인과 낸시 클러터를 자기가 죽인 것으로 하고 싶다는 겁니다, 히콕이 아니라. 스미스는 히콕이…… 히콕의 어머니가 자기 아들이 클러터 집안 식구를 죽였다고 생각하게 놔두고서 죽고 싶지는 않을 것이라고 했습니다. 그리고 히콕 집안사람들은 좋은 사람들이라고 말했습니다. 그러니, 이렇게 하면 안 될 이유가 뭐가 있겠냐면서요."

이 말을 듣고 히콕 부인은 흐느꼈다. 재판 내내 히콕 부인은 구깃구깃한 손수건을 걱정스럽게 만지작거리며 남편 옆에 조용히 앉아 있었다. 가능한 한 자주, 부인은 아들과 눈을 마주치고 고개를 끄덕여주고 얄팍하기는 했으나 어머니로서 아들을 믿고 있다는 것을 확신시켜주는 미소를 지어 보이려 했다. 하지만 부인의 자제력이 다 떨어졌다는 것은 분명했다. 부인은 울기 시작했다. 몇몇 방청객이 힐긋 부인을 쳐다보았다가 민망했는지 곧 시선을 돌려버렸다. 나머지는 계속 이어지는 듀이의 증언에 딸려 나오는 이 조잡한 장송곡에 별로 신경 쓰지 않는 것 같았다. 심지어 그 남편조차도 아는 척하는 게 남자답지 못한 일이라고 생각했는지 쌀쌀맞게 앉아 있었다. 마침내 기자단 중에서 유일하게 여성인 기자가 히콕 부인을 법정 밖으로 데리고 나가 여자 화장실로 데리고 갔다.

일단 비통함이 진정되자, 히콕 부인은 비밀을 털어놓을 필요성을 느꼈다. 부인은 같이 와준 기자에게 말했다. "얘기할 만한 사람이 아무도 없었어요. 사람들이 친절하게 대해주지 않았다는 건 아니에요. 이웃 사람이나 다. 그리고 모르는 사람들까지도. 모르는 사람들도 편지를 써서 얼마나 힘든지 알고 있다고 하고 너무 안됐다고 위로를 해주었어요. 아무도 나쁜 말은 하지 않았다우, 월터한테든 나한테든. 여기서는 나쁜 말을 들을 줄 알았는데, 아무도 안 그러더라고요. 여기 사람들은 더 이상 잘해줄 수 없을 정도로 잘해주었어요. 우리가 끼니나 때울까 하고 들른 식당의 웨이트리스는 파이 위에 아이스크림을 얹어주고 그 값은 받지도 않았어요. 나는 그러지 말라고 말했어요, 먹을 수가 없으니까. 이전 같으면 먹을 수 있었을 것도, 이젠 먹을 수가 없어요. 그래도 얹어주더라고요. 단지 친절하게 해주려고. 실라, 그런 이름이었는데, 실라는 그 일이 우리 잘못이 아니라고 말했어요. 하지만 다른 사람들이 다들 그렇게 생각하면서 우릴 쳐다보는 것 같았어요. 그러니까, 어쨌든 이 여자는 비난받는 것이 마땅하다는 표정이었죠. 내가 딕을 그렇게 키웠기 때문에요. 어쩌면 내가 뭘 잘못했는지도 모르죠. 단지 뭐가 잘못된 건지는 잘 모르겠어요. 기억하려고만 하면 머리가 아파서. 우리는 평범한 사람들이에요. 시골 사람들이라우. 다른 사람들이랑 똑같이 살아요. 우리 집에도 좋은 시절이 있었지. 나는 딕에게 폭스트롯 추는 법을 가르쳤어요. 나는 언제나 춤을 미친 듯이 좋아했거든. 소녀 시절에는 그 춤이 내 인생의 전부였어요. 옛날에 남자애가 있었는데, 허 참, 그 애는 정말 춤을 얼마나 잘 췄는지. 같이 왈츠를 추고 은상을 받았지. 오랫동안 우리는 도망가서 무대에 서자는 계획을 세웠어요. 보드빌 쇼 같은 데. 그냥 꿈이었지. 아이다운 꿈. 그 애는 마음이 떠났고 어느 날 난 월터랑 결혼했어요. 그런데 월터 히콕은 스텝 하나 밟을 줄 몰랐어요. 남편은 발 잘 구르는 사람이랑 살고 싶으면 말이랑 결혼하지 그랬냐고 하는 거예요. 그다음에는 아무도 나와 다시 춤을 춰주지 않았어요. 딕에게 가르칠 때까지는요. 딕은 춤을 정확하게 익히지는 못했지요. 하지만 그 애는 착했어요. 그 애는 천성은 참 착한 어린애였는데."

히콕 부인은 끼고 있던 안경을 벗어서 더러워진 렌즈를 닦은 뒤, 통통하고 호감 가는 얼굴에 다시 잘 맞춰 썼다. "저기 법정에서 들은 얘기 말고 딕에게는 다른 좋은 점도 더 많아요. 검사들이야 그 애가 얼마나 끔찍한 인간인지 떠들어대겠지만, 그 애가 얼마나 착했다고. 아니 우리 애가 한 일에 대해서 변명을 할 수는 없어요. 그 애가 그 일에 끼어들었다는 건. 나는 그 집 식구들을 잊지 않고 있어요. 그 사람들을 위해서 매일 밤 기도해요. 하지만 딕을 위해서도 기도하지. 그리고 이 아이 페리를 위해서도. 그 애를 싫어한다면 내가 나쁜 거지. 나는 이젠 그 애를 동정할 뿐이에요. 그리고 아시겠지만, 클러터 부인도 동정할 거라고 믿고 있어요. 사람들 말로는 그 여자도 그렇게 착했다는데."

법정은 휴정되었다. 방청객들이 떠나는 소리가 화장실 문 너머 복도에 딸각딸각 울려 퍼졌다. 히콕 부인은 가서 남편을 만나 봐야겠다고 했다. "남편은 시한부 인생이에요. 이제 남편이 더 신경 쓸 일도 없지요."

―

재판 현장을 지켜본 많은 사람들은 보스턴에서 온 손님, 도널드 컬리번의 존재에 당황했다. 착실한 가톨릭 신자에다가 하버드를 졸업한 성공한 기술자, 남편이자 세 아이의 아버지인 이 젊은이가 왜 혼혈에 교육도 못 받은 살인자의 친구로 자처하는지 사람들은 이해하지 못했다. 게다가 두 사람은 잘 아는 사이도 아니었고, 9년 동안이나 서로 만난 적도 없다지 않나. 컬리번 본인은 이렇게 말했다. "제 아내도 이해 못 하고 있어요. 저는 여기까지 올 여력이 없었거든요. 여기 오자고 연차 일주일을 써버렸고, 다른 용도에 쓰려고 했던 돈을 써야 했고요. 하지만 다르게 생각하면, 오지 않는다는 것도 안 될 일이었죠. 페리의 변호사가 편지를 보내서 페리의 인성을 증언해주지 않겠느냐고 했어요. 편지를 읽는 순간 난 이 일을 해야 한다는 걸 알았죠. 왜냐하면 이 친구에게 내 우정을 줬기 때문이에요. 그리고 또…… 그게, 난 영생을 믿습니다. 모든 영혼은 주님이 구원해주실 겁니다."

페리 스미스라고 하는 한 영혼을 구원하는 일은 가톨릭 신자인 부보안관과 그 부인 또한 열심히 거들고 있었다. 페리에게 지역 교구 신부인 구보 신부와 상담을 해보라고 했을 때 퇴짜를 맞기는 했지만. (페리는 이렇게 말했다. "신부나 수녀나 벌써 나는 운을 다 시험해봤어요. 그걸 증명해줄 흉터가 아직도 남았죠.") 그래서 재판이 휴정된 주말 동안, 마이어 부부는 컬리번을 초대해서 감방에서 죄수와 함께 일요일 저녁을 함께하도록 했다.

친구를 접대하고, 소위 주인 역할을 할 수 있는 기회를 갖게 되어 페리는 즐거워했다. 그리고 메뉴를 정하는 것—속을 채워 구운 야생거위를 그레이비소스와 뭉근하게 으깬 감자, 콩 줄기, 육즙 젤리 샐러드, 뜨거운 비스킷, 찬 우유, 갓 구운 체리파이, 치즈와 커피—에 재판 결과보다 더 관심을 기울이는 것 같았다. (확실히 페리는 재판 결과가 손에 땀을 쥐고서 기다릴 문제라고 생각지는 않았다. "이 시골뜨기들이야, 돼지가 밥찌꺼기를 먹어 치우는 것보다 더 빨리 우리를 교수형에 처하라는 결정을 내리겠죠. 그 사람들 눈을 보세요. 그 법정에서 살인자가 나 하나뿐이라면 내 손에 장을 지져도 좋아요.") 일요일 아침 내내, 페리는 손님 맞을 준비를 했다. 날은 따뜻했고, 약간 바람이 불었으며, 나뭇가지에서 나긋나긋하게 흔들리는 나뭇잎 그림자는 창살이 쳐진 감방 창문을 스치며, 페리가 길들여놓은 다람쥐를 좀 쑤시게 했다. 다람쥐 레드가 흔들리는 그림자를 따라다니는 동안 주인은 방을 쓸고, 먼지를 털고, 바닥을 닦고, 변기를 싹싹 닦은 뒤, 온갖 문학작품을 모아놓은 책상을 치웠다. 그 책상에다가 저녁 식사를 차렸는데, 일단 상을 다 차려놓고 보니 마이어 부인이 식탁보와 수를 놓은 냅킨, 가장 좋은 도자기 그릇과 은 식기를 빌려준 덕에 손님맞이에 더할 나위 없이 적격이었다.

컬리번도 깊은 인상을 받았다. 그는 성찬이 쟁반에 담겨 식탁 위에 놓이자 휘파람을 불었다. 자리에 앉기 전에 컬리번은 초대해준 주인에게 자기가 식전 기도를 해도 괜찮겠느냐고 물었다.

컬리번이 고개를 숙이고 손을 모아 부드럽게 "주님, 그리스도의 자비로 오늘도 우리에게 일용할 양식을 주셔서 감사합니다"라고 외는 동안 주인인 페리는 고개도 숙이지 않고 손만 뚝뚝 꺾었다. 페리는 자기 생각에는 일용할 양식을 준 사람은 마이어 부인이라고 우물우물 말했다. "아주머니가 이 요리를 다 하신 거야." 페리는 손님의 접시에 음식을 수북이 담아주며 말했다. "만나서 반가워, 돈. 얼굴이 전이랑 똑같네. 하나도 안 변했어."

꼼꼼한 은행 직원처럼 숱이 부쩍 적어진 머리에, 기억하기 힘든 얼굴을 하고 있는 컬리번은 겉모습은 많이 변하지 않았다며 그 말에 동의했다. 하지만 그의 내적 자아, 보이지 않는 인성은 다른 문제였다. "나는 그냥 죽 살아왔어. 하느님이 유일한 현실이라는 걸 모르고서. 일단 그 사실을 깨닫고 나면, 모든 게 제자리에 들어맞지. 삶은 의미를 가지고 있는 거야. 죽음도 마찬가지고. 어이, 언제나 이렇게 거하게 먹는 거야?"

페리는 웃었다. "마이어 부인은 정말 요리를 잘해서. 아주머니가 만든 스페인식 쌀 요리 한번 먹어봐야 하는데. 나는 여기 온 후로 몸무게가 7킬로그램 가까이 늘었어. 물론 그래도 아직 마른 편이긴 하지만 말이야. 딕하고 미친 듯이 차를 달리면서 길 위에서 보낼 때 몸무게가 많이 줄었거든. 제대로 된 밥을 먹지 못해서 거의 항상 배가 고팠어. 거의 짐승처럼 살았어. 딕은 언제나 식품점에서 통조림 같은 걸 훔쳐 왔지. 구운 콩이나 스파게티 통조림. 우리는 그 깡통들을 차에서 따서 차가운 그대로 먹었어. 짐승이지. 딕은 물건 훔치는 걸 좋아해. 걔한테는 그게 감정적인 일이야. 병 같은 거지. 나도 물론 도둑이지만 난 물건 살 돈이 없을 때만 훔쳤어. 딕은 주머니에 100달러가 들어 있어도 껌

한 통이라도 훔칠 애야."

나중에 담배를 피우고 커피를 들면서 페리는 다시 절도에 대한 화제로 돌아갔다. "내 친구 윌리제이가 그 얘기를 한 적이 있었어. 그 친구는 모든 범죄는 단지 '절도의 변형'일 뿐이라고 말하고는 했었어. 살인도 포함해서. 한 사람을 죽이는 건 그 사람의 삶을 빼앗는 거지. 그렇다면 나는 정말 대도라고 할 수 있을 거야. 봐, 돈. 나는 그 사람들을 죽였어. 거기 법정에서는 듀이 형사가 마치 내가 딕의 엄마 때문에 대충 뒤집어쓰고 얼버무린 것처럼 말했지. 아니, 난 거짓말한 게 아냐. 딕은 나를 도왔어. 회중전등을 들어줬고 탄피를 주웠지. 그리고 이 계획도 걔 생각이었고. 하지만 딕은 그 사람들을 쏘지 않았어. 그럴 수가 없었지. 딕은 도망갈 때는 강아지처럼 쌩 도망갈 수 있는 녀석이지만. 나는 내가 왜 그랬는지 모르겠어." 페리는 마치 그 문제가 새로운 얘기라도 되는 양 얼굴을 찡그렸다. 마치 땅에서 무슨 종류인지 알 수 없는 놀라운 빛깔을 띤 돌을 새롭게 파낸 듯했다. "나는 왜 그랬는지 모르겠어." 페리는 그 돌을 불빛 아래 가져다 대고 여러 각도에서 보는 것처럼 말했다. "나는 딕에게 정말 학을 뗐어. 깡패 같고 뻔뻔한 자식. 하지만 딕이 그런 짓을 저지른 건 아니었어. 어쩌면 밝혀질까 봐 두려워서 그랬는지 모르지. 나는 기꺼이 도박을 할 작정이었던 거야. 그리고 클러터네 식구들이 어떻게 해서도 아니야. 그 사람들은 절대 내게 해를 입히지 않았지. 다른 사람들하고는 달라. 내 인생을 가져간 다른 사람들과는. 아마도 클러터 씨는 대신 대가를 치른 것뿐일 거야."

컬리번은 뉘우침으로 볼 수도 있는 이 감정의 깊이를 헤아려보려고 하며 곰곰이 생각했다. 페리가 확실히 신의 자비와 용서를 구할 만큼 심각하게 자신의 잘못을 후회하고 있는 것일까? 페리는 말했다. "미안하게 생각하느냐고? 그런 뜻으로 물어본 거면 아니라고 할 수 있어. 나는 그 일에 아무 감정을 못 느껴. 나도 내가 뭔가 느꼈으면 좋겠어. 하지만 그 일에 대해서는 조금도 심란하지 않아. 그 일이 일어난 후 반시간쯤 지나니까 딕은 농담을 해댔고 나는 그 농담을 듣고 웃었지. 어쩌면 우리는 인간이 아닌지도 몰라. 난 내 자신에 대해서는 유감을 느낄 정도로는 인간적이지. 넌 여기서 나갈 수 있어도 난 여기서 나갈 수 없다는 게 유감이야. 하지만 그게 다지." 그렇게 초연한 태도를 가질 수 있다는 것을 컬리번은 믿을 수가 없었다. 페리는 혼란스러워서, 실수를 저지른 것이었다. 어떤 인간도 그렇게 양심이나 동정심이 없을 수는 없는 것이었다. 페리는 말했다. "왜? 군인들이 잠을 설치는 것도 아니잖아. 군인들은 살인을 하고 훈장을 받아. 캔자스의 착한 사람들은 나를 살해하고 싶어 하겠지. 그리고 교수형 집행인들은 기꺼이 그 일을 맡을 거고. 사람을 죽이는 건 쉬워. 부도 수표를 돌리는 것보다는 훨씬 더 쉽지. 이것만 기억해. 나는 클러터 씨 가족을 1시간 정도 알았을 뿐이야. 내가 진정으로 그 사람들을 알았더라면 다른 느낌을 가졌을지도 모르지. 이게 자랑스러운 일은 아니야. 하지만 사건이 일어난 방식대로라면, 사격장에서 표적을 고르는 거나 마찬가지였다는 거야."

컬리번은 침묵을 지켰다. 그의 침묵을 페리는 항의의 표시로 해석하고 기분이 언짢아졌다. "제길, 돈, 내가 너한테까지 위선적으로 굴도록 만들지 마. 거짓말은 집어치우자고. 내가 얼마나 미안하게 생각하는지, 내가 지금 하고 싶은 일은 무릎 꿇고 비는 것이라고 말하게 하지 말라고. 이런 말들은 나한테는 하나도 마음에 와 닿지 않아. 항상 부인해왔던 것을 하룻밤 새에 받아들일 수는 없어. 솔직히 말해서 네가 나한테 해준 일이 네가 하느님이라고 부르는 존재가 나한테 해준 일보다는 훨씬 많다는 거야. 앞으로 해줄 일까지 포함한다고 해도. 나한테 편지를 써주고, 스스로를 내 '친구'라고 하고. 내가 친구 한 명 없었을 때 말이야. 조 제임스 말고는." 조 제임스는 한때 워싱턴의 벨링엄 근처에 있는 숲에서 같이 살았던 젊은 인디언 나무꾼이라고 페리는 컬리번에게 설명해주었다. "가든시티에서 거기까지는 참 멀지. 족히 320킬로미터는 될걸. 조한테 내가 어려운 상황에 처했다고 편지를 보냈어. 조는 가난한 사람이고 먹여 살려야 할 애도 일곱이나 돼. 하지만 그 친구는 걸을 수 있게 되면 여기 와주겠다고 약속을 하더군. 아직 오지는 않았고 영 안 올지도 모르지만, 그래도 나는 그 친구가 올 거라고 생각하고 있어. 조는 언제나 나를 좋아했거든. 너는 어때, 돈?"

"그럼, 나도 널 좋아해."

컬리번의 부드럽고 단호한 대답을 듣자 페리는 기쁘고도 약간 들떴다. 그는 미소를 지으며 말했다. "그럼 넌 진짜 이상한 녀석이야." 페리는 갑자기 일어서더니 감방을 가로질러 가 빗자루를 집었다. "난 내가 왜 낯선 사람들 사이에서 죽어야 하는지 모르겠어. 왜 시골뜨기들이 빙 둘러서서 내가 목 졸리는 걸 보게 해야 하는지. 쌍. 그전에 자살해야 할까 봐." 페리는 빗자루를 들어 올려 빗자루 솔을 천장에서 타오르고 있는 전구에 갖다 댔다. "이 전구를 꺼내서 깬 다음 손목을 긋기만 하면 되는 거야. 그래야 돼. 네가 아직 여기 있는 동안에. 나한테 조금이라도 관심이 있는 사람이 옆에 있는 동안에."

―

재판은 월요일 아침 10시에 속개되었다. 90분 후에 법정은 휴정되었고, 그 짧은 시간 내에 최후 변론이 끝났다. 피고들이 자기 변론을 거부했기 때문에 클러터 가족들을 실제로 죽인 사람이 히콕인지 스미스인지 하는 문제는 제기되지 않았다.

증인석에 섰던 다섯 명의 증인 중에 첫 번째 사람은 눈이 퀭하게 들어간 히콕 씨였다. 히콕 씨는 슬픔 어린 목소리로 위엄 있고 명료하게 말했지만, "일시적 정신 이상"이라는 주장에 도움이 될 증언은 하나밖에 하지 못했다. 히콕 씨의 말에 따르면 그의 아들은 1950년 7월에 교통사고를 당해 머리에 부상을 입었다. 이 사고 전에 딕은 "밝고 운 좋은 아이"였고, 학교에서 모범생이었으며, 동급생 사이에서 인기가 좋았고, 부모님에게는 효자였다. "누구하고도 문제가 없었습니다."

해리슨 스미스는 부드럽게 증인을 유도하며 말했다. "그럼, 1950년 7월 이후에는 아드님의 성격이나 습관, 행동에서 뭔가 변화를 발견하셨나요?"

"그 애는 행동하는 게 예전 같지 않았습니다."

"어떤 변화를 보셨나요?"

히콕 씨는 신중하게 생각하며 망설이다가 다음과 같은 예를 열거했다. 딕은 부루퉁하고 안절부절못했다, 자기보다 나이가 많은 남자애들과 어울려 다녔다, 술을 마시고 도박을 했다. "그 애는 이전과 같은 사람이 아니었어요."

반대 심문을 떠맡은 로건 그린은 즉시 마지막 주장을 문제 삼았다. "히콕 씨, 1950년 전까지는 아드님과 아무런 문제가 없었다고 말씀하셨죠?"

"……그 애는 1949년에 체포된 적이 있었던 것 같습니다."

그린의 작은 입술이 시큼한 미소를 머금으며 슥 휘었다. "아드님이 무슨 죄목으로 체포되었는지 기억하십니까?"

"드러그스토어를 침입한 죄목으로 기소되었습니다."

"기소되었다고요? 본인이 상점을 침입했다는 것을 인정하지 않았나요?"

"맞아요, 그랬습니다."

"그 일이 1949년이었지요. 그런데도 아드님 태도나 행동에 있어서의 변화가 1950년 이후에 일어난 일이라고 하신단 말이지요?"

"그렇습니다, 네."

"그렇다면 1950년 이후로는 '착한' 사람이 되었다는 뜻인가요?"

몇 차례 심한 기침이 터져 나와 노인의 자세가 흐트러졌다. 히콕 씨는 손수건에 침을 뱉었다. "아니요." 노인은 객담을 살펴보며 말했다. "그렇게 말할 수는 없는데요."

"그렇다면 어떤 변화가 일어났다는 건가요?"

"글쎄요, 설명하기가 조금 어려울 것 같습니다. 그냥 같은 사람처럼 행동하지 않았어요."

"그럼 아드님이 범죄 성향을 잃었다는 뜻인가요?"

검사의 반격에 사람들은 상스럽게 크게 웃어댔다. 테이트 판사는 엄격하게 좌중을 둘러보며 소란을 곧 잠재웠다. 이윽고 히콕 씨는 증인석에서 내려가도 좋다는 말을 들었고, 그 자리에는 대신 W. 미첼 존스 박사가 섰다.

존스 박사는 법정에서 자신을 "정신의학 분야의 내과 전문의"라고 소개했고, 자신의 자격을 뒷받침하기 위해서 캔자스 토피카에 있는 토피카 주립정신병원에 1956년 부임해서 지금까지 1500명의 환자를 상담했다는 말도 덧붙였다. 지난 2년 동안, 박사는 라니드 주립병원에서 의사로 근무했고, 거기서는 정신 이상 범죄자 전용 구역인 딜런 빌딩을 맡고 있다고 했다.

해리슨 스미스는 증인에게 질문을 시작했다. "살인자를 대략 몇 명 정도 치료하셨나요?"

"대충 스물다섯 명 정도입니다."

"박사님, 제 의뢰인인 리처드 유진 히콕을 알고 계시지요?"

"알고 있습니다."

"히콕 씨를 전문적으로 진찰해볼 기회가 있었습니까?"

"네, 변호사님. 저는 히콕 씨에 대해서 정신 분석 평가서를 만들었습니다."

"박사님의 진찰에 기초해서, 리처드 유진 히콕 씨가 범죄를 저지를 당시 옳고 그름을 분간할 수 있었는지에 대해서 소견을 내셨습니까?"

증인은 스물여덟 살의 건장한 남자였고 달덩이 같기는 했지만 지적이고, 미묘하게 섬세한 얼굴을 하고 있었다. 그는 길고 긴 답변을 준비하려는 듯 숨을 깊이 들이마셨다. 그때 판사는 그러지 말라고 주의를 주었다. "증인은 단지 질문에 네, 아니요로만 대답하면 됩니다. 네, 아니요로만 대답하세요."

"네."

"그럼 어떤 소견을 가지고 계신가요?"

"일반적 정의 내에서 히콕 씨는 옳고 그른 것을 구분할 수 있었다고 생각합니다."

존스 박사는 '일반적 정의'라고 말해서 흑과 백 사이의 다양한 회색지대를 분간하기에는 장님이나 다름없는 맥노튼 법칙으로만 논점을 국한시킨 셈이었다. 하지만 다르게 대답할 도리는 없었다. 물론 이 대답은 히콕의 변호사에게는 실망스러웠다. 변호사는 절망에 빠져 다음과 같이 물었다. "그 대답을 좀 더 자세히 말씀해주실 수 있습니까?"

그 질문도 마찬가지로 별로 소용이 없었다. 존스 박사가 더 자세히 설명하겠다고 동의하긴 했으나, 검사 측은 항의할 자격이 있었고 실제로 항의를 했다. 캔자스 주법에 따르면 관련 질문에는 네, 아니요로밖에 대답할 수 없게 되어 있었던 것이다. 항의는 받아들여졌고, 증인은 내려가라는 명령을 받았다. 하지만 존스 박사가 더 발언해도 좋다고 허락을 받았더라면 박사는 이렇게 증언했을 것이다. "리처드 히콕은 평균 이상의 지능에, 새로운 생각을 쉽사리 이해하고, 여러 방면에 정보를 가지고 있습니다. 그는 주위에서 일어나는 일에 민감하고, 정신적 혼란이나 이상의 징후를 보이고 있지는 않습니다. 히콕의 사고는 잘 조직되어 있으며 논리적이고, 현실에도 잘 적응하고 있는 것 같습니다. 기억 상실이나 구체적 개념 형성, 지력 악화처럼 뇌 기관이 손상되었다는 일반적 징후는 발견할 수 없었지만, 이 부분도 완전히 배제할 수는 없습니다. 히콕은 1950년 뇌졸중으로 머리에 심각한 부상을 입었고, 몇 시간 동안 의식을 잃기도 했습니다. 병원 기록을 살펴본 결과 이 점은 확인되었습니다. 히콕은 그때 이후로 가끔 발작을 일으켜 정신을 잃기도 하고, 일시적으로 기억 상실을 일으킬 때도 있고 두통도 있다고 말했으며 반사회적 행동

대부분을 그 시기 이후에 저질렀다고 했습니다. 히콕은 두뇌 손상의 후유증이 남아 있는지 확인해줄 수 있는 의학적 진단을 받은 적이 없습니다. 후유증이 있다고 확실한 진단 결과를 내리려면 최종적으로 의학 테스트를 받아야 할 것입니다……. 히콕은 감정적 비정상의 징후를 보이고 있습니다. 자신이 무슨 짓을 저지르고 있는지 알고 있었으며 그대로 계속 일을 진행시켰다는 것은 이러한 사실을 가장 확실하게 보여주는 증거라 하겠습니다. 히콕은 충동적으로 행동하는 인물이며, 그 행동이 가져오는 결과나 미래에 이 일이 자신이나 다른 사람에게 어떤 불편함을 안겨줄지 전혀 생각하지 않고 일을 저지르는 사람입니다. 히콕은 과거의 경험에서 뭔가 배울 능력이 없고, 간헐적으로 생산적인 활동을 하기도 하지만 그다음에는 곧이어 공공연하게 무책임한 행동을 하는 특이한 양상을 보이고 있습니다. 정상적인 사람들만큼 좌절의 감정을 참지 못하고, 반사회적 행동을 하지 않으면 이런 감정을 떨쳐버릴 수가 없습니다……. 히콕은 자긍심이 아주 낮고, 남몰래 자신을 다른 사람과 비교해서 열등의식을 품고, 성적으로 부적절한 망상을 가지고 있습니다. 이런 감정은 부자가 되어 힘을 얻을 수 있다는 꿈을 꾸면 과하게 보상이 되고, 자기의 공적에 대해서 허풍을 떨거나, 돈이 있으면 과하게 쓰고 다니는 성향과, 일을 하면서 정상적으로 천천히 진도를 나가는 데에 대해서 불만을 품는 태도로 나타납니다……. 히콕은 다른 사람과의 관계에서 불편함을 느끼고, 개인적으로 애착을 갖는 관계를 형성하고 유지하는 데 병적이라고 할 정도로 무능력합니다. 히콕은 일반적인 도덕 기준을 가지고 있는 척하지만, 행동을 할 때는 그런 기준에 전혀 영향을 받지 않는 것이 분명합니다. 요약하자면, 히콕은 정신의학적으로 심각한 성격 장애라고 할 수 있는 증상의 전형적인 특성을 상당히 보여주고 있습니다. 뇌 기관 손상 가능성을 배제할 수 있는 절차를 차근차근 밟아가는 게 중요한데, 만약 그런 손상이 존재하고 있다면 본질적으로 지난 몇 년간의 행동과 사건 당시 히콕의 행동에 영향을 끼쳤을 수도 있기 때문입니다."

하지만 정신과 의사가 간단히 히콕의 정신 능력에 대해서 증언하는 바람에, 다음 날이나 되어야 배심원단 앞에서 할 수 있는 정식 변론을 제외하고는 미리 계획해놓은 히콕의 변론은 다 취소되었다. 다음은 스미스의 나이 지긋한 변호사, 아서 플레밍의 차례였다. 플레밍 변호사는 네 명의 증인을 소환했다. 캔자스 주립교도소의 개신교 목사 제임스 E. 포스트, 저 멀리 북서쪽에 있는 야생림 속 자기 집에서 이틀 밤하고도 하루 낮을 여행해서 그날 아침에 버스로 막 도착한, 페리의 인디언 친구 조 제임스, 도널드 컬리번 그리고 또 등장한 존스 박사였다. 맨 마지막 사람을 제외하고, 나머지 세 사람은 "성격 증인"으로 소환된 것이었다. 피고인에게도 몇 가지 인간적인 덕성이 있다는 것을 설명해줄 사람들이었다. 증언은 별로 잘되지 않았다. 증인 모두 검사의 반대 심문 전, 빈약하게나마 피고에 대해서 호의적인 발언을 하는 것으로 타협을 보았으나 검사 측은 이런 성격의 개인적 평가는 모두 "자격 없고, 부적절하며, 실질적 증거가 되지 않는"다고 묵살해버리고 증인들을 증인석에서 금방 내쫓아버렸다.

예를 들면, 검은 머리에 페리보다 더 피부가 검은 조 제임스, 마치 방금 숲 속의 그늘에서 신비스럽게 나타난 것처럼 빛바랜 사냥꾼 셔츠에 모카신 구두를 신고 있는 키 작은 남자는 법정에

서서 피고가 지난 2년 동안 자기 가족과 가끔씩 같이 살고는 했다고 말했다. "페리는 호감 가는 친구였어요. 주변 사람들이 다 좋아했죠. 내가 아는 한 정도에서 벗어난 일은 한 적이 없어요." 검찰 측에서는 거기서 제임스의 말을 끊어버렸다. 또한 도널드 컬리번이 "내가 군대에서 페리랑 알고 지낸 기간 동안에 페리는 참 사람이 좋은 친구였어요"라고 말하자마자 컬리번의 말도 끊어버렸다.

포스트 목사만이 조금 오래 살아남을 수 있었다. 목사는 직접적으로 죄수를 칭찬하려고 하지 않고, 그저 랜싱에서 페리를 만났을 때를 동정적으로 묘사했기 때문이었다. "내가 처음 페리 스미스를 만났을 때는 페리가 자기가 그린 그림을 가지고 교도소 교회당 내에 있는 내 사무실로 찾아왔을 때였습니다. 예수님의 모습을 머리부터 어깨까지 파스텔 크레용으로 그린 초상화였죠. 페리는 교회당에서 사용했으면 좋겠다며 그 그림을 내게 주고 싶다고 했어요. 그 그림은 아직도 내 사무실 벽에 걸려 있습니다."

플레밍이 물었다. "그 그림의 사진을 가지고 있습니까?" 목사는 봉투 한가득 사진을 가지고 왔다. 하지만 목사가 배심원들에게 돌리기 위해서 사진을 꺼내려 하는 게 확실해 보이자 격분한 로건 그린은 벌떡 일어섰다. "존경하는 재판장님, 이건 너무 지나친……." 존경하는 재판장님은 더 이상 지나친 행위는 삼가도록 명령했다.

다음으로 존스 박사가 소환되었다. 박사가 이전에 출석했을 때도 따라왔던 사전 질문을 똑같이 반복한 다음, 플레밍 변호사는 중대한 질문을 던졌다. "페리 스미스와 대화를 해보시고, 진찰해본 결과 박사님은 피고가 이 사건과 관련된 폭력 행위를 저지를 당시 옳고 그른 것을 구분할 수 있었다는 소견을 가지고 계십니까?" 판사는 다시 한 번 증인에게 주의를 주었다. "증인은 네, 아니요로만 대답하세요. 할 수 있었다는 소견을 가지고 있습니까?"

"아니요."

놀라움에 차 수군대는 소리가 들려오는 가운데, 본인도 놀라버린 플레밍이 다시 물었다. "그러면 어째서 구분할 수 있다는 소견을 가지고 계시지 않은지 배심원들에게 설명해주십시오."

그린이 항의했다. "증인은 구분할 수 있다는 소견을 가지고 있지 않다고 했으니, 그것으로 충분합니다." 결국 법적으로 말해서 그 증언으로 충분한 것으로 끝나버렸다.

하지만 존스 박사가 네, 라고 대답할 수 없는 이유에 대해서 논증을 하도록 허락받았다면, 이렇게 증언을 했을 터였다. "페리 스미스는 확실히 정신 질환의 증상을 보여주고 있습니다. 제게 진술한 내용이나 수감 기록에서 확인한바, 스미스는 어릴 때 양친에게 학대를 받았고 애정이 결핍되었다는 특징이 있습니다. 스미스는 제대로 교육이나 사랑을 받지 못했고, 도덕적 가치에 대해서 고정된 개념을 익히지 못한 채 성장한 것으로 보입니다……. 스미스는 주변에서 일이 어떻게 흘러가는지 방향을 잘 잡고 있었고, 과하게 경계심을 보이며 혼란을 느꼈다는 징후는 발견되지 않았습니다. 지능은 평균 이상이고, 교육을 별로 받지 못했다는 것을 고려하면 상당한 지식을 가지고 있습니다……. 스미스의 성격 구성에서 특히 병리학적으로 두드러지는 점은 두 가지 특징입니다. 첫째는 세상에 대해 편집증적인 증세가 있다는 거죠. 스미스는 의심이 많고, 타인을 신뢰하지 못하며, 다른 사람들이 자기를 차별 대우를 한다고 느끼거나, 자기에게 불공정하게 대하거나 자기를 이해하지 못한다고 느끼는 경향이 있습니다. 스미스는 다른 사람이 가하는 비판에 과하게 민감하고, 자기를 놀리는 걸 참지 못합니다. 다른 사람이 자기를 무시하거나 모욕하면 재빨리 감지하고 좋은 의도로 말한 것도 오해해서 받아들이는 경우도 잦습니다. 스미스는 우정과 이해를 아주 간절히 바라고 있지만 남에게 마음을 여는 것은 꺼립니다. 먼저 마음을 열 때도 자기 말이 잘못 이해되거나 배반당할 거라고 예상하고 있습니다. 다른 사람의 의도나 감정을 평가할 때는 현실 상황과 자신이 정신적으로 투사한 상황을 분간할 수 있는 능력이 아주 떨어집니다. 모든 사람을 한데 묶어 사람들이 위선적이고 적대적이기 때문에 자기가 무슨 짓을 해도 그 사람들은 그럴 거라고 치부해버리는 일도 적지 않습니다. 둘째 특징은 이 첫째 특징과 유사한데, 항상 분노를 느끼며 이런 분노를 통제할 수 있는 능력이 아주 열악하다는 것입니다. 속임수나 무시를 당했다거나 다른 사람이 자기에게 열등하다는 딱지를 붙이면 쉽게 이런 분노가 촉발됩니다. 과거에 스미스가 분노를 느낀 대상은 대부분 권위적인 인물이었습니다. 아버지, 형, 군대 하사관, 주 가석방 담당자. 그래서 몇몇 경우는 폭력적이고 공격적인 행동으로 이어지기도 했죠. 스미스와 그의 지인들 모두 스미스가 이런 분노를 내면에 '쌓아놓고' 있으며, 통제력이 약하다는 사실을 알고 있었습니다. 분노가 자기 자신을 향할 때는 자살 충동을 느끼기도 했죠. 이런 분노가 부적당할 정도로 강력한 것이나, 통제하거나 다른 곳으로 흘려보낼 능력이 부족하다는 것은 성격 구조에 있어서 주된 약점을 반영하는 것입니다……. 이러한 특성에 더해서, 진찰 대상자는 사고 회로 이상의 초기 증세를 약간 보이고 있습니다. 생각을 조직하는 능력이 떨어지고 자신의 생각을 검토하거나 요약할 수가 없으며 점점 몰입하다가 가끔은 사소한 부분에서 헤매기도 하고 있습니다. 어떤 생각은 현실과 전혀 상관 없어 '마술적'이기까지 합니다……. 스미스는 타인과 감정적으로 밀접하게 맺고 있는 관계가 거의 없고 관계를 맺었다 하더라도 작은 위기가 찾아오면 버티지 못하고 금방 끊겨버립니다. 몇 안 되는 소수의 친구 집단 바깥에 있는 사람들에게는 별 감정을 느끼지 못하고, 인간 생명에 진정한 가치를 부여하고 있지도 않습니다. 이렇게 어떤 분야에 있어서 감정적으로 분리되거나 무감동하다는 사실은 정신 이상의 또 다른 증거입니다. 정확한 정신 감정 진단 결과를 얻으려면 더 포괄적인 검사가 필요하지만, 현재 성격 구조상으로만 봐서는 편집증적인 정신 분열증 환자의 반응과 거의 유사합니다."

법의 정신의학 분야에서 널리 존경받는 숙련의로서 캔자스 토피카의 메닝거 진료소에 근무하는 조지프 새튼 박사가 존스 박사와 상담한 뒤 딕과 페리에 대한 존스 박사의 평가를 인증해주었다는 것은 중요한 사실이다. 새튼 박사는 후에 이 사건에 더 깊은 관심을 기울여 이 범죄가 두 가해자 사이의 상호작용에 마찰이 없었더라면 일어나지 않았겠지만 본질적으로 페리 스미스의 행동은 전형적인 살인자의 행동 양상을 보여준다고 생각했다. 박사는 〈실질적 동기 없는 살인—성격 조직 장애 연구〉라는 논문에서 이런 살인자들의 행태에 대해서 자세히 묘사한 적이 있다.

《미국 정신과학 저널》 1960년 7월호에 실린 이 논문은 칼 메닝거, 어윈 로젠, 마틴 메이먼, 이 세 의사와 함께 협동 연구를 진행해서 쓴 것으로, 도입부에 논문의 목적을 이렇게 서술하고 있다. "살인자가 범죄의 책임이 있는가를 평가하려고 할 때, 검찰 측은 살인자를 두 부류, '일반형'과 '정신 이상형'으로 구분한다. (모든 폭력범들은 다 해당된다.) '일반형' 살인자들은 유죄로 판명되기는 하지만, 이해할 수 있는 합리적 동기에 따라 행동한다고 여겨진다. 그러나 '정신 이상형' 살인자들은 비합리적이고 무의미한 동기에 휘둘린다. 합리적 동기가 현저하거나(예를 들어, 개인적 이득을 위해 살인을 할 때처럼), 비합리적 동기가 망상이나 환각을 수반할 때는(예를 들어, 편집증 환자가 상상 속에서 자기를 죽이려고 하는 사람을 도리어 죽였을 때처럼), 정신의학자들이 그 상황을 분석하는 데는 별문제가 없다. 하지만 합리적이고 일관적이고 자제력이 강한 것 같아 보이는 사람이 기괴하고 겉으로 보기에 무의미한 살인을 저질렀을 때는 까다로운 문제를 야기한다. 법정에서 불일치가 일어나거나 같은 가해자에 대해 서로 반대되는 보고서가 나오는 것이 바로 그것이다. 우리는 이 논문을 통해 살인자를 치료하는 정신병리학이 적어도 우리가 묘사하고자 하는 특정한 증세에 대해서는 형성되어 있다는 것을 밝히려 한다. 일반적으로 이런 개인은 자아 통제 능력이 심각하게 부족하고, 과거에 겪어서 현재 무의식적인 정신적 외상으로 남은 경험에서 나오는 원초적 폭력성을 공공연하게 표현할 수도 있다."

저자들은 겉보기에 별다른 동기 없이 살인을 저지른 죄로 기소된 남자 네 명을 진찰했다. 이 진찰은 항소 절차를 밟는 일부

과정이었다. 모든 피고인들은 재판에 앞서 진찰을 받았고, '정신 분열증 없음', '정상' 판정을 받았다. 이중 세 명은 사형 선고를 받았고, 네 번째 사람은 장기 복역 중이었다. 각 건의 재판에서 추가로 정신 진단이 요구되었는데 변호사나 친척, 친구가 이전에 행한 정신 진단 결과에 대해서 불만족을 표시했고, "어떻게 이처럼 정상적인 사람이 미친 사람이나 저지를 죄를 범했다는 이유로 기소당할 수 있는가?"라는 질문을 던지며, 이전 진단의 법률상 효력에 대해서 의문을 제기했기 때문이었다. 저자들은 범죄자 네 명과 그들의 범죄를 묘사한 후에(흑인 병사가 매춘부의 사지를 절단해버린 사건, 노동자가 열네 살 난 소년에게 성적으로 접근했다가 거절당하자 목 졸라 죽인 사건, 육군 상병이 어린아이가 자기를 놀린다고 상상하고 희생자를 죽을 때까지 몽둥이로 쳐서 살해한 사건, 병원 고용인이 아홉 살 난 소녀의 머리를 붙들고 물에 처박아 익사시킨 사건), 유사한 분야를 조사했다. 논문에 따르면 이 사람들 스스로도 자기들이 거의 알지도 못하는 사람을 왜 죽였는지 전혀 모르고 당황하고 있으며, 매 경우 살인자는 꿈처럼 토막토막 연결되지 않는 환각 상태에 빠져들었다가 깨어보니 자기가 희생자를 공격하고 있다는 사실을 "갑작스레 발견"했다는 것이었다. 병력을 조사한 결과 가장 일정하고, 아마도 가장 중요하게 나타난 사실은 공격 충동에 대한 통제력이 종잡을 수 없었던 성향이 오랫동안, 가끔은 평생에 걸쳐 지속되었다는 것이었다. 예를 들면, 범인 중 세 명은 일생 동안 계속 이런저런 싸움에 휘말려들었는데, 그것도 보통 말싸움이 아니라 다른 사람이 말리지 않으면 살인이 일어날 정도로 격렬한 다툼이었다고 한다.

여기 이 발췌문에서도, 연구에 포함된 관찰에 대해 여러 소견이 언급되고 있다. "평생 동안 여러 번 폭력을 행해왔음에도 불구하고, 모든 환자가 자신을 신체적으로 열등하고 약하고 부적합하다고 생각하고 있었다. 전력을 살펴보면 모두 심한 정도로 성적인 억압을 받고 있었다. 이들에게 성인 여성은 위협적인 존재였고, 두 환자는 겉으로 보기에도 명백한 성도착 증상을 보였다. 또한 이들은 모두 어린 시절 신체적으로 체구가 작거나 아팠기 때문에 '여자애'라고 놀림 받을까 봐 걱정한 적이 있었다……. 네 환자 모두 과거에 의식이 전이된 상태를 경험했다는 증거가 있으며, 이는 종종 폭력의 분출로 연관되었다. 환자들 중 둘은 폭력이나 이상 행동을 보일 때 환각 상태에 가까운 정신 분열 증세를 보인 것으로 보고되었으며 다른 두 사람은 정도는 덜하지만, 기억이 잘 연결되지 않는 기억 상실증에 가까운 증세를 보인 적이 있다는 사실이 보고서에 적혀 있다. 실제로 폭력을 행하는 순간에는 마치 다른 사람을 보고 있는 것처럼 종종 자아가 분리되거나 고립되는 느낌을 받는다……. 또한 모든 환자는 과거에 어린 시절 부친으로부터 심한 폭력을 당한 경험이 있다……. 한 환자는 '아버지와 얼굴이 마주칠 때마다 회초리로 얻어맞았다'고 했다……. 다른 환자 한 명은 나쁜 행동을 바로잡아주기 위해서나 말더듬과 발작을 멈추게 하기 위해서 아버지가 심하게 때렸다고 했다……. 머릿속에서 상상한 것이든지, 아니면 현실에서 목격했든지, 실제로 어린 시절에 경험을 했든지 간에 이렇게 극도의 폭력을 과거에 경험했다는 사실은, 어린아이가 자극을 다 익히기 전에 대처할 수 없을 만큼 어마어마한 자극에 노출되면 자아 형성에 조기 손상을 가져오고 나중에는 충동 조절에 있어서 심한 혼란을 일으킨다는 정신 분석학의 가설에도 들어맞는다. 이 모든 경우에, 어린 시절 감정적 박탈감을 심하게 느꼈다는 증거가 있다. 이런 박탈감은 양친 모두, 혹은 한쪽 부모가 장기적으로나 반복적으로 가정을 떠났거나, 부모가 누군지 몰라서 혼란스러운 가족생활을 했거나, 부모들이 아이의 양육을 거절해서 다른 사람이 키웠거나 하는 환경과 연관이 있다……. 감정 조직에 혼란이 있었다는 증거도 발견되었다. 가장 전형적으로 이 환자들은 폭력적이고 공격적인 행동을 할 때도 화나 분노를 느끼지 않는 경향을 보여주었다. 모두 엄청나게 잔인한 공격을 범할 능력은 있었으나, 아무도 살인과 관련해서 분노의 감정을 보이지 않았고 화를 느끼더라도 강하게 드러내지는 않았다……. 다른 사람들과의 관계는 아주 얕았으며, 냉담했고, 결과적으로 이런 사람들은 외로움과 고립감을 느끼게 되었다. 그들에게 있어서 타인은 따뜻하거나 긍정적인 느낌(심지어 화가 난다는 느낌조차) 주지 못할 정도로 별로 현실적이지 않았다……. 사형 선고를 받은 세 사람은 자신들이 처한 운명이나 희생자들의 운명에 대해서도 감정을 거의 드러내지 않았다. 죄책감, 좌절, 회한 같은 감정은 전혀 없었다……. 이런 개인들은 과도하게 공격적인 에너지를 많이 지니고 있거나, 주기적으로 그런 에너지를 원시적인 형태로 거침없이 나타내는 불안정한 자아 보호 시스템을 가지고 있다는 면에서 살인 경향이 있다고 간주할 수 있다. 특히 불균형이 이미 존재하고 있는 상태에서 희생자가 무의식적으로 과거에 받은 쇼크와 관련된 환경에 있었던 주요 인물이라고 인식이 되면, 잠재되어 있던 살인 성향이 활성화된다. 이런 인물들의 행동, 혹은 이 사람들이 존재하고 있다는 사실만으로도 이미 힘이 불균형 상태에 놓여 있는 환자들에게는 스트레스를 더해주며, 결과적으로 다이너마이트의 뇌관에 불을 붙인 것과 유사하게 갑작스럽게 강한 폭력성을 분출한다……. 무의식적 동기 가설은 왜 살인자가 무해하고 별로 알고 지내던 사이도 아닌 희생자들을 돌발적으로 적이라고 생각하고 공격에 적합한 목표물이라고 인식하는지를 설명해준다. 그렇지만 왜 살인을 범하는가? 대부분 사람들은 운 좋게도 더 도발적인 상황에서도 살인 충동을 터뜨리는 것으로 대응하지는 않는다. 반면, 위에 상기한 환자들은 이미 현실을 접하는 데 있어서 심각한 오류를 범하며, 긴장과 분열이 점차 고조되어가는 동안 충동을 조절하는 능력이 약해져 있다. 그런 때는 단순히 알던 사람이나, 전혀 모르는 사람이라도 쉽게 '현실적' 의미를 잃고 무의식적인 쇼크와 관련된 환경 안에 있는 어떤 인물로 가정된다. '오래된' 갈등이 되살아나고 공격성은 재빨리 살인할 수 있는 정도로까지 상승된다……. 그런 무의미한 살인들이 일어나면, 이것은 살인자 내부에서 긴장과 분열이 일정 기간 동안 증가한 끝에 나온 결과로 볼 수 있다. 이런 긴장과 분열은 살인자가 희생자를 접촉하기 전에 이미 일어난 것이다. 희생자들은 살인자 내부의 무의식적 갈등에 들어맞았고, 자기도 모르는 사이에 살인자의 잠재성을 건드려 깨운 것이다."

페리 스미스와 자기가 연구한 환자들의 배경과 성격에서 많은 공통점을 발견했기 때문에 새튼 박사는 확신을 가지고 페리 스미스를 자기 환자들 사이에 끼워 넣었다. 더욱이 새튼 박사가 보기에 범죄 환경 또한 "실질적 동기 없는 살인"의 개념에 정확히 들어맞았다. 페리가 저지른 세 건의 살인은 논리적으로 명백히 동기가 있었다. 낸시, 케니언, 그 어머니가 죽어야만 했던 이유는 클러터 씨가 죽었기 때문이었다. 오직 첫 번째 살인만이 심리학적으로 중요한데, 페리가 클러터 씨를 공격했을 때 정신을 잠깐 잃고 정신 분열의 암흑으로 빠져들었다는 것이 새튼 박사의 주장이었다. 페리가 누군가를 죽이고 있다는 사실을 "갑자기 발견했을 때" 그는 피와 살이 있는 사람이 아니라, "과거의 쇼크와 관련된 환경에 있는 주요 인물"을 살해하고 있었다는 것이다. 아버지였을까? 아니면 페리를 비웃고 때린 고아원 수녀들? 싫어했던 군대의 상사? 스미스에게 "캔자스에 돌아오지 말라"고 한 가석방 담당자? 그들 중 하나일 수도 있고, 모두일 수도 있다.

자백할 때 페리 스미스는 이렇게 말했다. "나는 그 사람에게 해를 입히고 싶지 않았어요. 클러터 씨는 친절하고 좋은 신사분 같더군요. 말도 부드럽게 하고. 그 사람 목을 그어버리는 순간까지는 그렇게 생각했어요." 도널드 컬리번하고 말할 때도 스미스는 이렇게 말했다. "그 사람들[클러터 가족]은 절대 내게 해를 입히지 않았지. 다른 사람들하고는 달라. 내 인생을 가져간 다른 사람들과는. 아마도 클러터 씨는 그 대가를 치른 것뿐일 거야."

그러니, 각각 별개의 길을 가기는 했지만 전문가나 아마추어 분석가나 그다지 다른 결론에 이른 것은 아니었던 셈이다.

―

피니 군의 상류사회 사람들은 그 재판에 신경을 쓰지 않았다. "상류사회 사람들은 그런 일에 대해서 호기심이 있는 것처럼 보여봤자 좋을 게 없지요." 한 부유한 목장주의 아내는 이렇게 말했다. 그럼에도 불구하고 재판의 마지막 회기에는 상당히 많은 수의 지역 유지가 평범한 시민들 사이에 앉아 있었다. 그들이 참석한 것은 자기네와 같은 계급 사람인 테이트 판사와 로건 그린에게 호의를 표시하려는 뜻에서였다. 외지에서 온 변호사 파견단도 대규모로 참석했는데, 이들 중 다수가 먼 곳에서 찾아와 청중석을 채웠다. 그들은 특히 그린이 배심원에게 하는 최종 진술을 듣기 위해서 온 것이었다. 그린은 상냥하지만 강하고 몸집이 작은 70대의 노인으로 동료들 사이에서는 평판이 좋았고, 후배들은 그의 무대 연출을 존경했다. 그린은 나이트클럽 코미디언처럼 날카로운 시간 감각을 포함한 배우의 재능을 갖추고 있었다. 형사재판 전문 법률가로서 그린은 통상 변호사 역할을 맡았지만, 이번 경우에는 주에서 그를 두에인 웨스트의 특별 보조로 선임하였다. 젊은 군 검사는 너무 미숙하여 경험자의 보조 없이는 이 사건을 맡지 못할 것 같다는 인상을 주었기 때문이었다.

  하지만 스타가 나중에 등장하는 것처럼, 그린도 프로그램 상 마지막 막에 등장하기로 되어 있었다. 테이트 판사가 앞서 배심원에게 냉철하게 지시 사항을 알려주고, 검사가 최종으로 구형 내용을 요약하는 것이 먼저였다. "이 피고들이 유죄인지 아닌지, 아직도 마음속에 한 점 의심이라도 남아 있으십니까? 아니지요! 누가 리처드 유진 히콕의 엽총 방아쇠를 당겼든 간에, 두 사람은 똑같이 유죄입니다. 이들이 다시 이 땅의 마을과 도시를 휘젓고 다니지 못하게 하는 방법은 딱 하나뿐입니다. 검찰 측에서는 최고형, 사형을 요청합니다. 이 요청은 복수의 목적으로 이루어진 것이 아니라, 오히려 겸허하게도……."

그러고 나서 피고 측 변호사들의 탄원이 있었다. 플레밍의 최종 변론은, 나중에 한 신문기자가 "부드러운 상술"이라고 묘사한 것처럼 온화한 설교에 맞먹었다. "인간은 동물이 아닙니다. 인간에게는 육체가 있고 영원히 사는 영혼이 있습니다. 저는 영혼이 거주하는 집, 사원을 파괴할 권리가 인간에게 있다고 믿지 않습니다……." 해리슨 스미스는 배심원들이 기독교인이라는 것을 미리 지나치게 감안하고 그 점에 호소하면서, 최고형은 악이라는 것을 주된 주제로 삼았다. "이것은 인간의 야만성의 잔재입니다. 법에 의하면 인간의 생명을 빼앗는 것은 잘못된 일이며 나아가 전례를 세우게 됩니다. 이는 이 형이 응징하려는 범죄만큼이나 사악한 행위입니다. 주는 이런 벌을 내릴 권리가 없습니다. 효율적이지도 않습니다. 이는 범죄를 줄이는 게 아니라, 인간 생명의 가치를 떨어뜨려 더 많은 살인을 양산하게 됩니다. 우리가 구하는 것은 단지 자비입니다. 종신형만으로도 작은 자비를 보여줄 수가 있습니다……." 모든 사람이 주의 깊게 듣고 있는 건 아니었다. 배심원 한 명은 공기 중에 떠돌고 있는 춘곤증에 감염되기라도 한 듯, 졸린 눈을 하고 벌 떼가 윙윙대며 들어갔다 나왔다 할 수 있을 정도로 턱을 벌린 채 앉아 있었다.

그린이 그들의 잠을 깨웠다. "신사분들." 그린은 원고도 없이 입을 열었다. "지금 여러분은 두 변호인이 피고를 대신해 자비를 구하며 열정적으로 탄원하는 것을 들으셨습니다. 저한테는 이 존경스러운 두 변호사, 플레밍 씨와 스미스 씨가 그 운명의 밤에 클러터 가에 있지 않았다는 사실이 참으로 다행스러운 일 같습니다. 아주 다행스러운 일이지요. 이분들이 불행한 운명을 맞은 그 가족을 위해 자비를 구하려고 그 자리에 있지 않았다는 사실이 말입니다. 이분들이 그 자리에 있었더라면, 글쎄, 다음 날 아침에 세어봐야 할 시체가 네 구가 아니었겠지요."

켄터키 토박이로 자란 어린 시절, 사람들은 그린을 핑키라고 불렀는데, 주근깨가 가득한 얼굴이 발그레해서 붙은 별명이었다. 그린이 배심원 앞으로 점잔빼며 나가는 이때에도 업무의 스트레스 때문에 얼굴이 달아올라 뺨에 불그스레한 반점이 떠올랐다. "저는 신학적인 논쟁을 벌일 의도가 없습니다. 하지만 피고 측 변호인단이 사형에 반대하는 주장을 펴기 위해서 성경을 이용할 것이라고 예상은 했지요. 여러분들은 방금 성경을 인용하는 것을 들었습니다. 하지만 저 또한 눈이 있습니다." 그린은 《구약성경》 한 부를 꺼내 착 펼쳤다. "여기 보면 성경에 이 문제와 관련된 구절이 몇 개 있습니다. 〈탈출기〉 20장 13절에 십계명이 나와 있지요. '살인하지 말지어다.' 이 말은 불법적 살인은 안 된다는 말입니다. 물론 그렇겠죠. 다음 장 12절에 십계명에 불복하면 어떤 죄를 받게 된다고 써 있으니까요. '사람을 때려서 죽인 자는 반드시 사형에 처해야 한다.' 지금 플레밍 씨는 이 모든 게 예수님의 강림으로 다 바뀌었다고 여러분에게 믿게 하려고 합니다. 그건 아니지요. 예수님께서도 말씀하시기를, '내가 율법이나 예언자들의 말을 폐하러 온 줄로 생각하지 말아라. 폐하러 온 것이 아니라 완성하러 왔다'고 하셨습니다. 그리고 마침내는……." 그린은 뭔가 뒤적거리다가 잘못해서 성경을 덮어버렸다. 그 행동에 구경하러 온 법률 전문가들은 씩 웃으며 서로 팔꿈치로 쿡쿡 찔렀다. 이건 법정에서 오랫동안 쓰인 고색창연한 책략이었다. 성경을 읽던 변호사는 원하는 구절을 잘 못 찾는 척하다가, 지금 그린이 하는 것처럼 이렇게 말하는 것이었다. "괜찮습니다. 기억을 더듬어보니 외울 수 있을 것 같군요. 〈창세기〉 9장 6절, '사람은 하느님의 형상대로 지음을 받았으니, 누구든지 사람을 죽인 자는 죽임을 당할 것이다.'

 그렇지만, 성경 논쟁을 해봤자 아무런 이득 될 것이 없으리라는 것을 압니다. 우리 주 법에 따르면 1급 살인의 처벌은 종신형이나 교수형입니다. 이게 법입니다. 배심원 여러분은 여기 그 법을 실행하러 오셨습니다. 최고형이 정당화될 수 있는 사건이 있다면, 이 사건이 바로 그렇습니다. 이들이 저지른 살인은 기묘하고도 악독합니다. 여러분의 이웃인 선량한 시민이 마치 우리 안의 돼지처럼 살육됐습니다. 그 이유가 뭐였습니까? 복수나 증오 때문도 아니었습니다. 단지 돈 때문이었던 것입니다. 돈. 수없이 많은 피를 흘려 그만큼의 은을 얻는다고 해도 냉혹하고 계산적인 행위입니다. 그런데 이들의 생명은 얼마나 가치 없게 거두어졌단 말입니까. 겨우 40달러를 약탈하기 위해서! 한 사람당 10달러밖에 되지 않습니다!" 그린은 몸을 휙 돌려 손가락을 앞뒤로 움직이며 히콕과 스미스 사이를 가리켰다. "이들은 엽총과 단검으로 무장하고 있었습니다. 이들은 강도질하고 죽이러 간 것입니다……." 그린의 목소리는, 정중한 태도를 지키면서도 껌을 씹고 있는 피고인들에 대한 강렬한 혐오감에 사로잡혀 숨을 쉴 수가 없는 것처럼 비틀비틀 흔들리다 사라져버렸다. 그린은 다시 몸을 돌려 배심원을 바라보며 쉰 목소리로 물었다. "여러분은 어떻게 하시렵니까? 한 남자의 손과 발을 묶고 목을 자른 뒤 머리를 날려버린 이자들을 어떻게 하시렵니까? 그들에게 최소형을 내릴 겁니까? 네, 이건 단지 살인 사건 네 건 중 하나에 지나지 않습니다. 케니언 클러터는 어떻게 하지요? 인생이 창창한 젊은 아이가 묶인 채로 자기 아버지가 사력을 다해 싸우는 것을 눈으로 보고 있었습니다. 낸시 클러터 소녀는 어쩌죠? 총소리를 듣고서는 다음이 자기 차례인 것을 알았겠죠. 낸시는 살려 달라고 빌었습니다. '안 돼요, 아, 제발 안 돼요. 제발, 제발.' 그 고통이란! 말로 다할 수 없는 고문이었겠죠! 그러고는 이 어머니가 남았습니다. 온몸이 묶이고 재갈이 물려 자기 남편이, 사랑하는 아이들이 하나씩 죽어가는 소리를 들어야만 했던 어머니가. 마침내 살인자들, 여러분 앞에 있는 이 피고들이 방에 다가와 눈에 불빛을 들이대며 엽총 한 발로 온 집 안의 생명을 날려버리던 그 순간까지 이 모든 소리를 들어야 했던 것입니다."

잠깐 말을 끊고, 그린은 몹시 조심스럽게 자기 목 뒤에 난 종기를 만졌다. 그의 모든 분노가 거기에 쌓인 듯, 염증이 심해져서 막 터지기 직전이었다. "그럼, 여러분 이제 어쩌시렵니까? 최소형을 내릴 겁니까? 저들을 도로 교도소로 보내, 탈출하거나 가석방을 받을 기회를 줄까요? 다음에 이들이 살육하러 갈 사람은 여러분의 가족일지도 모릅니다. 전 이런 말씀을 드리고자 합니다." 그린은 배심원단 모두를 아우르며 도전하듯 응시했다. "이런 어마어마한 사건은 이전 재판에서 생쥐처럼 마음 약한 배심원들이 의무를 다하지 않았기 때문에 발생합니다. 그럼, 배심원 여러분, 저는 이제 이 결정을 여러분과 여러분의 양심에 맡기겠습니다."

그린은 자리에 앉았다. 웨스트가 그의 귀에 대고 속삭였다. "정말 거장의 솜씨다웠습니다, 선생님."

그렇지만 그린의 변론을 본 방청객 중 몇 명은 그만큼 열렬한 반응을 보이지는 않았다. 배심원들이 판결을 의논하기 위해 퇴

정했을 때, 청중 한 사람, 오클라호마에서 온 기자는 다른 신문 기자인 캔자스시티 〈스타〉지의 리처드 파와 날카로운 말을 나누었다. 오클라호마 기자가 보기에 그린의 연설은 "민중을 선동하는 처사이며 잔혹"하다는 것이었다.

"그저 사실을 말했을 뿐 아닙니까." 파는 대답했다. "진실은 잔혹한 거죠. 말을 만들어내자면."

"하지만 저런 식으로 세게 두들겨댈 필요는 없었죠. 그건 불공정합니다."

"뭐가 불공정하다는 거죠?"

"재판이요. 이 사람들에게는 기회도 한 번 없었어요."

"이 사람들이 낸시 클러터에게 기회를 주었던가요."

"페리 스미스는요. 맙소사, 그렇게 불쌍한 인생을 살았는데……."

파는 말했다. "수많은 사람들에게 다 그 자식들만큼은 눈물나는 사연이 있어요. 나를 포함해서. 나는 술꾼이지만, 냉혈한처럼 네 사람을 죽인 적은 없소이다."

"그렇겠죠. 하지만 그 개자식들을 교수형에 처하는 건 어때요? 그것도 냉혈한이나 할 수 있는 일 아닙니까."

포스트 목사가 이 대화를 듣고 끼어들었다. 목사는 페리 스미스가 그린 예수 초상화의 복사본을 가지고 와서 돌리면서 말했다. "이런 그림을 그릴 수 있는 사람이라면 100퍼센트 나쁜 인간일 수가 없습니다. 그래도 어떻게 해야 할지 알기란 어려운 거죠. 사형은 해답이 될 수 없습니다. 죄인이 주님께 돌아갈 수 있을 시간을 충분히 주지 않거든요. 때때로 나는 절망에 빠집니다." 금으로 때운 이와 하얗게 센 머리가 앞이마에 브이자 모양으로 나 있는, 이 명랑한 소목은 명랑하게 반복했다. "때때로 나는 절망에 빠져요. 때때로 나는 새비지 박사 생각이 맞는지도 모른다고 생각하지요." 목사가 말하는 새비지 박사란 한 세대쯤 전, 대중 잡지를 읽는 청소년들 사이에서 인기 있었던 소설 주인공이었다. "당신네 젊은이들은 기억하는지 모르지만, 새비지 박사는 슈퍼맨 같은 거였어요. 뭐든 잘했죠. 의학, 과학, 철학, 예술. 박사가 모르거나 할 수 없는 일은 많지 않았죠. 박사가 목표로 삼고 있는 일 하나는 전 세계에서 범죄자를 없애버리는 것이었어요. 먼저 박사는 대양에 커다란 섬을 하나 삽니다. 그리고 박사와 그 조수들, 박사는 훈련받은 조수들을 한 부대나 데리고 있었죠, 그들이 전 세계의 범죄자를 모두 납치해서 섬으로 데리고 가요. 그리고 새비지 박사는 그 사람들의 뇌를 수술했어요. 나쁜 생각을 담고 있는 부분을 없애버리는 거죠. 그러고는 범죄자들이 회복되면 모두 점잖은 시민이 되는 거예요. 이 사람들은 뇌의 나쁜 부분을 빼냈으니까 범죄를 저지를 수가 없죠. 지금 어쩌면 그 수술이 정말 해답이 될지도 모른다는 생각이 드는군요……."

배심원들이 돌아오고 있다는 신호로 종이 울려 목사의 말을 방해했다. 배심원들의 토의는 40분 동안 계속되었던 것이다. 많은 방청객들은 신속히 결정이 날 줄 알고 한 명도 자리를 떠나지 않았다. 하지만 테이트 판사는 농장에 말먹이를 주러 갔기에 사람이 가서 데리고 왔다. 마침내 판사가 도착했을 때는 서둘러 검은 가운을 갖춰 입은 터라 옷자락이 펄럭이고 있었지만, 판사는 인상적이리만큼 침착하고 위엄 있게 물었다. "배심원 여러분, 판결을 내렸습니까?" 배심장이 대답했다. "네, 재판장님." 법정

서기가 밀봉한 판결문을 판사석으로 가지고 왔다.

기차의 기적 소리, 다가오는 산타페 특급의 기적 소리가 팡파르처럼 법정에 울려 퍼졌다. 결문을 읽는 테이트 판사의 낮은 목소리가 기차의 울음소리와 함께 어우러졌다. "기소 사항 1, 우리 배심원단은 피고, 리처드 유진 히콕을 1급 살인에 대해 유죄라고 판결하며 사형을 선고한다." 그러고 나서 피고들의 반응에 관심이 있는 듯 판사는 수갑을 찬 채 앞에 서 있는 피고들을 내려다보았다. 피고들은 아무것도 느끼지 못하는 것처럼 판사를 마주 쳐다보았고 판사는 계속 이어지는 일곱 개의 기소 사항을 읽어 내려갔다. 세 건은 히콕에 대한 것이고, 네 건은 스미스에 대한 것이었다.

"……사형을 선고한다." 매번 말을 끝맺을 때마다 테이트는 이 문장을 어두운 어조로 공허하고도 똑똑히 발음했다. 이 문장은 저 멀리 사라져가는 기차의 서글픈 기적 소리와 함께 메아리쳤다. 그러고 나서 판사는 배심원단을 해산시키고("여러분은 용기 있게 시민으로서 임무를 다해주셨습니다") 선고를 받은 죄인들을 데리고 나가도록 했다. 문간에서 스미스는 히콕에게 말했다. "생쥐처럼 마음 약한 배심원들은 없었나봐, 그렇지!" 두 사람은 함께 큰 소리로 웃었다. 한 사진기자가 사진을 찍었다. 이 사진은 캔자스의 어떤 신문에 다음과 같은 설명과 함께 실렸다. "마지막 웃음인가?"

—

일주일 후, 마이어 부인은 자기 집 응접실에 앉아 친구와 이야기를 나누고 있었다. "그래, 여기 이제 참 조용해졌지." 부인이 말했다. "결론이 다 났으니 감사하게 생각해야 할 거야. 하지만 아직도 그 일에 대해서는 마음이 안 좋아. 나는 딕과는 별로 친하게 지내지 않았지만, 페리와는 서로를 아주 잘 알게 되었거든. 그날 오후, 그 애가 판결을 듣고 나서 사람들이 그 애를 다시 여기로 데리고 왔을 때, 나는 그 애와 마주치지 않으려고 부엌에 들어가 문을 닫아버렸어. 부엌 창에 앉아서 사람들이 법정을 떠나가는 모습을 바라보았지. 컬리번 씨, 그 사람은 위를 올려다보다가 나를 보고 손을 흔들고 갔고. 히콕 씨네 부부도. 모두 떠나는 모습을 봤지. 바로 오늘 아침 히콕 부인한테서 아주 다정한 편지를 받았어. 부인은 재판이 진행되는 동안 나를 여러 번 만나러 왔었거든. 나는 부인을 도와주고 싶었지만, 그런 상황에 처한 사람한테 무슨 말을 할 수 있겠니? 하지만 모두 떠나고 설거지를 하고 있는데 그 애가 우는 소리가 들리는 거야. 나는 라디오를 켰어. 그 애가 우는 소리를 듣고 싶지 않아서. 하지만 소리가 계속 들리는 거야. 어린애처럼 엉엉 우는 소리가. 그 애는 그전에는 그렇게 무너진 적이 없었어. 그런 낌새도 내비치지 않았지. 그래서 나는 그 애한테 갔어. 그 애의 감방 문 앞으로. 그 애는 손을 내밀었어. 손을 잡아주길 바라는 것 같아서 그렇게 했지. 손을 잡았어. 그 애는 단지 '난 너무 부끄러워요'라고만 했어. 구보 신부님을 불러오고 싶었어. 나는 다음 날 아침 그 애한테 스페인식 쌀 요리를 해주겠다고 약속했지. 그렇지만 그 애는 내 손만 더 꽉 잡았어.

그날 밤, 밤새 우리는 페리를 혼자 놔둬야 했어. 웬들과 나는 거의 외출하지 않았지만, 오래전에 한 약속이 있어서 웬들은 그 약속을 깰 수는 없다고 생각했거든. 그렇지만 그때 그 애를 혼자 놔둔 것 때문에 항상 미안한 마음이 들어. 다음 날 쌀 요리를 해다 주었지. 그 애는 손도 안 대더라. 아니, 나한테 거의 말을 걸지도 않았지. 그 애는 세상 전체를 증오하고 있었어. 하지만 사람들이 와서 그 애를 교도소로 데리고 간 날 아침, 그 애는 내게 고맙다고 말하고 자기 사진을 주었어. 그 애가 열여섯 살 때 코닥 카메라로 찍은 사진이었는데 그 애는 그 모습 그대로 자기를 기억해달라고 했어. 그 사진에 나와 있는 소년처럼.

가장 마음이 안 좋았던 건 잘 가라고 말해야 했다는 거야. 그 애가 어디로 가는지 알면서도. 그리고 무슨 일을 당하게 될지 알면서도. 페리가 키우던 다람쥐는 그 애가 너무 그리운가봐. 감방에 계속 들어와서 그 애를 찾아. 다람쥐에게 먹이를 주려고 했는데 나한테는 아무 관심도 안 보이더라고. 그 다람쥐가 좋아했던 건 페리뿐이었어."

캔자스 주, 리븐워스 군의 경제에 감옥은 중요한 비중을 차지한다. 각각 여성 수감인과 남성 수감인을 위한 주립교도소 두 개가 이곳에 있다. 가장 커다란 연방 형무소 리븐워스도 이곳에 있고, 이 나라에서 가장 중요한 군사 형무소와 엄격한 미 육군과 공군 훈련 막사가 있는 상설 주둔지도 이곳에 있다. 이런 기관에 있는 재소자가 모두 풀려나면, 소도시 하나는 이룰 수 있을 정도였다.

형무소 중에서 가장 오래된 것은 남성 재소자용 캔자스 주립교도소였다. 포탑이 달린 흑백 건물인데 그 건물이 없었더라면 평범했을 시골 마을 랜싱에 특색을 부여해주고 있었다. 남북 전쟁 당시 세워진 이 형무소는 1864년에 첫 번째 수감자를 받았다. 요즘 재소자의 인구는 평균 2천 명 정도 되었다. 현 교도소장 셔먼 H. 크라우스 씨는 매일 재소자 수를 인종에 따라 목록을 만들어 표로 기록해놓고 있었다. (예를 들면 이런 식이다. 백인 1405명, 흑인 260명, 멕시코인 12명, 인디언 6명.) 어떤 인종이 되었든 간에 모든 재소자는 기관총이 장착되어 있는 가파른 교도소 벽 안에 존재하는 차가운 돌로 된 마을의 주민이었다. 총 5만 제곱미터의 시멘트 거리와 감방, 작업장이 있는 마을.

교도소 구내 남쪽 구역에는 이상한 작은 건물이 하나 있었다. 관 같은 형상의 어두운 2층 건물이었다. 공식적으로는 단독 격리 건물이라고 불리는 이 시설은 감옥 안의 감옥을 이루고 있었다. 재소자들 사이에서 아래층은 구멍이라고 불렸는데, 다루기 어려운 죄수들, 소위 '성질 까다로운' 말썽꾼들을 데려와 가둬놓는 곳이었다. 원형 철제 계단을 올라가면 위층이 나오는데, 그 꼭대기가 사형수 복도였다.

클러터 가 살인자들이 처음으로 이 계단을 올라온 것은 비가 내리는 4월 오후였다. 가든시티에서 차로 8시간 동안 640킬로미터가량을 달려 랜싱에 도착한 뒤 신참들은 옷을 다 벗고 샤워를 하고 머리를 바짝 깎고 나서는 빳빳한 청 죄수복과 부드러운 슬리퍼(대부분 미국 교도소에서 선고를 받은 죄수는 일반적으로 그런 슬리퍼를 신는다)를 지급받았다. 무장한 경비들이 두 죄수들을 데리고 비에 젖은 황혼이 내려앉은 거리를 지나 관 모양의 건축물로 들어가서는, 죄수들을 떠밀어 나선 계단을 올라가게 한 뒤 사형수 복도에 있는 열두 개의 감방 중 나란히 붙어 있는 두 감방에 각각 집어넣었다.

감방은 모두 똑같다. 가로 2.1미터 세로 3미터의 크기에 침대 하나, 변기 하나, 세면대 하나, 밤이건 낮이건 절대 꺼지지 않는 전구 하나 말고는 아무것도 없다. 감방 창문은 아주 좁았으며 철 창살이 쳐져 있을 뿐 아니라, 과부의 베일처럼 검은 전기 망으로 덮여 있기까지 하다. 그래서 교수형 선고를 받은 자들의 얼굴은 지나가는 사람들이 분간할 수 있을 정도로 보이긴 하지만, 뿌옇게만 보인다. 운명이 결정된 사람들 자신은 벽 너머를 잘 볼 수 있다. 그들이 볼 수 있는 것이라고는 여름에 야구장으로 쓰이는 먼지 풀풀 날리는 공터와 그 너머 다른 감옥의 벽들, 그 너머 하늘 한 조각일 뿐이지만.

벽은 거친 돌로 되어 있다. 그 갈라진 틈새에 비둘기들이 둥지를 틀었다. 사형수 복도의 재소자에게도 보이는 벽의 한 부분에 달려 있는 녹슨 철문이 열릴 때마다 경첩이 끽끽대며 마치 비명 지르는 듯한 소리를 내서 비둘기들은 화들짝 놀라 안절부절못하며 날아오른다. 그 문은 휑뎅그렁하게 큰 저장소로 이어지는데, 그곳은 가장 따뜻한 날에도 축축하고 서늘한 곳이다. 많은 물건이 그곳에 보관되어 있다. 재소자들이 자동차 번호판을 제작할 때 쓰는 금속 더미, 목재, 오래된 기계류, 야구 장비. 그리고 칠을 하지 않고 두어 희미하게 소나무 냄새가 풍기는 나무 교수대 하나. 이 방이 바로 주립교도소의 처형실이다. 한 사람이 여기로 끌려와 교수형을 당하는 것을 죄수들은 "그 사람, 구석에 갔다"고 말한다. 아니면 다른 표현으로 "창고를 방문했다"라고 하기도 한다.

법정에서의 선고에 따라, 스미스와 히콕은 6주 후에 이 창고를 방문하기로 되어 있었다. 1960년 5월 13일의 금요일, 자정을 1분 넘긴 시각에.

―

캔자스 주는 1907년에 사형 제도를 폐지했다. 1935년 중서부에 갑자기 광폭한 전문 범죄자들이 창궐하자(앨빈 '올드 크리피' 카피스, 찰스 '프리티 보이' 플로이드, 클라이드 배로와 그의 살인자 연인 보니 파커 등), 주 의원들은 투표를 해서 다시 사형 제도를 부활시켰다. 그렇지만 1944년까지 사형 집행인들에게는 기술을 발휘할 기회가 없었다. 그 후로 10년 동안에도 겨우 아홉 번의 기회밖에 없었다. 1954년 이후 6년 동안 캔자스 주의 사형 집행인에게는 수당이 지급되지 않았다. (역시 교수형 시설을 갖추고 있는 육공군 훈련 막사의 사형 집행인은 예외였다.) 이 기간의 공백은 1957년부터 1960년까지 캔자스 주지사로 재직하다가 이제는 고인이 된 조지 도킹 씨의 책임이었다. 그는 공공연하게 사형 제도를 반대했던 것이다("나는 그냥 사람들을 죽이는 걸 좋아하지 않소").

이제 1960년 4월 그때, 미합중국 형무소에서는 190명의 사람들이 처형을 기다리고 있었다. 그중 랜싱에 수감된 사람들은 클러터 가 살인자들을 포함한 다섯 명이었다. 때때로 감옥을 방문하는 주요 사회 인사들은 한 고위 공직자가 이름 붙인 대로 "사형수 복도 시찰"을 하라는 권유를 받기도 한다. 권유를 받아들인 사람들에게는 간수가 한 명 딸려 간다. 이 간수는 관광객들을 사형수 감방 앞 철 바닥 복도 사이로 안내하면서 본인이 생각하기에 재치 있고도 정중한 태도로 사형수 하나하나를 소개해준다. 1960년 한 방문객에게 간수는 이렇게 말했다. "그리고 이 사람이, 페리 에드워드 스미스 씨죠. 바로 옆 감방이 스미스 씨의 동료 리처드 유진 히콕 씨고. 여기에는 얼 윌슨 씨가 있고, 윌슨 씨 다음에는 보비 조 스펜서 씨가 있군요. 그리고 이 마지막 신사분은 바로 유명하신 로웰 리 앤드루스 씨라는 걸 알아보시겠죠."

얼 윌슨은 찬송가를 부르는 건장한 흑인인데 젊은 백인 여성을 납치하고 강간하고 고문한 죄로 사형 선고를 받았다. 희생자는 살아남기는 했으나 심한 불구로 평생을 살게 되었다. 보비 조 스펜서는 백인이고 여성스러운 젊은이였다. 스펜서는 캔자스 시티에서 그가 세 들었던 하숙집의 여주인을 살해한 사실을 자백했다. 도킹 주지사가 재선에서 패배하여(거의 사형 제도에 대한 태도 때문이기도 했다) 1961년 퇴임하게 되기 전에, 주지사는 두 사람의 형을 종신형까지 감형해주었다. 이 말은 두 사람이 일반적으로 7년이 지나면 가석방을 신청할 수 있다는 뜻이었다. 하지만 보비 조 스펜서는 곧 다시 살인을 저질렀다. 스펜서는 칼로 어린 죄수를 찔렀다. 더 나이 든 감방 동료와의 애정 관계에 있어서 라이벌인 젊은이였다. (한 간수는 이렇게 말했다. "두 애송이가 자기들을 올라탈 애인 하나 둘러싸고 싸움을 벌인 거지.") 이 짓 때문에 스펜서는 두 번째로 종신형을 살게 되었다. 하지만 대중은 윌슨이나 스펜서는 잘 몰랐다. 스미스나 히콕에 비해서도 잘 몰랐다. 사형수 복도에 있는 다섯 번째 남자에 비해서는 더 그랬다. 이 다섯 번째 남자가 바로 로웰 리 앤드루스로, 언론은 이들에 비해서는 앞의 두 명은 가볍게 취급했다.

2년 전만 해도 로웰 리 앤드루스는 커다란 덩치에 시력은 안 좋은 열여덟 살 평범한 소년이었다. 뿔테 안경을 끼고 몸무게는 거의 136킬로그램에 육박했던 앤드루스는 캔자스 대학 2학년생, 생물학 전공의 장학생이었다. 그는 비록 고독하게 방 안에 틀어박혀 거의 사람들과 교류가 없는 학생이었지만, 대학에서나 고향 캔자스 월콧에서나 모두들 그를 아주 상냥하고 "천성이 부드러운" 청년으로 보고 있었다(후에 한 캔자스 신문은 앤드루스에 대한 기사를 이런 제목으로 실었다. 〈월콧에서 가장 착한 소년〉). 하지만 이 조용한 학생의 내면에는 아무도 상상하지 못한, 두 번째 인격이 자리 잡고 있었다. 발육부진의 감정들로 가득 찬 이 인격, 왜곡된 정신 상태 속으로 냉혹한 생각이 파고들어 잔인한 방향으로 흘러갔다. 앤드루스의 가족들인 부모님과, 나이 차가 별로 안 나는 누나 제니 마리는 1958년 여름과 가을 내내 앤드루스가 무슨 백일몽을 꾸었는지 알았더라면 그야말로 어안이 벙벙했을 것이었다. 이 똑똑한 아들, 사랑받는 남동생은 가족 모두를 독살할 계획을 꾸미고 있었던 것이다.

앤드루스의 부모는 부유한 농장주였다. 은행에 잔고가 많지는 않았지만, 대략 20만 달러의 가치가 있는 토지를 소유했다. 겉으로 보기에는 이 영지를 상속받고자 하는 욕망이 앤드루스가 자기 가족을 모두 다 죽여버린다는 계획 뒤에 숨어 있는 동기였다. 이 비밀스러운 앤드루스, 수줍고 교회에 꼬박꼬박 나가는 생물학과 학생의 마음속에 숨겨진 또 다른 자아는 자기 자신을 냉혹한 범죄의 거장이라고 상상했다. 그는 건달 같은 실크 셔츠를 입고 빨간 스포츠카를 몰고 싶었다. 그는 더 이상 사람들이 자기를 안경 쓴 책벌레, 뚱보에 숫총각인 모범생으로 보는 걸 원치 않았다. 앤드루스는 가족 중 누구도 적어도 의식적으로는 증오하지 않았지만, 그들을 죽이는 게 자신을 사로잡고 있는 환상을 실현시키는 가장 빠르고 합리적인 방법이라고 생각했다. 앤드루스가 의지하는 무기는 바로 비소였다. 희생자를 독살하고 나면 앤드루스는 모두를 침대에 눕히고 집에 불을 지르려 했다. 수사관들이 사고사라고 믿게 하고 싶어서였다. 하지만 한 가지 사소한 일 때문에 불안했다. 해부를 해서 비소 중독인 걸 알아내면 어쩐다지? 그래서 그 독약을 누가 샀는지 알아내서 자기를 추적하게 되면? 여름이 끝나갈 무렵 앤드루스는 또 다른 계획을 고안했다. 그는 세 달 내내 그 계획을 갈고닦았다. 마침내 11월의 어느 날 밤, 계획을 실행에 옮길 준비가 되었다.

마침 추수감사절 주간이라 앤드루스는 명절을 지내러 집에 와 있었다. 누나 제니 마리도 집에 있었다. 제니 마리는 똑똑했지만 오클라호마의 대학에 다니는 평범한 소녀였다. 11월 28일 저녁 7시쯤 되었을 때, 제니 마리는 부모님과 함께 응접실에 앉아 텔레비전을 보고 있었다. 앤드루스는 침실 문을 잠그고 들어앉아 《카라마조프 씨네 형제들》의 마지막 장을 읽었다. 다 읽고 나서 그는 면도를 하고 가장 좋은 양복을 입은 뒤, 22구경 반자동 엽총과 22구경 루거 권총에 총알을 장전했다. 권총은 허리에 차고, 엽총은 둘러멘 뒤 앤드루스는 아래층 복도로 느릿느릿 내려가 응접실로 들어갔다. 응접실 안은 텔레비전 화면에서 나오는 불빛이 깜박이고 있는 것 말고는 어두웠다. 앤드루스는 전등불을 켜고 엽총을 겨냥하고 방아쇠를 당겨 누나의 눈 사이를 맞춰 즉사시켰다. 그는 자기 어머니에게 세 발을 쏘았고, 아버지에게는 두 발을 쏘았다. 어머니는 눈을 게슴츠레 뜨고 발을 뻗어 그를 향해 비틀비틀 걸어왔다. 어머니가 무언가 말을 하려는 듯 입을 열었다 닫았지만, 앤드루스는 그냥 "입 닥쳐"라고 말했다. 어머니가 자기 말을 확실히 듣게 하려고, 그는 어머니를 향해 세 발을 더 쏘았다. 그렇지만 아버지는 아직도 살아 있었다. 아버지는 흐느끼고 낑낑대면서 바닥을 기어 부엌으로 갔다. 하지만 부엌 문지방에 이르렀을 때 아들은 권총을 뽑아서 장전된 총알을 모두 발사한 다음, 다시 한 번 무기를 장전해서 총알이 다 떨어질 때까지 쏘았다. 그의 아버지는 모두 열일곱 발의 총알을 맞았다.

로웰 리 앤드루스는 본인이 작성한 진술서에 따르면 "그 일에 대해서 아무런 느낌도 없었다"고 했다. "때가 왔으니, 나는 내가 해야 할 일을 했을 뿐이에요. 거기서 일어난 일은 그런 것뿐이죠." 총을 쏜 후, 앤드루스는 자기 침실 창문을 떼어내 방충망을 걷어내고 나서, 집 안을 여기저기 다니면서 옷장 서랍을 빼서 안의 내용물을 마구 흩뜨려놓았다. 범죄의 책임을 도둑에게 돌리려는 의도였다. 후에 자기 아버지 차를 몰고 앤드루스는 눈 때문에 미끄러운 길을 65킬로미터 정도 달려 캔자스 주립대학이 있는 로렌스로 돌아갔다. 가는 도중, 앤드루스는 다리에 차를 세워놓고는 총기를 분해해서 부속을 하나하나 캔자스 강에 빠뜨려 버렸다. 하지만 물론 그 여행의 진정한 목적은 알리바이를 만드는 것이었다. 먼저 그는 자기가 세 들어 살고 있는 하숙집에 들렀다. 타자기를 가지러 왔다면서 거기서 여주인과 잠깐 이야기를 했다. 그리고 윌콧에서 로렌스로 오는데 날씨가 너무 나빠서 2시간 정도 걸렸다고 말했다. 그곳을 떠나면서 앤드루스는 영화관에 들러 별 특징 없이 극장 안내인과 사탕 판매원과 잡담을 나누었다. 11시에 영화가 끝나자 앤드루스는 윌콧으로 돌아왔다.

집에서 기르는 잡종개가 현관 베란다에서 기다리고 있었다. 개는 배가 고파서 낑낑거리고 있었다. 그래서 앤드루스는 집으로 들어가 아버지의 시체를 넘어 부엌으로 가서는 우유를 한 대접 데우고 옥수수 죽을 만들어 개에게 주었다. 개가 그걸 핥아먹는 동안 그는 보안관 사무실에 전화를 걸어 말했다. "내 이름은 로웰 리 앤드루스입니다. 전 월콧 드라이브 6040번지에 사는데요, 강도가 들었어요······."

와이언도트 군 보안관 경비대에서 경찰 네 명이 응답했다. 그중 한 사람, 메이어 경비대원은 그 현장을 이렇게 묘사했다. "그게, 우리가 도착하니 새벽 1시였어요. 집 안의 불이란 불은 다 켜져 있더군요. 그리고 이 덩치 크고 머리가 까만 청년, 앤드루스가 현관 베란다에 앉아서 개를 쓰다듬고 있었어요. 머리를 토닥여주고 있었죠. 어시 경감이 무슨 일이 일어났냐고 물었더니, 그 애는 문을 가리키면서 정말로 아무렇지도 않게 말했어요. '안을 들여다봐요'라고." 안을 들여다보고 놀란 경찰들은 군 검시관에게 연락을 했고, 검시관 또한 앤드루스 청년의 냉담하고 태연한 태도에 깊은 인상을 받았다. 검시관이 장례식 절차는 어떻게 했으면 좋겠냐고 했더니, 이 젊은이는 어깨를 으쓱하며 "뭘 어떻게 하든 난 상관없어요"라고 말한 것이다.

즉시 고참 형사 둘이 나타나 이 가족의 유일한 생존자에게 질문을 하기 시작했다. 형사들은 이 아이가 거짓말을 하고 있다는 것을 확신했지만 그가 차를 몰고 타자기를 가지러 로렌스에 갔다가 영화를 보러 갔었고, 집에 자정이 넘어 도착해보니 침실이 엉망이 되어 있고 가족이 살해당했더라고 말하는 것을 주의 깊게 들었다. 앤드루스는 이 이야기를 끝까지 주장했고, 체포되고 군 감옥으로 이동된 다음에 경찰이 버토 C. 대머런 목사의 도움을 받지 못했더라면 그 주장을 결코 번복하지 않았을 것이다.

대머런 목사는 디킨스 소설에 나오는 것처럼, 살살 녹는 목소리로 명랑하게 천벌과 저주에 대해서 설파하는 설교사로, 앤드루스 가족이 정기적으로 다니던 캔자스 주 캔자스시티의 그랜뷰 침례교회의 목사였다. 군 검시관에게 긴급 전화를 받고 깬 대머런 목사는 새벽 3시경 감옥에 모습을 나타냈다. 형사들은 용의자를 격렬하게 심문했으나 헛수고만 한 채 다른 방으로 물러가버렸고, 목사는 자기 교회 신도와 단둘이 남겨져 상담을 하게 되었다. 이 상담은 결국 이 신도에게는 치명적인 면담이 되었다. 앤드루스는 이 일을 후에 친구에게 이렇게 설명했다. "대머런 목사님이 이러는 거야. '자, 리, 나는 너를 평생 알아왔단다. 네가 아주 작은 꼬마였을 때부터. 그리고 너희 아버지도 평생 알고 있었지. 우리는 함께 자란 죽마고우였으니까. 그래서 내가 지금 여기 온 거다. 내가 네가 다니는 교회의 목사라서뿐 아니라, 너는 내 가족이나 다름없으니까. 그리고 네게 얘기하고 신뢰할 친구가 필요하지 않겠냐. 이런 끔찍한 사건이 일어나서 정말로 유감이다만, 나도 너만큼이나 이 범인들이 잡혀서 벌 받는 모습을 보고 싶은 사람이다.'

목사님은 나보고 목마르냐고 묻더라. 그래서 그렇다고 했더니, 나한테 코카콜라를 하나 가져다줬어. 그리고 추수감사절 방학은 어떤지 학교에서는 어떻게 지내는지 같은 얘기를 하더니만 갑자기 말하는 거야. '자, 리, 여기 사람들이 너의 결백에 대해서 뭔가 의심을 하는 것 같다. 나는 네가 기꺼이 거짓말 탐지기 검사를 받고 저 사람들에게 너의 결백을 증명해줄 거라 믿는

다. 그러면 저 사람들도 다시 바쁘게 움직여 범인을 잡을 테니.' 그러고 나서 목사님은 이러기도 했어. '리, 네가 이 끔찍한 일을 저지른 건 아니지, 그렇지? 그랬다면, 지금이 네 영혼의 죄를 씻을 때다.' 그래서 나는 그래 봤자 별 차이가 없을 것 같아서 목사님에게 진실을 말했어. 거의 모든 얘기를. 목사님은 머리를 계속 흔들고 눈을 굴리고 손바닥을 맞대고 비비면서 너무 끔찍한 일이라면서, 내가 저지른 짓을 하느님께 대답하고 형사들에게도 말해서 영혼의 죄를 씻어야 한다고 했어. 그럴 거지? 그러면서." 죄수가 그러겠다는 뜻으로 고개를 끄덕이자 그의 영적인 지도자는 기대에 찬 경찰들이 바글거리는 옆방으로 가서 기쁜 목소리로 초대했다. "어서 들어오시오. 이 아이가 진술을 할 준비가 됐다고 하니."

앤드루스 사건은 법과 의학 사이의 성전聖戰이나 다름없었다. 앤드루스는 정신 이상이니 무죄라고 항변하게 될 재판에 앞서, 메닝거 병원의 정신과 의사들이 피고를 정밀 검사했다. 결과적으로 피고는 '정신 분열증 단순형'이라는 진단을 받았다. 진단한 의사들이 '단순'이라는 말을 한 것은 앤드루스는 망상도 없었고, 잘못된 인식을 갖고 있지도 않았으며 환각에 시달리지도 않았지만 생각과 감정이 분리되는 병을 앓고 있다는 뜻이었다. 앤드루스는 자기가 한 행동의 본질을 이해하고 있었으며, 그 행동이 해서는 안 될 일이라는 것도 알았고, 그렇게 하면 벌을 받는다는 것도 알았다. 진찰에 참여한 조지프 새튼 박사의 말을 빌리면 이렇다. "하지만 로웰 리 앤드루스는 무슨 일이 일어나도 아무 감정을 느끼지 못합니다. 그는 자신만이 중요하다고 생각하고 세상에서 자기 혼자 중요한 인물이라고 생각해요. 자기만의 은둔의 세계에서는 짐승이나 파리를 죽이는 것과 자기 어머니를 죽이는 것이 마찬가지로 보이는 겁니다."

새튼 박사와 그의 동료의 견해에 따르면, 앤드루스의 범죄는 논란의 여지 없이 책임감이 감소된 경우라는 것이었다. 이 환자는 캔자스 법정에게 맥노튼 법칙에 도전할 이상적인 기회를 제공해줄 것이었다. 맥노튼 법칙이란 앞에서도 말했듯이 환자가 도덕적으로는 몰라도 법적으로 옳고 그름을 구분할 수 있다면, 정신 이상을 인정하지 않는다는 규칙이었다. 하지만 정신 전문의들과 진보적 법률가들에게는 실망스럽게도 이 규칙은 영국에는 널리 퍼져 있었고, 미국에서도 여섯 개 주와 컬럼비아 특별구를 제외한 모든 법정에서 유효했다. 나머지 지역에서는 어떤 사람들이 보기에는 더 비실용적이지만 좀 더 관대한 '더럼 규칙'이 준수되고 있었다. 이 규칙은 단순하게 피고가 저지른 불법 행위가 정신병이나 정신적 손상의 산물이라면 형법적으로는 책임이 없다는 것이었다.

간단히 말해서, 앤드루스의 변호인단, 즉 메닝거 병원의 정신과의와 1급 변호사 두 명으로 구성된 팀은 법조계에 길이 남을 기념비적인 승리를 거두기를 바랐다. 가장 큰 핵심은 맥노튼 법칙 대신에 더럼 법칙을 채택하도록 법원을 설득하는 것이었다. 그렇게만 된다면, 앤드루스는 정신 분열증을 앓고 있다는 증거가 넘치므로 사형 선고까지는 받지 않을 게 분명했다. 어쩌면 징역형도 면하고 단지 정신 질환을 앓는 범죄자들을 수용하는 주립병원에 갇히게 될 것이었다.

그렇지만 변호인 측은 피고의 종교적 상담자, 지칠 줄 모르는 대머런 목사가 검찰 측 주요 증인으로 재판에 출석하리라는 것을 간과하고 있었다. 목사는 마치 지나치게 공들인, 로코코 스타일 서커스의 재연자처럼 법정에 서서 본인은 전에 자기 주일학교 학생이었던 피고에게 신의 분노가 곧 닥치리라고 종종 경고했다고 증언했다. "저는 이렇게 말했습니다. 세상에는 너의 영혼보다 더 가치 있는 것은 없고, 넌 우리가 대화하던 중에도 몇 번씩이나 신앙이 약해졌고, 주님에게 더 이상 신앙이 없는 걸 드러내 보였다고. 그리고 모든 죄악은 주님께 반하는 행동이며 주님이 너의 최후의 심판자가 되실 터이니 너는 주님께 대답을 드려야 한다고 말입니다. 그렇게 말해서 저는 자기가 저지른 행동의 흉악성을 그 애가 느끼게 하려 했습니다. 그 애가 이 범죄에 대해서 전능하신 주님께 대답할 수 있게 하려고요."

확실히 대머런 목사는 이 앤드루스 젊은이가 주님뿐 아니라 속세의 권위에도 대답해야 한다고 결론을 내린 것 같았다. 결국 이 문제를 결정지어준 것은 피고의 자백뿐 아니라 목사의 증언이기도 했기 때문이었다. 재판장은 맥노튼 법칙을 확정했고, 배심원단은 검찰 측이 요구한 대로 사형을 선고했다.

5월 13일, 금요일, 스미스와 히콕의 사형 예정일로 정해진 첫 번째 날짜는 무사히 지나갔다. 캔자스 대법원이 변호사들이 신청한 항소 재판의 결과에 따라 사형 집행유예를 인정했기 때문이었다. 그때 앤드루스의 판결도 같은 법원에서 재고되고 있었다.

페리의 감방은 딕의 감방과 붙어 있었다. 서로 모습은 보이지 않았지만 두 사람은 쉽게 대화를 나눌 수 있었다. 하지만 페리는 딕과 거의 말을 나누지 않았다. 두 사람 사이에 반감이 있다는 사실이 훤히 밝혀져서는 아니었다. (몇 번 뜨뜻미지근하게 서로를 책하는 말을 나누고 나서 두 사람의 관계는 서로 참아주는 관계로 전환되었다. 서로 마음에는 들지 않지만 어쩔 수 없이 받아들여야 하는 샴쌍둥이나 마찬가지였다.) 말을 안 하는 이유는 페리 쪽에 있었다. 언제나처럼 조심스럽고, 비밀스럽고, 의심이 많은 페리는 간수나 다른 재소자가 자기의 "사적인 이야기"를 엿듣는 것이 싫었다. 특히 그 사형수 복도에 있는 앤드루스, 보통 사람들이 부르는 식대로 하면 '앤디'가 듣는 것이 싫었다. 앤드루스의 교육받은 말투나 대학에서 훈련받은 지성에서 나오는 딱딱한 태도는 질색이었다. 페리는 3학년 이상은 다니지 못했지만, 자기가 아는 사람들보다는 훨씬 더 아는 게 많다고 생각했고 남의 말, 특히 문법이나 발음을 교정해주는 걸 즐겼다. 그런데 여기 오니 갑자기 어떤 사람, "머리에 피도 안 마른 애송이!"가 계속 자기 말을 바로잡아주게 되었다. 그러니 입을 열지 않는 것도 놀랄 일은 아니지 않은가? 대학 나온 어린애가 버릇없게 "사심이 없다고 말하면 안 되죠, 관심이 없다고 말하는 게 맞죠"라고 하는 소리를 들으니 입을 다무는 게 나았다. 앤드루스는 좋은 뜻으로 한 말이었고 악의가 없었지만 페리는 그 자식을 펄펄 끓는 기름통에 넣어버리고 싶을 지경이었다. 비록 페리는 한 번도 인정하지 않았고 다른 사람에게 그 이유를 알려주지 않았지만 이런 식으로 몇 번 망신을 당하는 사건이 있은 후에는 방 안에 부루퉁하게 앉아 하루에 세 번 배달되는 식사를 거절한 적이 있었다. 6월 초에 페리는 단식을 시작했다. 페리는 딕에게 이렇게 말했다. "너야 밧줄이 목에 걸릴 때까지 기다릴 수 있겠지. 난 못 해." 그리고 그 순간부터 페리는 음식이나 물에 손도 대지 않았고, 아무에게도 한마디도 하지 않았다.

단식이 닷새간 계속되자 그때서야 교도소장은 그 일을 심각하게 받아들였다. 엿새째 되던 날 교도소장은 페리 스미스를 교도소 의무실로 이동시키라는 명령을 내렸지만 이동 후에도 페리의 결심은 바뀌지 않았다. 억지로 음식을 먹이려 하자 페리는 반항하며, 머리를 흔들고 턱을 쇠 말굽처럼 굳게 다물었다. 마침내 페리는 손발이 묶인 채, 정맥 주사를 맞거나 콧구멍에 튜브를 꽂아 영양을 공급받게 되었다. 그렇게까지 했어도 9주가 지나자 페리의 몸무게는 76킬로그램에서 52킬로그램까지 줄었다. 결국 교도소장은 강제 급식만으로는 환자를 계속 살아 있게 할 수 없다는 경고를 받았다.

딕은 페리의 의지력에 깊은 인상을 받기는 했지만 페리의 목적이 자살이라는 것은 인정할 수 없었다. 심지어 페리가 혼수상태에 빠졌다는 말을 들었을 때도 딕은 이제 친하게 지내는 앤드루스에게 이전 동업자가 사기 치고 있다고 말했다. "자기가 미쳤다고 생각하게 하려는 거야."

무언가 먹지 않고는 못 배기는 앤드루스는(딸기 케이크 조각부터 구운 돼지고기에 이르기까지 온갖 먹을거리를 삽화로 그려서 스크랩북 하나를 가득 채워놓기까지 했다) 이렇게 말했다. "미쳤을지도 모르죠. 그렇게 굶을 수가 있다니."

"그냥 여기서 나가고 싶어서 그러는 거지. 연기하는 거야. 그러면 사람들은 그 자식을 미친 걸로 하고 정신병원에 넣을 테니까."

그다음에 앤드루스가 한 대답을 딕은 나중에 두고두고 즐겨 인용했다. 딕이 보기에 그 말은 이 소년이나 할 수 있는 "웃긴 생각"의 좋은 표본이었고, 그 애의 "구름 위에 떠 있는 듯" 평온한 성격을 보여주는 것이었기 때문이다. 앤드루스는 이렇게 말했다고 한다. "그게요, 나한테는 그렇게 하긴 정말 힘들 것 같다는 생각이 들거든요. 굶어 죽는다는 거요. 어쨌거나 여기서 곧 나가게 될 것 아니에요. 걸어 나가든가, 아니면 관에 실려 나가든가. 나는 걸어 나가든 실려 나가든 상관없어요. 어쨌거나 결국엔 마찬가지니까."

딕은 대답했다. "네 문제는 말이지, 앤디. 사람 목숨을 귀하게 여기는 마음이 전혀 없다는 거야. 네 목숨까지도."

앤드루스는 수긍했다. "그런데요, 이거 하나만 더 말할게요. 내가 여기서 살아 나가게 되면, 그러니까 무죄 판결을 받고 풀려 나게 되면 말이에요, 앤디가 어디로 갔는지 아는 사람은 아무도 없겠지만, 앤디가 어디 있었는지는 사람들이 다 알 거 아녜요."

여름 내내 페리는 반쯤 정신을 잃은 상태와 아프고 식은땀을 뻘뻘 흘리면서 자는 상태를 왔다 갔다 했다. 그의 머릿속에서 목소리들이 울렸다. 그중 목소리 하나가 끊임없이 물었다. "예수님은 어디 있지? 어디?" 그러면 즉시 페리는 소리 지르며 깨어났다. "저 새가 예수님이야! 저 새가 예수님이라고!" 페리가 가장 좋아하는 오래된 연극적 공상, 자기 자신을 '페리 오퍼슨스, 1인 악단'으로 생각하는 공상이 꿈의 가면을 쓰고 돌아와 계속 재생되고는 했다. 그 꿈은 라스베이거스 나이트클럽에서 펼쳐졌다. 그곳에서 페리는 흰 중산모를 쓰고 흰 턱시도를 입고 조명이 환히 비치는 무대 위로 으스대며 걸어가서는 하모니카, 기타, 밴조, 드럼을 번갈아 연주하며, 〈당신은 나의 햇빛〉을 부르면서 탭댄스를 추고, 짧은 무대 장치용 계단을 올라간다. 꼭대기에 이르자 페리는 단상 위에 서서 절을 한다. 박수갈채는 없다, 하나도. 하지만 넓고 호화로운 방에는 수천 명의 관객이 꽉꽉 차 있다. 기묘한 청중이다. 대부분 남자고, 대부분 흑인이다. 공연자는 땀을 뻘뻘 흘리며 그들을 쳐다보다 마침내 이 침묵이 무엇을 의미하는지 이해하게 된다. 갑자기 이 사람들은 모두 환영이고, 법적으로 소멸되었으며, 교수대, 가스실, 전기의자에서 사형당한 유령들이라는 걸 알게 된 것이다. 그 순간 동시에 자기 자신 또한 그들 중 한 사람이라는 것을 깨닫는다. 황금 칠을 한 계단은 발판, 그 위에 서면 발밑의 바닥이 열리게 될 단상으로 이어져 있다. 중산모가 흔들린다. 온갖 오물을 배설하면서, 페리 오퍼슨스는 영원으로 들어간다.

어느 날 오후, 페리가 꿈에서 탈출하여 깨어보니 교도소장이 자기 침대 옆에 서 있는 게 보였다. 교도소장은 말했다. "자네 악몽을 좀 꾸는 것 같던데?" 하지만 페리는 대답하지 않았다. 교도소장은 이전에도 여러 번 병원에 찾아와서 단식을 그만두라고 설득하고 갔다. "여기 뭣 좀 가지고 왔네. 자네 아버지가 보내신 거야. 자네가 보고 싶어 할지도 몰라서." 페리는 이제 거의 인광이 흐를 정도로 창백해진 얼굴에서 강렬한 눈빛을 반짝거리면서 천장만 바라보았다. 이윽고 퇴짜 맞은 방문객은 그림엽서 한 장을 환자의 침대 옆 탁자 위에 놓아두고 떠났다.

그날 밤 페리는 엽서를 보았다. 수신자는 교도소장 앞으로 되어 있었고 소인은 캘리포니아 블루레이크라고 찍혀 있었다. 내용은 눈에 익은 뭉툭한 글씨체로 이렇게 되어 있었다. "존경하는 소장님, 제 아들 페리를 다시 맡아주시고 있으시다는 걸 알고 있습니다. 우리 애가 뭣을 잘못했는지, 제가 가서 애를 만나봐도 되는지 알려주십시오. 저는 잘 지내고 있고 소장님도 잘 계십시오. 텍스 J. 스미스." 페리는 이 엽서를 찢어버렸지만 마음속에 간직하고 있었다. 그 짧고 조잡한 단어들에 페리의 감정은 부활했으며, 애증이 되살아났고, 아직도 자기가 떨쳐버리고 싶은 상태에서 벗어나지 못했다는 사실을 새삼 깨달았다. 그는 아직도 살아 있는 것이다. "그래서 나는 그냥 결정했어." 페리는 후에 한 친구에게 이렇게 말했다. "그 상태로 버텨야만 한다고. 내 목숨을 원하는 사람이 누구든 나에게 더 이상 도움을 받을 수는 없을 거라고. 그들도 내 목숨을 싸워서 얻어야만 하니까."

다음 날 아침, 페리는 우유 한 잔을 달라고 청했다. 14주 만에 처음으로 자청해서 먹겠다고 한 음식물이었다. 달걀술과 오렌지 주스를 먹어가며 그는 점차 몸무게를 회복했다. 10월이 되자 교도소 담당 의사, 로버트 무어 박사는 페리가 이제 사형수 복도로 돌아가도 될 만큼 건강해졌다는 소견을 내놓았다. 페리가 돌아오자 딕은 웃으면서 이렇게 말했다. "집에 잘 왔어, 자기야."

―

2년이 흘러갔다.

윌슨과 스펜서가 떠나자 스미스와 히콕과 앤드루스만이 사형수 복도의 환한 전구와 가려진 창문과 함께 남게 되었다. 일반 죄수들에게 주어진 특권이 그들에게는 허용되지 않았다. 라디오도 카드 게임도 허락되지 않았고 운동 시간도 없었다. 사실 그들은 매주 토요일 샤워실에 가서 일주일에 한 번 옷을 갈아입는 경우 말고는 감방 밖으로 나가는 것도 허락받지 못했다. 그 외에 잠시나마 풀려날 수 있는 유일한 기회는 이따금씩 변호사나 친척이 면회 신청을 할 때뿐이었다. 히콕 부인은 한 달에 한 번씩 왔다. 남편이 죽고, 농장을 잃고 나서는 이 친척, 저 친척을 전전하며 살고 있다고 부인은 딕에게 전했다.

페리는 자기가 "깊은 물속에" 존재하고 있는 것만 같았다. 사형수 복도는 깊은 바닷속처럼 회색이었으며 코고는 소리, 기침 소리, 슬리퍼 신은 발이 살짝 걸어가는 소리, 감옥 벽에 둥지 튼 비둘기 떼가 날개 치는 소리를 제외하고는 아무 소리도 없었다. 그러나 항상 그런 건 아니었다. 딕은 자기 어머니에게 보내는 편지에 이렇게 썼다. "가끔, 자기 생각도 잘 안 들릴 때가 있어요. 아래층 감방에 계속 사람을 처넣으니까. 아래층 감방은 구멍이라고 부르는데, 거기 오는 사람들이 미친 듯 싸우고 정신 나간 것처럼 발길질을 해대요. 계속 욕하고 비명을 지르고. 정말 참을 수가 없어서 모두들 입 닥치라고 소리 지르기 시작해요. 어머니한테 귀마개를 보내달라고 하고 싶다니까요. 그렇지만 위에서 허락을 안 해줄 거예요. 악인은 평안하게 지내지도 말란 거겠죠."

그 자그마한 건물은 한 세기 넘게 서 있었고, 계절이 바뀔 때마다 고색창연한 건물에는 여러 증상이 나타났다. 겨울에는 돌과 철로 된 구조물에 냉기가 파고들었고, 여름에 기온이 38도 가까이 치솟을 때면 오래된 감방은 악취가 나는 가마솥처럼 되었다. 1961년 7월 5일, 딕은 편지에 이렇게 썼다. "얼마나 더운지 피부가 따끔따끔한 것 같아요. 많이 돌아다니지 않으려고 해요. 그냥 바닥에 앉아 있어요. 침대에 땀이 너무 차서 누울 수도 없고, 한 주에 한 번밖에 목욕을 못 하니까 냄새가 나서 구역질이 나요. 환기도 안 되고 전구 때문에 더 뜨거워요. 벌레가 계속 벽에 부딪치고."

일반 죄수와는 달리, 사형수는 노역을 하지 않아도 되었다. 사형수는 원하는 대로 시간을 쓸 수 있었다. 페리가 종종 그러듯이 하루 종일 자도 되고("난 눈도 못 뜨는 작은 아기인 척 자요"), 앤드루스의 습관대로 밤새 책을 읽어도 되었다. 앤드루스는 일주일에 평균 열다섯 권에서 스무 권 정도 책을 읽었다. 그의 취향은 쓰레기 같은 책이나 순문학 둘 다 아우르고 있었고, 시를 좋아했는데 그중에서도 특히 로버트 프로스트의 시를 좋아했다. 하지만 휘트먼이나 에밀리 디킨슨을 숭배했고 오그든 내시의 유머 있는 시도 즐겨 읽었다. 누르려야 누를 수 없는 문학에 대한 갈망으로 앤드루스는 벌써 교도소 도서관의 책장을 다 쓸었지만, 교도소 목사나 앤드루스에게 동정적인 다른 사람들이 캔자스시티 시립도서관에서 계속 책을 공급해주었다.

딕도 약간 책벌레가 되었다. 하지만 그의 관심은 두 가지로 제한되었다. 해럴드 로빈스와 어빙 월리스로 대표되는 음란 소설과(그런 책을 딕에게 하나 빌려 읽고서 페리는 분개한 어조로 이렇게 말하며 돌려주었다. "천하고 타락한 정신에나 어울리는 타락하고 천박한 책이잖아!") 법률 서적이었다. 딕은 매일 법률 책을 뒤적대며 판결을 뒤집는 데 도움이 될 만한 연구를 모으면서 시간을 보냈다. 또한 같은 명분을 좇아 딕은 미국시민 자유조합이나 캔자스 주 법조협회 같은 단체에 편지로 폭격을 퍼부었다. 자신의 재판은 "정당한 절차를 우스꽝스럽게 흉내만 낸 것"이었다며 공격하고, 편지를 받는 사람들에게 새로운 재판을 요청할 수 있도록 도와달라고 촉구했다. 페리도 유사한 탄원서를 쓰라는 설득에 넘어갔다. 하지만 딕이 앤디에게도 자기들을 본받아 편지로 항의서를 써보라고 하자, 앤드루스는 "내 목은 알아서 걱정할 테니 아저씨는 아저씨 목이나 걱정하세요"라고 대답했다. (실제로 딕에게는 목이 해부학적으로 당장 가장 곤란을 겪고 있는 부분은 아니었다. "머리가 한 줌씩 빠지고 있어요. 거의 정신이 돌아버릴 것 같아요. 내가 알기로 우리 집안에 대머리는 없는데. 내가 추한 대머리 아저씨가 된다는 생각만 해도 정신이 돌아버릴 것 같아요." 딕은 어머니에게 보내는 또 다른 편지에 이렇게 털어놓았다.)

1961년 어느 가을날 저녁 사형수 복도를 지키는 간수 두 명이 새로운 소식 하나를 들고 일터로 왔다. 한 사람이 발표했다. "이제, 자네들에게 동료가 더 생길 것 같다." 듣고 있는 죄수들은 이 말의 속뜻을 분명히 알았다. 캔자스 철도 노동자를 살해한 죄목으로 법정에 섰던 젊은 병사 두 명이 최고형을 받았다는 뜻이었다. 간수가 확인해주었다. "그래. 두 사람은 사형 선고를 받았다." 딕은 이렇게 대꾸했다. "그렇겠지. 요새 캔자스에서는 아주 유행이라니까. 애들한테 사탕 던져주듯이 배심원들이 사형 선고를 막 뿌리고 있나보네."

병사 하나, 조지 로널드 요크는 열여덟 살이었다. 그의 동료, 제임스 더글러스 래섬은 한 살 더 많았다. 둘 다 아주 남달리 잘생긴 사람들이어서 10대 소녀들이 단체로 재판 방청을 온 이유도 알 만했다. 기소된 건은 살인 사건 한 건뿐이었지만, 이 두 사람은 전국을 돌아다니면서 일곱 명을 살해한 혐의를 받고 있었다.

금발에 푸른 눈인 로니 요크는 플로리다에서 태어나 자랐고, 그의 아버지는 유명하고 수입이 좋은 심해 잠수부였다. 요크 집안은 쾌적하고 편안한 가정이었고, 요크는 부모와 그를 숭배하다시피 하는 여동생에게 사랑과 칭찬을 듬뿍 받고 살았으며, 그 집안의 중심이었다. 래섬의 배경은 아주 극단적으로 반대였다. 페리 스미스의 인생만큼이나 처절했다. 텍사스에서 태어난 래섬은 애가 줄줄이 딸린 집안의 막내아들이었고, 돈 없이 셋방에 시달리며 살던 부모는 마침내 갈라서면서 애들이 여기저기 흩어져서 돌봐주는 이 하나 없이 텍사스 주 노상에서 앵벌이 짓을 하면서 살도록 내버려두었다. 열일곱 살이 되자 피난처가 필요해진 래섬은 군대에 입대했다. 2년 후, 그는 무단이탈로 유죄를 선고받고 텍사스 포트후드의 영창에서 형을 살았다. 그때 바로 거기서 역시 무단이탈 죄로 형을 살고 있던 요크를 만났다. 두 사람은 닮은 데라고는 전혀 없었다. 심지어 외모도 비슷하지 않았다. 요크는 키가 크고 냉담한 청년이었지만, 텍사스 청년은 키가 작고 여우 같은 갈색 눈이 생동감 있게 반짝거리는 작고 귀여운 얼굴이었다. 하지만 두 사람은 적어도 한 가지 확고한 의견 하나는 공유했다. 세상은 증오스러운 것이고, 그 안에 사는 모든 사람은 죽어 마땅한 존재였다. 래섬은 말했다. "썩어빠진 세상이야. 천박함 말고 다른 대답은 없어. 사람들이 이해하는 건 그게 다지. 천박함. 마구간을 불태워봐. 그럼 알게 될걸. 그 집 개를 독살해봐. 죽여버려." 요크는 래섬의 말이 "100퍼센트 맞다"고 느꼈고 자기도 덧붙였다. "어쨌거나, 누구라도 죽여주면 그게 호의를 베풀어주는 거라니까."

그 둘이 처음으로 호의를 베풀어주기로 선택한 사람은 조지아 출신 여자 둘이었다. 요크와 래섬이 포트후드 영창에서 탈출한 지 얼마 안 되어 픽업트럭을 훔쳐 함께 요크의 고향인 플로리다 잭슨빌로 가고 있을 때였다. 행실이 방정한 이 주부들은 불운하게도 이들과 마주치고 말았다. 이 사람들이 만난 장소는 잭슨빌 외곽 에소 주유소의 어둠 속에서였다. 날짜는 1961년 5월 29일이었다. 원래 탈영한 병사들은 요크의 가족을 만날 의도로 플로리다로 갔었다. 하지만 일단 거기에 이르자 요크는 부모님과 연락하는 것은 별로 현명한 일이 아니라는 판단을 내렸다. 요크의 부친은 성격이 꽤나 괄괄했다. 요크와 래섬은 의논해본 뒤 뉴올리언스를 새로운 정착지로 정하고 차에 기름을 넣기 위해 에소 주유소에 들렀다. 옆에 다른 차 한 대가 기름을 넣고 있었다. 차 안에는 앞으로 그들의 희생자가 될 마나님들이 타고 있었다. 두 사람은 잭슨빌에서 쇼핑을 하면서 즐거운 하루를 보낸 뒤에 플로리다와 조지아 주 경계선 근처의 작은 마을에 있는 집으로 돌아가는 중이었다. 하지만 맙소사, 부인들은 길을 잃은 상태였다. 부인들이 길을 묻자 요크는 아주 공손하게 대답했다. "저희들만 따라오세요. 맞는 길로 데려다드릴 테니까요." 하지만 요크가 간 길은 아주 잘못된 길이었다. 늪으로 이어지는 좁고 꾸불꾸불한 길. 그렇지만 부인들은 앞선 차가 멈출 때까지 성실하게 따라왔다. 그때 헤드라이트의 불빛 속에서 부인들은 이제까지 도와주던 젊은이들이 차에서 내려서 다가오는 것을 보았다. 그리고 너무 늦기는 했지만 그때 두 젊은이가 검은 쇠 채찍으로 무장하고 있다는 것도 알았다. 채찍은 훔친 트럭의 원래 주인인 소몰이꾼이 가지고 있던 것이었는데, 이 채찍을 교수형 끈으로 쓰자고 한 것은 래섬의 생각이었다. 그리고 부인들의 금품을 강탈한 후에 그 생각대로 했다. 뉴올리언스에 이르자 청년들은 피스톨 한 자루를 사서 손잡이에 금을 두 개 그어놓았다.

열흘 동안 테네시 주 털라호마를 돌아다니면서 금은 더 늘어났다. 그곳에서 청년들은 외판원을 쏘아버리고 멋진 빨간 닷지 컨버터블을 얻었다. 세인트루이스에 가까운 일리노이 교외에서는 남자 두 명을 더 살해했다. 앞서 죽은 다섯 명에 이은 캔자스 주의 피해자는 할아버지였다. 이름은 오토 지글러로, 예순두 살이지만 아직 건장하고 지나가는 운전자들이 어려움에 처해 있으면 그냥 못 넘어가는 친절한 사람이었다. 어느 맑은 6월 아침, 캔자스 고속도로를 돌아 나가고 있을 때, 지글러 씨는 빨간 컨버터블이 후드를 연 채로 갓길에 서 있는 것을 보았다. 마음이 착한 지글러 씨가 차에는 뭐 하나 이상이 없다는 사실을 어떻게 알겠는가? 이것이 지나가는 선한 사마리아인의 금품을 턴 뒤 죽여버리려고 고안한 책략이었다는 것을 어찌 알겠는가? 지글러 씨의 마지막 말은 "뭐 도와드릴까?"였다. 요크는 6미터 거리에서 총알로 노인의 두개골을 날려버렸다. 그러고는 래섬을 보고 말했다. "내 사격 솜씨 대단하지, 하?"

마지막 희생자야말로 가장 딱한 경우였다. 이제 겨우 열여덟 살 된 소녀였다. 소녀는 이 광폭한 2인조가 하룻밤 묵은 콜로라도 호텔에서 하녀로 일하고 있었다. 그날 밤 소녀는 그들에게 몸을 허락해주었다. 그러고 나서 젊은이들은 자기들은 캘리포니아로 가는 길이니 같이 가자고 하며 소녀를 유혹했다. "그러지 말고." 래섬이 강요했다. "어쩌면 우리는 나중에 유명한 영화배우가 될지도 몰라." 결국 소녀와 급하게 챙긴 여행 가방은 피에 흠뻑 젖어 콜로라도, 크레이그 근처 골짜기 바닥에 떨어지는 운명을 맞았다. 하지만 소녀가 총을 맞고 거기 던져지고 나서 몇 시간 지나지 않아, 살인자들은 실제로 영화 카메라 앞에 서게 되었다.

오토 지글러의 시체가 발견된 지역에서 어슬렁거리던 청년들을 본 목격자들의 제보로 빨간 차를 탄 운전자들의 인상착의는 미국 중부와 서부의 주에 널리 퍼져 있었다. 곳곳에서 도로가 봉쇄되었고, 헬리콥터들이 고속도로를 순찰했다. 유타 주에 있는 봉쇄 지점에서 요크와 래섬은 잡혔다. 후에, 솔트레이크시티의 경찰 본부에서 한 지역 텔레비전 방송국이 그들의 인터뷰를 촬영할 수 있는 허가를 받았다. 소리를 죽이고 화면만 보면, 그 인터뷰는 마치 기운차게 우유를 마시고 잘 자란 운동선수들이 하키나 야구에 대해서 의견을 나누고 있는 것처럼 보였다. 두 청년이 자기들이 저지른 살인과 일곱 명을 죽일 때 각각 어떤 역할을 했는지에 대해 허풍을 떨면서 자랑하는 것처럼은 전혀 보이지 않았다. "왜 그런 짓을 했습니까?" 리포터가 물었다. 그러자 요크는 마치 자축하는 듯한 웃음을 지으면서 대답했다. "세상이 싫어서요."

요크와 래섬의 기소권을 앞 다투어 주장하는 다섯 개 주 모두 사형 판결을 보증했다. 플로리다와 테네시, 일리노이는 전기의자를, 캔자스는 교수형을, 콜로라도에서는 가스실을 내걸었다. 하지만 가장 확정적인 증거를 확보하고 있었기 때문에 캔자스가 결국 승리했다.

1961년 11월 2일, 사형수 복도의 죄수들은 새로 온 동료들을 처음 만나게 되었다. 간수 한 명이 그들을 감방으로 안내해주면서 소개시켜주었다. "요크, 래섬, 여기는 스미스네. 그리고 히콕. 여기는 바로 로웰 리 앤드루스지. '윌콧에서 가장 착한 소년!'"

행진이 지나갈 때, 히콕은 앤드루스가 킬킬대며 웃는 소리를 들었다. "야, 저 개자식들이 뭐가 그렇게 우습냐?"

"아무것도 아녜요." 앤드루스가 대답했다. "하지만 이런 생각은 했죠. 내가 셋, 아저씨들이 넷, 쟤들이 일곱이니, 죽은 사람은 열넷이고, 우리는 다섯 명 아녜요. 그럼 이제 열넷을 다섯 명으로 나눠서 평균을 내면······."

"열넷을 넷으로 나누어야지." 히콕은 짧게 앤드루스의 말을 바로잡았다. "여기에는 살인자 네 명하고 무고한 죄를 뒤집어쓴 사람이 하나니까. 나는 빌어먹을 살인자가 아냐. 난 사람 털끝 하나도 건드린 적이 없다고."

—

히콕은 계속해서 판결에 항의하는 편지를 썼고, 그중 하나가 마침내 결실을 맺었다. 수신자인 캔자스 법조협회 안에 있는 법률구조 위원회의 위원장 에버릿 스티어맨은 본인과 자신의 동료가 정당한 재판을 받지 않았다고 주장하는 히콕의 편지를 받고 마음이 심란해졌다. 히콕의 말에 따르면, 가든시티에 흐르는 "적대적 분위기" 때문에 편견 없는 배심원단을 구성하는 것이 불가능했고, 그러므로 장소 변경이 허용되었어야 했다는 것이다. 선정된 배심원들도 적어도 두 사람은 확실히 예비 심문 절차 때 유죄를 미리부터 추정하고 있었다고 했다. ("사형에 대해서 어떻게 생각하느냐고 물어보니까, 한 남자는 보통은 반대하지만 이번 경우에는 아니라고 했습니다.") 불운하게도 예비 심문 절차는 기록되어 있지 않았는데, 캔자스 법에서 특별한 요구 없이는 기록 요청을 하지 않기 때문이었다. 더욱이 배심원들 대부분이 "고인과 잘 아는 사이였고, 판사도 마찬가지였다. 테이트 판사는 클러터 씨의 친한 친구였다"고 히콕은 주장했다.

그렇지만 히콕이 가장 돌을 던지고 싶어 하는 쪽은 피고 측 변호사 두 명, 아서 플레밍과 해리슨 스미스였다. 두 사람의 "무능력과 부적절한 행동"이 자기들이 현재와 같은 처지에 처하게 된 가장 큰 원인이라는 주장이었다. 두 사람은 진정한 변론은 준비하지도 않았고 고의로 노력을 게을리했으며 이는 피고 측과 검찰 측의 공모 행위라고 히콕은 넌지시 언급했다.

존경받는 변호사 두 사람과 저명한 판사의 청렴한 성품에 문제를 제기하는 심각한 주장이었다. 하지만 만약 부분적이라도 이 말이 사실이라면, 헌법에서 보장한 피고들의 권리가 침해당한 것도 맞는 말이었다. 결국 스티어맨은 이 문제를 위원회에 제기했고, 법조협회는 캔자스 법률사에 선례가 없는 조치를 취하기로 했다. 위치토 소속 젊은 변호사 러셀 슐츠를 선임해서 이 고발을 조사하도록 하고, 증명할 증거를 댄 뒤, 최근 판결 내용을 지지한 캔자스 대법원에 인신 보호 영장을 청구해서 유죄 판결의 타당성에 이의를 제기하도록 한 것이다.

슐츠의 조사는 다소 한쪽에 치우쳤다. 그는 스미스와 히콕을 약간 면담해보더니 그 결과를 가지고 강력한 개혁을 부르짖으며 기자 회견을 열었다. "문제는 이것입니다. 가난하고, 유죄인 것이 분명한 피고들이 완벽한 변론을 받을 권리가 있을까요? 캔자스 주 정부 쪽에서는 이 항소인들이 죽는다고 해서 크게 해를 입거나 장기적으로 손해를 보지는 않을 겁니다. 하지만 그렇다고 저는 캔자스 주 정부가 적법한 법 절차를 무시한다면 그 결과를 돌이킬 수 있다고 보지도 않습니다."

슐츠는 인신 보호 영장을 신청했고, 캔자스 대법원은 은퇴한 판사들 중에서 월터 G. 틸 명예판사를 임명하여 전면적인 청문회를 주관하도록 했다. 그래서 재판 후 2년이나 흐른 이때가 되어 관련자들 모두가 다시 가든시티 법정에 모였다. 가장 중요한 참가자인 피고들만 그 자리에 참석하지 않았다. 피고 자리에는 대신 테이트 판사와 연로한 플레밍, 해리슨 스미스가 섰다. 그들의 직업적 생명은 위험에 처해 있었는데 항소인들의 고발 그 자체 때문이 아니라, 법조협회가 그들의 실질적 신용을 의심하고 있었기 때문이었다.

청문회는 틸 판사가 스미스와 히콕의 증언을 듣기 위해서 한 번 랜싱으로 옮겨져서 열린 것을 포함하여 다 마치기까지 엿새가 걸렸다. 궁극적으로 모든 점을 다 짚어본 셈이었다. 여덟 명의 배심원은 살해된 가족 중 누구하고도 아는 사이가 아니었다고 맹세했다. 네 명은 클러터 씨와 약간 안면은 있었다고 인정했지만, 예비 심문 절차에서 문제의 답변을 했던 공항 직원 N. L. 더넌 씨를 포함해서 모든 사람이 편견 없이 배심원석에 들어섰다고 증언했다. 슐츠는 더넌의 말을 반박했다. "그러면 증인은 본인과 똑같은 마음가짐을 가진 사람이 배심원으로 있는 재판에 기꺼이 가겠습니까?" 더넌이 그렇다고 대답하자 슐츠는 다시 물었다. "사형을 반대하는지에 대해 질문을 받은 것을 기억하십니까?" 증인은 고개를 끄덕이며 이렇게 대답했다. "정상적인 조건하에서는 사형에 반대할 거라고 했습니다. 그렇지만 이렇게 큰 범죄에서는 찬성 쪽에 표를 던질 수 있을 거라고 했습니다."

테이트 판사와 씨름하는 것은 한층 더 어려웠다. 슐츠는 곧 자기가 호랑이 꼬리를 잡은 꼴이라는 것을 깨달았다. 클러터 씨와 친분 관계가 있었다는 주장에 대해서 의견을 묻자 판사는 이렇게 대답했다. "그분〔클러터〕은 이 법정에 소송 당사자로 온 적이 있습니다. 내가 주관하는 사건이었는데 비행기가 고인의 영지에 추락한 것과 관련한 손해배상 소송이었지요. 고인은 제가 알기로는 과일나무들에 대한 손해배상을 청구하기 위해 고소를 했습니다. 그것 말고는 고인과 알게 된 일이 없습니다. 뭐가 되었든 전혀 말입니다. 1년에 한두 번 봤을지도 모릅니다만······." 슐츠는 허둥지둥 주제를 다른 데로 돌렸다. "그러면 말입니다, 이 두 사람이 체포된 후에 이 지역 사회 주민들의 태도는 어땠는지 알고 계십니까?" 판사는 냉철한 자신감을 가지고 대답했다. "안다고 할 수 있겠죠. 제 의견으로는 이 범인들에 대한 태도는 형사 범죄로 기소된 다른 범인들에 대한 태도와 같았다고 생각합니다. 법에 의해서 재판을 받아야 하고, 유죄라면 형을 받아야 한다는 태도지요. 사람들은 다른 사람에게 하듯이 똑같이 공정한 처분을 내려야 한다고 생각했습니다. 그 사람들이 범죄로 기소되었다고 해서 특별한 편견은 없었습니다." 슐츠는 교활하게 물었다. "그러면 판사님 말씀은, 법원이 자발적으로 장소 변경을 허용할 이유는 없었다고 보셨다는 겁니까?" 테이트 판사의 입술은 아래로 휘어졌고, 눈에서는 불이 번득였다. "슐츠 씨." 테이트 판사는 그 이름을 길게 늘여서 쉭쉭대며 발음했다. "법원은 자발적으로 장소 변경을 허용할 수 없습니다. 그건 캔자스 주법에 위배됩니다. 적법한 요청이 있지 않았다면 저는 장소 변경을 허용할 수가 없었습니다."

그러면 왜 피고 측 변호인들은 장소 변경 요청을 하지 않았을까? 슐츠는 이제 변호사들을 상대로 이 문제를 물고 늘어졌다. 변호인의 신용을 떨어뜨리고, 그들이 의뢰인들에게 최소한의 보호 조치도 제공하지 않았다는 것이, 이 위치토 출신 변호사의 관점으로는 청문회의 가장 중요한 목적이었다. 플레밍과 스미스는 이 공격을 우아하게 견뎌냈다. 특히 눈에 띄는 빨간 넥타이를 맨 플레밍 씨는 계속 미소를 띠고 신사답게 감수하며, 슐츠의 공격을 참아냈다. 플레밍 씨는 장소 변경을 요청하지 않은 이유를 다음과 같이 설명했다. "이곳 감리교회 목사이시자 이곳에서는 고명한 사회 주요 인사이신 코윈 목사님이 다른 목사님들과 마찬가지로 사형 제도에 반대한다는 입장을 표명하셨고, 적어도 이 지역 일대에서는 그런 태도에 감화를 받아 주 내 다른 어떤 지역보다 이곳 주민들이 형의 문제에 있어서는 더 관대할 것 같다고 생각했기 때문입니다. 또한 클러터 부인의 오빠 되시는 분이 기자 회견 당시 피고들이 사형에 처해지길 바라지는 않는다는 말씀을 하시기도 한 걸로 압니다."

슐츠는 여러 가지 다른 사항도 책임을 물었지만, 이 모든 비난 밑에 깔린 논리는 지역 사회의 압박 때문에 플레밍과 스미스가 고의로 의무를 저버렸다는 것이다. 두 사람 다 의뢰인을 배신했다. 그들은 충분히 면담하지 않았고(플레밍 씨는 이에 대해 "저는 이 건에 대해서 제 힘 닿는 데까지 일했고 다른 대부분 사건보다도 시간을 더 많이 쏟았습니다"라고 답변했다), 사전 청문회를 신청할 권리를 포기했으며(스미스 변호사는 "하지만 플레밍 씨나 저나 권리 포기 당시 아직 변호인으로 임명되지도 않았습니다만"이라고 대답했다), 신문기자들에게 의뢰인에게 해로운 발언을 해서(슐츠가 스미스에게 "토피카 〈데일리 캐피털〉의 론 컬 기자가 재판 이틀째 되던 날, 변호인이 했다는 말을 인용해서 히콕 씨의 유죄는 의심할 여지가 없으니 사형보다는 종신형을 받는 데 더 관심을 두고 있다고 보도한 것을 아십니까?"라고 묻자, 스미스는 "아뇨, 제가 그런 말을 했다고 보도되었다면 틀린 기사입니다"라고 대답했다), 적절한 변호를 준비하지 않았다는 것이다.

이 마지막 주장을 펴는 데 슐츠는 가장 박차를 가했다. 따라서 이 문제에 관련해서 여기서 미합중국 항소 법원, 10차 순회재판소에 신청한 항소 재판의 결과로 주 정부 판사 세 명이 쓴 견해를 다시 한 번 언급해본다. "하지만 우리는 과거의 상황을 그런 식으로 바라보는 시각은 스미스 변호사와 플레밍 변호사가 이 청원자들의 변호를 맡았을 당시에 직면한 문제를 완전히 놓치고 있는 것이라 생각한다. 두 변호인이 선임을 받아들였을 때는 이미 청원자 둘 다 모든 자백을 한 상태였고, 그들은 그때에도, 그리고 다른 어떤 때에도 이 자백이 자발적으로 이루어지지 않았다는 주장을 진지하게 법원에서 한 적이 없다. 클러터 집 안에서 탈취해 멕시코시티에서 팔아버린 라디오도 회수된 상태였고, 변호사들은 검찰 측이 다른 유죄 증거물도 확보하고 있다는 사실을 알고 있었다. 청원자들에게 불리한 고발 사항이 있으면 청원을 내라는 요청을 받았을 때, 청원자들은 별다른 항변을 하지 않았지만 법정에 이들이 유죄가 아니라는 탄원서를 등록하기 위해서는 본인들의 요청이 필수적이었다. 그 당시는 청원자들이 정신 이상이라는 것을 입증할 만한 증거가 없었고, 재판 이후에도 그런 증거는 발견되지 않았다. 히콕이 수년 전 일어났던 사고 때문에 현재 두통을 겪고 있고 간혹 기절을 한다는 이유로, 정신 이상을 변론으로 내세우려고 시도하는 것은 지푸라기를 잡는 것이나 다름없다. 변호사들은 무고한 사람들에게 잔인무도한 범죄가 저질러졌다는 사실을 인정한 상황에 직면하고 있었다. 이런 환경하에서는 변호인들이 청원자들에게 유죄 인정을 하고 법원의 자비에 맡기라는 충고를 한 행위는 정당화될 수 있다. 변호인들의 유일한 희망은 적어도 반전이 벌어져 이 길을 잘못 든 사람들의 목숨만은 살릴 수 있을지도 모른다는 것이었다."

캔자스 대법원에 낸 보고서에서 틸 판사는 청원자들이 헌법적으로 공정한 재판을 받았다고 썼다. 그러므로 법정은 판결을 철회해달라는 영장을 기각하고, 새 사형 일자를 잡았다. 1962년 10월 25일이었다. 공교롭게도 미합중국 대법원에 두 번이나 갔다가 되돌아온 로웰 리 앤드루스 사건도 그 뒤 한 달 뒤로 교수형 일자가 잡혔다.

클러터 가 살인범들은 연방 법원으로부터 집행유예를 허용받고 그 날짜를 피할 수 있었다. 앤드루스는 정해진 날짜를 지켰다.

―

미합중국 내에서 최고형을 법적 처분할 때, 선고부터 실행까지 걸리는 시간은 평균해서 대략 17개월이다. 최근 텍사스에서 무장 강도가 선고를 받은 지 한 달 만에 전기의자 처형을 당하기는 했지만, 현재 기록에 따르면 루이지애나에서는 강간범 두 명이 12년 동안이나 형 집행을 기다리고 있다. 이 편차는 운에 약간, 기소 내용에 크게 달려 있다. 이런 사건을 다루는 법률가 다수는 법정에서 선임한 사람들이고 성공 보수를 받지 않고 일한다. 하지만 종종 법원은 부적절한 변호인 선정에 대한 불만 때문에 항소가 일어나는 것을 피하기 위해서 누구보다도 활력에 가득 차 변호해줄 수 있는 최상급의 변호사를 선임한다. 하지만 그럭저럭한 능력만 갖춘 변호사도 사형 일자를 매년 연기할 수 있다. 미 법률 체계에 만연하는 항소 절차는 약간은 범죄자에게 유리하도록 조작된 법률적 도박, 운에 거는 게임이나 다름없어서 참가자들은 처음에는 주 법원에서 시작해서, 연방 법원을 통해 최종 법정인 미합중국 대법원까지 갈 때까지 한없이 게임을 할 수가 있는 것이다. 청원자들의 변호인단이 다시 항소를 할 만한 근거를 새롭게 발견하거나 지어낼 수만 있다면 재판에서 진다 해도 별로 문제가 되지 않는다. 보통 변호인들은 그럴 능력이 있기 때문에 도박판의 바퀴는 또 돌기 시작하고 몇 년 뒤 죄수들이 다시 한 번 최고 재판소에 돌아오기까지 이 바퀴는 계속 돌아간다. 이 모든 과정의 목적은 단지 느리고 잔인한 항소 과정을 또다시 시작하기 위한 것에 지나지 않을 수도 있다. 하지만 그 사이 바퀴가 멈춰서 승자를 선언하기도 한다. 아니면, 드물기는 하지만 요새는 점점 많아지는 경우로 패자를 선언하기도 한다. 앤드루스의 변호인단은 최후의 순간까지 싸웠다. 하지만 그들의 의뢰인은 1962년 11월 30일 금요일, 교수대로 갔다.

—

"그날 밤은 추웠죠. 춥고 축축했어요." 히콕은 계속 연락을 주고받으며 간간히 면회 오기도 하는 신문기자에게 이렇게 말했다. "비가 우라지게 왔고, 야구장은 존나게 질척거리고요. 그래서 사람들이 앤디를 창고로 데리고 갈 때 보도를 따라 걸어가야 했어요. 우리는 모두 창문으로 보고 있었죠. 페리, 나. 요크, 래섬. 자정 직후였고 창고에는 마치 핼러윈 호박처럼 불이 켜져 있었어요. 문은 활짝 열려 있고. 우리는 참관자들, 간수들 여럿, 의사, 교도소장을 다 볼 수 있었죠. 엿 같은 교수대만 빼고. 교수대는 잘 안 보이는 각도에 있었지만 그림자는 보이더라고요. 벽에 비친 그림자가 마치 권투 링 같았어요.

교도소 목사랑 간수 네 명이 앤디를 데리고 갔는데 그 사람들은 문으로 가더니 잠깐 멈춰 서더군요. 앤디는 교수대를 보고 있었어요. 걔가 보고 있다는 걸 느낄 수 있었다 이 말이에요. 앤디는 손이 앞으로 묶여 있었어요. 갑자기 목사가 손을 뻗더니 앤디의 안경을 벗겼죠. 그거 정말 불쌍한 일이죠. 앤디는 안경 없으면 아무것도 안 보이는데. 사람들은 걔를 안으로 데리고 갔고, 나는 그 애가 잘 보고 계단을 올라갈 수 있을까 궁금했어요. 멀리서 개 짖는 소리 말고는 진짜 조용했죠. 어느 집 개인지. 그러고 나서 그 소리가 들렸어요. 그랬더니 지미 래섬이 '저 소리가 뭐야?'라고 묻는 거예요. 나는 그게 뭔지 말해줬죠. 바닥의 뚜껑문이 열리는 소리라고.

그러고는 다시 진짜 조용했어요. 그 개 짖는 소리 말고는. 불쌍한 앤디는 오랫동안 발버둥을 치더군요. 숨이 끊어질 때까지 진짜 난리도 아니었죠. 매분마다 의사는 손에 청진기를 든 채로 문 쪽으로 와서는 밖으로 몇 발짝 걸어 나와서 서 있다가 들어가고 했어요. 의사라고 좋아서 그 일을 하는 건 아니겠죠. 숨이 막힌 듯이 계속 헉헉 몰아쉬고 있었고, 울고 있었어요. 지미는 말했어요. '저 계집애 같은 자식 끌어낼 일이지.' 나는 의사가 자꾸 밖으로 나오는 이유는 남한테 우는 걸 들키고 싶지 않아서였을 거라고 생각해요. 그러고는 다시 들어가서 앤디 심장이 멈췄나 다시 들어보고 그랬던 거죠. 절대로 끝날 것 같지 않더라고요. 실은 개 심장은 19분이나 계속 뛰었다고 하대요.

앤디는 재미있는 애였어요." 히콕은 입술에 담배를 끼워 물면서 삐뚜름한 미소를 지었다. "내가 개한테 말한 대로예요. 나는 개보고 넌 인간 목숨을 존중하지 않는다, 니 목숨조차 그런다고 말했죠. 사형당하기 바로 직전에도 걔는 앉아서 통닭을 두 마리나 먹었어요. 그 최후의 날 오후, 그 애는 담배를 피우더니 코카콜라를 마시고 시를 썼어요. 사람들이 데리러 오고 우리는 작별 인사를 했죠. 나는 이렇게 말해줬죠. '곧 만나게 될 거다, 앤디. 우리도 같은 데로 갈 게 뻔하니까. 그러니 미리 잘 둘러보고 거기 땅속에 좋은 자리 좀 맡아놔라.' 앤디는 웃어버리더라고요. 자기는 천국이나 지옥을 믿지 않는다고, 그냥 먼지로 왔다가 먼지로 가는 거라고 했어요. 그러고는 자기 숙모랑 숙부가 보러 와서는 관을 대기해두고 있다가 미주리 북부의 작은 공동묘지로 데려갈 거라고 말했다고 하더군요. 걔가 죽인 세 사람이 묻혀 있는 옆자리에요. 그 숙부랑 숙모는 앤디를 그 사람들 바로 옆에 묻을 계획이란 말입니다. 앤디는 숙부랑 숙모가 그 얘기를 했을 때 얼굴 표정을 잘 관리할 수가 없었다고 하더군요. 그래서 난 말했죠. '야, 그래도 넌 무덤이라도 있잖아. 페리나 나는 아마 생체 해부용으로나 쓰일걸.' 우리는 갈 때가 될 때까지 계속 그런 식으로 농담 따먹기를 했어요. 그리고 막 갈 때가 되었을 때 걔는 나한테 시가 적힌 쪽지를 주었어요. 그 애가 쓴 건지는 모르겠어요. 뭐 책에서 베꼈을 수도 있겠죠. 내 생각으로는 그 애가 쓴 것 같았어요. 관심 있으면 보내주죠."

히콕은 나중에 기자에게 정말로 그 쪽지 내용을 보내주었다.

앤드루스의 작별 인사는 그레이의 〈시골 묘지에서 읊은 만가〉의
아홉 번째 연이었다.

> 화려한 문장을 뽐내던 사람도, 권세를 과시하던 사람도,
> 그리고 모든 미인도, 세상에서 제일가는 부자도
> 모두 똑같이 피할 수 없는 시간을 기다리네,
> 영광의 길은 단지 무덤으로 이어질 뿐.

"나는 정말 앤디를 좋아했어요. 그 애는 약간 바보였죠. 그렇다고 사람들이 항상 말하듯이 진짜 바보는 아니었고, 그냥 좀 얼빠진 데가 있었어요. 항상 여기서 탈옥해서 청부 살인업자로 살겠다는 얘기를 해댔죠. 바이올린 케이스에 기관총을 넣어서 시카고부터 로스앤젤레스까지 돌아다니는 걸 상상하면서 좋아했어요. 사람들 숨통을 끊어놓으면서. 한 건당 1천 달러는 받을 거라고 말하고 그랬어요."

히콕은 자기 친구의 야망이 너무 터무니없다고 생각했는지 웃어버렸지만 곧 한숨지으며 고개를 저었다. "하지만 그 나이치고는 걘 내가 이제까지 만나본 사람 중에 제일 똑똑한 사람이었어요. 걸어 다니는 도서관이었죠. 어릴 때 책을 읽으면 그게 기억에 남아 있잖아요. 왜냐하면 걔는 진짜 인생에 대해서는 쥐뿔도 몰랐으니까. 나야 일자 무식쟁이지만 인생에 대해서는 잘 알죠. 나는 빈민가에도 가봤어요. 백인이 마구 매를 맞는 것도 보았고, 아기가 태어나는 것도 봤어요. 아직 열넷도 안 된 여자애가 동시에 세 남자를 받아서 돈값어치를 해주는 것도 보았죠. 한번은 8킬로미터 앞바다에 나갔다가 배에서 떨어져서 죽을힘을

다해 그 거리를 헤엄쳐 온 적도 있어요. 뮤엘레바호 호텔 로비에서 트루먼 대통령을 만나 악수한 적도 있고. 병원에서 구급차 운전사로 일할 때, 인생에는 별별 게 다 있다는 걸 알았죠. 개도 토악질할 만한 일까지도 있었어요. 하지만 앤디는 모르죠. 앤디는 책에서 읽은 것 말고는 아무것도 몰라요.

개는 어린아이처럼 순진했어요. 크래커잭이나 먹는 어린애처럼. 여자 경험이라고는 없었죠. 남자건 노새건. 그 애 입으로 그렇게 말했어요. 내가 제일 좋아했던 점이 바로 그거였는지도 모르겠어요. 눈 가리고 아웅하지 않는 거. 여기 사형수 복도에 있는 다른 사람들, 우리 모두는 거짓말에는 그야말로 국가대표급 선수예요. 그중에서도 내가 제일 심하죠. 제길, 무슨 말이라도 해야 할 거 아녜요. 허풍이라도 떨어야지. 그러지 않으면 정말 한심한 인간이 되는 거예요. 아무것도 아니라고. 그러지 않으면 이 조그마한 감방에서 꿔다 놓은 보릿자루처럼 멀뚱히 앉아서 지낼 수밖에요. 하지만 앤디는 결코 그런 짓에 끼지 않았어요. 개는 그런 진짜도 아닌 일을 지껄여봤자 무슨 소용이 있냐고 했다니까요.

하지만 페리는, 앤디가 가는 걸 보고도 별로 슬퍼하지도 않습디다. 앤디는 바로 페리가 되고 싶었던 그런 사람이었죠. 교육받은 인간이요. 페리는 그 때문에 앤디를 용서할 수 없었어요. 페리가 항상 뜻도 제대로 모르는 단어들을 주위섬기는 거 아세요? 대학 다닌 검둥이처럼 말하는 거요? 거참, 앤디가 페리 틀린 거 지적하고 끌어내리니까, 페리는 아주 뿔이 났죠. 물론 앤디야 페리가 원하는 걸 주려고 한 것뿐인데 말이죠. 바로 교육이요. 사실 누구라도 페리랑 잘 지낼 수는 없을 거예요. 개는 그래가지고

서는 친구 한 명 사귀기도 힘들어요. 내 말은, 도대체 걔는 자기가 뭐라고 생각하냐는 거죠. 모든 사람들 다 비웃고. 사람을 변태나 성도착자 취급하고. 그런 사람들 아이큐가 얼마나 낮은지 모른다는 둥 그런 얘기나 하고. 우리가 페리처럼 그렇게 민감한 영혼이 못 되어줘서 꽤나 미안한데 말이지만. 혼자 성인이지, 아주. 하지만 페리에게 샤워실에서 1분이라도 뜨거운 맛 좀 보여줄 수 있다면, 어떤 죄수들은 기꺼이 구석으로 갈걸. 그 자식이 요크랑 래섬에게 얼마나 잘난 척하는지! 요크는 소 채찍 하나만 있었으면 좋겠다고. 그럼 페리를 약간 손봐주고 싶다고 하고. 요크 욕할 것도 없어요. 어쨌거나 우린 같은 처지니까. 걔네들은 다 좋은 애들이에요."

히콕은 애처롭게 쿡쿡 웃더니, 어깨를 으쓱하며 말했다. "내가 말한 뜻을 아시겠죠? 좋다고 한 거요. 요크의 엄마는 여기 가끔 걔를 만나러 와요. 어느 날, 밖에 대기실에서 기다리다가 우리 엄마를 만나셨더라고요. 그리고 두 분은 이제 제일가는 친구가 되셨어요. 요크 부인은 저희 엄마보고 플로리다의 집으로 놀러 오라고, 아니 아예 거기 살라고 하신대요. 맙소사, 전 엄마가 그랬으면 좋겠어요. 그럼 이런 수난을 겪을 필요가 없잖아요. 한 달에 한 번 버스 타고 여기로 나를 만나러 오지 않아도 되죠. 미소 지으면서 뭔가 나를 기분 좋게 해줄 얘기를 찾아보려고 애쓰고. 불쌍한 분이에요. 엄마가 어떻게 견디는지 난 정말 모르겠어요. 엄마가 그러다가 미치는 게 아닐까 싶고."

히콕은 불안정한 눈으로 면회실 쪽 창문을 쳐다보았다. 푸석푸석하고, 장례식 백합처럼 파리한 얼굴이 유리창 창살 사이로 새어 들어오는 희미한 겨울 햇빛에 비쳐 어렴풋이 빛났다.

"불쌍한 분이에요. 어머니는 교도소장님한테 편지를 써서 다음에 여기 올 때 페리랑 이야기 좀 나눌 수 있겠냐고 부탁하셨대요. 어머니는 페리 본인한테 어떻게 네 사람을 죽였는지, 나는 정말로 한 사람도 쏴 죽이지 않았는지를 듣고 싶은 거라고요. 내가 바라는 거라고는 어느 날 우리가 새로 재판을 받게 되면 페리가 증언을 해주고 진실을 말하는 거예요. 의심은 좀 가지만. 걔는 그냥 자기가 죽으면 나도 죽어야 한다고 물고 늘어질 작정이에요. 등을 맞대고 나란히 죽자 이거죠. 그건 안 되죠. 수많은 사람들이 살인을 하지만 사형수 감방 구경도 안 해요. 게다가 난 사람 죽인 적도 없다고요. 돈이 5만 달러만 있는 사람이면, 캔자스시티 반을 날려버려도 그냥 하하 웃어넘기고 살 수 있어요." 갑작스레 웃음을 짓자 슬픔 어린 분노는 싹 사라져버렸다. "어허. 또 시작해버렸네. 질질 짜는 소리를. 내가 이제 이만하면 정신 차릴 때도 되었을 텐데 하고 생각하시겠죠. 하지만 솔직히 까놓고 말해서요, 페리랑 잘 지내려고 진짜 최선을 다했다고요. 걔가 저렇게 삐딱하게 구는 거죠. 완전히 두 얼굴의 사나이예요. 작은 것 하나하나까지 다 질투를 한다니까요. 내가 받는 편지, 내가 면회 받아 나가는 거. 기자님 말고는 걔 보러 오는 사람 아무도 없거든요." 딕은 기자를 보고 고개를 끄덕였다. 기자는 딕만큼이나 페리하고도 안면이 있었다. "아니면 변호사나 가끔 올까. 걔가 병원에 있을 때 기억하세요? 그 가짜로 굶어 죽으려고 했을 때? 그리고 걔네 아빠가 엽서를 보낸 것도? 교도소장님이 페리 아빠한테 편지를 써서 언제든지 오시라고 했대요. 하지만 걔네 아빠는 한 번도 안 왔다고요. 난 모르겠어요. 가끔 페리가 불쌍하게 느껴질 때도 있긴 해요. 걔는 세상에서 가장 외로운 사람일 거예요. 하지만 어쨌거나 엿이나 먹으라고 해요. 그거 다 자기가 자초한 거니까."

히콕은 팔몰 담뱃갑에서 새 담배를 하나 더 빼다가 코를 찡그렸다. "담배 끊으려고 했는데, 어차피 그래 봤자 이런 환경에서는 무슨 차이가 있겠는가 싶더라고요. 운이 좀 좋으면 암에 걸려서 주 정부 코를 납작하게 해줄 순 있겠죠. 잠깐 동안은 시가를 피웠어요. 앤디 거였죠. 걔가 교수형 당하고 난 다음 날 아침, 나는 잠에서 깨서 걔를 불러봤어요. '앤디?' 언제나 한 것처럼 그랬죠. 그러고 나니까 그 애가 미주리로 가고 있는 중이라는 게 생각났어요. 숙모랑 숙부랑. 나는 복도를 내다봤어요. 개 감방은 깨끗이 치워져 있었고 걔가 남기고 간 잡동사니가 쌓여 있더군요. 개 침대에서 떼어낸 매트리스랑, 슬리퍼랑, 온갖 음식 그림들이 있는 스크랩북이랑. 걔는 그걸 냉장고라고 불렀죠. 그리고 이 '맥베스' 시가 상자가 하나 있더라고요. 난 간수한테 앤디가 그걸 나한테 주고 싶어 했다고 말했죠. 그걸 유언으로 나한테 남겼다고. 실제로 나는 시가를 전혀 안 피워요. 아마도 그건 앤디 생각이었겠죠. 하지만 어쨌거나 시가를 피우니 소화가 안 되더군요.

뭐, 사형에 대해서 할 말이 있겠어요? 나는 사형 제도에 반대 안 해요. 그거 다 복수하는 거지만, 복수가 나쁜 건 아니잖아요? 복수는 중요하죠. 내가 클러터 씨 친척이었거나, 요크나 래섬이 처리한 사람들하고 가까운 사이였으면, 그런 짓에 책임을 져야 할 놈들이 그네 타기 전까지는 밤에 발 뻗고 잠도 못 잘 거예요. 이 사람들이 신문에 편지 쓴 사람이죠. 요전번에 보니까 토피카 신문에 그런 편지 두 통이 났더라고요. 하나는 목사가 쓴 거고.

그 편지는 이 모든 게 다 법률 코미디다, 왜 저 페리랑 딕이라는 개자식을 목매달지 않느냐, 어쩌다가 이런 살인자 새끼들에게 아직도 시민이 내는 세금으로 밥을 먹여주느냐 이런 내용이던 데. 뭐, 그 사람들 입장도 이해해요. 자기들이 원하는 게 안 되니까 화가 난 거지. 복수 말이에요. 그리고 내가 사형을 면하면 복수를 못 할 거 아녜요. 난 교수형을 지지해요. 내가 교수형 당하는 사람이 아닌 한."

―

하지만 그는 교수형을 당할 사람이었다.

또다시 3년이 흘러갔다. 그동안 아주 유능한 캔자스시티 변호사 두 명, 조지프 P. 젠킨스와 로버트 빙엄이 슐츠를 대신했다. 슐츠는 이 사건에서 사임해버렸다. 연방 판사에 의해서 선임되어 수임료 없이(하지만 피고들이 "악몽 같은 불공정 재판"의 희생자라는 강력한 의견에 동기를 얻어서) 일하는 젠킨스와 빙엄은 연방 사법부의 제도 안에서 수많은 청원서를 제출해, 세 번의 사형 날짜를 피할 수 있었다. 1962년 10월 25일, 1963년 8월 8일, 1965년 2월 18일. 변호사들은 피고들이 자백하고 사전 청문회 신청을 포기하고 나서야 변호인단이 구성되었고, 재판에서 유능한 변호를 받지 못했기 때문에 부당하게 기소당했다고 주장했다. 또한, 수색 영장 없이 확보된 증거물의 도움을 받아 기소되었고(히콕의 집에서 가지고 온 엽총과 칼), 재판이 열린 환경에 피고들에게 편견을 가지고 있는 대중의 정서가 "배어들어 있음"에도 불구하고, 장소 변경이 허락되지 않았기 때문에 부당하다고 했다.

이렇게 주장하여 젠킨스와 빙엄은 이 사건을 세 번이나 대법원으로 가져가는 데 성공했다. 빅 보이, 소송을 제기하는 많은 죄수들은 대법원을 이렇게 불렀다. 하지만 매번 대법원은 그런 상황에서 내린 결론에 대해서 절대 설명도 해주지 않고, 청원자들이 대법원 앞에서 전면적인 청문회를 할 자격을 요청하는 사건 기록 서류 이송 명령서를 받아주지 않음으로써 항소를 기각했다. 1965년 3월, 스미스와 히콕이 사형수 복도 감방에 갇힌 지 거의 2천 일 가까이 되는 때, 캔자스 대법원은 이제 1965년 4월 14일, 수요일 자정에서 2시 사이에 피고들의 삶을 끝내야 한다는 판결을 내렸다. 곧이어 새롭게 임명된 캔자스 주지사 윌리엄 에이버리에게 관용을 바라는 청원서가 접수되었다. 하지만 대중의 의견에 민감한 부유한 농장주 출신의 에이버리는 이 일에 끼어들기를 거부했다. 이것은 그가 생각하기에 "캔자스 주민의 이익을 위하는 최고의 결정"이었다. (두 달 후, 에이버리는 역시 요크와 래섬에게 관용을 바라는 청원을 거부하고 두 사람은 1965년 6월 22일에 교수형 당한다.)

그리하여 수요일 아침 환한 시간에, 앨빈 듀이는 토피카 호텔의 커피숍에서 아침 식사를 하면서 캔자스시티 〈스타〉의 1면에서 오랫동안 기다려왔던 머리기사를 보게 되었다. "잔혹한 학살극 범인들, 결국 교수형에." 연합통신 기자가 쓴 이 기사는 이렇게 시작하고 있었다. "공범 관계인 리처드 유진 히콕과 페리 에드워드 스미스는 캔자스 범죄 사상 가장 잔혹한 살인 사건의 범인으로 유죄를 선고받고 오늘 새벽 주립교도소에서 교수형을 당했다. 히콕(33세)이 12시 41분에 먼저 사형당했다. 스미스(36세)는 1시 19분에 사형당했다……."

―

 듀이는 그들이 죽는 모습을 지켜보았다. 그는 사형 참관을 요청받은 스무 명 남짓한 증인들 중 한 명이었던 것이다. 이전에 사형에 참관한 적이 없었기 때문에 자정이 지나 추운 창고에 들어가자 듀이는 그 광경에 놀라고 말았다. 듀이는 존엄성을 보장하는 적절한 환경을 예상하고 있었지, 황량한 불빛 아래 목재와 다른 잡동사니가 여기저기 흩어져 있는 동굴 같은 방을 기대한 것이 아니었다. 하지만 어슴푸레한 올가미 두 개가 가로대에 매달려 있는 교수대 그 자체는 충분히 위압적이었다. 예기치는 않았지만 사형 집행인도 마찬가지였다. 기다란 그림자가 나무 교수대의 13계단 꼭대기 단상 위 사형 집행인 좌석에서 뻗어 나와 있었다. 신원 미상의 사형 집행인은 피부가 가죽 같은 남자였고 이 행사를 위해 미주리에서 특별히 데리고 온 사람이었다. 그가 이 일을 수행한 대가로 받는 돈은 600달러였다. 입고 있는 오래된 더블 줄무늬 코트는 마른 몸에 비해서 너무 넉넉해 보였다. 코트는 거의 무릎까지 내려왔고 머리에는 카우보이모자를 쓰고 있었다. 모자는 처음에 샀을 때는 밝은 초록색이었겠지만 지금은 햇빛에 바래고 땀에 찌들어 괴상했다.
 듀이 또한 일부러 의식적으로 옆 사람과 가볍게 대화를 나누면서 한 증인이 '축제'라고 이름 붙인 이 행사의 시작을 약간 불편한 마음으로 서서 기다리고 있었다.
 "내가 들은 바로는 제비뽑기를 해서 누구를 먼저 매달지 고른다고 하던데요. 아니면 동전을 던지거나. 하지만 스미스가 알파벳 순서로 하는 게 어떻겠냐고 그랬다는군요. S가 H 다음에 오기 때문이겠죠, 하하!"

"신문, 오늘 석간신문을 읽었는데, 사형수들이 마지막 식사로 뭘 주문했는지 알아요? 같은 걸 주문했다는군요. 새우, 감자튀김, 마늘 빵, 딸기와 생크림을 얹은 아이스크림이라네요. 스미스가 자기 몫에는 별로 손대지 않은 것도 이해는 됩니다."

"저 히콕은 유머 감각이 있다면서요. 사람들이 말해줬는데, 1시간 전쯤 간수 한 명이 히콕에게 '자네 인생에서 가장 긴 밤이 되겠구먼' 그랬더니, 히콕이 웃으면서 '아니, 가장 짧은 밤이죠' 그랬답니다."

"히콕의 눈에 대해서 얘기 들으셨어요? 눈을 안과 의사에게 기증했다면서요. 해부를 한 직후에, 의사가 눈을 빼내서 다른 사람의 머리에 박아줄 거래요. 나라면 그런 눈 받고 싶지 않을 텐데. 머리에 저런 눈을 박으면 기분이 이상할 것 같아요."

"맙소사, 저거 비예요? 창문이 다 내려져 있는데! 내 쉐비 차 새로 산 건데. 제기랄!"

갑작스러운 비가 높다란 창고 지붕 위에 뚝뚝 떨어졌다. 빗방울은 행진의 북소리와 별반 다르지 않게 둥둥둥 울리며 히콕이 도착하는 걸 알리고 있었다. 여섯 명의 간수와 기도를 웅얼대는 목사를 대동하고, 히콕은 수갑을 찬 팔이 흉한 가죽 결박 도구로 윗몸에 묶인 채 사형장으로 들어왔다. 교수대의 발치에서 교도소장은 히콕에게 두 장짜리 공식 처형 명령서를 읽어주었다. 교도소장이 명령서를 읽을 때, 5년 넘게 그늘진 감방에서만 지내 약해진 히콕의 눈은 모여 있는 몇몇 사람을 훑어보다가 자기가 찾는 것을 발견하지 못하자 간수에게 속삭이는 소리로 클러터 가족 중 누구라도 와 있냐고 물었다. 간수가 아니라고 하자 사형수는 실망한 것 같았다. 이 복수극의 의식이 갖춰야 할 격식이 적절히 지켜지지 않았다고 생각한 것처럼.

관례대로 교도소장이 낭독을 마치고서 사형수에게 마지막으로 할 말이 있느냐고 물었다. 히콕은 고개를 끄덕였다. "나는 별로 나쁜 감정이 없다는 사실을 말하고 싶습니다. 당신네는 나를 여기보다 더 나은 세상으로 보내는 거니까요." 그러고 나서 마치 이 점을 강조하려는 듯, 히콕은 자신을 체포해서 기소하는 데 중요한 역할을 한 네 남자와 악수를 나누었다. 모두 사형에 참관하겠다는 요청을 한 사람들이었다. 캔자스 주 수사국 요원들인 로이 처치, 클레런스 던츠, 해럴드 나이 그리고 바로 듀이였다. "만나서 반가웠습니다." 히콕은 가장 매력적인 미소를 지으며 말했다. 마치 자기 장례식에 온 손님을 맞는 것만 같았다.

사형 집행인은 기침을 했다. 그는 짜증스럽게 카우보이모자를 들었다가 다시 썼는데, 그 동작을 보고 있자니 으스대면서 목 깃털을 쓰다듬는 칠면조가 떠올랐다. 히콕은 집행 보조인에게 떠밀려 교수대 계단 위를 올라갔다. "주신 분도 주님이시요, 가져가신 분도 주님이시니, 주의 이름을 찬양할 뿐입니다." 목사가 성경 구절을 읊는 동안 빗소리는 더욱 거세지고, 밧줄이 조여졌으며, 섬세한 검은 마스크가 사형수의 얼굴 위에 씌워졌다. "주님께서 그대의 영혼에 자비를 베푸시길." 바닥 문이 열렸다. 히콕은 교도소 의사가 마침내 "이 사람은 사망했습니다"라고 선언하기까지 20분 동안 매달려 있었다. 헤드라이트에 빗방울이 방울방울 맺혀 있는 장의차가 창고 안으로 들어오자, 들것에 뉘여 담요를 덮은 시체는 장의차에 실린 뒤 저 멀리 밤의 어둠 속으로 사라졌다.

그 뒷모습을 바라보며, 로이 처치는 고개를 흔들었다. "저 친구가 배짱이 있다고 생각은 안 해봤는데. 지금처럼 저렇게 배짱을 보여줄 줄은. 난 저 친구한테 겁쟁이라는 꼬리표를 붙였는데 말이야."

처치가 말을 건넨 사람은 다른 형사였다. 그는 이렇게 대답했다. "무슨 말이야, 로이. 저 친구는 애송이야. 비열한 자식이지. 그래도 싸."

처치는 눈에 복잡한 생각을 담고 계속 고개를 저었다.

두 번째 처형을 기다리는 동안 한 기자가 간수와 대화를 나누었다. 기자는 물었다. "교수형을 보는 게 이번이 처음입니까?"

"앤드루스 때도 봤죠."

"저는 처음이에요."

"그렇군요. 어떻습니까?"

기자는 입술을 꾹 다물었다. "우리 사무실에서는 아무도 이 일을 맡으려고 하지 않았어요. 나도 마찬가지고. 하지만 내가 생각했던 것보다는 그렇게까지 나쁘지 않네요. 다이빙대에서 뛰어내리는 거나 비슷해요. 단지 목에 밧줄이 감겨 있어서 그렇지."

"사형수는 아무것도 못 느낍니다. 떨어지면 목이 꺾이고, 끝이에요. 아무것도 못 느껴요."

"확실해요? 나는 아주 가까이 서서 봤어요. 그 사람 숨을 몰아쉬는 소리가 들리던데요."

"으흠. 하지만 아무것도 못 느껴요. 고통을 느낀다면 비인간적이지 않겠습니까."

"글쎄요. 나는 사형수에게 약을 많이 먹이는 게 아닌가 싶은데요. 진정제요."

"무슨 소리를. 그건 규칙에 어긋납니다. 아, 저기 스미스가 오는군요."

"맙소사, 저 사람이 저렇게 난쟁이인 줄은 몰랐는데."

"네, 왜소한 사람이죠. 하지만 독거미도 작지만 독이 있으니."

간수들에게 이끌려 창고 안에 들어설 때 스미스는 그의 오랜 숙적, 듀이를 알아보았다. 그는 입속 가득히 더블민트 껌을 씹고 있던 것을 멈추고 듀이를 보며 싱긋 웃더니 윙크했다. 명랑하고 장난스러운 태도였다. 하지만 교도소장이 할 말이 있냐고 묻자, 그의 표정은 진지해졌다. 스미스는 섬세한 눈으로 엄숙하게 자기를 둘러싼 얼굴들을 훑더니 그림자만 어렴풋하게 보이는 사형 집행인을 올려다보았다. 그러고는 눈을 내리깔고 다시 자신의 수갑 찬 손을 보았다. 그는 잉크와 물감 물이 들어버린 자신의 손가락도 보았다. 사형수 복도에서 보낸 인생의 마지막 3년 동안 그는 자화상과 아이들 초상화를 그리면서 시간을 보냈다. 주로 재소자의 아이들 초상화였다. 죄수들이 거의 만난 적도 없는 자식들의 사진을 그에게 주면 그는 그림을 그려줬다. 스미스는 입을 열었다. "내 생각을 말하자면, 이런 식으로 한 생명을 빼앗는 것은 끔찍한 일입니다. 나는 도덕적으로나 법적으로나 사형에 찬성하지 않습니다. 어쩌면 제가 그 원인을 제공했겠지요. 뭔가……." 스미스의 자신감은 흔들렸다. 수줍음이 배어들어 목소리는 간신히 들릴 정도로 작아졌다. "내가 한 짓을 사죄해 봤자 아무 의미도 없을 겁니다. 심지어 적절치 못한 행동일 겁니다. 하지만 나는 할 겁니다. 사죄합니다."

계단, 밧줄, 마스크. 하지만 마스크를 쓰기 전에 사형수는 씹던 껌을 목사가 내민 손바닥에 뱉었다. 듀이는 눈을 감았다. 그는 사형수의 목이 꺾였다는 것을 알리는 쿵, 탁 소리가 들릴 때까지 눈을 계속 감고 있었다. 대다수의 미국 법률 집행 공무원들처럼, 듀이는 사형이 폭력적인 범죄를 억제하는 효과를 가지고 있을 거라 확신하고 있었고 그런 벌을 주어야 할 때가 있다면 바로 이런 경우라고 생각했다. 좀 전 처형 장면을 보았을 때는 마음이 흐트러지지 않았다. 듀이는 언제나 히콕을 경멸했다. 단지 "텅 비어 있고 가치 없는 내면을 드러낸, 풋내기 사기꾼"으로밖에 보이지 않았다. 하지만 진짜 살인자가 스미스라고 해도, 듀이는 그에게는 다른 감정을 갖고 있었다. 스미스는 추방당한 동물, 상처 입고 돌아다니는 짐승의 오라를 가지고 있어 형사는 그를 무시할 수가 없었던 것이다. 듀이는 라스베이거스 경찰 본부의 심문실에서 그를 처음 만난 때를 떠올렸다. 난쟁이 같은 애어른이 부츠 신은 발이 바닥에 잘 닿지도 않을 정도로 높은 금속 의자에 앉아 있던 모습을. 그리고 이제 듀이가 눈을 뜨자, 눈앞에 그 모습이 다시 보였다. 똑같이 어린애 같은 발이, 살짝 기울어진 채 대롱대롱 매달려 있는 모습.

듀이는 스미스와 히콕이 죽으면 절정과 해방의 감정, 이제 모든 일이 공정하게 이루어졌다는 감각을 느낄 줄 알았다. 하지만 그 대신 듀이는 1년 전에 있었던 일을 떠올리고 있었다. 밸리뷰 공동묘지에서 우연히 있었던 만남. 돌아보면 그 만남으로 이미 클러터 사건은 끝난 것이나 다름없었다.

가든시티를 설립한 개척자들은 분명 스파르타인처럼 간소하고 엄격한 사람들이었다. 하지만 공동묘지를 세울 때가 되자 척박한 땅을 고르고 물을 끌어와야 하는 수고를 무릅쓰고, 먼지 낀 거리에 비하면 한결 풍성하고 간결한 평원을 만들어냈다. 밸리

뷰라고 이름 붙인 이 노고의 결과물은 약간 높은 고원 위에 자리 잡고 시내를 내려다보고 있었다. 오늘날에는 잔잔한 밀밭의 물결이 철썩철썩 밀려오는 어두운 섬과 같았다. 수 세대 전에 심어 놓은 나무가 울창한 그늘을 드리운 시원한 오솔길이 있어 더운 날에는 좋은 피서처가 되기도 하였다.

작년 5월 어느 날 오후, 들판이 반쯤 자란 밀로 금녹빛을 띠는 시기가 오기 한 달 전, 듀이는 이 밸리뷰 공동묘지에서 몇 시간 동안 아버지의 무덤을 벌초하고 있었다. 듀이는 이 아들로서의 의무에 오랫동안 무심했던 터였다. 듀이는 쉰한 살이었고, 클러터 사건을 지휘하던 때 이후로 네 살을 더 먹었다. 하지만 여전히 날씬하고 민첩했으며, 여전히 서부 캔자스 지구 수석 수사관 직을 맡고 있었다. 바로 일주일 전에 소도둑 2인조를 체포하기도 했다. 농장에 정착하겠다는 꿈은 이루지 못했다. 아직도 그런 고립된 곳에 사는 것을 아내가 두려워하기 때문이었다. 대신 듀이 부부는 시내에 새집을 지었다. 부부는 그 집을 자랑스러워했으며, 이제는 변성기를 맞아 목소리가 굵어지고 키가 아버지만큼이나 커버린 두 아들을 자랑스러워했다. 큰 아이는 그해 가을에 대학에 진학할 예정이었다.

벌초를 마치자 듀이는 조용한 오솔길을 따라 거닐었다. 그는 최근 세운 비석 앞에 멈춰 섰다. 테이트라는 이름이 새겨져 있었다. 테이트 판사는 지난 11월에 폐렴으로 죽었다. 화관과 갈색 장미, 비에 바랜 리본이 여전히 맨땅 위에 놓여 있었다. 그 가까이, 새로운 무덤 위에 신선한 꽃잎이 흩뿌려져 있었다. 보니 진 아시다, 아시다 가 장녀의 무덤이다. 보니 진은 가든시티를 방문했다가 교통사고로 죽었다. 죽음, 출생, 결혼. 듀이는 바로 엊그

제 낸시 클러터의 남자친구였던 보비 럽 청년이 결혼했다는 말도 들었다.

클러터 가족의 묘는 커다란 회색 비석 하나 아래에 무덤 네 개를 한데 모아놓았다. 이들은 공동묘지의 구석에 묻혀 있었다. 나무들 너머, 태양 아래, 밀밭이 반짝이는 가장자리에. 듀이가 그 무덤에 다가갔을 때, 다른 손님이 벌써 와 있는 것이 보였다. 하얀 장갑을 끼고 진한 벌꿀색 머리카락을 매끄럽게 넘겼으며 다리가 길고 우아한, 가녀린 몸매의 처녀였다. 처녀는 듀이를 보고 미소 지었지만, 듀이는 그 처녀가 누군지 의아했다.

"저 생각 안 나세요, 듀이 형사님? 수전 키드웰이에요."

듀이는 웃었다. 수전도 함께 웃었다. "수전 키드웰. 나 참, 몰라보겠는걸." 듀이는 재판이 끝난 후에 수전을 본 적이 없었다. 그때는 수전도 어린애였다. "어떻게 지내? 어머니는 잘 계시고?"

"잘 계셔요. 아직도 홀컴 학교에서 음악을 가르치세요."

"최근에는 그쪽으로 가본 적이 없어서 말이다. 거기 뭐 별다른 일은 없고?"

"아, 요새는 도로 포장한다고 말이 많아요. 하지만 홀컴이 어떤지 아시잖아요. 저도 요샌 거기서 별로 지내지 않아서요. 저는 이제 KU 3학년이에요." 캔자스 주립대학을 말하는 것이었다. "며칠 집에 다니러 왔어요."

"잘됐구나, 수전. 전공은 뭐 하니?"

"이것저것이요. 주로 미술이에요. 미술이 좋아요. 요샌 정말 행복해요." 수전은 평원 너머를 흘끗 쳐다보았다. "낸시와 나는 대학에 같이 다닐 계획이었어요. 방도 같이 쓰고. 가끔 그 생각을 해요. 갑자기, 내가 너무 행복할 때, 우리가 세웠던 계획들이 모두 생각나요."

듀이는 회색 비석을 바라보았다. 네 명의 이름과 사망 일자가 새겨져 있었다. 1959년 11월 15일. "여기 자주 오니?"

"이따금씩요. 이런, 햇빛이 너무 강하네요." 수전은 선글라스로 눈을 가렸다. "보비 럽 기억하세요? 예쁜 아가씨랑 결혼했대요."

"나도 들었지."

"콜린 화이트허스트요. 정말 예뻐요. 그리고 아주 착하고요."

"보비한테는 잘된 일이구나." 수전을 놀려주려고 듀이는 덧붙였다. "그런데 너는 어떤데? 너야말로 따라다니는 사람이 많을 것 같은데."

"음, 별로 진지하게 만나는 사람은 없어요. 하지만 그러고 보니 생각나는 일이 있네요. 지금 몇 시인지 아세요?" 듀이가 4시가 넘었다고 말해주자, 수전은 비명을 질렀다. "어머나. 빨리 가봐야겠어요! 하지만 정말 형사님 만나서 반가웠어요."

"나도 그렇단다, 수전. 잘 지내라." 듀이는 오솔길을 따라 사라지는 수전의 뒷모습에 대고 외쳤다. 서둘러 뛰어가는 예쁜 아가씨, 부드러운 머릿결이 찰랑찰랑 흔들리며 햇빛에 빛난다. 낸시 클러터도 바로 저런 처녀로 자라났으리라. 넓디넓은 하늘을 뒤로하고 집으로 돌아가기 위해 그는 나무들 쪽, 그 아래 바람에 구부러진 밀이 바람 같은 목소리로 속삭이는 곳을 향해 걸어갔다.

감사의 말

이 책에 사용한 모든 자료에서 내가 직접 관찰하지 않은 내용은 공식 기록에서 따오거나 사건과 직접적으로 관련이 있던 사람들을 상당 기간 동안 여러 번 인터뷰해서 얻었다. 협력해주신 분들의 이름은 본문 중에 밝혀지기 때문에 굳이 따로 적지 않겠다. 하지만 이분들이 인내심을 가지고 협조해주지 않았더라면 내 작업은 불가능했을 것이다. 그분들께 정중히 감사를 드린다. 또한 여기에서 일일이 언급할 수는 없지만 이 책에 이름이 나오지 않는 많은 피니 군의 주민이, 도저히 보답할 수 없을 호의와 우정을 주셨다. 그렇지만 그중에서도 작품에 특별히 도움을 주신 몇 분께는 감사를 표하고 싶다. 캔자스 주립대학의 총장 제임스 맥케인 박사, 캔자스 주 수사국의 로건 샌퍼드 씨, 캔자스 주립교도소장 찰스 맥카티 씨, 법률 문제에 관해 값진 조언을 주신 클리퍼드 R. 호프 주니어 씨께 감사를 드린다. 이 프로젝트를 진행할 수 있도록 격려해주신 《뉴요커》의 윌리엄 숀 기자에게도 깊은 감사의 말을 드린다. 숀 기자의 의견은 처음부터 끝까지 큰 도움이 되었다. 마지막으로 언급했지만 숀 기자는 가장 많은 도움을 주신 분이다.

트루먼 커포티

옮긴이의 말

구성된 현실에 관한 진실과 거짓

 2013년 2월, 〈월 스트리트 저널〉에는 50여 년 전에 일어난 한 사건에 관한 기사가 실린다. 이 기사가 비난하는 대상은 1965년부터 《뉴요커》지에 발표되어 반세기 동안 논픽션 문학의 걸작으로 꼽히던 《인 콜드 블러드》였다. 주요 골자는 당시 캔자스 범죄 수사국의 서류를 조사해본 결과 책의 내용과 상당히 다른 부분이 발견되었고, 1965년 작가인 커포티가 콜럼비아 영화사에 요구하여 이 책에 나온 수사관의 부인 마리 듀이에게 영화화 당시 자문을 맡기고 당시 미국 평균 가족 연수입을 상회하는 비용을 지급하도록 했다는 것이었다.* 이 기사가 보도된 후에 《뉴요커》 등 여러 문학 잡지도 연이어 기사를 내면서 《인 콜드 블러드》는 다시 미국 문학계의 화제로 떠올랐다.
 기실 《인 콜드 블러드》의 진실성에 관한 논란은 이번이 처음

---

*"Capote Classic 'In Cold Blood' Tainted by Long-Lost Files" by Kevin Hellinker, The Wall Street Journal, 2013. 2. 8.

은 아니고 새삼스럽게 충격적인 고발도 아니다. 물론 커포티 본인은 이 책의 진실성을 끊임없이 주장했다. 1966년 1월 16일 〈뉴욕 타임스〉에 실린 조지 플림튼과의 인터뷰에서 커포티는 자기의 작품을 "허구 예술의 기술을 차용하되 그럼에도 불구하고 꼼꼼하게 사실적인 서사 형태"라고 묘사했다. 《인 콜드 블러드》에 대해서 커포티는 이렇게 말하기도 했다.

"《뮤즈의 노랫소리》라는 짧고 희극적인 논픽션 소설을 썼다. 러시아에 가는 사람들의 이야기였다. 그다음에 나는 정말로 진지한 대작을 쓸 생각을 했다. 정확히 소설과 똑같지만 단 한 가지 다른 점이 있는 작품. 그 안에 쓰인 모든 단어는 처음부터 끝까지 진실할 것이었다."*

작품의 집필 배경에 대해서도 환상적인 이야기가 나돌았다. 1959년 11월 아침, 성공한 작가이자 기자인 트루먼 커포티는 〈뉴욕 타임스〉에서 그 달 15일 캔자스 홀컴이라는 마을에서 일어난 일가족 살인 사건에 대한 300단어짜리 짤막한 기사를 읽었다. 흥미를 느낀 커포티는 어릴 적부터 친구였던 작가 넬 하퍼 리와 함께 그 사건을 직접 조사하기 위해 홀컴으로 가기로 한다. 하퍼 리의 도움을 받아 커포티는 사건 관련 당사자들을 인터뷰하며 기록했다. 커포티는 수십, 수백 명의 사람들을 인터뷰하면서도 녹음기나 노트를 쓰지 않았고, 철저하게 기억에 의존해서 그들의 증언을 재구성했다고 한다. 아마도 이 부분은 자신의 천재성을 강조하기 위한 커포티의 연출이었을 가능성이 높겠지만, 6년 동안 노력을 쏟은 《인 콜드 블러드》는 "일가족 살인 사건

---

*"Truman Capote: Conversations", Milton Thomas Inge(The University of Mississipi, 1987), p. 70.

과 수사 과정을 다룬 진실한 기록"이라는 부제 그대로 받아들여지는 듯 보였다. 작품은 성공이었다. 1965년 《뉴요커》에 특집기사 4회로 분재되어 실렸을 때 이미 7만 달러의 원고료를 받았다는 소문이 돌았고, 페이퍼백 출판권도 70만 달러에 팔았다는 말이 있었다. 콜럼비아 영화사는 영화 판권을 얻기 위해 1백만 달러에 가까운 액수를 지급했다는 소문이 퍼졌다. 1967년 개봉된 리처드 브룩스 감독의 〈인 콜드 블러드〉는 호평을 받으며 오스카에 노미네이트되기도 했다. 트루먼 커포티 본인은 이 작품으로 인해 논픽션 소설이라는 장르를 확립하고 '신新 저널리즘'의 대표자로 꼽혔다. 그의 인생에서 가장 찬란한 순간이었다.

하지만 명예에 대한 집착, 술과 약물에 대한 의존, 불안정한 개인 관계 등으로 커포티의 인생이 내리막길을 걷게 될 때, 《인 콜드 블러드》에 대한 평가도 서서히 다른 모습을 띠기 시작했다. 애초에 보조 장치의 도움을 받지 않은 정확한 기록이라는 말에는 모순이 존재할 수밖에 없었던 것이었다. 조지 플림튼과 인터뷰에서 커포티는 자신의 책은 95퍼센트의 정확도 내에서 쓰여졌다고 했다. 하지만 나중에 다른 이들은 그가 이 숫자조차도 때로 다르게 말했다고 농담하곤 했다. 이전부터 《인 콜드 블러드》가 잡지에 연재된 이후로 인물에 대한 커포티의 객관성은 끊임없이 심판대에 올랐다. 작품 내에 등장하기도 하는 캔자스 주 수사국 특수요원 해롤드 나이는 커포티가 페리 스미스와 애정 관계에 있었기 때문에 공정성을 잃었다고 비난하기도 했다고 한다. 또한 리처드 히콕의 가족들도 작품 내 딕이 그려지는 방식에 대해서 불만을 토로하기도 했다.

《인 콜드 블러드》가 발표된 지 40년 되는 2005년경, 이 작품의 배경을 그린 영화 두 편이 공교롭게도 비슷한 시기에 만들어진다. 하나는 베넷 밀러 감독의 〈커포티Capote〉, 다른 하나는 처음에는 '모든 말이 진실이다Every word is true'라는 가제가 붙었다가 후에 〈악명 높은Infamous〉으로 제목이 바뀐, 더글러스 맥그래스의 영화였다. 후자의 영화는 토비 존스가 커포티 역을, 샌드라 블록이 하퍼 리 역을 맡았으며 기네스 펠트로, 시고니 위버 등도 사교계 인사로 등장했다. 그렇지만 결국 두 영화 중에서 평단과 대중의 관심을 더 많이 받은 쪽은 필립 시모어 호프먼 주연의 〈커포티〉였는데, 〈커포티〉에서 강조된 부분도 그의 이런 모순적인 측면이었다. 작가이자 기자로서 진실을 그대로 탐구하고자 하는 문학적 열망은 분명히 존재했다. 하지만 이 야심 때문에 진실에 개입하고 편집하는 것으로 그려진다. 또한 영화에서는 페리 스미스에 대한 기묘한 감정 때문에 이 객관성이 흔들리는 듯 보이기도 한다. 영화 〈커포티〉의 한 장면에서 페리 스미스를 사랑했느냐고 묻는 하퍼 리의 질문에 커포티는 이렇게 대답한다.

"페리와 나는 어렸을 때부터 같은 집에서 자란 것 같았어. 그런데 어느 순간 나는 앞문으로, 그는 뒷문으로 나간 것 같았지."

부모님에게 버림받았던 어린 시절, 동성애자로서의 정체성, 커포티는 페리 스미스에게서 자기 자신의 모습을 본다. 한 명의 고아는 뉴욕 사교계의 총아, 저명한 작가가 되었지만 다른 아이는 선량한 가족을 죽이고 체포되어 사형을 당할 운명에 처한다. 커포티는 페리에게 인간적인 동질감을 느꼈지만, 페리가 사면을 받을 수 있도록 힘써주겠다는 약속을 저버렸다는 의심도 받았다. 영화에 그려지는 바로는 책을 완결 짓기 위해서는 명확한 결말이 필요했기 때문에 커포티는 사형이 집행되는 것을 막을 수 없었다고 한다. 또한, 작품의 세목을 《인 콜드 블러드》라고 붙임으로써, 범인에게 이야기를 끌어내기 위해 보였던 동정적인 태도와는 달리 그들을 냉혈 살인자로 낙인찍었다. 커포티가 말한 95퍼센트의 진실이란 이처럼 작가가 건축한 세계를 가리켰다.

   최근 밝혀진 사실은 그러지 않아도 의구심을 샀던, 작품의 객관성을 둘러싼 논란에 한층 불을 붙였다. 이번에 새롭게 알려진 사실은 소설 내에서는 의무감 강하고 유능한 형사로 그려진 앨빈 듀이가 커포티에게 자료를 제공하는 대가를 받았다는 것이었다. 가령, 듀이는 경찰 외에는 접근하기 어려운 낸시 클러터의 일기를 커포티에게 보여주었다. 인터뷰에 협조하도록 동네 사람들을 밀어붙였고, 뉴욕 주민인 커포티가 쉽게 조사할 수 있도록 캔자스 운전면허증을 따게 수배도 해주었다고 〈월 스트리트 저널〉은 보도했다. 또, 소설 내 몇몇 장면들은 허구에 가깝게 구성되었다. 앨빈 듀이가 범인들의 사진을 가지고 집에 돌아와 아내에게 보여주고, 해럴드 나이가 바로 딕의 집에 찾아가 부모와 함께 이야기를 나누는 장면은 커포티가 지어낸 것이라는 주장이 있다.* 실제로 경찰들이 수사에 나선 것은 제보를 받고 나흘이나 지난 후였다. 또한 작품 속에 등장하기도 하는 워커 사건과 히콕-스미스 듀오의 연관성도 의심받고 있으나, 당시 캔자스 경찰은 사건의 관련성이 밝혀질 경우 늑장 대응으로 인해 추가 범죄가 일어났다는 비난을 받을까 두려워 그 점을 덮은 게 아닌가 하는 의혹도 제기되었다.**

   앨빈 듀이는 2002년에 사망했으니 그의 입으로 사실을 확인

---

*"Capote's Co-Conspirators" by Patrick Radden Keefe, The New Yorker, 2013. 3. 22.
**"Truman Capote's Greatest Lies" by Laura Miller, Salon.com, 2013. 2. 14.

할 수는 없지만 그는 단순히 커포티의 취재 대상이기만 했던 것은 아니었다.

이제 독자에게는 이 사실을 끌어안고 《인 콜드 블러드》를 어떻게 읽을 것인가 하는 질문이 남는다. 몇몇 장면을 극적 효과를 위해 작가가 임의적으로 꾸며냈다고 하더라도 이 작품은 산문 문학의 정수라고 할 것이다. 간명하면서도 시적인 문장은 한 마을에서 일어난 비극을 생생하게 재현했다. 선량하고 무해하며 공동체의 이익을 위해 애썼던 한 가족이 살해당한다. 그것도 단지 50달러도 되지 않는 돈 때문에. 이 범죄의 기저를 파헤치는 것은 사회에 존재하는 악의 실체를 밝히고 인간의 본성을 탐구한다는 측면에서 분명 의의가 있다. 평범한 사람들의 삶을 덮친 범죄는 사회의 근간을 흔들기 때문이다. 커포티는 사건의 피해자, 목격자, 범인, 탐정의 심리를 섬세하게 묘사했고, 한 범죄가 일어나고 밝혀지기까지의 배경을 집요하게 탐구했다. 겉보기에 안온하고 평정하게 지어 올려진 사회는 사실, 순간의 악의에 의해서 쉽사리 무너질 수 있었던 것이다. 커포티가 이 사건에 흥미를 가졌던 건 사건의 일상적 배경 때문이었다. 모든 이웃들이 속속들이 알고 있는 시골의 마을에서 일어난 일가족 살인 사건이 가지는 의미는 무엇인가? 조사 과정에서는 일상의 장막에 덮여 있었던 인간성과 사회관계의 본질들이 드러난다. 타당하고 공정한 분노에 불타고 있는 사람들의 내면에는 이웃을 의심하는 마음이 포함되어 있다. 살인의 잔혹함에 충격을 받으면서도 그 대가 역시 피를 바라는 사형 제도에 찬성하는 사람들의 마음속에는 위선을 발견할 수 있다. 이런 측면에서 《인 콜드 블러드》는 범죄 문학의 전범이 될 만하다.

서사나 문체라는 측면에서 《인 콜드 블러드》는 낭비되는 부분 없이 쓰였으며 법과 정의에 관한 문제를 제기하는 방식도 가볍지 않았다. 이 책에는 수없이 많은 인물들의 목소리가 등장하지만 그들은 들러리처럼 보이는 것이 아니라 클러터 사건에 연관된 인물로서 각자 중요성을 지녔다. 인물에 사연과 배경을 부여해서 생명력을 불어넣은 것은 순전히 커포티 자신의 문학적 능력이었다. 그 당시의 홀컴에 살지 않았더라도 그들은 우리의 이웃이며 한때 실제로 존재했던 사람임을 생생히 느낄 수 있는 것이다. 또한 이렇게 여러 목소리, 다양한 장르의 목격담과 자료를 아우르면서도 이음매가 어설피 보이지 않도록 짜낸 구성력 또한 이 작품이 보도 문학으로서 갖는 가치다. 자료 설명과 일화 묘사가 조화를 이루며, 상반되는 분위기의 장면들이 위화감 없이 일어난다. 가령, 딕과 페리가 길에서 만난 아이와 함께 빈 병을 줍는 부분은 블랙 코미디처럼 느껴지지만, 그들이 체포되어 법원에 도착하는 장면은 시적인 문체와 함께 장엄한 비극처럼 제시된다. 오케스트라처럼 여러 증인은 각자의 음을 연주하면서 주제에 기여한다. 사실이 구성되는 데는 이처럼 한 사람의 목소리가 중요하다는 것을 커포티는 깊이 이해한 작가였다. 또한 작가 자신의 편견이 개입되어 있다고 하더라도 사건을 바라보는 여러 측면을 함께 조망하면서 죄와 벌에 대해서도 깊이 있게 다뤘다. 이 작품이 선정성에만 초점이 맞춰졌다면 범인들이 잡혔을 때 끝났을지도 모르지만, 커포티는 그 이후의 재판 과정까지도 상세히 묘사하며 법의 집행 과정에 필연적으로 개입되는 인간의 불확실성까지도 탐구했다. 신을 대신해서 인간이 정의를 실행할 경우 분명히 오류가 존재할 수 있다. 하지만 그럼에도 인간은 어떻게 정의를 추구하는가 하는 질문을 던지며 인간의 심연을 들여다보는 작품이 《인 콜드 블러드》이기도 하다.

이런 문학적 성취에도 여전히 진실의 함량을 문제 삼는다면, 그 역시 타당하다. 50년 동안 이 작품은 '논픽션 소설'이라고 불리며 신 저널리즘의 예로서 언급되기도 했다. 신 저널리즘이란 기존의 간결하고 사실성에 천착하는 보도 형태를 주관적 관찰과 자세한 묘사를 주로 하는 새로운 보도 형태로 바꾸었다는 뜻이었다. 《인 콜드 블러드》는 그 당시 태동하고 있던 신 저널리즘에 문학적 목소리를 더해 소설적 요소를 한층 강화시킨 작품이라는 평가를 받았다. 하지만 오늘날에 이르자 이러한 의의는 약간 퇴색되고 만다. 논픽션을 둘러싼 진실성 논란은 문학 내적, 외적인 이유로 끊이지 않고 있다. 진실은 전적으로 신뢰할 수 없는 증인으로부터 구성된다는 것이 내적인 이유며, 진실된 증언을 모으는 과정은 지난하고 현실적으로 어렵기도 하다는 것이 외적인 이유다. 거기에 한 인간으로 작가의 관점까지 개입된다. 믿을 만한 논픽션이 요구하는 진실의 함유도는 어느 정도여야 하는가? 100퍼센트? 95퍼센트? 독자는 이제 적잖은 부분이 작가의 의도에 따라서 구성되었고, 경찰의 도움으로 약간은 강제적 과정을 거쳐 들은 내용이 포함된 이 소설을 이제 과연 '논픽션'이나 '저널리즘'의 범주로 넣을 수 있을지 질문한다. 진실의 기록임을 표방한 글에는 일종의 윤리적 책임이 반드시 뒤따르는 탓이다.

한편, 애초에 이렇게 정교하게 맞아떨어지는 서사가 현실을 정확히 담는다고 믿을 수 있는 순수한 독자가 있었다 하더라도, 이 작품에는 보이지 않는 작가의 그림자가 짙게 배어 있었다. 커포티 본인의 모습은 글 안에서 한 번도 확실히 보이지 않지만,

모든 문장에 작가가 스며 있기도 했다. 타인이 결코 짐작할 수 없는 깊은 심리를 파헤칠 때 상상력이 가미되지 않을 수 없다는 건 논픽션 장르를 보는 사람들의 말 없는 규약이다. 어떤 이들은 이런 주장을 하며 이 허구적 진실이라는 모순된 작품을 옹호할 수도 있을 것이다.

그렇다고 한다면 이 소설에서 가장 흥미로운 것은 이와 같은 엇갈린 인식이라고 할 수 있지 않을까. 모순된 작가 본인의 삶을 그대로 반영하는 예술 형태로서 《인 콜드 블러드》를 바라볼 수도 있다는 뜻이다. 〈크리스마스의 추억〉이나 《풀잎 하프》에서 볼 수 있듯이 커포티에겐 어린 시절의 순수했던 추억을 항상 그리워하는 마음이 있었다. 또, 《티파니에서 아침을》처럼 화려한 파티를 좇으며 살아가지만 그 공허함을 깨닫고 자기가 진정으로 속할 곳을 원하는 갈망도 있었다. 하지만 그는 언제나 화려한 삶을 꿈꾸었고 사교계의 일원으로 끼고 싶다는 속물적인 욕망도 버리지 못했다. 커포티의 미완성작이자 유고가 된 《응답받은 기도》를 읽으면 사교계 인사들의 위선적이고 알맹이 없는 모습에 그의 모습이 겹쳐 보인다. 그의 문장은 무척 아름답고 내용은 순수하나 그의 삶은 껍데기뿐인 양 보이기도 했다. 커포티는 항상 연극하듯 인생을 살았다. 남의 눈을 끄는 기괴한 의상 감각, 가늘고 여성적인 목소리, 파티에서 항상 모든 이의 시선을 끌기 위해 끊임없이 지껄였던 농담, 세간의 화제가 되었던 남자 애인들과 명사들과의 친분. 그리고 문학사에 남을 주옥같은 작품들 이후에 찾아온 전락, 허망한 죽음 등. 그의 인생에서 최고의 작품이 진실과 허구의 경계에 있는 《인 콜드 블러드》라는 것은 모순적이었던 그의 삶의 상징처럼 여겨진다. 이 책에 있는 건 어떤 의미에서 그의 말처럼 모두 사실이기도 했다. 적어도 그는 그렇게 믿었을지 모른다. 하지만 이 진실은 타인에게는 사실이 아니었다. 그와 세계와의 괴리는 작품의 진실과 거짓 사이의 간극만큼이나 모호하고 가까웠지만 아주 멀기도 했다.

  쓰이고 발표된 지 반세기, 이제 고전이라고 해도 될 만한 《인 콜드 블러드》는 우리에게 역시 아주 고전적인 질문을 던진다. 진실이란 무엇인가, 라고. 이 작품 속에는 수많은 사람들의 목소리가 담겨 있다. 작가를 포함, 그들 중 많은 이들이 이제 이 세상을 떠났지만 목소리만은 이 땅에 각자의 진실을 주장한다. 어떤 것이 실제 일어난 일이고, 어떤 것이 커포티의 머릿속에서 일어난 일인지 귀를 기울여도 잘 알 수가 없다. 문학은 어차피 가장 위대한 거짓말이라고 누군가는 말할 것이고, 진실을 왜곡하지 않는 기록자의 성실함이 작가의 의무라고 다른 이는 말할 것이다. 진부하기는 하지만 이에 대한 답은 각자에게 맡길 수밖에 없다. 하지만 한 가지는 확실하다. 《인 콜드 블러드》는 우리에게 진실과 거짓의 속성을, 진실이 담긴 글쓰기의 본질을 깊이 생각해보게 하는 작품이라는 것. 다른 맥락이 주어지긴 했어도, 이 작품에서 그 누구도 그 의미만은 빼앗아 가지 못하리라.

                                     2013년 6월
                                        박현주

트루먼 커포티 연보

1924   9월 30일 뉴올리언스에서 17세의 어머니 릴 매 포크와 세일즈맨 아버지 아출러스 퍼슨스 사이에서 트루먼 스트렉퍼스 퍼슨스라는 이름으로 출생.

1928   아버지가 사기죄로 수감되고 부모가 이혼하는 등 어린 시절 가정이 불안정하여 앨라배마 먼로빌에 있는 어머니의 친척 집에 맡겨짐. 먼로빌에서 5년 정도 지내는 동안 커포티가 어린 시절의 진실한 친구로 표현하는 예순 살의 다정한 친척 '숙', 이웃집에 살던 하퍼 리(《앵무새 죽이기》의 작가) 등과 친하게 지냄. 이때의 기억은 〈어떤 크리스마스〉《다른 목소리, 다른 방》등 여러 작품에서 묘사되고 있음.

1933   재혼한 어머니가 있는 뉴욕으로 가서 어머니와 쿠바 출신 사업가인 새아버지와 함께 살게 됨(커포티라는 성은 이 새아버지에게서 물려받음).

1935 뉴욕의 트리니티 스쿨에 입학. 그 후 학교를 옮겨 군대식 사립학교인 세인트 조지프 밀리터리 아카데미를 다님.

1939 코네티컷 주 그리니치로 이사해 그리니치 고등학교에 다니면서 학교 문예지인 〈그린 위치〉와 학교 신문에 글을 씀.

1942 뉴욕으로 다시 돌아와 명문 사립고인 프랭클린 스쿨에 입학. 높은 아이큐에도 불구하고, 문학과 작문을 제외한 모든 과목의 성적이 안 좋았음. 12월 즈음 문예지 《뉴요커》에 파트타임으로 작은 일자리를 얻어 사환으로 일하기 시작.

1943 프랭클린 스쿨 졸업. 대학 입학 대신 작가의 길을 가기로 마음을 굳히고 본격적으로 여러 편의 단편을 쓰기 시작함. 자신이 일하는 《뉴요커》를 통해 데뷔하고 싶어 했으나 몇 번의 좌절을 겪음.

1945 1월 《뉴요커》에서 개최한 시인 로버트 프로스트의 낭독회에서 사소한 문제를 일으켜 해고됨. 그해 6월 단편 〈미리엄〉이 처음으로 잡지 《마드무아젤》에 실리고, 이어서 10월 《하퍼스 바자》에 〈밤의 나무〉가, 12월 《마드무아젤》에 〈은화 단지〉가 실리면서 단번에 주목받는 신인 작가로 떠오름.

1948 《애틀랜틱 먼슬리》에 1947년 발표한 단편 〈마지막 문을 닫아라〉로 '오 헨리 상' 수상. 랜덤하우스에서 첫 장편 《다른 목소리, 다른 방》 출간, '전후 세대를 이끌어갈 스타 작가의 탄생'이라는 찬사를 받음. 이 소설은 9주 동안 〈뉴욕 타임스〉 베스트셀러에 오르며 2만 6천 부 이상 팔려, 스물네 살의 젊은 커포티에게 명성을 가져다줌. 특히 책 뒤표지에 실린 커포티의 사진은 소설만큼이나 사람들의 입에 오르내리며 그의 유

명세를 형성하는 데 큰 역할을 함. 그해 가을, 동료 작가이자 평생의 동반자가 되는 잭 던피를 만남.

1949 그동안 발표한 작품들을 모은 단편집 《밤의 나무》 출간. 에드거 앨런 포, 윌리엄 포크너 등 남부 고딕 작가들의 후계자라는 평가를 받음. 훗날 커포티는 이 시기의 많은 작품들은 어린 시절 경험했던 불안과 공포의 감정을 반영하고 있다고 말함.

1950 1946~1950년 사이 잡지들에 발표한 여행기를 모은 책 《지방색》 출간.

1951 앨라배마에서 살던 어린 시절의 추억과 향수를 담은 경장편 《풀잎 하프》를 발표하면서 일찍 얻은 명성을 한층 더 공고히 함.

1952 《풀잎 하프》를 연극으로 각색(이후 1971년에는 뮤지컬로, 1995년에는 영화로 제작됨).

1953 존 허스턴 감독의 영화 〈비트 더 데블〉 각본 작업을 감독과 함께함.

1954 1월 커포티의 어머니가 다량의 수면제를 복용하고 사망함. 단편 〈꽃들의 집〉을 브로드웨이 뮤지컬로 개작.

1956 〈포기와 베스〉 순회공연 제작팀과 함께 소련 방문 중 《뉴요커》에 기고한 글들을 모은 에세이 《뮤즈들의 노랫소리》 발표.

1958 단편 〈꽃들의 집〉〈다이아몬드 기타〉〈크리스마스의 추억〉과

중편 〈티파니에서 아침을〉을 한 권으로 묶어 《티파니에서 아침을》 출간. 이 소설의 여주인공 홀리 골라이틀리는 커포티가 창조한 인물 중 가장 유명한 사람이 되었고, 소설가 노먼 메일러는 이 책을 보고 커포티를 "우리 세대 작가 중 가장 완벽한 작가"라고 평함. 이 작품은 1961년 오드리 헵번 주연의 동명 영화로도 만들어져 세계적 인기를 얻음.

1959 11월 〈뉴욕 타임스〉에 실린, 캔자스 주 홀컴에서의 일가족 살인 사건에 대한 짧은 기사를 읽고 논픽션 작품에 대한 영감을 얻어, 하퍼 리와 함께 직접 홀컴으로 가서 사건에 대해 면밀히 조사하기 시작.

1965 홀컴 일가족 살인 사건을 6년간 조사한 끝에, 커포티의 문학 경력에서 가장 성공작으로 평가받는 《인 콜드 블러드》를 《뉴요커》에 4회에 걸쳐 분재하기 시작. 커포티 본인이 '논픽션 소설'이라고 칭한 이 작품은 엄청난 호응과 센세이션을 불러일으킴.

1966 《인 콜드 블러드》 단행본으로 출간. 이 작품으로 에드거 앨런 포 상을 수상하고, 커다란 부와 명성을 얻음. 책의 성공을 자축하기 위해 11월 28일 뉴욕의 플라자 호텔에서 가면무도회 개최. 당대의 유명 인사들이 한자리에 모인 이 파티는 1960년대의 '상징적 사건'으로 남음. 이후 한동안 유명 잡지와 텔레비전 토크쇼, 영화 〈5인의 탐정가〉에도 출연하며 스타 작가로서의 삶을 누림.

1973 여행 에세이와 개인적 스케치들을 엮은 《개들은 짖는다》 출간.

1975~1976 잡지 《에스콰이어》에 '응답받은 기도' 중 네 편(〈모하비 사

막〉〈라 코트 바스크, 1965〉〈순수한 괴물〉〈케이트 맥클라우드〉) 공개. '응답받은 기도'는 《인 콜드 블러드》처럼 커포티가 오랜 기간 기획했던 야심작으로, 또다시 '논픽션 소설' 기법을 써서 상류사회 부자와 유명인들 사이에서 살아가며 목격했던 사건들을 써내려 했던 책. 이 작품들이 발표되었을 때 은밀한 비밀이 폭로된 커포티의 부자 친구들은 격노했고, 결국 커포티는 한때 자신이 지배했던 사교계에서 추방당함 (커포티는 '응답받은 기도'를 끝내지 못했고, 이는 결국 사후 1986년에 미완성작으로 출간됨).

1980   소설과 에세이를 모은 작품집 《카멜레온을 위한 음악》 출간.

1984   《인 콜드 블러드》 집필 당시 시작되어 오랜 기간 이어져온 알코올 중독과 약물 중독으로 8월 25일 로스앤젤레스에서 세상을 떠남.

옮긴이 박현주

고려대학교 영어영문학과 및 동 대학원을 졸업하고, 일리노이 주립대학교에서 언어학을 공부했다. 현재 전문 번역가 및 칼럼니스트로 활동 중이다. 옮긴 책으로는 제드 러벤펠드의 《살인의 해석》과 《죽음본능》, 페터 회의 《스밀라의 눈에 대한 감각》과 《경계에 선 아이들》, 마이클 온다치의 《잉글리시 페이션트》, 존 르 카레의 《영원한 친구》, 켄 브루언의 《런던 대로》, 찰스 부코스키의 《여자들》, 조 힐의 《뿔》, 레이먼드 챈들러 선집(전 6권), 도로시 L. 세이어즈의 《시체는 누구?》《증인이 너무 많다》《맹독》《탐정은 어떻게 진화했는가》 등이 있으며, 지은 책으로는 에세이집 《로맨스 약국》이 있다.

인 콜드 블러드

초판 1쇄 발행일 2006년 3월 14일
개정판 1쇄 발행일 2013년 6월 24일
개정판 9쇄 발행일 2023년 4월 10일

지은이 트루먼 커포티
옮긴이 박현주

발행인 윤호권
사업총괄 정유한

편집 황경하 **디자인** 윤정우 **마케팅** 윤아림
발행처 ㈜시공사 **주소** 서울시 성동구 상원1길 22, 6-8층(우편번호 04779)
대표전화 02-3486-6877 **팩스(주문)** 02-585-1755
홈페이지 www.sigongsa.com / www.sigongjunior.com

이 책의 출판권은 (주)시공사에 있습니다. 저작권법에 의해
한국 내에서 보호받는 저작물이므로 무단 전재와 무단 복제를 금합니다.

ISBN 978-89-527-6923-7 04840
ISBN 978-89-527-6919-0 (세트)

*시공사는 시공간을 넘는 무한한 콘텐츠 세상을 만듭니다.
*시공사는 더 나은 내일을 함께 만들 여러분의 소중한 의견을 기다립니다.
*잘못 만들어진 책은 구입하신 곳에서 바꾸어 드립니다.